日出江花

——《鸭绿江》小说精品选（1946—1996）

韩春燕／主编

北方联合出版传媒（集团）股份有限公司

春风文艺出版社

·沈阳·

U0608372

图书在版编目（CIP）数据

日出江花：《鸭绿江》小说精品选：1946—1996 /
韩春燕主编. —沈阳：春风文艺出版社，2019.12
（2021.1重印）
　ISBN　978 - 7 - 5313 - 5773 - 5

Ⅰ．①日… Ⅱ．①韩… Ⅲ．①短篇小说—小说集—中
国—当代 Ⅳ．①I247.7

中国版本图书馆CIP数据核字（2019）第298584号

北方联合出版传媒（集团）股份有限公司
春风文艺出版社出版发行
http://www.chunfengwenyi.com
沈阳市和平区十一纬路25号　邮编：110003
永清县晔盛亚胶印有限公司印刷

责任编辑：姚宏越　　　　　责任校对：于文慧
装帧设计：隋　治　　　　　幅面尺寸：170mm × 240mm
字　　数：485千字　　　　印　　张：24.5
版　　次：2019年12月第1版　印　　次：2021年1月第2次
书　　号：ISBN 978-7-5313-5773-5
定　　价：68.00元

序：一江绿水潺潺流

金 河

1946年到2019年，转瞬间，《鸭绿江》文学月刊走过了73年风雨历程，物换星移，沧海桑田。最近，杂志社将《鸭绿江》发表过的名家小说精编成集，宣示传承红色基因，发扬期刊的优良传统。首集入选的小说作品从1946年到1996年，时间跨度半个世纪，涵盖了内战时期、和平建设时期和改革开放新时期三个历史阶段。

三个时期国家政治生态不同，活跃作家群体不同，作品面貌各异。

抗日战争胜利后，延安和重庆都把目光投向东北。传统说"中原逐鹿"。历史教科书还有另一个版本："得东北者得天下。"

1946年年初，国共双方都向东北派出了拿枪杆子的部队，不同的是延安还派出了一支拿笔杆子的部队。在这支文化大军中，东北作家群的重要成员舒群、罗烽、白朗、萧军、马加等尽在其中。不过周立波、赵树理、严文井、草明、刘白羽等更多作家和戏剧、电影、音乐、翻译等艺术家则来自全国各地。中国共产党领导的东北民主联军名将云集，东北文化大军也同样群英荟萃。白山黑水间的黑土地"插根烧火棍子都能发芽"，但文艺天空从来没有如此星光璀璨。

同年秋，国民党军队依仗数量和装备优势，大举进攻解放区，在东北相继占领丹东、长春。民主联军四平战役失利，退往北满，在南满只保留少数主力部队。国民党军队决定暂时不进攻北满，而集中力量扫荡南满解放区，战役目标是把民主联军切割压缩到松花江以北的北满，寻机决战。在这民主联军最困难的时刻，载入史册的重大事件是"三下江南""四保临江"。

这里说的临江是吉林省最南端一个县城，面临鸭绿江，离鸭绿江入海口丹东400公里左右，是南满解放区的核心地带。临江还是鸭绿江中游中朝之间人员和货物交流的重要渡口。中国共产党从华东解放区进入东北的军政人员和物资装备必须先进入朝鲜，然后再从临江入境，到达东北。

国民党军队拼死要拿下临江，民主联军要誓死保卫临江。为此北满的民主联军三次跨过松花江南下，解临江之困。保卫临江是东北归属之战，民主联军生死存亡之战。这场"四保临江"战役从1946年10月打到1947年4月，半年多时间，整个南满地区硝烟弥漫。临江的战事跌宕起伏，牵动着解放区军民的心，文艺群星目光自然也聚焦于鸭绿江边。

正在这"四保临江"的浴血苦战中，中共中央东北局弹钢琴的手指从战争键跳到文艺键，从容召开了一次文艺工作会议，要求革命文艺工作者深入农村、工厂、部队，与翻身农民、工人和子弟兵建立起血肉联系。这次会议的首批收获是决定由草明牵头，创办一家综合性文艺期刊，使文艺成为"团结人民、教育人民，打击敌人、消灭敌人的有力武器"。当年12月，以草明为主编的《东北文艺》创刊号在哈尔滨与读者见面。翌年初，东北文艺家协会成立，《东北文艺》便成为"东北文协"的机关刊物。

这家诞生于东北解放战争硝烟中的《东北文艺》，就是今天《鸭绿江》文学月刊的前身。

战时文学当然服务于战争。它是伐纣檄文，施政宣言，革命呐喊，冲锋号角。期刊为作家艺术家提供一个广场，让他们施展拳脚，展示创意。流亡太久的东北作家的作品是对黑土地深情的亲吻。外省作家也很快爱上并融入这片黑土地。大批表现东北这一特殊年代的优秀文学艺术作品相继面世。小说集选取了部分代表性作家的作品。在欣赏《鸭绿江》这些战时"江花"时，可听到历史的足音，感到老一代作家为新中国奠基的激情和对黑土地的眷恋。

进入和平建设新时期，对新生活的憧憬同样让人激情燃烧。"百花齐放，百家争鸣"文艺方针给作家提供了广阔空间。国家统一让聚集在东北的文艺群星可以在960万平方公里的土地上自主选择宜居地。来自全国各地的部分作家艺术家告别东北，东北作家群的一些重要成员也西望长安，纷纷进京任职，成为文化官员。去者自去，留者自留。"东北文协"解体，文学与艺术分门立灶，作家列阵在"中国作家协会沈阳分会"旗下。可是，没等百花睁眼，阵阵北风揭地而起，种种枷锁从天而降，大批老中青作家被随意摧折，篱空圃旧，直到演变成一场十年内乱，作家协会被砸烂，"一窝端"，《鸭绿江》被迫停刊。

在这段时间里，《东北文艺》主编几经易人，编辑人员时有更替，刊名也多次更改。其中一次改名留下来：1962年10月，首次将一条河流名写在自己的旗帜上——《鸭绿江》。

各地文学期刊用境内名山大川、地理特征命名并不鲜见，但是辽宁省作家协会的文学期刊用鸭绿江命名，难免令人困惑。按说，辽宁省境内最大的河流是辽河，全国排名老七，河名又与省名一个"辽"字掰不开。倘若用河流命名，应该叫《辽河》才是，干吗用中朝间一条界河？况且鸭绿江比辽河短550公里，流域面积不足辽河的三分之一。

有关地理学鸭绿江之得名有多种说法，其中之一是因为江水的颜色。鸭绿江发源于长白山南麓，江水流经地多为高山峭壁、峡谷密林，挟带泥沙少，一江碧水，绿波粼粼，恰似鸭头上那种奇幻的亮绿，至今依然一江绿水潺潺流。辽河虽大，却没有这般迷人的景致。同样，文学的价值不在体量，而在魅力。不过用鸭绿江命名的深意也许更在于一种唤起，唤起对创刊时"四保临江"的回忆；一种昭示：昭示对红色基因的传承。虽然时空变幻，但期刊与国家休戚与共的家国情怀依旧，向读者负责，为作者服务的编辑作风始终没变。

在纷繁变化中，《鸭绿江》把工作重心转移到发现、培养推出年轻作家上来。期刊不再仅仅是文学名家的广场，更是文学青年成长的园圃。浩然、邓友梅、阿红、胡昭、杨大群、陈玙、刘真、胡景芳、李云德、李惠文等一大批省内外的优秀作家、诗人都开始在《鸭绿江》展示才华，以崭新的形象立足于文学之林。小说集撷取了中生代部分作家的作品，希望能帮助读者了解中国二十世纪五六十年代中国价值观、文坛生态和社会生活。"时代局限"是有的。从存在决定意识的原理推论，没有任何一个作家可以超脱。只要正视局限并努力摆脱局限，从审美体验的角度说，局限也许是一种魅力。

粉碎"四人帮"无疑是重大历史事件。不过，如果继续用"四人帮"使用过的那杆老枪向"四人帮"开火，不管多么勇武，多么开心，都只是一场屡见不鲜的权力更替。"实践是检验真理的唯一标准"大讨论，1978年年底召开的党的十一届三中全会，真正让中国人抖起精神壮起胆，破除迷信，尝试用冷峻的现实去审视此前被当作真理的一切，寻找新的理论武器，继五四运动之后，再一次开启民智。"总设计师"邓小平以无可替代的胆略和卓识带领中国进入改革开放的新时代。

郭沫若曾动情地称此为"科学的春天"。其实这是整个新中国的春天，文学的春天。当时的中国文学不单单是改革开放的受益者，更以其自身特质成为改革开放的呼唤者、推动者，将春天迎回中华，开创了中国文学新时期。老一代作家古树新枝，中生代作家鲜花重放，尤为可贵的是新生代作家如新竹破土，齐刷刷冲出一群，四面八方，星斗满天。

《鸭绿江》领新标异，面向全国。陆文夫、高晓声、蒋子龙、陈忠实、刘心武、路遥、贾平凹、古华、张抗抗、韩石山、迟子建等小说名家、获奖作家的作品陆续出现在《鸭绿江》上。从1978年开始的全国短篇小说年度评奖和嗣后的中篇小说年度评奖把众多文学新秀送上"星光大道"。关庚寅、达理、邓刚、迟松年、于德才、谢友鄞、宋学武、刘兆林、王中才、刁斗、马原、马秋芬、林和平等辽宁地面的年轻作家新军突起，渐成气候。不管在地方，在军旅，他们各自抒发自己的生活感受。豪放与婉约、华丽与朴素、铁板铜琶与浅吟低唱、骏马西风与海韵渔歌，各有洞天，毫无同质化之嫌。不敢说"唯辽有才"，但可以说，纵观辽宁文学，"于斯为盛"。没有文昌帝君的特殊垂顾，也没有着意培植。中央开放，省委开明，有形和无形的枷锁被打碎，海阔鱼跃，空高鸟飞，平凡人会迸发出惊人的文学才干，甚至连他们自己都会感到惊讶。

　　文学与大众两心相许，大众会给予慷慨回报。作者青睐，读者买账，《鸭绿江》月发行量一度达到39万多份，成为全国最受欢迎的文学月刊之一。《鸭绿江》杂志社同时举办"函授创作中心"，出版面向文学初学者的《习作者之友》。杂志社还出版了通俗文学月刊《文学大观》，作为《鸭绿江》的姊妹月刊。一江绿水卷起冲天浪花，云蒸霞蔚，《鸭绿江》迎来全盛时期。

　　在这本小说集中，新时期作品约占三分之二，可分三类：一是曾获年度全国优秀短篇小说奖的作品，二是名家、获奖作家的作品，三是当时有广泛影响的作品。不管哪一类，读一读，值。

2019年12月2日

目 录

孟祥英翻身[①]

赵树理

小　序

因为要写生产度荒英雄孟祥英传，就得去找知道孟祥英的人。后来人也找到了，可是得到的材料，不是孟祥英怎样生产度荒，而是孟祥英怎样从旧势力压迫下解放出来。我想一个人怎样从不是英雄变成英雄，也是大家愿意知道的，因此就写成这本小书，书名就叫《孟祥英翻身》。

至于她生产度荒的英雄事迹，报上登载得很多，我就不详谈了。

一　老规矩加上新条件

涉县的东南角上，清漳河边，有个西峧口村，姓牛的多。离西峧口三里，有个丁岩村，姓孟的多。牛孟两家都是大族，婚姻关系世代不断。像从前女人不许提名字的时候，你想在这两村问询一个牛孟两姓的女人，很不容易问得准，因为这里的"牛门孟氏"或"孟门牛氏"太多了。孟祥英的娘家在丁岩，婆家在西峧口，也是个牛门孟氏。

不过你却不要以为他们既是世代婚姻，对对夫妻一定是很美满的，其实糟

<hr />

[①] 本篇于1945年3月30日由华北新华书店出版，题后标明"现实故事"。文中"×"是原有的。孟祥英，抗战时期太行区妇女运动的一面旗帜，著名女英雄。

糕的也非常多。这地方是个山野地方，从前人们说"山高皇帝远"，现在也可以说是"山高政府远"吧，离区公所还有四五十里。为这个原因，这里的风俗还和清朝光绪年间差不多：婆媳们的老规矩是当媳妇时候挨打受骂，一当了婆婆就得会打骂媳妇，不然的话，就不像个婆婆派头；男人对付女人的老规矩是"娶到的媳妇买到的马，由人骑来由人打"，谁没有打过老婆就证明谁怕老婆。

孟祥英的婆婆，除了遵照那套老规矩外，还有个特别出色的地方，就是个好嘴。年轻时候外边朋友们多一点，老汉虽然不赞成，可是也惹不起她——说也说不过她，骂更骂不过她。老汉还惹不起，媳妇如何惹得起她呢？

有村里的老规矩，再加上婆婆的好嘴，本来就够孟祥英倒霉了，可是孟祥英本身还有些倒霉的条件：第一是娘家没有人做主。孟祥英九岁时候就死了爹娘，那时只有十三岁一个姐姐和怀抱里一个小弟弟。后来姐姐也嫁到西峧口。因为姐姐的婆家跟自己的婆家不对劲，自己出嫁的时候，姐姐也没得来，结果还是自己打发自己上的轿。像这样的娘家，自己挨了打谁能给争口气呢？第二是娘家穷，买不起嫁妆。第三是离娘早，针线活学得不大好。第四是脚大。这地方见了脚大的女人，跟大地方人看小脚女人一样奇怪。第五是从小当过家，遇了事好说理，不愿意马马虎虎吃婆婆的亏。这些在婆婆看来，都是些该打骂的条件。

二　哭不得

满肚冤枉的人，没有申冤的机会，常免不了要哭，可是孟祥英连哭的机会也不多：要是娘家有个爹娘，到娘家可以哭一哭，可是孟祥英娘家只有十来岁一个小弟弟，不说不便向他哭，他哭了还得照顾他。要是两口子感情好，受了婆婆的气，晚上可以向丈夫哭一哭，可是孟祥英挨打的时候，常常是婆婆下命令丈夫执行，向他哭还不是找他再打一顿吗？

不过孟祥英也不是绝没有个哭处，姐姐跟自己是近邻，见了姐姐可以哭。邻家有个小媳妇名叫常贞，跟自己一样挨她婆婆的打骂，见了常贞可以互相对哭。此外，家里造纸，晒纸时候独自一个人站在纸墙下，可以一边贴纸一边哭。在纸墙下哭得最多，常把个布衫襟擦得湿湿的。

有一次，另外遇了个哭的机会，就哭出事来了。一天，她一个人驾着驴到碾上碾米，簸着米就哭起来，被她丈夫一个本家叔父碰见了。这个本家叔父问明了原因，随便批评了她婆婆几句，不料恰被她婆婆碰上。这位本家叔父见自己说的话已被她婆婆听见，索性借着叔嫂关系当面批评起来。婆婆怕暴露自己年轻时候的毛病，当面不敢反驳，只好用别的话岔开。

婆婆老早就怕孟祥英跟外人谈话，特别是跟年轻媳妇们谈。据她的经验，年轻媳妇们到一处，无非是互相谈论自己婆婆的短处，因此一见孟祥英跟邻家的媳妇们谈过话，总要寻个差错打骂一番。这次见她虽是跟一个男人谈，却亲自听见又偏是批评自己，因此她想："这东西一定是每天在外边败坏我的声名，非教训她一顿不可！"按旧习惯，婆婆找媳妇的事，好像碾磨道上寻驴蹄印，步步不缺。恰巧这天孟祥英一不小心，被碾滚子碾坏了个笤帚把，婆婆借着这事骂起孟祥英的爹娘来。因为骂得太不像话了，孟祥英忍不住便答了话："娘！不用骂了，我给你用布补一补。"

婆婆说："补你娘的×！"

"我跟我姐姐借个新的赔你。"

"赔你娘的×！"

补也不行，赔也不行，一直要骂"娘"，孟祥英气极了，便大胆向她说："我娘死了多年了，现在你就是我的娘！你骂你自己吧！娘！"

"你娘的×！"

"娘！"

"你娘的×！"

"娘！娘！娘！"

婆婆不骂了。她以为媳妇顶了她，没得骂个痛快。她想："这东西比我的嘴还硬！须得另想办法来治她！"后来果然又换了一套办法。

三　死不了

一天，孟祥英给丈夫补衣服，向婆婆要布，婆婆叫她向公公要。就按"老规矩"，补衣服的布也不应向公公要。孟祥英和她讲道理，说得她无言答对，她便骂起来。孟祥英理由充足，当然要和她争辩，她看这情势不能取胜，就跑到地里叫她的孩子去："梅妮（孟祥英丈夫的名字）！你快回来呀！我管不了你那个小奶奶，你那小奶奶要把我活吃了呀！"

娘既然管不了小奶奶，梅妮就得回来摆一摆小爷爷的威风。他一回来，按"老规矩"自然用不着问什么理由，拉了一根棍子便向孟祥英打来。不过梅妮的威风却也有限——十六七岁的小孩子，比孟祥英还小一岁——孟祥英便把棍子夺过来。这一下可夺出祸来了：按"老规矩"，丈夫打老婆，老婆只能挨几下躲开，再经别人一拉，作为了事。孟祥英不只不挨，不躲，又缴了他的械，他认为这是天大一件丢人事。他气极了，拿了一把镰刀，劈头一下，把孟祥英的眉上打了个血窟窿，经人拉开以后还是血流不止。

拉架的人似乎也说梅妮不对，差不多都说："要打打别处，为什么要打头哩?"这不过只是说打的地方不对罢了，至于究竟为什么打，却没人问，按"老规矩"，丈夫打老婆是用不着问理由的。

这一架打过之后，别人都成了没事人，各自漫散了，只有孟祥英一个人不能那么清闲。她想："满理的事，头上顶个血窟窿，也没人给说句公道话，以后人家不是想打就可以打吗? 这样下去，日子长着哩，什么时候才能了结?"想来想去，没有个头尾，最后想到寻死这条路上，就吞了鸦片烟。

弄来的鸦片烟太少了，喝了以后死不了，反而大吐起来。家里人发现了，灌了些洗木梳的脏水，才救过来。

婆婆说："你爱喝鸦片多得很! 我还有一罐哩! 只要你能喝。"孟祥英觉着那倒也痛快，可是婆婆以后也没有拿出来。

又一次，孟祥英在地里做活，回来天黑了，婆婆不让她吃饭，丈夫不让回家。院门关了，婆婆的屋门关了，丈夫把自己的屋门也关了，孟祥英独自站在院里。邻家媳妇常贞来看她，姐姐也来看她，在院门外说了几句悄悄话，她也不敢开门。常贞和姐姐在门外低声哭，她在门里低声哭，后来她坐在屋檐下，哭着哭着就瞌睡了，一觉醒来，婆婆睡得呼啦啦的，丈夫睡得呼啦啦的，院里静静的，一天星斗明明的，衣服潮得湿湿的。

第二天早上没有吃饭，午上还没有吃饭，孟祥英又觉着活不下去了，趁着丈夫在婆婆屋里睡午觉，她便回房里上了吊。

邻家媳妇常贞又去看她，听见她公婆丈夫睡得稳稳的，以为这会儿总可以好好谈谈，谁知一进门见她直挺挺吊在梁上，吓得常贞大喊一声跳出来。一阵喊叫，许多人都来抢救。祥英的姐姐也来了，把她抱在怀里放声大哭。

救了好久，祥英又睁开了眼，见姐姐抱着自己，已经哭成个泪人了。

两次寻死，都没得死了，仍得受下去。

四 怎样当上了村干部

1942年，第五专署有个工作员去西岖口协助工作，要选个妇救会主任，村里人提出孟祥英能当，都说："人家能说话，说话把得住理。"可是谁也不敢去向她婆婆商量。工作员说："我亲自去!"他一去就碰了个软钉子。孟祥英的婆婆说："她不行! 她是个半吊子，干不了!"左说左不应，右说右不应，一个"干不了"顶到底。这位老太婆为什么这样抵死不让媳妇干呢? 这与村里的牛差差有些关系。(牛差差不是真名，是个已经回头的特务，因为他转变得还差，才叫他"差差"。)

当摩擦专家朱怀冰①部队驻在这一带时候,牛差差在村里也是个了不起的人,后来朱怀冰垮了台,保长投了敌,他又到敌人那边跟保长接过两次头。四十军驻林县时,他也去跟人家拉过关系。真是个骑门两不绝的人物。他和孟祥英婆家关系很深。当年孟祥英的公公牛明师,因为造纸赔了钱,把地押出去了,没有地种,种了他五亩半地。他的老婆年轻时候,结交下的贵客也不比孟祥英的婆婆交得少,因为互相介绍朋友,两个女人也老早就成了朋友。牛差差既是桌面上的人物,又是牛明师的地主,两个人的老婆又是多年的老朋友,因此两家往来极密切,虽然每年打下粮食是三分归牛明师七分归牛差差,可是在牛明师老两口看来,能跟人家桌面上的人物交好,总还算件很体面的事。

自从朱怀冰垮了台,这地方的政权,名义上虽然属于咱们晋冀鲁豫边区,实际上因为"山高政府远",老百姓的心,大部分还是跟着牛差差那伙人的舌头转。牛差差隔几天说日本兵快来了,隔几天说四十军快来了,不论说谁来,总是要说八路军不行了。这话在孟祥英的公公牛明师听来,早就有点半信半疑。因为牛明师家里造纸,抗战以来纸卖不出去,八路军来了才又提倡恢复纸业,并且由公家来收买,大家才又造起来。牛明师自己造纸赚了许多钱,不出二年把押出去的地又都赎回来了。他见这二年来收买纸的都是八路军的人,认为八路军还不是真"不行",可是一听到牛差差的谣言,他的念头就又转了,他想人家这"桌面上人",说话一定是有根据的。孟祥英的公公对牛差差的话,虽然半信,却还有"半疑",可是孟祥英的婆婆,便成了牛差差老婆的忠实信徒。她不管纸卖给谁了,也不管地是怎样赎回来的。她的军师只有一个,就是牛差差老婆。牛差差老婆说"四十军快来了",她以为不是明天是后天。牛差差老婆说"四十军来了要枪毙现在的村干部",她想最好是先通知干部家里预备棺材。你想这样一个婆婆,怎么会赞成孟祥英当妇救会主任呢?

工作员说了半天,见人家左说左不应,右说右不应,一个"干不了"顶到底,年轻人沉不住气,便大声说:"她干不了你就干!"这一手不想用对了:孟祥英的婆婆本来认为当村干部是件危险的事,早晚是要被四十军枪毙的。她不愿叫孟祥英干,要说是爱护媳妇,还不如说是怕连坐,所以才推三阻四,一听到工作员叫她自己干,她急了。她想媳妇干就算要连坐,也比自己亲身干了轻得多,轻重一比较,她的话就活套得多了:"我不管,我不管!她干得了叫她干吧!"

工作员胜利了,孟祥英从此才当了妇救会主任。

---

① 朱怀冰,国民党九十七军军长兼冀察战区政治部主任及河北省民政厅长,驻在太行山东侧,经常侵入太行根据地骚扰、破坏。

五 管不住了

当了村干部，免不了要开会。孟祥英告诉婆婆说："娘，我去开会！"说了就走了。婆婆想："这成什么话？小媳妇家开什么会？"可是不叫去又不行，怕工作员叫自己干。她虽觉着八路军"不行了"，可是估量一下自己的能力，比八路更不行，要是公然反抗起来，明天早晨四十军不来救驾，到晌午就保不定要被工作员带往区公所。光棍不吃眼前亏，由她去吧。

妇女也要开会，在孟祥英的婆婆脑子里是个"糊涂观念"，有心跟在后面去看看，又怕四十军来了说自己也参加过"八路派"人的会，只好不去。第二天，心不死，总得去侦察侦察一伙媳妇们开会说了些什么。她出去一调查，"娘呀！这还了得？"妇女要求解放，要反对婆婆打骂，反对丈夫打骂，要提倡放脚，要提倡妇女打柴、担水、上地，和男人吃一样饭干一样活，要上冬学……她想："这不反了？媳妇家，婆婆不许打，丈夫不许打，该叫谁来打？难道就能不打吗？二媳妇（就是指孟祥英，她的大孩子跟大媳妇在襄垣种地）两只脚，打着骂着还缠不小，怎么还敢再放？女人们要打起柴来担起水来还像个什么女人？不识字还管不住啦，识了字越要上天啦！……这还成个什么世界？"

婆婆虽然担心，孟祥英却不十分在意，有工作员做主，工作倒也很顺利，会也开了许多次，冬学也上了许多次。这家媳妇挨了婆婆的打，告诉孟祥英，那家媳妇受了丈夫的气，告诉孟祥英。她们告诉孟祥英，孟祥英告诉工作员，开会、批评、斗争。

孟祥英工作越积极，婆婆调查来的材料也越多，打不得骂不得，跟梅妮说："那东西管不住了！什么事她也要告诉工作员，可该怎么办呀？"梅妮没法，吸一吸嘴唇，婆婆也吸一吸嘴唇。

孟祥英打回柴来了，婆婆嘴一歪，悄悄说："屹仰屹仰，什么样子！"孟祥英担回水来了，婆婆嘴一歪，悄悄说："屹仰屹仰，什么样子！"

要提倡放脚，工作员叫孟祥英先放，孟祥英放了。婆婆噘着嘴，两只眼睛跟着孟祥英两只脚。

村里的年轻女人们，却不和孟祥英的婆婆一样：见孟祥英打柴，有些人也跟着打起来；见孟祥英担水，有些人也跟着担起来；见孟祥英放脚，有些人也跟着放了脚。男人们也不都像梅妮，也有许多进步的。牛差差说："女人们放了脚真能抵住个男人做！"牛差差说："女人们打柴担水，男人少误多少闲工！"牛差差常说："人家说八路不好，我看人家提倡的事情都很有好处！"

不论大家怎样想，孟祥英的婆婆总觉着孟祥英越来越不顺眼，打不得骂不得，一肚子气没处发作，就想找牛差差老婆开个座谈会。一天，她上地去，见牛差差老婆在前边走。她喊了一声"等等"，人家却不等她，还走得很快。她跑了几步赶上去，牛差差老婆说："咱两家以后少来往，你不要以为你老二媳妇放了脚很时兴。以后四十军来了，一定要说她是八路军的太太！你们家里跟八路有了关系了，咱可跟你们受不起那个连累！"这几句话，把孟祥英的婆婆说得从头麻到脚底。她这几天虽是憋了一肚子气，可还没有考虑到这个天大的危险，座谈会也不开了，赶紧找梅妮想办法。可是梅妮有什么办法呢？还不是母子两个坐到一块各人吸各人的嘴唇？

六　卖也卖不了

有一次，村里的群众要去太仓村斗争特务任二孩，牛差差说："去吧！任二孩是人家四十军的得劲人，谁去参加斗争，谁就得防备丢脑袋，四十军来了马上就跟他算账！"孟祥英的公公婆婆丈夫听到这话，全家着了急，虽不敢当面来劝孟祥英，可是一个个脸色都变白了。娘看看孩子，低声说："这回可要闯大祸！"孩子看看娘，低声说："这回可要闯大祸！"

这些怪眉怪眼，孟祥英看了也觉着有点可怕，问问别的媳妇，也有些人说："不去好。"孟祥英这时也拿不定主意，问工作员"不去行不行"，工作员说："这又不强迫，不过群众都去啦，干部为什么不去？"孟祥英说不出道理来，她想："去就去吧，咱不会不说话？"

她一到太仓村，见群众满满挤了一会场，比看戏时候的人还多，发言的人抢还抢不上空子。任二孩低着头，连谁的脸也不敢看。这会儿她的想法变了，她想，这么多的人都不怕枪毙，可见闯不下什么大祸。不多一会儿，她就领导着西岐口人喊起反对任二孩的口号来了。

开过了这次斗争会，孟祥英胆子大起来，再也不信特务们"变天"的谣言了，工作更积极起来。她的婆婆却和她正相反：自从孟祥英开会回来，牛差差就跟她婆婆说："早晚免不了吃亏。"婆婆听见这话越觉着胆寒，费了千辛万苦，才算想了个对付孟祥英的妙法。

一天，婆婆跟梅妮的姑姑说："这二年收成不好，家里也没有吃的，叫梅妮领上他媳妇去襄垣寻他哥哥吧！"家里没吃的是事实，离开婆婆，孟祥英也很高兴，只是村里的工作搞起来了放不下手。晚上，孟祥英到妇女识字班去了，婆婆又跟梅妮的姑姑谈起话来。识字班用的油放在孟祥英家，孟祥英回去取油，听见她们两人的半截话。婆婆说："领到襄垣卖了她吧，咱梅妮年轻轻的，还怕订不下个媳妇？"姑姑说："不怕人家告诉那里的八路军？"婆婆说："不怕！那里是老日本子占着哩!"孟祥英听了这话，才知道婆婆的高计，赶紧告诉工作员。工作员说："她没有跟你说明，你也不必追问她，你只要说这里工作放不下，不去就算了。"

孟祥英不去，婆婆也无法，白做了一番计划。

七　英雄出了头

夏天，庞炳勋[①]、孙殿英[②]领着四十军和新五军投了敌人，八路军又在林县把他们打垮了。牛差差一天听说四十军和新五军有几千人过了漳河往北开，正预备宣传宣传，又打听得是被八路军在日军的据点上俘虏过来的，因此才不敢声张。事实摆在眼前，他虽不声张，也封锁不住胜利的消息。村干部们一听到这个消息，马上都高兴起来，大大宣传了一番，从此人心大变，就是素日信服牛差差"变天"说法的人，也都知道牛差差的"天"塌了。孟祥英在这环境好转之后，工作当然更顺利了许多。

不巧的是连年有灾荒，这个秋天更糟糕一点：一夏天不见雨，庄稼干得差不多能点着火。到秋来谷穗像打锣槌，头上还有寸把长一条蜡捻子；玉茭不够一腿高，三亩地也收不够一箩头。秋天又一连下了几十天连阴雨，三颗粮食收割不回来，草比庄稼还长得高。

政府号召采野菜度荒，村干部们一讨论，孟祥英管组织妇女。因为秋景太坏，村里人都泄了气，有些人说："连年没收成，反正活不了，哪有心事弄那一把树叶？"孟祥英挨门挨户劝她们，说："死不了还得吃。"说："过了秋天想采野菜也没有了。"说："野菜和糠总比吃纯糠好。"……她一边说，一边领着几个积极的妇女先动起手来。没粮之家，说"情愿等死"，只能算是发脾气，后来见孟祥英领的几个人满院里是野菜，也就跟着去采。孟祥英把她们组成四个组，每日分头上山，不几天，附近山上，凡是能吃的树叶都光了，都晒在这伙妇女的院里了。本村完了到外村去，河西没了到河东去，直采到秋风扫落叶时候，算了一下总账，二十多个妇女，一共采了六万多斤。

野菜采完了，听说白草能卖一块钱一斤，孟祥英又领导妇女割白草。这一次更容易领导，家家野菜堆积如山，谁也不再准备饿死，一看见野菜就都想起孟祥英，因此孟祥英一说领导妇女割白草，这些妇女们的家里人都说："快跟人家去割吧！这小女是很有些办法的！"后来大家竟割了两万多斤，卖了两万多块钱。

从此西岐口附近各村，都佩服孟祥英能干。

---

① 庞炳勋，国民党四十军军长，冀察战区副总司令。
② 孙殿英，国民党新五军军长。

八 分 家

有人说，因为孟祥英能生产度荒，婆婆丈夫都跟她好起来了，仔细一打听，完全不准确。

孟祥英采来的野菜，婆婆吃起来倒也不反对，可是不赞成她去采，说她是"勾引上一伙年轻人去放风"。"放风"这个说法，原有两个出处：从前有一种开煤窑的恶霸，花钱买死了工人（被买的人有了错，可以随便打死），关在窑底，五天或十天放出来见一次太阳，名叫"放风"；放罢了收回去，名叫"收风"。监狱里对犯人也是这样——从屋子里放到院子里叫"放风"，从院子里锁到屋子里叫"收风"。孟祥英的婆婆也不是绝不赞成媳妇的放风——只要看孟祥英初嫁的时候也到地里收割、拔苗就是个证据。不过她想"就是放风，也得由我放由我收"。按"老规矩"，媳妇出门，要是婆婆的命令，总得按照期限回来。要是自己的请求，请得准请不准只能由婆婆决定，就是准出去，也得叫媳妇看几次脸色；要是回来得迟了，可以打，可以骂，可以不给饭吃。孟祥英要领导全村妇女，按这一套"老规矩"如何做得通？因此婆婆便觉着"此风万万放不得"了。

这种思想，不只孟祥英的婆婆有，恐怕还有几个当婆婆的也同意。牛差差老婆趁此机会造出谣言，说野菜吃了不抵事，有些婆婆就不叫媳妇去了。孟祥英为了这件事，特别召集妇女开会检查了一次，才算把这股谣言压下去。

采罢了野菜，割罢了白草，孟祥英自己总结成绩的时候，婆婆也在一边给她做另一种总结。她的总结，不是算一算孟祥英采了多少菜，割了多少草，她的总结是"媳妇越来越不像个媳妇样子了"。她的脑筋里，有个"媳妇样子"，是这样：头上梳个笤帚把，下边两只粽子脚，沏茶做饭、碾米磨面、端汤捧水、扫地抹桌……从早起倒尿壶到晚上铺被子，时刻不离，唤着就到；见个生人，马上躲开，要自己不宣传，外人一辈子也不知道自己还有个媳妇。她自己年轻时候虽然也不全是这样，可是她觉着媳妇总该是这样。她觉着孟祥英离这个"媳妇样子"越来越远：头上盘了个圆盘子，两只脚一天比一天大，到外边爬山过岭一天不落地，一个峧口村不够飞，还要飞到十里外，不跟自己商量着有事瞒哄工作员，反把什么事都告工作员说……她做着这个总结发了愁："怎么办呀！打不得，骂不得，管又管不住，卖又卖不了。眼看不是家里的人了！工作员成人家的亲爹了！"好几夜没有睡觉，才算想了个好办法——分家。

婆婆请牛差差做证，跟孟祥英分了家。家分得倒还公道（不公道怕孟祥英不愿分），孟祥英夫妇分得四亩平地四亩坡地，只是没有分粮食。据婆婆说："打得少，吃完了。"可是分开以后，丈夫又回婆婆家吃饭、睡觉，让孟祥英一个人走了个便宜。

九　孟祥英的影响出了村

分开家以后，除分了二斤萝卜条以外，只凭野菜度时光，过年时候没有一颗粮，借了合作社二斤米、五斤麦子、一斤盐。

区公所离这地方四五十里，工作上照顾不过来，得一个地方干部很不容易。像孟祥英这样一个自己能劳动又能推动别人的度荒能手，反落得被家里赶出来饿肚子，区妇救会觉着这一来太不近人情，二来也影响这地方的工作，因此向上级请准拨一点粮食帮助她，叫她在当地担任一部分区妇救会工作。

孟祥英在今年（1944）确实也有个区干部的作用。

正月，大家选她为劳动英雄，来参加专署召开的劳动英雄大会。会后她回去路过太仓村，太仓妇救会主任要她讲领导妇女的经验，她说："遇事要讲明道理，亲自动手领着干，自己先来做模范。"接着就把她领导妇女放脚、打柴、担水、采野菜、割白草等经验谈了许多。太仓妇救主任学上她的办法，领导着村里妇女修了三里多水渠，开了十五亩荒地。二月十五，白芟村（离西峧口四十里）有个庙会，她在会上做宣传，许多村的妇女都称赞她的办法好。今年涉县七区妇女生产很积极，女劳动英雄特别多，有许多是受到孟祥英的影响才起来的。

说起她亲自做出来的成绩更出色：春天领导妇女锄麦子二百九十三亩，刨平地十二亩、坡地四十六亩。夏天打蝗虫，光割烧蝗虫的草，妇女们就割了一万八千斤。其余割麦子、串地、捞柴、剥楮条、打野菜……成绩多得很，不过这都在报上登过，我这里就不多谈了。

十　有人问

有人问：直到现在，孟祥英的丈夫和婆婆还跟孟祥英不对劲，究竟是为什么？怕她脚大了走路太稳当吗？怕她做活太多了他们没有做的吗？怕她把地刨虚了吗？怕她把蝗虫打断了种吗？怕她把树叶采光了吗？……

答：这些还没有见他母子们宣布。

有人问：你对牛差差和孟祥英的婆婆、丈夫，都写得好像有点不恭敬，难道不许人家以后再转变吗？

答：孟祥英今年才二十三岁，以后每年开劳动英雄会都要续写一回，谁变好谁变坏，你怕明年续写不上去吗？

1944年12月

金 戒 指

周立波

　　我听到了好多的人，谈论和称赞侦察员张海。有的说他身轻如燕，能飞檐走壁。有的说他枪法如神，能百步穿杨。也有人说，南下时，他奉命去侦察敌情，在一个小村庄外边，碰到了也来侦察我军情况的敌人的侦察队，他被识破，不能逃走。他不慌不忙，走到他们队长的跟前，从怀里掏出匣枪来，对准他胸侧，低低地说一声"快走。"那队长只得快走。他跳过篱笆，叫那家伙也跳过篱笆，他穿过树林，叫那家伙也穿过树林。敌人十个侦察员瞪着眼睛呆呆瞧着他，不敢开枪，怕伤了他们的头目。走得远了，他放开了那人，哈哈大笑，说是多谢他相帮串演了一出"关云长单刀赴会"的好戏。

　　像这样的传说，非常之多，我也不能一一考证它们的真实性。但张海确实是一个有本事的人。他有胆量，心机又足。司令员十分喜欢他，叫他作"猛子"，又叫他作"调皮鬼"，常常派他去担负一些重要的但是危险的工作。

　　"调皮鬼"在长官的面前，像姑娘一样，除了简短的报告以外，不多说话，只是笑着，但当他和同事们在一起时，他的粗鲁的、机智的笑谈，像泉水一样地涌。

　　张海就是一个自己爱笑，也爱引人发笑的二十二岁的青年。人都高兴接近他。见了人，他的晒得微黑的脸上总是浮着笑，露出他整齐洁白的牙齿。由于他性格的明朗和活泼，姑娘们也都乐意接近他。驻扎绥德时，有三个姑娘同时看上他，他却以侦察员惯有的锐利的眼光和迅速的行动，爱上了她们之中适合于自己的一个，和她结婚了。

他的妻子张淑贤是一个劳动英雄。她是他们村上的纺纱小组长。她把纺线赚的钱，蓄攒起来，买了一个金戒指。新婚之夜，她把金戒指送给了张海，亲手替他戴在左手的无名指上。从此以后，金戒指从来没有离开他的手。

勇敢节俭的张海却有一个小小的毛病，就是不安心于后方的平淡的日常工作。在绥德住不到一年，到了1944年11月，经他自己的要求，得到组织的允许，跟着我们的支队，又上前方了。

我们的支队进到山西平遥县境内，为了通过敌人一条宽阔、复杂和危险的封锁线，要派一个胆大、精细和忠纯的观察员去侦察沿途的敌情，以及道路、河川，特别是汾河的桥的情况，司令员最初和最后都想起了张海。夜深人静，司令部点着一支洋蜡烛。司令和政委在和张海谈话。司令员衔着烟斗，从桌旁起来，左手拿着洋蜡烛，走到贴着五十万分之一的地图的墙壁跟前，用拳头计量了我们的宿营地点到渡河地点之间的距离，又用洋蜡烛照着预定的渡河的地点，对张海说："这一带，你去看，汾河结冰的情况怎么样，河有多宽，桥有多宽，桥的两端岸上的地形，什么地点可以安置掩护部队的机枪，都去搞清楚。一天一夜，能回来吗？"

路程是来回两百四十里，赶路，侦察，休息，又赶路，一天一夜，时间太紧。张海收敛了他的常有的笑容，显出了一些难色，但没有说话。

"两天一夜，再不能多了。"司令员说着，回到原处把洋蜡烛重新安在桌子上，从嘴上取下烟斗来，在桌沿敲落着烟灰。

"好的。"张海回答，他盘算好了，明天去，搞清情况，明晚找一个清净的店，取得充分的休息，后天赶回来。

从纸窗的破隙里，吹进了飘雪的寒风。摇荡着的烛光底下，司令员吸着的烟斗咝咝地发声，他看张海一眼，慢慢地说："靠近我们这边的一百里地，是两面政权。接近汾河的那一段，就很危险，敌人的碉堡像油鞋钉子一样，特务比狗还多。要加点小心。"

"知道。"张海回答，立一个正。

"调皮鬼，有这样多的人，等你的报告。"司令员伸出一个手掌说。

"知道。"张海回答，却没有立正。他知道司令员伸出一个手掌来，是指等待通过汾河的五千人马。小时候在南方家里，他是一个放牛的，每天天黑，等着他的，不是东家的脸色，就是妈妈的眼泪。现在，司令员亲口告诉他，有五千人马，等着他的报告。他感到荣耀，感激的泪水盈满他的眼眶了，他忘记了平常的敬礼。

"要是万一……"司令员沉吟着，没把话说完，吸着烟斗。

"要是万一……的话，"张海领会了司令员的意思，回答说，"我张海坚决不丢八路军的丑。”

　　"很好，党信得过你。”政治委员站了起来，微笑着，嘉许张海的志气。司令员忙叫警卫员拿出一条"吴满有"香烟，送给他抽。但张海走后，司令和政委商量了一下，再派了两个骑兵侦察员，抄山僻小路，去接应他。

　　第二天清早，雪花铺天盖地地飘落着，山野全白了。带着湿味的初冬的雪片飘积在道边群树上。有好几处，发脆的杨木的枝丫被雪压断了。寻食的鸦雀在树木之间展翅，跳跃，振落着树枝上的积雪。远近的几个萧索的山村，全埋在雪里。远处的群峰，在弥漫的雪的烟雾里变成了灰色，再远的，融入迷蒙的空际，自己也变迷蒙了。在山路上，有一个穿着旧的青布棉袄的农民，冒着风雪，正在急急忙忙地赶路。有经验的眼睛，看着他的步子，就会瞧得他一点钟至少能走十三里。在日落以前，这个人走到了离敌人碉堡只有两里半路的汾河大桥旁，他在桥上来回走了一次，又横走了一次，用脚步计量了桥的长和宽。在桥的两端，他看了地形，于是，走远一点，蹲在河沿上，从衣兜里掏出本子来，用铅笔把地形做了一些粗略的图画，把铅笔放在嘴里蘸了一点口水，歪歪斜斜地写了些什么。他写得不快，看样子，对于写字，他不在行。写完字，他又用右脚去探测河冰。冰块踩得嚓嚓地发声，他摇一摇头，心里想着："只能走桥。”这时候，一声枪响，子弹嗖嗖地从头上飘过，接着又是一枪。"你打得太高了，鬼崽子！"他小声地骂着，离开了桥旁，取道另一条山路，往回赶路了。天刚黑，月亮挂在山岗上，漫山遍野的、潮湿的雪花还在无声无息地飘落着。月的光亮和雪的反照交相辉映，把山岗平坝都照映得通明。

　　这个赶路的农民，就是张海。他用衣袖擦了擦冒着汗珠的脸颊和额头。完成了任务的顶艰难的一段，他满怀欢喜。像孩子一样，他只想开一点点小小的玩笑，但四野无人，没有对象。他想起了小时常唱的山歌，低声地唱了："大米好吃田难种，樱桃好吃树难栽。”

　　前面是一座松树林子。靠近林旁，张海瞧见了一座村庄，他突然感到了疲倦，他已经走了一百四十里路。走进村落，看见有一家门外挂着"骡马大店”的木牌，他迈步走进。名为"大店”，实际很小。三间并排的破窑，带一个马房的一所场院，这就是店子的全部。这店子孤立在村尾，离最近的人家也有半里地。对这种荒村野店，张海本来是有戒心的。但是，他想，这里已是两面政权的地界，而且他太累，脚迈不动了。"就在这儿吧。”他对自己说，走进店里的一个破窑洞。半明半暗里，炕上躺着一个人。听到脚步声，那人坐起来，拥着棉被，用手掠着散乱的长发。

　　"这里是店吗，大嫂？"张海发问。看出是一个女人，他尊了一声。

　　"就是呀，炕上坐吧。”女人说着，从炕上下来。

"掌柜的呢?"张海问她。

"走亲戚去啦。客人住哪一间窑?"

"就这间吧。"张海说,他不想动了。

女人点起蜡油灯,昏黄的灯光中,隐约地可以看见壁泥剥落的窑壁和火焰熏黑的窑顶。女人走到炕头的灶下,生起火来,烧炕兼烧水,通红的灶火的光焰,照着肥胖的脸面,蓬乱的头发,和胸口露出的红色的抹胸。水热了,她打一盆水给客人洗脸。绞手巾时,张海露出了他的黄澄澄的金戒指,那女人瞟了一眼,便装作没有看见,卷起一床被,搬到隔壁窑洞里去了。停了一会儿,女人在窗外问道:"客人不吃什么吗?"

"不用了。"张海回答,洗完脚,吃了一点随身带着的大饼,关上门窗,吹熄了灯,他躺下了。月光浸白了整个窗子,窗外有一些低低的人语,和一些脚步声,不久全都消逝了,只听见那女人的勾引人的嗲声嗲气的歌唱:

这几天,你不来,
日子实难挨。
为什么,你不来?
莫不是浪大河难过,
莫不是别人丢不开,
我的好乖乖?

"呸!破鞋。"张海轻蔑地骂着,翻了一个身。不久,歌唱也停了,只听见远处的几声犬吠,和近旁的鸡拍翅膀的声音,此外是乡野雪夜的无边的寂静。

约莫是半夜,仿佛有人用铁丝把门闩从外边轻轻地拨开,门轻轻地开了,月光涌进门里来。从门外跳进一个黑色的人,提一把短刀,向炕上扑去,月的光亮里,刀光一闪,刀锋剁在炕砖上,冒出了火花。炕上是空的,凶手着了慌,转身要跑,刚奔到门边,听到有人笑。

"你落在我的手里了,大嫂。"张海笑着说,他已经用匣枪对准女人的不停地起落的胸脯。

在情况不明的村镇投宿时,张海总是睡在地面上,头顶着房门,人一推门,他就醒了。这回也一样,女人轻轻拨动门闩时,他早已惊醒,并且跳起,掏出匣枪,站在门角落里了。

张海把女人手里的短刀拿过来,在月光里,看见刀锋砍坏了。他说:"你的刀要磨一下子了。"说着,当的一声,把刀扔到了炕上。

那女人解除了武装以后,显得有些可怜,似乎瘫软了,她忽然扑到张海的胸上，两臂挽着他的脖子说："饶了我，带我走吧。都是我的掌柜的不好，坏事都是他叫我干的。看见了你的金戒指，"她伏到他的肩上，呜咽起来，"我就见财起意。饶了我，带我走吧。"张海心里想："浑蛋，去你的吧，你刚才还要杀我哩。"虽说这样想，张海还是被她的眼泪打动了。张海是一个硬汉，但他怕眼泪，他把她轻轻地但是坚决地推开，把枪倒插在胸前，走出门去，趁着未落的月色，他赶路了。他要在天黑以前，赶回司令部。

走不到半里，他摸摸口袋，吃了一惊，转身往回跑，树林向他后面奔驰，山岗向他的背后急转。他的记事本子失掉了，凭着侦察员特有的推断力和联想力，他知道是店里那女人扑在他的身上呜咽的时候偷去的。他跑回了店里。

"你干啥？"那女人微微有些吃惊，看着他指向她的枪口。

"拿出来。"张海喘着气，话只说了一半。

"拿出啥来呀？"女人一只手撑着腰，歪身靠在炕沿上。

"谁拿的，谁知道。"

"我不明白你的话。"她笑着，显然是占了他的上风，感到得意。

张海心里很愤怒，但他想一想，东西还在她手里，不能硬来，他收起枪来，赔着笑道："大嫂，不要开玩笑了，请把本子拿出来吧。"

"本子？"她还是挑逗人地笑着，"本子是有的，可不能给你。"

"还给我，你要什么，我都给你。"张海和颜悦色地说。

"我要你的金戒指。"她狡猾地看他一眼，好像窥见了他的心事一样。

这真使张海震惊，金戒指是他的妻的赠品，任何时候他都不离手，但是他的本子里边有侦察的记载和地形的图画。这女人是一个破鞋，在这一带，商人用破鞋来干特务的勾当，他早有所闻。本子一定要找回，但是，难道他的金戒指，他和妻的结婚的标记，就要落在这滥脏的女人的手里吗？他心里难受，但他立即想通了，用着侦察员惯有的果决，他从手上摘下金戒指，扔到了炕上。

"拿去，把本子还我。"

女人拾起金戒指，笑嘻嘻地套在她的中指上，在灯前把玩，却不理会本子的事了。

"大嫂，请你把本子还我。"

"谁拿你的本子？你看见我拿了吗？"戴好金戒指，女人变了脸，要流氓了。汪精卫和蒋介石的狗男女，都是会耍流氓的，张海早知道，也早见识过。但是，任何一回，都没有这回惹张海生气。他奔上去，把她按倒在炕上，搜她的衣兜。她一面狂笑着，一面说道："你放开手，我拿给你。"哄他放了手，女人坐起来，掠一掠头发，把棉袄脱下，露出她的红色的抹胸。她还要把抹胸解掉，张海替她脸红了。但是他想，这婆娘好像是在拖延时间，等待什么。他起来走走，寻思计策。走到锅灶后面的碗柜边，在灯光和曙光交织的青辉里，出乎他的意料，在瓦盆底下，赫然露出本子的一角，他连忙拿起，正是他所失落的本子。这一回，轮到他笑了，女人的满天欢喜都烟消云散。她忘记了她的上身裸露着，完全呆住了。张海走到了门边，心里想着："留了这女人，是一个祸害。她又看见了本子，可能猜着我军的企图了。"他向着还在痴呆的女人扳一下枪械，头也不回地走了。尖锐的枪声，划破了黎明的山野的沉寂。

他晃荡晃荡地走出村外。过度紧张之后的过度疲劳，使他昏昏欲睡了。走到松林边，脚踢着一棵松树的盘根，他吃一惊，才清醒了，他忽然想起来，忘记从那女人身上取回金戒指。他要回去取，刚走两步，只听见从东方，从店的近侧，打了一枪。紧接着又是一枪。以后是大枪和小枪地乱放。张海转身，卧倒在雪地上。他把枪上好了顶门子，但不发射，细听着枪声，静静地探测敌人的动静。敌人不止一个，但也不多。这一定是听到打那女人的枪声，出来救援的敌特。他们的子弹似乎很充足，漫无目的地射击着，一阵接一阵。张海不回枪，他窥伺着敌人的空隙，离他六十米远的一个空地里，有一个人伸出头来，把双手遮在嘴巴的两边，叫唤道："八路探子，要留命，快过来投降。"

砰的一声，在黎明的光亮里，看得清清楚楚，这叫唤的人的张着的嘴巴中了一弹。张海骂着："有本事，你再叫，鬼崽子。"

敌人的报复的射击暴雨一般地足足持续一刻钟，子弹在张海的头上做出各式各样的威高的呼啸。有一颗子弹打在他的头顶的松枝上，崩下一块雪，正打着张海的后脑。

双方对峙着，在敌人停止射击，想要休息时，张海放一枪，引得他们又打起枪来。这样的，反复好多回。约莫过了两点钟，张海摸一摸兜里的子弹，只剩三粒了，这使他吃惊，使他突然软弱了。

"莫非我要死在这里吗？"张海想着。这时候，他有许多的感想，但他立即抓住了这些感想之中的重要的一点，他想起了他对司令、政委说下的誓言："我张海坚决不丢八路军的丑。"现在，这话是兑现的时候了。于是，他安排着这最后的三颗子弹的用处。他用第一颗打中了一个敌人，"赚了一个。"他想。第二颗子弹，他又打中了一个敌人。"赚了两个。"他想。最后一颗子弹顶上了枪膛，他想着，应该说一点什么，告别这世界，但是，说什么呢？想不清楚。他低下头，看见了平常戴着金戒指的左手无名指上的白色的环痕，想起他的妻，心里有一阵酸楚。他又想起了司令、政委对他的器重和青睐，"猛子怎么样？""调皮鬼，又搞什么蛋了？"司令员说这些话时的笑容，像在目前。他又想起了政治委员有一次讲话，号召大家"都做毛主席的好学生"。从那时候起，他就觉得自己好像是毛主席的学生一样。现在，他想："要做毛主席的好学生，活要活得光荣，死要死得漂亮。人生百岁也是死，何处黄土不埋人呢?"想到这里，他不再有酸楚，只觉得兴奋，他举起枪来，对准自己右边的太阳穴，扣动了枪机。他的眼前再没有松林，再没有雪野，只见无数漆黑的云图，充塞着宇宙。他昏倒在雪地上了。

张海醒来时，发现自己躺在一家老百姓的炕上。"我被俘了。"他想着，立即跳下炕来，往外就跑，在场院里，他碰到了一个熟人。这个人是司令部的骑兵侦察员。不久，又碰到了另外一个熟人，也是司令部的骑兵侦察员。他们把他扶到了炕上，把他昏倒以后的一切情形都告诉了他。

他们奉命来接应张海。走到这近边的店里，发现一个女人，胸部中一弹，躺在地上，但还没有死。她把他们当作她一伙的人，要他们快去追捕一个八路军探子。她说，她已经通知了五个人去追赶他。她又说，起始，她看见他穿着庄稼人衣服，却又戴了一个金戒指，她疑心他。

"去追他。"那女人对他们说。他们给了她一刀，取下了戴在她手上的金戒指。

走到松林，他们结束了和张海对垒的另外两个特务的性命，缴了五条长短枪。再往前走他们找到了张海，他躺在地上，但没有死。他的匣枪，夹着一颗没有响的臭子，抛在一边。

张海要在天黑以前，赶回司令部。他骑上骑兵侦察员的一匹快马，奔驰回去。临行之前他们把金戒指归还了他。回到司令部，他报告了侦察的结果。司令员夸奖他，说他"百分之百地完成了任务"。

总结经验时，张海认识到，他的妻送给他的金戒指，几乎使他贻误了公事。他把金戒指交给了组织，做了党费。

他们回来以后的第二天午夜，我们的支队开过汾河桥。在前行部队的三个尖兵的前面，有一个穿便衣的小伙子跟着一个向导并排走着，谈谈笑笑，十分潇洒。这个小伙子就是侦察员张海，用我们的司令员的话来说，就是"调皮鬼"张海。

1947年5月

太阳照在桑干河上（节选）

丁　玲

　　暖水屯的人们都你跟我说，我跟你说着："嗯，十一家地主的园子都看起来了，说有十一家咧，贫农会的会员都在那里放哨呢。""唉，是哪十一家咧，怕都是要给清算的吧？""说是只拣有出租地的，富农的让他自己卖。""那不成呀！富农就不清算了吗？""说不能全清算呀！有的户要清算的，那时要他交钱就成，这好办。""这也对，要是把全村的都卡起来，农会就只能忙着卖果子，还闹什么改革，地还得要分嘛！"

　　…………

　　一会儿，红鼻子老吴又打着锣唱过来了。他报告着卖果子委员会的名单和委员会的一些决定。

　　"着呀！有任天华那就成呀！他是一个精明人，能替大伙儿打算，你看他把合作社办得多好，哪个庄户主都能挂账，不给现钱，可还能赚钱呀！"

　　"哈，李宝堂也是委员了，他成，果园的地他比谁也清楚，在果子园里走来走去二十年了，哪一家有多少棵树，都瞒不过他，哪一棵树能出多少斤果子，他估也估得出来，好好坏坏全装在他肚子里。"

　　"照情况看来这一回全给穷人当权着呢。侯忠全的儿子也出头了，这不给他的老头子急坏了吗！"

　　人们不只在巷子里和隔壁邻舍谈讲，不只串亲戚家去打听，不只拥在合作社门外传播消息，他们还到果子园去；有些人是指定有工作的，有些妇女娃娃就去看热闹。

曾经听说过要把全村果树都卡起来的十五家富农，如今都露出了笑容，他们互相安慰也自己给自己安慰道："咱说呢，共产党就不叫人活啦，还能没有个理！"于是也全家全家地赶快出发到园子里，把熟了的果子全摘下来，他们怕落后了吃亏，要把果子赶早发出去。

那被统制下来了的十一家，也派人到园子来，他们有的来向大伙要求留下一部分，有的又想监视着那些农民看他们能怎么样，会不会偷运，把些小孩子也派来，趁大伙忙乱的时候，孩子们就抱些回家去，哪怕一个果子也好，也不能随便给人呀。

当大地刚从薄明的晨曦中苏醒过来的时候，在肃穆的、清凉的果树园子里，便飘起了清朗的笑声。人们的欢乐压过了鸟雀的喧噪。一些爱在晨风中飞来飞去的有甲的小虫，不安地四方乱闯。浓密的树叶在伸展开去的枝条上微微地摆动，怎么也藏不住那一累累的沉重的果子。在那树丛里还留得有偶尔闪光的露珠，就像在雾夜中耀眼的星星一样。那些红色果皮上有一层茸毛，或者是一层薄霜，显得柔软而润湿。云霞升起来了，从那密密的绿叶的缝里透过点点的金色的彩霞，林子中反映出一缕一缕的透明的淡紫色或浅黄色的薄光。梯子架在树旁了。人们爬上了梯子，果子落在粗大的手掌中，落在篮子里，一种新鲜的香味，便在那些透明的光中流荡。这是谁家的园子呀！李宝堂在这里指挥着。李宝堂在园子里看着别人下果子，替别人下果子已经二十年了，他总是不爱说话，沉默地，像无动于衷似的不断工作。不知道果子是又香又甜似的，拿着的是土块、是砖石那么一点也没有喜悦的感觉。可是今天呢，他的嗅觉像和大地一同苏醒了过来，像第一次才发现这葱郁的、茂盛的、富厚的环境，如同一个乞丐忽然发现许多金元一样，果子都发亮了，都在对他眨着眼呢。李宝堂一面指挥着人，一边说："这园子原来一共是二十八亩，七十棵葫芦冰，五十棵梨树，九棵苹果，三棵海棠，三十棵枣，一棵核桃。早先李子俊他爹在的时候，葫芦冰还多，到他儿子手里，有些树没培植好，就砍了，重新接上了梨树。李子俊没别的能耐，却懂得养梨，告诉咱们怎么上肥，怎么捉梨步曲，他从书上学来的呢。可惜只剩这十一亩半。靠西北角上五亩卖给了江世荣，紧南边半亩给了王子荣，一个钱也没拿到。靠洋井那三亩半还卖得不差，是顾老二买的，剩下七亩半，零零碎碎地卖给四五家人了。这些人不会收拾，又只个半亩、一亩多的，就全是靠天吃饭，今年总算结得不错。"

有些人就专门把这些装满了果子的篮子，拿到堆积果子的地方。人们从这个枝上换到那个枝上，果子逐渐稀少了，叶子显得更多了。有些人抑制不住自己的欢乐，把摘下的大果子，扔给在邻树上摘果子的人，果子被接住了，大家就大笑起来，果子落在地上了，下边的人便争着去拾，有的人拾到就往口里塞，旁边的人必然大喊道："你犯了规则呀，说不准吃的呀，这果子已经是穷人们自己的呀！""哈，摔烂了还不能吃吗，吃他李子俊的一个不要紧。"

也有人同李宝堂开玩笑说："宝堂叔，你叨咕些什么，把李子俊的果园分了，就打破了你看园子这饭碗，你还高兴？""看园子这差事可好呢，又安静，又不晒，一个老人家，成天坐在这里抽袋把烟，口渴了，一伸手，爱吃啥，就吃啥，宝堂叔——你享不到这福了。"

"哈，"李宝堂忽然成了爱说话的老头，他笑着答道："可不是，咱福都享够了，这回该分给咱二亩地，叫咱也去受受苦吧。咱这个老光棍，还清闲自在了几十年，要是再分给一个老婆，叫咱也受受女人的罪才更好呢。哈……"

"早就听说你跟园子里的果树精成了亲呢，要不全村多少标致闺女，你都看不上眼，从来也不请个媒人去攀房亲事，准是果树精把你迷上了，都说这些妖精喜欢老头儿啦！"

一阵哄笑，又接着一阵哄笑。这边笑过了，那边又传来一阵笑，人们都变成好性子的人了。

果子一篮一篮地堆成了小山，太阳照在树顶上，林子里透不进一点风。有些人便脱了小褂，光着臂膀，跑来跑去，用毛巾擦脸上的汗，却并没有人说热。

比较严肃的是任天华那一群过秤的人。他们一本正经目不斜视地把称过的果子记在账上，同时又把它装进篓子里。

李子俊的女人在饭后走来了。她的头梳得光光的，穿一件干净布衫，满脸堆上笑，做出一副怯生生的样子，向什么人都赔着小心。

没有什么人理她，李宝堂也装着没有看见她，却把脸恢复到原来那么一副古板样子了。

她瑟瑟缩缩地走到任天华面前，笑着道："如今咱们园子不大了，才十一亩半啦，宝堂叔比咱还清楚啦，他爹哪年不卖几亩地。"

"回去吧，"那个掌秤的豆腐店伙计说了，"咱们在这干活穷人们都放心，你还有什么不放心的。你们已经卖得不少了！"

"尽她待着吧。"任天华说道。

"唉，咱们的窟窿还大呢，春上的工钱都还没给……"女人继续咕噜着。

在树上摘果子的人们里面不知是谁大声道："嘿，谁说李子俊只会养种梨，不会养葫芦冰？看，他养种了那么大一个葫芦冰，真真是又白又嫩又肥的香果啦！"

"哈……"旁树上响起一片无邪的笑声。

这个女人便走到远一点的地方坐下来。她望着树，望着那缀在绿树上的红色的珍宝。她想，这是她的东西，以前，谁要走树下过，她只要望人一眼，别人就会赔着笑脸来奉承来解释。怎么如今这些人都不认识她了，她的园子里却站满了这么多人，这些人任意上她的树，践踏她的土地，而她呢，倒好像一个不相干的讨饭婆子，谁也不会施舍她一个果子。她忍着被污辱了的心情，一个一个地来打量着那些人的欢愉和对她的傲慢。她不免感慨地想道："好，连李宝堂这老家伙也反对咱了，这多年的饭都喂了狗啦！真是事变知人心啦！"

可是就没有一个人同情她。

她不是一个怯弱的人，从去年她娘家被清算起，她就感到风暴要来，就感到大厦将倾的危机。她常常想方设法，要躲过这突如其来的浪潮。她不相信世界将会永远这样下去。于是她变得大方了，她常常找几件旧衣送人，或者借给人一些粮食；她同雇工们谈在一起，给他们做点好的吃。她也变得和气了，常常串街，看见干部就拉话，约他们到家里去喝酒。她更变得勤劳了，家里的一切活她都干，还常常送饭到地里去，帮着拔草，帮着打场。许多只知道皮毛的人都说她不错，都说李子俊不成才，还有人会相信她的话，以为她的日子不好过——她还说今年要不再卖地，实在就没法过啦！可是事实上还是不能逃过这灾难，她就只得挺身而出，在这风雨中躲躲闪闪地熬着。她从不显露，她和这些人中间有不可调解的怨恨，她受了多少委屈啊！她只施展出一种女性的千依百顺，来博得他们的疏忽和宽大。

她看见大伙的工作又扩展开来了，便又走远些，在四周逡巡，舍不得离开她的土地，忍着痛苦去望那群"强盗"。她是这样咒骂他们的。

到中午时候，人们都回家吃饭去了。园子里显得安静了许多。她又走回来，巡视那些树，它们已经不再好看了，它们已经只剩下绿叶，连不大熟的果子都被摘下来了。她又走过那红色的果子堆成的小山，这在往年，她该多么的欢喜啊！可是现在她只投过去憎恨的视线。"嗯，那树底下还有人看着呢！"

她通过了自己的园子，到了洋井那里，水汩汩地响着，因为在水泉突出来的地方，倒覆了一口瓦缸，水在缸底下涌出来，声音听起来非常清脆，跟着水流便成了一条小渠。这井是他们家开的，后来同地一道卖给顾老二了。顾老二却从来没有改变水渠的道路，也就是说从来没有断绝他们家的水源。这条小渠弯弯曲曲地绕着果子园流着，它灌溉了这一带二三十亩地的果子。她心想："唉，以前总可惜这块地卖给别人了，如今倒觉得还是卖了的好！"

顾涌的园子里没有人，树上的果子结得密密层层，已经有熟透了的落在地上了。他的梨树不多，红果却特别大，这人舍得上肥和花工；可是，还不是替别人卖力气。她感觉到这三亩半园子也被统制了，把顾老二也算在她们一伙，她不禁有些高兴。哼，要卖果子就谁的也卖，要分地，就分个乱七八糟吧。

可是当她刚刚这样想的时候，却听到一阵年轻女人的笑声。接着她看见一个穿浅蓝衣服的影子晃了过去，谁呢？她在脑子里搜寻着，她走到一条水渠边，有一棵柳树正从水渠那边横压了过来，倒在渠这边的一棵梨树上。梨树已经大半死去，只留下一根枝子，那上边却还意外地结着一串串的梨。

她明白了对面是谁家的园子，"哼！是他们家呀！"她已经看见那个穿浅蓝布衫的黑妮，正挂在一棵大树上，像个啄木鸟似的，在往下边点头呢。树林又像个大笼子似的罩在她周围。那些铺在她身后的果子，又像是繁密的星辰，鲜艳的星星不断地从她的手上，落在一个悬在枝头的篮子里。忽地她又缘着梯子滑了下来，白色的长裤就更飘飘晃动。这时她的二嫂也像一个田野间的兔子似的跳了过来，把篮子抢过去，那边她姐姐又叫着了："黑妮！你尽贪玩呀！"

黑妮是一个刚刚被解放了的囚徒。她大伯父曾经警告她道："村子上谁也恨咱那个兄弟，咱们少出门，少惹事，你一个闺女家千万别听他的话，防着他点，是是非非你都受不了啦！"黑妮听了他的话，坚决不去找程仁，干脆地答复了二伯父道："你们要再逼咱，咱就去告张裕民。"但不管怎样，家里总还是不放松她，死死地把她扭着，不让她好好呼吸一口新鲜空气。正在无法摆脱的时候，却一下晴了天，今天全家都喜笑颜开，当他们听到十一家果地被统制的消息时候，其中却没有钱文贵三个字，都会心地笑了。二伯父已经不再在院里蹑来蹑去，他躺在炕上，逍遥地摇着一把黑油纸扇。伯母东院跑到西院，不知忙什么才好。妇女们都被打发到园子里来了，钱礼就去找工人雇牲口。黑妮最感到轻松，她想他们不会再逼迫她了。她悄悄地向顾二姑娘说道："二嫂，别怕咱爹，哼！他如今可是沾的咱二哥的光啦！"

李子俊的女人却忍不住悄悄地骂道："好婊子养的，骚狐狸精！你们就看着咱姓李的好欺负！你们天天闹清算，闹复仇，守着个汉奸恶霸却供在祖先桌上，动也不敢动！咱们家多了几亩地，又没当兵的，就倒尽了霉。张裕民这小子，有朝一日总要问问你这个道理！"

她不能再看下去了。她发疯了似的往回就跑，可是又看见对面走来了许多吃过午饭的人，还听到他们吆喝牲口的声音，她便又掉转头往侧边冲去，她不愿再看见这些人，她恨他们，她又怕不能再抑制住自己对他们的愤恨，这是万万不准透露出来的真情。她只是像一只挨了打的狗，夹着尾巴，收敛着恐惧与复仇的眼光，落荒而逃。

人们又陆续地聚到园子里了。侯清槐带领着运输队。两部铁轮子大车停在路上等装货，连胡泰的那部胶皮轱辘也套在那里，还加了一匹骡子。顾涌不愿跟车，没出来，李之祥被派定站在这里，拢着缆绳，举着一根长鞭子。他已经展开了笑容，不像前一晌的畏缩了，他觉得事情是有希望的。一串串的人扛着篓篓子，从园子深处朝这边走来了。只听见侯清槐站在车头上嚷道："老汉，你下去！到园子里捡捡果子吧，找点省劲的干！唉，谁叫你来的！"

这话是朝后边那辆铁轮车上的郭全说的。这老头戴了一顶破草帽，穿一件旧蓝布背心，连身也不反过来说："谁也没叫咱来，咱自个儿来的。咱自个儿还搁着两棵半果树没下呢。老头怎么样，老头就不办事了?!"他忽然看见那小个儿杨亮也扛着一篓子果子走过来，不觉便去摸了一下那两撇八字胡，也高声道："咱老头还能落后，老杨！到咱这里来！装车是要会拾掇，不要蛮力，对不对？"

"嗬！是你！你的果子卖了吗？"杨亮在车旁歇了下来，拿袖子擦脸上的汗，又向旁边搜寻着。

"没呢，咱那个少，迟几天没关系。"郭全弯着腰接过送上来的篓子。

杨亮想起那天他们谈的事，便问道："和你外甥商量了没有？打定了主意吗？"

"什么？"他凝视着他一会儿，忽然明白了，笑了起来："嗬！就是那事呀！唉，别人成天忙。你看，小伙子都嫌咱老了干不了活啦！嗯，没关系，咱老了，就少干点，各尽各的心！"

杨亮看见一个年轻女人也站到身边来，她把肩头上沉重的篓子慢慢地往下移，却急喊道："郭大伯，快接呀！"

她是一个瘦条子女人，黑黑红红的面孔，眉眼都细细地向上飞着。头发全向后梳，又高高地挽了一个髻子，显得很清爽。只穿一件白布的男式背心，两条长长的膀子伸了出来，特别使人注目的，是在她的一只手腕上，戴了好几道红色的假珠钏。

"嘿，坐了飞机呀！"一个走过来的年轻农民笑说道，"你真是妇女们里面的代表，羊栏里面的驴粪球啦！"

那女人绝不示弱，扭回头骂道："你娘就没给你生张好嘴！"

"对！咱这嘴就是笨，咱还不会唱'东方红太阳升'呢，哈……"谁也没有注意他给大家做的鬼脸，但大家都笑了。还有人悄悄说："欢迎唱一个！"

"唉！看你们这些人呀，有本领到斗争会上去说，可别让五通神收了你的魂！咱要是怕了谁不是人！"她趄转身走回去。她走得是那样快和那样轻巧。

"谁呀？这妇女不赖！"杨亮觉得看见过这女人，却一时想不出她的名字，便问郭全。

郭全也挤着眼笑答道："羊倌的老婆，叫周月英，有名的泼辣货，一身都长着刺，可是个天不怕地不怕的女人，开起会比男人们还叫得响。算个妇女会的副主任咧。今天她们妇女会的人也全来了。"

"扛了一篓子果子，就压得歪歪扭扭叫叫喊喊的，还要称雄呢！"

"称雄！不成，少了个东西啦！"

于是大家又笑了。

一会儿，车子上便堆得高高的，捆得牢牢的。侯清槐得意扬扬，吆喝了一声，李之祥便挥动长鞭，车子慢慢地出发了。三辆车，一辆跟着一辆。在车后边，是从园子里上好了驮子的十几头骡子和毛驴，一个长长的行列，跟车的人、押牲口的人在两旁走着，有些人便靠紧了路边的土墙，伸长着头，目送着这个热闹的队伍。有些人也不愿立刻回园去，挤在园门口，指指点点赞谈着。这比正月的龙灯还热闹，比迎亲的轿马还使人感到新鲜和受欢迎呢！这时郭全也靠墙站着，轻轻地抹着他那八字胡，看行列走远了，才悄悄地问他身旁的杨亮："这都给了穷人吗？"

文采也到园子里来了，他的感觉完全和过去来这里不同。他以前曾被这深邃的林地所眩惑。他想着这真是读书的胜地呀！也想着是最优美的疗养所在。他流连在这无边的绿叶之中，果子便像散乱的花朵。他听着风动树梢，听着小鸟欢噪，他怡然自得，觉得很不愿离开这种景致。可是今天呢，他被欢愉的人们所吸引住了。他们敏捷、灵巧，他们轻松、诙谐，他们忙而不乱，他们谨慎却又自如。平日他觉得这些人的笨重、呆板、枯燥，这时都只成了自己的写真。人们看见他来了，都向他打招呼，他却不能说出一句可以使人发笑的话，连使人注意也不可能。他看见负指挥总责的任天华，调动着，巡视着，计算着，检点着，又写些什么。谁也来找他，来问他，他一起一起打发了他们，人们都用满意的颜色离开他。可是他仍是像在合作社的柜房里一样，没一点特别的神气，没一点特别的模样，只显出他是既谦和又闲暇的。

胡立功更明确地说道："这要换上咱们来办成吗？"当然文采还会自慰：这到底只是些技术的、行政的事，至于掌握政策农民们就不一定能够做到。但他却不能不在这种场面里，承认了老百姓的能力，这是他从来没有想到的，更不能不承认自己和群众之间，还有着一层距离。至于理由何在，是由于他比群众高明还是因为他对群众的看法不正确，或者只是由于他和群众的生疏，那就不大清楚，也不肯多所思虑了。

他们没有在这里待许久，便又回去，忙着布置昨天商量好的事去了。

园子里却仍旧那么热闹，尤其当太阳西斜的时候，老婆子们都挂着拐杖走来了。这是听也没听过的事呀！财主家的果子叫穷人们给看起来，给拿到城里去卖。参加的人一加多，那些原来有些怕的，好像怀了什么鬼胎的人，便也不在乎了。有些本来只跑来瞧瞧热闹的，却也动起手来。河流都已冲上身来了，还怕溅点水沫吗？大伙儿都下了水，人人有份，就没有什么顾忌，如今只怕漏掉自己，好处全给人占了啦！这件事兴奋了全村的穷人，也兴奋了赵得禄张裕民几个人，他们满意着他们的坚持，满意着自己在群众中增长起来的威信，村上人说他们办得好咧。他们很自然地希望着就这么顺利下去吧，这总算个好兆头。他们不希望再有什么太复杂、太麻烦的事。

组织妇女的能手

韶 华

一

于翠云的婆婆二十来岁就死了丈夫。她年轻时候，长得俊俏，又爱打扮，因此屯中的老"相好"，不够一桌，也差不多。她就靠着这个过了二十多年，不用干活，两条腿吊起来，也能吃香的，喝辣的。这几年，人一老，虽然吃不开了，但她的孩子长成人，偏偏娶了个勤苦媳妇儿。这样，她还不用干活，"婆婆"架子也就摆起来啦，一心一意要叫于翠云当她的好媳妇儿。那就是，做饭先问她一声："娘！你想吃啥饭哪？"做好了之后再问一声："娘，你尝尝咸淡？"她盘腿坐在炕头上，吃这碗，儿媳妇给她捧那碗，跟菩萨一样把她侍奉起来。如果一点事得罪了她，抬手就打，张口就骂。

于翠云的丈夫，一心一意要叫她当个好老婆。那就是，除了"喂猪、打狗、围着锅台转"之外，还要经常给他缝缝补补，把他打扮得漂漂亮亮的，连旱烟口袋上也纳上花。他不出门就躺在炕头上看蜘蛛结罗网，出门就东家走，西家串，找年轻女人，一边衔着烟袋，一边拉开话。他虽然这样，但是如果于翠云和别的男的说上几句话，可就恼上他的心火了，摸着扫帚用扫帚，摸着勺子用勺子，正吃着饭怕他不用碗打你。他的名字叫刘成，可是人家都叫"刘大怪"。

于翠云就找了这么一个婆家，现在已经过了五六年啦，孩子都两岁啦。

瓮里没水，于翠云去打；柜里没米，于翠云去推；灶坑里没柴，于翠云去捡。婆婆专心做她的"婆婆"；丈夫专心做她的"丈夫"。如果在刘海屯问一问："他娘俩人品怎么样?"都说是："好人里边挑出来的！"

好歹于翠云从小是穷人，八九岁就给人家拦猪，爹爹租人家的地种，她就能顶个半拉子，从小干活惯了，一天不干活，胳膊腿就不自在。于翠云劝婆婆跟丈夫多少回，他们不改，自己也就不劝他们了。

开春，区上张中同志到他们村组织换工插犋，同时要发动妇女生产，每屯要选一个妇女主任，都说："于翠云行，能干活，心眼正道，又是穷人。"结果于翠云就当选了。婆婆跟丈夫本来不愿意，但是婆婆历史不正，怕大家斗争她，丈夫怕人家改造他的二流子，所以虽然不愿意，但不敢说话。

于翠云当了妇女会主任，自然免不了开会，家里的活，婆婆跟丈夫不能不分担一点，有时替抱抱孩子。因为这，他们给于翠云受了好几回气，于翠云觉得"家丑不可外扬"，自己受气惯了，也不往外说。

妇女主任虽然选举了，可是发动妇女生产却没有几个人赞成。有的说："别想那么多歪道道，早先妇女没生产，也没见撂荒几垧地！"有的说："妇女还能生产，走不到地就累屁啦！"女人中也有不少思想不开通的："嫁汉，嫁汉，为的穿衣吃饭。""老娘们去干活，多么'可耻'呀！"因此，想发动妇女，是有困难的。可是也有不少积极分子。

一天，于翠云到村上开会去，一直开了半天，饭没有做，孩子又哭，可把娘俩给气坏了，于是便把平分土地时分到的麦种磨了，烙白面饼吃。于翠云回来了，真是又生气，又可惜。但给他们是讲不清道理的，也就不去计较，自己抱起孩子奶了一会儿，揭开饭盆，把清早剩下的凉高粱米粥舀着喝。刚刚把碗送到嘴边上，婆婆上前把碗拿过来说："开会没开饱吗? 吃饭干啥?！"

于翠云忍着气说："开会也不是啥坏事呀！讨论生产……"

你猜刘大怪说个啥，他说："讨论生产，生个屁！村长的脸白，农会主任说话好听，在一起拉拉扯扯倒自在！"

这句话把于翠云给气炸了："孩儿他爹，你不要血口喷人！"

刘大怪用手里没吃完的白面饼照着于翠云的脸扔过去："我血口喷人，我还要揍你咧！"于翠云一歪头，白面饼碰在墙上。

既然闹到这步田地，不叫吃饭，还揍人，那还有啥过头啦！于翠云是个有志气的人，抱着孩子就往外走。她刚走出门去，刘大怪咣地把门给关上了，意思是说：有能耐就别回来！

于翠云哭也哭不出声来，像小时候放猪丢了猪崽那么难受，心里想："共产党给您这碗饭，就把您给撑疯啦！祖祖辈辈没有一点地，受穷受气，现在有了地，不好好生产，等什么时候呢？这些没有良心的人！劝你们把嘴磨破也不知道转个弯儿。"

她擦着泪往东走，走了不几步，八成媳妇从对面迎过来，她也没看于翠云的脸就说："大婶子，你看看怎么办呀？今天上午我因为老想着咱们妇女生产的事，焖米饭少烧了两把火，弄生了。孩儿他爹像个疯狗一样撵着我打。可好有人拉住，孩儿他爹一面撵，一面骂着：'吃材，吃材！养活你还不如养活个狗哪！'……你看，怎么办呀？"

于翠云站定，眼里噙着泪花，也不回答她。八成媳妇一看，自己的事也不提了，便说："大婶子，你哭啥？"

于翠云把话说了，因为她们两个人平常很要好，所以"村长的脸白，农会主任说话好听……"的话也说给八成媳妇啦。

八成媳妇是个爱说、爱笑又爱忘事的女人，听了这话，也不管于翠云心里是啥滋味，把"孩儿他爹像疯狗一样撵着打"的事也忘了，哈哈大笑说："刘大怪可真是个醋罐子！"

于翠云想起上午在村上开会的事，赶忙说："你去召集咱们屯中的妇女，就说到小学校开会，讨论生产。"

八成媳妇是个积极分子，听说讨论生产，一溜烟就到各家叫开会去了。

二

不大工夫，人都到齐了（这时小学生已经放学），姑娘、年轻媳妇，也有几个老太太，有几个还抱着孩子。于翠云把孩子放在桌子上，一只胳膊搂着他，从破窗户上撕一块纸叫他玩，就宣布开了会。她把在村上开的会，发动妇女生产的事说了，等她说到"以后男女平权，谁也不兴压迫谁，咱们不指望老爷们养活，参加生产跟他们一样干"时，下边的妇女便嚷嚷起来："别提啦，俺那一口子（指她丈夫）动不动就说我吃货，尽糟损粮食！"

"俺孩儿他爹，可真……我说要参加生产，他那眼一瞪就说：'老娘们还能生产？别想那些歪道！'"

也有的妇女说："要说生产，俺可不能去，家里没人手，盆盆罐罐的都得照管，分几垧地，老爷们也能侍候过来了……"

有的小声说："生产是老娘们干的活吗？那男不男，女不女的多么'可耻'！"

八成媳妇的话匣子也打开啦："别提啦，俺那一口子，因为我今天上午老想着咱妇女生产的事，焖的饭少烧了两把火，弄生了，他像疯狗一样撵着我打，可好有人拉着，嘴里还骂着：'吃材，吃材！养活你还不如养活个狗哪！'……

"咱们主任可也是，今天开会回去连饭也不给吃，刘大怪还说她替咱大伙工作是因为'村长脸白，农会主任说话好听'……那一个醋罐子，他自己……咯咯咯……"八成媳妇没说完自己先咯咯笑起来，惹得大伙也哈哈大笑，于翠云板着脸也不吱声。有人就说："咱主任，是那样的人吗？"

　　于翠云说："就是因为这，咱们才应该积极参加生产呀！人常说嘛，'吃人家的嘴短，拿人家的手短'，咱们妇女，光指望老爷们养活，能不受人家的气吗？以后咱们好好干活，锅里煮的米，也有咱们气力挣出来的一份，吃着仗义，说话也有劲！"

　　有人说："说别的是假的，咱们早先年干活，死到人家地主家里，到头还是免不了受冻挨饿，那时候，咱们妇女想干，连块地也没有。现在不好好干，那个滋味儿就忘了吗？现在不好好干，还等什么时候？……"

　　接着就讨论怎样打通一般人看不起妇女的思想，怎样组织妇女生产，等等。

　　八成媳妇说："我看咱们妇女抱着一个团儿，谁压迫咱们妇女，看不起咱，把他拉到会场上，像斗争大肚子一样，斗争他！"

　　有人开玩笑说："那得先斗争你老头子！"

　　于翠云说："那样不妥当，咱们妇女还没干一点活，就造斗争，不是更惹起人家不满意吗？我看还是好好组织起来，争一口气，干个样子叫他们看看，不怕他们看不起。"

　　有一个叫四云的姑娘说："咱们妇女，老老少少都编起组来，谁不编也不行，编起来，分成组，有干这的，有干那的，这样保险能行。"

　　有很多人赞成这个意见，也有的说："编组俺可不能参加！家里没人手，出不来！"

　　于翠云说："行倒行，区上张中同志说：'组织妇女跟老爷们一样，得自愿。比方东院刘二嫂吧，婆婆又好，能给抱抱孩子，做个饭啥的，她就能入组；西头老歪家，独手人，光家里的活就够干啦，如果强迫编组，恐怕老爷们干活回来连饭也没吃的。'……"

　　有人又开玩笑说："别给老爷们做饭吃，看他们还轻看妇女不。"

　　大家又讨论了一会儿，自愿报名入组，共编了三个组，确定一个组去熬盐，一个组编草帽、编席子，明天全屯要开始送粪，一个组帮助装车，叫老爷们可以多抽出几个人扬粪和干别的活。就这样决定后散会了。

　　开过会之后，于翠云不想回家去，抱着孩子住到八成媳妇家。八成是个急性子人，于翠云又给他们做了些和解，过了一会，两口就又和好啦。

　　第二天一早，于翠云领着熬盐组到甸子里去。这里有一套熬盐家具，是斗争果实，还有现成的一座土房。清早，打了一个草铺，垒了一个锅台，上午熬盐组的十一个妇女，两个人收拾淋池，三个人刨柴火做熬盐的烧柴，五个人去刮盐土。于翠云领着头打柴火组。

这时虽然到了农历三月，还有些冷，但一干起活来，就出了汗。于翠云把孩子抱到一边，拔一把草给他玩。（她想：如果婆婆给抱抱孩子，不是自己能好好生产了吗？）于翠云是干活惯了的，并不觉得累，而别的几个妇女，干了不一会儿，就上气不接下气，有的手上打了泡，于翠云不断鼓励她们，一个上午就刨了两三车柴火。下午，有两个参加时就不积极的妇女要退组，于翠云劝不住，只好叹了口气让她们退组。

刮土的几个妇女也刮了好几车，下午，把盐土装上淋池，挑了几挑子水，天黑时候，水就淋下来了，尝一尝很咸，搞里个鸡蛋，漂起来了，大家都很高兴。

三

到了黄昏，第三组组长桂枝从屯里跑来了，一看见于翠云就说："主任，我这组长也当不了啦！都看不起妇女，帮助装粪车，人家不让，好心当了驴肝肺……"说着呜呜地哭起来，像受了天大的委屈一样。

于翠云说："谁呀？"

桂枝说："谁？武装委员陈发呗！"

于翠云想："人家别屯的村干部都帮着发动妇女。别人看不起妇女还有话说，你武装委员也来打击妇女的情绪。"想着，非常生气，把孩子交给八成媳妇，自己就直接去找陈发。盐锅离屯上不到半里多地，一会儿就到了陈发的家里。于翠云说："陈发，你是武装委员，村干部讨论发动妇女生产的时候，你也在场，为啥你也打击妇女的生产情绪？"

陈发说："发动妇女，我压根儿就不赞成，老爷们多干点有啦，还用得着你？"

于翠云说："上边叫咱大伙生产，发家致富，照你这样说，妇女还发动不发动啦？"

陈发说："发动不发动，去个球！早先妇女没干活，也没见撂荒几垧地。活干不好，不够挡道的呢！"

说着走出门去。于翠云碰了这么一个大钉子，气得身上打哆嗦，心里一酸，眼泪就掉了下来。见陈发已走出去，不同她们讲话，她也只好同桂枝走了出来。一出门，正同刘大怪碰个满怀。刘大怪说："连家也不要啦？"

于翠云也不搭理他直往前走。刘大怪说："好，有本事咱'打把刀'（离婚）吧！以后谁也别跟谁来往！"

于翠云让桂枝回家去，自己就往盐锅那里走。走了几步，站下了。自己家也没有了，妇女又发动不起来，刚一发动，村干部先来泼冷水，自己这妇女主任也别当啦。在外边受这口气干啥，还是回家受气去吧！……想了半天没有招儿，泪簌簌地往下流。就照着大明屯走去。那里是村公所，区上张中同志在那里住着，她想找他谈谈，要真是干不了，自己也不干啦。

这时天已很黑，白天干了一天活，衣服被汗塌得透湿，晚上一阵凉风刮过来，身上直打冷战。

这屯离村公所住的大明屯有二里多地，不一会儿也就到了。张中同志正在点着灯，不知道为什么。她进去坐下来叹了一口气说："老张同志，这主任不好当呀！"

老张说："怎么了？"

于翠云说："人心不齐，谁都看不起妇女，连武装委员陈发也来打击妇女的情绪……"接着把事情的经过说了。

老张说："慢慢地来嘛，人们看不起妇女，几千年啦，一半天是打不破的。你们好好干，干出成绩来，叫他们看看。今年有荒灾，很多人家缺吃粮，没种子，人手不够，妇女不参加生产，地非撂荒不行，撂荒了地，不是白翻身一场吗？……"接着又问："你婆婆跟你男人怎样？"

于翠云说："多咱他们还不是那样，啥活不干。我看共产党给这碗饭，把他们给撑晕啦。我在妇女会好好生产，怕养不活两口子吗，他们现在愿意自个过，叫他们自个过去吧！我看把那点分的果实吃完，他们还有啥指望。"

老张说："现在村上正讨论改造二流子，他们不会老是那个样子的……"停了一会儿，老张又问："你刚才说共产党，你看见过共产党没有？"

于翠云说："怎没见过，咱们穷人都是共产党，共产党领导咱们翻身，现在又领导咱们生产，发动妇女，我一辈子也忘不了。"

老张笑了笑说："不对，共产党不是所有的穷人都是，要参加才能算……"结果给她解释了一遍。

于翠云说："那么我参加行不行呢？"

老张说："行，共产党要那好样的，能生产的，带领大伙发家的，为大伙服务的，不怕困难，人品好的人。"

于翠云说："哦……"

于翠云回到盐锅的时候，已经半夜了。除了她的孩子，几个熬盐的妇女都没有睡觉，她们正熬新淋的盐水呢。八成媳妇说："我们准备白天打柴、刮土、淋水，晚上就熬，今天夜间，要把淋的水熬完它。"

于翠云抱起孩子奶了一会儿，要去替换一个妇女烧火。那烧火的妇女说：

"我不累，你休息吧，主任。"

但于翠云把她替换了。鸡叫的时候，水熬完了。于翠云往炕上一躺，胳膊腿的骨筋，都像断了一样。躺下刚刚闭上眼睛，天就亮了。她赶忙起来，同大家一块去刮土、刨柴火、挑淋水……

四

因为去年收成不好，几年春天普遍闹饥荒，家家户户缺吃粮，缺种子，缺马草马料。抬不着，借不来，大家都觉得困难了。

这时已经过了一个多月，于翠云领导的熬盐小组，熬了有一万多斤盐。她们白天刮土、刨柴火、淋水，晚上就搭夜熬，一个人平均每天熬二十多斤，这时候二斤盐能换一斤粮食。桂枝领导的第三组，从那以后就不帮助老爷们装粪车，通通去编草帽跟编席子，她们的成绩也不小，一顶草帽能换一斤多米，一领席能换半斗米。这时凡是参加妇女组生产的，困难都解决了，没有参加的，淘换吃的又耽误种地，去种地又没吃粮。很多人看着参加妇女组生产有利，便都要求参加了，到端午节时候，她们的三个组已经扩大到了七个组。组中记工、算账、评分、算股，弄得很清楚也不打嘟嘟。过去一些不开通的男人劝自己的老婆参加，婆婆情愿给儿媳妇抱孩子、做饭，腾出儿媳妇去参加。尤其是一些年轻妇女，爱凑热闹，在一块干活有说有笑，一点也不觉得累。

于翠云自己一心领导大伙生产，她在熬盐组，分了一千多斤盐。为了帮助人家解决生产困难，她借出去三四百斤。至于刘大怪他们，她根本不去想。不干活，将来看他们喝西北风过日子吧！

这一天，八成媳妇从屯里回来，看见于翠云就拍着手说："主任！你那一口子叫人家给斗争啦！"

于翠云说："斗？不屈他！为什么斗的？"

八成媳妇说："为什么？二流子呗，人家大伙儿好意改造他，他不听，现在斗争果实吃光，偷起人家来了……"

于翠云说："打了没有？"

八成媳妇开玩笑说："哎呀！看看你心疼了不是？"

于翠云说："去你的吧，我才不心疼他呢，我们早断了缘了，我是不在，我在怕不给他几巴掌。"

八成媳妇说："说得好听，你是没有见，见了保险你心就软了。大家拉到会场上问他：你改不改？你改不改？他缩着个脖，抖着膀，跟个夹尾巴狗一样：我改，我改，我不改枪崩我……"一面说，一面学着那个样子，说罢咯咯大笑。

于翠云说："这几天你老头子，对你咋样？"

八成媳妇说："你还不知道吗，他是个麦秸火性，着一阵就没事啦。我把分的千把斤盐卖了三四百斤，家里吃粮，马草料都有啦，再熬几百斤，还准备买一匹马呢！我今天回来，正赶上吃午饭，他还给我盛了满满儿的一碗饭哪……"说罢又咯咯大笑，就去刮盐土了。

于翠云奶了一会儿孩子，拉了一把刮刀刚走出门，就被一个人叫住了："孩子的娘！"

于翠云回头一看是自己的丈夫，开步就走。

刘大怪上前面拉住说："孩子的娘，别走，我有话说。"

于翠云站定说："有啥话说吧。"

刘大怪很可怜地说："孩子的娘，你真不要家了吗，把我们都忘了吗？"

于翠云说："你自己说的，以后谁也别跟谁来往！"说完就走。刘大怪拉住说："孩子的娘，你，你还不知道我吗？急，急性子脾气，五六年啦，我真混账！人，人家也把我斗争了，现在家里吃的也没有啦，肚里饿得真难受，往后，我再不改，你，你打我！"

在这里也许有人觉得：以前刘大怪对老婆那么厉害，为什么现在会显出这么一副可怜样来。其实二流子就是这样：当他还有办法的时候，他比二天爷还厉害；你如果憋住他，憋得他非求人不行的时候，叫他挨屁股他都干。

隔着柴火垛，两个妇女在敲打苤子，听见这里闹事情，赶忙来把他们劝到屋里。

刘大怪说："你想想，孩子的娘，我能还不转变吗？"

于翠云说："你能转变，石碨就会发芽，铁树也就开花啦！"

刘大怪起誓说："我不转变，任凭你们枪崩我！"

于翠云说："没有枪崩你，要枪崩你十个八个早也崩完啦，你什么时候说话算过话！"她虽是这么说，可是气头已经有点心软了。

当天，刘大怪就把于翠云卖盐买来的五斗苞米背到家里去了。过了几日，于翠云也搬回家里住了。婆婆天天向媳妇叨咕："媳妇，早先我真对不起你呀！"于翠云搬回去的第二天早晨，天不亮就叫刘大怪起来干活。手刚刚一拍他，"起"字还没说出来。刘大怪忽的一下就爬起来了，以前的时候你做好饭，十遍八遍也别想叫醒他。

五

过了几天，头遍地还没有割完，就下了几天连阴雨。雨过天晴之后，地可都荒了，草苗一齐长，各小组的地，铲也铲不过来。于翠云领导的妇女生产小组这时盐也不熬了，草帽席子也不编了，都下地帮助薅草拔苗。因为她们薅得又干净，又快当，争着雇她们的人很多。这个说，"明天给我们薅吧，一条垄一千块。"

那个说："明天给我们薅吧，有黏豆包吃。"

有一天，陈发也找了于翠云去，雇她们薅地。

于翠云说："往年妇女没参加生产，也没见撂荒几垧地，妇女生产不够挡道的呢！"

陈发知道她说的是那一回，就说："你的记性可真好，那么一点事，现在还记着咧。我这个人的脾气，你还不知道吗！"

于翠云也不去计较以前的事，就答应带一组明天去给他家薅地。

铲三遍之后，庄稼长得真苗壮，一块一块地跟案板一样平。眼看粮食到仓里了。区上召开劳动模范大会。于翠云被选为特等劳动模范。大会上给她们屯的妇女算了算生产成绩：熬盐五万斤，换粮二十三石，买马五匹。编草帽五百顶，卖钱九十万元。席子五十领，卖钱七十五万元。薅地三十六垧，产麦子十垧，打柴火五大垛。这个账一算，大家伙都说："刘海屯今年不是妇女参加生产，不要说撂荒地，恐怕还要饿死人咧！"

大会上，区里奖于翠云一头牛，一面写着"组织妇女能手"的锦旗。大家要她介绍组织妇女的经验，她说："咱过去是一个'喂猪打狗围着锅台转'的老娘们，也不知道啥叫经验。反正遇事给大伙讲明白，参加生产组要自愿，自己站公正，领着头干就行。"

九月间，村中公开建党，于翠云头一个报名入党，成了光荣的共产党员。

路

雷　加

你要我这瞎子讲土地革命，我讲什么呢？我听见，看不见。我懂得了，又做不到。世上有"尖聋子"，你可听说有"尖瞎子"？眼瞎了，就是十成瞎，任什么也看不见的。我三岁上出天花，从那年起我的眼睛就瞎啦。

同我说话的这个人，是个盲人，又是一个革命者。他说话的声音很大，他能知道身旁有谁在听他的话，如果突然走来一个反革命，他的声音就变低了。这是冬天，他穿着一件短羊皮大衣，里面的黑棉袄常常凸起，因为他有一个铃铛大眼睛的娃娃喜欢吃油饼，他常把油饼掖在前胸里带回去。土地革命那几年，不用说，他在油饼里也带过革命传单。简单说起来，他健康又瘦削，是一个有高鼻梁和黧黑脸色的四十岁的人。他的神态，似乎集中了一切神经，像猫那样灵醒。他与其他盲人所不同的，他常常是进攻的，他知道如何利用优点做武器，利用自己的缺点做隐蔽，向敌人进攻。

我眼瞎着，可比那些叛徒强万分。——他接着说道。我做过的事，我永远记在心上。我不会像他们，反革命刚拷打过又投了反革命。我从民国十九年就闹革命，我用手摸过红军；可是没见过红军。我心想红军是啥样呢？为啥叫红军呢？众人常说把地面闹红吧！红是啥呢？为啥叫红呢？太阳我可看得见，晚上睡觉起来，眼前就是一片明晃晃的。在白天走路，眼前若有一道短墙，我就觉得有一圈黑影挡在眼前，所以我爱太阳。众人也说太阳红棱棱的。大冷天，人要烤火，靠近火就暖和了。我看不见火，可是我爱火。众人说火和太阳一样，都是红棱棱的，我心想红军就像太阳和火一样，人们靠近红军就像天上有太阳，身旁有火一样吧！我人瞎心不瞎，我干了革命，就为革命干到底。我老二为革命牺牲了，他教我怎样闹革命。我和"老王"（闹革命的代名）是在民国十九年认识的，我帮助他开辟工作，"老艾"（代名）后来接了关系，又一起闹了几年，白军八十六师走了三十几个，全逼着自首，倒因为我和白军刘连长混在一起，我还帮助了刘志丹同志……说开了头，我就说下去吧。

"老王"同志在我那里住了两年。他来是找我老二的。老二在这道平川里是数一数二的，露了风声就跑啦，后来我知道民国十八年被八十六师枪打了。老二走后，我就接着开店，十九年秋刘志丹同志派"老王"来找老二，他说他是贩货的。老二不在，我接关系，他原是山西人，对我说是从南路来的，刘志丹同志就在南路，南路是我们这里革命的根子。住了两天，我们合伙开店，都是一路神仙，一看就明白了。

你若是看见那人，定准说那人做不了大事。他从来话不打人，一说话先笑起，声音粗粗沙沙的，据我想这是一个短胖臃肿的人，他走路没有声音，他到这里来，就像没有这个人一样，谁都不注意他。晚上，他在后窑问人接头，只要他轻轻呼唤一声，我就去了。他把我当作一个有眼睛的一样使用，吩咐我送这信送那信，而我从来不误事，也从来没有坏事。我自己要干革命，为啥要坏自己的事呢。足足两年，我们的力量就建立起来了，有了小组，也有了支部，后来又同南路通上消息，南路也常常派人来，来人不是买药品，就是买子弹。我与"老王"开的这店，也就是一个革命供给站啊！

现在听人说，他在前方。从他走后，我们就没有见面。从前，谁也不能告诉我，我们今世能不能再见一次面。现在有人说咱们抗战胜利，就能见面了。这话实在叫我喜欢。这是个好人，天底下最好的人，只要将来有一天，我能再听一听他那粗粗沙沙的声音，我就心满意足啦。你知道，我对他比对亲人还亲呢！

我和他住到二十一年。那年，有一个前村的人来过夜，依我不叫住，众人说："能住就叫住下，别处没睡处，人都惯熟，挤一下怕什么？"这家伙原来是个探子，他一夜没睡，把我们的秘密全听去啦，第二天，他一五一十全告诉了反革命。那个反革命，也是前村人，那时他做教员，把我叫去，问我："你随红军啦！"

我说："没嘛！"

"你犊子，你不说？"反革命骂我。

"这真屈死人！"我一面说，一面打哈哈。

"你不对别人说，还能对我说，王连长早知道啦！"

"砍脑袋就砍，我没个说上的，我没随红军，我能说啥？"

"哼！"他威吓我，"你老二……"

"我老二，是老二。"我不承认，就认真起了火，"我没这事，叫我说谁，若虚说一套，就说你……"

反革命拍起桌子，他说有人听见我谈话，还想抵赖，我说："你听得明明白白，你说得来，我就承应起。"

反革命气得跑出去，我以为要吊打我，但他走回来，在窑里转了两趟，就叫我回来啦。

我回来，我三妈问起这事，我说："这能是谁？"三妈说："谁也没嘛！只有那个坏子，昨晚睡了一夜。"这时，我才知道我们谈的话，一板一眼叫人听去了。我回到店里，告诉"老王"，"老王"问我要不要紧，我说要紧，怎么不要紧？连夜就打发"老王"走啦。

第二天，反革命又找我去，叫我说，我不说。反革命说："你不说，命也讨不下！"可是他又叫我回来了。我刚从反革命那里回来，"老王"又偷偷溜回来了。我问他："老王，你怎么还不走？""老王"嘻嘻地笑着，引我一个僻静处，对我交代说："这回我真站不住脚啦，外边风声大得很，你知道咱们革命还要闹下去，那些反革命砍了你的头，我的头，可砍不了革命的头，革命有一天会胜利的。"他用出汗的手，握着我一根手指头。就是这根左手中指，后来这就变成了我的暗号。凡是有人来找我，一摇这根手指头，我就知道自己的人来啦。他临走嘱咐我："可不敢忘记，我把关系交代给'老艾'啦，老四……"我排行老四，所以他这么叫我，"我们有一天再见面的。"这时我才知道他真的要走了，我记起还给他买了两排盒子子弹，赶紧塞给他。

过了些日子，有人问我"老王"哪去了。我这时，一面在心里许下大愿，保他平安，一面装着生气说："还提这个坏种，不提他我不生气，你看他来同我合伙开店，谁知他谋算我，他谋算我这个瞎子，叫他不得好死！"

"到底怎么回事，老四？"如果再这样追问，我就跺起脚来说："他说他能到山西卖货，我说我有十两洋烟你也捎上，这十两洋烟是我一辈子辛辛苦苦赚下来的。我是个瞎子，一辈子攒下来的东西，真不叫容易，谁知他过了黄河，一去不回来啦，这坏种骗了我这没眼睛的瞎子……"

事情就这样过去了，可是这一年里，白军天天来查店。他们不敲大门，不管早和晚从来不走大门，从墙上翻过来，几把手枪，几把手电灯一齐伸过来，问我："住多少客人？""客人叫什么？""哪里来的？"甚至还问谁挨着谁睡。一答不对，就把我打一顿，客人也拉了去。可是我，反正是瞎子，看不见枪，心里也不慌，天天没事，只谋虑这一件事，叫他答得对对的。真正这么一年，麻烦了我一年。

二十四年刘志丹同志领着红军攻打慕家塬，上边来任务叫我调查黄河那岸柳林有多少敌人，本地有多少敌人。我过黄河走了一趟，回来报告说："在军渡山头上只有一个空布棚。"另一个支部也派人过河探听消息，那人回来说："柳林有队伍！""老艾"笑着对我说："国民党唱空城计吗？"断不定哪个话对。最后他对我说："你当面不得见，怎能听你的话，这不比买子弹，可以用手指数出一百或二百。"

"我当面不得见，我会问人呀！"我说，"我问了说没有队伍，再说我看不见，我会站在汽车道上听呀！听听有没有队伍开来。说起布棚，不信可以叫那个小'拜世'来问，我派他上山砍柴亲眼看见的。"

"老艾"还是信了我的话。至于本地驻多少队伍，我早就调查得一清二楚了。

那时晋军骑兵刘连长住在我的窑里，虽然我是瞎子，正是老百姓说的，不长眼的家雀天抬举，我并不是束手无策，这事情讲起来，你会慢慢明白的。刘连长山西人，他和我说三十二岁，家有老母和妻子。他像小牛一样喘气，说话像咬着一根舌头，我断定这是一个结实的有脾气的人。不到一天，他就发了两次脾气，我的话猜对啦，一次为了吃面，马弁放多了盐，他把面碗摔在地上，马弁又盛起第二碗，他说这碗又太淡，又摔在地上，第三碗，马弁把盐放在他面前，叫他自己放，他更气了。另一次是为了马弁脱皮靴掰了他的脚指头，简单说，他的脾气太大啦。这人还有一个怪脾气，他见不得眼泪，有谁在他面前哭鼻子，他跳起来，像有人拔了他的胡子，直到把那人吓得不敢哭了才完事。那时，我们这里有一个女人，她在我们村里，是出了名的女人，连着死了三个丈夫，刘连长来时，她正在守寡。我们这里死人出殡要打碎一个砂锅，好像她爱打砂锅似的，所以给她起了个外号叫砂锅。这女人长了一双吊眉，嘴大如盆，腰杆子极粗，一石米的瓮都装不下她；可是刘连长喜欢她。刘连长逼着我给他拾掇出后窑来，又逼我挂上门帘，然后，他就把"砂锅"像抓小鸡抓了来。起初她哭哭啼啼，刘连长是不准哭的，她越哭打得越凶。后来，她不得不屈服，自己想，以前三个丈夫，没有哭也都死啦，这一个也就算他是我的丈夫吧，为的好叫他快些死。从此她就不哭了，那刘连长也就整天钻在后窑里，所以他那么大的脾气，看去也像是没脾气的了。

在刘连长眼里，我这瞎子是个无用的人；但为了我会侍候他，他对我也不错。有时，那女人走出来遇见我，悄悄对我说，她恨死啦，怎么办才好？不用说，她的心倾向了革命，这时我的工作就容易进行了。我底下有三个交通，我把刘连长自己供给我的情报，他出差的时间、人数、方向，叫交通送给"老艾"，"老艾"再送给刘志丹同志。

有一天，刘连长起得特别早，起来之后，他们俩还在炕上抱着，他们向来用不着避讳我，因为我瞎得什么也看不见。刘连长忽然问我："红军来啦，怎么办？"

"红军来啦，就打呗！"

"你眼瞎着，怎么打？"

"我不能打，你替我打！"

刘连长大笑，他又问那女人："我要打死，怎么办？"

"打死了，我替你敲一个砂锅！"

刘连长更笑得厉害，他胳肢那女人，那女人也笑起，刘连长骂着说："你这狗婆姨，我是你的野汉子，生死簿上可管不着我！"

"你这野猫东西。"那女人对骂，"只会偷婆姨，还能打红军？"

"明天出差你看看，"刘连长一本正经地说，"刘志丹上来一万人，这回准叫他卖脑！"

我得到他出差的消息，连夜就送给刘志丹同志。第二天，刘连长果真出发。那女人因为我的鼓励，做得更出色了，她和刘连长抹眼泪，他骂起来："臭货，我还没死你哭啥？"他骑上马走了。

隔了四天，他们回来啦，我只听见马弁的声音，可不大听见刘连长的声音，我问："胜啦！"

"没！"刘连长自己同我说。

"那么败啦？"我知道咱们游击战厉害，故意又问。

"也没！"

"不胜不败，那是怎的？"我说。刘连长骂起马弁来，我知道不好再问下去了。

那几天，肃反会在平川里拉人，我叔兄弟跑来用胳膊戳了我一下说："你还没事？"我说："怎么？"他说："统统拉在里头啦，你还不跑？"我也想跑，知道眼睛不济事，跑不掉，心想索性不跑，去通知别的同志。正盘算问，他们把我抓了去，一口咬定，和我要姓王的。在我以前，拉了三十几个，有一半自首啦，我想我哄不过去。

"有这么个姓王的。"我说了这话，他们都很惊奇，窑里没有声音，我还听得见我的心跳，但是我又说，"我要抓这个姓王的还抓不住呢！"

"怎么？"

"怎么？这姓王的骗了我这瞎子。"我就一枝一叶地说起来，"他来和我合伙开店，又要做生意，他说他到山西能贩货，我把几十两洋烟叫他捎上，他欺负我是个瞎子，小卒一去不回还，害得我这几年受饥荒！"

"鸭子说死还是扁嘴，你快给我供出来吧！"

"我明白啦，你们能抓住姓王的可好啦！"我不听他的话，仍旧说我的，"我那几十两洋烟，是我一辈子的辛苦，庄稼人是一把汗一把汗从土坷垃里挣的，我比庄稼人还命苦哪！"

他们把刀子放在我的脖子上，问我："你明白这是啥？"

"明白。"我说，"这是杀人的。"我又说了姓王的怎么骗了我，若抓到姓王的，我和他拼命。当夜把我吊起，上半夜淌汗，下半夜就是口渴，我央求那站岗的，我说："打上我犯了法，也是犯了国法，出门人哪里也是交朋友。"他才给我一瓢水，我一口喝下去。半夜有人拿蜡头在我脸上一触，这人看不清我是瞎子，看我闭着眼夸奖我："好样，吊起还睡觉呢！"

他们出来调查，众人一口同音说是姓王的骗了我，因为我老早就布置下了。他们调查属实，押了二十几天，把我放回来。

骑兵刘连长仍然住在我这里，刘连长一见我面，在我瞎眼窝上用指头戳了一下说："我的眼比你的眼还瞎！"

我说："我这瞎子，可能治别人的瞎眼……"

"我倒没把你看出是红军！"他哼了一声，又戳了我一下。

我向他声辩起来，他又问："那么为啥押你？"

"他押我，由他，现在还不是放了我。"于是我又从头至尾说了一遍，姓王的怎么骗了我。刘连长是个军人，他自己抢别人的钱，奇怪的是，他对抢钱的人也非常愤恨。再加上我叫那个女人在他面前又述说了一遍我的话，他就信啦。

过了一天，他又对我说："明天我又去打刘志丹啦，刘志丹又来啦！"于是我把这消息马上送出去。这消息也带给刘志丹同志说，我这瞎子又活啦，叫他好放心。

这次，刘志丹可没便宜刘连长，刘连长吃了败仗，自己也没有回来。那个马弁告诉我，他在马上掉了枪，拾枪的时候，被打死了。

那天晚上，队伍回来，外面下大雨，沉雷响个不停。他们的马没处拴，就把我的柜台、米瓮抬出去，把马拴在我的窑里，我在马屁股上撞来撞去，大声不怨说："红军打你们，可是我打你们来？"

他们抓住我，没头没脸地打我，他们一边打一边说："你不知道刘连长打死啦！"

"刘连长红军打死的，是我打死的？"我的话更硬起来。他们对我没办法，说我这个瞎家伙，倒是个死牛筋。

晋军走了，可怜的那女人也跟着解放了。现在她死啦，她死的时候，我去在她的坟上烧了贴纸，咳……

一 天

草 明

——这儿展开了工人文艺的远景——

清早，火车头在我们住室前后的岔道上倒来倒去。火车头的烟囱有时候像一只发情的母猫似的，闷着嗓门吱吱地叫，有时，却又生了气似的突然吼号起来。我被这熟悉的声音弄醒了。

更洗过脸，一位老工友领了他的女儿摸上我的门来，要求我介绍她认识。十七岁的大姑娘了，看来还像十一二岁的小孩那么矮小。看见我略现惊奇的表情，他就带着不愉快的声调说："有啥法？她当长的时候，连糠皮也吃不上。国民党那时代，一个月那个四五十斤高粱米，七口人哪能够吃？她没饿死，总算她有福气，瞅见了这个新国家。"

给她登了记，问了一会儿，我就让她先回家去。

通知了文艺小组今天下午职工活动时间内开文艺小组座谈会之后，又到职工会处理了几件事情，才算抽出身子来参加厂务会议。

文艺小组座谈会是很有趣的。工人们把饭盒子放在会议桌上，坐下来，油污的粗壮的手往桌上一搁便谈起问题来了。今天讨论的是台车分厂三位工友集体创作的剧本"劳动态度"。这个剧本本早已写好，演出过，到新华广播电台广播过。但是作者们感到剧太简单了，不满足这个成绩，便请鲁艺的同志来厂帮他们提高一步。于是他们在鲁艺同志的指导下，一连熬了三四天，才改好了的，并已在厂内试演了一次。

"大嫂子的脸色化得太红了，不像个饿病的人。"

"收电费的比甲长还凶，不合理。"

"老刘被选为分厂长，他应该先给工友去拜年，不应等着工友来拜年。"大伙正说着，有人提起机械分厂工友宋金瑞对这个剧有意见。小组长一听便挂电话邀请宋金瑞来参加。走得气呼呼的宋金瑞赶到，便接着发言。他认为新中国成立后的两场劲儿还不够，还不能叫人看了立刻感到工人未来的社会是个更美丽的社会——社会主义的国家。说到新中国成立前的两场，他也提出意见说："头两场真不错，可惜就是没有把那一点表示出来。就是说嘛：日本人统治了十四年，光复了，工友们盼祖国，后来盼来个国民党，更坏，把咱饿透了，把咱坑透了。不是吗？应该由剧中人把这个意思说明白，等人家更恨国民党。"

该剧执笔者祁醒非虚心地频说："是，是。"出演老刘的李恩（剧作者之一）连连点头。这一来，发言的人更热烈了。他们就是这样的人：不仅在生产上像老虎那么勇猛，在学习文化上，他们也依然那么热情。在另一种场合里，这些勇猛的人却又那么害臊，害臊得像乡下的大姑娘一样。我清楚地记得，有一天我对金毓春说："金毓春，你的那首'北平号'写得很好。已经在东北日报四版上发表了，你看见了吗？"

他一时说不上来话，给煤烟和机油涂污了的正直的脸俯低不是，抬高也不是，为难了半天，才笨拙地说："我，我，不会写。——"

再没有比工人更爱荣耀的了。但也再也没有比工人更懂得用刻苦、埋头去获取荣耀，和用再接再厉、百折不回的韧力去保持他的荣耀的了。

高景水制电焊条成功受报上表扬之后，继续研究，不久便又发明用电焊电梯瓦斯割铁板。金毓春受了称赞，在一星期之内投了三篇稿，都写得那么好。

"劳动态度"讨论到天黑，才算做了一个结束。我离开了会议室，深深吸了一口气带碳酸味的空气。我突然感到对这浓浊的气息很有感情，犹如在屯子里时呼吸到浓厚的牲口的粪草味一样。北面动力分厂的两支特别高耸的烟囱，在黄昏最后的薄暗里，显着它的雄姿。宽敞结实的厂房，一排挨一排地往西面伸展开去，一直伸展到黑色的天幕底下。

黄昏后的二厂是很寂寞的，日间的马达声、机械运转声和熙攘的人影，不晓得消失到哪儿去了。如果不是文艺小组十几个人打这儿出来，笑笑闹闹的，那就会寂寞得更可怕了。突然，我发现南边最远的一所厂房透出了通红的火光。

"那是不是失火？"我用稳重的声调问。

"不，那是锻冶厂。喏，你忘了吗？明天星期日全厂职工为二七死难先烈复仇，献工一天支援前线嘛。锻冶分厂不用灭炉子，打铁趁热，提前在今夜里献工。那是洪炉的火光。不是失火。"一位工友解释说。

听工友说到二七献工，打铁趁热，又看见黑夜里洪炉的鲜艳的红光，我联想起《国际歌》来。这个场面，更帮助我理解《国际歌》的气魄。

胡乱吃了一点晚饭，回到住室，我便闭起眼睛回溯今天所做的事和所接触到的形象。我从精神到肠胃都那么饱和地陷入沉思。

"草明同志，我有一个意见。"

我睁开眼睛看时，沈恩学已经笔直地站在我跟前了。他两手并拢提了一个空饭盒子，油污的大衣穿得很齐整，领上的扣子也扣上了。在明亮的灯光下他那纯朴的脸上十分严肃，而且有点紧张。我赶忙让他坐。他坐下了，把饭盒放在脚旁，还是直着腰坐得正正的。他原是文艺小组的，但今天因赶着一件重要的活，没有参加讨论。

"这黑你还没回家吗，活赶完了吗？有什么事情？说吧。"

"我可不可以写小说？我写小说行不行？"

"自然可以。你可以写小说。"

他被我的安详的鼓舞弄得欢喜起来，稚气地笑了。整齐雪白的牙齿在黝黑的脸面中更显得洁白。他的紧张消失了；可是我还被他刚才那种紧张严肃的姿态惊讶着。他安静地往下说道："我要把我的经历写成小说。我的身世太奇怪了。我写它，要写得厚厚的，分开两个重点来写。"

"对的，应该有重点来写。过去你写过吗？"

"没——有。"他拖长嗓音说，"在国民党时代，还能写什么东西吗？打从解放，才三个来月，你全知道我，就写过两首歌。

"你听我说，我现姓沈，但是我原来不姓沈。我出生三个月后，家里大概穷得够呛。我们全家都上北大荒活命去。可是，人倒起霉来都来一块堆了。还没到北大荒，路过盖平时，我妈便死在路上了。大概我饿哭了，我父亲抱着我也大哭起来。一个马车店的老板，他有两个老婆，可是没有儿子，他们想把我留下，可是，打开破布一瞅，嫌我埋汰，掉头走进屋里，把大门关上了。"他说到这里，低下了头，望望自己身上穿得齐齐整整的大衣，愤愤不平地苦笑了一下，仿佛说："我哪一块都挺干净，不埋汰。"

"后来一个种地的就从我父亲的怀里把我抱回家啦。他就是我的第二个父亲，他算是个贫农吧……我一直不知道，便在沈家长大起来了。我的奶奶爱我爱得要命。十冬腊月里，炕上没垫的，只铺上了一点干草，奶奶的屁股也磨破了；我夜里还要她侍候我，给我凉水喝，给我尿尿。我那时太小啦，现在想起来，自然不对。……到了十岁我上学的时候，同学都笑我是买来的。我回家闹了起来，闹得天翻地覆，我奶奶才害怕得了不得，把这个秘密公开了，还添上一句：'你的生父要是喜欢你的话，不能卖你呀。'我当时对奶奶发誓说，如果碰见我那父亲，我就揍他。奶奶听了，便含着眼泪笑啦。

"现在想起来，这自然不对，可惜那时候我太小啦。"他惭愧地笑了一笑。

"我的苦还多啦，十六岁我便被抓去当劳工，那味道，不是人受的，日本人把咱苦力往死里打！干下去是个死，逃跑逃不掉，也是个死；但是逃出了虎口呢，不是有希望吗？我逃便逃到沈阳来，学了旋盘。咳，苦处多啦，当工人也是受压迫。好容易盼到光复，谁知道国民党竟连豆饼也不让我们吃饱……"

他歇了一会儿，用手解开了领扣，把脖子一伸，忽然扬起眉毛来，好像他刚从枷锁里挣扎出来似的。他又是孩子似的稚气地说："你瞅，奇怪不奇怪，现在，打从解放后我已进过两次训练班，我又是我们分厂的代表，我还参加了新民主主义青年团。多啦。这该是另一个重点了吧。可是，怎么写好呢？"

跟着，他又述说他在伪满当工人时，看过了三国志和神仙的小说。后来他邻居从破仓库里偷出来好多书，给小孩们擦屁股去了。有一天他偶然发现书上写的东西，觉得很有意思，从此他看上了几本新小说。沉默了一会儿，他又犯愁，叹了口气："我怎样写我的小说呢？写三国志那样？——不好。老舍那种写法，行是行，——还有一种写法，比方说：他抬起了忧愁的面孔；或者说：他抬头看看天，叹了一口气。——这种写法行吗，草明同志？"

"这是新小说的写法。你可以用新小说的写法写。"

"就这么的吧，那么我试试看。"他站起身来，走到桌子跟前，想说什么，没有说便提起饭盒往门口走。但是，他又马上回过身来问我道："听说人家写小说要用什么原稿纸写的，原稿纸是什么样的？"

我打开抽屉把原稿纸拿出来给他看，并答应送给他一些原稿纸。我被兴奋和感动充满了！

他们都是未来的工人文学家，他们有那么丰富的动人的生活内容，他们有生动的语言，同时他们有那么高贵与蓬勃的创作热情。他们已开始认识文艺活动对他们生活的重要！

自从到了工厂以后，我有过好多次这样的激动：工人热烈而高贵的情感，向上的蓬勃朝气，蜜也似的纯朴温厚的友谊；使我无法控制我的感动和喜悦。像这样的时候，我失去了任何欲望。我只希望永远和他们在一块！

不朽的英雄

白　朗

　　在后方差不多蹲了一个冬天，这日子真比三年还长；整天价盼星星盼月亮的，好容易把伤口盼好，可是医生还不肯放我归队，说至少得再休养两个礼拜才行，真把我急得火星乱冒。晚上直劲做梦，不是冲锋，就是陷阵，有一回，还梦见胸脯挨了一枪，一激灵醒来，原来是压了伤口。这一醒不要紧，可再也睡不着了——想到前方的弟兄们枪里穿，弹里滚，爬冰卧雪，我却眯在后方，吃饱了睡，睡足了吃，像养肥猪一样，真是害臊，就像做了亏心事似的，脸上发烧，心里乱蹦，一翻身就坐了起来。可是坐起来又能怎样，医生不批准，还能插上两只翅膀飞回去吗？

　　第二天，我跑去把我的心情和王医生说了说，要求他允许我归队，他却不慌不忙地说："你是光荣负伤，又不是临阵逃脱，害什么臊呢？你健康不恢复，就是归队也不能打仗啊。"

　　"你哪里知道，这个彩挂得真冤枉，都是怨我自个儿不小心，我想同志们说不定还对我有意见呢，要不然……"

　　下边的话刚冒了个头马上咽了回去。我觉得我不该在医生的面前发个人的牢骚，虽说那并非牢骚，我也本无牢骚，但人家不了解会误会的。我是个共产党员，说话不照顾场合还行？同志们不给我来信，定准有不来信的原因，后方医院那么多，上哪去打听我的下落呢？再说人家一个冬天都是南征北战，马不停蹄，哪还有写信的工夫，要真是故意不来理我的话，也只有自个儿检讨，抱怨谁呢？凭良心说，我躺在病床上，总是埋怨自个儿疏忽，使那次战役受了损失，要是我不挂彩，战果会大一些的。

我说了句半截话，王医生等了一会儿，看看没有下文，便问道："你在战场上英勇作战，负了重伤，同志们怎还会对你有意见呢？我真不明白你的意思。"

"你当然不明白喽，要是你不忙，我跟你讲讲那次挂彩的经过，你就懂得啦。"

"好，还没听过你的英勇故事呢，你病着，我总是忙，现在趁这一个钟头休息的时间，就让我饱饱耳福吧。"王医生一边高兴地说，一边搬了个椅子给我，还给我满满地倒了一杯茶。

医院里的医生护士们，都喜欢听战争故事，伤员爱讲，他们也爱听爱问，我可没有讲给他们听过，原因是我的伤太重了，行过两次大手术才活过命来，十天以前说话还没力气，医生又禁止我讲话，真把我这个好说话的人憋坏了！现在力气足了，王医生高兴听，我还能不乐得讲吗？可是时间只有一个钟头，怎能讲得完呢？我的战斗故事多着哩。我便说："时间太少，我也只能讲讲我这一次的负伤了。"

"要听的正是这一次啊，你讲吧。"这个年轻的王医生，把两只热情的眼睛盯着我的嘴，正像他诊病时一样认真。我于是便坐下讲了起来。

"兴镇这个地方虽说不大，却是敌人输送给养的要道，如果我们把它拿到手，敌人会增加不少困难，对我们作战也就方便多了，所以我军要趁敌不备，发动一次夜袭，打他个措手不及。已经是两个礼拜不跟敌人接触了，战士们急得哇哇乱叫：'枪都锈啦！''手刺挠得要命哪！'天天都有人提醒我：'连长，下一次战役，我连可不做二梯队了。''连长，我们要争取突袭任务啊。'

"大家伙都想冲锋在先，到战场上去立功，纷纷递上他们的立功计划和决心书。你瞧他们那股劲吧，真是壮极了，把打仗当作吃饭一样，好久不打仗，便饥饿难忍。这次的命令一到，打什么地方还没有宣布呢，大伙便把我围住了，要我代表全连到营部去请战，要求突击任务。战士们的要求也正是我的希望，一听说打反动派，真像小孩过年一样高兴。这当然不是天生如此，是党和群众教育了我，使我有了阶级仇恨和觉悟，使我认识到不消灭国民党反动派，中国老百姓就不能彻底翻身。你大概没有到过国统区，那里简直就是人间地狱……话扯远了，你还忙，咱们言归正传吧——

"我跑到营部，营首长正在那里计划怎样分配任务呢，我想我来得正好，要是任务决定了，再争取就不容易啦。可是没等我张口，四连五连两个连长也一个跟着一个'报告'一声进来了。我想糟了，不用问，他们也是来请战的。

"杨教导员抬起了头，对我们笑了笑，没有吭声，其实他心里早已明白。我们三个人差不多是同时把各连的要求说出来的，简直一模一样，都是要求做一梯队，杨教导员用母亲一样热爱的眼睛笑看着我们，还是不吭声。

"跟着，一场激烈的争论战就开始了，我们三个人争得很厉害，争得面红耳赤。你以为这会伤了团结吗？用不着担心，一点都不会，因为这里边一点都不掺杂个人的功利，谁还不知道是为了整个利益呢？革命的英雄主义在部队里非常普遍，而且也是应该大大发扬的。"

"还有四十分钟，"王医生看了看钟说，"又快离题了，你还是言归正传吧。"

要是他不提醒，真又要扯远了，一讲起前方来，我就兴奋，不知不觉就发开议论了。我喝了口茶，又接着讲下去。

"现在不啰唆，只告诉你个结果吧，结果我连胜利了，杨教导员把突击的任务给了我连，四连担任侧翼，三连做后续部队。杨教导员最后着重说了句：'解放兴镇当然是这次夜袭的最终目的，同时还要全部歼灭敌人，减少我们的伤亡，这三点都做到了，才算百分之百地完成任务。'

"'这三点我代表全连保证完成。'我斩钉截铁地说完，便离开营部。

"走出来，四连长拍着我的肩膀说：'老任，这回又该你露一手啦，加油干吧，完成了任务，庆功会上我举你两只手。'

"'对，我再加上两只手。'五连长也高举两手笑着说。

"你还不知道，早先我有个冒失的毛病。刚参军那年，第一次和鬼子打仗，排长在我前边两三步远，他刚喊冲，我一害怕，端着枪的手就哆嗦起来，稀里糊涂子弹就出膛了，你猜怎样？好悬哪，差点打着班长的脑袋，吓得我浑身冷汗，要是把班长打死岂不糟糕！那时候，我不但是个冒失鬼，还是个胆小鬼呢。后来打了几次仗，胆子越来越壮，可是这冒失的毛病还没改掉，这也是从小的毛病啦。小时候不知惹了多少祸，有一回帮娘烧火，差点把房子烧光。给地主扛活，锄头一抡，把地主的小崽子的脑袋好悬敲掉，白干了两年才还清了治伤费，还蹲了三年的大狱……唔，又离题了，再拉回来吧——

"很明显，这次的任务实在不轻，不要说这次战役的重要性，单说这个突击任务吧，也是我在三个连当中死乞白赖争来的，而且在营部我代表全连做出了保证，万一不能百分之百地完成任务呢？那就谁也对不起，这倒不是对完成任务没有信心，实在是对'百分之百'四个大字有点担心。可是回到连部，一看到那些生龙活虎的战士们，我的信心马上加强了，担子重是重，可有充分把握完成它。

"日子记不大清楚了，大概是冬月初几吧，出发的时候，已经是下半夜两点多钟了。头两天下了一场雪，天特别冷，北风飕飕的，队伍顶着老北风就浩浩荡荡地出发了。

"情况是早就侦察好的，我带着一梯队一下就摸进了敌人一个连队的大院，院子里太太平平的，两个站岗的睡得像死猪一样，下了他们的枪都没有醒，忽然一只大黑狗猛咬起来，可是晚了，两个哨兵早做了俘虏。

"紧接着爆炸员往两排房子送了两包炸药，炸了一响，才把房里的敌人震醒，一个个睡眼蒙眬地仓皇应战，只听见慌乱的骚动和恐怖的叫喊，分明是吓蒙啦，机关枪像受了潮湿的炮仗，稀稀拉拉地响了一阵，就都缴枪投了降。

"紧跟着，四连两个队也从侧翼包抄上来，解决了另外两个连，随后我们便集合在一块去解决敌营指挥所。我们是乘胜而来，士气十分旺盛，敌人呢？可是经过了几次惨败，有些胆战心惊了，他们缩在四个大地堡里乱打机枪，怎么也不敢出来，火力猛倒是挺猛，可就是打不着目标，子弹浪费了不知多少。

"爆炸员往正房送了一包炸药，我便领着一个班把敌营长和参谋捉住了。接着几包炸药，二百多敌人就缴了枪，四个地堡全部夺下，检查了一下，我们总共不过三十来个伤亡。

"这真是一次顶便宜顶出色的战斗，整个战役不过花了两个钟头的时间，后续部队竟没有用上。我真是高兴极了，心想，'百分之百'四个字再不担心了。正自得意，忽然教导员来了一道命令，叫我们三个连同时去堵击敌人的增援部队。原来当我们刚进入敌营指挥所时，他们便向离兴镇二十里的敌人求援了。拂晓以前，援兵便开来了一个营。当敌人奔到兴镇东南五里的马屯时，杨教导员便接得了密报。命令一到，我们马上就集合队伍布置迎击。大家伙抖擞起精神，都忘了刚才的疲劳，嗷嗷乱喊：'刚才没有打过瘾，这回过过老瘾吧。''不，怕咱们不够本，又送上门来了。'

"这一营是敌人精锐的一部，武器好，弹药足，士兵也比较顽强，相持了两个钟头，都不分上下，双方伤亡也差不多，直到我们打退他三次反冲锋以后，敌人才开始溃败。眼看着有一部敌人准备逃命了，这时我想起了教导员的嘱咐，马上跳上一个土岗喊道：'同志们，赶快堵住，可不能让敌人出水呀。要记住，打跑了敌人不算完成任务，要全部……'

"命令还没下完，不防备敌人的一排机枪冲我扫来，刚想躲闪，胸脯就中了两弹——就是你给拿出的那两颗子弹——我挣了两下就滚下土岗。

"王医生，你想想看吧，这伤受得该多冤枉！胜利冲昏了我的头脑，我这个冒失鬼老毛病不改，又做了件冒失事，自个儿暴露了目标，真该死！我还不够沉着，这是一个指挥员致命的缺点，这对我又是一次痛苦的经验教训啊。"

王医生紧张地听完，松了一口气，摇着脑袋说："故事倒不错，只是你讲了半天，我也没得到一点线索，到底同志们对你的意见从哪来呢？"

"你听我讲完哪。受伤以后，我还有一点知觉，他们把我抬到了一所破房子里，我闭着眼睛，觉着有两滴水珠落到我的脸上，睁开眼皮一看，原来是指导员吴瑞在那淌着眼泪呢，我的手紧紧抓在他的手里。我心里还惦记战场上的事，副连长病着，没有参加这次战役。我受了伤，谁去指挥六连呢？我心里真急，要知道，在战斗紧张的时候，一分钟也疏忽不得。战士们失掉了他们的指挥员，他们对敌人的仇恨心马上就会增高，会更加拼命，可是也正像一只船失掉了掌舵的，就会迷失方向，心里一没底，战法就乱了，加上大胜之后，战士们容易产生轻敌的心理，这就糟了。一看见吴瑞淌眼泪，我更是冒火：'老吴，你真够呛，你简直忘了你的任务啦！'我这话好像不是从嘴里说出来的，而是从嗓子里憋出来的。

"'你的血快……'

"'为革命我死得痛快，你守着我，我就能活了吗？'

"这时小李被找来了，他说敌人已经大部出水，吴瑞才跺了跺脚跑掉，还在我手上留下几滴眼泪，以后我便人事不知了。

"吴瑞这家伙是个知识分子，工作挺有办法，在战场上也像一只虎，可就是好感情用事。

"等我再醒来时，小李安慰我说，他给我连打五针强心剂，命保得住了，他跑出去找来副担架，就把我直接送到卫生部去了。这以后我不但不能说话，连眼睛都难睁开。但是死却没有吓倒我，那时候我一点都没有想到个人的生死问题。稍微清醒一点，还是想着'百分之百'四个大字。我自个儿不小心，不但没有做到减少士兵的伤亡，连自个儿也受了重伤，因而敌人出水了，我的任务连一半也没完成。心里怎能不窝囊？

"王医生，这回你该明白了吧？一个指挥员不能沉着机智地指挥作战，使全连没能完成任务，同志们不会对我有意见吗？"

王医生点了点头，微笑着说："你也不要把问题想得太严重了，将来你重上战场，还可以弥补这损失的。"

"可你总不放我归队，我可怎么上战场呢？"

"急什么，你还没有恢复健康呢！"

"你要是再叫我休养，我就要急疯了，这几天我简直是坐立不安，连饭也吃不下去了！"

"时间到了。"他看了看表说，"明天检查一下再决定吧。"说完他便急匆匆地走了。他怎么也不会了解我的心情的，足足讲了一个钟头，只得了这样一个结束。

后来，又经过几次的争取，王医生看我急得没法，才勉强答应我出院，他真是伤员的好母亲，临出院他还给我拿了不少补血的药，我真感动得无话可说。

打听好我纵队的驻地，便上了火车，心里说不出来的高兴，真是心急只嫌马走慢，坐在火车里，只觉得火车像牛爬一样，一想到部队里像爹像娘一样的首长，比一奶同胞还亲的弟兄们，心里就扑通通直跳，又畅快，又着急，越是快见面了，偏就越想得厉害，那滋味也怪不好受的。幸好我坐的是军用车，和同志们说说笑笑玩玩唱唱，日子还好混一些。我总觉得坐火车真还不跟行军痛快呢。可是话又说回来啦，这次坐火车比上次就舒服多了。那次挂彩以后，不知什么时候被抬上火车，孤零零地躺在担架床上，话不能说，身不能翻，胸脯火烧一样的疼，人是真发昏。心想是九死一生了，可是能够逃过这次的死，只要不残废，我还能有机会弥补上这次的损失。我才二十二岁，不死，总能看见蒋该死最后的完蛋，而这里边总也有我的一份力量。这样，也好给我那让蒋该死抓去的哥哥和逼死的爹娘报报仇。再说，党培养了我好几年，吃着老百姓的粮食，我做的事可太少了，虽说打过几次胜仗，还当了战斗英雄，但是我觉得怎么也抵不过这次造成的损失，越想越难受，在心里不住地嘀咕："不要死掉吧，让我再打一次胜仗，挽回这次的损失，就是马上牺牲，良心也安了。"那阵子的心，真像炸在油锅里一样。可是，不愉快的事偏又来了——

大概是我上担架时，同志们把刚从战场上缴获的美式大衣和军毯盖在我身上引起了误会吧？和我同车的十几个民夫竟把我当成了俘虏，他们开头是讽刺、嘲笑，后来简直对我不客气起来，什么瓜子皮、鸡蛋壳、油脏的乱纸，一个劲向我身上扔来。我心里简直难过透啦，强睁开眼皮看看，真倒霉，车里面连一个熟人也没有。我没有力量躲闪那些飞来的东西，我想告诉他们不要侮辱自己的同志，可是干嘎巴嘴竟说不出声来，想比画几下，但是该死的胳膊怎么也抬不起来。幸而护送伤员的一个小同志过来给他们讲了半天优待俘虏的大道理，才把他们拦住。天哪，连那个小同志也认真地把我当成俘虏了！

民夫这种鲁莽的举动我能怪他们吗？他们在前方看见过敌人的凶狠，挨过敌枪的扫射，有的还到蒋管区送过敌人的伤号，他们已经积累了对敌人的深仇重恨，在前方又不准他们虐待俘虏。现在虽说他们做错了，而且侮辱的是自己人，我可真的一点也不恨他们，理智地想想，我是很安慰的，这不正说明老百姓对敌人仇恨之深吗？

感谢党，感谢医生，三个月以后，我竟是活着回来了，坐在火车里想起那段误会，忍不住好笑，我应该感谢"俘虏政策"，没有这个政策，民夫可就不客气了。

可我这一次真的活着回来啦。

下了火车，又走了一百六十里才到孤山村，挂了次彩真就娇嫩起来了，一百六十里足足走了两天多，还弄得腰酸腿疼身子发软。记得从前行军百八十里是家常便饭，要是奔袭战，一夜急行一百五六，到地点还不是生龙活虎似的打仗，可多咱累过呢？这次要不是急着回去，怕要再走上两天也说不定。说也奇怪，一进村子，我的精神可就来了，腿也轻起来，好像不曾有过疲劳似的，只是心跳得真是厉害。

走进一个大院，院里绳子上晾着几副裹腿，天下雪了，一个老大娘出来把裹腿一副一副摘下来，准备收进去的样子。我走近了一打听，正是二营驻在这村里，老大娘一边给我打扫身上的雪一边告诉我："他们都在东头小学校的操场上开大会，六七百人呢。"

我谢了一声转身就走，可是老大娘又要我喝水，又要我到屋暖和暖和，一直把我送到大门口还埋怨似的说："看把你忙的，怕大娘屋里埋汰吗？不坐，以后再不许来！"我心里又是感动又是高兴，这使我想起被国民党活活逼死的娘来，这个老大娘多像我的娘啊。

走到小学校墙外，就听见里边喊口号，声音震天响，知道开的追悼大会，我怕扰乱了会场，打算先不进去，战士们都挂了一身白，好像戴孝一样。他们的背朝着我，谁也没回头看看。台上讲话的人是谁呢？我揩了揩眼毛上的霜，仔细一看，原来是指导员吴瑞，这家伙说话的声音有点发颤。这时候我心里乱极了，一看见同志们就想起兴镇战斗中造卜的孽，又悔又愧，不知怎样才好。他的话我也没有心思去听。忽然，他举起胳膊喊开口号："我们要给任刚同志报仇！"下面也跟着高声大喊。

我的心一忽悠，差点从嘴里跳出来，这时候我什么也不想了，糊里糊涂就冲上台去，一下就把吴瑞的手抓住，半天才说出一句话来："老吴你怎么追悼起活人来了？"

吴瑞给我吓了一跳，端详了好一阵，才疑惑地问："老任，是你吗？你没有死？快快说说，这到底是怎么搞的呀！"

随着台下像蜂窝似的嗡嗡起来，杨教导员喊了半天好容易安静下去，这时候我才想起给杨教导员和营首长敬礼。吴瑞把眼泪都乐出来啦，他抓紧我的手说："真想不到你还活着，看你的伤连半天都活不成。再说，你受伤的第三天，就有人捎来了确信，说你在火车上咽了气，还是几个民夫弄了个棺材把你埋了的，说得真而且真哪！"

"在火车上也真像死了。这可把我害苦啦，两三个月连一个字都见不着你们的，我以为你们不理我了，真把我窝囊坏啦。"这使我忽然想起救活我的卫生院小李，就问吴瑞："小李调了工作吗？"

"小李吗?"吴瑞长出了口气,指着竖牌上的烈士名单给我看,"看吧,他的名字紧挨着你的。那天我离开你以后就再没见到他,据说就在我们追击出水的敌人当中,他为了抢救七班副中流弹牺牲了。"

我爹死我都没有哭过,这次我可淌眼泪了,小李这个勇敢的小同志死得太可惜,他救活了多少同志呀,可就是没能救活他自个儿!小李,我一定多杀几个敌人替你报仇!

对敌人的仇恨越来越深,恨不得马上跑上火线杀他个痛快,可是回来了三天,还没确定工作,真把我急炸了。我明白上级为什么不马上决定我的工作。当我挂彩以后,上级就把连副王生提升为六连连长了,王生是冬季战役中的功臣。现在我回来了,既不能叫我官复原职,又不能叫我去做连副,我们的工作也只好重新考虑了。我猜想准是这样一回事。但是我再也不能等下去,便跑到营部去见教导员,要求快点分配我工作,教导员却笑着安慰我说:"忙什么,你刚回来应该休息休息,你的工作问题让我们再考虑一下。"

"我可不能再休息了。"一听要我休息,我又急了,像受了侮辱一样,我说:"我休息了一个冬天已经够呛,再休息就要急死啦。教导员,你让我回六连吧。"

"你的工作早就分配给王连副了,你要是回去,只有把他调到别连去。"

"用不着,我去担任连副不是一样吗?"我直截了当地提出我的意见。

"这样处理是不合适的。"教导员摇头说,"你没有犯严重的错误,而且又是一个功臣,怎能随便降级呢?"

一看教导员不接受我的要求,只急得我脸红脖子粗:"怎么说我没有犯错误呢?那次战斗损失的责任不该由我来负责吗?教导员,我对党发誓,在我脑袋里没有什么地位观念,要是有,你的几年教育也就白费苦心了。现在只要叫我打仗就行,做个战士我都高兴……"我连话也讲不清楚了,怎么也不能把自己的意思说全,可是教导员是了解我的,从1943年在冀中参军起,一直就在他的领导之下,是他一手把我培养起来的,怎能不了解我呢?最后,到底还是答应了我,不过他声明这是一个暂时的处理办法,以后还要调整的。

晚上,正式通知下来,吴瑞一看,先就是个不同意,认为上级这样处理太委屈了我。接着王生就要到营部去提意见,要求"各复原职",我费了九牛二虎之力才把他拉住,我拿教导员常常训导我的那套道理给王生谈了两个来钟头,才算把他的念头打消。这也难怪,他刚入党,对于怎样做一个共产党员还不能体会很深呢。

这就是去年(1947年)春季攻势以前,任刚亲口讲述的一段故事,但是他的故事并不到此为止。

尾 声

去年夏季攻势结束以后，我又到了任刚的连队，但是我没有见到任刚，指导员吴瑞讲了一段关于任刚最后的故事给我。现在我根据吴瑞的叙述把它写下来，作为这个故事的尾声——

任刚以副连长的身份回到六连，全连同志像见到死尸堆里爬出来的亲爹娘似的，就不用提那份欢迎和拥护了。不久，春季攻势就要开始，当营部成立反坦克队时，任刚首先报了名，并担任反坦克队的队长。

春季攻势第一次战役，便和坦克遭遇了，有些战士因为初次跟坦克作战，不免有些胆怯。任刚亲手在一辆坦克面前放了两包炸药，打退了坦克，起了示范作用。之后，战士们的勇气便鼓起来了，以后的战役中，凡遇坦克，都能从容地把它打退或打坏，使敌人的坦克没有用武之地。

有一次，有六辆坦克同时在齐家岗的战场上出现，它们分成三队从东南北三面包抄上来，敌人想用坦克来向我们示威，以打击我们的士气，扰乱我们的阵容，于是又到了反坦克队发挥威力的时候了。任刚指挥着三个班分头迎击上去，大家上好刺刀，紧握着手榴弹，并准备好一包包炸药，鼓足了勇气等待着坦克走近。

东南北三个方向同时起着巨大轰隆声，像沉雷一样——敌我双方在激战着——这吼声压低了一切火力的音响。那黑色庞大的怪物蠕动着向前爬行，一面爬行一面不住地打枪打炮。任刚带着一个班隐蔽着奔向正面的两辆坦克。走到切近，他便喊了一声："打！"全班便呼哨着同时抛出了手榴弹，但这个怪物仅仅像野兽脱去了几绺皮毛一样，仍在一边打枪打炮，一边向前蠕动。任刚命令两个战士抱两包炸药绕到后边那两辆坦克身后，他们抓着坦克的浮轮便爬上车顶，拼命想揭开盖子，但盖子像咬紧了一样，没有揭开，只好把两包炸药放在盖子上，拉了线就跳下来。

炸药响了，烟气冲天，坦克的顶盖炸了好大一个窟窿，里面的敌人鬼哭狼嚎的，坦克便停下了。

前面的一辆也用同样的办法炸坏了，但是炸得很轻，这只受伤的野兽只稍微停了一下，便又向前蠕动了，只是稍慢了一些，枪炮的威力也远不如前了。

大家都肯定以为后面的也已经打坏，便不再去理它，他们迅速地又把第一辆包围住了，丢炸弹的丢炸弹，下炸药的下炸药，差不多把所有的弹药都集中到这辆坦克身上，十分钟不到，这辆坦克便全身起了大火，火光冲天，烟雾弥漫，战士们呜嗷乱喊。正在大家欢腾的时候，却不提防后面的坦克突然打起枪来，又轰隆隆地向前开进了，原来坦克里的敌人没全炸死，有两个被炸药震昏，现在又苏醒过来了。

战士们一怔，各自看看手中的武器，所余无几了，特别是炸药，连一包也没剩下。大家你看看我，我看看你，正在焦急时，一个战士忽然发现任刚手扶着胸膛，血从他的指缝向外直流，他喊了一声："队长挂彩了!"大家便一齐跑过来，想马上把他抬下去，但被任刚拒绝了。

原来任刚的胸部又中了一颗流弹，但他努力挣扎着没有倒下去。他摸了摸腰间的六颗手榴弹，便下了最后的命令："你们赶快分成两批去增援南北两队，他们还没把坦克打退呢。"

随后，他便沉着地，从侧面走近傲然爬行的坦克，把六颗手榴弹同时拉了线，以最敏捷的动作从后边钻到坦克的车身底下，一分钟后，手榴弹闷声闷气地响了，那个黑色庞大的怪物再也不动，我们的任刚也光荣牺牲了。

在春季攻势结束后的庆功大会上，任刚立了特功，追认为反坦克英雄。一面"肉搏坦克"的锦旗，永远纪念他不朽的功绩。

歌谣和口供

舒　群

　　1937年，"八一三"以后，我在上海读到了帮助中国人民抗日的《中苏互不侵犯条约》；不久，各地就显出了苏联援助中国抗日的气象。1937年，在汉口，我看到了苏联空军志愿队；并且，我看到了武汉上空的帮助中国抗战的苏联无名英雄空战的胜利。

　　8月里，日子记不准几号，反正是下午一点钟发出警报那天。为了看看光荣的空战，我没进防空洞，就躲在江堤的树底下。不一会儿，我听到轰轰声，想是敌机来了，但怎么来得这么快呢？等到飞机从头顶飞过的时候，只是一架，在四五千尺的天空，模模糊糊的又像苏联援助中国的战斗机：小型的，飞快的，类似疾风里的一片绿叶子。再等到高射炮打响以后，我才又肯定了它是敌机。我看得清清楚楚，高射炮的烟球围住了它；在它刚刚上升的一刻，有个炮弹击中了它。它带着一股浓烟下沉，随着，掉下一个白球，一个白伞，慢慢下落，恰好，落在我的对面——长江那边的武昌。我看见一群人围上去，打起来。我的周围，人人拍手称快。有人还遗憾地说："怎么没把这个日本鬼子掉在江里呢？"

　　那时，我在编《战地》杂志。有一天，我收到从武昌投来的几首歌谣。作者是湖北省高等法院的文书，署名"不平"。这份作品和那天我所见的空战有关，但在事实上，却非常矛盾。我按他的通信处，给他写了封信。在信里，我提出"创作的真实性"问题。他很快给我回了信，除了"人证物证俱在，何谓不真"以外，并以文艺青年的热情，要我回答他所提出的创作问题。我给他写了第二封信。信的大意如下：关于"体验生活"和"认识生活"的问题，我一般地原则地回了他。关于他着重提出的"表现生活"的文艺形式问题，我回答得比较多些。信的大意：第一，不论诗或散文、小说或报告等，在形式上，一律平等，无所谓高低贵贱之分；如反之，则属于形式主义者的偏见之一。第二，大胆创作，不惧，也不羁于形式的"定义"，"内容决定形式"者，即内容创作形式之谓。或不妨"自我作古"之意，如否认之，则属于保守主义者的偏见之一。第三，如果内容不能脱离现实，那么形式不能脱离民族，不能脱离广大读者群众，倘创作者只管埋头"创作"，不管有无读者、有多少读者，人家有什么意见，如有之，则属于官僚主义者，或"孤芳自赏"者，"瞎创乱作"者。（可惜，我那时还没读过"社会主义的现实主义保证在艺术创作方面有更多的可能来表现独创性，来选择各种各样的形式、风格和文体"的名言。）此外，我特别着重"可否将物证见示"。第二天，我收到他挂号寄来的一个纸卷。他的名字改了，发件地也改了，并且，再三嘱咐我"绝对保守秘密"。我拆开一看，原来是法院的一封口供。为了尊重他的嘱咐，我一直保密到湖北解放的今天，凑成一篇四不像的《歌谣和口供》，以留纪念。（原文已失，仅就个人记忆补志，难免有所出入，尚希作者和读者指正。）

歌谣一：法院
新衙门，旧房屋，
清朝网，封建蛛；
多少人民哭，
多少人民有苦无处诉。

歌谣二：法官
官老爷，头顶秃，
脸光光，两撇胡；
问了一世案，
硬要耍浑蛋。

歌谣三：司法警
黄衣裳，好威风，
见"犯人"，气冲冲；
贪了一辈子昧心钱，
当了一辈子狗帮凶。

歌谣四：文书
年轻人，好可怜，
进衙门，为吃饭；
跟着法官屁股转，转到何时完？

歌谣五："犯人"
案子一，"犯人"六，
论情由，难忍受；
个个喊冤枉，喊也喊不够。

歌谣六：案情
高射炮，眼睛瞎，
不打敌机，打自家。
你问为什么，
我说去他妈。

法官：文书、笔墨纸张，准备齐全没有？

文书：准备齐全了。

法：写上，检察官缺。堂卜，值班的！

司法警：有！

法：今天重申斗殴一案，当面对供；带所有"犯人"上堂。

司：回禀老爷，全部带到。

法：中学生王均信？

王：来了。

法：商人马川盛？

马：在这儿。

法：高射炮……司令？

司：回禀老爷，传票被卫戍司令部驳回。

法：关系重大，何故竟不出庭？岂有此理。排长刘成山？

刘：有。

法：班长赵喜国？

赵：有。

法：中国空军上士唐达？

唐：有。

法：苏联空军志愿队隋利……什么托夫，好长的名字，拗嘴至极。苏联空军少校？

苏（由翻译口译）：是的。

法：本法官宣布，本案案情复杂，故而开庭重审。本官为官四十年，公正无私，敢称清官。尔等当面对质，据实招供，重者减罪，轻者免罪，均由本官做主。倘有混淆黑白、颠倒是非、避重就轻、瞒心昧己者，本官依法治罪，决不宽贷。现在（拍了一下惊堂木），苏联空军少校，你先讲你起飞前后的情形。

苏：当天，警报前一刻钟，我就接到防空前哨的敌情报告。我既负责指挥空战，立刻布置战斗，决定派出二十七架战斗机，在武汉外围，东南北三个方向搜索敌机并展开截击。警报发出时，我们战斗机已经起飞；我叫了我的射击手唐达上士，因为他年轻，也可以说还是个孩子，没有什么战斗经验，我对他说："注意敌机，勇敢射击，我希望你成为光荣的中国空军。万一发生危机，孩子，你不要怕，有我帮助你，尽一切可能帮助你。一句话，我愿和我的中国战友同生死。"他说："我相信你，我听你话。"随后，我们上了飞机起飞。我把飞机渐渐地升到五千尺以上，往我所布置的战斗方向，检查工作。

法：唐达，他讲的话对不对，是否如此情形？

唐：难道苏联朋友还会撒谎吗？

法：（拍了惊堂木）法院重地，岂敢玩忽！

唐：请你尊重国家空军。

法：王子犯法，与民同罪。

唐：我抗战军人，忠心耿耿，出生入死。你说，我犯的什么法？若犯，就是犯的日本法！

法：住口！那个做买卖的呢？

司：马川盛怕什么，怎么一个劲地往后躲？没进过衙门口？男子汉大丈夫，敢做敢当，往前站。那是老爷，不是老虎，你哆嗦个什么劲？往前站！

马：我马川盛，老爷开恩，怎么罚，我怎么领。

法：我不是给你写判决书，是问你当时躲警报的情形，何必惧怕，有本官做主。

马：那天，我老婆生孩子刚三天，孩子有病……

法：不是问你家事，是问你躲警报的情形。

马：是是。我上街给孩子买药；药还没有买到手，警报就来了。吓得我，没地方避，没地方躲；好容易跑到江边，碰着一个防空洞，可是人又挤满了。没法子，我就挤在门外边……

法：停！王均信讲。

王：那天，我的同学们都在街上进行宣传。我们许多人都没找到防空洞，就躲在树底下。我趁着这个时候，又开始宣传……

法：可谓爱国青年！

王：不仅我一个人，我们所有的同学也都是一样，热心宣传工作，除了汉奸、走狗、亡国论者，我们所有不愿做奴隶的人们，都会热心宣传工作，就像我们宣传的《论持久战》所说："如此伟大的民族革命战争，没有普遍与深入的政治动员，是不能胜利的。"

法：《论持久战》是毛泽东作的吗？

王：正是。

法：文书，删掉"可谓爱国青年"一句。赵喜国，你讲吧！

赵：俺没做亏心事，不怕半夜鬼叫门，讲就讲吧。那天，俺们排操练了一早晨，累得我一头大汗。法官，你若不信，你就问问俺排长。吃过早饭，俺领着俺那个班擦炮筒子，洗炮架子。法官，你若不信，你就问问俺排长。俺们把炮洗得干干净净，擦得贼亮贼亮；法官，就像你这脑瓜壳似的，你若不信，你就问问俺排长。

法：废话连篇！

赵：俺本来不会讲话，就会放炮嘛！

法：（拍惊堂木）住口！

赵：你别拍桌子，吓耗子……

司：老爷让你住口，你就住口。这不是你家，这是大堂！

赵：你在一边搭的什么茬儿，瞪的什么眼珠子，帮的什么凶！

法：（连拍惊堂木）刘成山，你讲！

刘：我排当天情况，就是赵喜国讲的那样。我再补充一句，警报到紧急警报这个时候，我们完成作战的准备，就是射击的准备。

法：苏联空军少校，你讲讲中弹前后的情形。

苏：我检查过东面北面以后，又往南面检查战斗的布置。当我们经过武汉市空的时候，我突然发现高射炮火。我的直觉，以为敌机侵入。因此，我开始搜寻，准备指挥迎击。搜寻的结果，并没发现敌机。可是，高射炮火更加猛烈，而且都在集中射击我机。我们被炮火包围了。当时的情况，不容我理解高射炮队系何阴谋，我只有逃脱危险，突围上升。可是，我上升还不到五百尺的时候，就中了一弹。我已经准备牺牲自己，让我的小战友逃命。于是，我仍一边极力上升，一边叫过我的中国小战友："你勇敢地跳伞，赶快！"不能怪他，每个空军，对于第一次实际跳伞，难免有所惊慌疑虑。可是，我们的飞机已经逐渐失掉效能，失掉平衡，面临最后的危险了。此刻，不容我再有丝毫的考虑，决定带着我的中国小战友尝试冒险。我让他手抱住我的腰，他脚盘住我的腿；我们俩就像中国南方榕树干似的缠在一块，像两股钢丝似的拧在一起，像一对马戏团的绝技表演者，抱得紧紧地下了场。我如同一块大石头，又带着一块石头，从飞机上跌下来，约以一分钟三十里的速度跌下来。一阵寒冷，一阵眼花，我却清醒地拉开降落伞的锁，抖开伞，我的背上开了那朵大白花。这时候，我们约以一分钟一千三百尺的速度下降着；我感谢中国没有风的天气，那么好……感谢我的战友，年岁那么小，人那么轻；我感到冒险而后成功的喜悦，感到突然而来的悠闲。我看了看，我的小战友，紧紧地贴在我的身上，但是……

法：不愧英雄豪杰！文书，这句话不必记。你等等再讲。唐达，讲！

唐：我没什么可讲的。

法：何故？讲！

唐：我一直是昏昏沉沉的，有什么讲的？一定要我讲，我只有一句话：我一辈子忘不了苏联的空军战友，对中国的忠诚和英勇，对我的忠诚和英勇！

法：那个做买卖的呢？

司：马川盛怕什么，怎么老往后躲？没进过衙门口？！敢做敢当，往前站。这是法庭，不是法场，你哆嗦个什么劲？往前站！

马：我马川盛，老爷开恩，怎么罚，我怎么领。

法：由本官做主，你讲吧！

马：听见飞机声音，可是看见飞机不像日本鬼子的，没有那块红膏药……

法：是你看见的吗？

马：这……不是……我看见的，是我听人家说的。不大的工夫，听见高射炮响，看见把飞机打出烟来，掉下一个白球球……

法：是你看见的吗？

马：这……不是……我看见的，是我听人家说的……

法：胆小已极，浑蛋已极！文书，不必录！王均信，你讲。

王：我一看飞机，像是中国飞机，不像敌机。

法：是你看见的吗？

王：是我看见的，是像中国飞机。可是，响起高射炮以后，不知为什么，就说是"敌机"，还说"敌人"跳伞了。

法：是你说的吗？

王：是我说的。

法：赵喜国，讲！注意，不准冒犯堂规！

赵：俺不过是一条蓝线，两个星，一个小班长还敢冒犯堂规？俺是个乡下的大老粗，抗战俺才当兵，说话不文明，你听起来不顺耳。俺不是老王卖瓜，自卖自夸；俺是灶王爷上天，有一句说一句。

法：赵喜国，言多语杂。

赵：俺言归正传。我一听见飞机的声音，我从望远镜里一看，是咱自己的飞机。

法：你看得清吗？没错吗？

赵：俺看得清，看得明，是咱自己的飞机。

法：是你说的吗？

赵：不是俺说的，还是你说的？

法：不会改口吗？

赵：大丈夫一言出口，驷马难追；就是刀子按在俺脖子上，也不能改嘴！

法：既然看清是自己的飞机，那为何开炮射击呢？

赵：俺也是说，为什么开炮打咱自己的飞机呢？

法：我在问你！

赵：俺在问俺的排长呢！

刘：你问我干啥？

赵：俺不问你问谁呀？

刘：不许你问！

赵：俺要问！

法：（乱拍惊堂木）肃静！苏联空军少校，你讲你落地前后情形。时间太久了，也快水落石出了，你摘要地讲，讲吧！

苏：是的。当我们将要落地的时候，我发现下面是滚滚的长江。绝望吗？没有！我准备落水之前，设法解脱降落伞，然后，我带着我的中国小战友游泳渡江。意外的，一阵小风，把我送到陆地。我唤醒我的中国小战友，我们俩无言无语，若呆若痴。在我们俩突然狂热相抱起来的时候，意外地拥来一伙子人，把我们俩揍了一顿。

法：打你们的，有这个马川盛吗？

苏：有。

法：有这个王均信吗？

苏：有。但是，我不怪他们。我听到大家喊着："打意大利人！""打德国人！""打日本人！"他们误会我不是"德国人"就是"意大利人"，我的中国小战友就是"日本人"。

法：高才，难得"误会"二字。

苏：最后，我们都被送到法院。

法：难得"误会"二字。唐达，"误会"二字的用法，你同意吗？

唐：我完全同意。

法：你不冤吗？

唐：你怎么这么麻烦呢！

法：高才，难得"误会"二字。那个做买卖的呢？

司：马川盛还怕什么，怎么还往后躲？没进过衙门口？！敢做敢当，往前站。这是"误会"，不是"有意"，你还哆嗦个什么劲？往前站！

马：我马川盛，老爷开恩，怎么罚，我怎么领。

法：苏联空军少校已经用了"误会"二字，你何必还怕，讲。

马：我是跑过去看热闹的。

法：你是否动手？

马：动是动手了，恐怕也没打着，就是打着一下两下，也打不痛。老爷，你看我身板多软弱啊。

王：你打了，承认就得了。真急死人。

法：你打没打呢？

王：我打了！

法：为何无故伤人？

王：为什么，苏联少校不是已经说过了吗？

法：读书人，应该明理；打人是犯罪的，你知道吗？

王：知道，我是犯罪的，特别是打了援助中国抗战的苏联朋友，我是更该犯罪的。现在，我先向苏联朋友和这位空军青年赔礼。

法：赵喜国！

赵：有！俺还讲啥呢？俺一讲，又要和排长吵嘴！

法：你继续讲！

赵：俺也不懂得，为什么开炮打咱自己的飞机，俺没瞄准啊！

法：第一炮是你放的？

赵：是俺放的。

法：为何放炮打击自己飞机？

赵：俺说："是自己飞机！"人家说："军人以服从为天职，服从命令！"俺没法子，就瞎放了一炮，也不知道打到哪国去了。

法：谁给你下的命令？

赵：你问俺排长，就是他呗！

法：刘成山，你据实招供，为何竟敢下这样大逆不道的命令？

刘：不是我下的，是我连长下的！

法：你们连长，为何竟敢下这样大逆不道的命令？

刘：赵班长这样质问我，我这样质问连长，连长这样质问团长，团长这样质问指挥部，就是一句话："军人以服从为天职，服从命令！"

众人：这是汉奸命令，汉奸命令，汉奸命令！

法：（乱拍惊堂木）肃静！肃静！现在宣布闭庭。文书，把"汉奸命令改为误会命令"，难得"误会"二字。

文：你虽难得"误会"二字，我却不能"误改"二字。

1950年3月7日

开不败的花朵（上篇）

马　加

一

5月梢，在蒙古草原上，到处都是开不败的花朵。

这里是东科尔沁中旗大草原，一望无边。

响晴的天头，天空碧蓝碧蓝的，连一丝一挂的云彩也没有，燕子在半空中飞着，鹅鹏在唱着歌。

地上是一片崭新的娇绿的草色。在草棵子里，开放了蓝色的马兰花，粉色的喇叭花，小瓣的猫眼睛花，素淡的野菊花。风吹过来，簇簇的五花杂草全在点头哈腰，车轱辘菜光又光，狼尾巴草挑起了小旗。

有四辆胶皮车，出了通辽县城，朝西北方向走。车把耍着鞭子，马耍欢，胶皮轮子在草地上轧了浅浅的沟。

车上坐着三十多个人，有军事干部、群众工作干部、妇女干部、文艺干部，另外有十几个随身带的警卫员。他们是4月末从张家口出发的，准备到东北来工作，创造新的解放区。经过一个月的行军，时局发生很大的变化，5月下旬到了通辽，才知道四平已经撤退。从通辽到开通的铁道给掐断了，要到哈尔滨东北局去，只有通过东科尔沁中旗的大草地。

从通辽到瞻榆县，中间有二百多里大草甸子，人地生疏，情况又不熟。听说前几天，蒋介石派白云梯到内蒙古进行活动，勾结地主武装，阴谋叛变，随时都可能爆发一场叛乱。大家心里明白这次行军是很危险的。但是，全体干部都下了决心，谁也不愿意留在通辽。

领队的是曹团长，在陕北参加过土地革命，在前方打过日本，也打过国民党反动派，是一个有胆量、有主意、战斗经验非常丰富的人。打仗的时候，眼睛一立，就下了决心。打完了仗，把望远镜一撂，大红脸一扬，和同志们嘻嘻哈哈地开着玩笑，大家和他们在一起，都觉得心里托底，也有了胆子。

曹团长心里怎样盘算呢？他想：内蒙古自治联合会已经开过了会，乌兰夫主席做了政治报告，东蒙西蒙联合一体。为了镇压反革命活动，阿思根把蒙古族骑兵集中到通辽一带。有一小队蒙古族骑兵给干部做向导，再加上干部队本身携带的武装，六支大枪和二三十支短枪，问题并不太严重。他很有信心，一定能够把干部队伍带到东北局去。

车轮子在草地上轻轻地滚，车不沾土，马蹄子不沾地，一猛劲，就跑一截子地。四辆大车，全放开了长溜，中间隔着草棵子。前边的蒙古马露着白耳梢，咴咴地叫唤。

甩手无边的东科尔沁中旗呀！前无边，后无岸，中间是一片草海。

曹团长在华北坚持着抗战，从吕梁山转到太行山，后来到陕北，到平西，到热河。他走到哪里，心跟到哪里，七八年都在山里和敌人兜圈子，真有些腻了。现在，他看见了这大片平坦的草原，眼睛敞亮，心情愉快，浑身上下都觉得轻松。他叹了一口气，野草是那样清香，淡淡地冲着鼻子。他摘下了圆囊，用胳膊肘触着旁边黑胡茬子的王耀东说："老王，你看，这是多大一块草原啊！"

王耀东穿着一套灰溜溜的旧军衣，敞着风纪扣，露着粗布衬衣领子。软帽遮上套着一副毛边的玻璃风镜，遮着窄腮帮子和大颧骨，显出风尘满面的样子。他的眼睛直盯地望着草地，他是怎样稀罕这草地呀！他记得小的时候在草地上放过马，割过草，捉过蝈蝈，打过蚂蚱。现在他真想在草地上打一个滚。曹团长用胳膊触他，仿佛蚊子叮了他一下。

"老曹，你走吧！从西满走到南满，从南满走到北满，尽是大平原。"

曹团长问："哈尔滨附近，也是平原吗？"

"一路上你看不到山的。"王耀东笑了笑，扬着手背说，"什么也挡不住我们。这里铁路四通八达。我们到开通坐上火车，有两天工夫，就到东北局了。"

"这里真是好地方。"

"东北是我们革命的宝库。"

"老王，到东北局，你想做什么工作？"

王耀东很自然地说："听从组织分配。"

曹团长知道王耀东一直在军区里工作，他从这方面来考虑问题。

"我相信在组织上还会让你干这一行，蒋介石进攻我们，我们干军事的，就吃得开。"

曹团长哈哈地笑起来，红脸蛋晒得快冒油了。脖子上套着望远镜的小皮带，车一颠簸，那小皮带上下一抽一动。这时候，大车走进一片高草地里，蒿子溜马腿肚子深，洋铁叶子打着车轱辘沙沙地响。王耀东从曹团长那里转过身子，用手拍着旁边一脸和气的刘群，他是一个县委的组织部长。

"老刘才吃得开呢！不发动群众，军队就不能打胜仗。"

刘群有一种朴素近人的作风。别人言语碰到他，他也不恼怒。他说到别人，别人也不觉得伤人。

"发动群众，要让一半给女同志。林秀，你不反对我说的话吧！"

林秀听到有人叫她，她从车后转过脸来，露出红的颧骨、圆下颏和高鼻子。两只大眼睛望着草地的一片鲜花，仿佛在思想什么。草曹团长看她没有吱声，打趣说："林秀一定考虑做妇女工作。"

林秀眨眨眼睛，沉静地问："为什么？"

"为什么？女同志嘛！"

林秀不服气地摇了一下头。"女同志为什么不能做旁的工作？"

大车朝着西北向走，车把扬着鞭子，胶皮轱辘在草地上滚。曹团长想了解内蒙古的地理，问王耀东说："咱们是朝达尔罕王府走吗？"

王耀东老练地说："不走达尔罕王府，一会儿拐向东北贾家营子了。"

"老王，这里你全熟悉吗？"

"这是家边子道，地上每一朵花，我都能叫出它的名字。"

"哈哈，老王，你真是一个东北人。"

这时候，有一个青年骑着一匹小青马，背着一支大枪，扯着马嚼子，凑到车厢的跟前，和王耀东认了老乡。

"王副团长，你也是东北人？咱们是老乡呢！"

二

这个青年是西满军区的一个班长，姓赵，大家管他叫赵班长。他到通辽出勤务，跟着干部回西满军区。想不到在路上碰到了老乡，又是从关里来的老干部，心里觉得亲切，语言也特别多。

"王副团长，你有多少年没有回家了？"

王耀东摸摸黑胡茬子，望望赵班长红鲜鲜的脸蛋，一边想，一边说："打九一八算起，现在已经有十五年了，年头可不少啦！"

赵班长仰起脸，讲他自己的情形说："我今年二十岁，九一八那年，是一个五岁的小孩子，什么也不知道。听说日本人占了北大营，跑到大街上看膏药旗，糊里糊涂当了亡国奴。"

王耀东说："那时候，我在北大营当排长。"他想起当时九一八情景，又是感慨，又是恨，"日本人在我们头上撂大炮，死的死，伤的伤，不死不伤的人都急得直跺脚，想拼一下刺刀。可恨那个蒋介石浑蛋，给张学良打电报，左一个不抵抗，右一个不抵抗。我们一生气，就拉出了东山咀子。后来参加了平东洋义勇军。"

赵班长眨眨眼睛，想起了一件事："我听老人说，平东洋打到沈阳城外八十里。把日本人吓坏了，6月里割了高粱。老人说是'满洲国'的劫数。"

太阳猛热，四外风平浪静。草原上蒸发出一股苦辣的草气味，到处飘荡。鹅鹏在天空飞来飞去。花丛里，逗留着红翅膀的蝴蝶。

赵班长摆着嚼子，提起缰绳，让他的小青马追上了大车，凑近了王耀东唠嗑。

"你出去以后，一直没有回家。"

王耀东正在抽着旱烟，望着烟袋锅子里的火星子，皱了皱眉毛。

赵班长只顾扯着马嚼子，追着车，好像没有看到王耀东的脸色，一直往下说。

"这些年变化可大了！"

王耀东顺嘴问："沈阳总站还是那个样子吗？"

赵班长说："它的南边修了市公署，四层大楼。"

王耀东望着小伙子的脸，感触地说："我离开沈阳的时候，那里还是一片空场呢！"

"皇姑屯和沈阳也连起来了，过了三孔桥，全是一片房子。"

"我离开家的时候，那里也是一片空场。"

"铁西区你也不知道吧！"

"不知道。"

"那里全是日本人后盖的工厂。"

"有多少工厂？"

"有多少工厂，我也不知道。工厂烟囱像一片树林子。"

曹团长笑着说："那都是我们的，到了全东北解放的一天，说不定我们还要改行。"

车上的人们听见他们唠嗑，都很兴奋，不吱一声。刘群觉得到东北来，碰到什么东西都是新鲜的。提到东北的工厂，使他羡慕不已。林秀的心情也是异常兴奋的，来东北之前，她的脑子里已经装满了大豆高粱、森林煤炭，再加上铁路的网，树林子似的烟囱，把她的美丽的想象力更丰富起来。她希望车把赶快抽着牲口，恨不得一下子到了东北局。

王耀东一边抽旱烟，一边和小伙子唠嗑，仿佛在享受一种快乐，见了家乡人，问长又问短。

"沈阳小河沿还热闹吗？"

"热闹，它的后边不是达尔罕王府吗？"

曹团长插着问："达尔罕王府不是在草地上吗！谁把它搬了家？"

王耀东回答说："有两个达尔罕王府，一个在东科尔沁中旗，一个在沈阳小河沿。"

赵班长问王耀东："你记得不记得，张大帅府在沈阳小南门里。"

"张作霖和达尔罕王还有亲戚啦！"

王耀东讲乏了，又抽一袋旱烟。赵班长放开嚼子，从从容容地任着马的性子走，快就快，慢就慢，牲口勒草叶子吃，也不哄。车上的人呢，都喜欢听故事，刚到东北来，好像什么都是新奇的。曹团长几次抢着王耀东的烟袋，让他说。

"你讲下去吧！达尔罕王是干什么的。"

王耀东顺手放下了烟袋，对车上的人说："内蒙古有四十八家王子，达尔罕王是四十八家王子的头子。"

"他是一个大封建头子！"刘群加上这个政治名词。

"老刘，你说对啦！"

"大封建头子，一定会享受。"

王耀东咧着嘴，苦笑了一下："那还用说吗！达尔罕王可神气啦！吃着猴头燕窝，山珍海味。喝北京的虎骨酒。抽热河的大烟土。他的老婆戴着珍珠翡翠。他们自己吃喝乐不算，还养着一群喇嘛，给他们念经祷告。不当喇嘛就给他们牧马、种地。草地上搭着王爷的窝棚，有了收成，都要给王爷纳贡。"

曹团长笑着脸说："我听说有靠山吃山的，靠水吃水的，还有靠着草地吃喝的！"

王耀东说："后来，达尔罕王挥霍过度，就不济了。他把通辽这一带草地卖给张作霖，开垦牧场。张作霖兴屯垦军，用皮鞭子撵蒙古人搬家，牛羊给抢光了，牧场卖光了。"

刘群听得生了气，捏着拳头，在车厢上擂了一下，出了一口气。

"张作霖纯粹是大汉族主义！"

"照蒋介石的'中国之命运'的说法，早把蒙古民族取消了。"

胶皮车颠了几颠，过了一片土包，走到西拉木伦河跟前了。车把吆喝着牲口，停下车，人们从车上跳下来，望望后面的草地，赵班长骑着小青马慢慢地走来，落了一截子地。

<h1 style="text-align:center">三</h1>

西拉木伦河流过了桃花水，河槽子窄窄的，两旁流着沙子，中间浮着白沫、木片、草叶、粪屑，跟着浪花漂走。河滩上，落了几只白毛的小鸟，吱吱叫唤一阵，看见了大车，飞到河的对岸去。

过河的时候，一个车把走错了地方，走到深水里，水上了车铺板，牲口没了肚子，车上的行李湿了。这时候，王耀东跳下河去，帮助车把拉出了胶皮车，上了岸，裤子已经湿得水涔涔的了。

又前进了，蒙古族向导在前边走，后面跟着胶皮车。

草原慢慢深了。

王耀东坐在高高的行李上，叉开大腿，一边晾裤子，一边望着深深的大草原。草原上的风景该多么美呀！青青的草叶，红红的花朵，黄蔓子，紫根子，高高低低青枝绿叶的秧棵。他已经十五年没有看到东北的草原了。现在，他回来了，他觉得是怎样爱这地方呀！

可是，他讲的达尔罕王故事，是怎样使人恼恨呀！

太阳高高地照着，旷野里没有一点风波，大车在草地上走着。曹团长打着望远镜，用胳膊触着王耀东，让他讲那未完的故事。

"老王，你接着讲下去吧。达尔罕王把草地卖给张作霖，蒙古老百姓不起来反对吗？"

王耀东说："蒙古老百姓是很强悍的，当然要反抗啦！那时候有一个英雄，名字叫嘎达梅仁，反对张作霖和达尔罕王，在这个草原上打起游击。后来，淹死在西拉木伦河里了。"

曹团长耸耸眼泡，问道："是刚才我们过的西拉木伦河吗？"

"就是那条河。"

"我们过了河，还不知道。"

"这一带的老百姓都知道，英雄的故事永远流传下来的。"

"老王，你把你的英雄故事讲到头吧。"

车上的人们都兴致勃勃，为了听故事，不知道乏，不知道饿，大车走了多远，也记不清了。王耀东也是兴致勃勃的，讲起嘎达梅仁的故事，提起了精神头。

　　"让我从头说起吧。嘎达梅仁的家是东科尔沁中旗的舍伯吐，离这里大约有五十里。他叫嘎达，梅仁是他的官衔。他是达尔罕王府里一个小武官。家里有一个老婆，名字叫牡丹；一个女儿，名字叫天吉良。嘎达梅仁为人很慷慨、直爽、大胆、勇敢。好骑马打枪，也交了一些半农半牧的朋友。"

　　"他是接近群众的，他的起义一定和接近群众有关系。"

　　讲话的是刘群，他分析了情况，仿佛又做了结论。

　　"我想也是有关系的。"王耀东老练地说，点了点头，"那时候，张作霖的屯垦军太霸道了：骑在蒙古人的脖子上拉屎，见地就开，见牲口就抢……嘎达梅仁气极了，领着达尔罕旗的老百姓，到奉天城里去告状。达尔罕王听张作霖的话，撵走了告状的老百姓，把嘎达梅仁革了职，押在达尔罕旗的监狱里，准备枪毙，不让走漏消息。王府里有一个小孩，平常和嘎达梅仁有交情，偷偷地跑出去，给牡丹送了信。牡丹听了这个消息，一点也不犹豫，一把火烧了自己的房子，杀死了亲生女儿天吉良，骑上膘马，挂上盒子枪，会合暴动的老百姓，准备给她丈夫劫狱。看狱的是巴萨拉达，一来，看见牡丹带来的人马很多，二来，自己的良心有了感动，打开了狱门，放出了嘎达梅仁。旗里的蒙古人，听见嘎达梅仁出来了。高兴得了不得。推举他做起义的领袖，一号召，送子弹的送子弹，送粮草的送粮草，也有把自己的儿子送来参加的。骑着马，带着洋炮、快枪，轰轰烈烈，在蒙古草地上拉起了队伍，把屯垦车打得稀里哗啦，达尔罕王吓破了胆子。"

　　故事讲到热闹的时候，车上的人的情感都激动了。恨不得跳到草地上，帮助嘎达梅仁打游击。沉不住气的人就乱吵乱嚷，追问下落。

　　"老王，真急死人，你快说呀！"

　　王耀东撅着黑胡茬子，阴着脸，望望大家热情的脸，难过地抽了一口冷气。

　　"到后来，嘎达梅仁的队伍一天比一天困难起来，子弹少，粮草缺，纪律差，没有共产党领导，革命是不会成功的。张作霖和达尔罕王看他是眼中钉，一心想消灭他。调来汤二虎的军队，杨大马棒的军队，李守信的军队。李守信更是阴险诡诈，他把子弹用开水煮过了，托人转送给嘎达梅仁。到了打仗的时候，子弹打不响，李守信带着骑兵，漫着草地追过来。游击队打死的打死，逃散的逃散，牡丹也牺牲了。嘎达梅仁看见这情形，又是急，又是恨。他下了决心，死也不投降。抽着牲口，跨过草甸子上的尸首，单人独马渡西拉木伦河，正是河开化的时候，河心流着冰，水凉得透骨。他咬着牙，骑马渡到南岸。南岸的冰碴儿还没有化呢！他打马跳了两次，马蹄子扒到冰上，又滑下来……"

四

王耀东说到这里，心里一阵难过，就停下了。回过了头，想望一望抛在后面的西拉木伦河。西拉木伦河给草地遮盖住了，显得沉静、幽美、辽阔，也包藏着不可预测的危机。听故事的人，都知道故事已经结束了，感情总是转不过弯来，却还要问。

"到底嘎达梅仁结局怎样？"

王耀东叹口气说："结局是悲剧。"

一个警卫员问："什么是悲剧？他淹死吗！"

"淹死是悲哀的。他的最大悲哀，是他的理想没有实现。"

"每个人都为自己的理想活着。"

插话是女同志林秀，她不拘泥，也不呆板，要说就说。

"我记得'一二·九'时候，我们学校有几个东北同学，他们最富于理想和感情，唱到《松花江上》和《五月的鲜花》就想起家来。"

曹团长半开玩笑地问她："你唱歌的时候，也想过家吗？"

"现在，我连唱都不唱它了。"

林秀拢一拢头发，爽朗地笑着，不红脸，不骄傲。她想起自己在延安整风学习，又做了一个时期地方工作，思想和情感已经起了很大的变化，变得更健康了。

"林秀同志，你给我们唱《五月的鲜花》吧！"

王耀东和刘群向她提出要求，车上的人一致附议，也有拍手的。弄得林秀很难为情，唱也不好，不唱也不好。后来，她看见大家是那么热心、诚恳，推辞不掉。她轻轻地唱了几段。

五月的鲜花

开遍了原野

鲜花掩盖着志士的鲜血

为了挽救这垂危的民族

他们会顽强地抗战不歇

如今的东北

…………

王耀东听林秀唱着歌，每一句歌词都打动他的心。开头唱起"五月的鲜花"的时候，王耀东的眼睛正望着原野上的花朵，那红色的花朵像火炭一般新鲜，像林秀脸上的红颧骨一般新鲜，又艳丽，又稀罕人。第二句唱到"志士的鲜血"，他觉得有点阴影，"志士"应该指着嘎达梅仁说的，这个英雄在草地上牺牲了，很值得人钦佩。接着唱到"为了挽救这垂危的民族"和"他们会顽强地抗战不歇"。他再三思索这两句话，好像是说嘎达梅仁，也好像是说他自己。他在平东洋义勇军的时候，和敌人出生入死地打过仗，后来他到华北参加了八路军，一直坚持了抗战到底。抗战胜利了，他回到东北来了。他回到东北怎样呢？正当着林秀唱到"如今的东北"的时候，哑了嗓子，就停下了。仿佛弹琴断了弦一样。他的心里觉得很不痛快。

"你怎么不唱下去了？"

林秀仰起沉静的脸，望着王耀东失望的神情，慢慢地说："我不愿意唱下去，这歌子和我们今天的情感不调和，有点苦。"

"苦也好，苦能够唤起我们的仇恨，唤起我们的斗争情绪。因为东北老百姓受了十四年的痛苦，我们才要到东北来。"

王耀东的话是那么有力地打动人们的心。车上的人们都仰起脸来，瞅了王耀东一眼，又瞅了曹团长一眼，然后大家又对了一下眼睛。谁都想到自己的责任，仿佛有一副担子撂在肩头上，觉得沉重，谁也没有吱一声。车把好奇地转过脸来，听着大家谈心唠嗑，把鞭子也停下了。

过了一会儿，王耀东看见赵班长骑马走过来，挺着胸脯，一支大枪在肩膀上斜背着。小伙子像是无忧无虑的样子。王耀东问他说："伪满的时候怎么样？"

赵班长摇着头，咧着嘴："这十四年可真够呛，要国兵，抓俘虏，出荷，当劳工……逼得老百姓，有地缝也钻进去了。"

"能吃上高粱米吗？"

"打下粮食来，去了出荷，什么也不剩。有人在枕头里藏一把口粮，警察也给翻出去。谁家的锅台上掉了一颗粳米饭粒，也成了经济犯。"

车上的人们听见赵班长的话，都觉得骇异。林秀一向在延安生活，条件虽不优越，却也丰衣足食。伪满十四年人民痛苦的生活，她连想都没有想到。现在她听说了，又是痛惜，又是愤怒。

"太不像话，老百姓连吃饭的权利都没有。"

车把也忍耐不住了，转过脸来，故意和林秀唠嗑。

"我有一个叔伯哥哥。到矿山出劳工，家里剩一堆孩子，连橡子面都吃不上溜。"

林秀反问他说："不去不行吗？"

车把叹了一口气："警察都和地主有联手。叫到谁的名字，警察把洋刀一比画，眼珠子一瞪，老百姓谁敢不去？"

赵班长在一旁插话说："听说沈阳的警察特务都参加了国民党。"

车把说："去了小鬼，又来了一个阎王爷，活该老百姓受罪。"

曹团长坐在行李上，一边皱着眉头，一边催促车把说："你快赶车走吧！"

太阳快压山的时候，人累了，马乏了，车也不爱动弹了。经过了无边无沿的草地，渐渐地走进一个矮趴趴的蒙古族村子。村子是青须须的颜色，低低的泥墩子墙，青青的箭杆草垛，马粪烟从烟囱里冒出来，飘过了屋檐和树梢。

蒙古族骑兵向导在大街上饮马，向着车上的人招招手，大家都知道到了贾家营子。

五

宿营了。

王耀东带一个警卫员，名字叫杨得青，叫白了，成了"愣头青"。他有些愣头愣脑的，做活粗心大意，又好调皮。这天晚上，他背着王耀东的马褡子，一直往院子里走，偏赶上这家蒙古族老头放牧回来，肩头上背着兔子，手里拿着棒子，屁股后头跟着两条细狗，"敖仁敖仁"地叫着。杨得青不识货，把细狗当成看家狗，扔着土块就打。老头不高兴，吵起了嘴。

曹团长和王耀东来到院子里，院子里的蒙古狗还嗷嗷叫呢。杨得青翻着眼皮，瞪着老头子。老头子皱着眉头，脸上尽是老褶子，提着棒子，一句话也不说。两个人一看，心里就明白七八分了，批评了杨得青，找老头子说话。

老头看见王耀东一瞪眼睛，小鬼不敢吱声了。他觉得有些奇怪，指着杨得青问道："他是你的儿子吗？"

"不是。"

王耀东摇摇头，和曹团长一前一后，走过箭杆草垛，快到房门口了，他又转脸问老头子说："你有儿子吗？"

老头子穿着长衫，衣裳四角全挂起来，扎着一条蓝布带子，拉到地上，像一把扫帚。

"你有儿子吗？"

老头子看了王耀东一眼，看见他的神情是挺和气的，才慢慢地说："我有一个小儿子。"

"他在家吗？"

"他在瞻榆县保安队。"

曹团长向前走了一步，对着老头子亲热地说："哈哈，我们正要到瞻榆县去，一定会碰到你的小儿子。"

老头子露着牙笑了，展展眉毛，向着曹团长感激地点点头。曹团长趁势拉拉他的手，问他："你叫什么名字？"

老头子用蒙古话说："那申乌吉。"

曹团长笑了，点着头，琢磨那意思："好！那申乌吉，它是什么意思呢？"

"呵，长岁。"那申乌吉也报答以微笑。

"那申乌吉，你有多大岁数了？"

"六十二岁。"

"六十二岁，哈哈，怪不得叫那申乌吉，你的小儿子当了八路军，咱们是一家人。"

三个人笑了一阵，走到屋子里。

屋子很低，门框快碰到头，再往上看，就是乱丝丝的蜘蛛网，有些乌漆麻黑的。屋里东西很简单，炕上放着一只铁火盆，炖着奶茶，还带着羊膻气味呢。火星子偶尔一亮，照见了墙上的套马杆子，一大堆牛骨头，旁边摆着佛爷龛，另外还有什么东西，就看不清了。

他们说说唠唠，慢慢地熟起来。曹团长打开背包，拿出了鸡蛋和馃子，请那申乌吉吃。那申乌吉也请他们吃奶茶和炒米。那申乌吉高兴了，讲开了他的历史。

六

多少年了，那申乌吉过着放牧的生活。太阳从草原上升起来，草原像铺了一层绒毡子，抖着金子的光，草叶上串着像珍珠一样的露水珠。鹅鹈唱着歌，小燕钻上天。新鲜的东科尔沁中旗草原正走着青春的前途。那申乌吉很利索，早晨起来喝奶茶，吃炒米，骑上一匹马，拿着套马杆子，哄着马群和细狗，走上了大草甸子。放了一天马，打了一天猎。晚上，回到蒙古包来，月亮光洒在野地上，从远处沙漠里吹来一阵凉风，羊群咩咩地叫唤，草叶飘动。

王耀东听得入迷，问那申乌吉："你爱交朋友吗？"

那申乌吉挺起了腰，望望火盆里的火星子，想起青年时代无忧无虑的生活，直率地说："朋友，对心思了，把两家帐篷搭在一起，你也喝酒，我也喝酒，你也打猎，我也打猎，你也骑马，我也骑马，你也唱歌，我也唱歌。两个人一对心事，什么也好办。过了几天，你的小孩和我的小孩打架，你的马和我的马掐架，你的狗和我的狗咬架，就把帐篷拉走，你搬你的家，我搬我的家。"

"那申乌吉，你把帐篷拉到哪里去？"

那申乌吉伤心地说："搬到哪里，也出不了东科尔沁中旗的草地，达尔罕王旗的草地。我的马吃王爷的草，我的羊吃王爷的草。帐篷搭在王爷的草地上，我死了，骨头也埋在王爷的草地上。我是王爷的羊啊！吃王爷的草，给王爷挤奶，奶挤光了，王爷把草地卖给张督军。开垦牧场，来了屯垦军，骑走我的马，牵走我的羊，占了我的草地。逼得没有活路，我的大儿子上了嘎达梅仁的队伍。"

那申乌吉想起过去的生活，不由得难过地淌了眼泪，脸色煞白，抖着嘴唇，出了一口气。

王耀东把脸靠着老头子，亲切地问："是嘎达梅仁起义那回吗？"

"是啊！打王爷的军队和屯垦军。"

"那还不好吗？"

"他们在河里淹死了。"

"他们死了，他们的英雄事业没有死去。"

嘎达梅仁起义的故事，在蒙古草原上传下来，编成歌，大人小孩都会唱。那申乌吉想起自己的儿子来，总要唱几段。

瓦来达森，涅斯嘎达，依留弗，瓦良鹿仁，教干吉嘎。

瓦来特依赫，长江木伦敦，绍霍嘎达，巴斯尼亚……

屋子沉静。窗户纸薄得透亮，房檐披着淡淡的星光。那申乌吉唱完了，清清嗓子，望着火盆里的火星子，眨着眼睛。

曹团长和王耀东都不懂蒙语，不知道歌子是什么内容，他们要求老头子说："把歌子翻译翻译吧。"

那申乌吉对他们点了点头，揉揉眼睛，翻译了两段歌词。

从南边飞来的大雁

不落长江岸不起飞

起义的嘎达梅仁

为了蒙古的土地

从北边飞来的大雁

不落黑河岸不起飞

起义的嘎达梅仁

为了蒙古的土地

到了"满洲国"，那申乌吉的生活更不济了，马也出荷，牛也出荷，羊也出荷，牲口出绝根了。鬼子点了一把火，烧了帐篷，把老头子逼到贾家营子来，过着半农半牧的生活。"八一五"后，瞻榆县来了共产党。那申乌吉听说共产党给穷人分地，他把他的小儿子送去当保安队，临走时候，他对小儿子说："你去吧！你哥哥也是为着蒙古土地到队伍上。"

曹团长盯了那申乌吉一眼，恳切地告诉他说："共产党一定给穷人分地的。"

那申乌吉问："也能给我分块地吗？"

"能。"

"真的？"

"真的，中国有了毛主席，蒙古有了乌兰夫，老百姓就过了好日子。"

那申乌吉喝了一口奶茶。听了曹团长的话，不住嘴地发笑。

曹团长对老头子说："让你小儿子在瞻榆县保安队好好干吧！"

那申乌吉点了点头："让他好好干吧！跟着共产党，一定会有出息的。"

"我看见他的时候，一定把你的话告诉你的小儿子。他叫什么名字？"

"他叫巴扎布。"

"好！我记住了。"

七

第二天出发的时候，向导换了那申乌吉。

那申乌吉很愿意干这差事，骑着一匹灰色的儿马，穿着长衫，扎着蓝色布袋子，挺起胸脯，不紧不慢地走在胶皮车的前边。他有时候放开了嚼子，让灰儿马跑到草地里。他有时候勒住了缰绳，靠着车尾巴，小声问曹团长："共产党一定给穷人分地吗？"

曹团长推推帽遮，望着前边大片量的土地，又望望那申乌吉的脸，笑着说："一定的，给你分一块地，给你分一块好地。"

那申乌吉不放心地问："王爷答应吗？"

曹团长反问了一句："你儿子参加嘎达梅仁队伍，王爷也答应了吗？"

那申乌吉点着头："我们再不受王爷的欺负了！"

吹来一阵风，花草在大草原上跳起来，翻着花，一起一伏，像是大海的波浪。

王耀东想吹吹风，解开军服上边的纽扣，望着青青的草地，心里觉得十分稀罕，不住嘴地说："这大草原多么好呀！"

曹团长在一旁笑了笑："你看中了。"

王耀东说："我看中了。我相信毛主席到这地方，也一定会稀罕它。等我们到了社会主义，建立集体农庄，拖拉机在草地上一开，该多好呀！"

"老王，你会看到集体农庄的。"

"我希望能看到集体农庄。"

"不是希望，是一定，我们一定能看到集体农庄。"

曹团长自信地说，纠正一下王耀东的脑筋，扬着手背，哈哈大笑起来。

"老王，没有我们，也就没有将来的集体农庄。"

刘群欠欠腰，附和曹团长说："像我们这样同志，战争结束以后，还可以到集体农庄开几年拖拉机。"

林秀在一旁接话说："可以是可以，只要人家不嫌弃你老。"

曹团长摸摸自己的下巴，自从行军以来，没有刮遍脸，已经冒出短短的胡茬子，还有些挡手呢！他望了林秀一眼，笑起来了。

"再过十几年，还没有问题。"

这时候，王耀东也不知不觉地伸出手来，摸摸下颏上的小胡茬子，说："打仗把我打老了，心情也有了变化。在华北扫荡的时候，敌人满山沟拉网，天上飞机扫射，地上机枪山叫。吃不上饭，喝不上水。那时候，我心里想：假如我作战牺牲了，我并不觉得痛苦。我不能胜利地回到东北来，看看东北的大草原，那才是遗憾呢！"

"老王，现在你不是回来吗？"

"是，我回来了。"

天头阴沉的，太阳一露脸，就躲到云层里了。旷野里，有一股潮土和野草的气味，顺着地皮吹。风来了，草地上什么也遮挡不住的，狼尾巴草梢、灰菜叶子、喇叭花朵，点点头，哈哈腰，全趴风了。挂在星星草上的露水珠也滚掉了。

大车顺风走了三十里。

进了大草原的深处，草棵密了，叶子肥了，蒿挺子也高了。一路上，看不见牲口的脚印、牛粪盘、羊粪球，除了绿苔，就是黄穰穰的土地。车轱辘在草棵上滚，草茎、叶子、花朵，趴下去又起来，起来又趴下去。鞭子抽得山响，一展眼，那申乌吉跑到前面去了。

天空灰突突的，像麦子的灰炭，云彩一条一挂的，堆成堆，摞成摞，渐渐合成一块铅饼子。远地方，快贴到地皮上了。

冷丁地，从深草棵子里跳出一只黄羊。不一会儿，又出来一大堆马群，足有二百多匹牲口，散着群，也有勒草吃的，也有摞足子耍欢的，也有叫唤的，乱哄哄的，从一条深草沟里跑出来。有一匹雪白的儿马子，走在马群的前边，扬起脖子，对着马群暗暗叫了几声，马群全跟过去，向着低低的灰云彩跑去。

蒙古草地上名堂可多啦！车上的人们看见了，有人高兴拍着手，也有人喊叫的。警卫员杨得青想放一枪，比量了一下，又放下了。曹团长打起望远镜，瞅了个够，问那申乌吉："为什么马群跟着白马走？"

那申乌吉说："那白儿马是领头的，鸟无头不飞，马无头不走。"

漫天涨着云彩，快阴拢了。车把看看天气，知道快要下雨了。这时候，大车正走到蒙古族屯子跟前，赶进去，还是往前走呢？车把没有主意，问道："曹团长，你说怎么办？"

"没两句话，往前赶。"

曹团长回答得很干脆，虽在车上有的人想避雨，也不敢吱声。车把摇着鞭子，大车顺着村子外边走开了。曹团长看看表，正是下午两点钟，他要按着计划完成行军的旅程，在这陌生的地方，更不应该站脚。

风来了，风是雨的头。

风一吹，草原上掀起层层的波浪，草梢摇动，叶子翻着个，花朵给吹零落了。有一阵凉风遍着旷野吹来。马耳朵挓挲着，人们的脑门都是凉的。天上的云彩越阴越低，也越可怕。远远的草地上有一派啸啸的声音，大家都知道雨快来了。

八

头一场雨，就把车上的人淋湿了。刘群穿着一套草绿色的军装，绿绑腿胀得像节节虫。王耀东穿着灰溜溜的军装，叫雨点打得响透，贴在胸脯上，袖子湿成溜，毛边的玻璃镜向下淌水。曹团长没有穿上雨衣，和大家一道淋着雨，一心要赶路。催着车把赶车。

雨横扫着大草原，唰唰的，唰唰的，不住点地响着。

车辙沟里，马蹄印里，坑洼地方，全汪上了水。连着草甸子，快连成了一块域。草根子从地里露出来。蛤蟆从地里钻出来，一直叫唤。

大车走了七八里，走到了茫茫的大草原上，前不着村，后不着店，也找不到大树棵子避雨，可急死人啦！车越往前走，越觉得蒙古草地不着边际，越往前走，车越笨了，胶皮轱辘拖进泥水里。驾辕的青骡子拉也拉不动，露着白脑门和嘴唇，粗粗地喘气。

车把也累了，又穿了一身湿衣裳，透心凉，打起冷战来，又不敢停下车。他一边抽着鞭子，一边吆喝青骡子。青骡子看见水更打怵，一直往后退，转到泥水里，倒在地上。

"大青骡子趴蛋了！下车吧！"

车把一吵吵，车上的人都听到了。王耀东第一个先跳下车来，接着是刘群、曹团长，最后下车是林秀，她没有戴帽子，穿着单薄的军衣，脸色煞白，冷得打着牙。大家全踩在泥水里，围着车转，东望望，西望望，茫茫的大草原给雨罩住了，一片模糊糊的。

车把放下鞭子，拉着大青骡子。大青骡子在泥水里躺着，瞪着眼睛，不肯起来，再拉一拉，它蹬了一下腿，溅着人满脸水星子。另外一个拉套的小黄马呢，也湿得溜光，细毛贴在肚皮上，露出一根根的肋条。打几下，也不走一步。

后边的三辆车也赶上来，大家脸对着脸，车挨着车。车把都过来七手八脚地拉牲口，踩着泥，顶着雨，乱哄哄地嚷着。

"大青骡子实在趴蛋了，怕拉不到地方！"

杨得青跟在后边卖呆，冷得打哆嗦，说起怪话来："人没长四条腿，怎能爬地走啊！"

"你说什么，愣头青，爬着也要走到地方！这是命令！"

曹团长给杨得青碰了一个钉子，转过身子，望着大家又湿又冷的神情，问了一句："同志们，咱们从通辽出发的时候，大家说什么啦？"

大家没有一个败兴的，尽管淋着雨，从脑袋到脚跟部湿透了，却坚持回答说："我们要坚决通过蒙古草地，天上下尖刀子也不怕。"

遥远的前方，露出一个小黑点，在草原的尽头影影忽忽的，风雨飘打着前边的草原，那小黑点更影忽不清了。

杨得青扒光了脚，卷起了裤腿，一边踩着泥水，一边望着前边的小黑点，欢喜地叫起来："那不是村子吗？"

另一个警卫员反对他说："谁告诉你是村子？"

"那不是村子是什么，黑乎乎的。"

"那黑乎乎的，一定是什么目标。"

"你说什么目标，又不是来了敌人，我看就是村子。"

"杨得青，我和你打赌！"

"你不要打赌，问问那申乌吉老头子吧。"

那申乌吉正在前边探路呢。雨下大了，湿了长衫和裤子，下巴骨顶着衣裳领子，显得又瘦又长。他觉得浑身发冷，跳下马来，肩膀靠着马蹄子，在深草棵子里等了一会儿。四辆胶皮车从后边赶来，人们跟着大车走，哩哩啦啦一大趟。

曹团长看见那申乌吉，问道："离前边村子有多远？"

"到小巨河屯吧？"

"到小巨河屯。"

"还有三十里。"那申乌吉对大家说了。

杨得青懒得走道，心里不高兴，扯着那申乌吉的胳膊，指着那前边的小黑点说："你说那不是村子?"

"那是树茅子。"

"真见鬼，你说个什么，就是个什么!"

大车子走了三里地，才到了小黑点的地方。那申乌吉说得不错，果然是一片榆树茅子，旁边长着三棱草、蒿草、蓬草，草叶子拢着榆树棵子，像一座矮趴趴的小窝棚。

路还有老长一段呢。草原上没有开晴，雨在哩哩啦啦地下着。

他们赶到小巨河屯，已经掌灯了。

九

王耀东睡了一夜大觉，第二天醒来，睁开眼睛，伸伸懒腰，他觉得是那么舒坦。不困了，不乏了，摸摸身上的灰军衣，也干了。他爬起身子，向老百姓要一盆洗脸水，洗过脸，吃过饭。喊警卫员，警卫员早已溜出屋子。

今天是行军的第三天。老乡说："道又平，又好走，出门三十里，就是瞻榆县城。"这是宽心话，等于从心里拿下一块石头，轻松了不少。

他走到外边去，发现雨早已停了。天头虽然没搭起来，云彩老高老高的。当院子里，秧棵都新鲜鲜的，浇得确绿。车把已经套好了车，装上了行李，提着柳罐饮牲口，快要出发了。在牲口槽子底下，拢了一堆火，火光熊熊地烧着。杨得青站在火堆旁边，光光的膀子上背着一支驳壳枪，叉着大腿，撅着屁股烤衣裳，一边烤，一边和那申乌吉吵嘴。

"我烤衣裳，你管得着吗!"

那申乌吉分辩说："你烧了我的马草!"

"你的马草在什么地方?"

"在槽子里。"

那申乌吉走到槽子跟前，推开了灰色的马，抓了一把干草，扔在火堆旁边，一比，和火堆烧着的干草一样。老头子气昂昂地说："你看，不是我的是谁的!"

杨得青不肯输嘴，调皮地说："是你的，你把它叫答应了。"

原来杨得青光着膀子睡了一夜懒觉，早晨起来又晚，队伍要出发了，才想烘衣服。急急忙忙的，临时找不到干柴火，把槽子里的马草烧了。烧了，他还讲他的道理。

"没有共产党解放东北，什么也不是你的。"

王耀东走过来了，瞪着眼珠子，生气地说："你真说得好听，共产党解放东北，是叫你欺负老百姓吗？"

杨得青知道自己的不是，不敢和王耀东顶嘴，低下脑袋，用脚踏灭了地上的火，提着半干不湿的衣裳走开了。那申乌吉看见王耀东批评了警卫员，气早消了，脸上热辣辣倒觉得有些不好意思，离开牲口槽子，向王耀东招招手："你们走吗？"

"我们走了，那申乌吉，再见吧！"

"再见吧！"

那申乌吉哑了嗓子，和王耀东说话的时候，有些沙沙的。他知道他们要离开了，见了面，有些舍不得的样子，遮住眼睛，摇了几下手。这时候，他看见曹团长满面红光地走出了房门，他知道他也要离开了，又摇了几下手："再见，曹团长！"

曹团长望着那申乌吉的脸，亲切地笑了。

"再见，那申乌吉，我们还会见面的。"

那申乌吉问："你能到我的家吗？"

"好，下次我到你家的时候，一定喂你的马草。"

曹团长又笑了笑，和那申乌吉告了别。车把赶着车，离开了小巨河屯。

天头还没有晴呢，云彩在半空里飞。草原上湿漉漉的，叶子发青。红草根子露在泥土外边，蝼蝼蛄拱起一巅一巅的土壤。

一色的光溜道，不一会儿，大车走了五里地，上了土坎子，望着前边还有一片村落。村落露着黑色的房脊、黄土墙和炮台，还有几棵大树，看得真而切。附近草地都是绿茸茸的。曹团长一边观看，一边和王耀东唠着嗑。

"大车走得真快，再走一里半地，就该进村子了。"

王耀东说："可真快，不知不觉地就快到村子了。"

"我看，"曹团长看看天，天上有云彩，不知道时辰，他又看看表，说，"不用晌午，就到瞻榆县了。"

"明天到开通。"

"到了开通，就可以坐上火车了。"

王耀东说："你看，前边来一个老乡，咱们问问信吧。"

前边来了一个老乡，戴着草帽，扛着一把锄头，也正好上了土坎子，走个迎对面。车把停下车，打听信。

"老乡，我问你一声，这是到瞻榆县的路吗？"

老乡停下了脚，把锄头撂在地上，看见车上这些带短枪的人，思量了半天，然后才说："前面有蒙古队，你们不要去了。"

十

四辆大车都停下了。林秀、刘群、王耀东、曹团长、干部们和警卫员都下了车，把老乡围了一圈，打听消息。

"你说，蒙古队在什么地方？"

老乡看着大家，用手往前边的村落一指，说道："你们看这是三家子，蒙古队正在那里打尖，快往这里来了。"

杨得青问："他们长了几条腿，说来就来了。"

"他们全是骑着四条腿的马。"

老乡说了一句俏皮话，想笑，又觉得不是好笑的事情，没有笑出来，正经地瞅了大家一眼，皱皱眉头。

"蒙古队大撒马跑过来，你们还赶不上去呢？"

曹团长发觉有了情况，赶忙追问老乡："蒙古队是哪部分的？"

"他们是保安队三中队。一共有三十多匹马队。"

"队长叫什么名字？"

"队长叫韩广玉。"

曹团长没有听说过这个名字，摇着头，他想："走进了蒙古草地，一切都变成陌生的了。"

"保安队是哪的？"

"城里的。"

"是不是瞻榆县城里的？"

"对啦，就是瞻榆县城里的保安队。"

曹团长咬着嘴唇，一边和老乡讲话，一边思量着。

"瞻榆县有咱们八路军的孙县长，你知道不知道？"

老乡说："我给孙县长送过信，怎么不知道呢？"

曹团长点了一根烟卷，一边想着情况，一边问老乡："保安队不归孙县长管吗？"

"他们是属养汉老婆的，谁有钱就跟谁干。他们吃王莽的饭，给刘秀干活。听说南京给韩广玉官当，投奔中央啦！"

曹团长听到老乡千真万确的口气，就知道情况有了变化。他离开通辽的时候，不是听到白云梯勾结蒙古族地主武装的消息吗？他没有想到的，这支蒙古族地主武装，正是从他们要经过的瞻榆县城里叛变出来，而且已经摆在他的眼前了。真使人感到突然。

大家听了老乡的消息，不知为什么有些紧张起来。车把抹过了车，掌起鞭子。赵班长和警卫员拿上了大枪。王耀东抄起了望远镜，跷着脚，对着三家子村落进行观察。刘群看着野外的动静。林秀忙着到车上收拾未晒干的衣裳，塞在挂包里，下了车，她觉得还有什么重要东西没有收拾进去。

杨得青背了一支六五马枪，穿着半干不湿的军装，大摇大摆地走到曹团长跟前。小伙子有这个怪脾气，越有敌情，他越高兴，张着嘴笑，吵吵巴火的。

"打他反动派狗养的！"

王耀东盯了杨得青一眼："方才我批评你什么？"

杨得青说："我为人民服务，用马草烘烘衣裳，就不行啦！"

"马草是喂马的，还是给你烘衣裳的？"

"王副团长，我错了，我觉得有些蒙古人也不是好东西。"

曹团长一边抽着烟卷，一边分析着情况：敌人的企图是什么呢？逃跑，还是取得联络呢？这两种情况，他估计都有可能。如果是逃跑，一定表现出惊惶，站不住脚。在敌人发觉之前，他觉得要情况了解更清楚，再做部署。他抽完了烟，把烟卷扔到地上，踩了一脚。

"球，看蒙古队搞什么名堂！"

王耀东走过来，放下望远镜，告诉曹团长说："蒙古队可邪乎，沿胡子性。发生遭遇，可麻烦了。"

曹团长简短地说："要侦察侦察。"

"侦察，我去吧。"

王耀东怕别人不放心，自己带着四个警卫员（杨得青也在内），全拿着大枪，向着前边的道上走去。走到一块土棱上，四个警卫员全隐蔽起来。王耀东打着望远镜，跷着一条腿，伏在草棵子里，侦察情况。

曹团长站在原来的地方，一面注视王耀东的动作，一面望着左前方的沙坨子，上面长着一堆榆树茅子。他觉得那里地形很适合于防守，土质松，面积又不大，万一发生战斗情况，用火力封锁开阔地，敌人绝不会攻上来。他望望草地，草地上有一股潮湿的气息，下过了雨，凉气还没有散呢。草叶上挂着水珠，蛤蟆在洼水坑里叫唤，真有些醒人。

不一会儿，前边的王耀东趴下了，摇了一下手。一个警卫员从草棵里探出头来，一股枪烟从草丛里升起来。枪响了。附近的草梢都在震动着，王耀东又探出身子，向着警卫员摆手。

刘群从大车跟前过来，看了曹团长一眼，吃惊地说："打响了！"

十一

过了一会儿，王耀东领着警卫员走回来，他的胳膊上套着望远镜的小皮带，手里掐着驳壳枪，沉着脸，脸颊上的纹路深深的，透着暗光。他好像做了一件并不满意的事情，正在生气呢！

见了面，曹团长就问："老王，怎样？"

王耀东反问了一句："你听见打枪吗？"

"听见了，谁打的？"

"曹团长，是我打了反动派。"

杨得青从后边草丛过来，拿着马枪，背着子弹带，见了曹团长笑嘻嘻的，有些得意的样子。一边讲，一边比画着胳膊。

"我在草棵里隐蔽了半天，抬眼一看，有五六个蒙古反动派，骑着大马，背着枪，快到我们跟前了，我问他：'你是谁？'他也不回答，大摇大摆地走着。我挂上线，一勾火，啪的一声，那个反动派就掉下马来。"

曹团长瞪着眼睛，问警卫员："后来又怎样？"

"曹团长，蒙古反动派害怕了，都吓跑了。"

曹团长老练地笑一笑，"他们吓跑了，他们还会回来的。"

王耀东也说："他们一定会回来的。"他的口气很肯定，一点也不含糊，拉着脸，脸上的胡茬子黑森森的。人们看见这神情，就感到情况严重了。

刘群对曹团长说："老王判断对啦！"

干部们、警卫员、车把，都集在一堆了，脸望着脸，眼睛看着眼睛，谁也不吱一声。但是，谁的心里都明白发生了什么事情。

正当大家犹豫的时候，曹团长把心一横，下了决心，用手指着左前方的沙坨子，下命令说："同志们，咱们到沙坨子上集合，马上出发。"

车把抹过了车，不管是洼坑子，还是土棱子，赶着大车呼噜呼噜地跑起来，鞭子抽得山响，马蹄子踏成点。太匆忙了，连林秀都没有来得及上车，跟在车后尾巴跑。可草甸子都是人，好像越野赛跑，谁也不愿意撒后。

人们跑了四百米，望望前边的沙坨子，还有三百米的距离。正是一片平坦的草甸子，一点遮挡也没有。林秀跑也跑不动，跟在曹团长一块堆，一边喘气，一边问："曹团长，停下喘喘气吧！"

"不要停，赶快占领前面的沙坨子。"

曹团长在后边做伴，显得从从容容的样子。但是，他的眼睛一分钟也没有离开望远镜，他看见蒙古队从三家子出来了，骑着马，乱哄哄的，漫着草地追赶过来。这时候，前边的一个车把也看见了，抽着牲口，大惊小怪地叫起来："不好了，蒙古队上来了！"

转眼之间，蒙古队已经过了三家子房后，上了土坎子，黑压压的一大片，放开了缰绳，越过横道赶来，一边纵马，一边打枪，子弹溜从头顶上飞过来，嘤嘤地山叫。

咔……

草甸子坦平坦平的，人走到开阔地，完全暴露在射击目标之下。大家拼命地向沙坨子上跑，没有住脚。

王耀东是一个大个子，腿长，第一个跑到沙坨子上，指挥警卫员作战，为了掩护后边的同志，向着蒙古队射击。蒙古队不敢接近沙坨子，退过横道，占领了对面一块河岗子，对抗起来。

十二

他们占领沙坨子。曹团长首先让大家建筑防卫掩体。沙土地，土质松，用手抠成沙坑，很快地建成简单的工事。赵班长和警卫员都在掩体里隐蔽起来。工事跟前是临时指挥所。曹团长和王耀东全趴在掩体里。前边长着榆树茅子，又便于侦察，又便于指挥作战。刘群趴在指挥所后边的地上，衣裳隐上了沙子，手里掏着一支六轮子。林秀拿着一把二号撸子，压在胳膊底下，沁着头，头发耷拉下来，盖了半拉脸，两只眼睛对着前边的一棵蒿草，脸上热得淌着汗珠，找不到手绢擦。车把的胆子小，都躲在沙坨子背面洼坑里，趴着身子，靠着车轱辘躲子弹。

枪一打响，子弹就像马蛇子在沙坨子上吱吱乱钻。打高了，像一群家雀子在半空中嘤嘤地飞，碰到榆树棵子，却啪啦啪啦地响。

枪响了一会儿。曹团长从掩体里探出头来，举起望远镜，对对距离，向着前边的沙岗子晃了几下。那沙岗子是一片白沙包，前边是慢坡，后边是陡坡。三十多个蒙古队躲在陡坡底下，听见蒙古马叫唤的声音，看不见蒙古人。再往右前方看，那是三家子村落，绿树盖着房脊，黄土墙，灰草垛，高炮台烟筒还冒烟呢！他挪开了望远镜，望望沙岗子底下一带慢坡上，有十几个蒙古队从后面插过来，骑着马，正在向前运动。

曹团长看了地形，分析了情况，下了判断。他觉得在这种条件下，现在只能防守，不能进攻。缺少战斗员和火器，特别是重火器，没有机枪，没有迫击炮，没有掷弹筒，没有手榴弹，只有六支大枪和几十把手枪。最闹火的，就是不该打仗的时候打上了仗，突围出去，目标明显，大车的行动又慢，一定遭受敌人的追击。坚持下去，或者等待情况发生变化，或者在夜里突围，那就会胜利了。

他沉着地对王耀东说："只有坚持守住这沙坨子，蒙古队攻上来，就掏他的王八脖子。"

王耀东添上一句说："过了一会儿，也许敌情有个变化。"

"老王，你是说城里的队伍出来追击吗？不知道那里的情况怎样。"

"应该和城里的孙县长联络联络，叫他们增援。"

"这里地理不熟，三家子又过不去，怎么派人？"

"等等吧！"

曹团长扬扬手背，很自信地说："蒙古队做贼心虚，早晚要逃走的。"

虽然这样说，蒙古队还是不停地向着沙坨子打着枪，打到沙土地上，打到草棵子上，也有打到行李车上的。有两颗子弹从低空飞过来，呜的一声，落到林秀身旁的沙土地上，冒了一股烟，就不见了。她仰起耳朵听，沙坨子树棵底下也响起枪，散着淡淡的枪烟，还有一股臭火药的气味。

曹团长知道女同志没有作战经验，怕她惊慌，问了一问："怎样？"

林秀看见曹团长很沉着，随便说说笑笑，她看见那情形，用手理了理汗湿的头发，仰一仰脸，表示镇静地说："没有什么。"

"你往前爬一爬，那里地形不好，正是弹道容易落的地方。"

林秀一边爬一边说："我不怕。"

"你隐蔽好，我们坚持下来，就胜利了。"

旁边还有一些干部，听了曹团长的话，心里有个主意，隐蔽的隐蔽，抠掩体的抠掩体，还有人把手枪插上了梭子，顶上子弹，沉着气，准备接触的时候射击。曹团长心里想："保存干部，带到东北局去！这是党给我的任务。"

王耀东用手往对面沙岗子底下一指，告诉吴团长说："你看，那不是敌人插过来了。"

曹团长对准了望远镜，看得真切。那十几个蒙古队正下了沙岗子，经过一带低低的慢沙坡，向着开阔的草地横插过来。看样子，敌人是想夺取这块阵地，他们想纵马一气跑上沙坨子，扬着鞭子，马蹄子一路带起干沙土，成了一条灰土龙。

知道敌人来进攻了，有两个警卫员探出头来，把大枪担在掩体的沙土上，推上了子弹，瞅着跑到岗坎的蒙古队，小声唠嗑。

"这回又该过枪瘾了！"

"你们隐蔽好，不要乱弹琴。"

曹团长喊着两个警卫员，摆摆手，让他们趴在掩体里，这时候，他又看一个灰帽遮在小树棵子底下露头，那是杨得青。

"愣头青，你从左边转过来，卧下，注意前面目标。"

大家都听从杨团长的命令，沙坨子上一时鸦雀无声。蒙古队看见沙坨子没有动静，以为害怕匿下了。他们抽着鞭子，一边打枪，一边漫着草地冲来。马头压着马，一个劲儿地往前赶。马腿踢着草棵子，唰唰地响。

已经到了节骨眼时候，曹团长甩一甩手，把嗓子命令警卫员说："开火，打前头那个！"

开了四五枪，前头那个蒙古人落马了。马一乍群，有两匹青马从后边钻出来，一个是高肩膀的蒙古人，一个是矮肩膀的蒙古人。他们想用步枪盖住沙坨子上的火力，揣着枪，纵着马向沙坨子底下冲来。正在这个时候，那个高肩膀的晃了一下身子，枪甩到马鞍子上，他捋住了马鬃，伏下身子，折回马，往回跑。

杨得青在掩体里喊着："那个高肩膀的一定打中了。"

另一个警卫员说："谁叫他目标大！"

这时候，那个矮肩膀的看见情形不好，也折回马去，和后边的蒙古队会合一起，转回沙岗子去。

曹团长打着望远镜，眼看蒙古队去远了。他回过头来，对王耀东说："蒙古队转回去了。"

枪声停住了，沙坨子上静悄悄的。

江 边 上

蔡天心

这个故事发生在1932年秋天一个阴暗的日子里。

我吃过晚饭，想到隔壁的小店里去坐一会儿，顺便向掌柜和店客打听打听这两天桦甸县城里日本人活动的消息。刚跨出房门，就看见一个人影在学校院墙外边，向里面探头探脑地望着。这样子，很使我怀疑："是来侦察我的吧？"我站在台阶上，定了定神，然后大声地问："谁？"

被我这一问，就再也没有影子了，我想也许是被我吓唬跑了吧？这么一来，我的胆子倒似乎也壮起来了，我倒想要看一看这是什么人才行。因此，不容分说，我马上走下了台阶，迈开大步向着大门口走去。我打开校门侧着脸从门口向外望了一眼，在黑暗的门边，一个穿着绿上衣白裙子的朝鲜姑娘站在那里。

"刚才是您在墙头上向里边看吗？"

"是我。"朝鲜姑娘看了我一眼，局促不安地用中国话回答说。

"你找谁？"我立即从她的眼睛里，看出来一种热切的焦灼的神情，于是就紧接着问一句。

"我找——你……你是这学校的于老师？"

"我？"我打了个顿，马上转了一个念头，接着回答说，"不是，我姓杨，你这么晚找于先生干什么呢？"

"我找他……"

朝鲜姑娘叫我这一下问得窘住了，她用眼睛打量又打量我，半天回答不上来，最后憋得实在没办法了，她才不得不说了："不是我找他，是我爸爸让我来找他，我爸爸认识他……"

听她这么一说，我也有点诧异了。但我有意克制着自己，不动声色地问她说：

"你爸爸认识他？你爸爸是谁？……他叫什么名字呢？"

这一连几个追问，倒把这个十八九岁的朝鲜姑娘问烦了，她低下头用眼睛看着挎在胳膊上的筐子，然后用十分不高兴的声音说："你看你这个人……这干你什么事……你总这样问来问去干什么呢？人家又不是找你，请你躲开门，让我进去！"她说着，就向着我身子旁边挤过来。

看她这么急，我也就有些急起来了。从她脸上的表情和眼光看来，确是不像一个怀有恶意的人，我一边在心里想，一边把身子躲过来，等她走进学校院子以后，我才把她叫住了，把我的姓名告诉了她。

"你就是于先生吗？那你刚才为什么不早说呢？"她像非常抱怨似的说，"我爸爸让我来给你送个信，"她向四下里望了望，小声地说，"今个下晚，日本人到学校来抓你，你得赶早离开这里，离开这个屯子，越快越好。"

"你爸爸让你来的？可是——你爸爸是谁呢？他怎么认识我？他怎么知道日本人要来抓我呢？"

"你别问这个啦！快吧！快点把要带的东西收拾一下，我爸爸说你一定得在点灯前离开这个堡子才行。"

"你不要和我开玩笑吧。我又没犯什么罪，为什么会有人来抓我呢？你不说明白我就不能相信你的话。"

朝鲜姑娘看我这样固执，似乎感觉有些为难了；但她抑制着自己不使露出任何不高兴的样子。最后，她严厉地用责备的口吻说："你这个人真太不近情理了，人家好心好意给你送信，你却总是盘问来盘问去的。好，这么的，咱就告诉你吧，你赶快把你藏在房后大树窟窿里的五颗手榴弹都拿出来带着走……这回你该相信了吧？"

我的秘密，一下子全被她戳穿了，这还有什么话好说呢？我发了一会儿愣，但立刻就感觉我和她中间的关系起了一个非常明显的变化，我感觉站在我面前的，不是刚才那个朝鲜姑娘了，而是和我们一道战斗着的一个亲爱的同志，马上我的心里产生了一种温暖的亲切的感情，但因为当时她催得我很紧，不容我细问，也不容我琢磨这些了。可是，我往哪里去呢？事情弄到这个地步，日本鬼子一定把我们全部夺取区公署武装的计划都探到了，显然到附近村子的小学校里去找那两个小学教员的同伴也是很危险的。这当中也许有人出卖了……我一边沉思一边在院子里打着转，朝鲜姑娘看着我迟疑不决的样子又连忙说："你还犹豫什么呢？眼看着天已经黑了，再晚了，恐怕就走不出去了。"

我把我的困难告诉了她，她沉吟了一下，然后就很慷慨地对我说："好吧，你实在没场去，今晚上就到咱家去躲一夜吧。"

"你家住在哪里呢？"我突然像得了救似的惊喜地问。

"离开这三四里路，就在江边上——一个小打鱼棚。"

"鬼子不会到那里翻吗？"

"翻的时候再说，我爸爸把救你的任务交给我了，我无论如何——"她没有再接着说下去，停一会儿就用命令的口气说，"你赶快把你要带的东西收拾好，不能带的东西藏起来——马上跟我走好啦，咱们一前一后，你不要离我太近了，能够跟上就行……去收拾吧，我在街上等你。"

她说着，一转身就走了出去。

天黑以后，我跟着这位朝鲜姑娘一口气走了三里多路。朝鲜姑娘走在我的前面，头连一回也不回，把我落得很远。我因为背着我那五颗宝贝，加上几件衣裳，简直就赶不上她。我心里真有点不好意思，却又止不住暗暗地埋怨起来："这个人怎么这样不近人情？"我一面这样想一面又怕她把我落下，因此，也只好拼命地追她，但是就是这样撵，我们当中总还是保持着一个相当距离。她好像故意和我开玩笑似的，但，我从没有看见她回过一次头来看看，这也是事实。

走着走着，越走天越黑，天越黑路也就越看不见，我跌跟头绊脚地跟着她越走越累。不，这简直不是走路，而是跑路，跑得连口气都喘不上来，脑门子上出汗了，跟着背着手榴弹的脊背也出汗了。我心里想："这是见的什么鬼，她到底领我到哪里去呢？"我有些后悔，为什么当时不问个青红皂白，就这样糊里糊涂地跟她来了呢？假使这是日本特务摆的圈套，那自己——不是白白地给送到老虎嘴里去了吗？自己已经是二十多岁的人，怎么叫一个十八九岁的姑娘一说，就信以为真，一点都不怀疑地跟着她跑起来了呢？我越走越感觉不对劲，末了，我高声叫喊着说："喂！你站一会儿，等一等，我有话跟你说。"

"你有什么话说呢？再走就到了，到地方再说吧。"黑暗里，我隐约地看见她回了头，话一说完，马上就又把脸转过去，向前走了。

"不行，快到了也不行，我不想再跟你走了。"

这下子真好使，她不但不往前走了，并且马上就磨回来，走到我的跟前，问我说："怎么样？于同志，你是走不动了吗？"她没有等我说话，就又接着说，"是不是你背的东西太沉了，来，我帮你背着！"

"不，不沉，我背得动。"我听她叫我一声于同志，心里唰的一下子，好像从那里搬出去一块大石头似的，立刻轻松了很多。这两个字当时对我是那么新鲜，那么亲切，在我来说，只有我们那几个情投意合想干一番事业的朋友，在私下开会商议点什么事的时候，才偶尔这样称呼一下，想不到朝鲜姑娘却用这个来称呼我了，这对于我真有点突如其来，而且她的声音那么亲切，那么真挚，那么出于至诚，因此存在我心上的疑团立刻都消逝了。

"不累，不累，我能拿得了，我想问你，还有多远才能走到啊？"我不愿露出我那种胡乱的想头，因此就假意地应付地说。

"我刚才不是告诉你了吗，再走一会儿就到啦。"

"是吗？再走一会儿到哪里呢？怎么还看不见呢？"

"等你一看见，也就到了，我给你背一会儿吧，你不想找抗日联军吗？这可是机会啊！"她一边走着一边和我说，好像我的什么思想都被她看穿了，这一点真使我感到奇怪，她接着更关切地告诉我说："我知道你有点怀疑，可是现在还是走路要紧。你为什么不作声呢？想什么呢？这时候你的学校恐怕让日本特务完全抄了，你也许现在还不信，可是日后你总会知道的。还是要快走啊！再迟了这条道路上也会危险，那时候就糟了。"

我听了她的话，心里真是把一百二十个信任都给她了。这样一来，脚也有劲了，就使力地跨着大步跟定她向前走。

又走了一会儿，我们来到一个柳树丛很浓的地方，突然从前面不远的处所，出现了一个火亮，红光一闪一闪，我想这一定是鬼火。孩子的时候，听讲的一些鬼的故事，在脑子里常常作怪，直到长大起来，虽然知道事实上没有鬼这个东西，但在黑夜里一提到这些总有点忌讳，而且要是黑灯瞎火的一个人走过坟圈子，也总有点胆悚的。这时节，我倒没什么，因为还有朝鲜姑娘走在我的前头。我只感觉脸上和身上有些凉飕飕的，我睁大了眼睛看着火亮，听着仿佛有人在吹口哨。是的，是口哨，很清亮的声音。接着，我听见走在我前面的朝鲜姑娘也吹起来，我才知道我们已经来到江边上，怪不得我越走越感觉脸上和身上都有些凉润起来。

"毛丫头，你咋才回来呀！"一个四十多岁的人用男中音说，黑暗中看不清他的脸，但从这声音里，可以使你感到这是一个心地朴直的人。他还没等他的女儿回答，就朝着我说："怎么，于老师到底一块来啦，没出什么岔子吧?!"他亲切地招呼着我，就像我自己的什么亲人一样。

"没出什么岔子，就是于老师……他总不大相信我，耽误了一下……"朝鲜姑娘望着我笑笑，给我介绍说："于老师，见见吧，这就是我的爸爸。"

"老大爷，多亏您打发您老的姑娘给我送信，我一下子没处躲藏，就和她一起来了，这行吗？对您老没什么危险吗？要有些不便当，我就在附近找一个僻静的地方蹲一晚上也可以，别连累您老人家——跟着我……"

"这，这，于老师，你说到哪里去了，走吧，到窝棚里去……说起来咱们是见过的，我认识于老师，于老师可没有注意我……"

"在什么地方？"

"就在达连屯黄老师那里。"

借着从江对面黑黝黝山岭上升起来月亮的光线，我看清楚了这位站在我前面的朝鲜人，中等身材，穿着朝鲜人平常的服装，脸上没有什么特殊的表情。我端详了半天，突然，记起来了……

"哦！你是给他煮过饭的那个金仲山吗？"

"不错啊！于老师你的记性挺好！"

"不，我……"说到黄振刚我再也不能说了，"金大爷！你是从哪里听到这个消息的，他们两个人呢？你快告诉我吧！"

"你别急，年轻人，他们都疏散了，日本鬼子这一次想一网打尽，却一个也没抓着，这是我们情报知道得早，一点没受损失。你们的计划，听说全部都被日本鬼子知道了，说起来长了，咱们到窝棚里边去唠吧。"

哪里是窝棚呢？在这个时候，在月光底下，我才看清在我前面不远地方土岗上的一个像高粱楼子的打鱼窝棚。金大爷走在前头，我跟在后边，那引我的朝鲜姑娘早在我和金大爷说话的时候，就走不见了。

窝棚里黑漆漆的，那位引我来的姑娘看我们进来，就赶忙把墙台上面的一只小油灯点着了。窝棚里看上去是很窄小的，除了一面大矮炕和一个锅台，简直就没有转身的地方。金老大爷像对待自己的家人似的让我坐在炕上，然后十分亲热地和我唠起今天发生的事情来。

"我在烧晚火的时候，才得到这个消息，当时我很着急，怎么办呢？你们有三个人，而我只有父女两个，要在天黑以前把事办好真是很急哪！我就和我女儿商议，让她到你那里去。因为离区公署近。我去给黄先生送信，让他再通知李教员去。我回来的时候，黄教员已经走了，这样他们今天晚上就完全扑空了。"

"金大爷，你怎么听来这个消息呢？这件事情一定能可靠吗？"

"这，我不能详细告诉你，也许等不到明天你就会知道这是可靠的了。"

"明天。明天，我怎么办呢？金大爷，你说我到哪里去呢？"

"你不是早就有心找抗日联军吗？从这过江下游不远的地方，听说有他们一小队在那里打游击，你要去，我倒是可以送你去。"

"好！那可真是再好没有的了。"

从他这几句简单的话里，我已经完全懂得他是一个什么样的人了。他的态度是那样纯朴，那么沉着，对人那么亲切，说起话来那么有分寸，而讲起日本人，又那么充满仇恨。怎么看怎么像，我在心里想，他一定是个共产党里的人。我过去听人家说过共产党员如何革命，如何不怕死，如何神出鬼没，如何沉着勇敢，等等……我为一种年轻人的好奇心所牵引，很想追问明白他到底是不是一个共产党员。终于在谈到别的问题的时候，我有意岔开话头，逼紧了一步问："金大爷，你是不是共产党？"

"我？——你问我吗？共产党不共产党现在都一样，共产党反对日本人，不是共产党的也要反对日本人。中国人、朝鲜人都一样，反正在日本欺压下没有办法活下去的，你不必再问了，你以后慢慢会知道。"

"这位先生就是喜欢追根问底。老像是信不着别人似的。"那位朝鲜姑娘取笑着说，向我瞅一眼，然后又转向她爸爸说："爸爸，你没有看我到学校给他送信的时候呢，他就是不信，一定要追问你的名字，追问你在哪认识他，我又不敢说，怕一说出来，他说不认识不就更麻烦了，逼问实在没办法，我才讲出手榴弹来，我想这样他一定肯信了，结果真是这个办法好使……"

"应该是这个样子啊，应该问个明白。"金大爷慢慢点头说，"日本鬼子是狡猾万分的，你一不小心就不行，这叫作警惕性啊！没有这样本领就是不能干革命工作啊！就拿这次事情说，到底从哪里走漏了消息，现在还没弄明白，以后还要更加小心一些才行……"

这时我突然想起我还没有请教这位朝鲜姑娘的名字哩。但，事到如今，也好像不便再问了，我踌躇了半天，终于问她说："我不知道怎么称呼你才对啊？我问你，你怎么知道我那五颗手榴弹搁在房子后面那棵大树窟窿里的呢？"

"她叫金小凤，你以后叫她凤子好啦！"金大爷代替他女儿介绍说。凤子也赶忙地接过来说："你问我怎么知道的呀。"她又向我看一眼，笑了笑说，"中国不是有句话说'若要人不知，除非己莫为'吗？不过我从哪里知道的我也不想告诉你。"

"算了吧！别唠这些了。你去安排安排，咱们都睡下吧，明天一早起五更还要送他过江去呢。"

我很留恋这个夜晚，很留恋他们父女对我这番好意，很留恋这晚上映照在江上的月色。我那时已经把刚过去的危险忘记了，对于明天如何我也有点朦朦胧胧的感觉。只感觉这一切对我都非常新鲜，非常富于传奇性的意味：在这样一个江边的小窝棚里，对着这样两个人——他们不同于寻常人，他们的谈话和举动行为，都让我生出一种景慕的感情。我想我如果能像他们一样，和他们这种人在一起，那就是我一生当中最大的幸福了。我想着想着，不由得困倦起来……

刚合上眼睛不大时候，就听见窝棚外面有人敲门，我一下子就被惊醒了。

"金大哥，金大哥！"声音十分急促。

"来啦！"

金大爷蹑手蹑脚地走下地，好像怕惊醒我似的。没来得及点灯，借从窗户上透进来的朦胧的月光，走去开门。

"是谁？"我爬起来问。

"你躺着吧，不要紧，是自己人……"

金大爷悄声地说。这时凤子姑娘也醒过来了，她好像很习惯似的翻身坐起来，一言不发。

门打开了，一个人从月光照耀下的外面钻了进来。我从他穿着衣衫的轮廓，立刻便认出来是一个朝鲜人。他一进到窝棚里来，就用朝鲜话和金大爷说起来，我虽然听不懂，但我从他喘吁而又急促的声音里，听出他们说的是有关于我的事情，而且看上去好像危险马上就要到来一样。

金大爷听他说完话，就一挥手，不知让他干什么去了；而他自己却像思量着什么似的，一直没作声。我这时实在有点沉不住气了，就一骨碌从炕上跳下来，向金大爷问："到底是怎么一回事？和我有关系你也和我说一下呀！金大爷，你老也别难心啊！"

金大爷轻轻地咳嗽了一下，然后用低沉的声音对我说："没有什么大不了的事，你不要慌，听说你们俩出来的时候有人看见，说是日本鬼子朝着这一带搜过来了。"

"那让我走吧，省得连累你老人家。"

"走，恐怕已经来不及了，这大月亮地，一看老远，你往哪里走恐怕也走不出去。沉住气，年轻人，事到临头不要乱了脚步，敌人就盼着咱们这样。"

"那可怎么办呢？金老大爷！"

我真有点急了，因此说话的声音也大起来了。

"于老师，你别着急，他们真要来咱们还有办法对付，就是要冒点险，事到临头，也只有这样了，你沉住气好啦！凤子，你赶快下地把柴火堆收拾收拾。"

金大爷像怕我着慌似的，直劲用话安稳我，当时我实在是心急得不得了，看着凤子姑娘跳下地，就扒到锅台后边柴火堆里边去了。我也看不出他们父女要怎样安排我，我就像一个等着揭盖头的新媳妇似的站在屋地上。

就在这个时候，一阵沉重而又急促的脚步声从窝棚外面传来，接着，门被推开了，一个人影冲进来，看得出还是刚才那个朝鲜人，他急切地用朝鲜话说了两句，我感觉出来他是说人已经走来了，还没来得及问，金大爷立即就翻译给我说："他说日本鬼子已经从三面包围上来了，柴火堆下面有一个地窖，你带着你的东西先进去躲一躲，避避风头。凤子，你也下去。"

"我?"

"是的，你带着于老师下去，我和你二叔在上边，省得麻烦，快……"
金老大爷命令地说。

我等凤子下去以后，才弯着腰下到地窖里边去，把金大爷留在窝棚里。我真的有些放心不下，我不知道他将要遭遇到什么，日本鬼子会因为我而特别拿问他的。因此，当他要盖地窖盖子的时候，我真想让他也躲藏起来，但，没有等我说出话来，他就啪的一下子把盖子盖上了。随后我就听着一阵土和柴火沙沙的声音，我没有离开浮盖地方，我用耳朵贴在盖子旁边凝神地听着上面。不一会儿工夫，一切都静寂了。

"你往里边来一点，那靠盖的地方太低，连我都直不起腰来。"凤子姑娘说，用手拉了我一下。

"没什么，我想听一听。"

过了不到五分钟的时间，我就听见了打门的声音，像擂鼓似的越来越猛烈，这是用枪把子和皮靴击撞在门上了。接着我听见金大爷好像刚从炕上爬起来的样子，大声答应着，点着灯，下了地。门打开了，很多人拥进来，皮靴咯咯地踩着僵硬的地面，就在我的头上踏得直响。听不清楚的说话声，咿哩喔啦的日本话，好像是叱责怒骂，当中还夹着朝鲜语，像在审问似的，声音也越来越高，像是发疯了的样子。

我的心不住地跳，跳得很厉害，我很为金大爷他们两个人担心，只听见日本鬼子在叫嚣，却没有听见金大爷回答什么。我的两眼迷黑，地窖里黑咕隆咚的什么也看不见。凤子姑娘紧靠着我坐着，我们几乎完全屏住呼吸，共同地担心着那在地面上进行着的查问和搜索。

"怎么听不见金大爷的声音呢？他们把他拉到外面去了吧?"我悄悄地向凤子说。

"你别怕，爸爸是不会怕他们的，你安心好啦。"

果然，我听到他的声音了，他不是用中国话，而是用朝鲜话说的，我一样也听不出他说些什么，但他的声音很大，是一种一点也不怯懦，理直气壮的强硬的声音。我不由得从心里生出了一种敬意。

"是爸爸答复他们了。"朝鲜姑娘说，"他们压服不了他的。"

凤子的话刚说完，我就听着地面上的声音有些不对了。日本鬼子高声怒骂起来。"不打他不能说实话。"一个人大声地喊叫说。

"我没藏就是没藏，你打死也还是没藏。"金大爷用中国话反抗着说。

"你敢抢嘴!"啪——啪，是手打在脸上的声音。

我这时候有些忍耐不住了，我想马上跳出去，用我带着的手榴弹把他们一下子炸死，省得连累金大爷。凤子姑娘好像了解这种心意，她用手紧按着我的胳膊，不让我动一动。地面上殴打的声音还在继续着，却听不见一点呻吟和呼叫，我心里真是难受到万分了。"使劲给我打，看他叫不叫，多咱打叫唤了多咱住手。"扑通一下子，给人摔到地上了，接着是更剧烈的拳打和脚踢。但是，我还是没有听到金大爷发出一点声音，我实在忍受不住了，我决然地对凤子说："让我上去，这样下去是会把金大爷打死的呀！""你不能出去！不能向敌人屈服！爸爸是不怕他们的！我们要让他们知道我们的人是不怕折磨，不怕死的！死都吓不住我们。难道打能吓住我们吗？"

仍是没有声音，连一点哼声都没有。殴打虽然仍在继续着，但从声音上听起来已经显得非常无力。过一会儿，像轮到另外那一个朝鲜人的身上了。同样是斥责，叱骂，审问，但也同样毫无结果。末了，他们就在窝棚里乱翻一阵，有人用皮靴和枪把子在屋地跺着。有一回一个人走到柴火堆上来，并且用刺刀向柴火堆挑了两下。但他立刻就被叫到别处去了……他们这样足足闹腾了有半个多钟头，实在有点没什么趣味了，才像一窝蜂似的走掉了。

我听到最后一个人走出去的时候，用很大的声音威胁着说："金老头，今天便宜你了，我可告诉你，你要把这个窝棚给我拆了，不准你在这里住下去，三天以后要是不拆，我就让人来把它烧掉！你听见了没有！"

没有等到回答，皮靴声咯咯地踏着硬地，走出去了。

屋子里静默了好一会儿，没有一点声音，这一会儿的工夫，对于我简直是不可忍耐的长久。我恨不能一下子跳出去，看看金大爷被打成什么样子。我想喊叫，但是我又不知道外面是什么情形，日本鬼子、特务、警察是不是已经全走了，也许他们会留一两个人在附近监视着，因此，我只好耐着性子等着。很长一段时间过去了，仍旧没有一点声音，我怕的是他们把金大爷和另外那个朝鲜人都打得不行，打得没气了呢？如果真的这样，老是等下去也是不行的。我把我这一个想头如实地对凤子姑娘说了，她仍是阻拦着我，不许我动。在这种情况下，我也只好听她的话。这样一直过了好长时间。我才听见金老大爷喘了一声，然后两个人就一问一答地用朝鲜话说起来了。凤子姑娘把她听清的一些讲给我时，我才知道，是另外那位朝鲜人到外面去挨着排看了，他们在推测日本鬼子特务和警察因为害怕一两人留下有危险，所以就全部走了。听见凤子姑娘这样说，我一下子从坐着的地方站起来，提高嗓子从盖子向外边叫着说："金大爷！快把我们放出来吧，我们实在憋得不行了。"

从地窖里爬上来，我第一个注意到的是金大爷，我像什么都顾不了一样地立刻走向他。他这时已经被打得不能动了，却还挣扎着站起来，扶着墙走到炕上去。我一下子摸到他的前面，在昏暗的灯光下，我看见他的脸被打肿，红一块紫一块的，鼻梁被打青了，血从鼻孔流出来，脑门子被打破了一块，渗出血滴来。我拉住金大爷的手，眼睛不自觉被泪蒙住了，十分难过地说："这都是为了我，金大爷！你为我受苦了。"

"这不是为了你，年轻人，你弄错了，这是为了反对日本人啊！"

我站在他面前，还想说些什么话来表白我的心意，安慰安慰这个老人，但他不等我开口，就向我介绍了另外那位朝鲜人："于老师，让我给你介绍一下，这位是朴永烈同志，这位是于老师。"他介绍完毕之后，接着就对我说，"这地方还是危险，不知他们什么时候还会来，我建议你连夜从下游过江，到那边赶二三十里路，天一亮就到山里去了。那些地方虽然特务活动不怎么厉害，但白天走恐怕还有危险，不如夜里走好。我不能送你，就让朴永烈同志摆船送你过江……你必须马上就走！"

金大爷的脸色非常严肃，从他那里找不到一点伤痛的感觉。这会儿，我真舍不得离开他，他为我受了这样残酷的毒打、折磨，我难道一点都不……我怎么忍心离开他呢？可是我又不能说我不走，因此，只好答应了他。

当我背起我的包裹从小窝棚走出来的时候，他忍着疼痛爬起来，把我送到门外。我不由得挽着他的胳膊哭出声来，我对他像宣誓一样说："金大爷，我这一生也不会忘记你，你对我这样，我将来要怎样才能报你的恩呢？"

金大爷抬起头向四下里看一看，然后说："年轻人，你不要这样说，我们都是一样的人，受日本鬼子压得活不下去，才豁出命来和他们拼！这不是我对你的恩德，这是我应该做的。你不要记着我；路这么长，危险是很多的，你也许不会碰见我了，可是人民是不死的。你记住朝鲜吧，我们朝鲜人现在和中国人一同受日本鬼子压迫，我们就共同来反对他，和他斗争，将来我们朝鲜人也要和中国人一同站起来。记住这个吧，记住我们中朝两国人民的生死友谊。再见吧！"

我实在太激动了，我不知道说句什么才能表达我的这片心意……终于连一句话也没说，只是紧握了一下手，就被那个朴永烈同志拥着走下江边。

上船之后，回过头来望着远处的两个高大的影子：金大爷和他的女儿——凤子姑娘。我才想起来，我刚才忘记向凤子姑娘告别了。我呆呆地坐在船头上，直到他们的影子模糊了，我才转过头来和朴永烈同志说话，并且希望他回去能向凤子姑娘说一声。

1950年11月24日

勘察一日

李云德

7月的早晨，山沟里天天是浓雾。今早雾特别浓，整个山里雾气沉沉，白茫茫一片，要不是有瀑布哗哗倾泻，鸟儿在林中鸣啼，站在山沟里，简直觉得是置身于海洋里了。

测量技术员白玉兰向分队长要求了任务后，和分队长一起走出帐篷。她一出门，就吃惊地说："好大的雾呀！"

"雾是不小，现在你走到山上去，不至于迷失方向了吧？"分队长望着白玉兰问。

"不至于了。"白玉兰说。

她长得很壮实，高高的个儿，黝黑的脸蛋，两只辫子总是盘在脑后，戴上草帽，真像个小伙似的。她望望分队长，笑笑说："上次王娟娟可真的迷路了。"

"王娟娟怎么样，这些日子累垮了吧？"分队长问。

"没有。她很要强，我们一点也没有落下她。"白玉兰像想起了什么似的接着说，"提起王娟娟来，可真有意思。有一天晚上，我看她坐在帐篷角落里抱着脚掉眼泪。等我一去，嗒，她把脚盖上就和我扯别的。我瞅她不注意，掀开一看哪，原来是她脚上磨了三四个大血泡。她呀，就像小孩子似的，直哀求我不要向别人讲。"

分队长微笑着说："那你为什么把人家的秘密给说啦。"

"我只向你说说，你可不能给她往外讲呀。"白玉兰笑起来，"要说起她的事情可多着呢。有一次她给妈妈写信，你猜她写啥？她写……我们的生活太有趣了，到天蒙蒙亮时，我们就开始爬山，常常吓得熟睡的小鸟惊叫着飞去。还有那睡在草丛里的灰兔，也被惊得撅着短尾巴拼命地跑。我们喊：'短尾巴——跑吧——跑吧——跑到哪也找不着安稳的老家了。'她……"

这时王娟娟走出帐篷。

"瞧，说曹操，曹操到。"她说完挥着手喊，"王娟娟！"

王娟娟转回头，望见白玉兰，跑过来，说："都准备好了，就等着你一块上山呢！"

分队长望着她那一双水灵灵的大眼睛，一张嘴就露出来的豁了半截的前门牙，心里想，这个一说话就脸红，遇见难事就好哭，刚到山里来工作的姑娘，真得经过一番锻炼呢。他问："怎么样，王娟娟，能吃得消吗？"

"能够，分队长。"王娟娟很干脆地回答，脸又有点红起来。

分队长点点头，说："能够就好。坚强的人，往往都是从艰苦环境中锻炼成长起来的。"

这时练习生们背着东西走来。白玉兰拉着王娟娟的手，领着人们往雾沉沉的山里走去。

分队长也是随着他们走了一段山路，然后转回身一颠一跛地走回来。

他是个专业军人，因腿受过伤走路有点瘸，但这并没有影响他爬山、走路。他对这深山幽谷好像有一种特别的感情，假如工作太忙不能随着测量队到山里去，他也要在他们出发时像送行似的送一段路程，好像在告诉他们：要胜利归来。

白玉兰背着仪器，一边走一边向王娟娟讲起在组长联席会上讨论分配新工区的情形，讲着讲着有些气愤："……你瞧，老工程师还没有打消他对咱们的看法，又是什么她俩是女孩子啦，体力弱啦，她们只适合在平坦地方工作啦，那些肿眼皮的小伙子们也在一边帮腔。哼！"

"那怎么把这段最复杂的地方分配给我们啦？"

"你听我说呀，我当时可真有些生气，我说：'老工程师你别从印象出发啦，你给我们说说，我们哪点落后过，爬起山来谁落下过我们？'哈，经过我这一指问，老工程师没招了，挠着他那发亮的头顶说：'好吧！好吧！'"

这时他们拐过一个山头，走到一片森林边，雾越来越大，溪水哗哗响。林中不时发出骇人的响声。

王娟娟拉着白玉兰的手，歪着头说："你这样太过火了吧？"

"不。"白玉兰望着王娟娟，认真地说，"娟娟，如果不打消他们对咱俩的看法，咱们今后的工作还怎样干呢？当然喽，不是光用嘴说，还必须……"

"听！"练习生杨成章突然喊。

一声骇人的狼嚎刚刚过去，紧接着就是一群的狼嚎，因为雾浓，看不见狼群，只能听见扑哧扑哧蹦跳和踏折草棵的声音。人们的脑子突然涨大，不知所措地慌张作一团，眼盯盯地望着雾沉沉的山涧。

王娟娟吓得脸色有点发白，拉着白玉兰的衣服转着，语不成声地嘟囔："哎呀我的妈，我的妈呀！"

白玉兰随着大家往后退着，退着！她见大家都围着她，眼睛望着她，她咬咬嘴唇，深深吸一口气，克制着自己，把草帽往后一推，抄起标杆，站立在原地，压低声音命令："赶快准备应手家伙，快！快！"

人们抄起标杆和脚架，挥动着，呼喊着："狼噢——狼噢——啊——"

群狼跳出树林，透过白茫茫的雾气，隐约地看见狼仰起嘴巴冲天嚎叫，两爪抓地，蹬得泥土飞扬，打得草叶哗啦响。

白玉兰拉一下紧贴在身边的王娟娟，轻声说："娟娟，不怕！几个小兽怕什么！"接着又挥动起标杆，断续地喊着："同志们！稳住……不要怕，上来咱们就跟它拼！"

王娟娟听着白玉兰坚定的喊声，又望望大家镇静的面孔，她自己心跳得也不那样急促了。她松开白玉兰，抓起饭盒，拼命地敲打，跳着脚，随着大家喊："狼噢——狼噢——啊——"

这时其他山上也随着喊起来，狼听四处一齐喊叫，惊得向林中逃去。

王娟娟还敲着饭盒，白玉兰过来，拍打她的肩膀说："别敲了，狼都逃走啦。"王娟娟这才深深松了一口气："哎呀，我的妈，真吓死人了！"

白玉兰抹一下脸上的汗，笑着说："咱们怕它？它还怕咱们呢！咱们把它的家都给剿了，以后连逃跑的地方都没有了呢！"

"这个呀！"杨成章想了想，随口编了一段快板，念道：

> 说它怕来它真怕，
> 怕得撒腿撅尾巴。
> 东边跑进长白山，
> 长白山内正勘察；
> 西边跑到喜马拉雅，
> 那边也正剿它家。
> 怎么办？怎么办？
> 公园铁笼子去安家。
> 这些东西怕什么，
> 王娟娟，以后见着狼群可别叫妈！

"去你的，调皮鬼！"王娟娟把嘴一噘，歪着脑袋说。大家嘻嘻笑起来，一边说笑着继续往山上爬。

过了半个钟头，他们已在一段险要的地方工作起来了。

这个地方，悬崖绝壁一削数丈，看上去叫人眼晕。在最高峰的松树上系着几条溜绳，每条溜绳牵引一个人，拿着标尺，在那龇牙咧嘴的岩石上爬着，不时踏掉一块活石头，人就像打秋千似的在半空摇晃，碎石子顺着悬崖飞滚……

白玉兰跪在只能放下仪器的岩石上，艰难地支起仪器观测，观测一阵，念道："方位角四十一度二十分，夹距零点二！"王娟娟蹲在悬崖边记录，不时挥动小旗，指挥练习生向指定的地方爬去。爬在半山腰的人在相互鼓励着："勇敢些！加快速度！"已爬到山顶上的人在大声地喊："我们开始工作喽！"

傍晚的时候，天突然阴上来，黑黑的云层，像旋涡似的从西南方往北滚。水鸟在云层里嘎嘎叫着，随着云彩向北飞，潮汐的西南风呼呼吹来，天暗了。

正在工作着的王娟娟抬头望了望天空，发愁地向白玉兰说："要坏，天要下雨！"

白玉兰抬头望了望天空，凭她的经验，知道雨很快就会来，决定道："马上就收拾！"

他们刚刚收拾好安全带和溜绳，轰隆隆一声霹雷，暴风嘶叫着刮来。顿时，尘土漫天空，草叶飞扬，树拧劲地摇晃。王娟娟手里的布伞直往上飞鼓，突然伞杆折断，她焦急地嚷："伞，伞！"伞随风飞上天空，像风筝似的转摇着，呜呜叫着往北飞去。

"图！图板！"白玉兰猛扑过去，背后的草帽飞起多高，她不顾一切地两手紧按住将要被风刮翻的图板。

有一阵霹雷，轰隆隆地震得山摇地动，狂风更有力地呼啸，大雨像瓢泼似的倾泻下来……

几个人急得团团转，抱着仪器嚷着。白玉兰突然看到一段石崖，领着人们跑到石崖下，急忙把东西放进石缝里，几个人好像冬日怕冷的绵羊一样，挤在一起，缩着脖子，忍受着狂风暴雨的猛烈袭击。

白玉兰紧挨着石崖，暴雨浇得她连连打着抽心的冷战。她出于本能地联想到别人，一抬头，只见王娟娟贴着石崖，抱着膀子，紧缩着脖子蹲在那里，衣服湿得紧裹着身体，两条辫子成了水流，她浑身止不住地颤抖，牙齿咯咯连声响。白玉兰望着她，想："她怎么能受得了啊，几个月前还在妈妈面前撒娇的娃娃！"一种关怀和爱护的心情，促使她站起来向四处望着，她想找一个较好的地方避雨，可是哪里能找到合适的地方呢？雨水顺着她的脸腮往下流淌，雨下得更大了，她是多么着急啊！

一阵暴烈的狂风，夹着雨点斜打过来。山坡上一棵树折断了，树头随风飞了很远，扑通落在地上。王娟娟啊的一声，打了一个冷战。

白玉兰马上奔过来，扶在王娟娟的身上，替王娟娟挡住暴风雨，安慰地说："娟娟，不怕！不怕！"

王娟娟扭回头，见白玉兰脸色灰白，嘴唇冻得发紫，全身颤抖着。她威胁地说："这样不行呀，玉兰姐，你要冻坏的，要不咱们顶雨往家跑吧？"这句话提醒了白玉兰。她立刻站起来，擦一下脸上的水，嚷："同志们！我们跳一阵就不冷啦！"她一把拉起王娟娟："咱们往家跑不行，仪器和图纸恐怕被湿坏。来吧！咱们跳吧，看暴风雨能把咱们怎么样？"

"对！"人们立刻都跑过来，手拉手跳起来，一边跳一边嚷："暴风雨猛烈地来吧！看你会把我们怎么样！"狂风急骤地刮，雨点猛烈地打着，人们更有劲地跳着，嚷着。

"白玉兰！"

人们听见有人喊，一望，见分队长湿淋淋的，一跛一颠地由山上跑来。

"啊！分队长！"人们立刻拥向分队长。

分队长擦一下脸上的水，兴奋地说："你们在向暴风雨战斗哪！仪器和图板呢？"

"不，我们在跳舞呢！"白玉兰说，用手指指石崖，"仪器和图板在石缝里放着，我们怎的也不能让它湿坏！"

"好啊，我在山那边王和的小组里，暴风雨一来，我怕你们被雨浇蒙啦，原来你们在跳舞呢！"他挥动着手臂，"来吧，我也参加你们的舞会！"

白玉兰望着分队长，激动地向王娟娟说："分队长那条残疾的腿，怎么在这样的时候也往山上跑啊！"

"他根本没考虑自己，总是在关心人家呢。"王娟娟自语着，一时激动得呆呆地站在那里望着分队长和白玉兰。她看大家的目光都望着她，便扬起双臂，跳到人群里，兴奋地、满怀信心地喊着："大自然啊！我们一定要把你征服！"

夜来了，暴风雨停止了。人们拿好东西，踏着泥泞的山路走回来。

在悬崖上

邓友梅

夏天的晚上，闷热得很，蚊子嗡嗡的。熄灯之后，谁也睡不着，就聊起天来。

大家轮流谈自己的恋爱生活。约好了，一定要坦白。

睡在最东面的，是设计院下来的一位技术员，是个挺善谈的人。轮到他说的时候，他却沉默许久也不开始。

人们你一句我一句地催他。

终于，他叹了口气，说起来了——

我和我爱人，是自由恋爱结婚的。

前年，我刚从大学毕业，到工地上做技术员。头一天进工地，我就出了个娄子——坐火车没有要报销单据。我懊丧极了，心想会计员一定不肯给我报，就是给报，也要狠狠地批评我一顿。我噘着嘴进了会计室。

坐在办公桌后边的，是位挺端庄的姑娘，剪着发，身上浅蓝色的衬衣已经洗得发白了。她推了把椅子让我坐下。

"您怎么会忘记要报销单据呢?"她严肃地说，"这是国家的制度呀!"

我擦着汗说："是的，我，我才从学校出来，还没这习惯……"

"唔!"她微笑着，"那就是另一回事了，我写个信，您去车站补领一份吧。"

我把信接过来，走出门，她又喊住了我，赶出来说："您头一天来，也许还有许多事要办，您写个补领条，我替您办了好不好?"

我对她有了个极深的印象。

这时，我正申请入团。她担任团支书的职务，三天两头和我个别谈话。她长得挺秀气，笑起来很美。我很高兴有这样一个支书帮助我，但我没想到会和她恋爱，我觉着她和我不是一样的人，她要比我高些。

过了些天，她的历史我也知道了：她上学不多，初中毕业后，在家中闲住了一阵，新中国成立后又上了一个时期会计学校，就出来工作。现在经过自修，已能看俄文的联共党史，在我来的那年春天入了党。我对她就又加上了一层敬意。工地上的人也都挺尊敬她。

不知怎么一来，我就爱上她了。我找一切机会接近她，星期天约她一块去玩，听到她大方地回应我，我是那么受宠若惊，似乎跟她走在一起，我的人格也高尚了许多。——她是青年们的领导人啊！

我提出要求来了。她沉思了一会儿，温柔地说："再考虑一下吧，我比你大两三岁呢，这也许不大好。"

我急道："你这么说真伤害我，我爱的是你这个人，年龄有什么相干？"

从这以后，她对我更加亲切了。不仅在思想上督促我进步，生活细节她也处处操心。我不会有计划地用钱，发薪的那两天，整天地又是吃又是买，一过十五号便连烟也没得抽。她要求替我管账，从此我不仅每个月都过得很富裕，而且能按月积蓄一点钱。过去，我的袜子、手帕，一个月也不想洗一次。碰到星期天，要和她一道去玩了，就慌慌忙忙地去买新的来。她看见，便玩笑地说："你以为穿上新袜子，别人就更喜欢你些吗？"于是就让我把旧的拿出来帮我洗洗补补。我不好意思地说："你帮我做这些，人家会笑你吧。"她正色说："这有什么可笑的！两人一起做点事不比在街上瞎逛有意思？"真的，同志们并不笑她，只说我"野马上了笼头了"。我听了，心中暗暗得意。

有好几次，她问我对她有什么意见，我实在说不出来，她就说："你瞧，你总是不在政治上注意别人，对我还这样呢，对同志们又该怎样？"我脸红着答应改过，可是总也改不过来。

这年秋天，我们结婚了。我主张买架有弹簧的双人床，她却说："睡木板不一样？"我要买个美术化的大理石台灯，她却说："买个普通的，看去还大方、美观。"我说："结婚，一辈子只有一次，钱不够可以借！"而她说："结婚只是新生活的开始，以后日子还长呢！"

结婚后，我们感情很好。早上一起上班，下午一齐回家。我们很少坐车，总是一边散步，一边谈心。不知为什么谈话的资料总是那么丰富，平常的小事两人也谈得兴趣很浓。回家之后就一齐学习，先是她读俄文，我读技术书。后来，她说要纠正我不爱读政治书的毛病，便把俄文移到早上去念，晚上叫我念政治书给她听。有时候我们两人也分开读，那时我就常常把眼睛从书本上移到她脸上，端详着那一双黑黑的眉毛和稍显得苍白的脸，越看越看不够，简直不敢相信她是自己的妻，要和自己共同生活到永久永久。她发觉我在看她，却不抬起头来，仍低着头看书。但脸渐渐地红了，嘴角露出微笑。我忍不住跳过去抱住她，用力吻着她说："我什么都不需要了，剩下的就是工作，工作，好好地工作！"她笑着，倚着我闭上眼睛待一会儿，然后说："行了，该用功了，咱们规定好半小时休息一次，谁破坏了罚谁，要不然咱俩就要变成二流子了。"

后来我调到设计院工作，两人每周只能见一次面。于是每个星期天都成了我们的节日，我们一起去参观展览会，看电影，跳舞。她买了只小炭炉，有时不想出去，我们就请朋友们来家吃饭。她会炒许多样菜，在冷天，还用玻璃瓶装了叫我带到机关去吃。不管做菜、洗衣服，我都当她的助手，虽然我一动手总是给她添许多额外的麻烦，她还是让我去帮助她。

我们经常谈着自己一星期来的工作、思想等。在这些谈话中，我渐渐认出了她的许多特点，给我印象最深的就是她的质朴，或叫作"实事求是"。我是若不夸大事情的一些地方，就会连那事情本身也说不出来。比如我设计完了一项图纸，总这样说："嗨，费了九牛二虎之力，总算完成了，真费劲！"她呢，却总是简单的一两句话："我做完了月结算。"若不就再加上一句："有个地方还要复核一下。"我们也常谈到未来。有时我说："等到下一两个五年计划时，也许我能给我们自己设计一座最新式的住宅，这要有阳台，有浴室，有……"她却说："咱们从下月起该节省些，存点钱，万一明年有个小宝宝，这房就住不开了。"她这种性格不知不觉地影响着我。当我接受任务设计一幢办公楼时，不知怎么，我一向追求表面华丽的作风使自己感到可厌了！我竭力从实用和大方上着手。结果这套设计得到了表扬，在反形式主义学习时上级还叫我做了典型报告。在生活作风上，我也逐渐改变自己言过其实、锋芒毕露的毛病，同志们都说我踏实多了。在这种情形下我参加了青年团。

这时期，我工作和生活都很愉快。我常想：只要这样按部就班地学习、工作、生活，一步步走下去，不断地提高自己，争取做一个好党员和红色专家还有什么难处呢？

没有料到，我像一个参加长途竞走的人，半路上贪恋一株新异的花草，忘了路标的指示，走起弯路来了。

设计院来了一个才从艺术学院毕业的、做雕塑师的姑娘，叫加丽亚。她父亲是位音乐教授，母亲是个德国人，她北京话和柏林话都说得挺流利。她来时是秋天，穿着件浅灰色的裙子，米黄色的毛线衣，头发是棕色的，眼睛却是黑色的，眼睫毛很长。于是"加丽亚"三字就粘到小伙子们的嘴唇上了。开会的时候，这个给她搬椅子，那个给她递茶水。休息时，这个约她去散步，那个请她去打球。她一天到晚兴高采烈的，一会儿把她的快乐传染给这个，一会儿又传染给那个。我自然不会像那些单身汉似的去献殷勤，不过，说良心话，我也挺欣赏她的相貌和风度，很愿和她一起散散步，谈谈心。

中秋节，机关组织大家去游颐和园。加丽亚说她要去，许多小伙子也争先恐后报了名。有人替她拿水果袋，有人给她在车上留座位。那天我爱人要参加她们工地上的集体活动，我只好一个人去，坐在车上，我冷眼看着那些小伙子发笑。

加丽亚上来了，假装没听见人家招呼她坐，却意外地，竟走到我面前笑笑说：“劳驾，往里一点。”

我往里挪挪，从侧面看着她。她脸朝着前面，故意做出严肃的样子。车子过了西郊公园，猛然转了个弯，她撞到我身上了。重新坐好后，她向我点点头说：“对不起。”

我说：“您真客气。”

“对您不敢不客气。”她望着我笑道，“您总是那么严肃，好吓人哪！”

“唔？”我大声笑起来。

我俩热烈地谈起来了。我称赞她的衣服和身材，她不仅不害羞，反倒爽快地议论姑娘们的身材特点，以及应该如何打扮之类。我很喜欢她这种爽快劲，便也毫无顾忌地发表意见，然后又谈到了大学生活，共同的兴趣……越谈越投机，下车时，我们俨然像朋友了。

“你船划得怎样？”她妩媚地看着我。

在学校里谁没受过姑娘的青睐？谁没有点在同辈青年中争胜的劲头？加丽亚似乎一下子又把我拖回到三年以前去了，我得意地看看那些用嫉妒眼光盯着我的小伙子，拉着加丽亚说：“走，咱买船票去。”

这以后，我和她成了要好的朋友，有好电影和音乐会，我们总是一道去。

有一次看《杜勃罗夫斯基》。回来的路上，她说：“这俩演员真漂亮啊！”

我说：“两人很相称！”

“人家是有意识这样选的。”她正经地说，“爱情，除了性格、志趣之外还应该是美的结合，两个人都漂亮，不仅自己幸福，对旁观的人也是幸福的……”正说着，对面走过一对男女来，男的有二十七八岁，很年轻、精神。女的在笑着，脸上堆了几条皱纹，看来要比男的大四五岁。她立刻用肘子一碰我说：“喏，你瞧，也许他俩感情还不错，可是叫别人看起来总有不愉快之感，不能不算遗憾吧？”

我看看那两人的背影，先还挺高兴，以为加丽亚在暗示我俩“很相称”，接着，我想起我妻子来了。“她比我大两岁，也没加丽亚这漂亮，要叫加丽亚看见我俩一起走，她会怎样评论呢？"不由得有些扫兴。

正巧，这个星期六我们机关有舞会，我把爱人约来了。我们坐在大厅角上，觉着背后有人嘁嘁喳喳地连笑带议论，回头一看，正是加丽亚。她见我看她，便索性大声道："我正议论你呢！"甩甩头发，走过来向我眨眨眼说："可以介绍下吗？"

我红着脸，把爱人介绍给她。天晓得，在加丽亚对面我爱人怎么显得那么呆板，没有风度和苍白。我真后悔，不该把她带到这里来现眼。以后乐曲再响的时候，我就请加丽亚跳，请别的同志跳。加丽亚问我："你让她一人坐在那儿她不会生气吗？"我说："她并不太喜欢跳舞，也不太会跳。"然而，当我跳完一个华尔兹回到妻的身旁时，妻却很不高兴地说："我想回家了，你一人留下来跳吧。"我忙说："为什么，还早呢？"她说："我累了！"我只好耐着性陪她回去。路上我们一直沉默着，快到家门口了，我装作玩笑的口吻问她："是不是我净和别人跳，你生气了？"她说："干吗要拉我去做展览品呢？我在家看点书不更好？"我说："人家要认识你也没有什么恶意，我请别人跳也是礼貌。"她说："我见不得那种轻浮相。我尊敬别人，也希望别人尊重我！"

到家之后，我们默默地坐了一阵就睡了。躺在床上，我忽然想道：如果我身边躺的不是她，而是加丽亚，这些不愉快不就没有了吗？

是啊，假如妻也有加丽亚的相貌、风度、趣味，那我该多幸福啊！

为了避免惹闲气，我一连几个星期都没参加舞会。

一个星期六晚上，我正收拾东西准备回家，加丽亚进来了，对我笑道："女主人管教得真严，舞会上都见不着你的面了。"

我说："我自己不愿意跳。"

"说这么好听干吗？"她努努嘴，"出名的舞蹈能手。不过身不由己罢了。"

我有点挂不住火，说："这么说，我今天就跳一晚上给你看！"

"回去挨骂可没人同情啊！"她笑笑，又说道，"今晚上有联欢晚会，说要选几个跳得好的起示范作用，你怎么样？"

我说："好，我俩算一对！决定了！"

她笑着推我："那还不快打电话请假。"

我急道："向谁请假？我是自由的！"

话虽这么说，我可确实担心妻在家里着急，只是不好意思去打电话。

我许久没进舞厅，一听乐声，一见那灯光，立刻兴奋起来，把别的事全放在脑后了。

加丽亚换了一身漂亮的衣服。音乐一响，我俩就旋风似的转过了整个大厅，人们那赞赏的眼光紧追着我俩闪来闪去。加丽亚得意地说："我好久没这么高兴过了，跳舞本身是愉快的，被人欣赏也是愉快的。我告诉你个秘密，姑娘虽然爱在人前装得神圣不可侵犯，可是心里还是愿意被人欣赏！"我笑道："小伙子们又何尝不如此？"她说："你也这样？"我笑道："可惜我不漂亮，引不起人们的欣赏。"她笑道："别客气，我还是头一个欣赏你的。"我们边跳边说笑，总是撞着别人。她耸耸肩说："不管他，我快乐的时候，根本不考虑周围还有别人存在！"我说："也不考虑你自己是否存在吧？"

"对极了，这才叫忘我。"转了一转，她又笑道，"我能忘我，你就不能！"

我问："为什么？"

"你忘了自己，可有个人没有忘你。"

本来我已忘了家中的事，她这一提，我的兴致立刻减了不少，便说："咱们不谈别人好不好？"

正这时，门口有人喊我的名字："电话，您爱人找！"

"怎么样？"她推开我，笑道，"生命诚可贵，爱情价更高，若为自由故啊……"

我气冲冲地跑出来，到传达室一把抓起电话来大声吼道："我马上回去！"

说完，电话里没有人回答，我奇怪了，问道："怎么回事，你走了吗？"

里边干咳一声，低声说："我是问你回来吃饭不，省得我等，又没催你回……"

我听到她那委屈的声调，再没心思跳舞了，真觉着自己失去了自由。走到大厅去向加丽亚告别，她正和一个穿蓝西装的年轻人跳舞，脸上仍然洋溢着快乐，还兴高采烈地说着什么。经过我面前时，她只轻轻地点了一下头。我赌气一句话也没说，便走回家去。

我爱人正在桌前坐着，桌上放着冷了的饭菜，见我进来，她把头一扭。

我说："怪不得人们说女同志小气，我就回来得晚一些，也不至于这样啊！"

"我对你说什么了，你拿起电话就发凶？"她生气地说，"我妨碍你什么了吗？"

我听她话里有话，急道："好，好，你别说这些，以后不离开你一步就是了。"

"我并没这样要求你。"她喊了一声，又赶紧住了嘴，两只眼睛阴凄凄地望望我，小声说，"真可怕，星期六你也不愿回家来了，我们也开始吵嘴了……"

"不要胡思乱想，"我说，"夫妻吵嘴是难免的。

"唉，既吵开了头，谁又保险不会永远吵下去？"

这阵风暴过去，她睡了。我躺在床上又想起了舞会，想起了加丽亚，想起了大街上和舞会上人们投过来的羡慕的眼光。于是，我不由得看了一眼我们的结婚照片，第一次发现我们的年龄差别是这样明显。我有些害怕地想："我结婚得太匆促了点吧……"

她翻了个身，醒了，见我还开着灯，问道："怎么还不睡？生气了？"

我摇摇头。

"别生气，也许我们还不善于处理生活问题……不过，你不该连个电话也不给我，"她吻着我，"你知道我站在门口等了多久啊，菜凉了，我去热，热好了，你还不回来……"

"是我不好。"我抚摸着她的头发说，心里却又去想起了加丽亚，我觉得自己虚伪得可怕，但又制止不住自己。

加丽亚初来时所引起的骚动，平静下去了不少。许多围绕着她的青年也自动散开了。而且人们提到她的名字时，越来越多地由赞赏变成责难，说她轻浮，在感情上打游击。我想，男孩子们追求一个姑娘落了空，总难免说吃不到嘴的葡萄是酸的，所以我不仅不因此改变对她的看法，反倒有些替她抱不平。看得出，她也隐隐有些苦闷，于是和我接近得更密切了。每天晚饭后我们都到什刹海边去散步，或去溜冰。她脑子里随时都能出现奇异的幻想，看到冰，便想到将来有一天马路上的人行道会全用冰铺起来，行人全穿着冰刀。她说："那时咱俩在星期天就可以散步到天津去。"看到水，她又想到将来她要盖一间双层玻璃的雕塑室，玻璃之间灌满了水。我就说："将来我为自己设计住宅时，一定为你预备一间这样的水晶宫，把你像金鱼一样地养在里边。"说完，我偷察她的脸色，她并没生气，倒说："你真是个知音者，我要有你这样个哥哥该多好！"我说："好，你就做我的妹妹吧。"从这以后，单我俩在一起时，我们就兄妹相称。

有一次我们在什刹海边散步，她手里拈着枝梅花，一边往头上簪一边哼着："啊，姑娘啊——"唱到半句，忽然停下来，自言自语："姑娘，这两个字多响亮啊，像黄金一样，我一辈子也不让它离开我。"

我笑道："照这样说，一结婚，黄金就贬值了！那，你是永远也不结婚的了？""也不一定，"她笑起来，"也许将来有个人能使我不得不用这黄金似的名字去换他的爱情——谁知道这个人在哪里呢？"

我心里发起热来，以为她在暗示着我。

冬天，加丽亚总是戴一顶灰色的哥萨克式羊皮帽。我很喜欢这样的皮帽，曾问过帽店，说是要一个月才有，我就等着。妻见我这么冷的天还光着头，便买了顶长毛绒的给我，说："你也不要太节省了，条件允许也该注意一下仪表。"戴上绒帽的第二天，加丽亚跑来找我说："你不是喜欢我的皮帽吗？店里有了，咱去买吧。"我毫不犹疑地和她一齐走了出去。半路上，我觉得这样办有点不妥，踌躇说："等一等，也许我钱不够——"

"我送给你，"加丽亚痛快地说，"全机关就我这一顶未免太孤单了，它要有伙伴。"

她真的不准我付钱，送了一顶给我，并且当着许多店员和顾客的面给我试过来试过去，一边端详着我，一边拍手说："帅，帅，我要给你塑个半身像，戴这帽子的。"她不顾旁边人的窃笑，也不管我脸红。

我一时大意，星期六晚上戴着皮帽回家了，妻一见便吃惊地问："你买的？"

我脸一红，支吾道："不买还有人送？"

"我不是才给你买了新帽子？"

"我……"

"你根本不把我买的东西放在眼里，"她不高兴地说，"我真傻，还以为不买帽子是为了省钱呢。原来人家没找到合适的，哼，越打扮越好看了！"

"她就不懂什么叫美！"我想，"加丽亚就不是这样！这就是艺术修养啊……"

"你为什么发愣？"她睁大眼睛问，"生气了？唉，你想想你这是浪费不是？个人的好坏不在他的打扮上，在灵魂里！"

"你瞧，劝我买帽子也是你，反过来说我也是你！"为了不使她疑心，我又说了几句笑话，便帮她一起布置饭桌。吃过饭，我倚在床上休息，不知不觉地又想念起加丽亚来。我在脑里重演着我们在一起玩的情景，回忆每一句似乎有意又似乎无意的话，不知过了多久，渐渐地我感到有什么不正常的气息了，为什么这样静呢？我找寻妻，她头伏在桌上，肩膀一耸一耸的。

我意识到她在哭，心里烦躁起来，走到她身边问："我又没惹你，无缘无故哭什么？"

她不说话。

"到底怎么了呀！"我急道，"有什么话不能说？是不是见我买了顶帽子心疼？"

"你有心事，回家来就自己出神，理都不理我！"

"哎呀，我工作一天累了，你又不是小孩，要人回来哄你。"

她又放声哭起来，呜呜咽咽地说："咱们谁也不是小孩子，夫妻之间应该怎样生活也都懂得的，这样冷冰冰的总该有个原因。"

我急道："你不要乱扯好不好？"

"谁也不瞧，星期六也不愿回来，打电话一找就发脾气……你根本忘记了还有我这样一个人存在！"

我竭力强词夺理地分辩，可是连我自己也感到了笑声和话声中的虚伪调子。她的眼睛里，从此增加了忧郁和怀疑的影子，我的脾气也更暴躁了。似乎一切都变了个样，以前回家去，老远见到她在门口等我，心中感到无限幸福，现在一见她在门口等我，心中立刻发起怒来，"哼，都不放松我，在这儿盯着呢！"进屋之后，她催我吃饭，我就没好气地说："你叫我喘喘气好不好？"她看我一眼，便赌气坐在床上不响了。过了许久，她又问我："咱们有什么问题当面揭开谈谈好不好，不要这样折磨别人！"我当然不能揭开谈，只好说她："你就是小气，别人随便说几句话你都胡想，这样子别人怎么跟你相处呢？"

她冷冷地笑一笑说："随你怎么说吧，不过我愿对你进两句忠告，往错误路上走的人，开始总是并不太自觉的，而且开头都是从极小的细节上开始……"

我气道："你就是真理，谁对你不好谁就是往错误的路上走，多高明的逻辑呀！"

就这样，我们几乎没有一个星期不吵架。只要一听到她来电话，我心中立刻像坠了块铅，一听说她星期六不能回家，我就浑身感到轻松。

回家，成了我最大的痛苦。

和爱人的关系越坏，对加丽亚的感情也越浓。对加丽亚的感情越浓，也和爱人的关系越坏。到底哪是因，哪是果，我已不甚了然了。

只有一点是明白的：每当我看到加丽亚的可爱处，便暗暗去和妻的讨厌处相比。甚至把妻引我讨厌的行为试放在加丽亚身上，那时就觉得这些行为也是可爱的。于是，我想象中的加丽亚就比现实的加丽亚更可爱、更完美。而想象中的妻，却比现实中的妻更难相处。

我不能否认妻在品质上、在思想上那些值得尊敬的地方，我觉得这对一个革命同志来说是重要的，但不一定适合做我的爱人。既这样，何不换个人？

我做离婚的打算了。

我下了多少次决心，但一到对着妻的面时我就张不开嘴了。我知道她爱我，我提出离婚对她是个沉重的打击，我不忍说出口。我绞尽脑汁想找一个既不使她痛苦又能达到离婚目的的办法。我找机会说些别人离婚的故事，称赞那些人做得干脆。又偷偷地把两人的衣服分开箱子，暗示她。我已下决心要离开她，但天晓得，当她真的懂得了我的用意，脸色变得那么悲哀和可怕时，我又慌了，又拼命安慰她，不叫她多心，说我这一切行动全是无意的。结果问题没有解决，我们之间更紧张，更痛苦了，我连夜地失眠，她明显地瘦了下去。我痛骂自己这种倒霉的"善良"，却又下不了狠心。

在机关里，我的日子也很难熬。人们已经在说我和加丽亚的闲话了，他们甚至当着我的面说加丽亚是个道德堕落的人，说她是纯粹的资产阶级作风，有人半玩笑半正经地说我昏了头，但我又怎么能放弃和加丽亚接近呢？她是那么不稳定，今天给这个画油画像，明天和那个合作漫画，最喜欢和她跳舞的那个穿蓝西装的人（现在穿皮猴了，也是蓝色的）仍死追着她，我若把她失掉了，岂不是两头落空吗？

团里注意上这件事了，小组会上大家正式给我提出意见。支书也找我谈话，并且明示我这样下去将为团的纪律不允许。我不能不收敛一些了。可是加丽亚呢，这个冤家一点都不体谅我。有一次，她当着许多人的面约我陪她去买东西，我含糊了一句，她立刻一甩头发走了。我追上去解释，她说："你不去别人会陪我去，没什么！"我说："咱们感情好，何必当着人面表现出来……"

"我跟你有什么不能见人的事？我就不怕别人诬蔑我，你怕受连累不要接近我好了！"

"加丽亚，你冤枉人心……"

她见我真急了，反倒扑哧一笑说："光知道注意别人的反应，就不知道注意下自己的脖子吗？瞧，围巾都破了，不能换一条吗？"我苦笑道："哪里顾得上。"她说："自己都不爱美，还说欣赏旁人呢。"她把自己一条驼色的解下来围在我脖子上。围巾上带着她的体温和芳香，使我发醉。

但，到底还是痛苦多。我真不知道一个人的脑子竟会乱到那样的程度，我总想把自己的心事整理出个头绪来，却怎样也整理不出来。

组织上交给我设计一个医院的任务。我高兴极了，以为这下精神有了新的寄托，可以暂时忘记这些杂事了，谁知道我在桌前一坐下来，脑子就又转到了加丽亚和我妻的身上去。设计神经病房，我就想到自己提出离婚会给妻带来多沉重的痛苦，为自己的残酷害怕。画到日光浴室我又想起了加丽亚的玻璃雕塑室，加丽亚是这么可爱，我怎么能和幸福交臂而过呢？不，忍受过一时的良心责备，就是一生的幸福啊……就这样想啊想的，日子一天天过去了，连张草图都没画出来。上边催了，再不能耽误了，我设法叫自己相信这一切都是为加丽亚效劳。设计病房，我就想着她披着轻软的睡衣在屋里躺着；设计阳台，我又想象她在阳光下画水彩画。图设计出来以后，我吃惊地发现自己在舒适、美观上花了那么多心思，甚至显得太豪华了，但已经没有修改的时间。

图纸交上去不久，批回来了，不仅指责了许多地方不适用、形式主义，还在上面写道："一个人的设计风格和他整个的思想感情是分不开的，你的朴素的风格在失去，这是一件值得你深思的事情！"

这个打击使我更加深了一层苦恼，在爱情上我是这么不幸，在事业上我若再没有了前途，我还有什么可希望的呢？我悲观极了，既找不到引起这一切的原因，又不知道应该把这一切怎样结束。

团里专为我开了一个批评会。大家帮我分析，说我的资产阶级意识在作怪，说我道德品质低下。我是这样反感，但又没勇气反驳他们，我说我和加丽亚只是一般关系，顶多是感情趣味上相投些。大家又批评加丽亚的感情趣味，说她是在感情上剥削人。发言最尖锐的正是过去围绕加丽亚的几个青年，你想，我能服气吗？

散会以后，留在我脑子里的只一个印象——这一切该有个结果了，越拖延下去越糟糕！

这天晚饭后，我悄悄约加丽亚去海边散步。偏巧在路上遇上了我们的科长。他是个老干部，在科里威信很高。他用不喜欢的眼色瞅了瞅我俩，对我说："晚上到我这儿来一下好不？"

我答应着，猜到他要和我谈什么，心里忐忑起来。

显然，加丽亚也猜到了这一点，她瞅瞅我，嘴角轻轻一弯，像嘲笑我，又像嘲笑她自己。

我俩各想着心事，顺着海边走了半天。她轻轻叹口气说："在咱们这儿做人真难，尤其是姑娘！"她皱起眉来，那声调却一点也没有伤心的意味，反倒像有点得意地说，"长得漂亮点又成了罪过，人们围你，追你，你心肠好点，和他们亲热些，人们说你感情廉价。你不理他，他闹情绪了，又说不负责任。难道，这一切都能怨我吗？"

我说："有些话，只当听不见算了！"

"我也有缺点，有点温情主义，喜欢和男孩子们玩玩，可是，难道这样就非逼我嫁一个人才行吗？谁爱出嫁谁出嫁好了，何必管我！"

我笑一笑。

她看看我，小声说："他们还说我破坏了你们夫妻关系……"

我紧张起来，忙说："这是哪里的话！"

"我只是把你当作哥哥的，并没有想别的，你如果因为这受到旁人批评，尽可以不理我。"

"加丽亚，我又没惹你……"

我心中顿然一悟，啊，女孩子常常要说和自己心情相反的话：她怕你和她分开，就故意说愿和你分开，她心里真爱你，又怎么好直说出来呢？特别在这众目所视的情况下……

"唉！"她手里拿着个树枝，拍打着自己的裤子说，"最苦闷的，莫过于没人理解你了。"

"加丽亚，"我捏住她的手，低声说，"相信我，我理解你。"

我挨得紧紧地站着，有好几次我想吻她，但终于压制住了。站了好久才往回走。想到立刻要去见科长，我一步比一步走得慢。

科长坐在办公室的沙发上，见我进来，将身子一挪，便招呼我坐下。

"上次叫你考虑一下自己在设计作风上的变化，你考虑了没有？"

"……想是想了，还没想仔细。"

"怎么想的？孤立的，就设计思想考虑设计思想？"

我含糊地应了声。

"那样考虑不出名堂来！"他昂起头，自语一句。他思考了一下，直爽地问道："你谈谈，最近一个时期，在你心中占最重要地位的是什么问题？"

"生活问题！"我也坦白地说，"和爱人相处得不好。"

"为什么相处得不好？"

我把我的情况和想法大概和他谈了一下。

他沉默了许久，叹口气："有些人说爱情问题是生活琐事，我倒不是这样看法，我觉得在这个问题上最能考验一个人的阶级意识、道德品质。"接着他详细地给我讲了一段从前他自己想离婚而又没有离成的故事。抗战前他在家里结的婚，两人感情一直很好，胜利以后他进了城市，接触了好多知识分子，便产生了要和自己老婆离婚的念头。经过几次请求，领导上批准他回家去办理手续了。在回家坐的火车上他碰见有一孕妇要生产，当时整个车厢里的人都忙起来了，有人解开行李撕被单给小孩做尿布，有人从这车厢跑到那车厢来回地找大夫，列车长额上挂满了汗珠，就像那个生产的人是他的女人一样。这一切使老科长有了很多感触，他一边思索着一边和我说："当时我就想，我们这个社会的人，所追求的道德精神，不就是要这样地关心别人，关心集体吗？对别人负责，对集体负责，互相都把对方的痛苦当作自己的痛苦，说穿了，共产主义精神不就是这么个内核吗？我在离婚这件事上，为我爱人着想了多少？她等待我好多年，今天把丈夫等来了，却是来和她离婚的，不难想象，她的思想，她的精神要发生什么样的变化呀！……还有比否定自己整个儿的精神品质更严重的悲剧吗？就算离婚后我能找到一个漂亮的、合意的新爱人，它能弥补我这终身不能挽回的损失不能？在尖锐的斗争中，自己向自己低了头，以后再说自己是真正愿做个真实的共产主义者，恐怕连自己也不会相信了！"

他的事情，他的话，动了我的心，我有好几次不自觉地联想到了自己老婆那痛苦处境。可是，我又怕我自己的意志软，会真的听了科长的话悔了离婚的念头，等将来后悔失去了加丽亚时再挽救也来不及了。我对自己说："狠一点，一咬牙就过去了！"便竭力、故意地增加自己对科长反感的情绪，心里在说："他说的光是大道理，他是没有碰到我这样的具体情况。你身边有一个加丽亚看……"

我嗫嚅地问道："这么说，两个人在性格、作风方面的不同就不能成为他们是否能幸福地生活下去的主要条件了？"

"是的。当然这很有关系，所以任何人在恋爱和结婚以前都有权利选择。为什么你在恋爱和婚后都很喜欢她而现在变了呢？为什么人家嫁给你以后你又见异思迁呢？"他不放松我，追问道："听说你喜欢加丽亚？"

我含糊地应了一声。

"加丽亚在美术学院因为作风不好被记了过，你倒跟她的性格相投。嗯？你觉得她的作风跟我们健康的思想感情不相容没有？你批评过她这些没有？"

听到他说加丽亚这样，我真吃了一惊，但紧接着，我心里袒护起她来了。是呀，许多人在她那儿碰了钉子，当然不会说她好话。至于美术学院的事，谁知道真相怎样呢？反正加丽亚跟"品质恶劣"四个字连不在一起。莫忘记，科长是在打通我的思想啊，他还会对我称赞她的好处吗，更何况她的许多美处只有我一个人认得出。

科长见我低头不语，以为我动了心，便叫我回去好好想想。

怎么想呢？说良心话，他的道理没有一句不对；就是有一样，加丽亚是活生生的人，我爱她，也相信她会爱我。我曾想象和描绘了那么多我们将来共同生活的图画，如今一百步走了九十九步，我怎么甘心一刀两断呢？

我知道，如果我认真地去咀嚼科长的话，我自己的良心会受不住的，结果我还是两边下不了决心，那只会无限期地把事情再拖下去，如今从卜到下全注意上这事了，哪还有拖延的余地？

我决定回家把事情说穿，跟妻一刀两断！

想到马上要处理，我又害怕起来。妻的许多可爱的地方一下子又都涌到了我的眼前：从我们第一次见面，她给我留下的好印象，到我们最近一次吵架中她的忍让态度，一场比一场鲜明地在自己脑子里重映开了。我不禁问自己："我真没有冒失吗？我失去了她，真的不至于后悔吗？……"

"果断一些！"我出声地对自己说，"照这样犹豫不决，什么事也做不成！"然而，我还是决断不了。加丽亚呀加丽亚，你若不出现在我面前，我不是会平平静静地生活下去，并不感到有什么不满足吗？你害了我！

啊，不，幸福的机会，一生也许就只有一次，如果碰不上加丽亚，也许我今生都不会体验到和加丽亚相处时的愉快，你还是该来的。

另外我也想到，加丽亚尽管跟我很好，但从来没有明确表白过我们的爱情。万一她变了呢？我还是要先试探一下。

我悄悄走到加丽亚宿舍门口，胆怯地敲了敲门。

里边一阵脚步响，门开了。她披着头发站在我面前，笑道："半夜三更，什么事？"

我说："没事，我从来没到你这屋来过，看看……"

"那就请进吧！

她的墙上挂着两幅她的油画像——一个是正面半身，一个是倚在大石柱子上的全身——和一张漫画像，下边各有一个简化的作者的署名。对面墙上，是张许多穿着滑冰服的人的合影，加丽亚站在中间，周围有一群小伙子。她推了把椅子给我坐。我看到桌上面、台灯前边放着个未完成的半身泥塑人像，便问道："这是我的？"

"你的完了！"她回身从书柜上拿下一个硬纸匣来，递给我说："请自我欣赏吧。"

我打开一看，果然是戴着皮帽的我的半身像。因为比我本人漂亮，有些不大像我了。我禁不住称赞说："好，好极了！"

她笑道："是人长得好，不是我塑得好。比如我吧，再好的雕塑师也不能把我塑成个艺术品。"

我说："得了，不用塑，你本身就是件最好的艺术品！"

说笑了一会儿，我正打算把话转到正题上去，外边有人敲起门来。

"谁？"加丽亚拉开门，进来的又是那个穿蓝皮猴的（他又改穿中国式的绸棉袄了，还是蓝色的）。他进来后对我点点头，便在桌的一旁坐下了。

我暗骂他来得不是时候，心想他一定有什么事，索性等他走了再说吧，便随手从桌上拿起本书来乱翻着。

见他的鬼，他也坐在那儿翻起书来了！我看看加丽亚，希望她设法把他支出去。

加丽亚看看我，又看看他，咯咯地笑起来了，说道："真妙，你们怎么上我这儿演哑剧来了。"

我不由得笑了，他也笑了。

"咱打牌吧。"加丽亚打破僵局说，"赌倒茶的，输了的人给赢了的倒茶。"

我急得了不得，哪有心思打牌，可又不甘心出去让那家伙在这儿——我很后悔以前竟没想到上宿舍来找加丽亚，他一定常常来的！就跟他们打起牌来。

鬼知道怎么搞的，一上去我就输，还要给他倒茶，而且一点也看不出加丽亚对我比对他更亲热些。到第三盘，我把牌一推说："我不玩了，背得很！"

"别丧气嘛！"加丽亚半玩笑地说，"人们都说赌场上失意，情场上得意呀！"

我觉着加丽亚这话大有深意，立刻浑身都舒畅起来，用胜利者的眼色扫了扫蓝棉袄，说："好，打！"

可是外边也响熄灯铃了。

我恋恋不舍地抱着我的塑像走出屋，加丽亚送我们出来，悄悄对我说："你回去看看塑像的肚子里有什么东西。"

"调皮鬼!"我说完，轻飘飘地向宿舍走去，我等不及回去看，走到一盏路灯下就把纸匣打开了，伸进手一摸，摸出一张纸条，上边写道："人还像，只是不知他的心是怎么样的！星期天下午三点，我去北海，你来不？"

一股暖流从心底冲上脑袋，我呼吸都困难起来。一时高兴，便抽出笔来在一边写道："加丽亚，加丽亚，你就要看到我的心了！"

苦苦地思索了好几天，决定最后一次试试妻子，看还有没有和平解决的希望。若实在没有，那就让她恨我好了，也许那样更好些！若叫她带着怀念离开我，对她说来就更难忍受，对我说来，也会加深良心上的自责。

星期六的夜晚到来了。

天冷得出奇，北风吱吱乱吼，马路上冷冷落落，偶有几个行人，也把头躲在大衣领里边。悬在街正中钢丝上的电灯疯了似的乱摇着。我到家时，妻已先回来了，正在火炉上煮什么，满屋都是甜味。她一只手拿着筷子，两眼直瞪瞪地瞅着火苗。

见我进来，她问道："外边冷吧？"

我随便答应着，把塑像放在桌上。她凑到桌前，打开纸匣一看，便叫道："好！"端详了一阵，又说："可惜这人的技术不高，塑得有些走样了。"

我板着脸说："艺术是要夸张一些的，你不懂。"

"干什么单单夸张这顶皮帽和围巾。看！帽子还歪着。"她笑道，"好好的人，弄得像个资产阶级大少爷。"

我说："我本来就不是无产阶级出身，请原谅。"

"你不用凶，"她笑道，"我今后反正不跟你吵架了！真下了决心！"

我觉得她真的有点和平常不一样，暗暗感到有些蹊跷，但又不好意思再板着脸，便假笑道："不吵了，哭起来还不比吵架更烦人？"

"也不哭了，傻瓜才吵架和哭！"她微笑着说，"我想明白了，那样能解决问题吗？不能！只表现自己软弱无能，反正两人要过下去，干吗不找个能解决问题的办法，光冲动毫无用处。"

"她是打算一辈子不与我分开了？"我暗想着，有点失措，脱掉大衣后，便拉了张椅子在一旁坐下，心里一边想主意，一边说些没用的话应付她，省得她发现我心不在焉，又伤心。

我问她："煮什么？

"山楂酱，最近我……"她笑笑说，"我想吃，你不爱吃吗？煮好，咱们一人装一罐带到机关去吃。"

我不感兴趣地说："算了吧，罐子不好刷。"

116

"我来刷。"

我便不再说话了。她也不像平常那样追问我为什么不说话，只一边搅锅里的山楂，一边对着火苗出神。我觉得她有些异样，但没心情去关怀。坐了会儿，我说困了，便先睡下。

睡到半夜，一翻身，我觉出床在轻轻地颤抖，注意了一下，听到她在被底下抽泣。

"讨厌，和这种人一起生活就是哑巴也会发脾气！"我心想，不愿理她，扭过身去。

过了半天，她还不停，我忍不住了，回过头来喊道："你有什么委屈的，说出来好不好，只是哭！别人老远回家来就是听你哭的？"

她不回话，哭得更响了。我觉着再在她身旁躺下去，浑身要烦躁得炸裂，便撩被子，披上大衣下了床，拧开灯，从桌上抽出一本小说来，坐在火炉旁看书。眼睛看着书上的字，脑子里却想着其他事。我对自己说："看来只有离婚才能从这种痛苦里解脱出来了，这算什么生活？每星期六都这样度过！科长光知道讲大道理，让他来过两天这样的生活看……"

过了许久，我觉得又冷又困，她也安静下来了。我才又回到床上去躺下，一边盖被，一边生气说："你考虑一下，这屋子并不是只有你一个人，你只顾耍脾气，别人怎么忍受？我们都是平等的人，我又没有压迫你。"

她沉默着。我躺了一会儿，就睡着了。

第二天我睁开眼，她已在地下缝东西。炉子周围烤着我昨晚脱下的内衣，干净的衣服放在我枕边。我心里鄙视地说："真是一个不直爽的人，心里明明对我不满，表面上还这样做！加丽亚绝不会这样。"

我一边穿衣服，一边淡淡地问："缝什么呢?"

她头也不抬，说："手套，你的。"

"歇一会儿吧，我打算买呢。"

"我知道你不会戴它，但既做了，就做完吧。"她忽然口气转为凄然地说，"什么都应该有始有终不是?"

我走下地，见她两眼红肿得厉害，便说："你瞧，昨晚你自己说的，再也不哭了，结果倒哭得更厉害了！"

"你放心好了，今后再不叫你看见眼泪。"说完，她轻轻叹了口气。

我讪讪地找些话来问她，她回答得很平静。我想："她平静下来了，该找机会摊牌了。

吃饭时，她突然说道："我今天下午有事要回去。"我说："正好，我下午三点有个会。"她隐隐地冷笑了下说："碰得真巧。不过我下个星期不一定回来了。"

我说："那——我去看你好吗？"

她冷笑道："不必啦，我们那儿同志也多得很，这个家，也确实叫人痛苦。"说着，她又对着窗发起愣来。

望着她那委屈、痛心的神色，我也很难过，心想快刀斩乱麻，一下子了了吧，便把口气放得极缓和地说："我问你一句话，你不要动感情，冷静地、理智地考虑一下再回答我好不好？"

她震动了一下，随即平静下来，两眼瞅着地说："你说吧。"

"你是个好同志，我也爱你，可是，你考虑一下，你跟我性格相投吗，共同生活下去会有真正的幸福吗？你不要生气，你冷静下来想想……"

"我知道你要提这问题了。"她似乎胸有成竹地说，"我先问你一个问题好不？"

"好。"

"你坦白地说，你最不满意我的是什么？"

我脸红起来结结巴巴地说："咱们个性不同，我常使你痛苦，我也很惭……"

"不必拐弯！"她脸色苍白地直视着我说，"我们到底共同生活了许久，互相还是知道些根底。什么个性不同，我们开始不是相处得挺好吗？我替你说好了，我年纪比你大，我长得不漂亮……"

我忙解释："你……"

"不用解释，不用担心我会受不住，我用不着人怜惜的！"

我急道："你别误会，我早说了，我只是提个问题，叫你别冲动……"

"没有什么误会，我又不是孩子！"她顿住，眼睛一转，落下两颗泪来，她急忙转过身去，背对着我问，"我只问你，当初我说我年纪比你大，要你认真考虑，你为什么说考虑好了？……说什么，全怨我自己没出息……"

"你别急眼！"我说，"我只是问问，又没提离婚！"

"你怕负责任，怕我怀恨你，不敢提！"她转过身来，冷静地说道，"没关系，我主动提出来好了。我并不是要求好坏有个丈夫，我要的是真正的爱情，两人这样敷衍下去都没好处！以前我一直存着个重新和好的希望，现在我明白没希望了，不会拖的！"她说，从椅子上提起手提包，头也不回地走出门去，又回身轻轻地把门拉上，就好像平常回去一样，一点暴怒的痕迹都没有。

我麻木了似的望着门，骤然间堆上了一大堆问题在眼前：桥拆了，她的心伤透了，再也没有和好的希望了！可是，我面前的路真的像平日想象的那么美吗？会不会再想回来又回不来呢？加丽亚万一……天哪，我本以为一解决了和

118

她分离的问题，事情就会单纯下来，我的脑子会安静下来，哪知道，反倒更复杂了，更乱了！这屋子挤得人喘不出气来，我得出去，赶快去找加丽亚，可是她说的三点钟在北海等我，现在才十一点。表啊，你怎么不走了？

我披上大衣，锁上门，走到了街上。外边风小了，雪花大片大片地往下落着，我不坐三轮，也不坐电车，昏头昏脑地在街上乱走，从隆福寺走到东安市场，又从东安市场走到王府井南口，一路上我什么也没看见。有好几次我被三轮工人从马路上推开，他们还指着脸挖苦我，我不跟他计较，也不生气，只随着旁人走去。

好容易到了两点半。我跳上一辆三轮，拍着车厢喊："北海，快！"他要撑篷，我说："敞着痛快。"

三轮在雪地上飞驰起来，我却急得恨不能跳下去自己跑。雪越下越大了。金黄色的故宫屋顶全变成了银色的。已经分不出哪是御河，哪是白玉石的河岸。我不停地擦着脸上的雪水，望着北海前门。

终于看到了啊！

加丽亚像朵艳丽的花站在白雪中，她穿着一件紫红色的呢大衣，白色镶红边的毡靴。我大声喊道："加丽亚……"

她提起一只黄黑两色的毛手套，跳着喊起我的名字。车还没站稳，我就跳了下来，我握着她的手觉着有千言万语要马上倾泻给她。

"瞧我选的这块地方怎样？"她闪着长睫毛，冻得红红的脸上堆着微笑，"北海的雪景多美呀！咱们上后山去玩，堆雪人，嗯？不要走桥上，从冰上滑过去！"

我俩手拉着手在冰上边走边溜。

我拉着她，心中打着腹稿，准备尽量艺术地把事情说给她。她呢，大声地笑着，跟我谈雪，谈梅花，谈鸟，就是不问关于我的"心"的事。

我耐不住了，上岸时，一边小心地扶着她，一边笑道："你不是要看我的心吗？我带来了！"

"啊？"她疑问地看看我，随即笑起来，"那就掏出来看看。"

"我和爱人离婚了。"说完，我打了个冷战，紧张地望着她的脸色。

"真的？"她停住了脚，思索了一下，说，"既然离了，我说句话也没妨碍了，本来我就觉着你结婚早了些，尿布、奶瓶、火炉、家庭……唉呀呀！这些俗事会把任何一个天才的想象力全磨光的！爱情本来是诗，可是一弄这些，哪里还有诗？"

我有些茫然地看着她，不知说什么好。

"还有，理想的爱人要慢慢发现啊！"她甩甩头发，笑道，"不结婚时，你有爱五亿九千九百九十九万人的权利，和被他们爱的权利。一结婚，完了，只能守着那一个人，老早把自己缚在一个人身上，再碰到理想的人时，后悔也来不及了！"

"加丽亚，别净说这些！"我靠近她说，"我假如没有新的爱情来补偿，马上会疯的！"

她笑道："你现在自由了，爱谁不可以？"

我鼓足了勇气说："我爱你！"

她歪了歪头，从地上拾起一块湿漉漉的石子，朝松树上的乌鸦投过去，乌鸦哑哑地叫着。她回过头来说："我没权利不准人家爱我，可有一样，你不要一翻脸，又去给我提意见，说是加丽亚害了你。"

我急道："加丽亚，我说的是真话，你明白我现在是处在什么样的地位上！"

"唔？"她住了嘴，看了看我的脸色，马上收住了笑容，咬着嘴唇看了一会儿自己的脚尖，抬起头来时，又换成了平日的神色，无所谓地说，"你想叫我嫁给你？嗯？"

我吃惊了，她怎么真像心里没有这件事似的，我说："你该明白我的心！"

她脸上现出得意的神色，两颊更红了，她说："坦白地说，我从来还没有考虑过出嫁这件事，它距离我还远得很呢！我跟你说过，我不轻易离开姑娘的地位。请你原谅！"

"啊？"我像头顶被人砸了一石头，两腿软了下来，我气喘着说："加丽亚，我为你才离的婚，你怎么……"

"什么？"她叫一声，想了一想立刻指着脸跺着脚哭道，"你吓我，你把你离婚的罪往我身上加，威胁我嫁给你！我不怕的！啊，我怎么办哪，所有的人都欺侮我！"

她哭着，也不顾怜惜衣服，背靠着树摇起来。

我走上去，抚着她的肩哀求地说："加丽亚，加……"

"走开，走开，知人知面不知心，我把你当哥哥，你却暗算我！跟我谈这样的话，谁让你离婚来？你这样说出去，大家更抓住打击我的借口了，设计院我待不下去了……"

"加丽亚，冷静一点，加丽亚……"

"走，走，你不走我走！"她推开我，回身就跑。我追着她，拼命地喊道："加丽亚！加丽亚！"

正好有两个人从山后转过来，一见我们这情景，惊住了。我脸一红对加丽亚喊道："你放心吧！我还并不像你想象的那么卑鄙。"离开了加丽亚，自己朝山上走去。

我两只脚机械地走啊，走啊，走个不停，恨不能一拳把身边的东西全毁了，一边走着，一边觉着自己脚下的雪地在往下陷，马上就要把我跌进深坑里去了。

我怎么了？我闹了些什么？这一切是真的，还只是我脑子里想象的？我觉着两腿沉重得抬不起来，走进一个亭子里坐下了。我靠着亭柱，想清理下脑子里的一团乱丝，但我清理不出来，想来想去只有几句话："老婆走了！加丽亚并不爱我！只剩下我自己了！"

天暗下来了。雪仍无声地往下飘着，公园里寂静得不见一个人影，西边的大楼上，冒出稀稀的黑烟来。隐约地听到了园外街上的熙攘声和看到电车的火花。冷，冷得浑身发抖。我无可奈何地走出园门，雇了辆三轮，回到家里去。

屋门锁着，我想起这屋门是我自己锁上的。接着，从我结婚时起，在这屋里发生的一切又都重新涌上了我的眼前，不知为什么我把自己摆在我爱人的地位上去想，我假定我是她，天天想她，一到星期六早早地回来把一切准备好，站在门口风地里等候她，等久了，打个电话问问，可是得到的回答却是怒斥和冷淡……我这才第一次看到了自己那冷酷的面目。怎么搞的，我是这样一个无情的、狠毒的自私小人啊！她竟忍受住了！

我的眼圈湿了，我恨不得立即找到她，向她诉说一切，让她随便怎样惩处我！我不要她饶恕，我在道德上犯了罪，我伤害了她！

门锁着，我不愿开门，怕看到屋里的情景自己会忍不住。我踉踉跄跄地离开家，往机关走。

"全是加丽亚，这个狠毒的人！"我走着，咬牙说。但是，一个反对的声音在我脑子里问道："机关里人有的是，有结了婚的，也有没结婚的，为什么只有你被她害成了这样？"

于是，我和加丽亚的初次见面，我们的交谈、散步……都重新涌到眼前来了。我这才第一次冷静地重听了我俩每一句"有诗意"的谈话，重见了"有情感"的每一次来往。我发起烧来了，多卑鄙呀，什么"诗意"，不就是"调情"吗？什么"情感"，不是自我"陶醉"吗？这不明明是我那些已不知不觉淡下去了的"趣味"又被加丽亚唤出来，蒙上了自己的眼！被资产阶级感情趣味弄昏了头的人啊！你虽然和爱人结婚很久了，但你并没认识到她的真正可爱处，因为，原来并没完全爱她最值得爱的地方……

日常同志们对我的批判、科长说的话，又都像石子似的重新打在我的心坎上。

想这些做什么，现在什么都没用了，迟了。

我以后的日子怎么过呢？永远沉陷在孤寂的、悔恨的心情中吗？我才二十多岁呀！啊！我原来不是都很正常，未来的生活也看得清清楚楚的吗？我怎么把自己从正常生活的轨道抛出来了呢？

………………

被脚下的石头绊了一下，我清醒了过来，看到前边已是机关的大门了。看到这个大门，我更加清楚地明白了今天发生的一切。原来一切都结束了，只剩下我这个暴露出原形的、没有人同情的小人了。妻心寒到那种程度，不会回来的；加丽亚只担心着我会对她有什么不利，自然也不会再理睬我。同志们呢，我的眼又模糊了。

"×同志，您的东西！"门房老李认出我，老远就喊起来。我擦擦泪走上去，他从屋里拿出个布包来给我，说："您爱人四点多钟时送来的，她说忙着去赶火车，没工夫等你回来了。"

"赶火车？"我浑身战栗了一下，手忙脚乱地解开了包裹，没防备从里边滚出一个玻璃瓶来，落在地上摔碎了，溅得满地都是果酱。包里是今早上换下来的衣服，中间夹着一封信。我抽出来，头一眼看见的是加丽亚塞在我的塑像中的那个便条，我挺奇怪，赶紧看那封长信。

> 我难过极了，心里乱得很，唯一的希望是你耐心地把它看完。
>
> 昨天上午，我去医院检查身体，医生给我贺喜，说我怀上小孩了。当时，我立刻想起了我们最近的生活情形。我们在一起共同生活得不好，这样下去，对不起我们自己当初的愿望，更对不起这没出世的小宝宝！我想，我是有责任的，我在感情上要求你得多，在思想上关心你、体贴你得少……在医院，我就下了决心，今后不再哭闹了，要耐心地和你商量，帮助你分清是非。
>
> 可是，还没等我把这一切告诉你，我收拾屋子时，无意中发现了这个字条！我以前只风闻你和另一个女孩子在感情上有些不正常，但真没想到竟发展到这地步，这对我的打击太大了！我伤心极了，慌张极了，苦苦地想了一夜，我又替孩子伤心，他有什么罪过，一生下来就碰到这样难堪的处境，这全是我们的不好，我们不配做父母。
>
> 当你刚才提出离婚的问题时，我就抱着"干脆利落、不要你怜惜"的心情回答你的。但回答之后，我难过了，甚至有些后悔了，我在屋里不能待下去了，我不愿在你面前表现出软弱，我走了出来。
>
> 明天我开始休假，我本打算在家住些天，现在，我觉得一个人住在那间屋里是一种不堪忍受的折磨，我决定立刻回天津家里去！咱们分居一个时期，也可以更冷静地考虑问题。

我不知你爱的另一个人是谁。我虽不满意她，但我绝不毁谤她，我只希望你想一想，一个不尊重别人幸福的人，她会给你带来幸福吗？

亲爱的（让我还这么叫你吧），我爱你，我真担心你会走上错路，在这些地方，你是那么叫人不放心。你最近在各方面都有变化，在爱情上的变化只是思想意识变化的一部分反映，我过去没有严格地提醒你注意这些，现在又没有机会来提醒你了！你自己也该注意一下才好！

也许，你看见这些话会更对我反感了。不要以为，我是用这些威胁你要你不离开我。不，虽然我爱你（甚至觉得现在比以往更需要你的爱情），我一想到和你分开就疯了似的浑身战栗，可是如果你不再爱我，不愿再重建我们的爱情，我决不祈求你怜惜！

算了吧，话是说不完的！

我看完一遍，没有懂她说了些什么，又急急地看了一遍，才模糊地觉得她还在爱我，还可以饶恕我。我急忙跑出机关大门，跳上一辆过路的三轮喊道："快，快！上东站！"

门房老李在后边喊："同志，你的东西，你的……"

技术员讲着，讲着，发现听的人一点动静都没有，问道："怎么？都睡了！"

"没有，没有。"

"你说下去呀！"

"唔！"他安慰地吁了口气，想了想说，"完了，你们知道的，我没有离婚。"

听的人说："你到车站找着她没有，回来以后又怎么样？事还多呢，怎么样了？"讲故事的人说："回来后，为了重建我们的爱情，两人也还费了好大力气的，不过，那要讲起来就太长了，明天还上班呢。"

沉默一会儿，他笑了声："最好星期天你们上我家去做客吧！耳闻不如一见哪！"

半 夜

骆宾基

一

"你们这样欺负外村来的客人，以后谁打咱们二十八号井棚门口走，还敢进来呀！"等到南街镇的韩春田家的走进来，打井组长柴桂英就笑着向男工组说，"都下来吧！"实际上，男工组不过打了刚刚半个时辰，却已经都在喘吁吁地发笑了。那个团村耕作区的复员军人汪三宝到底也没有在这些打井的小伙子面前服软，双方都带着友谊球赛之后的亲切笑容，松开十字杠，彼此一再注视着，又是喘又是笑，说明这阵子都耗尽了力气，有点乏累了。

那复员军人汪三宝跨下打井台板时，还抱着那个外村来补缺的许来顺的肩膀说："小伙子，真棒呀！"嘴虽是这么说，但柴桂英注意到他趁众人混乱的谈笑中，向自己看过来的两只过分敏感的眼睛，这是他走进北泡子沿村打井棚来的第一次向她投来的眼光，全是军人式的注目，那么有力、透彻。她懂得那一双又黑又过分敏感的眼光中，所含的意思是：面前的这个姑娘，是怎么样的人呢？对我怎么样呢？她怎么那么镇定地望着我呀？好像又离着很远。我不了解她……柴桂英在这种军人式的注目底下，全不像月光底下单独接触时那么局促。正如一个有威望的女主人在家庭里对待外来客人一样，安静、自信又亲切，还保持着一定的距离，向他笑着。从他身旁走过去之前，还问着："怎么样？不累吗？膀子可要发酸的！"

124

"不累呀！这和打夯一样。"汪三宝同样笑着，那双眼光在瞬间也转为一般的精细神气了，走过去之后又掩饰什么似的转问许来顺："你不抽烟吗?"接着掷给男工组长高老阌一支纸烟，又相对喘吁着笑过一阵，坐在干草捆上，才问："一个夜班能打多少米呀?"

"一米来往吧。"

"那还不慢呀！你们还打白天的班吗？噢！这么说，明天你们两个组又分在白天班里打井啦。谁打上半天呢？你们呀！那么说，你们这是三组扭在一起呀。劳动很紧张呀，劳动力并不富裕呀。"又问一眼竹管井能浇多少亩稻田，听高老阌说可以供应八亩田的需要量；而五星农业社要开辟一百八十公顷的荒碱场，就不禁第二次赞叹这冬季水利工程的浩大了。

许来顺坐在一旁不禁自得地插嘴道："若是碰到沙土地，一天能下去三四米，就像咱们打的这块石头层，一个夜班打不到一米呀！"宋世旺在那听着，很担心他当着外人面前，说出给农村青年丢脸的话来，例如：进打靶场搂草挣工分多，比打井的活儿又轻之类。实不知许来顺既取得复员军人的黑眼相看，怎能说出自知没出息的话来。不想，柴桂英接过话去，站在打井台上说："你留在我们二十八号打井棚怎么样？你别看今天打到石头层了，赶明儿就会见到细沙。难道青年还怕地底下的石头吗？碰到石头就跑吗?"

"我倒是不怕石头呀!"

"那么你留到我们打井架子上了?"宋世旺又追问一句。

"你们要不嫌我，留下来就留下来。难道打井还吓住我了吗?"许来顺笑着说。现在宋世旺看着他那两只黑布套袖也不显眼了；看着他那眼色也柔和，脸型也年轻、俊秀，不似先前那么浮躁了。

"话是一句呀?"柴桂英又说。

"那还假啦!"

柴桂英向韩大嫂望过去，那眼神很想探问探问她，仿佛说，你看，许来顺都不看着工分，哪里高向哪里跑，你呢？直到现在，柴桂英才发现，原来她从外头一进来，就压根儿没抬起头来。可见柴桂英刚刚从村外来客身上转过注意来。很清楚，这个骨骼粗壮的中年妇女在和谁怄气。柴桂英低声问道："你怎么啦?"

团村耕作区复员军人汪三宝是多么敏感机智的人儿，在听她和许来顺谈话时，就感到自己在这打井棚里是有点多余的，等听见柴桂英低声和那中年妇女说什么，就觉得自己还没在她心目中取得应有的位置和注意，尽管小宋吉现在很热情地招呼他，还是立起身来向大伙儿告辞了。临走，按扶着许来顺的肩膀，不要他挪动，又拦住打井台上的妇女们，不要她们往外送，答应她们，说有空就会再来玩的。

<h1 style="text-align:center">二</h1>

　　"怎么样啦，是谁惹你啦？"不怪汪三宝敏感，柴桂英在他一离开，就转向南街镇韩春田家的问道："许来顺可是留下来啦！你还要回去，进打靶场搂草去吗？和谁生气啦？"她的注意力全集中在自己打井组的巩固问题上了。

　　"到底谁惹你啦？韩大嫂。"何小兰也低声问。

　　"没什么！"韩春田家的终于叹息似的说，仍是低着头，不肯说出底细来。

　　正在柴桂英望着何小兰，眼睛现出迷惑不解的时候，就听见棚外有人高声叫道："老韩在你们的井架子上吧？"仿佛他不是韩春田的叔伯弟兄，倒像外姓人一样，进棚一见到许来顺，就说："怎么？你也在这里呀！怪道我们家老韩吵着要进打靶场去搂草，我说无风不起浪，这又是你吹的风吧。你怎么到哪个井架子，就给哪个井架子上添麻烦呀？"

　　"现在许来顺答应我们，留在这里打井了。"柴桂英赶忙庇护着，并向韩春田家的说："你回去吧，有话好好谈。"又叫小宋吉接替她，但给许来顺抢前一步代替了。他现在脸色变白，他不知道自己说出打靶场开放，有人一天搂草搂到五百斤，竟在水库工地上惹出纠纷来。

　　进来的这个彪形大汉，正是南街镇东街的生产队长韩福田，身穿半截羊皮袄，搭在膝盖上，开着胸口，露出里头对襟黑棉袄的一排扣子。头上是大耳狗皮帽，脚下穿双军用棉靴。一眼看去，就是常赶大车进北京拉煤的手儿，只是缺根鞭子。

　　"那么说，情绪稳定了，好哇！算是进步啦。"韩福田大声说，"要好好地干，是多棒的小伙子呀！"

　　这时韩春田家的走过来，低着头，在一把稻草捆上一坐，两手抱膝，专等本村领导人的批评呢。

　　"你刚才在咱们东街打井架子上说的话，对吗？"果然韩福田走过来，手拿着根稻草，折着，仿佛是在思量难开口的话一样。"不对呀！"又说，"要是咱们听说打靶场开放啦，都去抢着打草，你想想咱们水库工地上，还会有谁愿意来挨冻呀！稻田还要开吗？不要开啦？再说社里让劳动力软的进打靶场打草，也是等于国家救济他们呀！你明白吗？不能谁愿意去谁去呀！没有劳动纪律行吗？再说，若是三百斤的定额太低了，可以提意见呀，把打靶场的定额提高呀！"

　　说到这里，他手里的那棵稻草也撕扯零碎了，还思索着，大声地叹息。就在这时，从他背后的棚门口，走进两个人来。

三

最先领头走进来的人，是个极短身材，不管是瘦瘦的脸型，那雄鹰似的一对眼光，还是头上、脚下，都给人一种短小精干的印象。手上戴着双蓝色的毛手套，围巾胸前搭着半截，背后搭着半截，两只拳头叉着腰，总之，风采挺帅。跟随在他背后走进来的，也穿着短装的马车夫式的羊皮袄，瘦高身腰，红光满面，眉眼间蛮和蔼。

小宋吉一见南街镇生产队长韩福田背后的两个人走进来，就像机灵的松鼠那样，忙碌地赶忙站起来，同时用脚尖暗地踢了一下在咻咻抽烟的组长高老阎。当时，虽说那短小精干的人物，伸出一个手指，远远地阻拦小宋吉的动作，但也来不及了。连打井台上的妇女们也都望着他，齐声欢叫："总支书记来了？""怎么没听见车子响呀？""田头儿也怎么不声不响呀！"那满面红光的汉子就笑着说："在棚上站了半天啦！"

"我看，党总支书记是走迷了路吧。要不是在月亮底下走迷了路，怎么会走到我们二十八号井棚里来了呀？"

五星乡的党委书记卢文笑着说："听说你们的进度很快，就走迷路了。是不是你们的进度要超过吴兴组啦？"

"谁说呀！"柴桂英那两只乌黑发亮的眼光，充满又是得意又是喜出望外的兴奋来，讨人欢喜地说道，"我们北泡子沿这伙人，怎么能超过党委书记培养的典型组呀！"在棚里所有人的笑声中，可以看出来，柴桂英平常是很得乡委书记卢文的宠爱的。

"这只是开头，你可不要骄傲呀！"乡委书记卢文笑着说，开始脱手套，解围巾，又吩咐水利建设主任田有禄，"把吴兴找到这儿来谈吧。"可见原来他确实还没有在这里久停的意思。他向柴桂英说："不要耽误你们打井，你们打你们的。"又转向小宋吉，"你也不够整劳力呀！怎么不扛着草耙进打靶场去搂草呀！呵？"小宋吉就咧嘴笑着，仿佛是说自己懂得这是乡委书记在嘉奖自己的反话。卢文又说："是你给拖拉机手送热水去了吗？谁的主意呀？真好啊！我们刚才打那里检查了一下耕作质量，转过来的，你爹也蹲在地头上，看小'热特尔'在月亮底下给社里耕地呢。"后几句话自然就是转向柴桂英说的，又说："怎么？听这弓子响的声音，还在石头层上，是不是？"

"不知道后砖窑村二十三号架子上怎么样，他们也打到二十七米啦！"柴桂英说。

"后砖窑村的进度，怎么这两天也会这样快呀？"

"他们把场园上扛麻袋的壮工都调到工地来了，张兆的小组长，可棒啦！"小宋吉倒背着两手，贴在棚壁上激动地说道。

"那么说，你们北泡子沿村的打井组，不是在工地上碰到两个棒的对手吗？还不只是吴兴组哪！"乡委书记卢文充满喜爱地在小宋吉头发上拍着，"是不是？要赛过他们两班人马，可要做好组织工作。"后一句是向高老阎说的。

"你们这两天怎么样呢？"乡委书记卢文现在坐在韩春田家的身旁，不要她挪动，"就坐在这吧。"开始听韩福田关于南街镇东街生产队的打井组的汇报，要他小点声谈，说："不要吵架似的嚷嚷。"在听汇报当中，一眼注意到在棚口探头的一些歇班的打井小伙子，见他们那种窃窃私语和闪闪发光的眼睛，就猜测到什么似的说："魏才，你们还不信吗？她们的进度是赶上吴兴组啦，柴桂英可对你们保密哪。"足见关于南街镇打井组的进度和劳动情绪等，他已经都知道啦。而主要的注意，仍被先进打井组气氛所吸引着。

柴桂英开始还回头作势，眉毛一动，眼睛一闪，意思是究竟怎样，还没把握，你可不能给人家张扬出去。等见到乡委书记全然不睬自己，竟把她的"保密"态度也当众揭开啦，那脸上就做出个要哭的痛苦模样，这种着人怜爱的模样，只有在宠爱自己的母亲面前才会有的一种女孩儿的娇气。但这瞬间的神情，正如自己是在众人注意之下的，就连说："哪有二十七米呀，真没有呀！"又不由得响亮地笑了。只见在棚口露面的那些小伙子中有一个，开始还笑着，很有自信的样子，等一见到柴桂英那种响亮的笑容，脸色顿然变了，还高声叫着走开去："好啊？他们二十八号瞒得可严啦！打到二十七米啦，可还一点口风不露呢！"谁都听得出来，他回到自己打井棚去，将要怎样激动地对那些自满的人说些什么话。

南街镇东街的生产队长韩福田站起来，听着乡委书记卢文的精力饱满的人所特有的笑声，心想："他一点也不看重我们这些落后打井组的汇报。一进来，他就表扬柴桂英那些人，自己虽说站起来多老高，可是就没有看见似的，等轮到自己来谈问题了，又半截腰转过去说旁的了！反正我是看透了，若不在生产上搞出个样儿来，不管南街镇问题有多大，总不在他眼里的。"实际上，他并不知道乡委书记卢文不仅是并没看重南街镇打井组关于由打靶场开放而产生的问题，整个注意力在于鼓舞那些先进组的劳动情绪和打井进度上；主要的还是由于他并没有把南街镇打井组的波动看作问题，倒是注意到韩福田在解释问题上的简单生硬。因之，当他看到那高大的汉子的背影走过去，就说："你怎么走呀！你有办法解决他们的情绪问题吗？怎么你能说，提高打靶场搂草定额呢。问题是你没有把话解释清楚呀！同志！坐下，坐下！"又说，"你要和他们算算这笔账，一天一个人进靶场搂三百斤草，给农业社增加多少收入呀。九元，对了。市场上是三元一百斤，可是还有脚力呢？为什么搂草的收入会这样多呀？对了，这是靶场不取分文报酬，要在旁的地方，一天搂不到一百斤。所以这笔收入等于国家支持我们农业社的，一天咱们有一百几十人进靶场搂草，打苇子，收入在千元以上呀！这种收入归谁呀？对了，归全体出勤的社员所有，是挖土方的、打井的、赶车的、漏粉的、铡草的、耕地的都有份儿。这是集体主义的好处。都得到这个好处了，谁吃亏？没人吃亏。"乡委书记卢文在这瞬间，热忱而又沉着自信，用教员在小学生面前的口吻，问韩春田家的："你说打井的吃亏吗？没有！这话说对了！"又转向南街镇东街生产队长韩福田说："你说打井的吃了亏吗？对了，是沾了光啦！你不要简单地说，国家和农业社的关系，你要问问，打靶场的草，可以去打了，但要照顾劳力弱的困难户，那些困难户说，既然国家照顾我们，那就不要记劳动日了，让我们进去打十天，那里草厚，连打带搂能弄个五千斤、七千斤的。这不是一百五到二百来的进款吗，也省了年底下和来春政府救济我们。你们说，怎么办。是现在不提高搂草定额，满三百斤记一个劳动日，超额二百斤奖金四元好呢，还是不记劳动日好呢？怎么样？啊！"

"谁知道是这样呀！"韩春田家的就歉然地做着笑容说，"你说也没说明白呀！"

"我没说明白？"南街镇生产队长韩福田脸色变白高声叫道，"我没有说，这是农业社照顾劳力少的困难户吗？我没有说，这样省了多发救济金吗？"

"你看，还是没说明白呀！"

"你是没说清楚，说清楚别人不会有意见。"

"对啦！"那彪形大汉见乡委书记卢文也这么支持韩春田家的，就笑着说，"我怎么会说清楚呀！反正有人不清楚就是了，可不知道是说得不清楚呀，还是听得不清楚！咱可是嘴笨一点儿！"

这时候东窑村耕作区主任胡广才低声招呼着乡委书记，笑嘻嘻地走进来了。他的脸上永远是现着幸福的模样，一看就知道，这人不管在生活上还是在工作位置上，都怀着一种热爱和满足。他问乡委书记卢文说："魏才回到二十三号架上大叫大嚷，麻痹大意，给柴桂英组赶上了，还不知道呢！"高老阎和宋世旺就腾开空子，走到打井台上去，讨好地催促柴桂英下来休息，说是刚好她们也打了半个时辰。

"刚才哪一个是魏才呀？"何小兰一下井台来，脸上闪着欣然的神色小声问。

"就是里边套衣领往外翻着的那一个。"宋世旺说。

"哪一个？"柴桂英提着短大衣凑到跟前小声问。

“八成儿就是在水库上头，拿着电筒向人脸上照的那个。”彭武媳妇儿说，又问，“不是脚底下穿了双球鞋的那一个吗？”最后肯定地第二次说：“就是他！”

棚口周围现在挤满了歇工的各村的打井组员，听说乡委书记卢文在二十八号打井棚里，水库上的积极分子、党团员就忙乱得像蜂王周围的蜜蜂一样，出出进进。有的在乡委书记卢文和南街镇东街生产队长谈话时，就在棚口晃来晃去，无非表示自己是响应乡委书记的号召，没挑白天的班儿，而是在夜班里打井。来晚的分支委员和生产小组长，只能挤在棚口外头，向里探看，并以激动的神色关切的心情小声探听，乡委书记是在和谁谈话。自然这种在人丛中探问什么的声音，照例在月亮底下受到嘘声。因为都在注意听乡委书记所谈的关于打靶场开放的搂草定额问题。有的不是南街镇的，但也有老爷子或是孩子天天进打靶场搂草去，自然都关切这个问题。

“怎么都挤在棚口呀！把道都堵住啦，看狮子还是看龙灯呀！”人丛中突然响起南泡沿子村生产队长蔡进福的嬉笑的声音，“你们打井来啦？是赶庙会来啦？”

南泡沿子村生产队长是细高个儿，腿脚又灵便，从人丛中刚挤到棚口，乡委书记卢文就在棚口出现了。他问：“怎么，都歇班儿啊？”许多围在近处的打井工像节日一样兴奋地回应着：“是都歇班儿呀！”远处的打井工在月亮底下都似树丛一样，密集地、一堆一堆地排列着。当时一个披着破棉袄的青年靠在棚口，给南街镇东街的生产队长韩福田看见了，向他招手，他就弯着腰又似欢喜又似躲避乡委书记卢文的注意似的，从人背后往棚里窜。有人的手电晃过来，又恰在棚口的灯亮下面，人们都瞅着他那老鼠见猫的样子发笑，而南泡子沿村生产队长蔡进福又故意在乡委书记身侧堵住他的道路，大声吓问：“这是谁呀！”果然在众人注目之下给卢文发现了，他就问：“刘双喜呀！你和初玉芬的问题怎么样了？”于是那来自各打井棚的首脑和积极分子们都满意地哄笑了，仿佛他们早已猜中乡委书记要说的话一样。乡委书记卢文开始还不明白为什么大家伙那样高兴地哄笑：“怎么？他们不是要结婚了吗？”

“他们俩可是满好的一对。”茱窑村耕作区主任胡广才笑嘻嘻地说。只见乡委书记卢文突然转过身来，脊背挡住棚外的人群，眼睛指着柴桂英的侧面，耳朵几乎俯在胡广才肩膀上低声问道：“汪千里家的老三，来看过柴桂英吗？”

“听说刚才有人见到，在这里帮她们打井。”他笑着低低地说，“可是我还没见过什么样呢。”

两个乡社的首脑人物，这样又机密又亲切的几乎是脸贴脸的交谈，虽说站在周围的人听不见，却给何小兰看在眼里了，心想：“这一定是说柴桂英啦！可是指她和谁呢？难道有人说了什么闲话吗？”赶忙又用肘骨碰柴桂英，又给她递眼色。但柴桂英看到了，还没有完全把注意力从南街镇东街生产队长和刘双喜的谈话上转过来，脚移动了，身子也转过来，但还要说完自己准备要说的话。她听见刘双喜向韩福田说，刚才南街镇那些闹情绪的打井工，亲耳听见乡委书记那么一说，都没意见了，都说，要是这样，他们就是在打靶场一天能搂八百斤草，得十元超额奖金，不是更好吗？那高大的韩福田队长却说："到底是党总支说话灵呀！咱们累得嘴唇干了也没用。"

"你就是没说清楚呀！"柴桂英所要准备说的就是这句话，还笑着，等回过脸来，乡委书记卢文和胡广才，已经走到棚外那些在歇班儿的打井工们的人堆里去了。

她的组员何小兰，只能悄悄地说："等会子再告诉你吧。"又说，"刚才眼睛不管事儿啦！"

1958年1月18日

满堂光辉

浩 然

赵洪大伯有十几年没喝酒了。今天吃晚饭的时候，他破例打了一瓶子老白干，还让家人每人喝一盅。酒盅挨个轮，儿子、媳妇、女儿一个个领了盅，最后轮到他的老伴赵大娘，可就停住了。

这老婆子手把着酒盅，两只眼珠子不动地盯着老头子的脸，心里暗想："看这老东西那满脸高兴劲儿，准是社里又出了喜事儿。不然，他不会喝酒，也不会这么高兴。"这老两口子和气一辈子了。尤其儿女们已经长大成人，娶了儿媳妇，彼此间，总是保持着一定的严肃和尊重，从来不当着晚辈人顶嘴、开玩笑，或说一些不当说的话。因为他们影响，慢慢地成了这一家人朴素的习惯。

赵大娘见老头子一个劲催她快喝，赶忙端起酒盅倒在嘴里，辣得她直掉泪。幸亏儿媳妇夹一筷的菜放在她的碗里，她吃了一口压压，辣劲才过去。

三盅水酒下肚，赵洪大伯那满布皱纹和灰白胡子的脸变成红灯笼。停了停，他开口说："大家都快些吃饭，吃完了趁人齐开个家庭会。"

蹲在炕沿上，吃饭像打冲锋的儿子春先，忍不住地说："爸爸，我建议一边吃一边开。我们炼铁厂今晚上还要出铁哩！"

跨在炕边上的媳妇秋云附和着说："我同意春先的意见。我还要到乡里监工做水车哪！"

挨着妈妈坐着的女儿小丽也尖着嗓子说："就是一边吃一边开，也得简单点，我们红专大学再有七天就正式开学了，今天夜里我们还要突击修补教室。"

全家五口人，三个人主张一边吃一边开，一向不习惯吃饭讲话的赵洪大伯也只得说："好，少数服从多数，咱们就开吧。"

赵大娘本来也有意见要发表，赵洪大伯却没有注意到，就宣布决议了。这使赵大娘心里很不高兴："家庭会我也是个成员哪，为什么不问问我的意见？咳，这老东西，越来越不把我放在眼里了！有我好像没我一样，这叫什么民主？"不过，她跟往常一样，心里不痛快，也没吭声，把头一低，光顾吃饭。

赵洪大伯说："今天有件大喜事，先朝大家汇报汇报。"说到这儿，他故意把话收住，眯缝起眼睛，把屋子里的每一个人看一遍，像是观察大家的反应。果然，一家人都停住了手里的筷子，就连赵大娘添在嘴里的饭也不愿咽，就盯着碗边听他往下讲。他这才接着说："前几天我提的那个建议，总社批下来了，立刻拨出三百个棒劳动力到老河湾改造那片沙荒。联合大队指挥部还让我当参谋。你们不要把那片沙荒看简单，那是两千亩上好的黄土地呀！几十年来，我总也不敢去看它一眼，一见它我的心里就像刀子剜的一样疼啊！只有今天咱们公社才有力量让它重见天日！"

赵大娘听罢，不由得乐开了。她猜得不错。难怪老头子高兴，这么大的喜事怎么不高兴啊！这片沙荒的来历，她跟老头子一样清楚。还是一百年以前，一伙子从青甸洼逃荒过来的难民，在盘山下、舟河边的荒地上安居下来。男的女的，啃草根、吃河水，拼死拼活地开垦，把一片荒地变成了良田。第二年刚要收割，蓟县城里的王家地主派来了一队人马，围着田边跑三圈，插上木牌子，硬说地皮也姓王。王家财大气粗，哥几个都在外边做官，谁敢惹他？从此，这群灾民成了王家的佃户。到了赵大娘嫁给赵家（四十年前），佃户们已经把这两千亩土地培植成花园一般。他们的日子却一年比一年苦。那一年庄稼丰收，地主起了坏心，硬说佃户对他不忠诚，把男男女女都赶到堤上，他亲自带领长工来收割打场。这一下，穷人们再也没有活路了。在一个急风暴雨的夜间，一群小伙子（里边就有赵洪大伯）悄悄地扒开河坝，洪水一下子涌出来，把所有的庄稼一口吞光。以后口子堵上了，那片上好的土地满淤上二三尺厚的马眼沙。穷人们携老带幼到四周的村子里，这片地方成了荒凉之处，渐渐地再也没有人提起这件伤心事。今年春天以来，人人解放思想、力争上游，赵洪大伯亲眼看见人民力量搬山山能动，淘海海能干，他一下子就想起埋在这片地下的宝贝。他为这个事想了好几天，又怕没把握，劳力伤财，就扛着锹，带着干粮，亲自跑到十五里外的沙荒上，挖了一天一夜，沙石果然可以搬走。回来，他让儿子帮忙写了一个提议。现在，他的提议被批准了，他怎能不喝酒祝贺呢？

这样一来，赵大娘把刚才对老头子的不满早忘了一干二净。见老头子光顾说话，碗里的饭都凉了，赶忙倒在自己碗里，替他另盛一碗热饭。

小丽这姑娘虽然十七八岁了，在爹妈面前总好要孩子气。这时她在一边笑着说："嫂子，你们看看，我这碗里的饭也凉了，可就没有人管！妈妈光是疼爸爸。"

赵大娘瞪女儿一眼说："死丫头，什么话都说！你妈妈心眼公道，谁有功劳疼谁。你知道人家这个功劳多大呀！沙子底下那地，你没见过哪，嘿，苏子面一样细，金子一样黄。搬出来，种上庄稼，一亩地打一百斤，就是好几十万斤，咱们就可发了大财啦！"

家庭会就在这样欢乐的气氛里进行的。家里的日常杂事一项一项讨论了，添置过冬棉衣和加入食堂的事情也决定了。大家先后放下饭碗，会议也宣告结束。等赵大娘在后院喂饱猪回来，屋子里不见一个人影儿了。她坐在炕沿上，心里总像有点事放不下，翻翻这儿，弄弄那儿，又没什么可做的。她点上油灯，灯光照着那只玻璃酒瓶子。酒瓶子是绿色的，红纸标签写白字。

赵大娘正盯着酒瓶子，想着老头子也是对社有功的人了，忽然看见老头子气喘吁吁地跑进屋里来。

"快给我收拾一下东西吧，衣服、被子，多拿几双跟脚的鞋子。"

"干吗这么慌啊？"

"改造沙荒的事给县里知道了，县委、县长都叫好。社主任刚才指示，要立即突击，争取今年全部种上秋麦。我们马上就出发。"

赵大娘再不顾多问，手忙脚乱地翻开柜子，这个那个摆一炕，最后扯出一件大皮袄，递给了老头子，嘱咐说："一天比着一天冷啦，野地里住宿，不穿暖和不行。"

"一干活就不冷啦。"

"你那大年纪，还能做什么重活计。不是说让你去当参谋吗？"

赵洪大伯看老伴这份热情，心里早就领受了。最后还是把皮袄打在铺盖里。

不一会儿，街上响起集合的哨子。一个小伙子愣冲冲地跑进来，对赵洪大伯行了个军礼："报告参谋长同志，战斗团的人马集合齐了。"

赵大娘咧嘴笑了。赵洪大伯跟着小伙子往外走，又转过头来嘱咐赵大娘说："我们都不在家了，过几天又成立了食堂，家里没有多少事情了。你在社里多揽点工作。"赵大娘低着头，一声没吭。

老头子走了；儿子住在炼铁厂；儿媳妇在乡里监造水车每天不一定回来；小丽那个猴丫头，哪天也得半夜回窝；家里只剩下赵大娘孤单单一个人。坐了会儿，觉得没意思，索性躺下睡了，翻来覆去又睡不熟。往常，虽说儿女们也是这样没白天没黑夜地在外边忙，家里可有老头子给她做伴。年轻人嘛，赶上好时候，应当显显本领；人老了，不中用了，还有什么出息，所以她从来没有感到什么不安。常言说，没有高山不显平地，老头子这一"参谋"，可就比出自己的干劲实在不足。刚才开家庭会老头子没有征求她的意见，临走又留下那么几句带刺儿的话，都使赵大娘不痛快。哼，你光是提一个建议，可有什么了不起，这样小瞧人！

第二天起早，赵大娘找到队长，要求增加她的工作。队长说："赵洪大伯临走也关照过我。我想您年纪大了……"

赵大娘打断队长的话说："我比你大伯还年轻五岁哩，我什么也能干。"

队长说："有两件工作都缺人。第一件是到养猪场喂猪，第二件是托儿所看孩子。您就挑一件做吧。"

赵大娘速忙说："不不，我服从队长分配。挑肥拣瘦那还叫什么社员哪！"

最后，队长把赵大娘派到托儿所里。

赵大娘家门口有一棵老槐树，槐树上拴着个大喇叭。赵大娘每天下晚班回来，就坐在树下边听社里的新闻广播。赵洪大伯走后第二天，广播说："沙荒野战团开始向沙荒进攻，一天使十亩黄土地在沙石底下解放出来……"第三天又广播说："全体指战员发出冲天的干劲，昨晚一夜奋战，完成十七亩……"到第八天晚上，效率提高到五十亩，社员们都高兴得不得了。这一天，赵大娘搬来凳子，刚刚坐下，就见队长满街找人开会。她赶忙把凳子放回家，正要去会场，忽见小丽从老远跑来，朝她喊着："妈妈，快到队里去，有电话找你。"

"什么，什么，电话找我？"

"您还不知道哪？咱们队部跟沙荒战斗指挥部接上线了。"

赵大娘跟跟跄跄地跑到队部。屋里没有人，只见电话筒放在桌子上。自从社里安了电话网之后，她不止一次看见别人热热闹闹地讲电话，她却从来没有摸过。这时，她也学着队长的样子，两手颤抖抖地拿起电话筒，轻轻地放在耳朵上，摆弄过来，摆弄过去，总也听不到声音。她当是女儿捉弄她，生气地嘟囔着："死丫头，哪里有电话？"突然，从听筒里传出沙沙的声音："你是谁呀？"天哪，这不是春先他爸爸的声音吗？她满屋地搜寻着，不见人，更使劲抓着听筒，唯恐说话的人跑了似的："我，我，是你吗？你在哪儿呀？"听筒里又传来赵洪大伯的沙嗓音："我跟你说一件重要事。听得清吗？喔，是这样，我们这里已翻出三百亩地啦，那地真好哇！我们保证种下麦子前全部翻完，今年都种丰产小麦，一亩地包它五百斤！眼下出了个大问题，就是缺肥料。社里的肥料都是按着原有土地积的，新翻的地不在圈里。说话就要种麦子，肥料还没有影子，你说急不急？"赵大娘连忙回答："急呀，急呀！""这问题立刻就得解决，你可要起个带头啊！咱们家不是有三个炕吗，我看可以拆了当肥料，还有锅台……""好好，这事不用你操心了，我一定能办到……""好，我等着你们的喜信了。我们立刻又要夜战，有工夫再讲吧。""行啊，行啊。你们那边冷不冷？我给你捎去的烟叶把好不好？啊？"赵大娘反复地、大声地问了几遍，又把话筒连着摇几摇，再也听不到一点声音。最后，她无可奈何地放下话筒，走出院子。

社员大会就是动员积肥。开完会，夜很深了。小丽姑娘在外边奔忙了一天，这时又累又困，躺炕上像一摊泥，两只眼皮用手掰都掰不开。赵大娘没有立刻躺下，她在凳子上坐了会儿，推女儿一把说："小丽，你说，眼下就要开犁种麦子了，最迟过一个月也就不能种了。一个月，这一万车粪积得够吗？"

小丽忽忽悠悠地回答说："队长不是说了，昨天大突击，三清底吗？"

赵大娘说："傻孩子，猪圈、茅房、牲口棚，春来都清了一回底，再清一回也没有多少油水了。就算硬着脖子把它挖出来，土里边能有大劲？"

屋里静静的，只有小油灯不时地爆跳一下。小丽的困倦跑得没影儿了，焦意地、瞪着两只大眼珠子盯着妈妈，妈妈也盯着她。

赵大娘想起老头子在电话里说的话，忽然记起来，去年赵洪大伯曾经跟着几个社员搞过一回高温积肥。她找老头子吃饭常去，只恨自己当时没有留心。她回身从柜子里取出一沓子书，对女儿说："小丽，你给找一找，哪本是高温积肥的书呀？我见你爸爸一边装肥窑一边翻它看。"

小丽坐起来，从当中翻出一本说："这本就是，我们在技术推广站也学习过。这办法好是好，就是把柴草里掺上人粪尿和石灰，一发酵就沤成肥——发酵就是发霉。眼下天气冷了，一窑要两个月才能沤成，哪里赶得上？"

赵大娘听了女儿这般讲解，忽然说："这回我明白了，高温积肥就是石灰跟人尿的热劲儿把柴草搞霉，对吗？喔，我想起来了，要是把窑装好，把窑底下掏个灶，给它加把火，不就发热发霉得快了吗？"

没等赵大娘讲完，小丽就拍着手掌，尖声叫嚷起来："天神，天神！这个办法准行！一窑出二十车粪，搞上五百窑，那可老鼻子了！"她说着，就要穿鞋下炕。

赵大娘一把拉住女儿的胳膊问："你这么急急毛毛地干什么去呀？"

"干部会还没散，我去献计，任务算是完成了。"

"你这孩子，办事情总是这么不稳当。"赵大娘把女儿按在炕上说，"大伙正在一股劲地找肥源，你冒冒失失地端出这个没准儿的办法，大伙一靠这个，就松了搞别的劲头。倘若这办法不行，人家说咱们娘俩说大话是小事，影响工作是大事。"

小丽点点头，笑着问："您说怎么办好？"

赵大娘说："跟你爸爸那样，先搞个实验，有八分成功了，再说出去推广，好不好？"

说干就干没二话，小丽下了炕，拉着赵大娘就往后院走。

晚秋的深夜，月色朦胧，凉风飕飕地削脸。赵大娘领着小丽按照赵洪大伯搞高温积肥窑那样挖法。娘俩替换着挖呀刨哇的，整整干了一宿。天亮之前，赵大娘悄悄地从饲养场的草棚里搬来一把铡刀。回来，妈妈入草，女儿按刀，转眼就把一垛玉米秸铡碎了。沤肥窖装好了，家里有现成的石灰和人粪，拌在柴草里边。篷上盖好，赵大娘抱着一抱干柴火走下地下道。她屏住呼吸，用足力气，擦一根火柴，把柴草燃着，又往洞里一塞，柴草忽的一下子着起来，她的心也跟着一亮。一股浓浓的、乳白色的烟柱，从露在窑顶外的一节烟筒里冒出来，又轻轻地飘上像蓝缎子一般晶莹的天空间。

母女俩白天参加社里突击积肥，夜里烧窑，一天天过去了，她们的心里好紧张啊！整整十三天，扒开窑顶一看，肥料沤成功了！

顾不得三更半夜，母女俩分别敲开队长和技术员的大门。

技术员一鉴定，果然是一窑上好的肥料。队长拍着两只大手说："我的好大娘、好妹妹，你们真给社里立了大功劳！这下子不光一万车肥料，几十万斤小麦是板上钉钉，连运输问题也解决了！"

母女俩连同技术员一时解不开这句话。队长说："你们算哪，我们村离老河弯沙荒地十五里，一万车肥料就算积够了，要用多少车、多少人、多少天才能送到地里呀？有了这个办法，我们就可以到荒滩上就地烧窑，山上有柴草，也有好土，只运一些人尿、石灰去就算完成了！"

过了一天晚上，赵洪大伯又从荒地给大娘打来电话。这回赵大娘可有了经验，通话很顺利。

赵洪大伯在电话里劈头就说："全工地的人都在感谢你呀！若不是这儿工作离不开手，我一定打一瓶子白干酒，回去给你祝贺！"

赵大娘听着，满脸笑成一朵花。

赵洪大伯又说："我们这边对这个火温沤肥方法还掌握不准，打算请你来工地当顾问，你来不来呀？"

第二天早晨，赵家五口人都离开了家，砖房的门子挂上一把亮光闪闪的黄铜锁，只有写着"满堂光辉"的春联。

"不称心"的姐夫

关庚寅

　　一年一度，每逢年根底下，姐姐和她青年点的同学，就像南归的大雁似的，全回来探家。今年，"大雁"都飞回来了，唯独少了一个姐姐。我一打听才知道：这次招工，姐姐排了头号。听说单等姐姐自己交代完工作，收拾收拾东西，可能过几天就回来。我到家把这件事一说，父母心里就像开了一扇窗子，又敞亮又高兴。老阴沉脸的爸爸也有笑模样儿了，驼背仿佛也直了，再把连鬓胡子一刮，像年轻了好几岁。妈妈这些日子东一趟西一趟，又买鱼又称肉，把今年的年货办得又齐全又丰富。晚上，爸爸妈妈还背着我合计，在谁也不准动的存款中，取出一百二十元，等姐姐一回来，让她自己上街选一块"大上海"手表。但这些话还是让我听到了。别看姐姐和我是双胞胎姊妹，可显得比我成熟干练多了。咱两个子一般高矮，姐姐比我苗条些，她身材颀长，长瓜脸白里透红，梳着齐刷刷的拖肩小辫，修长的眉毛下，一双黑亮的大眼睛中总像含有探索不尽的秘密似的。这几年农村生活的锻炼，使她的身体更丰满更坚实了。姐姐长得漂亮又文静，在处人论事上也颇有些主见，就连爸爸妈妈有了难心事，她说上几句也能起些作用。父母自然看重她，在家中和我的地位就不一样了。就说下乡吧，父母身边留一个，不用说，家庭会议中一定让我这个"家老雕"去。没想到，姐姐先报了名，又转了户口，事态发生了变化，父母一权衡，还是姐姐在外头稳当些，便默许了。后来听说姐姐在农村干得挺冲，不仅入了团，还当上了青年点的点长。一晃四年了，这回可盼出了头儿，就等姐姐回来了，可是下午突然收到姐姐一封来信。全家人都争着看，让我一把抢在手，撕开信封，便一口气地念了起来：

爸爸妈妈：

你们好！……因为有点特殊情况，这次招工，我不准备回城了。至于为什么，三言两语也说不清，等春节回家时再详细地告诉……

从简单潦草的信中，可以看出姐姐是在很矛盾的情况下，下了很大决心才写的。至于信中说那个特殊情况，就令人费解了。是把名额让给了别人，还是工作上的需要？能不能……父母都沉不住气了，不仅当天拍了个电报追姐姐回来，还把我支出去四下打听。后来，我从姐姐一个最要好的同学嘴里，费了很多周折，才抠出几句话来。一个出乎意料的消息终于传来了：姐姐在农村找对象了。尽管她的同学一个劲夸那位男同胞，但也躲不过那些刺耳的字眼：他是1968年下乡的"老青年"。不是团员，没有父亲，母亲虽然官不算小，可是个党籍还暂时悬着的"走资派"。对了，他本人还有一个奇特的外号叫"老神"。全家人一听这个消息，像三九天往身上泼一桶凉水，从头顶上凉到脚后跟。爸爸气得好几顿没吃饭，妈妈兀自叹息，暗暗落泪。论理，这件事不该我当妹妹的管。但女孩子大了，做父母的不好深说，我和姐姐关系极好，说深说浅她也能担待，看样子还得我这个当妹妹的插手、出手干涉他们的"内政"了。对，就这么办！趁他们生米没做成熟饭，采取果断措施，打消姐姐念头。

晚上，爸爸在我身旁亲自坐镇，告诉我信要写得由浅入深，循循善诱，把咱家的具体情况和这件婚事的成破利害说清楚，劝姐姐悬崖勒马。我本来心里就愤愤不平，写信的语气自然很凌厉，从政治到经济，从家庭到个人前途，着实训了她一顿，最后还亮出一张王牌，如果她执迷不悟，不听从老人劝告，就开除她的"家籍"，永世不让她回来。

信邮走了，话也说出口了。其实说的都是气话，心里还真有点后悔呢。最坐不住的数妈妈了。隔一会儿，她从窗户往汽车站一张望，可一直没有见到姐姐的影子。

大年三十那天，正赶上寒潮，外边冷得邪乎，嗷嗷怪叫的大北风夹着碎雪粉抖起威风，横冲直撞，不可一世，把门窗扑打得哗哗响，把天地搅得灰蒙蒙、昏沉沉的。本来傍年临节街上行人就不多，这下子几乎断了人迹。咱们家像断了烟火没有一点生气。天黑了，爸爸还坐在炕沿上，一支接一支地抽烟，妈妈在炕里一个劲儿埋怨我，一定是信里把话说绝了，惹得姐姐生了气，不然……正念叨着，门开了，一股寒风把屋里的灰尘搅了起来，随之进来一个大雪人。

"妈！是姐姐！"我惊喜地想扑过去。

姐姐没来得及抖抖身上的雪，就挑起门帘，向身后亲热地喊了一声："四平！快进来！"

说着一个背包罗伞的人进来了。姐姐一边动手帮他卸着包袱，一边天真活泼地说："妈，今天多亏人家四平了，没有他呀，说不定我让大北风刮到哪国呢。"

"大爷，大娘好！"接着那位被称作四平的人，脸涨得通红，怯生生地开口了。

爸爸妈妈不冷不热地"嗯啊"了两声。

我一看他那难堪的样儿，听他那费劲的话，就知道他是个不会说不会道的"闷葫芦"，由于事先听些风声，顾不上看他们带些什么年货，便观察起这位不速之客了。

他貌不惊人，土里土气，没有一点特殊的地方。个子不高，头发很乱，黑黢黢的四方脸冻得有些发紫，重重的剑眉上挂着白霜，一双眼睛像刚睡醒似的布满了红丝，厚厚的嘴唇上长着毛茸茸的胡子。衣服领子一边高一边低，对襟小棉袄的罩衣还掉了一个扣子。他和姐姐站在一起是多么不相称啊，姐姐又精灵又漂亮，他又土气又老成，看上去倒像个三十开外的人。

姐姐倒没有介意这些，她一边给四平扫身上的雪花，一边埋怨："看你，像个逃荒似的，扣子上车时挤掉的是不是？快把棉袄罩脱下来，怎么样？冷不冷？来！脱下鞋，快上炕里。"

瞧姐姐的神气，就像一个大姐姐对待一个小弟弟。我都替她害羞，可她却那么正经、坦然，感情是那么真挚，好像是理所当然的。那位不速之客一直呆呆地站在那一声不吭，直到姐姐要帮他脱鞋了，他才手忙脚乱，又惊讶又不习惯地瞅着姐姐说："我自己来，自己来！"

看得出这是姐姐在父母眼前故作姿态，来表示她的坚强决心。

这时，在炕里的妈妈才反应过来，上前拉了四平一把："天这么冷，快上炕里！"

爸爸坐在那里一声不吭，但从神色上看得出他心中很焦虑，把刚抽半截儿的烟掐了，又用脚踩上去，把它碾成了烟末，沉思了半天，才站起来说："我上厂子看看！"说着他把帽子往头上一扣，把门咣地一关，出去了。今天爸爸明明放假，上什么厂子，显然是对姐姐刚才那番举动生气了。

你别说，这小伙子倒挺勤快，在炕里喝了一碗姐姐给他倒的红糖水，又和妈妈唠了几句家常嗑儿，便下地去，脚不沾地地忙活了起来。先动手杀鸡，不到半小时，连煺毛带倒净肚肠，收拾干净利索。不一会儿又悠悠地挑来几担水。接着便和面、剁馅、和馅，干得满带劲满在行。不一会儿，把三十晚上的准备工作做得利利索索，叮叮当当。

我拿眼睛瞥他一下，心里寻思，不管你怎么表现，怎么勤奋，咱们家也不缺劳力，就凭你……哼，算白搭！

天漆黑了，爸爸也回来了。外边，孩子们欢乐的呼叫声，噼噼啪啪的鞭炮声，加上"钻天猴""土火箭"，在天空中炸开，放出五颜六色的礼花，给除夕的夜晚增添不少色彩。往年，爸爸准拉着姐姐和我出去放几个"二踢脚"，可今天，这些都没有引起爸爸的兴致，也没驱散家中的闷气。虽然这些年爸爸被撤去工厂厂长的职务，一年一年的感到没有什么奔头，可从来没有像今年这样消沉。

四平不声不响地擀着饺子皮，我和妈妈默默地包着饺子，爸爸还在炕沿边闷哧闷哧地抽着烟。这种无声的沉闷，使人说不出的难受。在一旁洗头的姐姐为了缓和这屋里不正常的空气，讲了好几个青年点的笑话，但也没勾出父母的笑声。四平似乎看出了什么，又不好插言，擀完饺子皮后，自己默默地到厨房生火去了。

这时，爸爸才闷声闷气地开了腔，像这样拉拉脸数落姐姐还是第一次，低声说了几句之后，便放开嗓门："爸爸这么大岁数都白活啦？没有经验，还没有教训吗？"

"找他有什么错？"姐姐轻声分辩着。

"什么错？人长得好坏不说，就说他的那个家庭，年轻轻的就背上那么一口大黑锅，到啥时候才能出头！"

"他人好！"姐姐仍然不服。

"人好？你爸爸人坏吗？不就因为一段历史被人家说成是什么什么，这七八年抬不起头吗？单是我这个家就够呛了，又添个你，咳……"爸爸气得直哆嗦。

"爸爸！"姐姐眼中闪着哀求的泪花，意思是让爸爸说话轻点，别让外屋的四平听见。

我看出了姐姐的意思，刚要推门探探风，门开了，四乎呆愣愣地出现在门口了。他脸色苍白，语音颤抖："大爷、大娘，饺子煮好了，我该……"话没说完，他猛一转身，在那一瞬间我发现他眼中含着克制不住的泪水。接着外屋门咣的一声。他真的走了。

正在洗头的姐姐顾不得擦擦头，她使劲咬了咬嘴唇，瞅瞅爸爸，看看妈妈，抓起围巾叫了声："四平！"便推开我的手，披着湿淋淋的头发，追了出去。

"叫她滚，滚吧！往后别登这个门！"正在火头的爸爸竟吼了起来。

妈妈心软了，慌忙包了些炸馃子、炸鱼之类的东西，塞到我手里："小霞，快！快追你姐姐他们去！"

这时已是后半夜，街上看不到行人，偶尔有一两声鞭炮响。我穿过一条街，借着昏暗的路灯光，才发现四平的影子离我约有一里地的光景。

"四平！四平！"姐姐在他后边披头散发拼命地喊着跑着，因为是顶风，四平听不见，走得更欢了。一会儿，四平似乎听见了什么，犹豫一下，忽然，拼命地跑了起来。

"四平！四平！"

"姐姐！姐姐！"

姐姐追着四平，我追着姐姐，追了半天，四平和姐姐的影子越来越小。我累得呼呼直喘，又气又累，心里说："哼！还拿架，不回来拉倒！"夜色更暗了，黑夜像一个庞大的恶兽，正张开它那黑洞洞的大口，慢慢地吞着姐姐和四平那越来越小的身影。我心中一阵不是滋味。当我心事重重地走到家门口的时候，就听见爸爸妈妈正在屋里吵架。

"丫头大了，翅膀硬了，管不了了。"

"不是你身上掉下来的肉，你不心疼。"

"你懂啥，我一个人倒霉还不够受，还要添个……"

"咱先不说这些，得拿人心比自心。大过年的，人家孩子来忙了一大气，连口热乎饭都没沾嘴边，咱，咱这叫啥人家呀！"

接着啪的一声，便没有动静了。

我猛地推开门一看，愣住了。妈妈在一旁抹着眼泪。爸爸在那里狠命地抓着头。脚下一个饺子碗摔得稀碎，饺子和汤洒了满地……怎么办呢？说爸爸吧，爸爸有他的道理。说妈妈吧，妈妈说得更近乎人情。我心中一股无名火冲上脑门，我恨呀，恨！恨姐姐？不是。就算姐姐在农村找了一个老青年，可大过年的也不至于闹到这种凄惨地步呀！恨四平？这可跟人家有什么关系呢？姐姐愿意跟人家搞对象呀，再说人家来后，一句闲话没说，忙了一大气连口热饭都没沾嘴边就走了，恨人家什么呢？恨他家？咱家不也是一路味吗？那恨谁呢？是谁使我家连个团圆年都过不成……这几年，爸爸有着他自己的痛苦。在新中国成立前的一次工人大罢工中，他被捕入狱了，直到新中国成立了，他才出来。因为工作需要，当上了轧钢厂厂长。"文化大革命"中，一小撮坏人想夺权，硬说爸爸这段历史不清楚。后来，又添枝加叶，把爸爸说成叛徒。于是，就把我们全家遣送下乡了。爸爸没有因此而屈服，他多次上告，谁知当时领导狱中斗争、担任市工交办主任的李大姐也被打成叛徒、走资派，至今没有平反。爸爸的信也就石沉大海了。直到1972年落实政策，快奔六十岁的爸爸才被调回工厂。虽然没有定为叛徒，但这段历史仍然悬着，思想上的压力并没减轻，爸爸这个工作起来像牛一样的人，也唉声叹气了。眼瞅着他自己一天天老下去，手脚不灵活了，脸上爬满了皱纹，头发全白了。他多么盼望我们这一代，盼望姐姐和我能长大成人，有个称心的工作啊！姐姐这么一闹腾，给他沉重一击，他变得更消沉、更古怪了，十天八天都说不上一句话。

妈妈原来和爸爸在一个厂子。从农村回来后，不爱再听一些人说爸爸的闲言杂语，便转到一个小工厂里工作，她盼姐姐快些回城，家里好多个帮手。这回四平一来，妈妈好像是相中了，时常叨咕四平体格好，能干活，农业科学上还有一套。虽说他妈妈戴个"走资派"帽子，那不跟咱老头子一样吗，没臭哪去，难道就真能背一辈子吗？再说这也不干孩子的事，谁好谁坏自己带着。她一念叨这些，免不了要和爸爸吵上几句。

爸爸发愁也好，妈妈念叨也好，都是老年人的想法。如今不少年轻人就和他们想的办的是两码事，可我也想不通，姐姐跟那个四平是图个啥呢？图容貌吗？不是。他人极平常，和姐姐一比是多么逊色。图政治条件吗？也不是。他没有爸爸，有个老干部的妈妈还是"走资派"。图地位、前途吗？更不是了。虽听说四平在培育良种、田间管理上有点贡献，登过几次不落名的报，可那也是沙里埋金没人淘。贫下中农几次送他报考大学，都被政审审下来了。一个修理地球、团入不上、进大学资格都没有的小人物，会有什么造就？就是他将来在实践中真有惊人的发明创造，看形势，也不会用他这号人。姐姐真和正常人两路，这不明明把一朵鲜花插在牛粪上吗？那个"老神"又是用什么法术征服了姐姐的心呢？

后来，姐姐再也没有回家。听说她和四平结了婚，隔年生了个胖小子，日子过得挺兴旺。俗话说：儿行千里母担忧。年轻人在外头三年五载的没啥，做母亲的可受不了。妈妈急得抓心挠肝，想去看看吧，工作脱不开；想写信吧，也不知从哪儿写起……没办法，就让我去看姐姐。我不干，直到妈妈一再催促，伤心地流了几次眼泪，我才同意了。正巧，五一节放两天假，我带上妈妈给姐姐买的东西，坐火车就去了。

临近插秧的季节，村子里静悄悄的，好不容易才找到人，一打听，原来眼前这两间土房就是姐姐家。对！我要悄悄地、突然地出现在姐姐面前。当我轻轻地推开房门，屋里空荡荡的，陈设简单极了。天棚和四面墙裱的是白纸，正面挂一张毛主席像。既没有时兴的沙发立柜，也没有五斗橱茶几，只有一对用彩纸糊的木头箱子，上面摆满了一个个长方形的小木箱，箱子里长着绿油油的小苗，每个小箱上还挂一个小牌牌，标着什么"青春一号""二号""三号"……不用说那是四平搞科研的小自留地了。一张厚墩墩的桌子，看样子准是"面板""菜板""吃饭桌"三用的。碗架是用秫秸扎的，倒挺精巧、别致。

最珍贵的，要数姐姐下乡时带来的大红箱子了。我偷偷掀开一看，嗬！里边满满的，全是有关农业科学的技术书。这大概就是姐姐的全部家产了吧。

可能是我走动声太响，把睡在炕里的小孩惊醒了，他发现了陌生人，便哇哇地哭了起来。我赶忙上前一把把他搂在怀里，贴着他嫩嫩的小红脸蛋使劲亲着。这小家伙可能饿了，拼命哭着喊妈妈，两只小腿一个劲儿蹬我，我再也哄不好了。

姐姐跑哪去了呢？我正着急，就听外边有沙沙的脚步声，抬头一看，从栅栏外走来一个背着小山似的一大捆柴草的人。进了院子，一仰身倒在草捆上，歇了好一气，才慢慢地抽出手站了起来。直到她抬起头，用手帕擦汗，我才认清，眼前这个裤子上带补丁、脸上有了些皱纹的人就是姐姐。

"姐姐！"我抱着小孩飞也似的迎了出去，谁想话一出口，鼻子酸了，泪水簌簌地流了下来。

姐姐用手捋捋额前的头发，接过小孩："看你这个工人阶级，都二十五六岁了，还满身小知识分子气，动不动就抹大鼻涕，真没出息，就不怕叫咱小莹莹笑话。"

我不好意思地破涕为笑了。

"小霞，咱妈咱爸这两年可好？"

"好？还能好？一条肠子八下扯，你们那年搅和完，抬腿就走，连个信影都不往家捎，倒挺清闲自在，家里哪能受得了哇，咱妈想你都要想疯了。"我一口气把气都放出来了。

"写信？写什么呢？"像触到姐姐思想深处的什么东西，她的身体猛地抽搐一下，十分痛苦地摇了摇头，又自言自语，"我不能再给老人添麻烦哪……"

我以为姐姐吃到苦头，有些回心转意，便说："姐姐，不听老人言吃亏在眼前了吧？"

"吃亏？"显然姐姐不爱听这些话，她笑了笑换个话题，"小霞，你还饿肚皮吧，来，今天请你尝尝姐姐的手艺！"说着她把围裙一扎，淘米、切菜、生火，满带劲地做起饭来。

我也抱着小莹莹凑了过去，和姐姐搭话唠起嗑来。

姐姐往灶膛里添着刚背回来还有些潮湿的柴火，不大好烧，不时地从灶口燎出一股股呛人的黑烟，给姐姐眼泪都熏出来了，看样子是吃了上顿想下顿，日子过得很艰难。

"姐姐，那个人不是挺勤快？怎么连烧柴都没有？"

不问倒好，一问姐姐脸上顿时罩上了痛苦的乌云："他让人家办班了！"

"办班？为什么？"

"反对张铁生！"

"反对张铁生？"吓我一大跳，他是不是有神经病？没承想这个"闷葫芦"还有这么大的胆量。

"怎么？你也恨他？"

"嗯！"我不隐讳地答应着。

"为什么？"

"姐姐！还是拿镜子照照自己吧，都折腾成什么样子了！这不都是他造成的……"

"小霞！"姐姐打断了我的话，怔怔地看了我好一会儿，才沉着脸说道，"你太幼稚，太不了解他了。"说着姐姐深情地给我讲了起来。

"刚下乡的时候，我在青年连食堂工作，时常看见一个头发乱蓬蓬的老青年不按时来吃饭，吃一顿，又狼吞虎咽，好像要带出三两顿似的。有时就一两天不来。时间长了，我才知道这个有点特别的老青年叫李四平。父亲抗美援朝时牺牲了，是由一个老革命的母亲把他带大的。下乡后，贫下中农几次推选他上大学，都因为他母亲有'问题'，被顶了下来。为这些，他常常一个人暗自使劲揪自己头发，咬舌头，直至流出血来。但他这个数理化上有造就的高才生并没有灰心，又以别人少有的毅力和勇气，研究起为农业高产服务的良种了。当时国内外资料极少，他就一天天长在地里，一夜夜为禾苗站岗放哨，风雨不误，废寝忘食，所以社员和同学们送给他一个外号，叫'老神'。同是一个外号，就有两种解释。一些人认为他太傻，神经有病不正常；而大多数人认为他是光有精神没有病，是个有革命钻研精神、有才干的好青年……"

"嗤！"瞧姐姐那情不自禁流露出来的自豪神气，没容她说完，我便不服地轻轻咂了一下嘴。心里寻思，不用你说得天花乱坠，装刚强，到头来还不是扒拉土疙瘩。没想到这个小动作也让眼尖的姐姐看见了。她用手指点了一下我脑门："你咂什么嘴，你能说他不是青年吗？"

我吐了吐舌头，姐姐接着说下去："他把汗水、智慧、心血全洒在培育良种上了。他培育出的'青春一号''青春二号'水稻良种，具有杆棵矮、不易倒伏、早熟、穗子大、籽粒饱满等优点，亩产一千八百多斤。目前是国内外最优良的品种之一，听说那饱实实的良种已经漂洋过海，去支援第三世界了。就这样一个青年，没资格入团，没资格上大学，就连报刊上发表文章时也不允许署名，甚至因为给报社写封信，不同意交白卷的张铁生这号人上大学，又被办了班，不准回家，他有什么罪呀！但你从他身上看不到一点情绪，一声不响地干哪干，他把自己的一切都交给了社会主义新农村，交给党和人民，从不向党和人民伸手要一星代价。难道这种人不比那些外表光华、内里利欲熏心的家伙们，好上千倍万倍吗？小霞，你能说他的内心世界不美，品质不高尚吗？"

姐姐越说越激动，我越听越入迷，直到饭锅潽了，才结束了这段谈话。

吃完饭，没啥事，我又引话问起姐姐："姐姐，你跟着他不觉得苦吗？"

"苦！思想上工作上有压力能不苦吗？"姐姐把手扶在我肩上又讲了起来，"为了这些，我们红过脸，吵过嘴，可常常是一见到他那睡眠不足的红眼睛，和我讲上一百句，他一句也没有的样子，心也软了，气也消了。苦中有乐，你拿他有什么法子呢？就说结婚那天吧，他早上刚换上一身新'的卡'，还戴朵大红花，准备九点正式举行婚礼，都九点半了还不见他影子。贫下中农和同学里三层外三层挤了满屋，我急得火上房。正这时候，就听有人喊：'新郎回来了！新郎回来了！'我抬头往门口一看，吓了一大跳，他花也丢了，浑身上下连水带泥像个落汤鸡，叫人哭笑不得。我当这么些人面，又是大喜日子，不好说别的，只催促他：'快！快去换件衣服。'你猜他闷着头说啥：'小欣，你别生气，刚才水渠冲开了，要不下去堵住，到秋不知要瞎多少粮食呀！来！我看咱们俩讲点实效，对付对付就举行婚礼吧！'把一屋子人惹得哄堂大笑。你说，对他这个整个身心钻进工作里，忘却自己的人怎么办好？就连办了班，他对科研还不死心。晚上时常一个人偷偷地跑到地里去，看看苗情，咳！你说，生气吧，他做的事一点不错；你说他吧，他走的路一步不歪。奇怪不，时间一长，我反倒觉得和他这样人在一起，脑子也灵，心胸也开阔，办事也有主心骨。跟他不但不感到苦，反倒高兴，因为他干的事业，正是我们伟大时代的需要啊！"

这时，我打量姐姐一眼，发现她眼角里含着晶莹的泪珠。这种纯洁的感情，使我明白了，这真挚的爱情是多么深沉、多么不容侵犯呀！我也明白了，漂亮的姐姐为什么会爱上"老神"这个"闷葫芦"，因为从"老神"身上，看到了许多人所没看到的最美的东西……

论理，姐夫小姨子是够闹的，爱开个玩笑什么的。何况我和姐姐的岁数相仿呢。可我和姐夫别说笑话，连一句话也没说过呀，刚才听姐姐那么一介绍，我脸上火辣辣的，心中七上八下不是滋味，觉得自己太对不住姐夫了。不知为什么，此刻，我太想见姐夫的面了，哪怕只说上一句话，看上一眼，也好啊。

晚上，姐姐告诉我她有事出去一趟，便把孩子往身后一背，像个朝鲜族妇女似的走了。这黑灯瞎火，她上哪儿？她前脚刚迈门槛，我也不放心地跟了上去。外边漆黑，伸手不见五指，还夹着早春的寒意，使人感到冷飕飕的。姐姐在前头唰唰走，我在后边深一脚浅一脚地跟着，出了村口，就是秧苗田了。姐姐转悠了半天，突然走到一床育苗床前，打开手电不动了。姐姐这是干什么呢？我正在猜疑，只听姐姐轻声地对脚旁一团黑乎乎的东西说话了。

"走，咱回去吧。"

"不！我出来一趟多不易呀！"

"我看你是真有点精神了，明天就要开你批判会，今晚还有这份闲心……咳！"

"闲心？不！小欣，我什么都能听你的，这件事可不能听你的，万一他们把这项实验成果在报纸上发表了，那会坑害多少人，糟蹋多少庄稼呀！"那个人用袖头抹抹脸上的汗珠，又沉痛地说，"都像张铁生那样的年轻人，咱们国家不就糟了吗？拿嘴，拿零分能实现周总理提出的在本世纪末实现四个现代化的宏伟目标吗？小欣！一想起这些，我今天就是翻上一夜，找到了它，明天挂大牌子挨批判，心也踏实了，不然我心里会留下一个永远洗不清的污点呀。"

姐姐叹了一口气，不作声了。

我顺着手电的光柱往下一看，一个黑黝黝的身影在水田里移动着。他的行装很古怪。身上捂个厚厚的大棉袄，眼睛上罩个风镜，卷着裤腿，两只脚正在凉冰冰的污泥中，吃力地拔呀拔，拔出来陷进去，陷进去又拔出来，发出咕哧咕哧的声音，艰难地向前移动着。一双手也泡在泥水中，连翻带抓，好像能在污泥中抓出什么宝物似的。

小北风一刮，我浑身打了一个冷战，有说不出的寒意，再加上"小咬"围前围后叮得难受，我是一刻也不想待了。可一看四平，尽管他上身捂得很严实，但也躲不过"小咬"的袭击，它们成群地嗡嗡叫着，不时地向四平的脸上、脖子上、腿上发起一次又一次猛烈的进攻，咬着他，叮着他，吮着他的血。他好像没有知觉似的，还蹲在那里翻呀翻……

好半天，他惊喜地一下子蹦起来，露出孩子般的天真欢笑："就是它，就是它，可把你找到了！"我当是什么珍奇的玩意儿，也高兴地探过头去，一看愣住了。原来他手中捏的是刚冒芽，还没拱出土，像绣花针似的一根小草，心里寻思：这叫什么科研呢？真是没事干了，明天都要挨斗了，半夜三更跑这里来闹腾，到底图个啥？四平却惊喜坏了，嘴像哼哼着什么歌，把手在水中洗洗，洗完后又往身上抹抹，便从兜里掏出一本"田间日记"，十分认真地记了起来。我顺着姐姐自动照过来的手电光柱，只见日记上工工整整地记着："从5月3日开始至5月20日左右，是我们地区稗草集中萌发期……要抓住有利时机，见芽撒药，实现一次灭草。"

我望着他那虚弱的身体，瘦削的脸庞，深陷的眼窝和长长的凌乱的头发，眼睛潮湿了，不知什么力量促使我喊了一声："姐夫！"接着嗓子眼像堵上东西，鼻子一酸，泪水滚了下来。

四平摘下风镜，嘴动了几下，可一句话也说不出来，半晌，我才第一次看见他咧开厚厚的嘴唇，开心地笑了。

听到姐夫的笑声，现在该是我最满足、最快慰的事了。可他一笑，我反倒不是滋味。他一天到晚默默地干着，默默地为人民做贡献，很少发出这样涌自内心的爽朗笑声。是他不会笑吗？当然不是，那么是谁不让他笑呢？又是谁使像他这样千千万万个好青年、千千万万个好家庭，造成这样的悲剧呢？这难道是社会的正常现象吗？难道乌云能永远遮住光芒四射的太阳吗？我百思不解其疑，心中问着，琢磨着，期待着。

1976年10月，危害我们国家的蛀虫被押上了历史审判台。一批批罪恶材料公布于众，一个个不解之疑都找到了真正的答案——王、张、江、姚"四人帮"是万恶之源呀！

随着揭批"四人帮"斗争的不断深入，你听，天天有耳目一新的好消息。你看，处处呈现出一往无前的新气象。作为社会的最小单位——每个家庭都焕发了青春。爸爸的问题一解决，咱们胸口上像搬下块大石头，心里有说不出的敞亮。

虽然事事如意，但爸爸心中还像有什么重大心事似的，坐卧不安。是啊，爸爸咋能不担心呢。五年多了，没有见到亲骨肉女儿、女婿，还有个快满三周岁的外孙子了。有什么仙丹妙药能治愈这种精神创伤呢？当我提起笔给姐姐、姐夫写信，催他们快点回来时，爸爸又端着茶水，默默地凑了过来，提议，春节又快到了，一定要正正规规地请四平和小欣吃上一顿团圆饭。

三十那天，天气像懂得人们心情似的，好极了。到处洋溢着春天的气息。爸爸妈妈格外高兴，一有点动静就迎出去，这里里外外地演习好几回了，不用说，这是真心实意地盼女婿女儿了。突然，门外传来了沙沙的脚步声，我们全家又惊喜地迎了出去。

"老张啊，咱俩算有缘，我给你报喜来了！"我们全愣住了，来人不是姐姐和姐夫，却是一个两鬓斑白、精力旺盛、有些不寻常的老太太。她手里还拉着一个虎头虎脑的小男孩。

爸爸压低眉头，揣摩了半天，才失声地喊："哎哟！这不是我李大姐吗！是你！你好啊！"说着便紧紧拉住来人的手。

我一听李大姐，心中马上明白了，眼下这位老太太正是爸爸常讲的那个领导狱中斗争的老革命，现任市工交办主任。

"直到外调同志去了解你那段历史，我才知道你在这里。亲家、亲家母，这些年可好哇？"

"什么？"爸爸妈妈闹得莫名其妙。

"怎么？还不快认外孙子？"

爸爸猛地一砸脑袋："咳！这么说你就是四平的母亲？"说着，眼中的泪水滚了出来。我们望着说不出话的爸爸，他在想什么呢？想新中国成立前狱中艰辛的斗争，还是五年前除夕的夜晚？想起对姐姐的申斥和埋怨，还是对四平的冷酷面孔？……过了好久。爸爸又紧握住李大姐的手激动地说："李大姐呀！我太对不住你，对不住四平，对不住孩子呀！"

"快别说了，今后再有这种事情，可不能原谅喽！"李大娘爽朗、坦然地说着，大伙全笑了。

"咳！不说亏心哪！这不，我都准备好了，等孩子们一回来就检查，赎罪！"

"这回呀，你想请咱四平也难喽，他让省里科研所请去了，正没日没夜地写书哪！小欣去帮他查资料，抄稿子。我这老婆子只好把这个小家伙管起来了。小莹莹，快喊姥爷姥娘！"

"看你，还觍脸当姥爷？"妈妈在添油加醋。

爸爸不管三七二十一，红着脸，猛地上前，把小外孙子搂在怀里，用满下巴大胡茬子又是亲又是扎，吓得小莹莹直捂小脸蛋，一个劲喊："姥爷！姥爷！"

李大娘笑了，妈妈笑了，爸爸也笑了，笑出了泪水。我望着小莹莹笑得更开心了。笑着笑着，姐夫的样子又浮现在我眼前……他头发很乱，两眼布满红丝，正伏在桌前写着，眼前是那一瓶瓶良种和厚厚的书稿。姐姐在他身旁正埋头抄着稿子，抄累了，抬起头，正巧，两人深情的目光相对了，不知为什么，又都迅速地埋下头工作起来，他俩的嘴角都露出一丝会心的微笑……

丈　夫

贾平凹

　　她才歪在病床上，又觉得恶心难受，就有一股酸水沿着喉咙直往上冲，赶忙弯下头去，拉出床下的痰盂，就哇哇地吐起来了。医生赶忙替她捶背。她吐得很多，肚里已经吐空了，好像还要吐出肠子似的，手脚往回抽，浑身缩成一团……她好不容易止住了吐，仰面躺下去，浑身已经没有一丝儿力气，眼睛闭合，脸色蜡黄，满头满脸的汗水，把枕巾都湿得一片一片的。医生说："还没见过反应这么厉害的。太难受了，你刮掉吧？"

　　"不，不！"她立即睁开眼睛，显出惊慌失措的样子，"他已经三十五岁了，他应该有个孩子。我能受住，再难过，我也能受住！"

　　她说得很吃力，却十分激动，脸上涨出红潮；立即，眼睛又无力地闭上了，大口大口地喘气，手脚放在那里，懒得再动一动。医生叹口气，开始给她擦汗。她又睁开了眼睛，看着医生，无声地笑笑。她笑得很抱歉，很温柔。医生也觉得感动了，点点头，就退出病室去，却正好和进来的一个姑娘碰了照面。医生做个肃静的手势，姑娘立即蹑手蹑脚起来，却听见她问道："你又来了，车间同志们好吗？"

　　姑娘看她，她还闭着眼睛，手脚一动不动的，忍不住叫道："你个猴耳朵！大伙都向你道喜，准备很快把这喜事告诉给王技术员的。"

　　她一阵咳嗽之后，就坐起身来，靠在被子上，又立即拉开毛毯，将肚子盖了，不住地向痰盂里吐起唾沫来，说："怎么能给他说呢？鬼妮子！他知道了会怎么样呢？"

"会三夜睡不着一个觉的。"姑娘说。

"还有呢?"

"会一天来看你三次的。"

"那你就撤了他科研组长的职吧!"

姑娘愣愣地呆在那里了,睫毛眨动起来,一下子抱住了她,欢喜地说:"哎哟师傅,你心真好!"

"瞧你!他这几天好吗?"

"好。"

"穿上棉衣了吗?"

"天冷了,他还不知道穿?你呀,总是他,他!那么想他?"

"鬼妮子!你就不想你的他?"

姑娘羞红了脸,别转过身去,果然惹得满心窝里都是心思了;一抬头,却见师傅也靠在那里痴痴的样子,噗地就笑了。

"师傅!"

姑娘叫了一声。她脸一闪红,赶忙笑着说:"下次来,帮我买几斤毛线吧,抽空得织件毛衣了。"

"给谁的?啊?"

她抓起头巾打过去,骂了声:"鬼头!偏不告诉你!"

"那我偏不给你捎,冻死他!"

第二天,姑娘还是把毛线捎来了。她很高兴,就贪明恋黑地织起毛衣来。

她是玻璃般的人儿,有什么不会呢?车间里,她是一名好工人,机器擦得数她最亮,产品出得数她最多。回到家里,锅台上炒、烩、蒸、煎,哪一件不通?针线上裁、缝、剪、绣,哪一样不精?连一块补丁补在身上,都显得得体、入眼、漂漂亮亮。现在,她歪在病床上,忍着浑身的不舒服,忙着编织。那长长的竹针,正挑,反勾,毛线团便在床上骨碌碌地弹着转,眼见得变瘦。织呀织呀,织了下襟,织了腰身,织到心口处,针脚三勾两不勾地在那儿勾起一片图案来,也勾起了自己一肚子的心思。

五年前,他失恋了。一个高干女儿嫌他家在农村,父母都是农民,割断了相好了三年的红线。他显得很悲观,走路没精打采,一坐下来,就痴呆呆地出神儿。她注意上他了,瞧他是个技术员,人物又齐整,便走近去陪他惋惜一阵。他总是说:"为什么农民的儿子就不能娶高干的女儿?我为什么就是农民的儿子?"

她觉得可笑,却拿宽心话劝他:"什么人没有呢?"

"高干,为什么就能成了高干?以前还不是和咱一样吗?"

151

"说这些有什么用呢？何必在一棵树上吊死呢？"

从此，他们便熟起来了。她可怜他，同情他，拿温暖的话儿抚他心灵上的伤口，挤时间替他洗补脏衣。那年冬天，他突然向她求爱了。她想了想，同意了，但她说明：她文化浅，技术上帮不了他的忙；但她会一个心眼伺候他的生活，使他吃穿滋润。

他们结婚了。他似乎没有对她表现出多大的亲热，只是钻研技术。但她高兴，全部挑起了家务担子：做饭，洗衣，买菜，拉煤，甚至月月定期把一定的钱寄给他乡下的父母。每天晚上，忙完了一天家务，她就一声不响地坐在那里看他在灯下一本一本看那些厚书，觉得自己是世上十分幸福的人。第二年，她怀孕了。当她红着脸悄悄告诉他的时候，他却苦恼了，说这会影响他的事业。

"你得有孩子呀！"她说，"有了孩子，家里就有生气了。"

他却说："我要是一辈子都是这个样子，孩子将来会骂我的。你刮掉吧！"

她简直想哭一场了，但想了想，还是对他说："我听你的。"当她从医院手术台上下来，看见那一摊"孩子"的物质时，她大声地哭了。

以后，又连怀了两次孕，她咬咬牙，又去刮掉了。

四个年头过去了，她每天都想着自己有那么一个孩子，但一想到孩子，她就害怕得浑身打战。后来，她发觉人们常常在她身后喊喊喳喳。她一走近去，他们又不语了，她不明白他们在议论着她些什么。那年秋天，她回他乡下的老家去，年老的婆婆问她："孩子，你有什么病吗？"

她摇摇头，不理会老人的意思。

"你一定有病，你该好好看看。你想，我们都是快入土的人了，还没听声叫'爷爷''奶奶'的……"

她明白了，心里一阵苦楚，想把一切都讲给老人，说明等他的科研成功了，是会有孩子的。但她什么也没有说，只对老人笑了笑。

他呢，还是那么钻研他的科研项目，常常不回家，后来甚至把铺盖也搬进实验室去。今年夏天，他竟四十天不回来一次。最后这次走时，他说科研即将成功，三四个月内没时间回来了。她怨他，每每看见别人双双对对，领着孩子去看电影呀，逛公园呀，自己心里就空落落的，忍不住掉几滴眼泪。她哭过之后，又恨自己，骂自己没出息，就去找同伴们聊天。女同志在一处聊，三句两句，总不免要聊到各自的丈夫身上，有人就问她："你男人怎么不陪你呢？"

"他忙。"

"忙什么呀？瞧人家老张，帮女的做饭呀，洗衣呀，陪着老婆去看电影，一把扇子成夜给她扇风，比你男人……"

"拿他怎比我男人？"她觉得是受了侮辱，起身走了，心里还在说："庸俗！"

可是，就在他走后的第一个月，她觉得身子不舒服了，便去医院检查。当医生高兴地向她道喜时，她啊的一声，眼前就发黑了。她回到家，扑在床上呜呜哭起来，哭着哭着，她又一想：丈夫不是说科研快要成功了吗，快成功了，那还刮掉孩子吗？她坐起来，想了又想，立即就从家里跑出来，觉得街上暖和，风也不寒，在商店买了一口袋水果糖，一进众姐妹的家，就强迫她们吃糖，并说："我有啦！我有啦！"说完抱住她们就笑。末了，她反复叮咛她们："不要告诉他，他正忙，分不得的心！"

没想已经是三十多岁的人了，第一次怀胎，反应竟是这么厉害：开始只觉得头晕、恶心，有吐不完的唾沫；后来就四肢无力，吃东西便吐，吐起来就止不住，一天一天，眼看着就不济了。车间的同志们把她送进了医院。

她躺在医院里，没活干，听不见机器声，更是想念他！她盼能立即见着他，告诉他一切，但她一次又一次叮咛来看望她的同志不要告诉他，一次又一次地打听他的消息。

"他们试验小组正在紧张着会战哩！"

她听了，心里就吃起力来，夜里睡不着觉。她想象不出那是一场什么样的会战，却担心他的身体。他身子很瘦，一有要紧事就吃不下饭。食堂里卖辣子酱吗？他爱吃……

这一天，传来消息，科研项目正在试验。整整一天，她都在心里默念：他下了几年功夫，一定会成功的！天神爷，保佑他成功吧！她焦急，不安宁，身子就更加难受起来。晚上的时候，她心口又一阵泛酸水，就张嘴哇哇地吐开了，直吐得她趴在床上，头晕身软，眼前有无数的金光在放射。这时候，门开了，车间那位姑娘走进来，笑吟吟的。她立即坐起来，问："成功啦？"

"成功啦，师傅！成功啦！"

姑娘扑过来，搂住了她。她高兴得浑身发抖，大声笑着要站起来，但一下子又摔倒在床上，倒在那里，她还在咯咯地笑："成功啦！成功啦！"

她叫着，从枕头下取出织成的那件毛衣，紧紧抱在怀里，高兴地揣呀，揉呀，并啰啰唆唆问姑娘："是怎样试验的？看见他了吗？人们怎么欢呼的？"当她听到厂党委书记和工人们围着他祝贺的情景时，她静静地坐在那里，眼睛放射出霞一样的光彩，想："我在场该多好哇！我跑上去，贴着他的耳朵说：'你是有功人，我要给你生个孩子呀！'他会把我抱起来的，说：'你也是有功人呀！'那就要问他：'你是爸爸，给孩子起个名字吧！'他会说：'你是妈妈，你起吧！'好，就给起名叫'庆庆'。他听了，会叫好的，冷不防还会吻我一口哩……啊，那让别人看见会多不好意思？"

夜深了，姑娘要返回厂去。她把毛衣交给姑娘，让带给他，但是，她又把姑娘叫住了，要回毛衣，说："你一定捎话给他，把喜事告诉他，让他明天来看我。我要亲手把毛衣给他穿上！"

第二天，他没有来，说要开庆功会，会上还要发奖金哩。啊，让他来，就戴了奖章来吧，让那些以为自己有好丈夫的女人看看：什么样的才算真正好丈夫！发了奖金，他一定会买些点心呀、水果呀，给我带来的。为什么要给我买这些呢？应该给咱们的孩子买下小围裙呀、小便帽呀、布娃娃、氢气球，氢气球一定要彩色的……

又是一天过去了，他还没有来。带来的消息说，厂里又在开会，提升他为工程师啦！工程师？孩子的爸爸成工程师啦！

"我真会赶上时候生孩子呀！"她想就叫着他的名字说，"你不是说干出事业来才要孩子吗？你瞧，你才当了工程师，我就给你生孩子了！"

这一夜，她想得很多，想他这几天会高兴成什么样子，想孩子的模样像他还是像自己……想到半夜，她突然又恨他了：为啥不来看看呢？不来问问未来的孩子呢？末了，她又想，他会来的，他实在太忙，今晚没来，明天会来的，一定是明天了！……

天亮的时候，她觉得更难受，又吐了一阵子，头发涨、发晕，天旋地转。医生检查后说是脱水，急忙给她打吊针。她拉着医生的手说："无论如何，要保住胎。我不痛苦。我要孩子，没有孩子，我对不起他。"

她突然听见窗外的杨树上有喳喳的鸟叫，就笑着说："你听，喜鹊在叫，他马上就会来的！"

果然，有人在敲门。门开了，她急忙转过头去看，走进来的并不是他，还是那位姑娘。她喊道："快来呀！"

姑娘走进来。她还看着门口，说："还有谁吗？"

"就我一人。"姑娘说。

"他没来吗？"

姑娘从怀里取出一封信，说："他没来，让我给你带来一封信。"

她双手接了，喜得眼泪哗哗的、幸福地看了姑娘一眼，又看了医生一眼，就迫不及待地打开信看起来。看着看着，她"啊"了一声，信从手里滑下来，人晕过去了。

姑娘和医生吓了一跳，忙捡起那信看时，只见上边写道："听说你又怀孕了，你怎么不告诉我一声呢？孩子该怎么处理，我的意见，还是把他刮掉吧，因为这样对我，对你，尤其是对你，是大有好处的。

"请原谅，我在你住院期间，要和你商量一件事：咱们离婚吧！

"你一定以为我是在说笑话，不，这个念头不是我突然产生的，在我和你结婚那天，我就有了这个想法。你知道，我失恋过，爱情给我的打击，使我深深懂得我的社会地位太低了！我下决心，要大干一场，我不相信我永远被人看不起。我不相信一个农民的儿子就不能获得一个高干女儿的爱情。现在，经过奋斗，我终于干出名堂来了。我要向那些高干姑娘挑战，获得那些她们自以为只有她们才能获得的一切，为普通的工人、农民争这口气！

"当然，我要衷心地感谢你，感谢你这几年给我的照顾，老实说，没有你，我是不会成功的。我现在这样做，也觉得对不起你。但是，我多么希望你能理解我呀……"

姑娘一边看，一边骂，没等看完，就扑在师傅身上，呜呜地哭起来了。她，可怜的她，脸色苍白，紧闭着眼睛，昏迷得像死去一般。医生拉起了姑娘，流着眼泪，给她打急救针。她终于又醒过来了，慢慢睁开眼睛，死死地盯着恸哭的姑娘，说："不要哭，不要哭，哭什么呢？"

才说过一句，她又昏迷过去了。

医生叫来妇产科的几个大夫，进行会诊抢救。她又一次醒来。医生说："你要坚持住！考虑到你的健康，这孩子是不是可以刮掉？"

她脸上肌肉抖动起来，突然间就咬着牙，大声地说："不！不！我不痛苦，再难，我也能受住，我要孩子！让孩子生下来吧！他是我的孩子！"

人事厂长

蒋子龙

一

高盛五拼了两个月的命，在部里举办的厂长训练班上拿了个好成绩，今天喜气洋洋地回来了。出了火车站，他没有回家，也没有回厂，却转转悠悠来到东北角汽车站。但他也不是想上汽车。高盛五捏住旧风雪衣的下角，把屁股兜住，就在汽车站对面的便道台阶上坐下来了。他怕被熟人认出来，还把鸭舌帽使劲往下拉了拉，让帽檐紧紧地压住眉毛。但是他那独具特色的、象征着力量和健康的拳头般突起的颧骨，锤头般浑圆的鼻头，却无法遮掩住，从他身上散发出来的那种幽默的、凝聚的意志力，更是无法掩藏的。他轻松地舒了一口气，美滋滋地点上一支烟，眼睛却始终盯住对过的汽车站。

这是通往北郊工业区班车的终点站。

高盛五坐了一会儿，五点钟一过，汽车就多起来，一辆接着一辆，排着队开进站来。吱扭，车门一开，就像提开了水闸板，穿着各式各样服装的人流拥出车厢，三五成群，叽叽喳喳立刻汇入天津市的人海。二八月乱穿衣，春天的城市五光十色，人头攒动，要想始终盯住一个人是很困难的。高盛五不眨眼睛地盯住这一切，似乎是要寻找什么人；却又对这一切显得漠不关心，好像心不在焉。

突然，又有两辆汽车停住了，从车里走下来的人，都穿着一色的乳黄色的中山服，褶线笔挺，一个个非常精神。每个人左胸的上部绣着一个十分精致而漂亮的图案——这是国家为表彰优质产品颁发的金牌的图案。像一道彩虹在上边圈住金牌徽标的，是五个金线绣的小字：仓北机床厂。

高盛五眼里立即闪了一道光，刚才还漠漠无情的脸，转眼变得非常生动，高颧骨、圆鼻头似乎也闪闪发光。他站起身，习惯地又拉拉帽檐，目光像摄影机的镜头，紧紧盯住前面一群穿中山服的人，尾随着跟上去。

仓北厂的人在马路上一走，格外招眼。有的惊奇，有的羡慕，都爱多看他们两眼。

"嘿，快瞧，仓北机床厂的，多神气！"

"人家这厂办得就是好，得了金质奖章，每个职工还奖给六十块钱！"

"你别光看人家多拿钱，仓北厂的人出来就是规矩。你多咱看见过仓北厂的人在马路上打架骂街，上汽车不排队、抢座啦？没有！连商店的售货员、电影院的服务员，见了仓北厂的人都另眼看待，格外客气。"

"他们就沾了这身厂服的光啦……"

高盛五在人群里听着这些议论，心里痒痒酥酥，话不醉人人自醉。他得意地笑了，应该让党委书记老姚来听听这些议论，来看看自己的工人出了工厂大门以后是什么样子。

二

说起来简直有点可笑。是去年吧，中央下来文件，工厂的革命委员会取消，革委会主任改为厂长。仓北厂的人私下都在议论，这样一改，一直负责抓生产的革委会副主任高盛五很有可能要当厂长。他对工厂的生产情况很熟悉，而且确实抓出了点眉目，仓北厂生产的精密机床，由在国际市场上排不上号，上升到世界第二名。党委书记姚刚是"文化大革命"后从人事局调来的干部，对工厂的生产不太熟悉。以前讲究党的一元化领导，他还兼着革委会主任的职务，其实生产上技术上这两大摊子主要还是靠高盛五。现在党政分明，建立厂长分工负责制，姚刚当然会实事求是地让高盛五当厂长，自己只做党委书记。况且下边的呼声他也不会听不到的。

但是结果怎么样呢？姚刚是党委书记兼厂长，主管生产。高盛五由主管全厂生产的第一副主任，改为普通的副厂长，主管人事工作；为了不让干部工人说闲话，给高盛五又加上了党委副书记的职务。除去人事厂长应该主管的劳动工资科、财务科、安技科等，还外加组织科、宣传科、保卫科等一大堆政工部门。把党务政工这一块全给了他，表面上看，他好像是升了，实际上却没有实权了。

姚刚是个十八岁就坐机关的"一帆风顺派"，加上多年做人事工作的经验，在权力上做点手脚那可是用不着费多大劲。他认为"四人帮"倒台以后，势必要跟以前来一个大颠倒。以前臭的，现在香；以前香的，现在臭。往后在一个工厂里管党务抓政工，徒有虚名，没有实权。只有抓生产，掌握工厂的经济大权，才是名副其实的一把手，是工厂里真正的"大拿"！他宁可丢掉党委书记的帽子，也不放弃厂长这块牌子。更何况仓北厂的干部还没有一个人有格能够做党委书记，他还可以兼着这个职务，保留对全厂党政大事自己拿主意，亲自点头的权力，把一些琐碎的具体工作推给副书记高盛五。真是何乐而不为！

高盛五来了个大改行，刚开始脑袋真有点发蒙。他是个电工出身，对技术有着特殊的兴趣和敏感，十几年前自己就能装电视，做喇叭。他如果不被提拔当干部，一定会成为一个大工匠；他如果1955年高中毕业后，不是因为家庭经济困难而上不起大学的话，一定会成为一个优秀的工程师，甚至是个科学家。而命运却让他主管他从来没有干过的政治工作，舍己所长，用己所短。主管政工，首先就得会做思想工作，他自己的思想就不通。但鉴于自己所处的地位，不通也得通，他捏着鼻子上任了。

上任就有事，政工部门的干部都想改行，特别是年轻人。组织科看档案的小韩要求到财务科去学会计，高盛五立即就答应了，年纪轻轻的应该支持她去学点真本事。宣传科的两个干事要求到车间去学技术，他答应得更痛快。党委书记都想去学技术抓生产，这些小干事们要求去学技术还不是好事，应该支持。

这下可坏了，高盛五犯了疑。人家别的厂长都是谁抓什么就老说自己抓的那一摊重要，千方百计保护自己那一块，他却是站在生产的立场上抓政工；由此引起了政工部门的不满，有真的有假的，政工干部都要求改行。从党委书记那儿就瞧不起政工干部，一甩手扔下这批人不管，自己先改了行。来了个人事厂长，不爱部下，倒给改行开绿灯，谁干政工不伤心。似乎政治工作和"四人帮"一块臭了，搞政工没有前途了。往后不搞急风暴雨式的阶级斗争，不搞轰轰烈烈的政治运动，政工人员就要失业了。工厂里再也用不着做思想政治工作了，只要隔两年长一次工资，每月多发点奖金就行了。好吧，奖金越发越多，工人的情绪和奖金的数目并不成正比，积极性不是越来越高，而是忽高忽低。奖金前三个月有效，过了三个月就不大灵，多给了没意见，少给了发牢骚，在工作上找齐。车间干部总结出一套"苦恼三部曲"，送给了主管发奖工作的高盛五："评奖评奖，无人开腔；评奖评奖，越评越僵；评奖评奖，轮流坐庄，评奖变成了平奖。"高盛五头疼了，思想工作不要了，奖金又不是万能的，难道我们的工厂就走投无路了？

是高盛五感到走投无路了。"四人帮"时期，靠批、靠斗、靠吓唬。现在靠什么呢？靠讲大道理，人家不听，靠钱又不灵。就在他犯难的时候，保卫科长拿着一把大剪刀找他来了，气呼呼地说："高副厂长，现在戴蛤蟆眼镜、穿喇叭裤这股风再不刹不行了！明天上班的时候，我在大门口检查，有穿喇叭裤，有男的留着女人头的一律给剪了！有戴蛤蟆眼镜的不让进厂，按旷工处理。你看行不行？"

"你这是想干什么？"高盛五大惑不解，"你们保卫科没事干了？"

"哎，你这是怎么说？……"想借机给政工干部出出心里的闷气，提提政工干部威信的保卫科长，被不懂政工的人事厂长气得一句话没说完，赌着气走了。

高盛五真是动了脑子，没办法，一切从头学起。他领导生产，从来都是想好了做，绝不做起来再想，用不着返工。态度从容，抉择果断，因为他把生产那一套都吃透了。这个政治思想工作无边无沿，没有章程，没有规范，抓不着，摸不透，也没有一本教科书可以参考。幸好高盛五是个多才多智的家伙，别看他长得武高武大，看上去好像动作迟缓，笨手笨脚，心却细得要命，不着急不上火，心里有真主意。他硬着头皮，钻起来了。他翻了很多资料，研究外国人的管理办法。又从桌子底下把两三年没有动的马列著作搬出来，找了点理论根据。在一个大学教师的帮助下，高盛五又学习了心理学、教育学和人才学。在一次党委会上他正式提出自己的主张：政治思想工作既不是专门整人斗人的"石头政治"，也不是假大空式的"空头政治"。这两种"政治"应该跟着"四人帮"一块完蛋了！真正的政治思想工作是一门科学，连国外的资本家都懂得这门学问，如果我们放弃了这门科学，就搞不好现代化的工厂。老姚当场就善意地挖苦他是"高克思"。

高盛五并不介意党委书记的玩笑话，他理直气壮地说："你们要说我这一套不行就请你们拿出一套办法来。你们要是拿不出办法，国家也没有政治思想操作规程，那就得听我的。"

党委只好同意他试试。国家经济体制和结构正在进行改革，办工厂谁也拿不出个准章程，就靠自己摸索着往前闯。八仙过海，各显其能。人的头脑是无所不能的，只要你无止境地吃苦耐劳，不断探求，总会想出办法，把政治思想工作搞得有声有色，生动活泼。现代化的管理加上共产党做思想工作的老传统，嘿，不愁管不好工厂！

高盛五开始按自己的土办法行事。

第一件事，去年一年把全厂职工在农村插队落户的子女大部分都招回仓北厂上了技工学校。眼下，只剩下四个人，今年要把他们都办回来，去掉职工心上的一块病，也卸掉他们肩上的一个大包袱。

新官上任三把火，这第一把火烧起来很得人心。高盛五来了劲头，他盘算着今年又有九个老工人到了退休年龄，给他们办退休手续，让他们的子女来顶替。但是这些老工人不能放走，留在厂里能干多少是多少，他们是厂子的宝贝疙瘩，仓北厂能得金质奖章全是靠他们的手艺抠出来的。这些人走一个就少一个了，要想办法把他们的技术留下。现在三十岁以下的工人顶馋的少，哪怕叫老人把着手一人带一个呢，带自己的儿子也行！对，将来技工学校就招收本厂职工的子弟，如果仓北厂的工人都是血统工人，两代、三代，甚至四代、五代都在仓北厂做工，厂史就是他们的家史。他们不就会更加热爱自己的工厂，更希望把工厂办好……

第二件事，高盛五利用工人都想出差的心理，规定每个季度选出来的先进生产者，每人放两天假，轮流坐着厂里的那辆吉普车到北京去玩两天，到长城、十三陵逛一逛，晚上还可以从北京买点鱼回来。北京菜市场里物品丰富，天津人爱吃鱼，这既是一种政治待遇又是一种物质享受。而且还规定，任何厂长不得以任何理由占用这辆先进生产者专用的吉普车。

这件事情不大，在仓北厂影响却不小，工人的情绪很高，都支持这项制度。

厂长们却很反感。姚刚半开玩笑地说："盛五啊，你的政治思想工作就是这样做呀，用牺牲领导干部的利益，去讨好群众。"

高盛五也同样用嘻嘻哈哈的声调回答："没办法，领导搞特权，使干部和群众的对立情绪很大，只好对头头搞点一平二调。因为你们是领导，政治思想工作总要好做一点。"

高盛五没有说出来，他心里还有打算哩，局里答应，今年要拨给仓北厂一辆"上海牌"小轿车。仓北厂的领导只坐过吉普车，还没坐过自己的小轿车。不要说姚刚，就是高盛五也很想进城开会的时候能坐一坐"小上海"，但是他打定主意，这辆"小上海"一来就把那辆吉普车替下来，让先进生产者坐着"小上海"去逛北京。姚刚肯定不会同意，高盛五也想好了办法，召开职工代表委员会，鼓动职工代表说话，给他来个众愿难违。

姚刚当然也不是傻子，他早就想到了这一点，就用党委书记的口吻提醒高盛五："你是党委副书记，你可不能用满足群众对物质利益的追求，来代替政治思想工作。"

要是以前，高盛五还真得被姚刚这几句话给吓住，现在他看了点书，肚里有了几套词儿，张口就说："政治觉悟，即令是最伟大、最崇高的无产阶级革命家的觉悟，都绝不是什么从天上掉下来的不可知的东西。它不是乌托邦的空想，也不是神秘的宗教的狂热，而是从非常现实的物质利益中产生出来的。政治觉悟的产生决定于一定阶级的物质利益，它是一定阶级的物质利益的反

160

映。"……

"老机关"姚刚还真叫他给唬住了，心里暗暗叫苦，后悔不该叫高盛五管这一摊，这家伙头脑灵活，鬼点子太多，他抓什么，什么就突出，什么就出新花样。暂时只好由他去。

头两脚踢开了，高盛五这个"土政治家"摸到了一点门道，也有了点兴趣，各种各样的点子更多了。凡是新的念头一旦钻进了高盛五的脑子里，就会燃起强烈的欲望，他非要试试不可。

仓北机床厂生产的精密仪表机床，在世界上仅次于瑞士产品，远远超过了原来是第二名的日本产品，国家奖给仓北厂一个金牌和一笔奖金。去年年底，又从利润里提出一大笔钱，这两笔奖金加在一块每个职工可以分到一百多元。工人想把这笔钱拿到手，过个肥年；领导也想把这笔钱发下去，大家干了一年，不白辛苦，高高兴兴，上下同乐。高盛五却有他的想法，钱发下去一吃一乐抹抹嘴头子就完了。而且今年发一百二，明年就得发一百五，你要发一百群众都有意见。他利用自己主管这项工作的便利条件，死说活说，总算说服了党委书记，每个职工只发了二十元。利用剩下的钱，按每个职工的身材做了一身质地讲究、式样大方而又漂亮的厂服，绣上了金牌和厂名，春节前发给职工，要求每个职工一出厂门口，必须换上厂服。虽然仓北机床厂只有一千多名职工，这件事却很快轰动了全天津城。这不仅仅是因为仓北厂的厂服做得漂亮，而是人家一看见这身衣服，就知道这是仓北厂的人，就知道这个厂的产品在世界上占第二位，得了国家的金牌，都挑起大拇哥：了不起，真是好样的！

高盛五发了这一身厂服，等于给每个职工颁发了一个金牌，把集体的荣誉变成了每个职工的个人荣誉。仓北厂的人一下子产生了一种强烈的自豪感，感到当个仓北厂的工人很光荣，对自己的工厂从来没有这样喜欢过。干活加倍当心，不能出废品丢了金牌，还要争取超过瑞士。仓北厂的人走到马路、大街上，招来很多羡慕的眼光，特别是姑娘小伙子，连搞对象都容易多了。他们除去感到自豪，也有了一种责任感，说话办事可不能给胸前的金牌抹黑，不能损害仓北厂的名声。要是穿着这身衣服被人揪到派出所，脸还往哪儿搁！

一个聪明的主意，常常比一件功绩更可贵。只不过是发了一套厂服，使仓北厂的厂风、职工的精神面貌就发生了这么大的变化。保卫科长也用不着拿把剪刀站在厂门口，没有人穿着喇叭裤进厂了。

三

高盛五在学习期间见到一份通报，卫生局表扬仓北厂的人在马路上不随便吐痰。他有点不大相信，下了火车顾不得回家，想亲自考察一番。他跟在自己的职工后面走着，他那双具有吸引力的、含蓄而深邃的眼睛里，时时流露出抑制不住的喜悦。他此时的心情，很有点像一个剧作家在剧院里看到自己的剧本演出获得巨大的成功一样，而且正酝酿着写第二个、第三个新的剧本。

哎呀，高盛五只管跟在一群仓北厂的工人后面，工人吐痰没吐痰他也没看见，一抬头却来到了自己的家门口。前面那群工人里就有他爱人苗玲玉，她和别的工人说了声"明儿见"，开门进了自己家。高盛五笑了，穿戴都一样，连自己老婆都认不出来了。

他也抬腿进了屋。苗玲玉脱下厂服，叠起来小小心心地放在枕头底下压好，系好围裙，拿起舀面的盆准备做饭，一扭身看见了丈夫，把面盆往地上一摔，冲口就骂："还回来，我当是你死在外边啦！"

高盛五嘿嘿一笑："瞧你，两个月没见面，刚一回来连句好听的都不会说。"

苗玲玉是天津大姐，刀子嘴，脸一耷拉，说风就风，说雨就雨，仍旧没好气地说："今天出了第三榜你知道不知道？"

"什么第三榜？"

"涨工资，把你给甩掉了！"

"不可能，"高盛五漫不经心地摇晃着脑袋，"我四十四岁，参加工作二十四年，才是四级半工，厂部那几个人都不涨，也得该给我涨了。"

"你那是做梦娶媳妇！人家都涨了，就是把你给甩了。谁叫你这时候离井厂去学习，你不知道'人在人情在，人走茶就凉'？"

"怎么会呢？我和老姚共事不是一年两年了……"

"屁！"苗玲玉逼上来，越说越气，"姚刚工资八十多块，又给自己长了一级，现在小一百了。厂里多少人说闲话，管嘛用？人家有权，第三榜一出，生米做成熟饭，谁有意见也没有用了！谁看见有好处都想往自己身上搂。什么领导，我算看透了，都是搂着自己的心口过日子，胳膊肘没有朝外的，你越没有心肝，就越升得快，越得实惠。脸皮厚吃个够，脸皮薄吃不着。"

"你又言过其实。"

"这是言过其实？人家嘴一张连耳朵都跟着动弹，上边有根，下边有一帮，全都捧书记说。你一走，谁替你说话？"

高盛五觉得的确有点不妙："你说的是真的？"

"我的爷爷，第三榜都出来了，板上钉钉啦！"

"我去看看。"高盛五往外走了两步又停住了，他自问："我去干什么，去吵？去闹？去争？"他返回身，一头躺到了床上，眼睛望着屋顶，嘴里吹起了口哨。这下可把苗玲玉惹恼了，她指望丈夫到党委去闹一通，就是涨不上工资也出出这口窝囊气。谁知他一屁股躺下，说："我是个老工人，又是一个副厂长，连这点觉悟还没有？"他说这话不知是安慰自己，还是安慰妻子，说完还吹起了小曲。她更大声小声地数落开了。高盛五是个生气不带样的人，所以有人总以为他不会生气。他也知道老婆的脾气，女人的心就是挂在舌头上，干脆就给她两个耳朵。他吹着口哨想自己的事："老姚怎么会办出这种事呢？这不是涨不涨几块钱的事，这不是伤了正副手之间的感情？我发明了厂服，把仓北厂的人打扮得漂漂亮亮，我却不能发明种东西医治人们的灵魂，纯洁人们的灵魂。"

世上哪有不会动感情、不会生气的人。高盛五脑子乱哄哄的，无法冷静地把这个问题想透，就对爱人说："我那些出差的用具先别动。"

苗玲玉一惊："你还要走？"

"明天我去住医院，趁这个机会把痔疮彻底治一治。不然一上火就犯。"

苗玲玉眼珠一转，明白了丈夫的意思："对，歇它几个月，看看他们怎么办！"她忽然又可怜起丈夫来，赶紧打鸡蛋，下挂面，拿酒壶烫酒。

四

高盛五躺在病床上，翻过来倒过去烙开饼了。这算怎么一回事呢？不给涨工资闹情绪了，跑到医院来泡病号。身为人事副厂长，成天叫喊政治思想工作是一门科学，轮到自己头上就一点不科学了。他不愿意承认这一点，在心里反驳自己："我高盛五可不是为了这几块钱，如果我在家里，不给我涨级，我要说个不字，就不算共产党员。老姚身为一把手，办的这事叫人寒心！"另一个声音立刻表示反对："你高盛五是给姚刚干工作？"

他又给自己找到一条理由："我这不是泡病号，厂里人都知道我的痔疮很严重，犯病连走路都困难。医院三次开了住院单，劝我把痔疮彻底割去。"他还可以给自己找出十条应该住院治病的理由，但是没有一条能够说服自己，安慰自己，更不用说去要别人信服了。如果在这张病床上躺上几个月，一天到晚眼睛瞪着房顶，光为那几块钱生闷气，就是不把人熬死，心也会变冷、收缩、干枯，成了个自私自利的人肉干。说到底，涨一次工资不容易，下次涨工资还不知道什么年月了，能捞就给自己捞一级。老姚出于这个想法给自己捞上了，你高盛五没有捞上，就跑到医院来闹情绪，如果你不是为了钱，为什么不找到老姚把事情说开，甚至还可以批评他一顿。九九归一，还是那几块钱！贪婪是心里的牙，能吃掉人的灵魂。高盛五以往说话办事都经过再三考虑，风度从容不迫，是个有思想有个性的人，一沾上自己的工资问题却让几块钱影响了判断力，太盛的感情影响了清醒的理智。

他后悔了。想趁着事情还没有张扬出去，要点药赶紧出院。就是非动手术不可也得躲过去这段时间再说。但是已经晚了，苗玲玉到厂里给他开转诊单，她带着一股火气，把老高住院的消息散出去了。刚涨完工资，敏感的时候，敏感的问题，高盛五的住院也必然会引起很多人的敏感，这个消息很快就会传遍全厂。

党委书记老姚立刻到医院看他来了，还买了一大兜子苹果。老姚五十岁出头，长得朴实憨厚，像个工农出身的干部或者是个还没有丢掉土气的老干部。真是怪事，一个人的形式和内容竟会有这么大的差别！姚刚一见面就亲热地按住了高盛五的膀子，不让病人动弹："盛五，怎么搞的？是不是学习太累了，火大把痔疮搞犯了？我知道你这个人好学，心也好强。这回彻底治一治，多吃水果……"把那一大兜苹果放在高盛五床头。

高盛五本来对书记一肚皮意见，现在倒觉着自己做了见不得人的事，哼哼唧唧什么话也没说出来。党委书记叫他不要惦记厂里的工作，好好治病，坐了一会儿就走了。关于工资问题一个字没提，高盛五也一个字没问，这算唱的是哪出戏？这就叫心照不宣！

高盛五心里好不是滋味，你是书记，明明知道我的思想上有问题，为什么装傻充愣，一个字不提。你不愿意解释，还可以狠狠批评我嘛。那也比这样好受。党委书记是管党管人管思想的，为什么就不做思想工作？我这个副厂长就不是人，就没有感情，就不会产生思想问题？同志间的关系为什么变得这样生疏，这样复杂？共事多年，天天见面，相互却不知心！

车间的干部们和得到消息的工人们，也一拨拨地都到医院来了。

"刚才姚头来了？"

高盛五点点头。

"我一看咱厂的'小上海'，就知道里边坐的是姚头。"

高盛五腾地坐起来："'小上海'拨下来了？"

"书记、厂长都坐了好几天了。"

"不行，不……"

"咳！你就别管那个了！"一个知道他计划的车间干部说，"你就好好在车间里蹲它半年再说，厂里好多人都替你抱不平。"

"替我抱什么不平？"

"没涨工资，这明摆着是琢磨人，谁还看不出这点事。"

高盛五的头轰的一下子，群众一眼就看到了根上，他是没涨上工资就躺倒不干了！而且这件事很可能引起连锁反应，把党委这个集体搅成一口浑水缸，损害党委的声誉。隐蔽的火星比公开的大火更危险，对涨工资不满的人如果借他的躺倒而爆发怎么办？工人思想上和党委领导有了裂缝，不及时解决，后果了不得。思想上的裂缝，一针不补，十针难缝。

他身上出了一阵冷汗。要是没涨工资的人（占全厂职工的百分之六十）都闹起情绪来怎么收拾？仓北厂好不容易刚搞出了眉目，可不能垮下去，也经不起反复了！

他问："这次调资工作做得怎么样？有没有留下后遗症？"

"后遗症大了，两个月之内生产上不来。百分之四十算个什么比例？既不是照顾先进，又不是照顾面儿。涨了的觉着应该应分，没涨的骂爹骂娘，再加上当头的近水楼台先得月，群众意见就更大了。"

"啊！"高盛五心里一惊。

"你想吧，连你这副厂长都气病了，没有涨工资的工人又该怎么样？"

高盛五的脸臊成了猴屁股。来看他的人也都是这次没有能涨上工资的，到他这儿来发发牢骚，泄泄闷火。这些话钻进高盛五的心里，就像点起一把火，烧得他五脏六腑毛焦火辣。再有的就是那孩子还在农村的四个职工，盼着高盛五快点治好病出院，好把他们的孩子从农村办回来。他躺不住了！等到那帮人一走，他赶紧办了出院手续，提着住院用具回家了。

<h2 style="text-align:center">五</h2>

苗玲玉做好了中午饭，正准备往医院里送，一见丈夫回来了，吓了一跳："你怎么出院了？"

高盛五紧绷着脸："快做饭，我下午去厂上班。"

"你疯啦？"

"少废话！"

苗玲玉厉害是真厉害，但有个优点，见丈夫真发脾气了，她反而老实了。高盛五的思想还在感情的波涛里颠簸，他闷头抽烟。苗玲玉也一声不吭地给他摆上了饭菜。

盛五拿起筷子，口气和缓了："玲玉，没有给我涨工资，可也没有给我落工资，多少年不就这么过的吗？为什么一见老姚他们涨了工资就生气呢？这是嫉妒，嫉妒是动物的本能。一个猴子吃饱了肚子，另一个猴子看见了就嫉妒。我们毕竟是人，人就要有良心有思想，自己的思想和良心应该经常说说话，做做自己的思想工作。"

"你通了，我不通。"苗玲玉没有扯着嗓子喊，但仍然没有好气，"厂里好多人都知道你带气住了院，手术没做就上班，看你怎么给自己找台阶。"

"人都是有弹性的，我的伸缩性更大，自己再不安慰自己，自己不找台阶下，还怎么工作？"高盛五想了想又说，"下午回厂先了解情况，明天把所有对调资有意见的人找到一起开个座谈会，我先做个检查，把老婆怎么鼓动，自己怎么没顶住，怎么闹情绪住院，实事求是地讲一遍。既取得大家的谅解，还能做别人的思想工作。"

　　"缺了德的，没良心的，你拉扯上我干吗！"

　　高盛五不管老婆打岔，按照自己的思路说下去："对，调资工作的屁股，只能我来擦。老姚说话不硬气了。他大概就是考虑到我是人事厂长，为了好做群众的思想工作，才不给我涨级的。"高盛五自嘲地苦笑了。

　　苗玲玉眼珠一转，对丈夫说："这种思想工作你不能做，你要做就得挨骂。捞到便宜的就捞了，吃了亏的你还想叫人家通，这叫什么思想工作，这叫糊弄人。'四人帮'的思想工作所以不得人心，就因为全都是假的，说一套做一套。你可别干这种事。"

　　高盛五眼睛一亮，他盯住妻子，喃喃地说："嗯，不错，你的话提醒了我。政治思想工作是一门科学，科学是真理，真理不能迁就错误。思想工作不能给错误的决定打掩护，不能给错误的领导擦屁股。否则以后谁还相信我的思想工作？"

　　可是不这样办，又怎么办呢？高盛五犯了愁。

　　苗玲玉端上饭菜，高盛五一声不吭地吃着。突然他把筷子一摔，筷子头挑起了菜汁，溅了苗玲玉一脸。她吼起来："你撑的！"

　　"我想好了！"高盛五坚定地说，"我回厂先做老姚的工作，他必须把调资工作的内幕告诉我，有错误就要承担责任。下边的职工该涨的没给人家涨，不该涨的涨了，都要拿出说法，拿出改正错误的办法。

　　"对，要不行你就别干了，还去当你的电工！"苗玲玉给丈夫打气。

　　"没有你的事，你别瞎掺和！"高盛五用话把妻子的火气堵回去，嘱咐她到厂里不许瞎说。他换好衣服，抖抖精神，信心也足了，扳着妻子的肩膀说："不管怎么说，这十几年给中国人智力上造成的病害，光靠涨工资是治不好的。心病还得心药医。我不能因为自己没有涨工资，就放弃了对政治思想工作这门科学的研究！"

　　他吹着哨，一副轻松愉快的样子，拉着爱人上班去了。

1980年5月4日于北京

带血丝的眼睛

金　河

"活到今天，能忘记他们吗?"

　　吉普车一离开公路，便像摇元宵的笸箩一样猛烈颠簸起来。眼前是一条两山之间的便道，路面实在不能再糟了，坑坑洼洼，左拐右折，稍微直一点的地方又常有西瓜大的石头把吉普车垫起二尺高。说实话，开这条路的时候人们也根本没想到地委书记的吉普车会开到这里来。这样的路对进山拉柴草的牛车或马车来说，倒是完全可以接受的。

　　地委书记吴一民坐在司机小郭旁边的座位上，虽然也偶尔埋怨几句公路工程部门的工作，但情绪依然是蛮高的。他五十出头年纪，身躯魁梧，浓眉大眼，齐齐整整的平头，脸上有了几条明显的皱纹，但精力充沛，神采奕奕。这是一位举止庄重、受人尊敬的领导干部。来到老区，对当年豪迈的戎马生活的美好回忆使他原谅了现实。那陡峭的山峰，张牙舞爪的怪石，漫山的尾松、白桦、柞树，肥绿的山榛丛和开着小紫花的山荆丛，都是他很熟悉的。太阳被屏风似的高山挡住了，上午九点钟了，还没照在这凸凹不平的山路上。吉普车在山影里穿行，使吴一民产生了一种神奇的幻觉——好像当年在幽暗的山林里奔跑。

　　"甄明！甄秘书！"吴一民突然喊他身后的一位年轻人，"你今年多大了？"

　　甄明一坐上车总好打盹。听见领导呼唤，甄明睁开带着血丝的眼睛，有些茫然："有事吗，吴书记？"

"你今年多大了？"

"整三十，属牛的。"

"啊……"吴一民微笑了一下，把夹杂着白发的头倚在靠背上，脸上流露出一种自豪的表情，"那时你还没出世哩！"

"啊？啊……"甄明莫名其妙地点了点头，好像对吴一民的问题已经明白了。

"1946年我参加县大队，就在这一带跟敌人周旋——国民党的正规军、地主还乡团，还有土匪。"

"在县大队当队长吗？"

"不，带个二三十人……"吴一民突然截住了话头，用手指着侧面的山梁兴奋地喊起来，"对，对，就是那个地方，看见没有？就是桃形的那个山梁……在那里跟国民党的一个营打过一仗，差一点被敌人包围。后来好不容易才突出去了，牺牲了八个人……"

"您是不是就在那次……"

"不，不，"吴一民知道秘书往下要问什么，便打断对方的话说，"我受伤是在另一次。这一次比前一次更残酷了，我们不但被包围了，还被敌人打散了。如果不是任大娘和二妮，我早完了，恐怕骨头也烂光喽……"说到这里，吴一民的脸色忽然变得黯淡了，"由于'四人帮'的干扰和破坏，我们党的老传统被破坏了，干群关系搞得很糟。有些干部脱离群众，搞特殊化，活到今天，能忘记救过我们的人民吗？反正我不敢忘——恩人啊！……"汽车猛地颠簸了一下，把吴一民要说的话颠断了，"慢一点，小郭！你不要把这台车颠散了！……"吴一民正要说下去，眼前又有什么东西把他吸引住了，"喂，小甄，你看，左前方，山头上有一条鸡冠子一样的石壁……"

"啊，看见啦——周围是一些树……"

"我受伤的那次战斗就是在那附近进行的。当时，我，任大山——就是任大娘的儿子，也在县大队——还有一个战士。我们三个人跟大队失去了联系，又被一股搜山的敌人包围了。刚一接火，那个战士就牺牲了。任大山我们俩只有两支短枪和五颗手榴弹，要打下去就可能被敌人抓活的。"吴一民不紧不慢地说下去，这是他经常给人们讲的故事，"我们商量一下，还是借树木掩护，趁敌人包围圈大的时候突围。任大山道路熟，在前，我在后。可是，刚冲出包围圈，大山的大腿被打折了，敌人紧跟上来。他不让我背他，把我的两颗手榴弹要了去，要掩护我，让我快跑。我不能睁着眼把他留给敌人，坚持要背着他走。他生气了，眼睛好像要瞪出血来：'我跑不动了，留下来，不是为了哪一个人，革命需要这样！'我只得先跑了。跑着，跑着，觉得被什么东西推了一下，眼前一花，一个跟头栽倒了，再就什么也不知道了。在我醒过来的时候，我连眼也不想睁，我知道肯定当了俘虏。可是，一听在我耳边说话的是两个女人的声音，我睁眼一看，一个四十几岁的中年妇女，一个十八九岁的姑娘，就是任大娘和她的女儿二妮。她们的眼睛红红的，眼泡肿了，我知道大山肯定牺牲了。——小甄，你听说过任大娘没有？"

后面的座位上没有应声，回答他的是轻轻的鼾声。他扭头一看，甄明的头仰在靠背上，喜人的眼睛微微闭合，白净的脸上带着甜甜的笑意——睡着了。

这样的轻侮，尽管不是恶意的，也使吴一民着实有些不悦。但是，对这样的年轻人他能说什么呢？"不创业不知革命难哪！"他嫌厌地看了甄明一眼，思维产生了一个奇怪的跳跃，一下子又想到了那个"史无前例"。在一片"打倒"声中，吴一民作为"走资派"加"叛徒"的"双料货"被揪出来。"走资派"的罪状就不必说了，"叛徒"的主要线索恰恰是鸡冠山这场战斗。造反者用推理方法推出来的问题使吴一民啼笑皆非："在那次战斗中，另外两个人都牺牲了，为什么你能活下来？敌人像管子一样地搜山，你又受了伤，为什么没把你抓走？"结论是：在敌人面前达成了某种交易，出卖了同志，当了可耻的叛徒！

吴一民把事情的经过重复了一千零一遍，但没有人信他。进城初一两年，他还给任大娘写过信，后来就被繁忙的政务挤掉了。只是到这个时候，他才感到任大娘母女的健在对他的前途和命运仍然有着巨大意义。任大娘虽然没有见到老吴，但是她没有辜负老吴的希望。听说，不管上边来的专案组人员怎样气势汹汹，嘘声恫吓，任大娘总是那几句话："老吴受伤后，跌到山坡上的流水沟里，昏过去了，是二妮上山砍柴看见的。敌人没抓住过他。他不是叛徒。"最后，这母女俩也得到了可怕的头衔——吴一民的社会基础，小爪牙！每个月都要翻山越岭到大队去一趟，参加"五类分子训话会"。在吴一民挂上"叛徒"的大牌子在地委礼堂里坐"喷气式"的时候，任大娘母女也在松林沟大队摆出了同样架势。四十年代为革命献出了儿子的任大娘，六十年代又为他吴一民付出了代价。现在，吴一民复职了，由地委副书记提了一格，当了地委书记，在接手工作之前，他要到老区来转一转，会会老熟人、老战友和任大娘这样为他受过株连的救命恩人。

"活到今天，能忘记他们吗？"吴一民这样想着，脸上的神情变得更加严肃和庄重了，此行的意义远远超过看望本身。

"老区，怎么还是老样子？"

汽车在一个小沟岔的入口处停下来。沿着沟朝山上望去，离他们两三里路的地方，在椅子圈形山坡的朝阳面，有一个二三十户的小村子。在夏日的绿树丛中，那一幢幢茅草房，像一个个灰黄色的草堆散布着。据吴一民的判断，这应该是任大娘居住的南岗村了。汽车无论如何是开不上去的。进这个小村，先要钻一段山沟，然后是一条半是石阶、半是光滑黏土的蜿蜒小路。"远上寒山石径斜，白云生处有人家。"这里还真有点杜牧诗句的意境，不过这里是二十世纪七十年代末期的中国山区老根据地。

吴一民首先跳下车来，甄明也车停觉醒，提着公文包和一个大提兜下了车。司机小郭说汽车好像有点什么毛病，需要留下检查一下。

"也好，我们先走。你检查完到小村来找我们。"吴一民说着头前走了。

"吴书记，"司机小郭叫住吴一民，"我们在这儿住吗？"

"不，不，今天要返回县里去。顶多在这儿吃顿中午饭。"吴一民又叮嘱小郭，"好好查一下，可千万别在回去的路上出毛病。"

吴一民和甄明踏着沟岔里的卵石往里走了一段，拐过一个弯儿，眼前出现了一股不大的淙淙小溪。它小到无力克服沙石的阻挡流到沟岔口，但很清，清得能看见水下五颜六色的沙粒，明亮得像水银。

"是的，是的！"吴一民欢喜地叫着，"这就是南岗！当年我们在这打游击的时候，没少喝南水泉的水——这个泉子叫南水泉！我往南岗上背过水，腿酸，气短，眼冒金星，累死人哩！当年可不容易哟……"吴一民说着，蹲下身子，兴奋地洗了洗脸，又捧了一捧水，但刚凑到嘴边，便轻轻摇了摇头泼掉了。甄明洗得更彻底些，脱掉袜子，把两只脚插在小溪里。泉水有些凉，不过，对盛暑中的远行人也是很惬意的事。突然一阵山风吹过，甄明的两只尼龙丝袜一只被吹进溪水里顺流而下，一只像巨大的白蝴蝶随风起舞，向小溪的上游飞去。甄明一把逮住了水里游的，回头再赶天上飞的，可是那葱皮一样薄的袜子却高高地挂在沟边的树枝上。树是爬不上去的，甄明用石头打了几下也打不中。他在树下来来回回地兜着圈，像一只对架上的葡萄无可奈何的狐狸。

甄明和吴一民正在发愁，只听小溪的上游传来一串咯咯咯的笑声。笑声很轻，但又甜又脆，像山泉叮咚，黄鹂鸣啭，又像暑热吹来一阵爽人的清风，叫人怪喜欢的。他们这才发现上游不远处站着一个姑娘。她已经打完了水，正在往背上背。显然，甄明的一切狼狈相都被她看见了。

"姑娘，等一等！"吴一民一边大声说着，一边朝姑娘走去，"这是南岗吗？"

"是咧。"姑娘的话带着浓重的山区口音。

"这里有位任大娘吗？"

"姓任的好几户，你问哪一个哩？"

"……"吴一民正要回答，突然停住了。他迅速地眨动了几下眼睛，惊奇的目光在姑娘全身上下打量着，最后停在姑娘的脸上。

她十八九岁，一张黑中泛着红润的瓜子脸，一双黑白分明的杏子眼，细细的眉毛，眉梢有点上挑，鼻子、嘴唇都带有山区姑娘那种粗犷、质朴、不加修饰的美，宽阔、浑圆的肩头，白杨一样挺拔的腰身，大脚板……啊，这不是他一直留在美好记忆中的二妮吗？所不同的，只是当年的二妮梳的是一根长辫，这位姑娘是两根；二妮穿的是家织布的蓝色或黑色的裤褂，这姑娘穿的是细布花格衬衫、银灰色裤子，显得比二妮清秀一些。吴一民当然知道二妮不可能弄到"不老药"，三十多年后还是这样子；不过，这姑娘确实是二妮的仿制品！

背水的姑娘见这位"富态"的长者（大概是个官儿吧）这样用毫不客气的眼光打量自己，显得有点慌乱了："你到底找谁呀？"山区人自古以来是不会使用"您"这个词儿的，她的话听起来有些生硬。

"她有个女儿叫二妮。"吴一民望着姑娘缓缓地说。

"啊！"姑娘的眼睛突然亮了，脸上浮出愉快又有点羞赧的笑影，淙淙的小溪，幽暗的山林似乎都同时亮了许多，"那就是我姥姥。"

"你是二妮的女儿！"吴一民几乎要叫喊起来，"你看，你看，怪不得……"

"我叫玉凤。"

"这是咱地委吴书记，吴一民同志。"甄明忙上前介绍，"就是要到你家去的。"

"啊，吴大叔！俺姥姥和俺妈常说的。走步下来的？"玉凤更兴奋了。

"不，坐汽车。"甄明答道。

"那咱快回家呗！"玉凤说着，便蹲下身子去背那只硕大的水桶。

"等一等，啊……"甄明有点难为情地看着他那只挂在树梢上的袜子。

玉凤笑了笑，又站起来，捡了一块石头，嗖的一下甩了上去。真有"百步穿杨"的本事，随着石头落地，那只大白蝴蝶也飘飘摇摇地落了下来。

不知是出于对姑娘帮忙的感激，还是看见了吴一民严峻、疼爱的神色，甄明坚持要替玉凤背水。

"不行，不行，你背不惯，要滚碴子的！"玉凤拦住了甄明。

甄明还有点不相信，上前提了提水桶，好家伙，足有七八十斤，或者更多些，再看看里把长的山坡和华山千尺幢似的陡峭石板路，只好望山兴叹了。他帮玉凤把水桶背上，目送着玉凤踏上山路……

"为什么不搬到山下来住呢？"甄明望着吴一民的脸问。

吴一民摇摇头："人能离开阳光吗？"

是啊，这时甄明才发现，时近十点，别的地方阳光灿烂，这里还处在阴影中！

甄明感叹地皱了皱眉头："这地方吃水还这样难！"

这句话似乎正触动了吴一民感情的闸门，他脸色更阴沉了。"三十多年前，人们是这样背，现在还是这样背。老区，怎么还是老样子？……"

"变了，人怎么变成这个样！"

吴一民跟在玉凤身后走着。玉凤那健美的身影和艰难攀登中有些微微颤抖的腿，使他想起了当年的二妮。在他的伤口基本平复之后，他曾跟着二妮到南水泉来背水。他要替二妮背。二妮说："你背不惯，要滚砬子的！"她说这句话时故意装得严肃，口吻里似乎带着命令和警告。但是，当吴一民费了好大力气帮她把水桶背上的时候，她脸红了，直红到耳根。在这之前还有过一件事，敌人的一股保安部队突然来搜山，当吴一民知道的时候，敌人已经来到村口了。二妮急中生智，拿起一把锄头塞给吴一民，自己挎了篮子，到山垮上锄地去了。

两个家伙凑上来，用怀疑的眼光扫着吴一民，突然问二妮："这是谁？"

"跟我一起干活还有谁？"二妮看也没看他们。

"到底是谁？"

"我男人！"

二妮说着这三个字的时候，俨然一个理直气壮的妻子。对一个生活在男女"授受不亲"教条中的山区姑娘，做出这样回答所需要的勇气也许并不比吴一民在敌人面前勾扳机、甩手榴弹所需要的勇气小。只是过后，再见到吴一民总有点不如以前自然了。

说实在话，吴一民是喜欢二妮的。如果不是战争和工作使吴一民很快离去，这种喜欢也许就是爱情的美好开端。机会一旦错过，就完全改变了事物的面貌。

山里孩子叽叽喳喳的吵嚷声把吴一民的回忆打断了。当他跟着玉凤爬完最后一级石阶，走进南岗村的时候，发现这里还有一个颇为隆重的欢迎仪式。这块空地虽然只有篮球场那么大，但它对山里人的重要意义犹如天安门广场之于北京。欢迎他的二三十人中多数是流着两通鼻涕、光着腚、腆着圆鼓鼓脏肚皮的孩子，也有中年人和脸像松树皮一样的老年人。这不是有意组织的。不知谁家孩子眼尖，远远看见了停在沟口的吉普车。把自行车叫作"洋车子"或"洋驴子"的山里人，自然对那只绿色的大甲虫更感兴趣。没有出过门的南岗人，算上这次只见过两次。上一次是十来年前，车上下来三个戴红胳膊箍的人，把任老太太和玉凤妈妈抓走了，这一次……人们不知主何吉凶。

吴一民一面笑眯眯地跟人们打招呼，一面用眼睛仔细搜索着，没有找到刻在他心底的面庞。眼前是一幢幢茅草屋，小小的窗子，树枝夹成的篱笆墙，墙外垛着烧火柴，脚底下和羊圈里散发着羊粪的膻臭味儿。吴一民觉得，他这只在南岗栖息的燕子离开这里不是三十多年，而像是昨天，顶多是"别经年"吧。"似曾相识"之感是这样强烈，以至使他暗暗吃惊。如果说有变化，就是树不如当年多了，许多地方露出了光秃秃的地皮，留下来的多是不成材的幼树。茅草屋似乎比以前多了几幢。

"姥姥，来人啦！"玉凤一踏进自家的篱笆门就高喊起来。

吴一民站在门口，迅速打量一下他曾在这里待了好几个月的小院。这里也是昨天的寻常人家：草房三间，旁边是一个盛什物的小耳房。一口半大猪在阴凉处静静地躺着，觅食的母鸡急忙闪开一条通路，羽毛华丽的公鸡高昂着头，用怀疑、敌意的眼睛注视着陌生人，示威似的发出"勾——勾——"的叫声。记得，临离开南岗时，他曾在篱笆墙边栽了几株苗壮的柞树苗，任大娘叫它"连心树"，想来应该合抱了。可是奇怪，现在竟连一棵也没有了。只是在栽树的地方留着两个灰白色的大树墩子……

屋门吱的一下开了，一个年过七旬的老太太拄着拐棍走出来，雪白的头发快脱光，远远就能看见暗红色的头皮，一身青布裤褂，佝偻着腰身，一双站不稳的小脚……

吴一民紧走几步扶住老人，兴奋地叫道："大娘，您老还认识我不？"

任大娘抬起头来，惊愕地端详着吴一民。吴一民这时也才看清任大娘的脸：这已经不是他记忆中的那张和气、清爽、充满希望的脸，那布满皱褶、两腮塌陷的脸像一颗晒干的芥菜疙瘩，那双浑浊、迟滞的眼睛带着鲜红的血丝，甚至使人有点心悸！

老人掉了牙的嘴慢慢张开，脸上泛起惊喜和慈爱的笑容。她用手再抹了一把眼睛，看清了："老吴吧？真是老吴哇——今儿我一出门就碰上两只喜鹊。我跟他们叨念，准有喜事。闹半天……你看！"任大娘这时发现了吴一民身后的甄明，立刻按她的思维逻辑做出了判断："老吴，这是你跟前的？儿子都这么大啦？"

"不，大娘，这是小甄，甄秘书。"吴一民忙纠正说。他见老太太还有些茫然，又加了一句，"是我们一起工作的。"

"啊……"老人似乎明白了。

"变了，变了，人变了。"吴一民心里暗叫着。他希望二妮总应该带着当年的影子。"大娘，二妮……"

"在屋里忙着哩！"

老太太的话没完，屋里走出来一位五十岁左右的妇女。一看那瓜子脸、微微上挑的眉毛和杏子一样的眼睛，她应该是二妮，可是，她，怎么会是吴一民常常用激动的心情来回忆的可爱的二妮呢？她背驼了，两条罗圈腿，干枯的头发披散在一张焦黄的脸上，表情麻木，眼神呆滞。这样农村妇女的形象他在火车站上、饭店门口似乎见过，但他绝没有想到二妮也会变得这样。更可怕的是二妮那一双想藏也藏不住的手，一个个关节膨胀成圆球状，每一根手指都像三个对接的哑铃……

一切美好记忆的小摆设，瞬间被敲得粉碎。吴一民想象中会见的欢腾、亲切、幸福的家庭气氛，突然被泼上一层墨汁，色调全变了，心头油然升起的是凄楚、可怜和厌恶。他真后悔见到这一切。写上一封诚挚、热情的信，汇上一笔钱，岂不更好一些吗？他感到最大的损失是把他心目中美好的回忆完全毁掉了，而这东西一旦破碎，就再也恢复不起来了，甚至以后再讲到"1946年""县大队"都会失去光彩！他只希望说一说应该说的话，赶快离开这里。

幽灵们呼叫："啊，这就是南岗！"

吴一民进了屋。带着一个豁口的水缸，泥拌的锅台，简陋的碗架，荆条编的里面抹了一层泥的小粮囤，百孔千疮的炕席……好像都是三十多年前的器物。在炕头的墙壁上掏了一个洞，洞里有一只黑色的高脚灯座。当年，那上面放一只蓖麻油的灯碗。任大娘就是端着那个灯碗，在黄莹莹的豆大灯光下，二妮柔软的手指触在他的伤口上，擦洗，换药。现在，蓖麻油成了上好的工业原料，少见了，灯座上放的是一只煤油灯。就是在三十年前，吴一民也不知这灯座是什么材料做的，哪朝哪代的东西。任大娘说，连她丈夫的爷爷也说不清。这样式的灯座，在南岗也仅有这么一个，可以说是南岗的"村徽"。如果南岗人祖先的幽灵们在找自己的老家时迷了路，只要看见这样的灯座，就会呼叫："啊，这就是南岗！"中国有引为自豪的历史文明，各地都有文物保护的牌子；美国历史根底浅薄，但能下令一个城堡的居民必须保持古典生活方式；罗马教皇的卫队现在还穿着四百年前瑞士陆军的军服……这些文物保护总赖人工；南岗的灯座保存下来，并不是出于对中国古老文明的珍爱，而是因为它是今天生活不可缺少的组成部分。

屋里没有别的坐处，吴一民和甄明便靠炕沿坐下了。任老太太却非要客人"往里坐"，她想象不到金丝绒沙发，但山里人让座的热情和诚恳绝不比拥有金丝绒沙发的主妇差。吴一民毕竟是在山区滚过的，他不顾炕席的篾子刮得裤子沙沙响，便向炕里坐了。甄明犹豫一下，说"不会盘腿"，依然坐在炕沿上。

不知什么原因，吴一民发现二妮再没有到屋里来，但二妮那双关节膨大的手总在他眼前晃动。吴一民知道，这种病俗称"大骨节病"，青年妇女发病较多，现代医学还找不出确切的病因。据有关材料介绍，这种病跟饮水有一定关系。以前这一带山区就有这种病，但似乎没有现在这样严重。

玉凤端上两碗水来，"喝碗白水吧，没有茶叶。"她歉意地笑着说。

这是两只吃饭用的大瓷碗。平心而论，吴一民确实渴了。但一看见碗里的水，他又联想到二妮的两只手，没有去动它。他转向甄明："小甄，我的药水带来没？"

"带来了。"甄明忙打开手提兜，取出一只漂亮的小塑料水桶，掏出吴一民的漱口杯子，倒了一杯递给他。其实，这也不是什么"药水"。这种所谓"磁化水"跟白开水没有什么大区别，至于它治疗肾病的功能，还是留给医学界去"百家争鸣"吧。江青到大寨带矿泉水成了漫画素材，某位高干下来检查工作自带饮水受到"特殊化"指责，吴一民的"药水"却是无可非议的。他咕嘟咕嘟一连喝了两杯。

"玉凤，"任老太太高声叫着，"给你吴大叔他们摘点杏儿来——要西边那棵树上的李子杏。你吴大叔喜欢吃李子杏，核小肉厚，还甜。"玉凤答应着出去了，任老太太又喊道，"再摘几个烧瓜，你吴大叔也喜欢吃，早时候一顿能吃三条……"

吴一民和任大娘刚说了几句家常话，手脚麻利的玉凤已经把全部待客的上品呈了上来。为了表示敬重，玉凤用她汗水换来的泉水把杏子和烧瓜洗过了，放在一个用细柳条编的小笸箩里。吴一民到底是多么大的官，任大娘不必说，没念过书的玉凤也说不太清，反正是个很大的官。不过，即使是国家元首到此，全部礼仪如此而已。

当年吴一民确实喜欢吃杏子和烧瓜，李子杏和六道花纹烧瓜的甜、脆，一直留在他的记忆里。进城以后，他也曾到水果和蔬菜店去买了来吃，但味道总比不上南岗的。今天再见到这金黄的李子杏，尽管没有食欲，也还是捡起一颗，同时招呼甄明也来吃："有特殊风味哩！"但吃了一颗，他再也不想吃了，也就是普通的杏子。看来，年轻时的印象往往是靠不住的。至于烧瓜，他不想再动了，因为有杏子的经验在前。

"吃吧，老吴！吃呀，多得是呢！"任大娘眯着带血丝的眼睛催促着，看到吴一民的嘴嚼动，她脸上出现了满足和愉快的神情，"当年你骑在树上吃的那棵李子杏后来死了，人们说是到寿了。"任大娘对吴一民说，"我和二妮急得不行。怕你哪一天来，吃不上李子杏，叫人怪不好受的。我让她跑到西沟，要一棵李子杏苗来，才一拃高，这几年长大了，结的杏比咱们那棵还好吃，是不是？"

多么慈爱的老妈妈呀！吴一民心情有些激动，也有点内疚。他不停地点着头，说确实这棵树上的杏子更好，甄明也在一边附和着。

外屋传来了生火、刷锅声。想到做饭，吴一民眼前又出现了二妮的两只手，胃里好像有什么东西在往上翻。他决心怀着永远的感激把要说的话说完，马上赶路。

"大娘，"吴一民用深沉的语调说，"在'文化大革命'中，您和二妮因为我受了株连，应该平反，落实政策……"

"什么政策？"任大娘有点没听懂。

"就是事实是怎么回事，就是怎么回事，不能冤枉人。"

"你这会儿不是没事了吗？"

"我没事了。可你们身体上和精神上都受到一些损害，国家应该给些经济补助。我来以前，跟县里、公社里都讲过了，他们会来给您落实的……"

"跟别的人家比，你大娘还不算困难。困难补助就给别人吧！"

"不，这是专给您的……"

吴一民正要往下说，一个四十多岁的中年人走进来，拘谨地站在地当中，憨笑着向吴一民打招呼。

"这是我们生产队长，叫侯广信。"任大娘介绍完叫侯队长上炕坐。

吴一民又和侯广信随便搭讪了几句，看侯广信的样子有什么话要说，但时间不早，吴一民用抱歉的口吻说："侯队长如果工作上有什么问题，向大队、公社反映吧。我这次只是来看看任大娘。"说着，他向甄明使了个眼色。甄明拉开黑色的公文包，取出一沓钱交给吴一民。吴一民把钱恭敬地举到任大娘跟前说："战争时期，为了我，您和二妮吃了不少苦；'文化大革命'中又为我付出了代价。这是一百元钱，大娘留下买口东西吃，算是我个人的一点点心意。今后生活上有什么困难，还可以找我。——我们这就走了。"

"什么？走？"任大娘浑身一抖，瞪起带血丝的眼睛，干瘪的嘴唇也有些颤动。这不是三十多年前吴一民离开这里时的那种激动，那是疼爱和留恋，而今天是失望和气愤，"三十多年刚来一趟，水饭没打牙就走？"

甄明正为吴一民解释，司机小郭满头大汗地赶来，带来一个想不到的糟糕消息：汽车上的一个什么要紧部件坏了，修不好，需要打电话让县里派人送配件来。不但现在走不成，恐怕今天还得在这里过夜……

吴一民的脸色是可以想象得到的。

"可是，不光一个玉凤呀！"

不管什么原因吧，吴一民留下来显然使任大娘消了气。她拄着棍子下了地，像指挥官一样指挥全家为吴一民准备午饭。在她的记忆中，吴一民喜欢吃腊肉熬豆角，炖蘑菇，还有烩茄子加辣椒……可惜家里没有一点肉。还是队长侯广信有办法，不知从什么地方拿了一块腊肉来。在一般富裕农村，这些都不是待客的菜，但在这里，在这个时候，却是南岗全村的贡献，足够"南岗水平"了。

快到吃饭的时候，玉凤的爸爸老田扛着锄头回来了。老田不是南岗村的人，用乡下人的话说是任大娘的"养老女婿"，是个寡言、厚道，只知"吃饭、干活、睡大觉"的农民，对此，吴一民倒为二妮庆幸。

在饭桌上，人们又唠了一些家常。吴一民又问起了"连心树"留下的两个树墩。

"那两棵树是周总理去世那年冬天砍的。"玉凤在地下说道，"公社说要搞什么工程，缺木料。我姥姥不让砍，人家来了十来个人，砍了用大车拉走了。为两棵树，我姥姥哭了好几天！"

这时吴一民才明白了，他气愤地出了一口气："'四人帮'祸国殃民，是一群败家子。这十年来，真把人坑苦了，山林快光了！"

"不光是十年的事啊！"任大娘说，"你走的时候栽了八棵，都活了。到'大跃进'的时候，说是共产主义了，树都是大家的，烧炭炼钢铁，一口气把六棵成材的都砍走了！不知谁吃饱了饭没事干，出这个馊点子！"

这几句话就像一团火扑在吴一民的脸上，他顿时觉得脸颊上火辣辣的。在"大跃进"年代，他是专区工交办公室主任，当然是大炼钢铁运动的重要指挥者之一。当时有人向他反映过有些地方毁林烧炭的情况，他的回答只能是"一切为了钢嘛……"他没有被"拔白旗"或"反右倾"，却自己砍倒了亲手栽的"连心树"。他知道任大娘不是在有意敲打他，但是他确实感到应该向老区人民承担责任的不光是"四人帮"。

"老吴哇，你们吃菜，吃呀！老吴吃东西不像当年那样虎势了。"任大娘似乎没有注意到吴一民的情绪，又继续说下去，"打老蒋那阵子，人们盼红眼似的盼着解放，盼着过好日子。好日子到底给盼来了，可是没过几年就变了——'公社化'，吃食堂，收自留地，割尾巴，连个集也不让赶，守着山林让人们受穷。个人家穷得掉了底，生产队穷得散了帮。庄稼人不图啥大富大贵，就说吃水吧，真难哟，真像吃香油哇！……"

"姥姥，你可别说这些了。其实惯了也一样。"玉凤好像看出吴一民情绪不高，便出来拦挡了。

"我对你吴大叔说说怕啥？"任大娘还有些不服气，"我这个山沟里的大老婆子，说错了，他还能怪罪？"说着她看了吴一民一眼。

177

吴一民忙笑着点头："您老说得都对呀，我愿意听！"

"你看是不是？"任大娘瞥了玉凤一眼，炫耀似的说，"你吴大叔跟咱们可不是隔心人，到啥时候也忘不了咱们这老山沟。他在这儿养伤的时候我就说：'错不了！'那时可不知他日后能当大官，就看他跟咱们一条心。他这老远来看我，这些年的话不让我说说可不行……"

任大娘夸奖得越厉害，吴一民心里越不好受，小米饭在嘴里嚼着总有点咽不下去。

"听拿小锤的说——叫'地质队'吧？"任大娘的话像扯不断的丝，"说咱们南岗山上就能打井，水还好。井打深一些，还能防大骨节。说是这么说，哪儿来的钱？天上不下，地里不长，公家不让挣，没指望了。人受点累还是小事，我是怕玉凤以后也像她妈……又穷又病，没指望了。"任大娘的声音有些凄楚了。

任大娘一连两个"没指望"把吴一民刺痛得很厉害。这个老区妇女，在艰苦的战争岁月，她是那样充满希望，可是现在她的希望破灭了。这种破灭不是像地震那样瞬间造成的，而是瞪着眼睛一点一点、一块一块被灭掉的，因此也是更可悲的。

司机小郭有些激动了，"搬家不行吗？"

"搬家？"任大娘吃惊地望着小郭，然后又摇摇头，"热土难离呀！"

"您老在'文化大革命'中受了株连，按照政策精神，玉凤是可以安排工作的。"甄明说完，又看了一眼吴一民，"吴书记您看可以吧？"

"可以。"吴一民点了点头。

这个福音看来并没有引起任大娘的多大欢喜。她瞪起浑浊的充满血丝的眼睛望着吴一民的脸，"可是，全村不光一个玉凤呀！"

吴一民本来就不停鼓荡的心潮，又被任大娘投入一块巨石，立时激起了冲天巨浪。他说不清饭菜都是什么滋味，胡乱塞了几口，便把碗放下了。

"一百元，是奖赏吗？"

吃过午饭，甄明和司机小郭到大队去打长途电话联系汽车配件问题，玉凤爹躺在后院的杏树下就醋然入睡了，玉凤妈和玉凤收拾碗筷，喂猪喂鸡，屋里只剩下任大娘和吴一民了。看样子任大娘还有好多话要说一说，但是看吴一民兴致不大高，好像有什么心事，便说："老吴哇，你睡一会儿吧。你们都有睡晌觉的习惯，我知道。又走了这么远道，岁数也不让人哪……"她从破被垛里扯出一条山羊毛毡子给吴一民铺上，又搜出一个枕头，"枕头脏点，别嫌，躺躺吧。"说着，她拄着棍走出去了。

尽管吴一民受了殊遇，铺了一条毡子，但觉得身下的土炕还像一个火炉子烘着，成群的苍蝇向他展开了"打了就跑"的游击战，他烦透了。在他的心底钻出一个原来未曾想过的问题：任大娘在自己身上寄托的希望是什么？一百元吗？给玉凤安排工作吗？当然不是。不过，他觉得自己也没有什么失职的地方。老区的面貌没有多大变化，这也不是他一个人的责任。延安的小米养育了革命，养育了将军、部长、元帅、主席，陕北又怎么样呢？但他又觉得这样的理在任大娘跟前说不出口来……

他刚迷迷糊糊睡着，又做了一个梦：任大山满身是血，手里提着枪走进来——还是他在鸡冠山牺牲前的样子。大山拿过那一百元钱，用手掂着，脸上带着恼怒、讥讽的笑，"一百元，啊，不少哇！是给的菜金吗？太多了。奖赏吗？我才值一百元？我可怜的妈妈三十多年的心血和感情就值这一个数目？"吴一民想对大山解释一下，可是嘴总是不听使唤，只有着急地摇头。任大山好像越发生气了："我让你活下来，不是希望得到你的酬谢，同志，知道吗？是让你为穷苦老百姓办事的。你的生命得救了，当官了，但生命的火花不要熄灭。老区人民够有耐心的了，他们瞪着带血丝的眼睛盼了三十多年，三十多年呀！打倒'四人帮'了，现在是最后的希望，如果还让他们落空……老吴，你自己想想吧！"醒来时满身是汗。虽说是做梦，但是任大山的几句话却说得他有些心跳。刚刚闭上眼睛，又梦见玉凤变成了二妮……他不想睡了，便眯起眼睛细细品味着。

另一个屋里传来了窃窃私语。

"等一会儿老吴醒了，你自己去跟他说，让他想办法帮咱们解决一下子。"这是任大娘的声音。

"还是大娘对他说一声好，你们的关系不比一般，行与不行，他都不会卷你的老脸。"说这话的是一个男人，"咱们不能白要国家的，可以借给咱们队点钱，等缓一缓，咱们就还上，一个子儿也不少。"说话声音很恳切。吴一民细一想，是队长侯广信。

"你说的那些事我道不清，你亲自跟他说，我帮着。"

"不行。你没听吴书记早封口了：'工作上有什么问题，向大队、公社反映。'人家那级干部不管生产队的事。"

"唉……"任大娘长叹一声。用苍凉的语调说，"对老吴咱也不敢深说呀！人家官做大了，不管就不管吧。我也犯不上死皮赖脸去求人，他别乱管就行了……这一百元是他给我的，我没打算要，想还给人家，可又怕他想到别处去。队里缺钱，就先拿去吧。"

"那怎么行？你这么大年纪了……"

"年纪越大，越得想想后人哪！"

"打井，一百元，差远哩！"

"你一点，我一点，大家往一块凑呗——燕子叼泥垒大窝。反正得想办法，我们玉凤可别再像她妈……"

再往下的话吴一民没有听清。他再也躺不住了，像火燎一样猛坐起来。在大是大非问题上，吴一民向来自认为是正确的，说到错误和羞耻，他向来都用第三人称。可是今天，一支支利箭总是射在第一人称的靶子上。南岗，养育了革命，为革命付出了巨大的牺牲的老区！从这里走出去的人只要能回来站一站，看一看，都会少一点功臣的骄傲，多一点战士的责任；少一点自吹自擂，多一点自我解剖；少想一点个人的享乐，多想一点人民的疾苦；少唱点"今昔对比"的老调，多想点山河未改的教训！

吴一民从屋里走出来，站在篱笆院里。小院静悄悄的。蝈蝈和蝉的叫声时远时近，时起时伏，像是讴歌着抚育它们的阳光。吴一民慢慢地踱到篱墙边那两个大树墩跟前。咦！他发现树根还没有死，还有一簇簇嫩绿的幼芽长出来，不过主人再没有用心养护它，年复一年地被折损掉了。

"吴书记！"甄明推开篱笆门笑着走进来，后面跟着司机小郭，"汽车配件县里派车送来，再有个把小时就能到。今天可以走了，赶到县里还不算太晚。"

"怎么，这回真的要走了？"任大娘拄着棍走出来，留恋地望着人们，脸上又带着惋惜和苦笑。侯队长跟在后面，远远地望着，做出随时送行的样子。

吴一民对甄明说，"车子要修好，不过今天不走了。"

"明天？"甄明感到很惊奇。

"明天也不走。"吴一民笑着摇摇头，"我想在这里待上几天，把老区转一转，劳驾，你再到大队去给县里打个电话，看县里农业、财贸、文教部门的负责人能不能上来几位。我们一起走一走，看看我们能为老区人民做点什么。现在到了拿出扎扎实实的行动的时候了。"

"您的身体……"

"蛮好！喝南水泉的水就能治病。"

"今天真不走了？"任大娘用颤抖的手拉住吴一民，带血丝的眼睛放射着兴奋、希望的火花，"不是骗我？"

"不走了。大娘，给我们准备吃的吧，小心把您吃得揭不开锅！"

任大娘用拄棍画了个圈，"这么大个南岗还怕你们几个人吃饭？可就是没好的吃。"说着她回头叫队长侯广信，"听见没？住下了——我说老吴和咱们不隔心嘛！……到什么时候也是清官，清官哪！"

甄明和小郭走了。吴一民到屋里把那只精致的盛"磁化水"的小塑料桶打开，把水全倒在老柞树墩子长出来的新芽上。

　　"玉凤呢?"吴一民站起身来问。

　　"下地了，不远，一吆喝就来。"任大娘说着出门喊了几声。

　　玉凤带着满头汗珠跑回来。

　　"玉凤，"吴一民抚着玉凤的肩头说，"去看看大山——你舅舅的墓好吗?"

　　"怕你走不动咧!"玉凤说。

　　"走得动，走得动，当年……"

　　"咦，"玉凤突然打断了吴一民的话，"你的眼睛怎么红了，还带着血丝?"

　　"噢? 是吗?"吴一民眨了眨眼睛，"这几天大概有点缺觉……"

　　玉凤在前，吴一民在后，走在山路上。这路，不是地委书记和县委书记的汽车走的路，也不是公社党委书记和大队党支部书记常走的路——坎坷不平，迤逦盘旋，痛苦，艰难，也有欢乐，但这是当年的革命路。吴一民觉得眼前的玉凤就是当年的二妮，他又回到了革命的战争年代。他相信世间一切事都是可以挽回的，可惜自己的腿脚不行了。太阳的斜辉照着莽苍苍的山峦，群山拥黛，苍山如海，今天留给他的时间不多了……

尸 功 记

高晓声

1973年冬天，"文化大革命"已进入第八个年头，和持久的全面抗日战争一样长久，却还没有最后"胜利"。许多前人没有做过、见过的新事物，就像八个"样板"，反反复复演出，老百姓一概不以为奇了。

12月17日这一天，某省某县某公社某大队第一生产队的社员王老七病故了。年仅三十六岁。他不是大人物，连小人物都算不上。既不曾留下遗产使人发生兴趣，也没有孤儿、寡妇要生产队照顾；他连对象都不曾找到过，更别说有什么业绩了。他离开这个世界，就像一片枯黄的树叶从枝头上悄悄落下来，完全不应该引起任何注意。尽管查三代乃至上溯到十七八代都是贫农，也不曾有人替他开追悼会。他已经死了，对这种缺乏阶级感情的不公平待遇不会提出抗议。其实，即使活着，他也不会提意见。他一生都没有开过口，因为他是个哑巴。

死后的第三天，他的哥哥王老六，买了一口水泥棺材，深埋了他。从此入土为安，他的事一劳永逸，应该是彻底结束了。

如果真是这样，可怜的王老七就会很快被大家忘记，我也绝不会念念不忘的。

变化陡然发生了。王老七终其一生，未曾为"文化大革命"稍尽绵力，想不到终身之后，他的尸体，竟立了头功；把××公社的破四旧运动，推到了一个高度；赫然占有了公社历史的光辉一页。这实在是空前绝后的奇迹。

王老七死在那样一个关键时刻，××县革命委员会的一个决定，竟跟着他死的脚步赶了上来，它宣告：从今以后，尸体一律火化。

从王老七完成改生为死的质变，到这个决定的公布，相差不到三十个小时。

在这三十个小时之内，王老七的哥哥王老六已经借了债把水泥棺材买了回来，把弟弟的遗体入殓了。然后，大队干部才把王老六叫去，要他执行县革委会的决定，带头移风易俗破"四旧"。

彻底革命的光荣任务，就这样历史地落到了一个普通群众身上。尽管他并不具备像大队干部那样的先进思想和应有的觉悟，但"时势"迫切地要"造英雄"啊！

王老六既怕得罪干部、得罪"降大任于"己的"天"，又怕得罪死者；他采用了两面派手法：一方面答应了干部，一方面却在半夜里埋葬了弟弟。他存着侥幸之心，想骗过干部，因此葬而不墓。这是照顾双方，委曲求全。

他没有想到，干部们眼睛雪亮，不肯受骗，决心要在他弟弟身上突破旧俗。天明发觉以后，便轮番上门，要他把王老七的遗体挖出来，送火葬场处理。

参加这个工作的，竟有公社第一书记殷赛扬。于是，重要性便鲜明突出，此乃当天全公社首位任务，由第一书记亲自掌握了。王老七的死和县革委会的决定如此巧合，是天造地设给他们的一个立功机会，这具尸体比任何尸体都容易利用，他们付出的力气可以"最小、最小、最小"，而成果定会"最大、最大、最大"。

殷赛扬书记的思想动员简洁有力。他反复追问王老六同一句话："既然答应了，为什么还去埋？"

王老六觉得天要塌到头上来，顶不住了，只得哀告说："殷书记呀，已经借钱买了棺材，再要……火葬费哪里来呀！"

书记像大便不通得了瓶开塞露，马上爽快地说："困难可以照顾。火葬的一切费用，由大队里开支了吧！"

大队干部们如开锣喝道般齐吼一声："行！"

王老六再无话说。于是，殷书记就命令他找人挖棺。

王老六答应着走了。他心里苦得很，想起弟弟，一生从未得罪人，为什么死了还不得安宁！他回家去兜了个圈子，又去向书记告罪："书记，我老婆躺在床上心口痛，我儿子不知跑到哪里去了。亲戚又说下不了手，我没办法，请书记另派别人吧！"

殷书记看出这是个刁民，心里好笑："你刁，你刁，你就能难倒我？！"他不屑理睬，傲然一笑说："我来派人。"

书记就把生产队长找来，命令他派工挖棺。

生产队长非常积极，连忙吹哨子，一家家喊开会。闹了半天，才气冲冲回到书记跟前发脾气说："书记，我这个队长不当了，没有人听我的话！一个叫不来！"

书记看出这是个刁队长，鼻子里哼了一声，心里生气："没有你，我就干不成了吗？"他提高了嗓门，对大队干部说："那就动用专政力量吧。通知各生产队民兵排长集合！"

通知发出，便坐下来晚餐。一个半小时以后，民兵排长应召到齐，酒宴仍在继续中。

殷书记即席下达了任务，慷慨激昂说："你们是无产阶级专政的柱石，一定要打胜这一仗！"

排长们眨了一阵眼睛，一个小伙子快活地说："回去拿了'枪'来！"一阵风散了。

谁知回去了的竟不曾来。也有不曾回去的，躲在暗中看动静。

殷书记心头，一阵阵怒气升腾，他是个久经沙场的战将，大船不会翻在阴沟里。他蔑视这一切。"箭在弦上，不得不发"。他还有一支兵可供调遣。

"那就动用专政对象吧。叫几个四类分子去挖棺！"他咚咚地说。

几个四类分子被叫来了，就规规矩矩带着工具跟了书记去挖棺，后随一大帮看热闹的人。

"啊！啊！啊！啊！……"这声音极低，四面八方，时起时落。

隐隐约约，有人唱起《双推磨》里的大陆调："这样的……从未见过。"那声音压在喉咙里……

工作进展得很慢，四类分子有点缩手缩脚。他们知道自己不会因破四旧立功，却会因"阶级敌人挖了贫农的尸"犯下弥天大罪。冷汗涩得他们瑟瑟发抖。

殷书记不耐烦了，大声斥责又鼓励说："胆子大些，放开手脚垒就是了！尸体嘛，垒开了头也不要紧！"

"啊！啊！啊！啊！……"

终于，头未垒开而尸出矣。遂取绳索，捆而吊之如死狗，连夜送火葬场，冬天夜长，事毕，迄未破晓。

殷书记临睡前，确曾想起过《湖南农民运动考察报告》里那句话："对于这一类事，我们共产党人的态度是：'引而不发，跃如也。'"以前读这篇文章，收益颇多，"如另册，戴高帽子"，就从那里学得来，才打倒了"走资派"，当上了公社书记的。当时读到那一句古文，则不懂。请教了才明白了。觉得那太不爽快，岂不要酸坏了手臂吗！拉了几十年的满弓，自然现在是该射出去的了。况且已经有了权，还怕老百姓吗！

谁对呢？毛主席的意见还是县革委会的决定？"管它！"殷书记快刀斩乱

麻，立刻摆脱这种纠缠。他历来的信念是：一切都是假的，只有顶头上司的屁才是真的。

他的脑袋，一靠到枕头就睡着了。

王老七的火葬费，当时确由大队支了。一直到来年决分时，才从王老六名下扣除下来。这虽违反了书记的诺言，倒是符合财经制度的；不曾照那天晚上书记的夜餐账，另想报销的办法。

从此后，全公社凡死者无不火葬。其影响之大如此。书记之能干亦如此。而如此能干的书记当时绝不会埋没，不久就升了官。

王老七竟因此使熟悉他的人常常想起他。此人高矮适中，身材微嫌单薄；脸庞小，形长圆；鼻子、嘴巴，小而精巧，似聪明相。走路时身体前倾，脚步重，眼睛特有精神。精力有余，脾气极好，常帮社员干零活。有事请他，招之即来；不受酬金，供饭、烟便满足。习惯迟睡，夜里往往找未熄火人家昂然破门入，点点头，坐片刻，或抽一支烟，或帮做一回工；然后笑笑又离开。尔后数年间，凡社员夜作，若有人蓦地推门，还常以为他来了。

普通老百姓

迟松年

一

他，向你走来了——拄着拐棍，在地上嗒嗒地杵着捣蒜，踮着小碎步，像娃娃在学跑。头发全白了，连胡茬子也是白的。挺着突起的肚子，使头显得特别小，腿也短了。这是人们所尊敬的吴枫副专员吗？是他，披着晨光，在宽敞的林荫大道上，起劲地蹀躞着。三年前，他得了脑血栓，若不是抢救及时，药物有效，早就进北山的革命公墓了。而今，他仍健在，只是腿脚不灵，说话不清。大夫劝告他：每天喝从外国引进的长寿饮料红茶菌，坚持起早散步，这至少还可以再活十年八年的。其实，吴专员并不怕死，在战争年代他不知"死"过多少次了。活着，就是赚下来的。照流行的说法，人不怕死，那就没有什么可怕的了。其实不然，吴专员顶顶害怕的一桩事就是让他……

瞧，行署办公室的马文富主任来了。他今年四十七岁，又矮又瘦，也是个体育积极分子。在部局委办一级的干部中他还算是年富力强的呢！1948年参加革命时，他才十五岁，给吴枫当警卫员，是有名的小机灵鬼。当年吴枫使唤他，就像现在使唤手中的拐棍似的。以后，马文富又给他当了多年的秘书，直到他年过三十岁，才提拔上来。"文化大革命"时，吴枫被打倒了，马文富是他的"忠实走狗"，自然也跟着"沾光"。

马文富跑到他跟前，停住了脚步，一脸笑容，使本来不大的眼睛，显得更

186

小了。

"小马!"吴枫脸上出现了怒容。

马文富仍然笑容可掬,他不在乎这个与年龄不相称的称呼。前些日子,在电影院看电影,马文富带着两个女儿坐在前排,吴枫在身后喊了一声"小马",两个女儿同声下意识地"唉"了一声,马文富却一本正经地对女儿们说:"吴专员喊我呢,你们答应什么?"弄得两个女儿捂着脸偷偷直笑。

"小马,我正要找你!"吴枫一脸怒气,把拐棍举起来,在马文富的鼻子底下示威似的晃了几下。显然,吴专员又遇到什么不满意的事情了。

"我知道你准找我!"马文富笑吟吟地眨了一下小眼睛。

"你怎么知道我要找你?"

"从你脸色看出来了,你要生气,准找我!别人呀,谁稀看你郎当着脸子!"马文富在老领导面前总是那么随随便便。

吴枫却也不在意,仍然板着脸说:"开会怎么没通知我?"

马文富不笑了。他认真地想了一下,最近也没开常委会会议呀?是不是前些日子计划生育办公室召开一个座谈会呢?

"那个会是怎么回事?"吴枫的一对眼睛直盯着他,露出不满的神色。

"妇联赵主任出的点子,非要拉着所有的常委都参加不可。后来,李书记说常委们都很忙,他和杨书记、王专员参加就行了。"

吴专员轻轻"嗯"了一声,表示此事也在关注之列,"刚才在招待所门口碰到几个县的县长,都说来开会的,怎么我不知道?"

马文富恍然大悟,忙说:"那是地委召开的三案平反工作会议,分管清查的杨书记参加,行署这边王专员参加,考虑到你身体不太好,就没有……"

"怎么身体不好?我这不很好吗!"吴枫最不愿听别人说他身体不好,他的脸立刻红到脖子。马文富知道自己说走了嘴,怕他血压升上来,急忙解释说:"常委会不是定了个规定嘛,以后开会常委不要拉大帮,谁分管的工作谁参加。"

"告诉他们,我参加!"吴枫把手中的棍子挥了一下,执拗地说。

"只剩两天了。"马文富想用时间不多了来打消他参加会议的念头。

"你上班就去找农业局的孙局长,请他也去,在会上我要讲讲种草!"

"种草?种什么草?"马文富把小眼睛瞪大,疑惑地问。

"我早就说过,咱们这个山区,提倡的是农、林、牧、副、草!要种草,养什么鱼!"吴枫气得嘴在飞唾沫星子,"他们不听,非要养鱼,鱼有什么好?有水吗?从江南搞了不少鱼苗,还用飞机空运,怎么样?你吃过当地产的武昌鱼吗?我说他们教条,他们说我反对八字宪法,是修正主义!把我打倒了!"由于激动，他说得绊绊磕磕。

马文富听明白了，脸上立刻又浮出了笑容。吴枫说的是过去的一段事。那些年大搞"八字宪法"，地委也做了全面贯彻的决定。吴专员到全区跑了一圈，看到山沟里缺水的地方也到处挖鱼塘，要做到"队队有渔"，搞形式主义。回来后，他向地委打了一个报告，说是因地制宜，不能强求一律，根据山区特点，养鱼不如种草。和地委唱反调，"文化大革命"中他的言论被翻腾出来，成了反对毛泽东思想的罪状。粉碎"四人帮"后，吴专员的"种草论"得到平反，那一段历史，便成为吴专员的光荣过去。

"种草！"吴专员用力地喊了一声，又狠狠瞪了马文富一眼，意思是说："你要重视哩！"

马文富反应灵敏，他顺从地点点头。

"告诉孙局长，九点钟就去。"吴枫把拐棍用力地往地上一点，"你别忘了！"

"孙局长不在呢？"马文富笑着说。

"怎么不在？昨晚他还去机关礼堂看电影呢！他在家，你一定要找到他！"吴枫说完，就拄着拐棍一踮一踮地走了。

马文富望着他那艰难的步履，心头觉得不太好受。几年前，他走路还是那么有劲，精力充沛，才思敏捷，在机关干部中威信很高。一场大病使他变得糊糊涂涂，人们对他的尊敬增加了，而他的威信却显著降低了。

"该辞职退休了！"马文富摇摇头，叹了口气。

这话，幸好没让吴枫当面听到，那是他最害怕的一件事呀！

二

马文富一上班就被地委一把手李军书记找去，他把吴枫让他去找孙局长开会的事忘得一干二净。李军拉着马文富去八十里外的东升化工厂了解废水污染情况。在吉普车里，马文富和李书记并排坐在后座，他忽然想起吴枫的再三嘱咐，急得直拍大腿。

李书记笑问："你这是什么毛病？"

马文富苦笑一下，把早晨的事说了一遍，末了一拍后脑勺，吐了下舌头："全都让我给忘了！老头儿该骂我了！"

李军哈哈大笑："该骂你！谁让你瞧不起老头儿，看他不中用了，说话也当耳旁风！"

马文富皱着眉头说："他要拉孙局长去参加三案平反会，各县来的都是搞组织工作的干部，谁有兴趣去听他讲种草经！"

李书记说："他愿意去，就让他去嘛！老同志的积极性是很高的，我到了他那个年龄，还兴许动弹不得呢！"

李书记今年也六十开外了，头发稀疏，脸上起了不少老年斑，最近他到医院检查，已有心脏病的先兆，上衣口袋里装上了急救小"炮弹"。这些日子，他一直在考虑解决地委领导班子的老化问题。他们的平均年龄是六十三岁，要解决这个问题是很困难的，有不少阻力。这些年，"干部退休"在机关里一直行不通。六十开外的部局长常年卧床不起，就是不肯退休。有的已经退休了，却又到组织部闹着要恢复工作。

"吴专员应该辞职退休了！"马文富很郑重地说，"人老到一定的程度，就不行了！"

"你说，为什么工人退休是正常的，干部退休就困难？"李书记搓着手在和马文富探讨。

"还不是一个'权'字？"马文富几乎不假思索地脱口而出，"由民到官容易，由官到民就难啦！"

李书记赞同地点点头，接着又摇摇头："恐怕还有一个对革命的感情问题……"

到了东升化工厂，他们下了车。马文富急忙去给孙局长打电话。

孙局长在电话里嚷道："哎呀！你怎么才说呀？吴专员正在我屋里骂你哩！你听——"

电话里果然有人在骂骂吵吵的。

马文富笑道："告诉老头儿，我马文富认错，晚上到他家负荆请罪！"

吴枫从孙局长的电话中听出对方正是"小马"，就气得吵嚷道："你告诉这小子，我要用棍子揍他！"

孙局长哈哈大笑："马主任，听见没有？老头儿来火了，要用棍子揍你！"

"他在哪儿打电话？"吴枫侧着头问道。

"在东升化工厂，去解决污水问题！"

"我跟他说！"吴枫像想起了什么事，他要和马文富通话。

"老实听着，老头要骂你哩！"孙局长笑着把话筒递给吴枫。

"小马，你在东升化工厂吗？告诉他们厂长，大青山牧场的羊群都让他们的污水给药死啦！让他们给我赔！那羊是新疆的纯种，是我费好大劲弄来的！听见吗？让他们去新疆给我整去！"吴专员气得拿着话筒的手直哆嗦，直到马文富告诉他李书记正在场亲自处理这件事，他才放心地撂下话筒。

孙局长一边听着吴枫发火，一边偷笑。吴枫也不在意："走，到大会去！"

孙局长刚下乡回来，想处理积压的文件，见专员找到头上，只好跟着他去

189

开会。他实在有些不情愿，本来是组织工作会嘛，非要插一杠子。人老了，有些想法也古怪，若是头几年，吴枫绝不会这么做。

"你也讲讲，要他们种草！他们不想种，你就多宣传，现在不能下命令了，就得用嘴去说！"吴枫边走边说。

孙局长在身后"嗯"了一声，他在想着对策。农业问题是多方面的，不光是种草呀。眼前，主要是落实农村经济政策，农业方面已经抓了几个典型，很有说服力，不妨在会上讲讲。他想把参加会的农村工作干部召在一起，开个小型座谈会，在这个范围内讲讲还算有的放矢。

到了招待所，孙局长让吴枫先到休息室稍候，他去找杨书记商议。杨书记正在和各县的分工管组织工作的县长讨论一个文件，他听了孙局长意见，表示赞同。恰好，上午是分组讨论，杨书记让会务组马上通知分散在各小组的集中到会议室。不到一刻钟，小会议室内就坐满了人。行署办的陈秘书也被叫去记录。

孙局长主持开会，他怕吴枫开板就唱，嘴没把门的，就利用主持会议的方便条件抢先发言。他说："今天临时开个座谈会，吴专员要听听贯彻农村经济政策方面的情况，大伙先讲讲，吴专员最后做总结。若是你们还没想好，我先谈点个人想法。昨天我到南阳公社刘家沟大队听了他们介绍种草的经验，很有启发！"

吴枫先是紧皱着眉，一听到有"草"字，眉头立刻舒展开，侧着头听着。

孙局长点了一支烟，慢慢地吸着，沉思了半天，说："刘家沟大队的刘主任，是一个只当了三年队长的小伙子，很有头脑，很有本事。他早就知道草木樨是优等饲料，一百斤草含粗蛋白四斤半，用它喂猪，猪长一斤肉需要消化六两粗蛋白，这样一亩地的草木樨可喂成一头一百八十多斤的大肥猪，能省下不少精饲料。他们种草木樨不是春种秋翻，而是留茬过冬，由过去的一千多斤，增加到三千多斤。你们说，这办法怎么样？"

吴专员高兴地挥挥手说："有地就能种草，用不着好地，多种草，有草就富了……"

大家都笑了，在孙局长的启发下，这些熟悉农村工作的基层干部，围绕着"草"字主题，进行了热烈的讨论，孙局长不时地插话，使小会开得很活跃。吴枫坐在孙局长的对面，他发现人们的眼光都在注视着孙局长。而孙局长就像一名乐队指挥，不时地把他那权威的目光投向散坐在各个角落的人们的脸上。吴枫被冷落了，"这不是权力的转移吗？"他有点心酸，顿时起了妒意。他干咳了两声，以示自己的存在。然而，孙局长仍然那么谈笑风生，人们仍然向孙局长投去热烈的目光，只有一两个人偷着瞅他一眼，那目光分明含着对他的怜悯。

他颓唐地把头往后一仰，合上了眼睛。呵，"权力"的转移，是在岁月的流逝中悄悄地进行，没有固定的界限，没有一个准确的时间，不受职务的约束，只有在人民的眼睛里，才能发现一个人的权威的建立和消亡。吴枫对人们的眼光是最敏感的，昔日人们投向他的目光是多么热烈啊，那简直是一种令人心醉的享受。而今，这种目光一去不复返了……

孙局长看了一下手表，再有半个小时就开午饭了，会开得还不错，就把剩下的时间让给了吴枫。

吴专员决心来一次冲刺，他要改变自己的形象，做一次和他职务相称的讲话。他一口气把剩下的时间全包下来，虽然口齿不清，言语不连贯，意思还是能够说明白。不少人觉着吴专员笨拙的样子觉得可笑，可是不敢笑出声来，只是在他自己说乐了的时候，他们才借机放声大笑起来。

孙局长却没有笑，他低头吸烟，烟雾遮住他的脸。他在沉思：人老了，该退休就得退休，不然简直成了滑稽演员了！

散会后，吴专员让陈秘书马上把自己的讲话整理出来，写成会议简报，下午就发下去。

吴枫先走了一步，陈秘书为难地对孙局长说："他讲得语无伦次，文不对题，怎么整理呀？"

孙局长很同情这位新调来的年轻秘书，便笑道："你找马主任，他有办法。"

陈秘书到餐厅胡乱吃了几口饭，就急忙找马主任。恰好他刚从东升化工厂回来，正在家里吃饭。他一边嚼着馒头，一边看记录稿，陈秘书在注视着他的表情。马文富看到最后一行，嘴角一翘，笑出声来。陈秘书说："真没办法！孙局长让找你，你说怎么办好？"

马文富说："这个好办，你抄写清楚，原文照登。让打字员马上打出来，先不要印，把打出的蜡纸交给我就行了。"

陈秘书如释重负，高兴地走了。

下午，马文富到了招待所，陈秘书把一叠蜡纸递给他。

马文富笑道："忙了一晌午吧？一会儿吴专员准来检查你的工作。"

真是说曹操，曹操就到，话音刚落，吴枫拄着的拐棍已经先进门了。

"简报搞出来了吗？"吴枫问陈秘书。

马文富把打字蜡纸的底页抽出来，指给吴枫看，说："马上就派人去印。"

吴枫看了一眼，确认是他的讲话，就放心地点点头，说："我先回机关，这个会，杨书记参加就行了！"说完就转身出去了。

吴枫走后，陈秘书满腹疑虑，问马文富："这就去印吗？"

马文富摆摆手说："先放到抽屉里吧！吴专员不会再来问了！"

三

翌日晨，在机关门口，马文富遇到了李书记。李书记看到身后有不少人，就把他叫到门旁的一棵大树底下，低声问："昨天吴专员在三案平反工作会议上的讲话，你们搞简报了没有？"

"陈秘书整理出来，打了字。"马文富笑道。他的话留了半截。

"吴专员要了一套简报，还查了编号，他问怎么没有他的讲话。"李书记说。

"我没让打字员印，压下了！"马文富说了实情。

"你呀，把老头儿给骗了，他向我告你状了！"李书记说完就笑起来。

马文富知道已经露馅了，说："他的讲话实在不能印，晚上我跟他说说。"

李书记走后，马文富觉得心里很不安，他参加工作以来还是第一次欺骗上级，而且是对他多年培养的老上级……

晚上，吴枫和他的老伴都在家。马文富是他家的常客，用不着敲门就大模大样地进屋了。吴枫的情绪不高，他坐在靠窗的一个沙发上看报纸，微微抬起头，很冷淡地说："坐吧！"

马文富吃透了他的脾气，知道他不会真生他的气，便坐在斜对面的软椅上。

吴枫的老伴是机关托儿所的所长，晚上要去学习，见马文富来了，便说："今晚不侍候你们了。我不回来，不许你走，你把我们老头子气得够呛，我还要找你算账呢！"

马文富从口气里知道那件事她已知道了，便笑道："我等着！"

吴枫的老伴走后，马文富便自己去烧水。在厨房里，他看到地上一堆豆角、西红柿，知道管理员下午给各常委都送了菜。他又打开盛粮食的箱子，看到剩下的大米和白面都不多，盛绿豆的袋子也空了，小米也只剩下一碗。看来，他让粮店到各户送粮的事没有办成，粮店方面有什么困难吗？他想明天派人再去过问一下。他在厨房看了半天，退休后的生活如果不安排好，确实是个大问题。这么大的年纪了，家中又没有年轻人，难道能让他们到粮站排队买粮？他又掂掂液化气罐，里面的气也不多了，火苗也不高，也该换罐了。这些日常生活的事情，在退休之后，都将成为"主要矛盾"。谁来管他们呢？有职就有权，没职还有权吗？在"四人帮"把社会风气都败坏了的今天，人与人之间的关系那么冷漠，谁来关心那些没职没权的老干部呢？

马文富把烧开的水壶提下来，又到里屋的小柜里把吴枫珍藏的庐山云雾茶拿出来。

吴枫听到他在屋里翻东西，便说："有毛峰呢，喝不喝？"

"藏在哪呢?"他在里屋喊道。

"在这呢!"吴枫冷冰冰地回答。

马文富看到吴枫从书柜的底格里掏出一个茶筒,笑道:"这个秘密我还没发现呢!"

马文富取来茶壶,捏了一小捏,水一沏,立刻冒出一股清香的茶味,他禁不住喊了声:"真香啊!"随后,又从兜里拿出一个信封,贪婪地倒进一小半,装进兜里。

吴枫仍然郁郁不乐,他知道马文富晚上准来找他。这些天,他一直在想着一件事,中央一些领导同志辞去了政府职务,要废除干部终身制,他感到非常震惊,疑惑不解;上行下效,地方很快也要这么做,这更使他惶惶不安。他发现,人们似乎把他看成应该带头的目标,向他投来的微笑的眼光,仿佛都含有劝慰他退休的因素。尽管没一个人说让他退休,可是人们的眼光在无形中形成一股压力,向他袭来,他感到害怕。

"小马,你觉得我是不是太老啦?"吴枫有些伤心地说。

"是老啦!"马文富点点头,偷偷看了他一眼,端起碗在品茶。

"不如以前了吗?"

"差多了!"

"我说话不清楚?头脑混乱?"

"比你想的还要严重。"

"可是我还能工作呀!我天天坚持上班!我的身体还不是太坏的!"吴枫涨红了脸,他有些愤愤然了。

"人们难道还说你革命事业心太强吗?现在可不那么看了。人家说你舍不得放下手中的权力!"马文富没有瞅他,从茶几上拿起一支烟,把它点燃。他的手有些发抖。

一阵可怕的寂静,马文富的话是这么刻薄,像一把尖刀捅进吴枫的心窝。

吴枫觉得身子发软,往沙发上靠着,惨然一笑:"这么说,我不中用了……"

"大自然的法则是谁也不能违抗的!你明明年事过高,有些糊涂了,却不敢承认,还要事事说了算,还要人们去照你说的办。这怎么行呢?人们尊敬你,是因为你过去为革命做了许多工作。可是,现在你糊糊涂涂的,谁还听你的?你在讲话的时候,大家为什么要笑?你那文不对题的讲话还要打印,若是发下去,人们该怎么说你呀?"马文富毫不留情一股脑儿把话都说出去。

吴枫反倒沉静了,马文富在他面前,从来都讲真实的话。他喜欢坦率的人,这是他们长期保持友情的一个原因。

马文富有些激动了，站起身来，说："你为什么不想把那些年富力强的干部充实到领导班子？现在的常委，有两名常年有病，有三名情况和你差不多少。这样，就有半数多的常委处于很不正常的工作状态，想一想，这样的班子能领导全区人民搞四化吗？要是投票选举的话，我就投你的反对票！"

吴枫的身子晃动一下，显然马文富刺激他的话起了作用。他闭上眼睛，轻轻地说："那么，我该怎么办？"

"辞职退休！"

一阵沉默。

"是谁让你来动员我的？"

"是我自己！"

又是一阵沉默。

"你走吧，我要一个人想想。"吴枫向他无力地挥挥手。

马文富把烟头掐灭，抿到烟灰缸里，说："我说的话对你刺激很大吧？"

"我早就有准备了。"吴枫微微一笑。

马文富走后，吴枫走到院子里，坐在葡萄架下的躺椅上。他仰望夜空，无数颗星星在向他眨着眼睛，似乎在嘲弄他，他不禁长叹一声。

参加革命需要勇气！

辞官为民需要更大的勇气啊！

四

常委会扩大会议进行了两天，除两名请病假外，所有的常委都参加了。这次会议的中心议题是关于选拔和培养中青年干部问题。经过上级批准，提拔两名四十岁左右的局长为副专员，其中一名便是农业局的孙局长。这次会议还任命一批部局委办的中层领导，这些人都年富力强，学有专长。关于老干部退休问题，没有专门进行讨论，只是李书记提出一个个人想法，各级都要酝酿成立老干部顾问处，常委们先考虑一下，让办公室摸摸情况，做一些准备，下次常委会再议。吴枫一直很注意地听着，他本以为他和几名常委的退休问题会在会上提出，但是很出乎他的意料，在常委分工时，让他和新任命的孙专员抓农林口工作。

最后半天会是李书记总结，除了常委之外，部局委办的主要负责人都参加了。吴枫坐在最前排，虽然合着眼睛，耳朵却一字不漏。李书记讲话后，宣读了一份令人震惊的省委文件："省委同意李军同志提出的辞去地委第一书记职务的报告，任命原地委副书记杨玉同志为地委第一书记，李军同志为地委副书记。"

李书记带头鼓掌，激动地走到杨书记面前，紧紧地同他握手，会场里的掌声像放鞭炮一般。

消息飞出会场，人们奔走相告，一把手让位于较年轻的副手，受到了热烈赞扬。

中午，吴枫在家里很不舒服，午觉没有睡好。老伴知道他心事很重，但又不好劝他，便说："睡不着就下地走走，活动活动！"

他有些头疼，想去医院。老伴刚要伸手打电话向车库要车，他用手把电话按住，嗫嚅地说："我自己去！"

老伴吃惊地说："你自己？今天怎么啦？"

吴枫摇摇头说："今天我要当当老百姓！"

"你疯啦！"老伴着急地说，"你自己去谁认识你呀！能给你好药吗？"

吴枫拿起拐棍就要走。

老伴见他固执，便说："那，我陪你去！"

吴枫气得把拐棍举起来："你也瞧不起我？告诉你，我还能走！还没瘫！"

老伴也气坏了，连连说："去吧，去吧！人老了像小孩似的不懂好赖！"

吴枫赌着气走出大院。天热得透不过气来，走不一会儿，吴枫就已满头大汗了。

"当老百姓！"他咬着牙对自己说。

老百姓是多么好的名称啊！归到这个堆里，就像一滴水归进大海里。他不知从哪来了一股劲，顿时觉得腿脚灵便了许多，不那么一踮一踮的了。

从家门口到医院足有四里多路，多年来他第一次走这么远的路。到了扇形广场，他要从中间穿过去。在马路中间，一辆辆卡车、轿车拦住了他。耳边的喇叭声一个劲儿地叫。身前身后都是车，他有些眼花缭乱，一步也挪不动。这时，不知从什么地方传来了广播声："喂，马路中间的老大爷，别愣着啊，请您走人行道，不要站住，影响车辆通行！"

交通岗发出了警告，他仍然不知所措。这时岗楼里下来一位民警向他跑过来，说："跟我走！"

吴枫硬是让民警架过了马路。民警微笑着说："老大爷，以后要走人行道啊，在那边！"说着向右边指了一下。

吴枫感激地点点头。他心里很高兴，他是以老百姓的身份接受民警的指挥和训导。此时，他忽然想起了尼克松。这位被弹劾下台的美国总统，曾在中国的天安门广场以普通美国公民的身份散步。资本主义国家的总统都能以普通公民为荣，社会主义国家的共产党干部反倒以当老百姓为耻，这是多么奇怪的现象啊！吴枫不禁有些愤愤然了。

到了人民医院，下午还没有挂号，人们却排了很长的队。挂号窗口旁也挤着很多人。吴枫好半天才找到排尾，站在一位和他年龄相仿的老人后面。这里又闷又热，一股酸臭味直扑鼻子。他有些吃不住劲儿，他是第一次排队挂号看病啊！然而，看病的老百姓不都是这样吗？他们觉得排队是正常的，等待也是正常的，并不那么焦虑烦躁。

"当老百姓！"他又咬着牙对自己说。

挂号窗口打开了，前面的人乱成一团，后面的直喊要自觉排队。吴枫也着急了，看到几个刚进门的年轻人往窗口挤，便大声喊道："你们年轻人要自觉到后面排队！"旁边也有几个人给予声援："真不像话！年轻人怎么这样呢！""你们看看这位老同志，拄着拐棍还站排，你们还不自觉！"可是，那几个人像聋子。

有人喊道："咱们后面排队的别弄乱了，一个挨着一个，不让加塞，等前面乱出头，就好了。"这个主意立刻得到赞同。吴枫赶紧挪了几步，往前面那人的身后紧靠，像一名老卫兵似的，眼睛左右环顾，警惕地望着走动的人，而他自己的背后也被一个热烘烘的身体贴着。

吴枫热得透不过气来。他突然想到二楼的北头是高干病房，只要他的身影出现在那里，一切都好办了，患一点小病，也会投给你价格高昂的进口药物。

"当老百姓！"他又在心里默默地说。他硬是挺着，豆大的汗珠顺着脸颊往下淌，衣衫似乎也湿透了。

约莫半小时，轮到吴枫挂号交款。他从上衣口袋里掏出一角票，却又带出几个零分，掉到水泥地上，发出几声"当当"的清脆响声。

"同志，钱掉了！"有人在身后喊。

吴枫顾不得捡钱，抖动的手伸进了窗口。

"挂哪科？怎么不说话呀！"窗口里一个俊俏的女同志向他瞪了一眼。

吴枫忙说："我挂内科……"

"满员啦！"

"我，等半天了……"他急得满脸出汗。

"没看见挂牌子了吗？"

吴枫一下子蒙住了，热血直往头上蹿。

"往旁边闪闪，让后边的上来。"那女同志不客气地喊着。

吴枫只好不情愿地闪到一边，又茫然地看着后边的人往前挤。这时，一个女孩子说："伯伯，你的钱！"他掉到地上的几个零分，她捡起来了。

"谢谢，谢谢！"吴枫高兴地向小姑娘点点头。

这时，一个小伙子挤到跟前，说："老大爷，我挂号挂重了，这个号给你吧！"

"谢谢，谢谢！"吴枫真是感动已极，连声称谢，他接过挂号票，递上一角钱。

下午四点多钟，吴枫拖着精疲力竭的身子回到了家。

"看病了吗？给开了什么好药？"老伴关切的口吻里带着几分讥讽。

吴枫从上衣兜里拿出一个小口袋，里面装着几片药，口袋让汗水给浸湿，有点破碎。他轻轻把药片倒在右手里，"咦？怎么六片少了一片？"他脑门立刻沁出了汗珠，急忙摸摸兜，终于从里面又摸出一片，这才放了心。

"索米痛啊！我当什么好药。咱们家还有西德进口的止痛片呢！"老伴撇着嘴说。

吴枫摇摇头："还是我自己抓的药好使，快给我倒碗水来！"

五

吴枫过了半天的老百姓生活，弄得疲惫不堪，可他心里感到很快活。他又回到了人民中间，感受到了几十年所感受不到的新东西。一种新的生活具有很大的诱惑力，他愿摆脱许多昔日的烦恼。他将要像当年参加革命那样，去熟悉新的生活。

吴枫决定要周游全区，并让马文富陪同他。一辆绿色的北京吉普从山城开出来了，这是吴枫最后一次以官的身份旅行！

吴枫的兴致很高，倒是爱说爱笑的马文富沉默了。他察觉得出，吴枫已经有了主意。

吴枫应该是快活的。他顺乎民意，自觉（虽然痛苦）地要当老百姓，无疑他的行动是大无畏的举动，其意义并不亚于当年他参加革命。

车到大黑山，这里是一片林海。他们到了大队，稍休息一会儿，吴枫就要登山。马文富有些担心，劝他到山腰看看就行了，可是吴枫却执拗地要登到山顶，大队书记、主任只好跟在后面。马文富见他吃力的样子要去搀扶，他却推开他，说："山，得靠自己去爬！"

他们爬到山顶，举目瞩望，群山叠嶂，一片翠绿，耳边松涛吼鸣，一阵凉风吹来，感到十分惬意！这一大片松林，是1956年搞合作化时，吴枫在这里蹲点时发动社员植起来的。如今已经二十几年了，松树长得一人多高，以后会越长越快了。他扶着一棵松树，感慨万千。前人植树，后人乘凉，当年植树的老年人，多数已经不在了。植树时的人山人海热闹场景，恐怕也在人们的记忆中消失了……是啊，大自然的法则就是如此，芳林新叶催陈叶！

"吴专员，这里有不少树是你亲手植的呢！"大队书记笑着说，"大伙都说，不是那年你抓得紧，就没有这片松树林子！"

大队书记的话，虽然有些恭维，可是并不夸张。马文富是见证人，当年他曾跟着吴枫在这一带蹲点。

吴枫并不缅怀昔日的成绩，他在想，若干年后，当这片树林成材的时候，他或许早不在人世了。人生太匆忙了，十年动乱夺取他有限生命的六分之一，不然他可以为人民更多做一些有益的工作。党啊，总结自己的教训吧，让每一个人的生命之花充分绽开，即使将来它有枯萎凋谢的一天，他也会感到人生奋斗的乐趣。

吴枫和马文富在大黑山住了一宿，走访了一些社员家庭。第二天，又起程继续周游。他们整整走了七天，最后一天来到了大青山牧场。

大青山牧场是吴枫一手操办起来的试验牧场。当年，这一带全是荒山秃岭，有少量的山坡地，打不了多少粮食。吴枫一眼选中了这个目标，他找来县、社干部召开了试办牧场的现场会，他的"种草经"就是首先在大青山开花结果的。

牧场的职工听说吴枫来了，都觉得格外亲切，在牧场新建的一幢办公楼前，围拢了不少人。吴枫看到这么多熟悉面孔，心里很高兴。大家像众星拱月似的把他请进了小会议室。

牧场的周场长，是吴枫过去在这蹲点时发现和培养的青年干部，如今也有四十多岁了。他想先向吴专员汇报牧场的情况，吴枫却性子急，他要先去看看草场和牲畜。

周场长很有雄心大略，他要在两年内把牧场扩大三倍，解决全城奶品和牛羊肉的供应问题。他们边看边谈，吴枫从来也没有这么兴奋过，他的脸色通红，流露出平时很少见的光彩来。他完全赞同这位实干家的意见，而且，他还想得更远……

"你们有空房子没有？"吴枫在往山里去的小路上问道。

"干什么用？"周场长疑惑地问道。

"能住人的，两间就够了。"吴枫说。

马文富心里一动，他知道吴枫的用意了。

"房子倒是有现成的，"周场长说，"过去您在这蹲点时，住过的那间房子现在是仓库，收拾一下就行了，是谁要来住哇？"

"你一两天就把它收拾出来，到时候就知道了，给你送来一户老职工！"

周场长看看马文富，只见马文富一个劲儿地在低头吸着烟。这时，一群绵羊咩咩叫着从山坡上下来。这新疆的良种，在牧场繁殖成功，已是第四代了。这些羊不怕人，在人跟前大模大样地走。望着雪白肥壮的绵羊，吴枫像孩子似的咧开嘴笑着……

周场长稍后一步，到马文富跟前小声说："吴专员要房子给谁住？"

马文富极力控制自己的激动情绪，也低声说："吴专员过去对那些来自山南海北的干部说过，要他们安心在山区干一辈子，大青山下埋忠骨！这位老职工，你要好好照顾他！"

周场长明白了，心里一热，涌出了眼泪。望着吴专员的背影，他默默对自己说："欢迎你啊，革命的老前辈！"

吴枫把大青山牧场选中为归宿之地。这里空气新鲜，山清水秀，牛羊成群，果树成荫。在这幽雅的环境里，可以做一些力所能及的工作，度过晚年，这不是很有意思吗？这里距电视台很近，收看节目比城里效果还好。早晨，可以在绿茵茵的草坪上散散步，做做操，可以在茂密的树林里听听鸟鸣……当什么顾问？他要老老实实做一名法律所保护的中国公民。

晚霞把大地染红，在霞光里，汽车回到了山城，结束了一周的旅行。

老伴告诉他，马文富是个有心人，他们走后办公室出面搞了一个生活服务社，安排了一些留城青年，专管老弱病残和退休干部的生活。这些天热闹极了，粮食送到家，液化气罐也换了，蔬菜也挨家挨户送，还专派一名大夫到各家往诊。吴枫听到这些，虽然很受感动，却不感兴趣，他对老伴说："什么事都别想得那么美，想得太美了就自寻苦恼！老伴，咱们到大青山牧场度晚年吧！"

老伴一听就急了，喊道："你去吧，我可不跟你去！到大山沟里谁还管你？你在城里，就是不当专员，也得当顾问，生活上也好照顾你！"

吴枫不愿意和她争吵，他知道一旦自己的决心下定，她最终总是服从他的。

已经是夜间十点多钟了，老伴早已进里屋睡觉了。吴枫打开台灯，从写字台的抽屉里找到一份材料。他坐下来，戴上老花镜，细细地看着。这是吴枫过去填写干部履历表时留下的底稿，上面记载：

一九三八年在太行山参加革命，同年入党。

一九四〇年派往新岭煤矿，做党的地下工作。

一九四一年组织"五一四"暴动。

一九四三年由于叛徒出卖，被捕入狱。

一九四四年劫狱暴动成功，带领暴动队伍开进热辽边区。

一九四五年参加解放山城战斗，任营长。

一九五一年赴朝参战，任团长、副师长。

一九五八年转业地方，任副专员。

…………

吴枫合上眼睛，这短短的几行字，却包含了他一生的经历。他想了一下，跟党革命几十年，没有做出辜负党的事情，他在工作中有错误，这是他所不能避免的。回忆自己一生走过的路，他感到问心无愧。而今，他就要辞去职务，回到老百姓中间，他可以向人民说：人民交给我的工作任务，我完成了！

他睁开眼睛，看到写字台的右边，放着一份材料，上边写着一行小字：

吴专员：

这是我写的一份《关于加速发展山区农业建设的报告》，文中引用的许多观点都是来自你十几年的工作报告和总结材料，同时也提出一些我个人的看法。请你阅后提出意见，在你方便的时候，我将去当面聆听。

这是孙副专员写的报告，是在他外出的时候送来的。吴枫擦了擦老花镜，连续看了两遍，不禁拍案叫绝："这小子，真有他的，不愧是农大毕业的高才生！"他又找出一沓打字蜡纸拿出来，这是他下乡前索回来的，底页上有李书记的一行签字批语："吴枫同志的讲话请秘书处整理后在农村工作简报上刊登。"他又看了一遍，轻轻摇摇头，把蜡纸同陈秘书整理的底稿一起撕碎了。

他觉得很坦然，心里很干净。他静坐了一会儿，拿起钢笔，在一张白纸上用颤抖的老手，写下了五个大字：

辞职申请书

转　正

韩石山

对于我们这些临时工或合同工来说，再没有比转正工更重要的了。辛辛苦苦工作几年，十几年，除了想为国家为人民做点贡献外，如果说还有什么个人"野心"的话，就是：转正，当个国家正式工。

明白了这一点，当李主任把一式五份的转正登记表交给我的时候，我是一种什么心情，就可想而知了。说句不嫌害羞的话吧，比结婚那阵儿还高兴。这个比喻，好多人碰上喜庆事都用，实际上并不恰当。结婚，没对象，可以找，找不到好的有次的。找到了，等上那么一年半载，花上那么三百五百，领上张结婚证就完事了。而转正，我眼巴巴地盼了十八年，蒙受的屈辱更不是用人民币可以折价计算的！

"玉成，"这天中午，吃过饭，李主任对我说，"午休起来，你到我办公室来一下。"

我已料到是什么事，真想马上跟着他去办公室。但转念一想，李主任是喜怒无常的人，谁敢肯定他不会一怒之下变了卦呢？

耐着性子，我等到午休后，确确实实看见李主任已起了床，才来到他的办公室。为了不使他看出我已知道是什么事，还故意怯生生地问："李主任，有什么事吗？"

"玉成，"他亲热地说，"你为我办了事……"

我忙说："那不算什么，你不必在意。"

"好！"他嘉许地说，又变作严肃的神态，"领导上考验了你这么多年，费了大事啊!"说着，拉开抽屉，递给我一沓纸。

我接过一瞅，果然是转正登记表！当时，我有点发愣。李主任咳嗽了一声。我清醒过来。一瞅他正注视着我，立即意识到他是在看我感动不感动。急忙满脸堆笑，连声说道:"多亏李主任，多亏李主任……"

"转正了，往后更要好好工作，听领导的话。"他很满意我的乖觉，点点头，笑了笑，"去吧，填好，下午给我。"

我把登记表紧紧贴在胸前，扭头就朝宿舍跑。闩上门，坐在床上（没有桌椅），双手捧起登记表，仔细端详:道林纸，八开，铅印的，尽上头一行大字——"临时工转正登记表"。明知五张一模一样，我还是一张一张地挨个儿看，生怕有什么差错。

十八年来，转正的人一批接着一批，有比我来早的，更多的是比我迟来的。因为没有自己的份儿，人家填表的时候，我总是躲得远远的。因此上，在此之前，我还真的不知转正表是这么一副眉眼。

左看右看，欣赏够了，我开始一栏一栏往下填。姓名:卫玉成;年龄:36岁;家庭出身:下中农;文化程度:初中。该着"个人简历"栏了，我该怎么填呢?

我的简历，除了吃奶，玩耍，上学，可以用两个字概括:考验。十八年的历史，是一部考验史。正像李主任刚才说的:"领导上考验了你这么多年。"

想起这句话，十八年的酸甜苦辣，一下子全都涌上我的心头。鼻子一酸，眼泪就淌下来了。不，我不该哭，我应当笑。从此以后，我个人的前途，我的六口之家的生活，都有了保障！但我怎么也笑不起来，反而越哭越伤心。好在这没人，我索性趴在床上，放声大哭起来。这么多年，我几乎没有痛快过一天，这会儿能痛痛快快地大哭一场，心里也是痛快的。这是经受了各种各样考验后得到的权利！

1959年，我初中毕业，没考上高中，回到家乡参加了农业劳动。第二年春天，胜利渠灌溉管理处招工，我报了名。没几天，我背着铺盖卷儿，来到管理处报到。

当时，胜利渠刚修成不久，一切都还乱七八糟。有点门路的人，谁也不愿意在这儿工作。但对我这个农村的小青年来说，还是挺满意的，毕竟是参加了革命工作嘛。那时，不像原来这样名目繁多，什么临时工、合同工、副业工、转换工、亦工亦农，叫人听了头痛。我是巡渠员，每月二十块钱。

我们这批新参加工作的，有八个人，连同原来的五个共是十三人。管理处的负责人老马，原是县委农工部的一个干事。四十出头的年纪，待我们很好。上工的第一天，他把我们八个人叫到他的宿舍（那时还不叫办公室）。先讲了胜

202

利渠的修建过程、规范、作用、远景规划，最后鼓励我们说："小伙子们，好好干吧。你们是咱们县水利战线的第一批新兵，前途大得很哩！"

我负责巡查三支渠。凡要用水的生产队，在管理处开下配水单，我照单放水，掌握流量大小。没事的时候，就在渠上来回巡查，防止有人偷水。我村的土地，就在三支渠的灌溉范围内。一天，生产队长拿着配水单来了，我按照流量规定，提起闸门。他说："玉成，不能再高点吗？"

"八叔，这是规定。"我说。他是我的本家叔叔，按老弟兄们的排行，他为八。

"村里的人都说，本村人管水……"他没料到我会这么死板，有点不自然，也有点愠怒。

"都这么想，国家要受多大损失。"我用铁丝拧死闸门。

八叔不再吭声，我心里多少有点抱歉。又一想，领导这样信任自己，国家每月给我二十块钱，我总要对得起领导的信任，对得起国家的二十块钱工资。什么本村不本村，八叔不八叔，且放在一边吧。

就这样，我勤勤恳恳，认真负责地工作着。转眼到了1964年，县上拨下五个转正名额。原来的五个老人手中，只有老马和一个技术员是国家正式职工，其余三个，这次理应转正。新招的八个人中，可以转两名，我和小周被评上了。就在填表的头一天，老马找我谈话。

"小卫，"他恳切地说，"这五年，你工作得很好，大家都看在眼里。有个事儿，我想和你商量一下，情愿不情愿全在你。"

"什么事？"

"你们八个人中，就数老李岁数大，家里老婆孩子一大堆，生活很困难。他工作不太好，也能说得过去。你是不是可以把这个转正名额让给他？"

老李，就是现在我们管理处的主任李长胜。他当时已是三十多岁的人，先前曾在一家私营商店当过学徒，后来又在村里晃荡了几年。这次评选，没评上他，他的情绪很大。我当时已经结婚，还没有孩子，父母都还能劳动，家庭负担并不算重。

"怎么样？转正的名额。往后还会有。下次来了，一定先让你。"

老马把话说到这儿，我还能说什么呢？我点点头，痛痛快快地答应了。第二天，老李和小周办了转正手续。这次，我虽然没转正，但心里很高兴。同志们也都称赞我风格高。

下一批转正名额还没来，"文化大革命"倒先来了。老马被打倒，每天打扫厕所。李长胜造反掌权，当了管理处的头头，后来又入了党，成为管理处的革委会主任。在老马的受难日子里，我常照顾他，有时给他送点纸烟，有事帮他干点重活。避过人，我俩常谈知心话。

"小卫！"有一次，他难受地说，"当初我瞎了眼，动员你把转正名额让给了姓李的。谁能想到，他是这么个浑蛋。"

事已至此，我也不好再说什么，只劝他放宽心，保重身体。后来他就去了干校，再没有回管理处。至于我自己，不管谁当领导，我都本本分分地工作。我是为革命工作的，不是为哪一个人干的，不能拿工作置气。李长胜待我，倒也不苛刻。

1972年，我三十岁，已有两个孩子。妻子因孩子拖累，不能多参加田间劳动。父母都已六十开外，身体不太好。整个家庭的重担，都落在我的肩上。那时，我的工资，已增加到二十八元。这二百八十毛钱，对我这六口之家的生活来说，就像一个不够尺寸的被子，盖住中间露两头。常常是拆了东墙补西墙，借上这家的钱，去还那家的债。

不管家庭生活如何艰难，我仍旧一心扑在工作上，还是那样兢兢业业，循规蹈矩，不敢有丝毫的怠慢。多亏八叔，他不计较我当年顶撞的个人恩怨，照顾我父亲当了护林员，每年可挣二百个工。这样，多少使我喘了一口气。

这年秋天，上级又拨下一批转正名额：三个。十几年来，我们的管理处已扩大到三十多人，绝大部分是临时工。1960年招收的八个人中，除去已转正的李长胜和小周，只剩下我和三旺两个人，其余的人都已陆续离开。我想：这次转正，我和三旺该没问题。

转正工作的第一步，仍是群众评议。几经反复，我和三旺都评上了，还有一个是后来招收的临时工。谁知，李主任宣布名单时，有三旺却没有我，那个临时工也没有。换上的两个人，一个是李长胜的小舅子，一个是县革委会政工组长的儿子。

我急了，去找李主任讲理。现在的李主任，可不是当年和我们在一起的李长胜了。对我们这些临时工，总是哼儿哈的，待理不理。我知道自己的身价，不敢跟人家套近乎。进了办公室，连坐也不敢坐，站着向他陈述我的困难和委屈。

"李主任，"我哀求着，"民主评议时有我呀……"

"先民主后集中嘛！"他揪了根笤帚篾儿，剔剔牙，打着官腔说。

"三旺和我一起来的，他转正了，怎么没有我呢？"

"他工作好嘛！"

"1964年转正时……"我想提醒他。当年要不是我把转正名额让给他，他也不会有今天。

"那是'文化大革命'前的事，提它干什么？"

"李主任，你不能这样……"

"那你去告嘛！去哪儿告？我这就给你开介绍信。"

我无话可说，只得退出来。气愤之余，我冷静地分析失败的原因。三个人中，除过三旺，一个是李长胜的小舅子，一个是县政工组长的儿子。我没有姐姐，当不成有权人的小舅子，这么大岁数了，也不会有哪个有权人收我做儿子。显然这两条路，我都走不通。可是，为什么三旺能转正呢？

和李长胜一起转正的小周，是我的好朋友，很同情我的不幸。他帮我找到了失败的原因："人家三旺会巴结领导，你不会。"我一想：着！我只知勤勤恳恳工作，不会看领导眼色行事，更不会去做那号溜舔奉敬的事。难怪李主任看得起三旺，看不起我！

失败是成功他妈，我要从失败中找出成功的经验来。我打定主意：一面做好本职工作，一面学着巴结领导。为了我个人的前程，为了我那六口之家的生活，暂且放下人的架子。

每天早上，天还不太亮，我就站在李主任的门外，等他一起床，就给他端洗脸水去。灶上的水开了，就给他灌满暖壶。看见地板脏了，就拿起笤帚。起初，李主任显得有点消受不起，阻挡了我几次。每次，我总是谦卑地说："领导工作忙，这是我应该做的。"

时间长了，他也不再客气。有时来了客人，就喊我："玉成哎，打壶水去！"

我的宿舍离他的办公室不远。一听见喊声，不管手头有多要紧的事儿，我总是脆生生地答应一声："来啦！"赶紧去打水。生怕晚去一步，被别人抢了先。

我巴结领导的范围，越来越大。李主任的家在农村，离管理处五里地。每到了秋收季节，打听到主任家要收红薯，拔棉籽，不等吩咐，我就去了。至于除猪圈，拉垫圈土，这类常年四季的活儿，基本上是我包了。干这些活，不管多脏多累，我从不叫苦，而且绝不抽他家的烟，吃他家的饭。有时候，主任家的活儿和我家活儿发生冲突我也是先尽主任家的，后干自己家的。我把这叫作"先公后私"。

李主任家要盖房子，给了我一次巴结的好机会。我是打土坯的好手，每天不等天亮，就提上馍布袋去了。

"看！这家伙奍拉着舌头又来了！"我走过去，主任村的人在我背后大声嘲笑。

我羞得满脸通红，心里不服气地反驳：事情没放在你们头上，放在你们头上，怕你们的舌头伸得还长哩！

1974年冬天，又下来两个转正名额。我心里暗暗高兴：两年来我巴结领导的辛苦，可以见出分晓了。什么群众评议，完全不放在心上。好在大家都还体谅我的苦衷，把我评上了。群众民主，领导集中，据说民主不过是手段而已。有上次的教训，我没有过早高兴，只等李主任宣布。

主任一宣布，我就傻了眼。两个名额一个是小刘，一个是小王，我连边儿也沾不上。我想找李主任讲理去，小周挡住我，说："算了，算了。你不看如今是啥世道，靠你扫扫地，打打水，能抵什么用？人家不稀罕这！"

晚上躺下，我翻来覆去睡不着，细细分析这次失败的原委。这次转正的两个人，小刘是个姑娘，前年来的。细眉小眼，倒也白净，留着两条短辫儿，挺招人喜爱的。据小周说，她与李主任不太正经，有人曾见她半夜从主任的房中出来。这，我当然比不上，也无法比。我虽然生得浓眉大眼，高挑个儿，头发乌黑，只怕梳上一丈长的辫子，主任也不会看上眼。那小王呢？他是今年春天才来的新人，一没给主任提茶倒水，二没给主任家拉土打坯，为什么也转正了呢？据说他只给主任送过一盒纸烟，一包点心。我出了那么多的力，流了那么多的汗，难道抵不上那么点礼物吗？我怎么想也想不通。

后来，总算打听明白了。是小周告诉我的：小王给李主任送去的一盒烟，每根是用十块钱一张的票子卷成的，点心里包着一块上海牌手表。原来如此！

和小王一比，我自愧弗如。小周说得对：我干的那些出力活儿，实在没什么可稀罕的。我不去干，别人也会抢着干。不怨李主任不让我转正，只怨我没有去送礼！

我由此受到启发，一边给主任干些杂活儿，一边不时地给他送礼。我的工资，本来就是不够尺寸的被子，如今显得更窄小了。以往，我每次回家，总要给我那年迈的父母和幼小的孩子买点好吃的。说是好吃的，也不过是两个火烧，或者三根麻花。自从给李主任送礼以后，这一切自然都免了。老父母理解儿子的难处，不说什么。只是那两个孩子，一点也不懂事，一见我空手回来，小嘴马上就噘起来。我有苦难言，只好哄孩子："爸爸这次忘了，下次回来一定给我娃买好吃的。"

"上次你就说这次要买的，尽骗人！"我脸上火烧火燎，比孩子扇我两个耳光还难受。避过孩子，妻子小声责怪我："就是糖疙瘩，也该买两个呀！"

我拍拍口袋，苦笑着说："有头发谁愿意假装秃子！"

干什么都有窍门，送礼也不是那么简单的。如果不得法，常常碰个一鼻子灰。领导怒了，会说你是拉拢腐蚀干部。张扬出去，群众会骂你，拍马屁拍在马蹄子上了。我第一次送礼，提了一包点心，刚要放在李主任的桌子上，他就喊住我："拿走！这叫什么作风！"

"小意思，主任你别见笑。"我嗫嗫嚅嚅地说。

"你要不拿走，我就扔出去了！"他真的拿起了点心。

我急忙接住。一时间，无地自容，恨不得马上碰死在墙上。后来，小周对我说："哪有你这个送礼法的！你呀，不是那种人，做不来那种事。"我说："不会咱可以学嘛。"和小周商量来商量去，最后决定趁李主任不在办公室的时候，塞进他的抽屉里。这次果然成功了。第二天李主任见了我，脸色好看了许多。还破天荒地问我："吃过饭了吗？"

时代在前进，我溜须的水平也越来越高。每日里，我除了做好本职工作，两只眼睛瞪得圆圆的，只瞅能为主任干点什么杂活儿，只瞅能有什么机会，可以给主任"意思意思"。

我巴望主任得病，这是送礼的好机会。而这病，还要不轻也不重。轻了，不好意思去送礼；重了，我又送不起礼。当然，更不能死。死了，我这多少年的心血，岂不是全白费了？

送礼，对我来说，是个沉重的负担。起初，一包点心，一瓶酒，就行了。后来，大家就像比赛似的，你送我也送，你送得多，我比你还要多。为了显示自己的心诚，我只得咬着牙跟人家比赛。你送二斤点心吗？我就送三斤。你送一条大前门香烟吗？我就送条牡丹牌香烟，还是带过滤嘴的！

钱越来越不够用。我每天吃咸菜，啃冷馍馍。天长日久，这也不是个法儿。很快，我就找到了发财的办法：向生产队勒索。你要浇地吗？我偏不给你水，非得你给我进贡点东西不可。你想多用水吗？也是一样的。生产队为了及时用水，多用水，绝不心疼一百斤二百斤小麦、十斤八斤棉花。我再把这些东西，孝敬给李主任，或者变卖成钱，买些主任心爱的东西送去。我也从中得到许多好处。常常是，生产队给我二百斤小麦，我用一百斤送礼，剩余的一百斤补贴家用。两全其美，何乐不为！

三支渠沿线的生产队，差不多队队有果园。果园要用水，我就白给他们，要多少，给多少。秋天，苹果熟了，我带上大提包，这儿一趟，那儿一趟，趟趟不空。那年秋天我给李主任家送的苹果，少说也有五百斤！

前几年，我公事公办，不徇私情，三支渠沿线的生产队都说我这人"铁面无私"。如今，我要这要那，人们背后都骂我是"活贼""瞎熊"，没良心。我听见了，权当没听见。什么良心，暂且委屈你一下吧！

1976年春天，早早就听说有转正名额下来。我想：这次可不能坐失良机。就在不久前，我妻子喂成一头大膘猪，卖了一百二十块钱。晚上回家，我跟她商议，要送给李主任一百块钱。

"眼看天就热了，老人和孩子还没有换季的衣服哩。"她有点不情愿。

"我工作十几年了，能不能转正就看这下子。等转了正，发下工资，就给他们买布还不行吗？"

"你看着怎么办好就怎么办吧。"她体谅我的难处，含着眼泪答应了。

正好李主任的儿子要结婚，给了我一个送礼的合理名义。我把一百块钱用红纸包好，亲自送到李主任家里。

"给孩子办事用吧！"我脸上堆着笑，喉咙里咽着苦水。我实在心疼妻子多半年的辛苦。

"啊呀，还用你这么费心！"主任笑逐颜开，伸手接过。

"听说最近有转正的名额……"

"好说！好说！"

没过多久，果然下来两个转正名额。这回，我认为自己稳操胜券，万无一失。群众评议，领导审批，几经周折，总算揭晓了。结果大大出乎我的意料，一位是金贵，一位是银狗，恰恰没有我这个玉成。难道我两年来的心血，不计其数的点心、罐头、香烟、苹果、粮食、棉花，还有妻子那一百块血汗钱，都揉在泥里不成？

我去找李长胜，也顾不得措辞，见面就是："李主任，你亲口许下我的，怎么又变卦了？等转正，我等了十七年啦！你就不能行行好吗？"

李主任铁青着脸，冷冰冰地说："这次转正，由不得我。上级有明文规定，要先让反击右倾翻案风的积极分子转正。你不积极，我有什么办法！"

"那，我给你的一百块钱……"我也顾不得羞耻了。

"那是你愿意送，又不是我跟你要的！"

"我胡说哩。"我立即意识到自己做下什么蠢事，急忙退出。

天哪！我下了这么大的本钱，还转不了正吗？我几乎气疯了。找见小周，我问他这究竟是为什么，为什么！

"伙计，"小周温和地责备我，"你也不小了，怎么越来越糊涂。"

"我给他送了那么多礼……"

"当初我就不同意你这样做。"小周说，"要说送礼，谁也不比谁送得少。你不看那两个转正的都是什么人吗？一对害人精。查反动诗词，追政治谣言，他俩害过多少人，你害过人吗？"

"那我这么多年的辛苦……"

"等着吧，也许有天睁眼的时候！"

"四人帮"的粉碎，并没有给我们这个小单位带来什么太大的变化。李主任还是李主任，只是会议室的正面墙上，多了一张领袖像。"揭批清"中，我还是材料组的成员哩。1977年冬天，又来了一批转正名额。我一点也不着急，有李主任在，我还不放心吗？

一天，1972年转正的三旺来找我谈话。

"是这样的，这批转正名额，李主任考虑到你，考虑到了你。"最会巴结领导的三旺，结结巴巴地说，"只是，只是……"

"什么事，你快说呀！"

"小刘的事。李主任跟小刘有啦，有啦……"

李主任跟小刘的不正当关系，可谓历史悠久。去年，小刘跟在外地工作的一位干部结了婚，两人还明来暗往。前不久，小刘怀了孕，那位干部发觉不是自己的，逼着小刘承认与谁发生过关系。这事儿，在管理处闹得沸沸扬扬，尽人皆知。我还把这作为污蔑领导的谣言，向李主任汇报过哩。

"真的有这种事？"我问。

"真的，"三旺说，"得你帮个忙。"

"我能帮什么忙呢？"

"能。李主任说啦，要是你能把这件事应承下来，这次转正，一定有你。"

"要是不呢？"

"那就很难说了。"

我犯了愁。应承下吧，这号缺德事，咱从没有干过。传出去，还怎么见人？不应承吧，十八年了，就盼着这一天。这一天真的来了，能让它从眼皮底下滑过去吗？

"怎么样？"三旺催问。

我说了自己的顾虑。

"没事儿！"三旺说，"已经托人摸清那边的底细，是私了，不经法院。只要你应个名儿，该给那边多少钱，都由李主任出。你放心，一切包在我身上。"

三旺是个什么人，我自然知道。我还是不放心，要求他转告李主任，容我考虑一天，明天上午见话。

"你这个人！"三旺不屑地说，"这是李主任看得起你，才这样照顾你。过了黄河没渡口，你可考虑好！"

我赶回家里，与老父亲商量，他老人家带着哭音说："咱家几代清白，没人干过这种玷污祖上的事。"与妻子商量，她说："你是个什么人，我全晓得。只是这种事，名声太难听了。"她还怕人家会把我逮捕法办。正好八叔到我家来，我把这件事告诉他，他冷笑着说："只有你们这些知书明理的人，才能做出这号事！"在家里得不到支持，我又返回机关，找小周商量。小周听了，连声说：

"卑鄙，卑鄙！"

这天晚上，我辗转反侧，不能入寐。该不该应承呢？掂量来，掂量去，拿不定主意。亲友们的话，不能说不对。但他们考虑问题多是从名誉上着眼，而不考虑我的实际问题。我工作十八年了，还是个临时工，错过这次机会，说不定一辈子也转不了正。快天亮的时候，心一横：只要能转正，别的，何必去管它。再说，代人受过，也不失为种美德。含冤受辱，是古往今来，许多圣人也免不了的。我一个平头百姓，草木之人，受这点屈辱，又算得了什么！

第二天上午，三旺来找我，我二话没说，点点头，答应了。

三旺说："你放心。吃过午饭，李主任叫你，你就去领转正表吧！"

我从床上爬起来，擦干眼泪，又开始填表。

瞅着那一张张洁白的道林纸的转正表，我心中隐隐作痛。十八年，苦难的十八年！为了转正，我付出了多大的代价啊。我的青春，我的志气，我的人格，全给了你——可诅咒的转正登记表！

一切屈辱都已成为历史，只有我成为正式职工，才是今天和将来。想到这一点，我不禁哑然失笑。十几年前，我铁面无私，廉洁奉公，连本家叔父为本村多要一点水，我也不答应，我能转正却甘愿将名额转让给别人。十年前，我辛辛苦苦工作，只想出卖自己的体力，不想坑害别人，我想转正却不能转正。近几年来，我学会了溜须拍马，假公济私；学会了贪赃枉法，行贿受贿；学会了阳奉阴违，两面三刀；甚至学会了代人受过，男盗女娼，总之一句话，我完全失去了我的人格，但是，我却转了正——成了正式职工。每月有固定工资，老年有退休金，死后儿女有抚恤金。嘻嘻！哈哈！

该着填"自我鉴定"栏了。我真想填上这样一句话："我原是个纯洁的青年，如今已成了十足的坏蛋！"理智告诉我，这无异于自杀。于是，我狠狠心，写下一连串的"热爱"。写罢，握紧拳头，照准自己的脑袋，一连捶了几下，心里恶狠狠地骂道："你这个坏蛋！你这个十足的坏蛋！"

下午，我把转正表交给李主任。三天后，我办了国供户口，并领了第一次正式工资。

从此以后，我决心做个正正经经的人，将以前辛辛苦苦，甚至是花了钱学会的那些龌龊本领，全部弃而不用。老老实实劳动，清清白白做人，也许，我那人的良知，会逐渐恢复起来吧？

"你说行吗？"我拿这话问我的好朋友小周。他是我们这儿，唯一能够体谅我的人。

"行。不过得下大决心，才能痛改前非。"

小周走后，我又踌躇起来。不错，我已成了国家正式职工，但我的工资还很低，往后，还要提薪，我还想入党，当个干部。我实在不敢保险，我能不能真正做到"下大决心，痛改前非"。只怕到那时候，我那可怜的良心啊，还要委屈委屈你哩。唉，什么时候，我们单位能调来一个好领导，或者让小周那样的好同志当领导，那就好了。只那时，我那人的良心，才能得到真正的安宁！

1980年11月18日

风雪蜡梅

路　遥

　　她用手绢在模糊的玻璃窗上擦出明净的一块来，身子伏在窗台上，两只圆润小巧的手托住很俊的脸蛋，傻呵呵地望着窗外。她的美丽加上这种娇憨的姿态，是极其动人的。不过，从她的脸上可以确切地看出来这是一个心绪不佳的人。大凡人的忧伤很难埋藏的时候，常常就明显地挽结在双眉之间。

　　这的确是一个有苦难言的人——我们会慢慢知道一切的。

　　现在，她伏在那窗台上，一动不动，只是专心致志地瞅着外面。外面，密集的雪花儿，正轻飘飘地飞着，转着，颤悠悠地降落在地上。院子里已经白茸茸地像铺了一层羊毛毡。远处，城市的建筑物和建筑物后面无穷无尽的山峦，也已经白了；白得模模糊糊的。白花花的雪，又把北方冬季里丑陋不堪的大地覆盖了。

　　可是，在这样的风天雪地里，大地上也并不是没有任何赏心悦目的东西。现在，就在这姑娘视线所及的院子南墙根儿下，那丛枝条灰白、没有一片绿叶的蜡梅树，碎金一般黄灿灿的花朵开得正繁。

　　此刻，她正是在看那花的。这已经不知是今天第几次站在这里了。透过玻璃，在一片迷蒙中看那花，她觉得每一朵都好像是一个意味深长的微笑——而这无数灿烂的微笑似乎都对着这块玻璃，对着她。于是，她自己也莫名其妙地冲那花一笑。笑完了，脸色变得像要哭了一般。

　　她记得前几天，那树上还只是一些玉米粒一般大小的花苞，想不到今天竟然在这风天雪地里，赌气似的绽开了花瓣儿。多好强的花朵呀！

不一会儿，她已经不由自主地转身开了房门，踩着软绵绵的雪地，飞跑过院子，站到了蜡梅树跟前。她轻轻折下一枝来，把枝条上成串的黄花凑到鼻子尖儿上拼命嗅了一下。然后，又在冻得红艳艳的脸蛋上亲昵地偎了偎。雪很快染白了她乌黑的头发。她甩了甩头，手里举着这枝花，像举着一面旗帜似的向自己的屋子跑去。

她拉开自己的门，愣住了。她看见，就在她出去的这一会儿的时间里，屋子里已经进来了两个人，他们现在正坐在她的床铺上。

愁云立刻又笼罩在她的脸上。多少天来，她竭力想躲避这两个人，可是现在看来她已经无法脱身了。靠桌子一边的床头上，坐着她的领导，这个招待所的女所长。她穿着短呢大衣，那张看来很慈祥的脸上，仍然带着那种令人畏惧的宽宏大量的笑容。另一个是所长的儿子，正靠在她的铺盖卷儿上，大大方方地抽着烟。

见她回来，母子二人都站起来。所长亲切地笑着说："哟，这么好看的花！专拣这风雪天里开哩，心疼死人了！"说着就走过来，一只手亲昵地在她肩上捏了捏，又抚摸了一下，关怀着说："琴，你穿得太单薄了，可千万小心着凉啊！听说这几天正闹流行性感冒哩……"

所长的儿子看来急忙找不出合适的什么话，只是直挺挺站在他妈身后，一只手在头上轻轻揉搓着几根不服帖的头发。

她对所长的关怀报以淳朴的一笑，说："不要紧……"

她把手里那枝蜡梅花匆忙地插在一个早已准备好了的水瓶里，然后给两个客人倒了两杯开水，放在床头边的桌子上。她现在不知道做什么是好，随手拉开桌子的抽屉，想找那件没有打完的毛衣，但没找见，她一时也记不起放在什么地方了。于是，她只好又局促地站在窗前，两只手揉搓着衣角，心慌意乱地望着窗外。刚才揩净的那一小块玻璃又变得模糊了。外面像是起风了，影影绰绰看见雪片儿在窗前狂飞乱舞，更远的地方却是什么也看不见了。她的眼光在那一片纷沓迷离中寻找亲爱的、黄灿灿的蜡梅花，但终于没能瞧见。房子里，暖气管发出一阵阵叫人瞌睡的嗞嗞声。一阵很难堪的沉默后，她凭感觉，知道所长已经站在她的身边了。

是的，所长已经满脸带笑地看着她了，沉甸甸的胳膊像往常一样搭在了她的肩膀上，轻轻地带着一种疑问的口气问她："琴，给阿姨说，这几天想得怎样？不好意思说？这有什么不好意思的！你呀，真是个乡里娃娃！而今的年轻人，谁还在这号事上差差答答的！不过，话又说回来，阿姨也正是看上你的这点了。别看城里那些时髦女子，尽是些骚货！怎么，还是不愿意？琴哪，阿姨不知道你是嫌阿姨家什么不好？怕跟了我广前吃不上喝不上穿不上？还是……"

她转过身来，尽量不使她的领导看见她眼睛里旋转的泪水，说："吴所长，阿姨，您对我的好意我知道，可是，我……我已给您说过，我……有了。"

这时候，所长的儿子像喉咙上卡了什么东西似的，用劲地咳嗽了一声。所长扭头狠狠瞪了他一眼，接着回过头又恢复了脸上的笑容，说："就是你说的你们村那个……那后生叫什么来着？"

"康庄。"她抬起头，认真地对所长说。

"噢，康庄！"所长也带着一种认真的理解和同情，宽宏大量地说："这我完全理解，从小在一起长大，石头都能焐热哩，何况人……"她略微停了一下，转而用饱经世故的眼光看着她，手继续在她的肩上抚摸着，开导她说："琴哪，你实在是个憨女子！你还年轻，阿姨过的桥比你走的路还长，你不妨听阿姨给你说：感情，就是那么绝对吗？世界上，可有比感情更强大的东西哩。是些什么东西，阿姨先不给你说，你活一回人，会慢慢体验到的。我现在只是给你说，一切都可以变的。你可以变，你那个康庄也可以变。旁的不说，就说我广前他爸吧，他原来也和一个农村女子成了亲，可解放了，进了城，生活不在一起啦，后来还不是跟我结了婚吗？这情况也不是广前他爸一个人，比他大的领导都有这情况哩。我也是一样，原来的男人没本事，后来找了广前他爸，我才真正找到幸福啦！人活一世……"

"吴所长，您已经给我说过几次这话了，我也考虑过，但不管怎样，我绝不能这样。我在良心上过不去。再说，我和康庄一起长大，虽然他现在还在农村劳动，但我心里……爱他。"她现在已经抬起头，也不怕所长看见她眼里的泪水了。她觉得她从来也没这么胆大过，并且第一次从自己的嘴里说出"爱"这个词！爱，是的，在她看来，这是什么力量也改变不了的。吴所长说世界上还有更强大的力量能改变这东西，但她现在无论如何也明白不了这"更强大的力量"是什么。就是有这种力量吧，它可以改变别人，怎能改变得了她冯玉琴呢？

"妈，走吧！烦死人了！你真能啰唆！我晚上还要看《三笑》哩！"女所长的儿子从床上下来，把烟把子轻轻往墙角丢去，不偏不倚，正好落进痰盂里。他对自己这个小小的成功暂时看来压过了他妈的巨大失败带来的不愉快，自鸣得意地把头一扬，嘴里轻轻弹了下舌。

所长没理睬儿子，脸上带着顽强的笑容，发动了最后一次攻势："琴娃，你再好好想一想。阿姨三番五次对你说这事，难道不是为了你好吗？说实话，我广前也不是找不下对象，这城里可以说要挑哪个就是哪个，可我们都看不上眼。我广前性格上有点慌，不能再找个慌慌对慌慌。因此上，我们全家就瞅下个你。你跟了我广前，我们能亏待了你吗？你再好好想想吧！广前他父亲前几天还一再打问这事哩。你知道，广前他爸是咱地委的第一书记，眼下正国民经济调整哩，工作实在是忙，平时家务事一概不管。上次他来招待所见了你面，喜欢得不得了，一再对我说：'咱广前就得这么个俊女娃娃才相配！'你不知道，阿姨当初一见你，就动了心，因此……你再好好想想，想好了，阿姨和你再慢慢说……广前，咱走，我听见你爸爸的汽车来了。"

所长的儿子认为在她面前要点聪敏的机会到了，用干部子弟那种漫不经心的神态冲她这面一笑，头潇洒地一扬，说："得，看我妈，对我爸的汽车比对我爸还熟悉！"

他妈对他这种不合时宜的愚蠢玩笑苦笑了一下，无可奈何地摇摇花白的头："你呀，总是爱说这种怪话……"说着把呢大衣的扣子扣上，和儿子一前一后出了房门。

她呆呆地立在窗前，叹了一口气，过来在水瓶里取出那枝蜡梅花，久久地看着，两颗泪珠不知在什么时候已经挂在了脸蛋上。生活啊，生活，你把人逼到了这样一种地步！她记得半年前，她冯玉琴还在那个贫穷的小山村里劳动。当然，生活是苦一些，一年半载，见点白面星儿都难。可是，精神是自由的，畅快的。她和她幼年时一起长大的康庄哥一块出山劳动，一块谈天说地，生活有一股子说不出的甜味。现在，整天白米白面，肉上肉下，但她觉得心情一天比一天沉重，不痛快。

她记得，是那件意外的事使她的命运发生了如此的变化。那天，就是吴所长，来到了他们村，说是什么部有个领导人要来这地区检查工作，她亲自出动来他们这里寻找当地出的一些土特产，结果发现她长得漂亮（她自己也怀着骄傲的心情承认自己这个天生的优点）。于是，她就和他们那里出的土特产一起被吴所长带回了这个城市。所长说地区招待所是全地区的门面，需要相貌好的姑娘来当服务员。当时，她自己对这事倒也不是那么热心。这也不是说她不愿意来城里工作，而主要是觉得利用自己的"好相貌"来参加工作，心里感到很不美气，但她亲爱的康庄哥竭力支持她来。他对她说："咱高中毕业，大学考不上，又没靠山和后门，什么出路也没了。你好不容易碰上这么个机会，千万不敢耽搁了。否则，咱就得一辈子待在咱这穷山沟里！你先去。等你转正了，想方设法再往出拉扯我！听说人家吴所长的爱人是地委一把手，权大着哩！只要人家看得起，咱们的前途就无量。再说，你父母年老多病，不能出山，家里又没其他指靠，就你一个女娃家挣那点工分，怎能糊住一家三口呢？你参加了工作，就挣上工资了，虽然钱不多，但是长流水不断，维持个穷家薄业总比你在队里劳动强。至于你走后，你家里两个老人，暂时有我哩！"

康庄哥的话说动了她的心，她就来了。可是不久，她就明白了，所长这么热心地把她带来当服务员，并不单是要拿她的"好相貌"来为这个地区"撑门面"，而是给她的儿子找媳妇哩！所长对她好，平时在生活上也非常关心，关心得已经被另外的服务员背后骂上她了。可这种关心是多么的令人不舒服。是的，别人要是抱着个人自私的目的关心你，比打你骂你都使人更难受。她明白了所有的这一切之后，就像饭碗里吃出来苍蝇一样不舒服。再说，亲爱的康庄哥虽然是个农民，但她爱他。这爱，是那熟悉的土地、熟悉的山路、熟悉的小河水和熟悉的村庄长期陶冶出来的、和生命一样珍贵的感情结晶。对她来说，要割舍这种感情，就像要割舍她的胳膊腿一样。她绝不能再接受另外一个人的感情了。尽管她和康庄哥从来也没说出过"我爱你"，但他们心里明白他们的事情。再说，话说回来，即使是没有康庄，她也不会爱所长的儿子的。她，一个普通的农村姑娘，享受不了这种荣华富贵。她要是跟了地委书记的儿子，她将是这个家庭和她丈夫的奴隶——尽管物质上她一生可能会富有，但精神上她肯定将会是一个奴隶。抛开这些不说，她也根本不喜欢所长的儿子——别看他爸是地委书记！她找的是女婿，而不是女婿他爸。看他是什么派头嘛！架上他爸的势，经常不掏钱住在招待所的特级房子里，一住就是许多天。晚上，三朋四友，喝酒吃肉，吆五叫六，醉得吐一床。他一有空就到她房间来，二郎腿一跷，一坐就是大半夜，说香港，道美国……后来，所长便直截了当在她面前提亲了，她也就直截了当说不同意。为了让他们母子二人彻底歇心，她还鼓起勇气把她和康庄的关系给所长公布了。

可是，这母子俩却不歇心，甚至专门把地委书记拉来看了她一回。所长还给旁人话言话语说，她的合同期到年底就要满了，能不能转正还是个问题。所长说她"很急"，因为地委最近有了"新精神"，说马上要精简一批合同工哩。她知道这是所长捎话给她听，威胁她哩。另外，所长的儿子广前也越来越不像话了，竟然对她纯粹骚情起来了。今晚，在这大风大雪里，他们母子又不辞劳苦地做她的工作来了。此刻，她的胸口像塞了一把猪毛，扎烘烘的难受。一种羞耻和恼怒的情绪像烘红的铁一样烫着她的心。她决定很快和这种可怕的生活告别，她再不愿意忍受这种折磨了。她不会屈服的！别看他们有钱有权，她并不爱这种荣华富贵。俗话说，千块块金砖万两两银，买房买地买不了人……

窗外已经听见风的吼叫声了，雪粒像沙子似的敲打着玻璃窗。她仍然站在灯前，脸上挂着两颗亮晶晶的泪珠，出神地看着那枝金黄色的、放着凛冽清香的蜡梅花。花呀，它怎敢在这冰雪里开放得这么娇艳呢？她猛然想道：人，难道不可以和这花一样吗？不畏强暴，不怕艰险，就是在极度恶劣的环境中也能保持住自己高贵的品质。冯玉琴！你难道不应该这样吗？

想到这里的时候，这个不幸的农村姑娘忍不住热泪盈眶，竟用那两片绯红的嘴唇在这枝金黄的花朵上轻轻吻了一下。

现在，她很快把这亲爱的花朵放回到那个水瓶里，情绪激昂地坐在了桌前。

她铺开几张白纸，开始给康庄写信。她将在信上要求亲爱的康庄哥赶快来接她，说她将要和他很快地建立家庭，在他们那穷乡僻壤创造他们的幸福生活；她还要对他说，只要人活得正派和问心无愧，他们就是一辈子当农民，也照样会很幸福的；当然，她还要告诉他，在这个地方有一棵蜡梅树，它怎样在冰天雪地里开放着金灿灿的花朵……

她刚在纸上写上"亲爱的康庄哥"几个字，就听见几声轻轻的敲门声。她的心立刻缩成了一团。她惊骇地想：是不是所长和她儿子又来了？或者仅仅是所长的儿子一个人来了？如果光是所长儿子一个人来，那可是多么叫人害怕的事啊！天这样晚了，又刮风下雪的，院子里没有一个人……可她细细想，觉得不像是所长的儿子，因为他进她的房间从来都不敲门，常常猛不防就闯进来了。

她于是把写了几个字的信纸又放回到抽屉里，怀着一种忐忑不安的心情，站起来去开门。

随着打开的门板，风雪裹进来了一个人。她定睛一看，不觉大吃一惊：原来这竟然是她想着和盼着的康庄哥啊！

这的确是康庄。她看见他带着很不自然的笑容站在她的面前，两只手互相局促地搓着。原来很瘦削的他，现在居然脸盘胖胖的，有点城里人说的发福的样子。头发也理得整整齐齐，似乎比原来也黑亮了一些。身上穿着一身深蓝色的"的卡"衣服，新倒是很新，但上面似乎沾着许多油腻，显得很污脏。

她半天才从一种巨大的惊喜中反应过来，赶忙问他："你什么时候来的呀？今天？刚才？是不是家里出了什么事啦？我们家？我爸？我妈？你们家？谁？……噢，先不说这些！你一定跑累了，快叫我给你弄饭去，你肯定饿得不行了！"说着她便转过身，手忙脚乱地在柜子里寻起碗筷，喜悦、激动，使她浑身微微地有点发抖。

康庄走进来，站在屋地当中，把两只糊满雪粉的脚在地上跺了跺，说："别忙了，我早已经吃了。"

"你在什么地方吃的饭呢？"她惊奇地转过身来问他。她可从没听说他在这城里有熟人。

康庄略微犹豫了一下，坐在了椅子上，说："到什么时候还能少了我的一口饭呢……你大概不知道，我早在地区粮油公司当了炊事员，快两个月了……"

她登时惊讶得半天说不出话来，只是怔怔地看着他。好久，她才在乱麻一般的思绪中理出一个最主要的问题来：他已经到这城里两个月了，为什么不来找她呢？

还没等她发问，康庄已经说开了："琴，自从你和地委书记的儿子订婚后，

217

你们所长就打发人把我从村里叫上来，给我找了这么个工作，所长说是你吩咐他们一定要照顾一下我……"

"骗人！骗人！这完全是骗人！"她没等他说完，便发疯似的喊起来。

"这我很快也就知道了，你们实际上还并没订婚哩。"康庄平静地接着说，"可我反复想了，不论怎样，归根结底，你是不可能和我结合的。你那么漂亮，现在又有工作，又被人家地委书记的儿子看上了，我个平民老百姓，怎能争过人家呢？所以后来也就向现实低了头，彻底低了头。唉！不管怎说，我现在也算吃上公家一碗饭了。炊事员听起来不高雅，可工资还不少，连补贴下来，一月七十多块钱哩……"

"不！"她的眼泪在脸上唰唰地淌着，走近他的身边，大声喊着："不！咱们都把这烂脏工作辞退了！明天就回咱村子里去！"

康庄抬起头，一丝激动的情绪涌上他胖胖的脸蛋，可是很快就又消失得一干二净。他重新把头倒倾下来，一只手抠着另一只手的指甲缝。半天，他才又抬起头，脸上带着一种麻木的表情，吞吞吐吐说："好琴哩，你先不要太冲动了嘛，咱慢慢商量这事嘛……唉，老实说，我当初也不知为这事痛苦了多少回，眼泪流了够几大桶。就是现在，我心里难道就好受？可是，感情是感情，现实是现实。我把一切也都看破了……我知道，我个平民老百姓，是不会让你幸福的。就是和你结了婚，你那么漂亮，以后别人欺负上你，我这点可怜的地位，连一点点保护你的力量也没有啊……"他平静地说着，眼睛时不时看看她——神情是那样的漠然，似乎那过去的一切，对他来说，已经画了句号，变得遥远而模糊了。

这一切她都眼睁睁地看见了，感受到了！一阵巨大的震惊压过了悲痛，她甚至连眼泪都顾不得流了。心像什么东西猛拉似的往嗓门眼上提，头，一阵又一阵地眩晕起来。一双登时变得无光没彩的眼睛吃惊地望着她小时候一同长大的伙伴——她一直在心里亲着和爱着的这个男人，他原来是这么懦弱的一个人啊！她为什么以前没有看出他身上有这么大的缺点呢？她脑子里很快闪过什么书上的一句话：人爱人，往往只从好的方面看……

她看着他那颗胖了的头，看着他平庸的脸上那麻木的表情，看着他那身工不工农不农的肮脏的衣服，一种悲哀和绝望的感情使她感到天旋地转，几乎要栽倒在地上！

她一只手托住桌边，开始痛苦地想：他也许是被所长和地委书记的权势压垮了！她觉得她用自己爱情的力量也许会把他重新唤醒的！她要夺回他的——不，也是她的那被剥夺了的一切！

于是她满面流泪地说："康庄哥，咱一块回咱村去吧！咱一辈子再哪里也不去了！咱就在咱的穷山沟里过活一辈子！天下当农民的一茬人，并不比其他人低下！咱吃的穿的可能不富足，可咱的精神并不会比别人穷的！康庄哥，咱一起回去吧！而今农村的政策也宽多了，咱们的日子慢慢也会好起来的……康庄哥，你答应我吧！咱明天就动身回去！"

她的这些从心窝里掏出来的话，她的这些使石头也会落泪的话，竟然仍没有打动这个炊事员的心。他坐在椅子上，像黑霜打了的冬瓜花，蔫头耷脑。当然，看来他精神上并不是没有痛苦，脸上的肌肉抽搐着，牙齿咬着嘴唇半天不说话。沉默。房子里暖气管的咝咝声和窗外风雪的吼叫声组成了一种奇妙的交响乐，在这个空荡荡的房子里，在这两个沉默着的、农村里来的青年人的心灵里回荡着，空气紧张得就像等待着某种东西的爆炸……

过了一会儿，康庄抬起头，带着一种哭音拉调，说："好琴哩！你的话像刀子一样扎人心哩……可是，我思来想去，咱可再不能回咱那穷山沟啊！我再过一个月就要转正哩！说心里话，好不容易吃上公家这碗饭，我撂不下这工作！实说，我爱你着哩！但一想回去就要受一辈子苦，撑不下来啊！没来城里之前，还不知道咱穷山沟的苦味；现在来了，才知道咱那地方根本不是人住的地方……"

"放屁！"无比的愤怒一下子淹没了所有其他的感情，她眼里像喷着火似的望着这个没有骨头的人，大声叫着："咱们的先人祖祖辈辈都住在那里，你爹你妈现在还住着，难道他们都不是人吗？我看你才不是人，是一条狗！"

她说完后，大口大口地喘着气。可是，那刚才一直像烧着火似的脑子被一盆子凉水泼灭了，冷却了。她一下子感到身子软绵绵的，于是就扑倒在床上，放开声哭起来了。窗外的暴风叫得更猛了，将大把大把的雪扬在窗户上，啪啪直响。远处的街道上，传来了风吹电线发出的尖锐哨音。

她伏在床上忘情地、伤心地号啕着。她现在并不是为了和这种不再值得留恋的感情告别而哭；她是在哭她自己的苦命，哭她竟然瞎了眼，多少年就把自己纯洁的感情交给了这么一个人！

"哭什么哩！甭哭咧！我看咱两个而今就算闹腾好了！我过一个月就转正，成正式工了；你要是跟了人家地委书记的儿子，也还愁没个工作吗？唉，咱们两家祖祖辈辈还没出一个吃官饭的人呢！琴，咱好歹已经快端上这碗饭了，一转正，就是铁饭碗，再不怕遭年馑了！咱要是现在回去，就再没指望了，这辈子也别想……咦？这寒冬腊月还有开花的东西哩？水瓶里插的那是什么花？还没见过哩？像年画上画的梅花嘛！叫我看这是真的还是纸做的假花……"这个乡巴佬说着便带着惊异而稀罕的神色，向桌子这边走来。

她听见他走近了，猛一转身，大声吼道："别动！你的手，脏！"她眼光喷着火似的射在这个已经死了的活人脸上，指头像锥子似的指着他的鼻子问道：

"你说！是不是人家给你找了工作，你给人家答应的条件就是和我断绝关系？你说！你今天晚上跑到这里干啥来了？是不是所长叫你来做我的工作，让我跟她那个不要脸的儿子成亲哩？你说！你说！你说呀！"她发疯似的喊着，步步逼近了他。

他懦怯地、乞求地瞅了她一眼，头深深地低下了。

她愤怒地扬起手，在那张吃喝得油腻腻、胖乎乎的脸上狠狠打了一记耳光，咬牙切齿地说："你滚出去！"

他没有看她，仍然像一截木桩似的钉在那里。半天，他才笨拙地转过身子，跌跌撞撞摸到门口，走了。门外传来一声深深的叹息，扑踏扑踏的脚步声渐渐地消失在黑暗的雪夜里……

现在，她坐在了椅子上，眼光静静地盯着桌子上的那枝蜡梅花，思绪像洪水一样在脑子里奔涌起来。她此刻明白了吴所长所说的"世界上还有更强大的力量"是什么了。她谛听着窗外猛烈的暴风雪的吼叫声，心里想：这严酷的暴风雪不就是一种强大的力量吗？它把世界上多少生机勃勃的绿色的生命都杀死了！但是，它奈何不得梅花啊！亲爱的蜡梅花，你就在这样的时候，金灿灿地开了！

她鼻子里"哼"了一声，站起来，开始收拾房间和整理东西。她先打开自己那个小提包，一眼便看见了那件没有打完的、铁灰色的男式毛衣。一缕淡淡的哀伤又涌上了她的心头。这是她省吃俭用积攒的钱，买了最好的毛线，准备给刚才走了的那个人织的，已经织了一半。

她怔了一会儿，便取出这件没织完的毛衣，一只手扯住线头，狠狠地绽开了。她绽着，绽着，那织着美丽图案的毛衣片很快就变成了乱麻一般的线团，被她抛在了身后……

第二天黎明，骚动了一个晚上的暴风雪完全静了下来。但天阴得仍然很重，雪花儿照旧轻悠悠地飘落着。大地被厚厚的积雪包裹起来，显得洁净而庄重。喧嚣的城市变得静悄悄的了。

这时候，只见大街上蹒跚着走过来一个背铺盖卷的姑娘。她穿一身洗得发白的蓝劳动布工作服，围一条鲜红的粗毛线围巾，独个儿在齐膝深的厚雪里吃力地向长途汽车站走去。她冻得通红的手里捏着一枝金灿灿的蜡梅花，走一会儿，便凑到鼻子上闻一闻，或者在脸蛋上亲昵地偎一偎。这正是冯玉琴。她已经主动辞退了地区招待所服务员的工作，准备在车站附近的旅社里住上几天——等天一晴，路一开，她就回家去呀！

1980年9月写于陕北
1981年2月改于西安

220

阵 痛

邓 刚

开天辟地，铆工班的师傅们没有了笑脸，一张张沾着灰渣油渍的嘴铁闸般合紧，似乎万分痛苦。但你只要细细瞅去，却会发现，在这些佯装痛苦的表情后面，有一股掩饰不住的喜悦！这喜悦顶得他们眉骨一阵阵耸动，但暂时还不敢表露出来。

班长刚刚从车间主任那儿订包工签合同——这一个新车间，五百吨钢材，煨、打、焊、割，十个工匠，两个月包干，一吨钢材净得六块四。六五三千，四五二百，每人每月拿一百六十块。哈，顶得上两个科长的工资，天大的美事！包工单摊在大家面前，白纸黑字大红戳儿，两不反悔，一辈子的事儿，这回来真格的了！好——锤砸铁砧出声，汗珠摔地有响，出多少力，换多少钱，谁不打心眼儿里乐！但先别高兴，铆工班十二个人，明摆着，要开掉两个。开掉谁呢？当然，先拣孬的。第一个，不用说是焊工李月英。才生完孩子两个月，浑身皮肉松弛，整天低眉顺眼，当闺女时的青春朝气已荡然无存，上下工只惦记着一件事，回家给孩子吃奶。焊枪在手里刚攥两分钟，累了，需要休息，管你任务急不急，身子往旁边的工件上一倚，先歇半个点，谁能奈何？累坏了身子你负责！再说，挣你的钱吗？——现在不行了，搞包工包干，对不起，挣我们的钱了，不管不行，干不了，就请远点吧！但李月英毫不在乎，咱是社会主义，不会让她失业喝西北风的。上级有规定，不能坚持正常生产的孩子妈妈放长假，百分之七十开支。一个月少挣十来块钱算什么，雇保姆看孩子，一个月连工钱加情礼，三十多块。细算一下，里外里自己还多赚十来块，合算！李月英还巴望着赶快撺回家呢！

但是第二个却困难了，谁呢？当然大家心里都有数，却又不好意思开口，人总还有个面子，所以个个装出这副难看的模样。但第二个人自己心里明白，他倚在墙角里耷拉着脑袋，面孔赤红，紧锁眉头，他是铆工郭大柱。啊！郭大柱！这个立起像座塔，蹲下赛铁砧的汉子，要被大家开掉？别说笑话了！但这不是笑话，他就要被无情地开掉，只差人们把手指到他鼻尖上就是了！

从档案的表格里看：郭大柱，三十三岁，五级铆工，政治思想好，常年先进生产者……十全十美，端端正正。但是没用，人们不愿要他，因为他什么也不会干！五级铆工匠什么也不会干？是的，拿起图纸，郭大柱就眼花缭乱，被那些纵横交错的线弄得不知所措，甚至看不出倒正来；抡起大锤，他纵是千斤力气，也打不到点上，明明看得准，一锤砸下去，却偏砸在掌钳的钳柄上震得人家虎口肿裂，骂他草包。他几乎成了废物，只好给二级工打下手，帮着搬搬抬抬，即使这样，人家还嫌他碍事绊脚。吃大锅饭时，大家还可以嘻嘻哈哈地在一起混，现在包工包干了，好枪好马都往一起抱团儿，谁要他！

郭大柱为什么没有技术？唉，怨天怨地生日时辰不对，但怨谁也晚喽！三十三岁，日过午了！

他默默地站起来，在四周人那种既怜悯又无可奈何的难堪表情下，困难地走出休息室。班长从后面撺上来，叫道："大柱！……"下面的话有些难说了。郭大柱慢慢回过头来，咬了咬嘴唇："别说了，我明白……"

一等郭大柱离开，铆工班的人马立即欢声笑语地谈开了："咱们大家都拿出真本事，这次干好了，下次包他一千吨！哈哈！……"但班长小声地说："够大柱受的。"有人立刻接话说："哼，可怜他？他也该倒点霉了！"

一滴热泪险些涌出郭大柱的眼眶，他踉踉跄跄地朝车间办公室走去。

厂部规定，凡是包工以后挤出的剩余劳动力，一律重新安排。于是，车间主任的办公室挤得满满的，一片怨声怨气。郭大柱偷偷地将目光扫去，天哪，这全是些平常泡病号、迟到早退、不正经干活、调皮捣蛋分子。一个"包"字"突"地砍将下来，把他们从那些真正有本事的人群中齐刷刷地砍开，全现出原形了。郭大柱，这个头脑聪明、性格刚强的汉子，竟要同这些五马六混的人为伍了！做梦也想不到哇！他赶紧找个角落蹲下来，脸上呼呼地发烧。四周闹嚷嚷的声音却一个劲地朝他两耳里灌："他们不要我更好，哥们早就不愿干了！"

"咱天天到这儿坐着，照样开工资，更不错，科长也不换！"

哈哈哈！几个小青年不以为耻，反以为荣，竟张着嘴乐开了。还有几个人，踏到办公桌上面，凑伙打起扑克来，一片"大王小王""二鼻子调主"的呼喊，好像参加庆功会似的。李月英不知什么时候也到了，还把孩子抱来，正敞着怀给孩子喂奶。旁边几个妇女正抓紧时间织毛衣，其中一个正给李月英的孩子相面，叽叽嘎嘎地笑着说："两耳贴脑，福气不小，将来能当大官呢！"李月英丧鼻丧脸地说："只要不当倒霉的工人，管干什么都行！"

但大多数人的表情是愁眉苦脸、忧心忡忡的。他们同郭大柱一样，感到自己是筛出来的渣滓，甩出来的劣货，正红着脸等候重新发配。但是郭大柱却又发现，在这群人里，也有些平常日子名声显赫的面孔，例如钳工副班长刘钢炮，还是厂里的标兵呢！多少次在全厂职工大会上发言，他都是声若洪钟，慷慨激昂，念出的决心书激动人心，谁听了都得热血沸腾，为钳工工匠们争得了多少光彩！可现在也被撵出来了。是啊，真刀真枪，凭技术和气力的包工，再好的嘴又有什么用呢？顺着刘钢炮望去，郭大柱更是吃了一惊，全厂有名的"红管家"老阮头也在场！这个勤勤恳恳的老阮头哇，你怎么也给塞进这支丢脸的队伍里呢？不论是风雨阴晴，不论是春夏秋冬，你都会看到老阮头那弯弓一样的身影，在车间，在仓库，在马路上转悠，每一寸木材，每一根铁钉，每一片破布，每一滴机油，他都小心地积攒起来。有一次老阮头为了在冻硬的冰雪层里挖一个螺丝帽，整整用铁镐和手锤扒了一个下午呢！有人说这是得不偿失，但领导说这种精神值千金。后来老阮头为此手指冻成了冻疮，还坚持上班，多感人的事迹！天长日久，日久天长，老阮头捡的那些东西，装了好几个节约箱。每当记者下厂时，领导就把这些节约箱摆出来，争得多少荣誉！每年年末，老阮头都捧一张"节约标兵"的奖状回家去。那奖状挂了整整一山墙！可就这么个光荣的"红管家"，也被撵出来了！人心啊……细想一下，人家要他干什么？干活顶不上半拉人使用，就会捡废铜烂铁摆节约展览，顶屁用！小伙子们背后都叫他"捡破烂的"。此时，老阮头正委屈万分地倚在墙根，小声小气地嘟哝着："这年头，认钱不认人哪！……"

"哼！千不怪，万不怪，就怪咱太听官的话了！"刘钢炮愤愤不平地说，"早知有今天，当初宁肯当落后分子！"

郭大柱浑身猛地一震，不由得有些心惊。他自己不也这样想过吗？郭大柱沉重地埋下头。

厂里早就吵吵要实行合同包干，大家都兴高采烈，纷纷说这下可好了，多干多挣，不干不挣，那些松松垮垮、蹭蹭滑滑的现象会一扫而光的。你郭大柱却与众不同，预感到阵阵不安，现在终于兑现了！一个"包"字推下来，人们都瞪起眼，好马强将都往怀里抢，弱兵劣马全往外面推，什么感情、友谊、面子，全不讲了！当然，那些不正经工作的人应该剔出去，但你郭大柱属于这一类的吗？不，他压根儿就不是这个队伍里的人！但是——啊，但是什么呢？……

　　隔壁车间支部办公室，头头们正叽叽咕咕地在紧张地讨论什么。看来他们对包工包干以后的形势估计不足。过去下面常常喊缺人力呀，缺物力呀，大会小会总是这样表决心：我们在人工少、任务重的情况下如何如何。可没想到一个"包"字行下去，卤水点豆腐，会出这么多水分，会挤出这么一大堆闲人来。原来想成立一个清扫队，一个技术学习班，现在看来远远容纳不了这么多的闲人。郭大柱头贴着墙，时时听到那边高书记尖刻的声调，好像是什么路线正不正的意思。一听到高书记的声音，他就涌上来一股说不出来的滋味儿，唉，他难道不是像刘钢炮发牢骚说的那样，"太听官的话了"吗？

　　刚进厂时，郭大柱和刘钢炮都是不到二十岁的小伙子，脑瓜聪明，浑身是劲儿，学什么会什么，师傅们都说他俩将来是了不得的铆工匠。谁知那时厂里三天两头开会，誓师会、批判会、决心会接二连三。郭大柱会写一手漂亮的字和文章，把班里的决心书、批判稿写得一摞一摞的。刘钢炮也显出了才华，他会朗诵，会念发言稿，嗓音像半导体收音机似的又亮又响，听起来有力气。大家乐坏了，把他们两个捧得宝贝似的，很快就成了人们公认的秀才，不管上面来多少政治任务，你说写还是讲，我们有秀才顶着呢！但是钳工班提意见，这样两个难得的人才不能放在一个班使用，于是连借加赖，把刘钢炮抢去了。后来领导上发现了，便以上级需要的名义，把他俩全弄到办公室搞革命。高书记郑重地向他们宣布，革命的需要就是一个人的理想。当然，他们毫不犹豫地扔掉了还没在手心里握热的锤枪刀铲，去整天地写，整天地讲了。师傅们也都羡慕地说："走吧，这里水浅，养不住大鱼！"后来，如果不是每月回班组开一次工资，他们简直就忘了自己是工人。十来年过去了，他们一直打着"以工代干"的名义在办公室里奔忙着。有多少工作要干哪，政工组托他写稿，工代会求他画宣传画，保卫部门找他搞外调，计划生育办公室又叫他去画"一对夫妻一个孩"的宣传橱窗，车间工段请他下去画"决心栏""批判栏""学习栏"……真是一块香饽饽八下抢，郭大柱红遍全厂。刘钢炮更闲不住，加入巡回批判分队，批了这个批那个，堪称应接不暇。当他们望着开工资的单子上写着"铆工""钳工"时，自己都觉得可笑了。涨工资时，高书记在大会上大声宣布："像郭大柱、刘钢炮这样的青年应优先升级，他们任劳任怨，党叫干啥就干啥，对革命的贡献最大！"而那些在下面出力干活的伙伴却远不如他们，一到涨工资时，就诚惶诚恐地跑到郭大柱这儿听信，求他在领导面前美言几句。这样，一天锤没打的郭大柱，一步一个台阶，毫不费事地晋升到五级铆工。

　　可是今天，他们这些"以工代干"的人突然成了废物，生活开了个多么可怕的玩笑！当"整顿"和"改革"的风头刚刚吹来时，首先遭难的是这些"以工代干"的人员。国家正式干部都"泥菩萨过河"，谁能保住他们！他们有些气不过，找高书记诉苦："我们一心一意为革命做贡献，到头来一点正经技术也没学到手，就这么撒手推下去不管，合乎党的政策吗？"然而，高书记更痛苦："……怪谁呢？怪'四人帮'吧！"刘钢炮火了："现在谁都是事后诸葛亮，什么'四人帮'，说得轻巧，当年你怎么说的？'紧跟党中央'，不是成天挂在你们嘴上吗?!"然而有什么法子，全车间、全厂、全市、全国，像他们这样"以工代干"的人多如牛毛，难道都能转成国家干部吗？再说，长眼珠的谁都看得见，干部们多得要把办公室胀裂了！精简机构确实是对的。好在高书记对他们毕竟是有感情的，在大会上宣布：这些"以工代干"的同志下去，是为了充实各生产班组的政治力量，一句虚话，给了他们一个光彩的面子下去了。但这些年整顿和改革的步子越来越大，事到如今，真枪实弹地包工，终于无情地把他们弄得一文不值了。

直到中午，头头们还不露面。小伙子们说笑够了，扑克也打厌了，纷纷跳下办公桌，喊着到厂外下饭馆。他们一点愁意也没有，真令人羡慕！桌面上的计划纸被弄得满地都是。老阮头走过去捡起来，又吹又拍地一张张掸灰，并连连嘟哝："这么白的纸，多可惜！"旁边有人说："这老头，凤凰落坡了，还瞎积极！"

李月英的孩子从来没经过这么多人的场面，可能受了惊吓，屙了一泡稀屎。她正喊旁边的人拿纸给孩子擦屁股："要那份软和的计划纸，软和的！……"简直就像在这里住家过日子了。

虽然是初春季节，郭大柱却觉得燥热起来，他赶紧走出这个乱嚷嚷的办公室。

车间门口矗立着一座巨大的牌坊，这灰白色的水刷石建筑高高地向蓝空耸立着。当年，这里有郭大柱的功绩和骄傲哇！当全市各单位的领袖像、语录板此起彼竖的时候，他们厂也不甘示弱，将建食堂的水泥沙子一股脑儿拉来，干部、工人们苦战三天三宿，刘钢炮助战的嗓子都喊哑了，终于竖起了这个威风凛凛的大牌坊。离厂二里地，就能看见这雄伟的建筑。高书记立即给郭大柱一个光荣的政治任务：在上面画"庐山仙人洞"。郭大柱难住了，画个太阳、葵花、黑板报刊头什么的，还将就一气，要画大幅油画，那可是画家的事。什么画家，工农兵就是最好的画家！革命谁也不是天生会！高书记一下批了一千块，买油彩，买画笔，需用物品，一应俱全！画一次不行两次，两次不行，三次，革命路程千难万险嘛！郭大柱一心干好这项工作，完成这一光荣而伟大的任务。他踏破鞋底，跑遍全城，拜师求教，终于学到了一点本领。全厂最大的叉车交付他全天使用。他脚踏在叉板上，手一挥，司机就赶紧随着他的手势开，一会儿升，一会儿降，他在半空里腾跃、挥洒，飞墨走彩，好不气派！全厂的人都纷纷跑来观光，啧啧赞羡之声不断。就在那时，他现在的妻子——全厂最拔尖的俊姑娘爱上了他。郭大柱现在还能清楚地体会当时的心情：他从半空里朝下面黑压压的人群一望，无数双倾慕的眼睛朝他仰望着，他总是在这些眼睛里面寻找最明亮的那一双……他那时多幸运、多幸福啊！更使他激动的是，每当高书记领着全车间的工人，在这牌坊下面排着整齐的队伍，朝油彩闪闪的画面表决心时，他的心情是何等兴奋！这人人虔诚崇拜的画像，是他郭大柱亲手敬画呀！那时，谁不说他郭大柱是出类拔萃的能干小伙子。可现在，自己倒像成了个窝囊废！

郭大柱叹了一口气，抬起头望望这高高的牌坊。一般各厂矿单位，这种类似的建筑早推倒了，可高书记对这座牌坊有着深厚的感情，始终坚持不拆。现在，倒有了新的用处，成了厂里的产品广告栏了。从美术学校分到厂里来的一个学生（当然画得比郭大柱强多了），在上面画了一个长发大美人，两只鸡蛋大的眼睛朝路人卖弄风骚，而那细柳般的纤臂正朝旁边指着：本厂新产品，美观大方，经久耐用，实行三包……

在这神圣得必须排着队瞻仰的画面上，换上一个飘飘洒洒的广告大美人。啊！谁敢想象！

刘钢炮摇摇晃晃地走过来，看来他是在厂外小馆里喝酒了，两眼赤红。最近刘钢炮常喝酒，好几次下班的路上，郭大柱看到他歪在路边墙根下呕吐。谁能想到当年英姿勃勃的小伙子，能变成这个熊样！刘钢炮晃到郭大柱跟前，说道："在这里发什么呆，还想画仙人洞？……哦——"他打了一个饱嗝，喷出一股难闻的酒气，郭大柱不由得把身子往旁一斜。刘钢炮又咕哝了句什么，听不清楚，他的嗓子沙哑了，像有毛病的半导体出现了杂音。老阮头一颠一颠地跑过来，对刘钢炮喊："高书记叫你去朗读社论，组织大家学习！"

"叫我念……念报……"刘钢炮歪咧着嘴，"哈！包工吗……念一张多少钱？"

刘钢炮第一次不听话了，郭大柱目送着他和老阮头一颠一晃地走远了。心想，难怪啊！反正是这么个熊样了！

通往厂大门的路上，走着一群群刚吃过饭的工人，他们脸上喜气洋洋地放着光，正在兴高采烈地谈论着包工包干的新鲜事，一个个声调放得很响。他们是认识郭大柱的，也许是故意大声说给他听。人们脸上的那种得意神情，使他很不舒服，也许，当年他曾在批判稿上、漫画上、那些步步紧跟的工作上，伤害过他们的感情吧！能怪人家记仇吗？是的，他曾背后听到工人骂他这样的人是混子、舔腚的，当时他是那样气愤；现在则感到悲哀了，如今，任何一次政治运动的受害者，都受到广大人民群众的同情，唯独他这一批受害者，群众却恨他们！

他不知不觉走到汽车站，脚步突地收住了，这不是要旷工回家吗？但他又苦笑了，笑话，他还有工可旷吗？汽车开来了，却见李月英急匆匆地从车上下来，大概她回家送孩子了。看到郭大柱，她惊奇地瞪着眼睛："怎么，下午自由了吗？"

"下午学习。"郭大柱无精打采地说。"哎哟，当官的点没点名？"李月英竟紧张起来，也不等他回答，就朝厂大门跑开了。郭大柱笑了，这个老娘们儿，真怪，工作时间懒懒散散，上下班时间倒抓得挺紧。他也稀里糊涂地跟在李月英后面往回走。进到车间，他习惯地向铆工班休息室走去，刚要推门，却听到高书记的声音："……你们不能为了一个'包'字就红了眼，把阶级弟兄推出去不管！"

"既然讲究包，我们就得实打实……"班长分辩着。

"这样吧，你们得收回去一个。这样可以使上面缓冲一下，一下推出这么多闲人，领导也难办。"原来，车间主任也在场。

"本来十个人干的活，非要我们十一人干，这算什么包！……"班长还在叽叽咕咕地顶。

郭大柱气愤地抬腿要走，心里话，你叫我回去，我还不回去呢！我是要饭的吗，看你们的下巴说话？我郭大柱回家捡废纸、扒垃圾，也能养活自己！可是他却听到班长又说道："领导既然非要让我们收回一个，那就叫……李月英回来吧！"

啊——郭大柱差点儿一屁股坐在地上，原来在人们的心目中，他还不及一个懒婆娘！

"为什么不要郭大柱？"高书记有点儿火了，"真是怪事，政治思想好的人你们不愿要！"

"咱这儿没有写写画画的活儿，大柱能干什么？"四周很多人插嘴了，"李月英再干得少，总还有焊接技术！"

"不行，你们一定得留郭大柱！李月英好处理，放长假回家。可郭大柱，你们不要不行！"书记和主任同时严厉地说。

郭大柱像挨了一锤似的，一蹦高跑了，胸口里涌上一股酸溜溜的味儿，顶得他一阵阵难受。"我这是怎么了？像个没娘的孩子，竟叫领导哀求人家收留！我郭大柱什么时候这么窝囊过！"也许由于跑得急，泪珠从郭大柱的眼眶里甩出来。他茫然地跑了一阵，渐渐冷静了。他不知怎么跑到厂部医院来了，那刷着白油的大门出出进进，人来人往。对，何不到大夫那儿看看病，开几天诊断书。他此刻浑身热乎乎的，血压准升高。在早，郭大柱体检时，发现自己的血压不稳定，忽高忽低，但他从不借此去泡诊断书休息。而且他对那些无病装病、长期泡病号的人，有一种本能上的反感，从来都是瞧不起他们的，现在却要和他们走一条道了。

医院楼道里窜来窜去的人，大都是他们那支丢脸队伍里的成员。他们和大夫们嘻眯嘻眯地打着哈哈："我们都是废物了，给点营养药补补吧！"

李月英也混在人群里看病，她似乎很痛苦地对大夫说："我肚子不好，突然屙稀了，有痢特灵吗？"说着佯装肚子痛的样子，用手轻轻揉着腹部。郭大柱一阵厌恶，他想起了李月英的孩子上午屙稀，她这是装病给孩子要药，赚国家便宜。看她煞有介事地在那里表演装相，也不脸红，郭大柱真恨不得当场揭穿她的丑剧。但是他却痛苦地摇晃了一下，赶紧转过身去。要知道，在人们的心目中，你堂堂六尺高的汉子，连这样的人也不如哇！

郭大柱又从医院里逃了出来。

郭大柱一天没吃饭，却早早地躺到床上。妻子最近脱产念业大，住业大宿舍。她倒生活得蛮有劲头，准备考什么文凭，要回车间当技术员。为了学习好，忙得连星期天都不回家。唉，她要知道这件事会怎么想呢？郭大柱心烦意乱地翻转着身子，弄得床身咯吱咯吱响。九岁的儿子在写作文，小嘴竟朗朗有声地念着："我长大要像爸爸那样，勤劳地建设祖国……"郭大柱突然觉得有些感情冲动，只有在孩子的眼里，他还有着光荣的身份。是的，他小时候也曾这样高声朗诵过："长大了，建设我们美好的祖国……"他终于长大了，而且在建设祖国的岗位上干了十三四年。十三四年啊，他出了多少力，做了多少事？他掐算了一阵，却渐渐地空虚了。他这十几年都干什么呢？写了成百上千份批判稿；画了无数幅仙人洞、领袖像、葵花向太阳；描了一处又一处摆形式用的批判栏、学习栏、决心栏和标语口号……扪心自问，这一切对祖国建设和人民生活有什么作用？有什么意义？他猛地坐起来。他十几年，挣了国家六七千块工资，耗费了那么多资金和费用，实际上却没给国家和人民带来一分钱的好处！不，这样说怕是过分了。他还画过"一对夫妻一个孩"的宣传画；这两年回班组还帮帮抬抬地干了些杂活。但这些不是太微不足道了吗？十几年哪，你所有的贡献只是干了两年的杂活，只是画了几张宣传画，不觉得脸红吗？你对得起孩子作文里的那句话吗？他想到刘钢炮，想到另一些"以工代干"的人，如果冷静地坐下来算算，他们所做的一切究竟对国家和人民有多少好处？大概不感到脸红，也会感到吃惊吧？——不，不，这怪我们吗？一个充满怨气和愤

228

怒的问号从头脑里闪出来，使他感到一丝安慰，并重新躺下去。是的，不怪我们，是怪那个倒霉的年代。如果我是今年才进厂，刚二十岁，三年五载照样能学成一身本事，争个"技术尖子"。想到这儿他嘴角浮起了嘲讽的笑容，"你们要认清革命形势，不要执迷不悟……"当初这样的词句无数次地在他写的批判稿中出现过，没想到多少年来，真正执迷不悟的正是他自己呀，是他这个被人家开出来的废物郭大柱！

郭大柱从来看不起厂里那些调皮捣蛋、软磨硬泡的家伙，他可从没旷一天工，没泡一天病号，没干一件调皮捣蛋的事，他从不怀疑自己整天忙忙碌碌，是在一心一意干好工作，一心一意为了革命。万没想到，他现在倒和这些人成了"一路货"，成了一条线上的伙伴了，郭大柱苦笑了。咳！这支队伍的人数还真不少哇！他整整一宿，就这样矛盾来矛盾去地折腾着。

郭大柱终于没有回班组去，而是坚决要求重新安排工作，管干什么都行，只要他能干。高书记和车间主任专门同他商量了一阵，说是下一步要建一个新厂房，各车间技术力量大部分开到工地上去，厂部决定成立个工地临时宣传组，刘钢炮当广播员，他当宣传员，只是写一些标语口号布置工地，活是比较轻松的。除此之外，就只能进后勤组干杂活，再没有其他的工作可供选择了，看来，这个临时宣传组也是领导为他和刘钢炮苦心安排的。郭大柱沉吟了一会儿，轻轻地说："我去后勤组干杂活。"两个头头愣了，怎么，闹情绪啦？现在政策变化太快，领导上也往往被动，这是尽量想办法来解决你的困难啊！郭大柱又平静地补了一句："让我去干点实际工作吧，苦点累点都不要紧，我不能再执迷不悟了。"

郭大柱在后勤组的工作是往工地送开水。他像过去饭馆跑堂的那样，扎着白围裙，拎着一串茶碗，挑着两只水桶，在坑坑洼洼的工地上走来走去。五级工匠下来送水、打杂，谁的脸皮能受得了！他每迈一步，心里都感到那么艰难、吃力。尤其从热热闹闹的工作场地穿越，总觉得有一万只眼睛在盯着他，浑身都不自在。但送过几趟热水后，心情稍稍沉静下来了，他发现，根本没人理会他，大家都在忙着干自己的活儿，推土机隆隆地吼叫着，对着一堆堆乱石土块轮番冲击；大吊车的长臂在频频摆动，一会儿提根沉重的钢梁，一会儿拽一捆铁筋！焊花从耸立着的支架上飞撒下来，撞击在纵横交错的铁柱钢梁上，又迸出万道流金溢彩。郭大柱也看到自己那个班了，大家都在热火朝天地忙着。班长正把一张张图纸摊在地上，用石子儿压住四角，朝着他的手下人比比画画讲解着。可能是有人提出问题了，只见他们全体又弯下腰身，重去看那图纸。再往上看，就见有几个人手提大锤、焊枪，顺着钢梁缓缓地往上爬去，咚！咚！咚！他们身立半空，舞动双臂，那亮闪闪的锤头，在初春的阳光下画出一道道银色的弧线。

"第七号筋板是Ａ向！是Ａ向！……

"钢梁垂直度误差四毫米！……

"再高一点儿！再高一点儿！保持三十度……"

人们在相互喊着，应着，指挥着。无数双粗壮而又灵巧的手在不停地工作，在这荒凉的土地上奇迹般地托起一座巨大的钢铁建筑。远远听去，各种机械的摩擦撞击，各种音调的呼喊，此起彼伏。乍听似乎很乱，但你只要听一会儿，却又觉得那么有规律，有乐感，那么悦耳动听！做一个局外人，从旁看去，郭大柱才真真地感到，他们是技术人，说的是技术话，干的是技术活，这种充满技术性的劳动，给他一种娴熟、热烈、欢乐而又优美的感觉。他从心里羡慕他们，或者说是对他们的劳动有一种全新的肃然起敬的感情。过去，他端坐在办公室里的时候，劳动从来没有对他引起过这么大的兴趣和激动。正相反，在烈日当空或寒风呼啸的时候，远远地听到那沉重的劳动号子，常常觉得自己是优越的，幸运的。但是今天，当命运的突然变化，把他降为一个打杂的挑水工时，他的眼睛从下面往上看了，他才感觉到了这支劳动队伍的分量。从平面图纸抽象的线条，到立体结构的车间厂房；从一堆堆平淡无奇的钢材，到精工巧造、闪闪发光的机器设备，这需要智慧，需要力量，需要技术。他的怨恨像水桶上的热气一样渐渐消散了，羞愧立时涌到全身。他被这支队伍无情地开出来，是因为他无能！他羞愧的是不仅没有资格待在这支队伍里，也没有资格拿五级铆工的工资！

郭大柱挑起水桶，悄悄地回到烧水房，倚在墙角里发呆。烧水的是老阮头，他的身影老是佝偻在灰腾腾的烟气中。这老头真行，还是保持"红管家"的本色。不知从哪弄一个破柳筐，满工地捡碎木屑破油纸烧火，倒真成了个捡破烂的了！门口堆着好几吨供烧水热饭用的大块煤，他压根就没动点儿。

"多可惜，就这么扔了！"老阮头把筐碎木头倒在水房中间，涌起一股呛鼻子的尘烟，郭大柱赶紧屏住呼吸。

"这是钱哪！"老阮头用羊角锤咯咯吱吱地从木头里往外拔锈钉子。

刘钢炮一阵风似的撞进来，立即又退回好几步。他被屋里的烟气顶得直皱眉头，只得在外面叫喊着："大柱，你傻啦，干这玩意儿！"

大柱没吱声。

刘钢炮小心地往屋里跨进半步，看清了倚在墙角的郭大柱，便又抬高声音说："上边定下来了，凡是进工地的，不管干什么，都跟着包工超额的部分提成，咱们也能一样挣钱！走——"他抢过去拽住郭大柱，"咱俩还去搞宣传吧！"

"以后呢？"郭大柱纹丝没动。

"以后？——管他呢！社会主义还能对不起你？"刘钢炮又压低声音说，"听说以工代干的超过多少年以上，一律可以转为国家干部，有文件呢！"

广播喇叭里喊刘钢炮回去。他一边往外走一边回头说："别死心眼儿！"一溜风地跑走了。过一会儿，广播喇叭里传出刘钢炮的声音："……铆工班的师傅们猛打猛冲，一天完成过去三天才能完成的任务。为什么他们干劲这样高呢？工人师傅们回答得好：这是合同承包调动了大家建设四化的积极性……

不知怎么，郭大柱发现那熟悉的声调并不悦耳，堂堂五级大工匠光有动嘴皮子的本事，不是很可怜吗？那些顶替进厂的毛丫头，哪个的嗓音不像播音员似的。

郭大柱挑着热气腾腾的水桶，在工地上一趟又一趟走着。他觉得刘钢炮刚才广播的那段话在理。紧张而奔忙的工地上没有像过去那样到处去贴"苦干实干加巧干，大干再大干！"之类的口号，也没有三天两头开什么誓师会、决心会、大干会；工人们倒一个个确实像在冲锋陷阵，猛打猛干。就在这刮着冷风的初春，有人干得热汗蒸腾，脱得浑身只剩下小背心。"包"字在他们心里使劲呢！

这时，刘钢炮的声音又在广播喇叭里响开了，郭大柱无心去听他说些什么。他想社会主义是对得起我们的，可我们对得起社会主义吗？

郭大柱把水桶放在一块钢板上，不知怎么也涌上来一点情绪，竟张开嘴喊了声："喝水呀，热乎的！"这怯生生的喊声似乎与这闹哄哄的工地不合辙，立即就消失了，就像根本没喊过似的。铆工班长和几个人跑过来了，端起碗，咕嘟嘟就往肚里灌，喝完用袖子一抹嘴，这才细瞅了一下郭大柱。大家似乎有些不好意思了，班长说："大柱，有空闲常过来吧，学点玩意儿，我教你！"旁边的师傅们也立即跟着说："对对，过来吧，现场学东西快，我们都帮你！……"

郭大柱盖上水桶盖，突地觉得自己刚才也喝了一大碗开水似的，浑身热乎乎的。这些日子，他的心沉浸在不可名状的痛苦里，这是一种阵痛，一种新事物诞生前的阵痛。他挑起水桶，抬头望着这雷鸣电闪、腾烟喷火的工地，不由得放开喉咙："喝水呀，热乎的！……"这一次也许使足了力气，那响亮的喊声久久地在工地上回荡。终于同吊车的起动声、汽车的尖叫声、机器的轰鸣声、劳动的号子声，渐渐融在一起，有些和谐了……

1983年2月4日于大连刘家桥

贵　客

刘绍棠

一

忍无可忍，一怒之下退了职的助理工程师冯雨顺，拿着一千块钱的退职金，弃文从商，跑了二年小买卖，赌了个赤条条一丝不挂，走投无路，在运河边的烟村渡口，半夜三更找了一棵歪脖儿树上了吊。泥马渡康王，人不该死有救星，他被在烟村渡口开店的一个老头儿救了下来。烟村队办工厂的总厂长蔡椿井礼贤下士，亲自驾驶着运货卡车，将他迎进村里。

队办工厂有一座客房小院，跟队办工厂相隔一条街，坐落在村西河畔的瓜田和果园中间。小院十间房，有两间一套的，有一个单间的，有双人一间的，全看客人的身份高低，给予不同待遇。

冯雨顺念完大学，被分配到一家工厂当技术员，只因脾气古怪，又是个意见篓子，十几年一直走背字儿：三次调资，没升一级；四十岁的高龄，每月却只挣五十五元的低薪。谁想，京城里的一棵草，出城百里就是宝，他被蔡椿井送进两间一套的头等客房。

这头等客房的里间，一张软垫双人床，床头柜上安放一盏藕荷色伞罩的台灯。虽然已经是立秋时节，却是秋老虎天气，床上还铺着柔软雪白的凉席，竹架上挂着绿纱蚊帐。室内，临窗一张写字台，一把藤椅，靠墙一只大立柜和一只三格书橱。外间是会客室，满堂烟村木器厂出产的沙发、茶几和座椅，还有一台电视机端端正正地摆在条案上。

冯雨顺目瞪口呆，不敢进门。

十几年来，南到榆林港，北到满洲里，他因公出差上百回，只有厂长能住这个规格的房间，他只配在大通间的角落里，睡窄巴巴的上下铺。

"老冯同志，请进！"蔡椿井轻轻推了一下他的后背。

冯雨顺头重脚轻，一推之下进了门，却被门槛绊了个醉酒扑蝶，一头栽在沙发上；马上又弹跳起来，满脸诚惶诚恐神色，连说："哎呀！对不起。"

这个穷愁潦倒的读书人，蓬头垢面，满腮胡茬，上身穿一件皱皱巴巴的汗衫，下身穿一条打着补丁的裤子，脚上是一双断了带儿的凉鞋。小庙的神仙受不起大香火，他被以礼相待，感到坐立不安。

蔡椿井两手搭在他的双肩上，又把他按回沙发里，笑道："老冯同志，你洗洗脸，躺在床上休息会儿，然后咱们饭桌上谈公事，订合同。"便点头告别，向厨房走去。

冯雨顺看见，蔡椿井走到厨房檐前的豆棚下，向门里低声吩咐了几句，就匆匆离开客房小院，不知去向了。

他关上门，拉上窗帘，只见客房里备有全套梳洗用具，便从头上到脚下，洗出一盆污泥浊水，又对着镜子刮了脸，满面晦气也烟消云散了。

"冯老师，睡了吗？"门外，有个嗓音轻柔的女人问道。

"请等一等！"冯雨顺慌忙穿上衣裤，打开门窗。

一位三十五六岁的妇女，细眉秀眼鸭蛋脸儿，手捧着一套没有上过身的新衣裳，一双没有上过脚的新鞋，站在门外三步远的林秸花荫下。

"椿井大哥打发我取来他的一身穿戴，送给您做个替换。"说着，她腼腆地低着头递过来。

受之有愧，却之不恭，冯雨顺爱面子，红着脸不好意思伸手。

这位妇女只得送进屋去，片刻也不停留，一缕清风似的回厨房了。

人配衣裳马配鞍，冯雨顺换上咖啡色的春秋衫，隐条涤纶的裤子，三接头皮鞋，站在里屋大立柜的穿衣镜前。只见镜中人衣冠楚楚，脸上放光，一副枯木逢春的气色，跟几个小时之前吊在歪脖儿树上荡秋千的那个冯雨顺，判若两人了。

他从镜子里看见蔡椿井含笑走进客房，一个急转身，扑奔过来叫了声："蔡厂长！"呜咽着泣不成声。

"老冯同志，我已经找厂子里的几个主事人，碰了个头。"蔡椿井紧握住冯雨顺的手，"铁饭碗盛的是大锅饭，没有多少油水，你每个月才挣五十五元，我们泥饭碗肉肥汤也荤，打算给你连升三级；另外还有超额奖金，年终分红。"

"盛情难却，那就……愧领了！"冯雨顺失声哭出来，"我那个原单位，只要给我涨一级，我也不想退职，老婆也不会……跟我离婚了。"

"时来运转，破镜重圆吧！"蔡椿井锦上添花，"吃过饭，订下合同，你马上回北京，三天之内我要吃你的喜糖。"

"我和她有个可爱的女儿，看在女儿的面上她也许能回心转意。"冯雨顺的泪光中闪过一抹笑影，"我还想把她们娘儿俩带到烟村来，麻烦你给我们一家三口找个住处。"

"我先给你们租三间房住下来。"蔡椿井从衣兜里扯出一份合同，"按照合同规定，一年之后，厂子里拨给你一座小院，分期付款，十年还清。"

冯雨顺不但绝处逢生，而且前途似锦。

二

冯雨顺是城市贫民出身。

北京的城市贫民五光十色，鱼龙混杂，有拉洋车、拉排子车、捡破烂儿、打鼓儿、抬花轿的……有相面、算命、占卦的，有卖估衣、布头儿、羊头肉、牛蹄筋儿、硬面饽饽、糖葫芦儿、心里美萝卜、耗子药的……有说媒跑房儿、捉妖拿邪跳大神儿、插圈拴套开宝局子的……还有那坑、绷、拐、骗，买卖人口，铤而走险贩卖黑白丸，帮虎吃食儿当奸细的……冯雨顺出生在青藤巷十八号，他的爸爸卖报和卖血为生，他的娘冯大婶给同院一家当老妈子。

这位东家，是个久站东交民巷地面的洋车夫，见哪国人能说哪国话，专门拉洋人到琉璃厂买古玩字画；到东安市场买土特产品；到北京饭店、三星舞厅、八大胡同、全聚德、便宜坊、丰泽园、萃华楼吃喝玩乐。车钱、小费和拉皮条的回扣，装满腰包。此人姓魏，外号魏二毛子，家中一妻一妾，原配是个白薯脚的黄脸婆儿，发了洋财又买一个青楼出身的姨太太。魏二毛子和姨太太气味相投，一唱一和；黄脸婆儿气成了臌症，扔下一个女儿叫宝娟，撒手归西。宝娟比冯雨顺小五岁，是冯大婶带大的。

冯雨顺的爸爸抽空了血脉，没有活到新社会。魏二毛子在新中国成立以后改了行，带着姨太太给一家外侨当仆役，宝娟便和冯家母子一口锅里吃饭。这个魏二毛子恶习不改，倒卖外钞犯了案，逮捕之前吞下三钱烟土，两只金镏子，一命呜呼。那位青楼出身的姨太太也还算有情有义，每月给宝娟二十元生活费，只是三五个月也不打个照面。冯大婶到一所小学当工友，也就把宝娟带到那所小学念书。宝娟虽然门第不高，算不得千金小姐，可是自幼吃穿都是上等，嘴馋而又手懒，小小的人儿便喜欢打扮得引人注目。姨娘每月给她的那二

234

十块钱，不够她二十天用的，冯大婶疼她像自己身上掉下来的肉，还得从工资里拨给她一份补贴。冯雨顺也疼她像一奶同胞的小妹，寒暑假当临时工，汗珠子摔八瓣儿挣来的钱，她要多少就给多少。

魏宝娟念书没有兴趣，三年初中念了五年，十八岁到一家西餐馆当服务员。

学徒头一年，每月只挣十八块。但是，她却另有两项固定的收入，一项是姨娘每月给她的二十元生活费；一项是冯大婶每月给她的十元补贴。所以手头一点也不紧。她打扮得花枝招展，吃饭顿顿都买甲菜，自吹爸爸妈妈在国外工作，挣双份工资。人不大，却像五月鲜的桃子早熟。看见大师姐们都有了男朋友，下了班挎着男朋友的胳膊逛马路，她也春心难自持了。无中生有，她又自吹早有了对象，而且是个风度翩翩的大学生。大师姐和小师妹们要目睹为快，她打个电话，把冯雨顺诓到西餐馆，假戏真唱。冯雨顺虽是个大学生，却没有风流潇洒的风度。白专典型，只知埋头读书，一副呆相，从小家境贫困，瘦骨伶仃，一身打补丁的衣裳更显得十分寒酸。临时拉夫虽解了围，宝娟幻想将来另找个才貌双全的美男子，才算称心如意。

春梦正酣，1966年天下大乱，造反团查出她的爸爸是个畏罪自杀的洋奴，"狗崽子"的黑牌子挂在了她的脖子上；一头青丝被剪得像钝刃镰刀割下的麦茬子，拳打脚踢，鼻青眼肿，被赶出了西餐馆。回到家中，她家那三间北房已被浑水摸鱼，鸠占鹊巢了。正在这时，从外侨家里被揪出来的姨娘，剪了个阴阳头，也一瘸一拐回到青藤巷十八号，娘儿俩抱头大哭。冯大婶菩萨心肠，小脚老太太却有一颗斗大的胆子，不怕腌臢了自己的清白身份，把她们收留下来。三张嘴吃饭，冯大婶那每月四十块钱的工资不够嚼谷。宝娟和姨娘黑夜蒙上包头，外出捡烂纸，卖到废品站，赚个打油买醋的零钱。熬到1968年，冯大婶的心脏病迸发，不到三分钟的工夫就咽了气。宝娟和姨娘正愁得两条肠子搓成了条绳子，1966年就念完了大学的冯雨顺，接受再教育从农场回来了，分配了工作。姨娘巧做安排，冯雨顺不得不娶了宝娟，娘儿俩的衣食又有着落了。丈夫每月能挣五十五块钱，又是个红五类，宝娟非常心满意足。不多不少九个月零十天，生下个女儿叫小蜜。

一晃三四年过去，宝娟算是可教育好的子女，又被找回旧日的西餐馆。西餐馆改了字号，只卖烧饼、油条、老豆腐。宝娟地位低下，一不能上灶，二不能站柜，三不能跑堂，只配刷盘子刷碗、扫地、推煤、倒脏土。但是，每月能把三十二块钱的工资拿回家来，宝娟再也没有其他的杂念了。丈夫百依百顺，姨娘精打细算，女儿天真活泼，一日三餐也见到大米白面、蛋花肉片了。她觉得自己是个有福之人，这个小家庭也像一座四季如春的安乐窝。

然而，情况一变，她却又故态复萌了。

1977年以来，西餐馆又重新开张，生意兴隆，宝娟连涨了两级工资，加上奖金和几项补贴，每月七八十元烫手，老脾气又死灰复燃了。西风洋气阵阵吹来，宝娟虽然年过三十，打扮得却比摩登少女还要时髦，透明的轻衫；膝上的短裙；离地三寸的高跟鞋；满脸珍珠霜；全身洒遍花露水。她生得白白胖胖，丰满有余，苗条不足，便模仿一位最能引起年轻人打口哨的女歌星的影子，照葫芦画瓢装扮自己，顾影自怜，嗲声嗲气。她的那位姨娘已经老态龙钟，不能再回到外侨家里端饭碗，但是多年主仆，很有情面，常带着宝娟到这位外侨家里跳迪斯科舞，看进口录像，大开眼界。宝娟沾上三分洋气，越发得意忘形，更觉得自己在西餐馆里是鹤立鸡群了。

不久，她家那三间北房发还下来。于是每晚高朋满座，灯红酒绿，狂歌痛饮，就像新中国成立前的三星舞厅又新张开幕了。

相形之下，冯雨顺可就黯然失色，一副凄惨景象了。他那个工厂，虽然从街道管辖升格到区属，可是当头儿的，管事的，还是原班人马。厂长是1958年劈柴炼钢的老闯将；车间主任是过去在街道上磨剪子抢菜刀的手艺人；人保股长是造反起家的打砸抢分子。他满肚子的锦囊妙计，一个方案又一个方案递上去，得到的是一个又一个白眼。回到家里，看见的是宝娟寻欢作乐，姨娘满脸严霜。娘儿俩不愿有失身份，禁止他到北房公开露面。他的工资比宝娟每月的收入少二三十元，只配躲在厨房里吃一碗残羹剩饭。

三次调资都没有他的份儿，宝娟指鼻子剜眼，姨娘恶声恶语，他咽不下这口内外夹攻的肮脏气，跑到厂里，从车间吵到人保股，从人保股吵到厂长办公室，砸碎了铁饭碗。

坐在桌前要吃饭，姨娘夺下了他的筷子。

"雨顺，结束咱们这个没有爱情的婚姻吧！"宝娟比姨娘多少还有一点情意，把自己那碗鸡蛋炒饭递给冯雨顺，眼圈红了红。"你和冯大婶过去为我们娘儿俩花了不少钱，我也就不跟你要小蜜的抚养费了。"

嗟来之食，冯雨顺难以下咽，转身走了。

离了婚，冯雨顺在一位老同学家的地震棚里遮风避雨，暂时栖身。他从区工商管理局得到一张个体小商贩的执照，跑小买卖为生了。

一趟又一趟地赔钱，他的一千块退职金眼看着一天天减少。万念俱灰，却难以割舍可爱的女儿小蜜。

每个星期，他偷偷看望小蜜一回。

姨娘在他们离婚之后几个月就死了，宝娟一天到晚玩不够，分不出片刻工夫关心女儿。每天她给小蜜五毛钱，早饭是两个油饼一碗豆浆；午饭是两个烧饼一碗菜汤；晚饭是两个馒头一碗稀粥。深夜十二点，她骑着铃木牌摩托车玩耍归来，小蜜早蜷缩一团睡着了。

小蜜只盼爸爸来看她。

准时正点，星期六中午，冯雨顺站在小学门外，自行车倚在路边的马缨树上，等候女儿放学出来。他带着女儿下小馆，吃饺子，吃包子，吃馅饼，吃米饭炒菜。然后，买一斤水果，二两巧克力，牵着女儿的手到北海公园去。离下午上学还有一个多小时，女儿在儿童乐园里溜滑梯，荡秋千，骑木马，跳压板，他坐在栅栏外的树荫下，查看女儿的作业本。快上课了，他把女儿抱到自行车的后架上，沿着马路边的人行道，推到学校去。

有一回，天下大雨，他的买卖赔了本，自行车又放了炮，赶到小学门口，下午的上课预备铃声已经响起来。他看见，女儿站在马缨树下，全身上下都湿透了，两手连连抹下脸上的雨水。

"爸爸！"女儿看见他的影子，奔跑过来，扑到他的怀里哭了。

"小蜜，你饿坏了吧？"他扯下身上披着的一块塑料布，遮掩女儿的身子。

"我怕爸爸……撞汽车了……"女儿慌忙又捂住了嘴，把哭声噎了回去。

冯雨顺心如刀割，扔下自行车，把女儿抱起来，说："跟爸爸……吃饭去。"

上课的铃声响了，小蜜从爸爸的怀抱挣脱出来，饿着肚子跑回教室。

瓢泼大雨中，冯雨顺抱着马缨树，放声大哭。

三

走进一别二年的青藤巷，就要见到那个虽然已经各奔东西，却又藕断丝连的女人，冯雨顺感到心跳气虚，两腿发软，恍恍惚惚一步一步挨近十八号。

从烟村回来的路上，他恨不能眨眼之间就跟宝娟见面，三言两语就劝得她从泥沼中拔出脚来，写下请调报告，离开污染严重的西餐馆，到运河滩上的全民所有制单位工作。一家三口，在风景如画的烟村，过一个世外桃源的宁静清新的生活。但是，进入青藤巷，旧地重游，旧景重现，旧日的伤口也便隐隐作痛起来。于是，每走一步，便丧失一分信心。

硬着头皮，冯雨顺跨进青藤巷十八号门口。虽然大院里的住户大多数都是双职工，白天十室九空，但是他仍然感到没脸见人，低头紧走，直奔北房。

北房三间油漆彩画，红门绿窗，就像一张老脸浓妆艳抹，十分刺眼。玻璃窗拉上严密的呢绒窗帘，很像照相馆的暗室，但是门上没挂锁，屋里有人。

冯雨顺轻轻敲了敲门。

"我料定你还得回到我这里来！"屋里，宝娟打着哈欠，一声哀怨的娇嗔，"你那个老相好，早已经是隔夜的被子，跟你凉了，只有我这里是你的避风港。"

冯雨顺吓了一跳,难道这个女人未卜先知?便咳嗽一声,说:"宝娟,我并不想回到你这里来,而是想从这里把你带走。"

"你是谁?"宝娟惊叫着,听得出是从床上跳起来。

"我是雨顺。"冯雨顺心头一阵凄凉,"只不过分别二年,难道你连我的声音都忘记了吗?"

"那就请进吧!"宝娟的口气冷冰冰的令人寒心。

冯雨顺推门进屋,只见屋里被窗帘遮挡了阳光,昏昏暗暗;沙发、地毯、立柜、彩电、冰箱、电风扇、梳妆台⋯⋯满堂高级家具,乱七八糟堆放,好像家具店的一间仓库。

一盏台灯亮了。

青幽幽的灯光中,宝娟身穿半透明的白绸睡袍,嘴角挂着冷笑,抬起一只肥白的胳臂,手拿一把拢梳,梳理乱蓬蓬的头发,活像话剧《日出》里的陈白露借尸还魂了。

冯雨顺侧过脸去,问道:"你怎么没上班,病了吗?"

宝娟把拢梳扔在梳妆台上,拿起一盒英国三五牌香烟,抽出一支,咔嚓一按日本打火机,点着深吸一口,说:"我也摘下金箍,退职了。"

"你每月的收入不算少,为什么要退职呢?"

"这山更比那山高,我何必在一棵树上吊死?"

"你找到了什么工作?"

宝娟张圆了猩红的嘴唇,吐出一个又一个烟圈儿,说:"在一家港商驻京办事处当营业员。"

冯雨顺大吃一惊,追问道:"谁给你牵的线,挂的钩?"

宝娟说出了那个人的名字。

此人原是西餐馆的造反团头子,剪宝娟头发,把宝娟打个半死的正是此人。1979年开展揭批查运动,此人忽然不见了,失踪三年,摇身一变从天上飞回来,以一家港商驻京办事处营业主任的身份,出现在租金昂贵的旅游饭店。洗了个澡,睡了个觉,便马不停蹄,四出活动。他身穿奇装异服,留着烫得狮子狗似的长发,满腮浓密卷曲的胡髭,戴一副遮住半张脸的大蛤蟆镜,背一架西德照相机,摆出衣锦荣归的神气,吹着口哨来到西餐馆,找他过去的那些团伙。谁想,他的那个二把手早已判刑;三把手劳教;海枯石烂不变心的女朋友、造反团里打砸抢的女干将,也已经嫁给一个继承两万元退赔遗产的资本家儿子,甘当"狗崽子"的太太了。满目凄凉,此人乘兴而来,只落得败兴而归。正当他强作欢颜向大家握手告别的时候,却发现宝娟那眼馋的目光在他身上溜来溜去。于是,他的眼珠一转,摘下脖子上的照相机,一口气给宝娟连拍了十二张彩色照片，当时就从照相机里掏出来，免费赠送，并且邀请宝娟到旅游饭店吃大菜。小市民的卑怯心理，轻佻女子的目光短浅，宝娟占全了这两大因素，交上这个过去欺凌污辱她的人。她不但不念旧恶，而且引以为荣。从此，来往频繁，形影不离，两块橡皮膏粘成一贴了。

"这个家伙真是神通广大！"宝娟吸完了烟，又嚼起口香糖，"当年他比谁都敢革命，如今比谁都会赚钱。"

冯雨顺倒吸了一口冷气，摇着头说："宝娟，只怕这个人来路不正，是个骗子吧？"

"人家是生意兴隆通四海，财源茂盛达三江，金字牌匾！"宝娟一吐舌头，将嚼烂的口香糖弹进墙角落的痰盂里。"雨顺，你眼下是个无业游民，不如也到他的办事处当个跑街，凭我的面子，他会录用你。"

"我不想沾浑水！"冯雨顺瓮声瓮气地哼道。

"天生的穷命鬼，贱骨头！"宝娟狠狠地啐了一口，"你白念了四年大学，不过是个百分之百的废物。"

"我找到用武之地了！"冯雨顺却微笑起来，"烟村队办工厂，聘请我当技术指导。"

"人往高处走，你怎么往下坡子溜哇？"

"士为知己者用。"

"他们给你多少钱？"

"每月七八十元，还有超额奖金，年终分红。"

"给那个人当跑街，每月一百六七，十三级干部的待遇。"

"我不想出卖自己的灵魂！"冯雨顺莽莽撞撞地抓住宝娟的手，"你也跟我到烟村去，那里是个好地方。"

"哈哈哈哈！"宝娟尖厉刺耳地大笑，"凤凰落地不如鸡，我不想当贱货。"

"宝娟，咱们复婚吧！"冯雨顺带着哭声喊道，"带着小蜜，在烟村过个合家欢乐的日子。"

宝娟的狂笑戛然而止，两眼失神地盯住冯雨顺，忽然垂下眼皮，低下头说："我……已经是他的了。"

"嗬！"冯雨顺像挨了当头一棒，摇摇晃晃，"你上了他的当，他这是玩弄你。"

"人生本来就是一场游戏……"宝娟颓然地坐在了床上，面孔痉挛着，似哭非哭，似笑非笑。"他老是忘不了当年那个女朋友，大包小包地送礼，那个女人只吃糖衣，不吃炮弹，在他身上取利，还端着架子……"

"把小蜜还给我！"冯雨顺青筋暴起，大叫起来，"我要把女儿带走，不能眼看着你们污染她的幼小心灵。"

"雨顺，我的好人，你救了我！"宝娟扑到冯雨顺身上，紧紧箍住他，满脸乱吻，"那个家伙就因为我带着个拖油瓶儿，才不肯一言为定。"

冯雨顺全身起火，推倒宝娟，一脚踢开房门，大步走了出去。

在大门口，正撞见那个当年西餐馆的造反团头子，眼下改头换面之后的港商。

"你来干什么？"大蛤蟆镜后面，一双恶眼闪着凶光，"是来找魏宝娟吗？"

"我瞎了眼，看错了门牌！"冯雨顺急如星火地奔小学校跑去。

几分钟之后，小蜜就要放学了。

四

蔡椿井在霞菊家给冯雨顺租下三间房。

霞菊是队办工厂招待所的负责人，就是那个细眉秀眼鸭蛋脸儿，给冯雨顺送来新衣裳和新鞋的妇女。她姓蔡，是蔡椿井的远房妹子，男人是蔡椿井的好朋友，为队办工厂含冤而死，留下一个儿子。

二十年前，蔡椿井在中专念书，年轻人火热的心，自愿下放农村。他有个初中同学，在工厂里当钳工，工厂里也正下放工人，蔡椿井便把他带到烟村来。这个钳工，为烟村开办了一个小作坊，每年盈利几千元。可是，1966年造反的有理，小作坊被砸成一堆碎铜烂铁，他也被戴上尖顶高帽子，敲着破锣游街。他心里窝住一口气，得了一场大病，大病之后只剩下一把骨柴，还落下个肝痛的病根儿。到1972年，烟村的工值只有一毛多钱，不得不又请这个钳工出山，再办小作坊。这时候，蔡椿井做媒，他已经跟霞菊结了婚，一回被蛇咬，十年怕井绳，他有了个温柔体贴的妻子，不想招灾惹祸了。大队干部踢破了他家的门槛子，他咬定牙关不点头，霞菊却深明大义，枕边一阵一阵吹春风，他那颗冷冻的心才冰化雪消。一年，两年，三年，十几个人的小作坊，变成了几十人的小工厂，每年盈利三四万元，烟村的工值也芝麻开花节节高，四五毛钱了。然而，好景不长，1976年春天大闹割尾巴，小工厂又关了张，他也被七斗八斗，一病不起。到北京的大医院照片子，已经是肝癌晚期，撇下孤儿寡母，死不瞑目。

蔡椿井又把队办工厂的牌子挂起来，人们还心有余悸，霞菊却头一个报了名。眼下，她不但掌管招待所，而且还当仓库保管员，可算是蔡椿井的左膀右臂。

送走冯雨顺，蔡椿井就找霞菊租房。

"你新盖八间瓦房，闲着三间。"蔡椿井满脸堆笑，"我想每月花十五块钱租下来，给老冯同志安营扎寨。"

霞菊皱了皱眉头，挂下一张整脸子，她是个最要脸面的女人，母子相依为命，门户很紧。

"我不缺那几个钱花！"霞菊的口气很冷。

蔡椿井一看要碰钉子，赶忙甜言蜜语："你不是望子成龙吗？老冯同志是个大学毕业生，正可以给你的儿子当家庭教师。"

霞菊动了心，眼睛一亮，却又脸一红，问道："老冯同志带着家眷吗？"

蔡椿井占了上风，便要找回厂长的面子，脸一沉，说："他若是孤身一人，我怎么能不想到你的身份，随便开口？"

"多谢大哥想着你的小外甥儿。"霞菊的寡妇脸上，笑容满面了，"我不要那十五块钱房租，你给添在老冯同志的工资里吧！"

蔡椿井亲自带领一个小伙子和一位大嫂，到霞菊家收拾房子。

霞菊的大院，又是一座菜园，每年也能出产七八百元。正房和厢房之间，天井里一架葡萄，窗前排列一架架黄瓜和豆角，像夹起一道道篱笆。霞菊早给这厢房三间糊上莲花纸顶棚，墙壁刷得雪白，安装了玻璃窗。那位大嫂只管洒扫，蔡椿井和小伙子搬来双人床、单人床、沙发、立柜、书橱、座椅和写字台，还吊起了日光灯。

"老冯同志一步登天了！"小伙子拍打身上的尘土，"城里人的日子瞒不了我，比老冯同志高级的工程师，也难得有这么亮亮堂堂的三间房。"

"美中不足，墙上几大块空白。"蔡椿井走过来走过去，一边看一边摇头，"有文化的人喜欢挂画，咱们应该找几张画来。"

"我家还有一副八扇屏！"大嫂忙说，"前几天来了个贩卖杨柳青年画的姑娘，我参喜欢八扇屏上的故事，买了双份儿。"

"您外行了！"小伙子摆着手儿，"念过大学的人爱看洋画，也就是油画。"

"咱们还是处处都讲究中国特色吧！"蔡椿井掏出五十块钱，拍在小伙子手上，"赶快到县城买几幅徐悲鸿、齐白石的画，配上镜框。"

小伙子走了，大嫂咻咻笑道："椿井，你在这位老冯同志身上真下本哪！"

"要请财神爷进门，就得舍得花钱买佛龛。"蔡椿井扳着指头，"我粗算了一下，老冯到咱们队办工厂，一个人至少给咱们赚三万，我在他身上花不到两千。"

"只怕你还另有打算吧？"大嫂挤着眼睛，压低声音，"是不是想给霞菊搭座桥？"

"人家老冯有老婆！"

"不是离婚二年了吗？"

"他回北京，就是为了办理复婚。"

"破锅难镉，漏房难补哇！"

"那……那就……"蔡椿井呵呵笑道，"霞菊跟你是知心的姐妹，你就瞧着办吧！"

黄瓜架里，霞菊咳嗽一声，她回家来给菜贩子摘黄瓜，正听见大嫂和蔡椿井喊喊喳喳。

大嫂咬住舌头，蔡椿井捂住了嘴，两人相视一笑，悄悄溜了。

"大哥，站住！"霞菊追出来。

蔡椿井站住脚，大嫂闪进一片树丛里。

"有什么吩咐吗？"蔡椿井看见大妹子满面阴云，又低声下气了。

"老冯同志不带回家眷，我可不收留他。"

"他不能复婚，把女儿带回来，也不算孤身一人哪！"

"你还是给他们父女另找住处。"

"咱们有言在先，你不能变卦呀！"

"我怕长舌头的娘儿们，背地里嚼蛆。"霞菊那恼怒的目光，射向树丛里。

"嘻！听蝼蛄叫你就不种地了？"

"你得答应我……"

"说吧！"

"有人胆敢胡说八道，我扯出她的舌头，一刀剁下来。"

"好吧！剁下她的舌头，我替你打官司。"

霞菊转身进院，又摘她的黄瓜去了。

大嫂从树丛里走出来，眼瞪着霞菊飘进门口的后影，扮了个鬼脸儿，说："你不要嘴硬！咱们骑驴看唱本儿——走着瞧，到了算。"

"到哪里算一站？"蔡椿井笑问道。

大嫂冷笑一声，十拿九稳的神气，说："一年之内，我要叫老冯同志搬到正房去住。"

"你敢跟我订下承包合同吗？"

"提前一天得奖，过后一天受罚。"

他们三击掌。

谁胜谁负，看官都是明眼人；小说再写下去，就落俗套了。

1983年3月

242

埋　怨

李惠文

　　山里人心眼实，感情重，大队一个通知，把罗福源一家老老少少都动员起来了。男的收拾院子，女的收拾屋子，媳妇做饭，儿子杀鸡，为的就是迎接孙县长。

　　大队通知说，孙县长现在在公社，晚饭前赶到这个队，要到罗福源家看看。这个消息一传来，罗家老少就一块猜：孙县长能不能在这吃晚饭？吃完饭能不能在这住下？猜来猜去统一了，少辈的服从老辈的猜测，既能在这吃，也能在这住。

　　土改的时候，孙县长是这里的区长，二十多岁；左边挎个猪膀蹄一样的土黄色的匣子枪，右边背个牛皮制作的硬壳文件兜，常常日落黄昏的时候，由南山坡走下来，一头扎在雇农罗福源家。

　　吃饭了没有？没吃，好，四十多岁的罗福源吩咐老伴赶紧烧火做饭；吃啦，吃啦也好，烧水，炒花生。不多会儿，炒熟了的花生拿小簸箕端上来，往炕上一倒，主客团团围住，边吃边唠，有说有笑，看不出是两姓人。小孩子有时还往孙区长的脖颈子里塞把花生皮，逗得全家人哭笑不得。吃饱喝足，嗑也唠够了，就在耳房烧得很热的没有炕沿的土炕上铺上被子，一住就是几宿。

　　成立人民公社以后，孙区长变成了社长。这时候，人们看见孙社长从南山坡下来，不是用腿走了，而是骑着自行车。时间也不再是黄昏，多半是上午来，然而晚上还是愿意在罗家的土炕上，不肯回公社。

　　史无前例的运动一来，他被打倒了，靠边站一年多，造反派让他到生产队劳动改造。他又来到这个队，还是住在罗家的小耳房，睡土炕。

现在罗家的小耳房变了，变成个窗明几净的青砖房。炕也不像原来的土炕那样，一烧火就散发着一股炕洞子烟味。现在是红砖搭成的，炕面子是抹的白灰，并且有了枣红色的非常光滑的梨木炕沿。罗福源老汉让儿媳妇把炕烧一烧，铺上新被褥。暖壶里灌满了开水，换上最亮的灯泡。

院子里的一棵桃树，正是满树桃花，夕阳一照显得格外鲜艳。

这棵桃树，还是孙县长高升以后临走时栽的，说是留个纪念。五年了，桃树还未曾与栽培它的主人见过一次面。

老汉对着二儿子吩咐道："克祥，我忘了，你把大门外的厕所也收拾一下，撒点白灰。"

老汉想：五年没见着孙县长的面，这回见了面，可要好好叙谈叙谈喽，这几年农村形势变化这么大，三天三夜也唠不完哪！

老汉还想，当了县长，政治眼光比当社长远多了。问问他，庄稼人富了，自己买拖拉机允许不允许？上级供应不供应油？要不供应油，拿劈柴怎烧拖拉机呀！

去年，老汉一家光是承包的果树一项就收入一万多元。那还是在缺水的情况下。要是做到引水上山，及时浇灌，产量还要翻上一番。为此，全家人都动心了，要豁出这一万元的收入，搞引水上山工程。担心的是管道材料没处弄去，孙县长来跟他说说，能不能帮着想个法子呀？

村里的年轻人多，都想学农业技术，县里能不能给派个农艺师，定期来这儿教教课？要有那样的技术员，直接跟我们签订包产合同那就更好啦！

老汉不仅想到自家，也想着全队；不仅想到眼下，更想到将来。刚解放的时候，全村才一百多户，现在是三百多户啦。增加的新户，占用的房基地多半是耕地，这样发展下去，百年之后，人们就得到房盖上种地去啦，那还得了！这样的问题将来得怎么解决哩！

所有这些解不开的扣子，老汉都等着今晚跟孙县长好好唠一唠。唠完了，心里一定会很亮堂的。像孙县长那样的老干部，最能解庄稼人心里的疙瘩，不像现在的新干部，只会在喇叭里讲话，做报告，说出话来官词一大套，让庄稼人一半也听不明白。

哟！南山坡的汽车露面啦！老汉站在土堆上向屋里喊："孙县长来啦，你们都准备迎接！"

绿色的小汽车，像下山的小老虎，瞪着明晃晃的两只大眼睛，在夕阳映照下的浅红色的山坡路上，一撅一撅地往村子这边扑来，后边扬起又粗又长的土黄色尾巴。

罗福源老汉赶紧跳下土堆，拍打一下身边的尘土，那核桃皮一样的腮帮子，激动地颤抖着，白色胡茬子围着的厚嘴唇，不时地让舌头舔两下子，那意思可能是怕见着孙县长说话不自然。

一阵隆隆声，汽车停在老罗家的大门前了。车门未开，老福源就把那双桑树皮一样的老手伸了出来，准备着要跟孙县长握手。

孙县长屈着身子从车门里钻出来，笑容满面。正像老福源所估计的那样，还跟当年一样叫人感到可亲。

"哎呀！罗大叔，五六年不见啦，您好啊！"

"好好好！快请屋坐，快请屋坐。你看，我们全家人都接你来了！"

孙县长跟罗家的老少三辈寒暄一阵，走进院里来。他个儿不高，在老福源看来，比以前丰满多了，穿着也特别利整，气质跟当社长的时候大不相同了。不知从哪儿学来的，每句话的尾声都带着一个很不顺耳的"啊"字。

"啊！院心里这棵桃树，花开得挺茂盛啊！"来到院心的时候，孙县长仰颏望着桃树说。

"你忘了吗，孙县长？"老福源侧脸笑着，"这棵桃树还是你亲手栽的嘛！"

"什么？是我亲手栽的那棵？"孙县长颇有感慨地说，"哎呀呀！时光真是快呀！早就结桃子了吧，啊？"

老太太忙着接过说："早就结啦，去年还结了两篓子哩！"

老福源斜了老伴一眼，赶紧补充说："去年结的桃子都是虫咬，今年桃子下来，我一定给孙县长送一篓子去。"

"不用不用，"孙县长连连摆手，"吃桃子嘛，在县里还是不难的。我能看见这棵桃树开花就高兴啦！"

进到屋来，罗家的大儿媳妇给客人恭恭敬敬地递烟，二儿媳妇倒茶。一阵忙活之后，老福源说："你当了县长，五六年没到大叔家来，大叔是时常叨念你呀！"

"工作忙嘛！"孙县长说，随后那闪着油光的圆脸冲福源老汉一笑，问道："儿子们都娶媳妇了吧，啊？"

"都娶啦。"老福源感慨地说，"多亏三中全会以后的好政策，庄稼人的日子得过了。"

"去年一年你们全家收入多少钱哪？"

"不到两万块吧……你等等，我告诉家里赶快做饭。"

"不不，大叔，不能吃饭，我今晚还得赶回县里去！"

"别说了，你五年没来，还不在大叔这住一宿？天头已经快黑了，不能走！"

"一定得走，我到这看看你老人家就中啦！"

"干吗这么忙？今晚说什么也不能让你走，大叔给你准备好吃的啦。"

"准备什么好吃的，我也不能吃，坐会儿唠几句嗑儿就走。"

老福源一听心凉了，一会儿就走，还有什么可唠的！

这工夫老伴从西屋端来一盘苹果，放在炕上说："孙社长，尝尝苹果吧，没有好的啦，好苹果都让孩子们过年时祸害啦！"

老福源马上纠正说："你叫的什么孙社长，现在是县长啦！"

"啊，叫什么都一样嘛。"孙县长呵呵笑着，"社长和县长都是人民的勤务员嘛！"

老福源让孙县长吃苹果，孙县长只拿过个苹果在手里摆弄一下，又放在盘子里了。老福源接着又让孙县长喝茶。孙县长拿起茶杯，只在嘴唇上挨一挨就撂下了。

"好啦，我该走啦。"孙县长欠起没有坐实的身子，"以后有机会我再来。"

老福源遗憾地说："来一回，连顿饭也没吃，大叔心里真是不好受啊！"

孙县长在一家人陪送下，走出屋门。来到院外的时候，福源老汉看他往厕所那边瞅了一眼，他有心走过去，又转了回来，向罗家老少招了一下手，就钻进了小汽车。

小汽车扬起一股烟尘，很快出现在南山坡路上。老汉望着逐渐缩小着的小汽车，心里有一种说不出的惆怅。一转身，他就跟家人发起脾气来："你们这一帮全是白吃饱！"老汉像倒拉驴那样背起手，"孙县长没留下，全怪你们这帮玩意儿没招待好！"

老太太不服，顶撞说："还咋招待？比过年待姑爷子排场还大。人家偏要走，那怪谁？"

老汉瞪着眼睛说："你那苹果为啥不洗一洗就往上端？……孙县长问那桃树结几年桃了，你说这是头一年开花，不就省着他挑礼了？……我让克祥把厕所收拾收拾，他也没收拾净。……孙县长本想进去，一看厕所埋汰，又回来啦！……你们怎就不知道把那炕沿好好擦一擦，人家都不敢往实坐。……那茶杯是谁洗的？……给人家递烟咋不用双手？递完烟为啥不赶快把火划着？……孙县长一下车，我看你们的脸都笑得不够劲！……我留他住下，你们为啥不帮腔？人家看咱不热情才没留下……"

"我不信！"老太太不服老头子的埋怨，"过去他咋没这样？没吃饭，进屋就找吃的。抓起一块生地瓜连泥都不擦……"

"过去是过去，现在人家是县长啦！你还管人家叫社长，人家不来气？算了吧，我啥都不说啦！都怪你们这帮玩意儿！"老汉气得脖子好像睡落了枕。

二儿子克祥说："爹呀，你别瞎埋怨啦，叫我看什么都不怪，就怪现在干部下乡都现代化了。孙县长要是不坐汽车来，天这么晚，用棒子打他都不能走。"

老汉站那儿思索一阵子，觉着儿子说得有道理，模样这才转过来了。

最后的堑壕

王中才

　　沉寂了，都沉寂了。那惊心动魄的枪炮声呢？那撕肝裂肺的呐喊和呼唤呢？那悲痛欲绝的咒骂和呻吟呢？都沉寂了。只有烟雾，幽灵般的烟雾，在枕藉遍地的敌人尸体间游荡，沾染上一层薄薄的污血，透出水印画般淡淡的桃红，尚能显露一丝胜利的喜气。

　　他在敌人的尸体间徘徊，四周一股血腥气味。不用细看，他知道这些尸体大都是他命令炮火支援的战果。敌尸的伤口多数不规则，刀切状，枪刺状，形形色色；有的硬纸壳做的盔式帽炸裂两半，像切开的西瓜皮，闪露出嵌在脑壳上的铅灰色的榴弹片，仿佛长出的犄角；有的被炸翻的赭红色泥土埋住半个身子，只露着一双五趾张开的脏脚……这些显然都是炮伤，而不是枪伤。六个基数的榴弹，几乎同时倾泻在这足球场大的山顶，炸开的弹片会像冰雹那样铺天盖地，很难有谁能侥幸逃脱的。他已经不抱任何希望，但仍固执地在敌尸间寻找。口干舌燥，步履滞缓。桃红色的烟雾，遮住西斜的太阳，山顶渐渐灰暗、阴凉。他还在寻找。似乎他寻找的不再是一个生死不明的战士，只是寻找永远失落的欣慰和平静，寻找永远失落的心。

　　哐啷！他身后飞来一个敌人的大号水壶，挂在前面的灌木枝头，这是身后左臂负伤的三连长踢来的。三连长心气不顺，就爱踢踢踏踏，找些哑巴物件出气。他知道这一脚是专门踢给他看的，皱起宽阔的眉心，浅浅的三道皱纹里，冒出细细的汗流，仿佛从心里溢出的苦水。

　　他默默地继续验看敌尸，亲自把叠摞一起的拨拉开，用一束翠绿的竹枝扎

247

成的扫帚掸掉尘土。其实他完全没必要这样做。尽管烟气氤氲，战尘弥漫，是敌是我仍能一目了然。他像法医那样验看这些支离破碎的尸体，不过是下意识动作。或许在他心房的角落，还深藏着侥幸，盼望骤然降临一个奇迹。战争中会经常出现意想不到的奇迹呀！但当他确认没有那个熟悉的面影，立即又陷入更揪心的失望之中。

"埋掉吧，都埋掉吧！"

他烦躁地吩咐身旁的战士，没听见响亮的答应。他平时要求战士们回答首长的命令和问话，嗓音必须浑厚有力，发之丹田。如果疲疲沓沓，懒懒洋洋，他会让你重复回答十次、二十次，直到他认为合格为止。而这时战士们竟敢不回答！他觉得心灰意懒，没有精力，甚至没有资格计较这些事。战士们在他面前沉默地、懒散地把一具具敌尸抬走，并排放在坡下的凹部，准备用定向爆破的方法掩埋。他意识到战士的沉默和懒散也是做给他看的。沉默意味着不满、愤怒，甚至反抗，这是谁都清楚的道理。

"来呀！他在这里——"

在第二道堑壕传来悲喜交迸的喊声。难道找到了吗？他跳过两具敌尸大步跃去，看见堑壕里埋着一个人。全身被炸翻的红土严严实实覆盖着，只露出一个脑袋，光头，没戴帽子。尽管紫红的血泥遮掩着英气勃发的眉眼和倔强的趴鼻子，但那方形的下巴骨和腮边两个隆起的肉疙瘩，让谁也不会认错，这就是他要找的那个熟悉的面影。他急不可耐地伏身动手扒土，但被拥上来的战士们无声地挤开了。他尴尬地站在旁边，听着扒土的战士们的抽泣声感到一阵孤独。

只一会儿，战士们突然停手了，站在那里愣神儿。他挤进去，看见那人穿着家织布般粗糙的军衣，并不是质地细致的草绿色的确良。原来又是具敌尸！他真不敢相信，敌人那里竟有如此相像的英武的面貌！

"埋掉吧。"他沉吟着又吩咐战士，"不要和那些尸体混在一块。到山泉那里给他洗洗脸，另外扒个坑，单独埋，单独！"

战士们惊诧地望着他，瞬间似乎理解了他的话，依旧沉默地、懒散地抬起这具敌尸，到不远一个断崖的瀑流下，清洗掉脸上的血泥，然后抬到山半坡，挖了一个深坑埋掉了。他看见那里有一棵被炮弹削去半个树冠的粗大的榕树。

"噗喳"，他身后又发出不敬的响声。他稍微歪歪头，余光瞥见三连长用白绷带吊着的左臂摇晃着，正将敌人纸壳做的盔式帽踩成烂瓜。他不想正眼看三连长，他知道那张黑脸正横眉立目，像巡海的夜叉，一心想寻衅闹事。不过，屡屡故意弄出的不敬的响声，令他气恼难忍，何况他本是血气方刚、火气正盛的年轻团长。他敢肯定，战士的沉默，都是三连长颐指气使的结果。

"同志，注意点影响。"他不屑回头地扔给三连长一句不软不硬的警告，"水壶和盔帽是战利品，不是你家的出气筒。"

话音没落，呼啦，三连长又踢来一条敌人丢弃的裤子，带着汗臭和血腥，落在他的脚下。随裤子蹦起的一块土坷垃，擦肩而过。

这简直是公然的侮辱！他猛地转回身，怒视着三连长鳌黑的宽脸，两只大眼像冰雹，放射出逼人的冷气，稍微上兜的嘴唇哆嗦着，一口气堵在嗓子眼，咕咕发响，却说不出一句话。

三连长打个愣怔。他没想到比他年轻半岁的小团长赵恂竟能气成怒目金刚。他和团长是老乡，同时入伍，在部队干部的职务台阶上，一直并驾齐驱。每次干部考核，对他的评价总是"带兵有方"，对赵恂的评价总是"富有创造性"，皆大欢喜。只是到了前年，团级领导班子要年轻化，军长带着工作组亲自考核，让仅是连长的赵恂指挥一个团的步坦协同作战。坦克通过山区沙石公路，必须交纳养路费。可当时银根紧缩，没有这笔费用，赵恂竟擅自命令每辆坦克后面拖两把大扫帚，半夜偷偷驶过公路，只留下扫帚的痕迹，不见履带的辙印，使步坦协同按时顺利完成。想不到这一手竟得到军长的器重，说赵恂有"现代意识"，送到高级陆校学习一年，回来破格提为一团之长，把他三连长一下子甩掉五级台阶，这使他在部下、在乡亲面前都很难堪。他很不服："啥子球'现代意识'！不就是有张漂亮脸蛋吗！"他看赵恂处处不顺眼，特别看不惯赵恂漂亮整洁的仪表。"球当兵的，啥子必要打扮得像个衣裳架子！"你看看，在这尸横遍野的战场上，这个小团长浑身上下竟没沾一星土，一滴血，小绑腿扎得紧绷绷的；小皮带光溜溜的；小手枪卖俏地别在右胯，枪套锃明瓦亮，小军帽圆鼓鼓地顶在漂亮的脑袋上。那军帽准是洗后吹成球形，靠气体将皱褶挣开，不然怎能那么平整不走样儿！向上兜的嘴唇，整日冲老天噘着，兜着一团傲气吗？真是不知天高地厚。你做了这件没良心的事，还傲得起来吗？我为啥子不能冲你踢水壶、踩盔帽、甩裤子呢？他黑沉着脸，直视着赵恂，两人的目光怦然相撞，互不退让，僵持不下，简直能听见撞击的响声。

赵恂冰冷的目光落在三连长负伤的左臂上，忽然转向了，躲过那张黑沉沉的宽脸。他让步了。他不想当着战士的面争是论非，他觉得自己一时说不清楚，甚至有点理亏。

"同志，别忘了，咱们都是党员。"他对三连长低声说。声调缓和，带着几分乞求，仪态上却保持着团长必不可少的起码的尊严和沉静。"有意见党委会上去提，也可向军事法院起诉。"

他说完立即后悔。有什么必要提军事法院？这不等于承认自己的行为有犯罪的性质！他瞥一眼三连长，那张黑沉沉的宽脸阴云密布，仿佛转瞬就会雷鸣电闪，暴雨倾盆，一连串的质问砸在他的头顶。这反而使他火冒三丈，怒不可遏。你这个三连长，有什么资格审判我呢？该受审判的正是你！正是你这个不称职的连长！他再不管三连长有何反应，猛地掉转身带着一股风继续寻找那个熟悉的面影。

但他不能专心于寻找了。他眼睛搜索着弹坑累累的地面，脑袋里却盘旋着刚刚结束的那场战斗。他懊悔自己多问了一句话。这种进退维谷的局面，都是那句问话造成的。

三连两夜行军，极度疲劳，黎明时向侵占我领土的敌人发起冲击，半上午未能奏效。敌人的火力出乎意料的凶猛。他在团指挥所的溶洞口观察主峰，林密雾浓，什么也看不清，只听见硁硁的高射机枪的响声。那是敌人的。他们用高射机枪打平射，严密封锁住我冲击路线。三连伤亡近半。他正在考虑动用预备队，突然报务员叫他。

"团长，三连长请求炮火支援。"

他跑回溶洞，戴起耳机，拿起话筒："三连长吗？你们在什么位置？"

"球！老子离龟孙第一道堑壕有他娘的十米！"

"好。五分钟后炮火支援。"

他顾不得计较三连长粗鲁的回答，他理解部下此时烦躁的心情："打五个基数。你们做好准备。"

他刚刚给炮兵下达过命令，耳机里又传来三连长骂咧咧的声音："老子不要炮火支援！不要！"

"为啥子？拿出理由！"他对三连长的出尔反尔非常恼火。

"凶啥子嘛！"三连长话中带刺，"我们有人攻上第二道堑壕了，在敌人堆里，你的炮弹是打敌人，还是打自己人？"

"攻上去多少人？"

"一个！"

胡闹！就因为"一个"取消炮火支援吗？用钢铁和炸药编织成的现代战争火网，是很难出现冷兵器时代单骑破阵奇迹的！如果攻到敌人堆里的是二十个，哪怕只有十个，或许能打乱敌人的阵脚，尚可考虑取消炮火支援。而可惜仅仅是"一个"！如果为这"一个"取消炮火支援，就必然再赔上十个，二十个，甚至整个三连！在战争胜负的算式中将得出一个骇人的负数！

"三连长，听着！"他斩钉截铁地命令，"炮火支援时间不变！"

"不行！"三连长竟敢抗拒命令，"他是个英雄！你没权力把英雄和敌人炸成一堆！你没权力！"

英雄！他苦笑地品咂着这个伟大的字眼。不错，是英雄。在整个部队受阻的逆境中，这人竟能单枪匹马闯进敌人堆里，表现出超人的大智大勇。然而战争中的英雄，或者推动战斗的胜利，或者减少自己的伤亡。如果这两点都做不到，即使英雄，又有何用！这战争的数学是太冷酷了！但面对着腥气蒸腾的刺眼的鲜血，他不能不冷酷地计算着。

"三连长！"他以不可抗拒的口气再次命令，"再给你三分钟，你通知他撤下来！"

"球！老子离他七十米，中间隔好几道龟儿子敌人，通知个球！"

"那好！你们做好准备，马上炮火支援！"

"你，你……"三连长不知是气是急，口迟语塞，"你好凶！你多能！你……我们不要炮火，我们能冲上去！"

"浑！你通知他都没力量，凭啥子冲上去？你凭啥子？"

"凭感情！凭对战友的感情！你知道他是谁吗？"

赵恂拿耳机的手剧烈地颤抖着。他无力抗拒感情的诱惑。作为一个军事指挥员，他最怕战士们说他没有感情。这是维系军队团结的纽带啊！尤其在战雨倾盆的战场上。他相信三连长说那句话的时候，旁边一定还有其他的干部和战士，他们将如何看待自己呢？

"攻上去的那个战士是谁？"他被逼得不得不问，马上又异常后悔。这句问话早就憋在他心里，但一直没敢问出口。他怕名字一旦和具体的人联在一起，他将控制不住自己的感情。

果然，当他听到那个名字时，几乎晕厥。那是大名鼎鼎的李小毛。

军长亲自下来考核干部那些日子，在一次步坦协同训练间隙，突然来了兴致，召集几位连长坐到山坡上摆龙门阵。军长说，他认识一位老首长的警卫员，对首长的照顾无微不至，首长早晨刷牙，警卫员预先把牙膏挤在牙刷上；首长吃药，警卫员预先把中药丸的蜡皮剥掉……久而久之，警卫员怎么安排，首长就怎么做。有次首长又吃中药，见警卫员在茶几上早已凉好一杯白开水，放好一个药丸。不过，这个药丸与往常的不同，不是棕黑色，而是乳白色。首长以为换了新药，而且一定疗效显著，香甜可口，不然怎么会是乳白色，白总比黑好嘛。首长兴致勃勃地放进嘴里，咀嚼两口，觉得不对头，怎么涩巴巴的？像咀嚼一个生栗子舌尖发麻，搅动不灵。凭着几十年戎马生涯练就的顽强毅力，首长仍然把这丸药一丝不苟地吞进肚里。等警卫员进来，首长还是抑制不住地询问起来："今天换的什么药？"

"没换药。"

"那怎么是白丸子？"

"那是白蜡皮。我每次都是剥掉后给你……"

"噢，"首长直想呕吐，几乎暴跳如雷，"今天你怎么不剥蜡皮？啊，怎么不剥?"

"我……"警卫员直瞪着首长的脸，犹豫一会儿，终于毫不畏惧地坦白，"今天我想试试首长，知不知道剥蜡皮。首长，您把蜡皮剥下来了吧?"

"当然! 那还用问!"首长不得不撒谎，一肚子气没处发泄……

军长说到这里，眼睛炯炯地扫视着围了半圈的连长们:

"你们说，这个警卫员合格吗?"军长绷着脸询问。显然，这是军长在谈笑声中提出的一道新的考核题。连长们却紧张地思索着，不敢贸然回答。这关系着军长对自己的印象，也许是永生的印象呢!

"不合格!"三连长首先打破沉默。

"好。说说理由。"军长首肯三连长的答案。

"因为他没尽到警卫员的职责。"三连长选择着适当的措辞，"因为他对首长缺乏应有的感情……"

军长的眼光暗淡下去，露出失望的神色。

"他当警卫员确实不合适。"赵恂这时站起来回答，"对他有点大材小用了。他说不定是块将军坯子。"

"将军?"军长愕然地抬起眼皮，怪异地打量着赵恂整洁的仪表，"你不觉得言过其实吗?"

"我只是说他可能是个将军坯子。能不能成将军，还有很长的路要走。"赵恂躲闪着军长的目光，尽量沉静地回答，"我觉得，敢不敢冲上敌人第一道堑壕，是一个战士起码的标准;敢不敢指出直接首长的失误，却是一个指挥员的起码标准。就像战士冲上第一道堑壕那样，这是走向将军之路的第一道堑壕。"

"你从哪里捡来的这几句话? 从克劳凯维兹，还是蒙哥马利?"军长毫不掩饰讽刺口吻，"现在从外军将领那里捡洋落，挺时髦呢!"

"军长，洋落里确实也有值得捡的东西。"赵恂感到屈辱，愤然顶撞军长，"但这几句话，并不是洋落，是我自己的。"

军长忽地从斜坡上站起来，盯视着赵恂的脸，灼热的目光烧得赵恂两颊发烫。半天鸦雀无声。突然，军长呵呵地笑了，嗓音很响，在山野震荡。他扭身招呼来不远处一个背冲锋枪的战士，拍拍战士坚实的肩膀:

"亲爱的连长们，"军长笑逐颜开，"这就是那个警卫员，叫李小毛;我就是被他耍弄的首长。既然赵恂认为他是将军坯子，我不小气，就把这个未来的将军送给你……"

"报告，请首长给我们三连吧。"三连长不知为何竟争要这个战士，"我们三连是英雄连，有利于李小毛同志锻炼成长。"

军长沉吟好久，最后一挥手。

"也好!"军长不无讥讽地说,"希望你除了培养他对首长的感情以外,还要给他点别的……"

赵恂着意看了李小毛一眼,他正瞅着身旁山坡上一株紫红色的灯盏花,山风摇颤着五枚花瓣和一束金黄的花蕊,像摇曳的灯苗。他的趴鼻子耸动着,方形下巴骨和隆起的两腮弥漫着笑意。似乎对身旁一伙人如何安排他的命运毫不在意……

就是这个李小毛,正单枪匹马地在敌人堆里冲杀,而且我军的炮弹马上就要落在这堆敌人头上,同时不可避免地也落在李小毛的头上。赵恂无论如何不能接受这个残酷的现实。如果李小毛倒在敌人的枪弹下,可以给他立大功,可以授他英雄称号,以安慰自己,安慰军长,安慰他所有的亲人。而眼下要用自己的炮弹把他和敌人一同炸死,这简直是犯罪!犯罪!

"三连长,请回答,李小毛能不能站住脚?"他多希望李小毛在敌人堆里已经站稳脚跟,这样他就有了取消炮火支援的理由,但三连长并没给他这个理由。

"还问个球!"三连长的怒气穿过话筒喷到赵恂脸上,"不管他站住站不住,老子都不要炮火支援。老子有能力把他救出来,死也要个囫囵的!"

"那好吧!取消炮火支援!"赵恂无奈只得应允,"趁李小毛牵制住敌人,你们冲上去!我命令四连加入战斗!"

他擦把眉心渗出的苦汗,看看表,正巧过去五分钟,但五个基数的榴弹却不能发挥作用。他咬着微向上兜起的下唇,走出溶洞,焦虑地望着硝烟浓雾笼罩的山顶。除了望不断的墨绿色丛莽,他什么也看不见。只听见越来越激烈的枪声,像飓风洗劫山林,不间歇地爆发出树倒枝断的瘆人的响声。流弹不时地落在他身边,像鼹鼠一样,吱吱嘶叫着钻进血红血红的泥土里。

"团长!"作训参谋跑到他跟前小声报告,"四连伤亡十一名,三连又伤亡七名。三连一排长牺牲了,三连长左臂负伤……"

赵恂浑身的血液陡然凝固了。这恶果早在他的预料之中,他暗中盼望事实将否定自己的预料,却不幸得以证实,这就尤其不幸。为了一个战士,就算这个战士是将军坯子也罢,因此又新增了十八人的伤亡,其中有一名排长和一个连长。在战争的数学中这将是一个不可宽恕的错算。爱都集中到一个人身上,对其他人还能有爱吗?

"三连、四连在什么位置?"他痛苦地询问参谋。

"还在第一道堑壕前沿。"

"李小毛呢?"

"他们说情况不明。"

赵恂低头再次钻进溶洞,一把抓起耳机。他不再犹豫了。

"四连吗？后撤二十米，三分钟后炮火支援。打六个基数！"

四连答应后，他又命令三连。

"老子不撤……"耳机里传来三连长嘶哑的嗓音。

"好，现在你已经不是三连长了！"他不得已执行战场纪律，"叫徐副连长讲话！"

"你好凶！你敢把老子撤了！我告你！"

"我不跟你说话！叫你副连长！"

耳机里杂乱地响了一阵，三连副连长终于接过电话。

"现在由你代理连长！"赵恂捏得耳机嘎巴巴地响，"你马上命令部队后撤二十米，三分钟内炮火支援！"

"团长，这，我……"

"执行命令！"他啪的一声放下耳机，再次狠狠咬住向上兜起的下唇，制止住愤怒和苦恼激起的剧烈痉挛。

他脚下赭红的土地骤然颠簸起来，洞顶簌簌落下沉重的水滴，像一滴滴殷红的鲜血。炮兵遵照他的命令，正将一发发榴弹砸在敌人阵地上，整座大山都在瑟瑟地颤抖。炸雷般的巨响声声相连，回声激荡，像滚滚而来的海涛，带着哭泣、呻吟、乞求和咒骂。他闭着眼。他不必到洞外观察炮火的效力，完全能想象出敌人阵地的惨象。那里正飞转着火与铁的旋风，倾洒着血雨；炸塌的掩体和堑壕，半埋着断裂的枪支；支离破碎的肉体，到处翻滚着、蠕动着；遮天蔽日的灼热的烟尘，蒸腾着呛人的腥味……李小毛呢，啊，李小毛就在那灼热的烟尘里，在那火与铁的旋风里，挣扎、呐喊。蓦地，一发发炮弹像落在他的心里，他眼前一圈黑，一圈黑，咬着的下唇迸出一滴血珠。

"报告，团长！"参谋喜滋滋的喊声将他震醒，"成功了！首群覆盖率就达到百分之九十！连老鼠洞也没给敌人留下！四连、三连几乎没遇到反抗，就……"

是成功了！可没给他带来喜悦和快慰。李小毛在哪里呢？到底在哪里啊？

斜阳已经沉进墨绿的丛莽，被夕辉和鲜血染成桃红的烟雾，渐渐暗淡下去，变成紫红、黛青，最后剩下一片蓝灰色，像铅块压着他的胸口。他不再后悔当时问了李小毛的名字。其实那是自欺欺人。如果不是李小毛，而是其他任何一个战士，只要是倒在他亲自命令发射的炮弹下，都会在他心里留下永远抹不去的隐痛。他现在唯一想做的就是找到李小毛。

他越过第二道堑壕，向最后一道堑壕走去。虽然他不相信李小毛能冲上最后的堑壕，但仍抱着万一的心理去寻找。他没想到，最后一道堑壕几乎不存在了。炮弹炸翻的红土和敌人的尸体，将堑壕填得满满的，只留下一道浅浅的痕迹。突然，他发现一种奇怪的景象：在一座坍塌的小掩蔽部前，横七竖八地躺着九具敌人的尸体。有战斗经历的人一眼就能看出，这些尸体身上除了炮伤外，都有明显的枪伤。炮火支援时，四连和三连还在第一道堑壕前沿，不可能如此准确地杀伤这里的敌人；炮火支援后，两个连也都没报告过在这里发生过激烈的战斗。那么，这九个敌人的枪伤是从哪里来的呢？而且敌人都倒在自己的掩蔽部门口！难道李小毛冲到敌人老窝了？这个想法像一团火，烧热了他，也烧痛了他。他瞪大酸痛的眼睛，在坍塌的掩蔽部四周搜寻。烟雾笼罩的暮色越来越暗，他已彻底失望了。就在这时，他的眼睛碰见一条炸断的带子，半埋在坍塌的掩蔽部顶，露出的半截隐约画着五个红色的小星星。他跑过去，一把从土里抽出断带，那下面挂着一个水壶。不是敌人的笨重的大号水壶，正是我军的小巧玲珑的水壶。他愣愣地站在那里，像钉进地里的一根桩。这个水壶正是他送给李小毛的啊！那是雨夜行军以后，发起冲击之前，三连经过团指挥所的溶洞。赵恂一眼看见匆匆赶路的李小毛，趴鼻子上沾满红泥，被汗水冲出一道道沟痕，像京戏的脸谱。再看身上，也是泥泞不堪，一只衣袖撕裂了，直到胳肢窝。身上的弹药倒很齐全，唯独没有水壶。他伸手将李小毛一把拽出队列。

"水壶呢？"

"团长，"李小毛皱皱沾着红泥的趴鼻子，"你说，消灭敌人靠子弹，还是靠水？"

"都得靠！"赵恂突然很恼火，"说！水壶呢？"

"存在老乡家了。"李小毛用撕裂的袖子抹了把汗水，顿时变成红花脸，"我多带了二百发子弹……"

"浑！"赵恂沉着脸吼叫，顺手把自己的水壶摘下，斜挎到李小毛的肩上，"带上！你要是扔掉，回来我处分你！你也休想用别的水壶顶替过关，我那背带上有记号，五颗红星！"

他弯身狠拍李小毛的屁股，李小毛撒腿追赶队伍去了。

不错，这确实是那个水壶。怎么沉甸甸的？难道说还装着水？他拧开壶盖，啊，水依然顶着壶嘴，李小毛竟连一口水都没来得及喝！

"快，小毛就在这掩蔽部里！"

他忘情地吼叫着，跪在地下双手扒土，战士们也都跪下扒，扒……他猜测着，可能李小毛钻了敌人防守上的空子，越过了敌人最后一道堑壕，占领了敌人掩蔽部的表面阵地。这时炮火支援来了，敌人像无头苍蝇纷纷往掩蔽部躲死，李小毛不顾炮弹从头上落下，迎头拦截敌人，一连打死九个。正在这时，我军的一发炮弹轰然炸坍了掩蔽部，李小毛一定被埋在里面了，一定！

他奋力扒着，平日保持整洁的军装布满红土，双手被土里的碎弹片擦破了。警卫员想拉他起来，没拉动，只得跟着一起扒。抽出几根断裂的木梁和立柱，见下面只压着两具敌尸，再也没有别人。他探了一下掩蔽部的深度，也只能装五个人。他精疲力竭地直起腰，提起那个水壶，呆呆地望着背带上的五颗红星。

天黑下来了。湿雾渐渐变浓，整个丛莽显得更加阴森冷寂，已经看不清峰峦和树木。他蓦地腾起一个最不幸的猜想：他命令发射的炮弹可能正落在李小毛的身上，把李小毛炸飞了，再也不会找到遗骨了。百分之九十的覆盖率，是没有人能侥幸躲开的！可这个水壶竟能安然无恙，真是个奇迹！令人绞断肝肠的奇迹啊！

"李小毛——"

他撕裂喉咙呼喊着，没人答应，连回声都没有。回声都被冷雾吞噬了。

"格老子，我要告你！告你！"

黑暗中传来三连长嘶哑的声音。他往那里瞅一眼，黑雾遮盖着三连长熏黑的怒容，只有白色绷带吊着的伤臂，影影绰绰的。

他没再理三连长，紧紧地抱着水壶，像抱着李小毛的遗体，慢慢地往山下走去。谁也没和他打招呼，只有警卫员跟着他。走到埋着那个趴鼻子敌人的大榕树旁，他不由自主地站下了，望着黑魆魆的被炮火削去半拉的巨大树冠，吧嗒吧嗒地滚下大颗泪珠。树下埋着的这个敌人是幸运的，因为他的模样酷似李小毛，被破格批准占据了如此美丽的葬地。可李小毛呢，他的葬地在哪里呢？

"明天把这个水壶交给掩埋烈士的同志，埋在陵园最明显的地方。"他嘱咐警卫员，"记住，千万别把壶里的水倒掉。小毛一定渴了，很渴……"

一个星期的战评活动中，三连长当着上级机关的同志不断提起这件事，说我们自己的炮火，无论如何也不应该打死自己的英雄，这不能不让人怀疑赵恂利用手中的权力沽名钓誉，他是不是急于取得第一次指挥团级实战的成功，竟不惜用自己的炮弹打自己的战士呢？这些看法渐渐形成一种强大的舆论，像滔滔洪水不断涌进赵恂耳朵里，他沉默着，一直在掩蔽部里埋头和参谋们写战斗总结。参谋们催他出面解释一下，他苦笑着摇摇头。参谋们只好在总结里写上了他当时的心情，他审查时一笔勾掉了。他说，那不符合战斗总结的格式。

送去报告的第二天中午，电话铃突然急促地叫起来，赵恂抓起话筒。

"赵恂吗？我要撤你的职！"是军长严厉的声音。

"我知道……"他平静地应着。这个结果他确实早就预料到了。

"你知道？你是诸葛亮吧，你能掐会算哪！"军长显然对他的回答极为不满，"你知道什么？知道撤你的原因吗？"

"因为……因为我命令炮火支援，炸死了李小毛。"

"哼，你自作聪明！你以为我也像你一样聪明吗？"军长挖苦地说，"听着，同志！撤你，不是因为炮火支援，是因为炮火支援太晚了！知道吗？太晚了！"

他心里忽地刮起一阵风，一阵温暖的风。他一直默默地等待着这句批评，总算等着了。他眼圈滚烫，尽管当着参谋的面，也无力阻止泪水夺眶而出。他忙用袖子抹一把脸，露出孩子般的羞涩。他实在不算大，是个"小团长"。

"谢谢您，首长，谢谢……"他语无伦次地很不得体地答应着。

"那个三连长的告状信我也收到了。"军长声调和缓了一些，"你应该向部队做出解释。一个指挥员的威信是不容受到诋毁的！尤其是在战争中！你为什么不解释？啊？"

"我确实是个不合格的团长。"他痛苦地说，"我没能力既实行炮火支援，又不伤害李小毛。我能为了解脱自己，向战士们讲不得不伤害李小毛的原因吗？那样我心里受不住，受不住……"

军长沉吟着。话筒里只有微弱的哨音，可能是边疆山野的风吧。

"有些同样美好的东西，在战争中也会打架，很难两全。"军长通过漫长的电话线传来的声音，显得沉闷、沙哑，"在战争中只有一个法则，就是一切要服从战争的胜利。每一次战斗，战士和指挥员也都有自己的最后一道堑壕。李小毛越过了这道堑壕。你呢，你的最后一道堑壕就是世俗的感情束缚。如果你摆脱这个束缚，按着战争本身的逻辑行事，你就越过最后一道堑壕了。是啊，这最后一道堑壕是很难越过的，很难啊！……今天不说了。噢，你们那个三连长怎么样啊？"

"他很好。他现在威信很高，战士们说他爱兵。他为救李小毛左臂负伤了。"

"噢，战士们的言外之意，是说你不爱兵了？"

"是。说我沽名钓誉。"

"看来你暂时不宜在团里工作了。我们研究过了，免去你的职务，到军里等待分配。让你副团长代理团长。"话筒里传来军长一声微弱的叹息，"你既然能用十八个人的伤亡，满足感情需要；我也只是牺牲你，来满足战士的感情需要，我和你一样，都无力越过最后一道堑壕。"

"谢谢，首长。"赵恂兜起的下唇松弛下来，眉心的三道竖纹舒展开去，"谢谢。这也是满足我的感情需要……"

两天后，下达了免职的命令，上面丝毫没讲免职的原因。但全团上下都确认，是因为炮火支援炸死了李小毛，像多日的云雾突然飘散了一样，呈现出一种晴朗的气氛。尤其是三连，都认为连长的状告赢了，坚信连长即将破格升任新的团长。赵恂背起沉重的背包，踽踽走上蜿蜒的山路。经过三连居住的一排排猫耳洞前，他尴尬地向战士们默默地点头，战士们也默默向他点头，眼里流出捉摸不透的表情，目送着他。三连长正倚在新搭的一座竹棚门口，左臂仍然用绷带吊在脖子上。见他走过来，竟意外地主动打招呼。

"老赵，我派个人送送你。"三连长高门大嗓，整座山都能听得见。

"不用了。战备很紧。"

"那也好。锻炼锻炼也好。有机会回团里玩啊！"

"好，好。再见。"

他讪讪地应着。他看得出三连长志得意满的神气劲儿，本想针尖对麦芒刺两句，转念又收住了脱口欲出的话头。他实在不想破坏了这晴朗的空气。

走了五十多里山路，快到军部驻扎的县城时，他突然看见郊外山野开满了紫红色的灯盏花。他眼里倏地又蒙上一片乌云，爬上山崖，采了满满一抱花，绕路先到了坐落在城南的烈士陵园，在那一片临时竖起的松木碑林中寻找，终于在一个角落里看见了李小毛的名字。那鲜血一样的红土下，埋着那个水壶，里面满装着李小毛没来得及喝的清甜的凉开水。

他轻轻地将一抱灯盏花摊开，遮盖了整座坟墓。他仿佛又看见李小毛忘情地瞅着灯苗一样的花蕊，趴鼻子耸动着，隆起的两腮弥漫着笑意……

1984年9月3日于沈阳

饿　夜

刘兆林

一

那是个遥远的冬夜。

又轮上我和一个新兵站岗。

自然灾害闹的，不仅人的肚皮受了牵连，山、水、草、木也都瘦了。鸡、鸭、鹅、狗，牛、马、猪、驴，不管是老百姓喂的，还是部队养的，没见着胖的。啥年月都短不了粮食的野鼠也跟着倒霉，一旦鼠洞被发现，任怎样艰难，也要掘地三尺把鼠嘴一颗颗含去的粮食夺回来。野地的鼠洞能挖，营里的鼠洞挖不得，就用一桶桶药水灌。把老鼠灌出来一看，同样皮包骨头。连陪我们站岗的月亮也面黄肌瘦，总像饿得精力不足，动不动就躲到乌云里睡一觉。我们连驻防那一带荒野，只有饿不倒的山风越到夜晚越精神，像吃饱撑着没事干的幽灵似的，专门打着阴森可怖的口哨，恶作剧吓唬人。

兵好当，岗难熬，夜岗就更不容易。夜岗除了冷、困难挨，新兵还害怕。那是个城市入伍的新兵，以前没度过这样的夜晚，我就尽量陪他在岗楼待着。他站哨，我带班，新、老兵同班岗一般都这样。站哨不允许说话，也不能抽烟，我们就默默站着听自己肚子咕噜噜叫。要是能吃点什么，哪怕一块高粱米饭锅巴或一块萝卜，也不至于打抖。说不清那抖是冷还是饿引起的了。

不知怎么猪忽然叫了两声，那声音不像是无缘无故叫的，我怕是饿狼来吃猪，叮咛新兵别害怕，慌忙跑猪圈查看情况。月亮这时又躲进很大很大一块黑云里去偷懒，夜一下变得很黑。

猪圈没啥情况，是连队唯一那头母猪翻身时压着了唯一的猪崽，母子俩互相叽歪了几声。一窝猪崽，冻死的冻死，压死的压死，不管冻死的压死的，都被烧"乳猪"吃了，好歹还剩下一只。

我正要回岗楼，听新兵向谁发问："口令?!"

连问两声没见回令，他大喝道："站住，不站住开枪了!"

我听他拉动了枪机，急忙往回跑。刚撒开腿，枪声已经响了，一连四声，像报警的惊锣，把全连一齐叫醒。

十多束手电光集中到一点，明晃晃照着躺倒在地的一头驴。驴身上的几处枪伤汩汩地流着血，肚皮已不再起伏。完了，完了，连队那条宝贝驴被打死了。它是连队的活宝贝，刚往一个哨所送东西回来。哨所和连队就那么一条没支没岔的小道，也没人家，送些不重要的东西都是让它自己走，走了八九年都没出事，怎么偏偏死于我这班岗。这个新兵啊，为什么要以为特务来摸哨呢!

新兵吓傻了，我惊呆了，都忘了饿，忘了抖，任大家七嘴八舌埋怨着。那夜我被驴折磨着，根本就没再入睡，大概好多人都没再睡好。

二

驴既死了，也活不过来，我和新兵被埋怨一通之后，自然涉及如何处理后事问题。任何事都是这样，不管大小，只要许多人同时关心它，就会成为不同思想的分水岭。那时候，一般事都容易和肚子有牵连，这头误死的驴便和大家的肠胃发生了纠葛。

"天上的龙肉，地下的驴肉。没病没灾死的，不吃白不吃!""胃亏肉"的代表人物造开了舆论。

重感情的同志们骂开了，"这算什么玩意儿，无言战友死了，不伤心就够罪过了，还想吃肉，长的是狗嘴吗?"

"狗嘴也好，人嘴也好，不是已经死了吗？'天上的龙肉，地上的驴肉'，全国都这么说，也不是咱们编的!""胃亏肉"口气很粗。

1961年，偌大一头没病没灾的驴呀，不吃确实是胃的一大损失，但我还是反对吃。那是头通灵性的驴，饿死我也咽不下它的肉。

那新兵只是难过，打死了驴不说，又给同志们制造了矛盾，惹了多大麻烦。他左右为难，哀求同志们说："别吵了，有气冲我撒吧，都怨我!"

"吃不吃驴肉不关你事!""胃亏肉"们这样说时心里在想，还该谢谢你呢，不是你把驴毙了，我们哪有吃肉的希望。他们继续加强舆论："驴有功劳不假，无言战友不假，那长征路上，红军还杀战马吃呢。红军都能杀战马吃，我们吃吃死毛驴子有什么不行？冬季施工快要累死了，清水煮白菜，大锤抡得能不慢吗？眼看就到期限了，吃驴肉等于加油，革命需要嘛！"这理由，在当时连吃瘟猪病狗都听说过的形势下，是很有力量的。可我们反对派就不同意。红军那时实在没办法了，不吃就得饿死。我们还有粮还有菜嘛，虽然少点孬点，还不至于饿死嘛。但是"胃亏肉"人多，他们已找炊事班长去了。

炊事班长常使唤那驴驮粮驮菜，感情比别人格外深一层，现在让他扒驴皮砍肉，怎么下得了手？炊事班长脾气好，"胃亏肉"们也不管他下不下得手，连说带拽把他拉出来。

探家刚回来的饲养员不知啥时伏在驴身上，手摸着驴的伤口，抽抽咽咽在哭。

饲养员可是连里数得着的男子汉，他哭得那样伤心，谁看了要是不被感动，他的心就不是肉长的了。

炊事班长扔了刀，想拉饲养员起来，拉不动，自己也掉了泪。

我对驴的感情又被他们的泪水勾引出来，眼睛湿着阻止"胃亏肉"们说："……你们也该想一想，连洗脸水天天都是它从山下给咱们驮。昨个早晨，我拎桶去打水，它早在井边等着了……它的肉，我们能吃吗……"

因为动情，我的话变声了，饲养员也越发哭得厉害。没人再说吃肉，一个个眼光变得十分柔软。但凡肉长的心哪能不想想驴的好处哇。

这忠厚老实的驴，是八年前从百多里外集镇上买的。往连队来那天，它就驮着买他的人过了好几道河。翻山了，它在前面拉，下岭了，它在后面拽。上了平川地，轻轻拍它一下，它就颠儿颠儿地跑哇，从不高傲地昂一昂那可爱的鼓鼓头。一到连队，它成了动物里最不用人操心的一个。它最勤劳，猪和兔让人喂饱了就躺在圈里笼里睡懒觉。狗呢，虽说比猪和兔勤快，有点看人眼色行事，在人前跑来跑去，给点吃的就多干些事，不给就蹲在旮旯打盹。可是我们这头驴啊，吃完了草就在黑乎乎的磨房里磨豆腐，低着个头，一圈又一圈，要是没人吆喝它停下，直到世界末日来临它大概还会在那里转。从连队到营部那十里崎岖小路，它走了多少个来回？六七月，太阳下火时走过，八九月，那无头的秋雨里，那凄凉的月夜里，走过，走过。冷酷的严冬风寒拦住过它忠实、辛勤的脚步吗？一次次无情的山坡冰雪滑失了它的前蹄，它哼也不哼一声，爬起来又往前走。被蛇咬了的新兵骑着它去治过伤，来队看儿子的母亲骑着它赶过路。寄出的包裹，邮回的木匣，还有一封封来往的书信，不都是它驮送的吗？灾年荒月人肚子受委屈，它就更委屈三分，草里没有料哇。它是刚送完东西死去的，还没吃到该吃的夜草呢，就空着肚子死去了……

从连长到新兵，全连都动了感情。驴肉不但没吃，还为驴开了追悼会。指导员致悼词，连长亲自鸣枪，把驴隆重地安葬在营房后面的山坡上。鸣枪，那是有功的战士才能得到的最高葬礼。

三

驴的追悼会为临近尾声的施工任务鼓了鼓劲，不几天又不行了。精神力量毕竟是有限度的。定量的粗粮加盐水煮冻白菜，越吃越饿。老兵抡不动锤，新兵更没咒念，累得夜间站岗扯耳朵拎都拎不动。有几个新兵干脆压床板不起了，其中就有和我同班岗打死驴那个。他是娇孩儿，虽然经济这么困难，在家几乎没缺着什么，头疼脑热吃鸡蛋，感冒发烧吃水果。这回可苦了他们，送住院不够条件，待在连队影响大家情绪。本来按期完成任务已没大指望了，情绪再一受影响，那指望就成了肥皂泡。

还有比完不成任务更叫指挥员着急的事吗？连长和指导员你看他，他看你，相对无语抽了半天烟，等到晚上把司务长叫去时，连部那屋像刚放过烟幕弹一样。两位连首长商量决定，派司务长连夜执行一次任务。出发前，司务长到各班打了招呼，说他连夜到百里外的小镇去一趟，出高价请地方政府帮忙买点肉蛋，改善改善伙食，好突击按时完成任务。他让大家等着，买不着就不回来。

夜里不少人就等不及了，梦中已经吃起了各种各样的肉，白天干活好像不那么饿了。

第二天熄灯号刚吹，司务长真背回六十多斤马肉。马肉六十多斤啊，来回二百里累不累不说，司务长真买到啦！多少人扯着司务长的胳膊，搂着司务长的脖跳高哇，后来大家竟把他抬起来直欢呼，不知谁竟喊了一声"司务长万岁"。司务长万不万岁不敢说，他可确实该立大功，这六十多斤马肉不仅让几个压铺板的新兵下床参加了劳动，全连饱餐了几顿马肉饺子之后，一连几天突击，任务奇迹般完成了。

马肉啊，马肉，是你给了我们力量！

四

两年后经济形势好转，漫长的饿夜终于结束。吃肉不难了，可也真奇怪，怎么吃啥肉也不如那年的马肉香？

有回老兵们专门要求司务长又买了次马肉，也还是不如那次的马肉好吃。司务长实在忍不住了，说："那年哪能买到马肉哇，那是我们自己的驴肉！"

到底吃了那驴肉?！

是连长、指导员做的秘密决定。那夜，司务长把葬了的驴扒出来，用锯锯下几大块好肉，又背到挺远的山沟收拾干净。为了不让大家察觉，他在山沟笼堆火，硬在雪地里饿了一天，傍黑才把驴肉背回来。

五

后来有一天，吃饱了没事干，不知怎么引起的，大家又自发辩论起那驴肉该不该吃来。

辩论，并不那么激烈，也并不那么严肃。

1985年1月于广州

逐　鹿

梁晓声

　　三个骑者追逐一头鹿，从白雪皑皑的山坡追下，向这片连接大小兴安岭的森林追来。山头上空，一颗初悬的星瞪着惊奇的眼。

　　那是一头强壮的雄鹿，以它最快的速度奔驰着。这美丽的动物在逃窜中也不失其高傲，昂着叉角如冠的头。它全身各个部位的肌腱随着奔驰中的每一次腾跃，在绣有梅花的短毛皮下紧张而和谐地运动着。它仿佛不是在逃窜，而是在竞技。只有它琉璃般的眼中充满了恐惧，和由恐惧而产生的愤怒。它以动物本能的聪明，选择最短的距离角度，全力向森林冲刺。它似乎明白，只有逃入森林，才可能摆脱追逐。

　　逐鹿者们更明白这一点。老严头胯下那匹"白鼻梁"一马当先。这马是一匹被淘汰的军马，自从离开骑兵部队后，今天第一次得到任性驰骋的机会。那鹿的顽强将这马在骑兵部队养成的好胜性情刺激到了顶点。翻飞的四蹄和扩张的鼻孔，显示出了这马近于狂暴程度的兴奋。而主人的不断催促，继续增强着它的兴奋。

　　伏身于鞍的老严头，鹰似的两眼盯着鹿。伤疤交错的瘦脸上，凝聚着一种既冷峭又可怕的自信。他的狐皮帽子早已在追逐中落地不顾，满头长而乱的白发向后飘扬，胸前的银须被风分为两缕。套鹿索拴在鞍上，绕成几匝握在手中。当那鹿又腾空跃起，颈子后倾的瞬间，他很有把握地一扬臂，唰地甩出了套鹿索。

　　这同一瞬间，李豁唇那匹几乎和他并辔的青骊马，突然冲撞了他的"白鼻梁"一下，"白鼻梁"猝然转向，将他闪下鞍来。套鹿索贴着鹿脖子从鹿身上滑过，飘悠悠地落在雪地上。

鹿，转眼消失在森林内。

老严头没有立刻爬起，沮丧地朝森林望着。

被李豁唇用力勒住的青骝马，绕着老严头兜圈子，踢踏的马蹄将雪粉溅到他身上和脸上。

老严头猛地跳起，用收回的套鹿索朝李豁唇抽去。

李豁唇赶紧促马躲开，嘿嘿讪笑两声："老严头，你别抽我呀，是我的马……"

第三匹马这时也追到了，骑者是个二十四五岁的女人。她的马显然太弱，已不是在逐鹿，仅仅是尾随着两个男人，不被甩得太远罢了。那马，口边冻结了一圈白沫，四腿颤颤发抖，再跑一会儿定要倒下的样子。一站住，就贪婪地啃雪。女人的脸色异常苍白，身子摇晃了一下，险些从马上栽下来。两个男人却都没有注意到这一点，一个端坐在马上，一个僵立在雪中，久久地望着森林，仿佛期待那头鹿会再蹿出来似的。

大而圆的月亮将清冷的光辉遍洒下来，融为一种恬淡的蓝光，笼罩着山林。

女人缓缓抬起头，注视着雪地上的鹿踪，自言自语："完了，追不到它了……"

老严头转脸看着她，宽慰道："放心，逃不掉它！"

李豁唇立刻接言："就是，逃不掉它！"

女人忽然伏在鞍上哭起来。

李豁唇不再理会那女人，一抖缰绳，策马奔向森林。

老严头走近女人，大声说："莫哭！哭得人心烦！……"

女人仍哭。

老严头有点火了，吼道："再哭，我把你撇这儿！"

女人终于抬起头，望着他，低语说："大爷，我……觉着不好……"月光下，她的脸色更加苍白，眼中闪亮着泪泽。

老严头那张老而丑的脸抽动了一下，他猛想到，这女人怀着三个月的身孕。他怔愣片刻，一声不响地牵住了女人的马缰，又牵住自己的"白鼻梁"，慢慢朝森林走去。一边走一边嘟囔："你个痴女子哟，是鹿重要还是你的身子重要哇？我老严头出马追，就是神鹿也逃不掉，你还信不过我……"

女人什么都不说，软绵绵地伏在鞍上，呻吟着。

他们进入森林，不见李豁唇的踪影，便大声喊起来。天已全黑了。月辉透照之处，将林中的雪地晃得这一片那一片白惨惨的。依稀可辨鹿蹄印和李豁唇的马蹄印东隐西现。

他又可着嗓子大呼大喊李豁唇……

鹿场退了休的老养鹿工严青山，是鹿场的"祖宗"。三十年前，他是这一带方圆数百里内顶出色的猎手，姓名响亮得落地有声。他相貌英武，性格豪爽，为人侠心义胆。有个猎手马二嘎，对他很不服气，要和他比枪法，决高低。他命令心爱的猎犬咬住自己的皮帽奔跑，他策马追逐，举枪击发。连发三枪，子弹将皮帽穿了三个洞。马二嘎看得目瞪口呆，再不敢较量。因为当地的猎人们都深信不疑，谁用猎枪打死了自己或别人的猎犬，谁枪膛里射出的子弹就永远打不死野兽了，早晚会葬身兽腹。但马二嘎仍不服气，要和他一块儿进入深山老林去猎熊，以试胆魄。嫉妒使马二嘎产生了歹心，趁夜宿之机，退出他枪膛中的子弹，换了一颗空弹壳。第二天清晨，两人果真遭遇了一头巨熊。马二嘎抢先射击，却并未击中巨熊的要害。巨熊带伤扑过来，一掌打飞了马二嘎的猎枪，又一掌将马二嘎打得昏死在地……等他苏醒后，发现巨熊倒在离他不远处，心窝插着一把猎刀，只露刀柄。浑身血迹的严青山呆呆地僵立在巨熊旁，呼哧呼哧喘息不止。

从此以后，他们成了一对拆不散的猎伴。有一次两人对饮，马二嘎酒醉心不醉，羞愧地将自己做的那件坑害严青山的事说了。

严青山却哈哈笑道："胡说！肯定是我自己上子弹时太粗心，你马二嘎怎么会是那种人！"比严青山大三岁的马二嘎，从此对他亲如手足，敬如长兄。不久，地委书记寻找到这两位猎手，对他们说："政府要求你们，不，是请求你们，捉几头活鹿，要有公有母，在这一带办养鹿场！"

他们对地委书记下了保证，要为政府办养鹿场立功。他们设套子，挖陷阱，骑马追。逐鹿，那是一种多么原始而又多么令他们感到过瘾的方式啊！一人骑三匹连缰快马，一旦发现了鹿的踪影，便穷追不舍。一匹马跑乏了，就从这个鞍子腾身飞跨到另一个鞍子。怕将鹿活活追死了，不得不追追停停。经常几天几夜，身不离鞍。鹿被追急了，会像人似的，跳崖或撞树自亡的。

一个冬季，他们追捕了八对鹿。鹿场，就是从这八对鹿，一年年发展到几十头，几百头，到如今的近千头。政府为了表彰他们的功劳，将他们的姓名和照片登上了省报。第二年国庆前夕，还送他们进了北京，给予他们站在观礼台上的至高荣誉。谁敢不承认，他严青山不是鹿场的祖宗？

他们从北京回到当地，地委书记又找他们谈话，要求他们放弃狩猎生涯，做鹿场的第一代养鹿工，并任命他们为正副场长。他们不愿当"官"，他们是大森林的精灵，大森林才真正是属于他们的世界，只有那种风餐露宿、虎啸熊吼的生活，才是他们所习惯所热爱的生活。他们迷恋大森林，远胜过某些多情的男人迷恋俊美的女人。他们认为，养鹿，那纯属女人们干的差事，以为地委书记在跟他们开玩笑。

可地委书记郑重地对他们说，绝不是开玩笑，让他们当这种"官"，也是政府对他们的"请求"，因为他们是很熟悉鹿的生活习性的。

他们这两个刚刚获得了政府给予的至高荣誉的猎手，面对一位地委书记代表政府向他们提出的诚恳请求，默默相视，无话可答。

像任何一桩事业的开创时期一样，鹿场的开创时期，也是含辛茹苦，历经挫折的。八对鹿每天要吃要喝，发情的公鹿闹圈，怀胎的母鹿下崽，春季割茸，秋季防病……他们原认为是女人干的差事，将他们两个堂堂男子汉操劳得心力交瘁。从省城给他们分配来了两名农学院畜牧系毕业的大学生，一男一女。他们不但要饲养鹿，还需处处在生活上照顾好两名大学生。稍有不周，人家不发脾气，定发牢骚。两名大学生每每诅天咒地，觉得念了几年大学，居然被分配到这袤原荒野来养鹿，是大材小用，一辈子的委屈。他们自然是很理解很同情这两名大学生的，颇能宽厚地担待大学生的牢骚或脾气。不久，母鹿受孕季节，女大学生的身子也显出了将做母亲的迹象。他们只好主动将一对娇贵的人儿打发回省城去。自此泥牛入海，有去无归……

他们常常默然对坐，一个擦拭猎枪，一个抚摸猎犬，大森林向他们召唤着，而鹿场如一条绳索，牢牢拴住了他们。

一个冬夜，他们被一片狼嗥声惊醒。爬起来，将结霜的小窗呵个洞，朝外一望，鹿圈四周，点点绿光奔来窜去。是狼。不是一只，两只，也不是十几只，是二十多只的一群。狼群包围了鹿圈！他们知道，这群狼绝不是火光所能驱逐的。他们推开小窗，枪筒探出窗外，你一枪，我一枪，弹无虚发地射杀着。这种射杀，又使他们体验到了许久未体验的兴奋和刺激。他们大呼小叫，兴奋情绪彼此濡染。狡猾的头狼，躲在鹿圈一侧，它一声接一声朝天发出凄厉的长嗥。不一会儿，荒野的四面八方又出现了一对对绿莹莹的狼眼。为数更多的狼朝这里汇集。而他们的子弹却打光了，重新聚成的狼群，肆无忌惮地扑向鹿圈。有的啃断了圈栅，已将半个身子钻进鹿圈。有的像搭人梯似的，企图从同类的背上跃入鹿圈。他们对望了片刻，一个默默地操起一把斧头，一个阴沉地握起一柄镰刀。他们发一声喊，突然冲出小屋，迅速跳入了鹿圈。他们要和鹿同生共死。鹿，一头挨靠着一头，顾首不顾尾，在圈中间挤成一堆。母鹿本能地用躯体掩护着出生不久的幼鹿。他们两个人，保护着挤成一堆的鹿，同进入鹿圈的狼展开了搏斗。一只只狼，在斧与镰的劈砍下倒毙。但更多的狼，却一只接一只地从各处进入了鹿圈。他刚砍倒一只扑向身来的狼，猛听得马二嘎拼命喊叫："青山救我！"他急转身，见鹿圈一角，三只狼同时将马二嘎扑倒在地。他正欲去救，双腿被两只狼咬住了……

附近的村民，听到先前那阵枪声，持着火把，带着武器，纷纷赶来，驱散了狼群。鹿被咬死两头，咬伤三头。

马二嘎血肉模糊地倒在地上，脖子几乎被咬断，却仍保持着一种与狼搏斗的姿势，两眼瞪得将要眦裂，早已咽气了……

第二天，地委书记闻讯亲自赶来，难过得说不出话，握住他的双手流泪不止。

按照他的要求，马二嘎的尸体埋在他的小屋旁。从那一天起，他再也没有进入过大森林，再也没有握起过猎枪。作为猎人，他与马二嘎多年来已是不可分割的"合二为一"。马二嘎的死，使他内心产生了无法转移的孤独感和无法摈除的空虚。他觉得，作为猎人严青山的他，也随着马二嘎一块儿死了。他的狩猎经验，他对狩猎生涯的迷恋，他对大森林的向往，猎人所具有的那种智谋和勇敢，仿佛都和马二嘎同时埋葬了。从那一天起，他不再是猎人。

也是从那一天起，英武的猎人严青山，变成了一个面目丑陋、沉默寡言的养鹿工。狼爪子毁坏了他那张被不少女人爱慕过的脸，从前的严青山一去不复返了。女人们都对他避而远之了。他那张过分可怕的脸，常吓得她们发出尖叫，逃之夭夭。他的心被一种羞愧包裹着，再也不愿接近任何一个女人……

三十多年来，他把鹿场当作家，把一个人全部的属于感情范畴的思维，寄托在每一头鹿身上。渐渐地，在他心目中，鹿不再是动物，而是人。他给一些鹿起了名字。起的尽是女人的名字：秀花，彩娟，二凤，小玫……他由森林大帝，变成了鹿群的首领。有知识青年们在时，他最喜欢吸着一支卷烟，抚摸着驯服地卧在身边的秀花或二凤，听那些女知青唱："我爱鹿场哎，我爱鹿，鹿场就是我的家，我的家……"于是他那张可怕的丑脸上就会洋溢出一种光彩。

他是全鹿场养鹿工中工资最高的一个，每月六十多元。三十多年来，他光棍一条，却没积攒下一分钱。钱，都花在鹿身上了。病弱幼小的鹿，哪一头没喝过他掏自己腰包买的奶粉？有几年奶粉不易买到，他四处托人，想方设法到外地买，一买便是十袋二十袋，还少不得搭上些人情。

他年年都受表彰，年年都被评为"先进""模范"，年年都得奖状。即使鹿场得不到奖状，鹿场的严青山也必得奖状。他对这种荣誉很淡漠。领了，收起来。多了，糊炕面。奖状纸糊炕面，又光滑又结实。他简直可以说是一个三十多年来躺在荣誉上睡觉的人。

某一年，省委的领导，陪同外宾专机来到这里参观鹿场。他为外宾进行了一次驯鹿表演，那场面是很精彩的。鹿群以他的锣号为信，或进或退，或卧或起，或跃沟或涉水，或四散或集中，无不听从命令，服从指挥。那一天，鹿很为他争光，纪律严明像预先操练过的士兵。外宾们看得鼓掌不息，纷纷跷大拇指。那天深夜，他喝了几盅酒，坐在小屋的门槛上，望着鹿圈，自己哼唱起了"我爱鹿场哎，我爱鹿……"他觉得编歌的人，是专为他严青山编的这支歌。青年们走光了，没有谁再为他唱这支歌了，他常自己唱给自己听。就会唱开头那两句，反反复复，百唱不厌。

谁敢不承认他严青山爱鹿场？爱鹿？

今年秋季，鹿场将近千头鹿承包给了职工们饲养。鹿分圈时，他堵住圈门，不许人们入圈。他喝了半瓶酒，哪个想入圈分鹿，他挥拳揍哪个。鹿场场长对他说："严青山，你是一向受人尊敬的老职工，你应该明白，承包养鹿，对鹿场的发展是有益处的啊！是全体职工的意愿嘛……"话没说完，被他啐了满脸唾沫。场长拿他没办法，怏怏离去。几个小伙子却不买"元勋"和"功臣"的账，在青年养鹿工郭俊义的鼓动下，一哄而上，七手八脚，将"鹿场的祖宗"结结实实地捆在了鹿圈门的木桩上。"祖宗"不是那么轻易便可以被捆住的，何况是在酒醉之后。捆绑过程中，老严头一拳打在郭俊义鼻梁上，血流满面。青年养鹿工火了，扇了"祖宗"两耳光。他骂不绝口，青年养鹿工摘下自己的帽子塞进他嘴里。众人这才得进入鹿圈，将鹿赶出，分了群，引向四面八方……

场长得知，一路跑来，亲自给"祖宗"松了绑。他如被一伙强盗打家劫舍了似的，一屁股跌坐尘埃，神呆呆目滞滞，望着几座空城似的鹿圈，光自簌簌淌泪。场长围着他团团转，求"祖宗"息怒，宽恕小伙子们的冒犯。他不理不睬，许久才发出号啕大哭，直哭得天昏地暗，哭得鹿场的男女老少心慌意乱。"祖宗"哭乏了，仍坐在尘埃，一动不动，像入定的禅师。有人就将好吃好喝敬放在"祖宗"面前，似上供一般，以为"祖宗"气消了，想开了，吃喝一顿，一场风波，定会化为乌有。"祖宗"却是无论如何也想不开。他虽在今年退休了，仍把鹿场当成自己的家。但是一日之间，鹿场不成其为鹿场了。近千头鹿，统统承包到各家各户去了。他的"世界"被瓜分了！

他无法宽恕那些承包了鹿的人啊！

他更无法宽恕那几个把他绑在鹿圈门木桩上的小伙子！

他尤其愤恨的，是打了他两记耳光的郭俊义。有生以来，就没人胆敢打过他严青山的耳光！

他感到受了极惨重的伤害，受了奇耻大辱。这是令他千年垂恨、万载垂伤的一天！

在那一天里，他是将鹿场所有的承包户，都视为自己耿耿于怀的仇人了！

有人在那天深夜还瞅见他坐在鹿圈门外。他究竟何时离开的，谁也不知道。第二天，人们发现昨晚敬放在他面前的好吃好喝，全叫猫狗享用了。他却不知去向。

鹿场的"祖宗"，就这样凄凉地离开了鹿场。没向每一个人告别，他在这一带的旧交极多，到任何地方，都会有吃有住。人们对他的"失踪"，也就不太以为然。只有鹿场场长深感不安，四处拨电话，通知各个单位，如鹿场的"祖宗"前往，希给予种种优待。一切开销，全由鹿场结算。"祖宗"成了"难民"，对鹿场的人们不是什么光彩事啊！所以，两个月间，浪迹四方的严青山，其实并没受半点委屈，反而巡差大人似的，处处地地受到礼遇。就是在他那些老交情家，受到的款待也比以往都高贵。一日三餐，好酒好菜。他前脚离开，人家后脚就持着"清单"送到鹿场场部。不但实报实销，还听着"承蒙照顾"一类的感谢话。他后来终于知道了"内幕"，自然免不了感叹人情淡薄，咒骂老相交们"见钱眼开"。但心中却也受了触动：鹿场并未一脚踢开他严青山不管啊！鹿尽管是分了，但人们心中，毕竟至今还保留着他这位"祖宗"的特殊位置啊！

鹿场场长估计他胸中那口怨恨之气消除得差不多的时候，亲自找到"祖宗"的隐居之处，替那几个冒犯了他的小伙子领罪，也恭请"祖宗"移驾回场。他板起那张可怕的脸冷冷地说："鹿场只要有他郭俊义在，就没有我严青山在！我和他小子势不两立！"

他虽说出这话，却并不打算坚决实行。既然鹿场的人们心中还惦挂着他。他严青山也就还把鹿场当成家，视鹿场的人们为"家人"。对"家人"，是不应该耿耿于怀的。他严青山并非小肚鸡肠的人。他最终还是要回到鹿场这个"家"去的。死了，还需鹿场的"家人"们，将他埋在好友马二嘎坟旁。

他自寻了种种借口，三天两头回鹿场看看。人们见了他，仍如从前那么亲热。对他的态度，也仍如从前那么充满尊敬。主动向他求教养鹿经验的人，不比从前少，而比从前多了。这使他获得了大大的安慰。他看得出，每个人都变得像他严青山一样爱鹿了。连几个从前一贯玩忽职守的养鹿工，对自家承包饲养的鹿，也照料得非常精心了。鹿虽然分了群，但一见他，便都很亲昵地围拢来。用湿润的嘴触他的手，或用角摩擦他的衣服。它们仿佛在告诉他，它们都活得美好极了，在意极了，对从前那种"大集体"式的生活，分明都有点"乐不思蜀"了。它们是更强壮了，毛色更有光泽了，性情更活泼了。

那几个冒犯了他的小伙子，始终不敢和他照面，更不敢主动接近他。郭俊义一听说他回鹿场，便躲起来。这年轻人对他怀着千种悔恨，万种羞惭，总想找个时机当面向他赔礼道歉，总是由于对他的畏惧，错过了种种时机。

今天，郭俊义听说他回鹿场了，便又不知躲到何处去了，只剩他媳妇秋梅一个人在修圈。郭俊义小两口挺有朝前看的眼光和年轻人的气魄，从别的鹿场买回一头种鹿。卖主恰在今天雇了辆卡车按合同将鹿远途运到。谁知打开笼门，放它入圈时，这鹿一头撞伤了卖主，飞奔而逃。老严头正远远望着，见此情形，寻了条套鹿索，跨上他那匹"白鼻梁"便猛追急逐。追逐出二里多地，秋梅和李豁唇才从后赶来……

追了大半日，追到此地，却眼睁睁让鹿逃入了森林。他心中不禁暗恨李豁唇。

秋梅仍不停地呻吟。他听了心里难受，再次大声呼喊李豁唇。

一会儿，李豁唇牵着马从黑黝黝的密林中走出。他的马被枯树绊倒了一次，一条马后腿扭痛了。他满肚子不高兴地对老严头说："你扯着嗓门像哭丧似的喊我干什么？各人分头追嘛！"

李豁唇是个唯利是图的人，甚至可以说是个专发"不义之财"的人。无利可图，即使别人家火上房，他也会袖手旁观。他虽然其貌不扬，年轻那阵子，却地地道道是个拈花惹草的好色之徒。秋梅当姑娘的时候，他为她害过单相思，一有机会便嬉皮笑脸纠缠她。有次他藏在树丛后，偷看秋梅在小河中洗澡，被秋梅爹发现，用鞭子狠狠教训了一顿。其中一鞭子抽在他唇上，从此抽掉了他的名字，使他获得了一个不雅的绰号，留下一个不光彩的标记。娶了老婆后，在床头夜叉的调教下，近年才变得似乎规矩起来，颇有点"重新做人"的意思。但在唯利是图方面，因从未被什么人的鞭子教训过，也就从未有过半点忏悔，财义二字冲突时，他仍是个舍义要财的人。

他上马前，向秋梅郑重声明：他不能白帮着追鹿，追到了，秋梅是应该给他报酬的。

他一路与秋梅讨价还价。三百元他嫌少，要拨马回头。四百元他还嫌少，还要拨马回头。秋梅追鹿心急，吐数五百，他仍嫌少，秋梅明知他狮子张大口，要小怎么能？干脆拒绝他相帮着追吧，自己一个女人，能追到那头鹿吗？九千多元啊，追不到，今后如何还得起卖主钱？那是要倾家荡产的呀！老严头虽已追在前，但她内心很怀疑这个扬言和自己丈夫"势不两立"的倔老头的动机。两个帮她追鹿的男人，一个动机明确——为钱，另一个的难测，在这么一种情况下，她宁愿将希望寄托在前者身上。明确的总比难测的使人放心些，这是大多数女人的思维方法。

李豁唇在与秋梅的讨价还价之中，体验着一种特殊的快感。这种快感的内涵是诸方面心理因素的综合：意识到自己此时此刻重要的存在价值而产生的得意，甘愿被"钱的规律"所支配，同时用"钱的规律"支配别人的仿佛一个强者的自信，因当年挨受的那一顿鞭子而实行了报复的满足。这诸种心理因素造成的特殊快感，使他的每一根神经都呈现着亢奋状态。在他的步步紧逼下，秋梅不得不将预先许诺的报酬由五百增加到五百五，增加到六百，六百五。

"六百五就六百五！一言为定！要不是熟人熟面的，六百五？我才不呢！谁知会不会追到天涯海角？"他终于很有人情味地说出这样一番话。在这整个讨价还价的过程中，还说了许多轻佻挑逗的言语，秋梅却只有红了脸，忍气吞声的份儿。

而这些，一路始终追在前面的老严头，是无从知道的……

老严头等李豁唇走到跟前，低声说："今晚别寻那鹿了，你看她！"

李豁唇从兜里掏出半盒烟，吸着一支后，靠着马鞍，瞅着老严头，油嘴滑腔地说："她是别人的媳妇，我看她干啥？当年我早看个够了！"

老严头火了，骂道："放你的狗屁！她怀着三个月的身孕，她现在觉着不好了……"

李豁唇停止吸烟，转脸朝秋梅望去。

幽暗之中，只能见到她的身影瘫软地伏在鞍上。一声微弱而可怜的呻吟，使两个男人的心都不禁同时为之一颤。

再卑下的男人，只要还算个男人，这种时候，心灵总会有未泯的天良起到善的作用。李豁唇固然可鄙，但毕竟不是魔鬼。何况秋梅是他曾痴迷过的女人。

他扔掉刚吸了两口的烟，走到秋梅马前，轻轻推她一下，怀着种倏忽间产生的真实的恻隐和柔情问："秋梅，你……"

他觉得触了一手黏湿的东西。他愣了一下，立刻蹲下去，抓起一把雪。手中的雪变了颜色。

"血！……"他惊叫起来。

"血？……我的天！这女人哟，怎么不早开口哇！……"

老严头听到一个"血"字，六神无主起来，一边嘟囔，一边走过去，欲将年轻的女人从马上抱下。

"你别动她！"李豁唇拦住了老严头。

老严头迷惑地望着他。

他训斥道："女人方面的事你不懂！你抱下她往哪儿放？放在雪窝吗？"

老严头怔了一会儿，猛想起地说："要是我没记错，这片林中，该有一幢小木屋，当年我和马二嘎……"

"得了！别提当年了！"李豁唇粗声粗气打断他的话，催促道，"那你就赶快带咱们去！"

老严头自认对女人方面的事不如李豁唇懂，虽受到对方的训斥，也并未生气。他向对方伸出只手，带点请求的意思说："先给我支烟吸吧！"他毕竟老了，比不得正当壮年的李豁唇那么精力充足。他浑身的骨头要散架了。

李豁唇慢腾腾地掏出烟盒，捏了捏，就剩几支了，不太情愿地抽出一支，递给他。老严头吸了两口烟，愈加感到四肢瘫软，精力松懈，几乎想躺倒在地，卧雪而眠才好。一股凛冽冽、冷飕飕的寒风，使他打了一个寒战。内衣、棉衣都汗湿透了，冰凉地贴在身上，他不由得暗想，今夜若是找不到那幢小木屋，他们三个人，是有可能被一块儿冻死的！他意识到了处境的严峻。

秋梅断断续续地呻吟着。

他再看了她一眼，将烟掐灭，装进衣兜，果断地说："咱们走！"

三个逐鹿者，向密林深处走去。老严头牵着两匹马前边带路。李豁唇牵着秋梅那匹马，留意避开倒树，谨谨慎慎地跟在后边。森林黑暗的巨口，片刻将他们吞掉了。

他们走了很久，森林越来越密。走到了一片树木稀疏的地带，老严头终于站住。

李豁唇急切地问："到地方了吗？小木屋在哪儿啊？"

老严头一声不响，从兜里摸出那半截烟，往嘴上插。李豁唇赶紧掏出火柴，替他点着。火柴燃烧的时刻，他看出老严头脸上的神色有些不对。

老严头吸着烟，缓缓蹲下身去。烟头的红光，在黑暗中抖抖地一闪一闪，闪了两次，掉在雪地，灭了。

李豁唇又大声问："你哑巴了？倒是说话呀！"老严头用勉强能让他听到的声音嘟囔："走了这么半天，照理是该到地方了……可我，也记不清在哪儿……"

"你！你这不是存心坑害人吗?!……"

李豁唇嚷叫起来。他四面转身望望，四面都是黑黝黝的森林，隐隐的树身像绰绰的鬼影。这会儿，想走出森林都不可能了。他感到异常恐怖，狠狠踢了老严头一脚。

老严头挨了一脚，也不吭声，也不站起。

秋梅嘤嘤哭了。她不相信老严头真记不清那幢小木屋在哪儿了。她认为这是老严头居心叵测的狡猾。此刻的老严头，在她看来，那么阴险，那么歹毒，那么可怕。

李豁唇一把揪住老严头的衣领，将他扯起来，凑近他的脸，咬牙切齿地说："老严头，你要是不把咱们领到那幢小木屋，我就弄死你！叫你的尸首喂狼！"

老严头冷冷地说："你弄死我，你更找不到那幢小木屋了！"

李豁唇慢慢松开了手。他退后一步，盯着老严头瘦高的黑影，果真能看透

273

对方的心或善或恶似的。他不由得暗想：严青山，严青山，我李豁唇可没跟你积下什么冤仇啊！你要报复郭俊义，也不该报复到人家媳妇头上啊！更不该把我李豁唇也拐带上啊！天地良心哪！你这么报复也太阴损了吧？他忽而又恨起自己来，他若不是故意用自己的马撞了老严头的马一下，那头鹿早被老严头套住了，他们怎会深入到这大森林之中？恨罢自己，又可怜起秋梅来，鹿跑了，肚里三个月的娃糟蹋了，她自己也凶多吉少，这不但意味着倾家荡产，还可能是家破人亡啊！唉，唉！可怜的女人哟！……"

他盯着老严头呆呆站立了一会儿，忽然双膝跪在雪地，说："严大爷，您老要是能把我们带到那个小木屋，我们一辈子都忘不了您的大恩大德……"

秋梅吃力地撑起身子，也说："严大爷，您千万别跟俊义一般见识啊！我这条命，可全系在您身上了！您快把我们带到那个去处吧……我和俊义……给您养老送终……"

老严头从他们的话中听出，他们分明是把他往坏处去想了。他的心因此受到了严重的刺伤。两记耳光，就至于使他严青山产生害人之心吗？那还算个人吗？他心里一阵委屈，觉得受了难以容忍的侮辱。比被绑在鹿圈门木桩上，破帽子塞堵口中更加难以容忍。他激怒了。他真想破口大骂他们一顿，然后牵马离去。但他看了一眼秋梅，不忍心骂，更不忍心撇下他们离去。

他发泄地对李豁唇大吼一声："你别装这种熊样子，给老子滚起来！你守护着她，你们不许动地方，我自己去找，找到了就来接你们!"老严头说罢，大步朝前方走去。李豁唇怔愣着，想叫住他时，他瘦高的身影已不见了。

李豁唇茫然地望着老严头身影消失处，半天没动一动。他觉得老严头仿佛是走到另一个世界去了，今夜绝不会再出现了。他感到这大森林的黑暗愈加可怖。仿佛马二嘎的阴魂即将显现出来，恐吓他和秋梅这两个"瓜分"了鹿场的人。

"他……走了吗？……"黑暗中，秋梅声音微弱地问。

"走了……"李豁唇机械地回答。

"他……还能回来吗？……"

"不……知道……"

"哇！……"头顶上，一只猫头鹰突然发出一声怪叫。

李豁唇身子抖了一下，全身汗毛根根竖立。他见树上一双莹莹绿眼俯视着他，似乎在幸灾乐祸地狞笑。

"秋梅别怕，别怕，有我在呢……"他嘴上这么说着，脚步虚怯地移向秋梅，与其说预备保护她，莫如说是为了给自己壮胆才向这自顾不及的女人靠拢。他曾听说，孕妇具有避邪驱鬼的法力。

他忽而又认为今天落到这种地步，是命中的劫数，是天意安排，是他与秋梅的缘分。

"秋梅，你告诉我，你当年，不喜欢我哪一点啊？"他自作多情地问，觉得此刻若不问个明白，成了鬼也是桩遗憾。

"李大哥，我落到这种地步，你……还忍心欺负我吗？"秋梅用这话回答他后，又嘤嘤哭了。

一声"李大哥"，令李豁唇受宠若惊。她从没叫过他"李大哥"啊，今天叫了，他觉得陪她冻死也值了。此时此刻，他那颗习惯于拜金的心，不知为什么，居然少了许多铜臭味，多了几成人情味。而她末了那句话，她的哭声，将他从他自己幻思的情境之中一下子拽回到并不美妙的现实之中来了。他内心顿时萌发了一种自认为是既伟大且崇高的人道主义精神和义不容辞的责任感。就冲着"李大哥"三个字，我也要心甘情愿地为她赴汤蹈火，拯救她脱离目前的绝境。他对她说："你别哭哇，我不是欺负你，是想找话跟你聊聊。你什么都别怕，有你李大哥在，保你鹿也定能追到，人也会平安归家！"说完这番大话后，想到白天自己曾如何跟她讨价还价的，脸上发烧起来。幸而林中黑暗，她也伏着身子，不会发现他的脸是多么红。

他将皮衣脱下，披在她身上，自己为了抵御寒冷，不被冻僵，绕她的马兜着圈子不停地跑，焦急地巴望老严头突然出现，带他和她到一个有温暖的去处……

老严头，这会儿仍凭着保留在他头脑中的残碎的记忆寻找那幢小木屋。它就在这片林子里，这是肯定没错的。因为它是当年他和好友马二嘎一块盖的，盖在一条小河旁。可是，那条记忆中的小河呢？它为什么不存在了呢？找不到那幢小木屋，秋梅失血的身子能熬过这寒冷的一夜吗？他恼恨自己。他口干舌燥，胸膛内焦急得像有团火。他踩着没膝的深雪，不停地走啊，找啊，终于一步也迈不动了，绝望地倒在雪地上，将脸扎在雪中，像个孩子似的，呜呜哭了。唉，唉！人一老了，竟这般不中用了！他觉得，的确是他严青山坑害了秋梅和李豁唇，因为是他将他们引入这密林之中的。他觉得对不起他们。而他们，又会怎样猜度他呢？他严青山清清白白地活了一辈子，临死真要落个害人不成反害己的恶名吗？……

他突然不哭了。他插入雪中的双手，触到了一层平滑、坚硬的东西。冰？……他那张深深埋入雪中的脸，慢慢仰了起来。他略迟疑了一下，双手开始扒厚厚的雪被——是冰！果然是冰！是结冻的河面！原来他正趴在他记忆中那条小河上！他一下子跃了起来，辨别了一下周围的环境，疯狂地向他记忆中那幢小木屋所在处奔去，一边奔跑，一边情不自禁地喊叫："找到啦！找到啦！

哈哈，找到啦！……"他那张老而丑的脸上，由于兴奋由于喜悦，呈现出一种怪异的笑容。

那幢小木屋，显然经过别的猎人们的几番修缮后，当作了一处林中"根据地"，依旧门窗严紧、外观牢固。三个逐鹿者进入屋内，仿佛一步跨入了春季。李豁唇划着一根火柴，发现有盏油灯放在木壁凹处，喜出望外地点亮了它。还是火炕！他摸了一下炕面，竟是温热的！他弯腰朝炕洞里看了一眼，火种未熄。分明有人离开不久。

老严头和他将秋梅扶上炕，安顿她躺下后，又往炕洞里塞了两块劈柴，便找个舒服的墙角靠着坐下了。

李豁唇点着一支烟，坐在炕沿上，一边吸，一边好奇地四处打量：桦木桌子，柞木凳子，墙上挂着各种闯林人可能会用得到的工具，桌上摆着盛油盐酱醋的瓶瓶罐罐。他从内心深处感激起老严头来。他又掏出烟盒，捏了捏，只有三支了。他抽出一支夹在耳朵上，剩下的两支，连盒扔向老严头。

老严头从地上拾起烟盒，却没吸，揣进兜了。他撑着墙角站起，挪动着疲乏的步子，走到小外间去了。一会儿，他探进头，对李豁唇招了下手。

李豁唇走到小外间，老严头说："算咱们有福气，人家还给咱们留下一碗来小米呢，咱们熬点稀粥喝吧？"

李豁唇这一喜非同小可。他早已饿得肚皮贴背了。

但两个男人并没有立刻就熬粥，他们又嘀咕了一阵，李豁唇将老严头推入了里间屋。老严头迟疑地在门口站立片刻，轻轻走到炕前，见秋梅闭目微睡，便用手碰了碰她。

她睁开眼，感激地望着他。

老严头讷讷地说："秋梅，论年纪，我比你父亲还大几岁，要是，我讲了不该讲的话，你可别生我的气……"

秋梅说："大爷，有话你只管讲吧！"这会儿，在她看来，他是世界上最可亲最可信赖的人。

"那……我和他给你烧盆热水，给你泡泡脚……你……把下身衣服脱了，我俩给你刷洗刷洗，今晚烘干，明天才好穿啊！……"

秋梅的脸倏地红了，她扭过头去，没吱声。

老严头又说："孩子，这会儿就别顾羞了，啊？顾惜你的身子要紧啊！……"

年轻女人的眼角慢慢涌出泪来……

起风了。大森林的四面八方，传来西北风尖厉的呼啸，鬼哭狼嚎般，听去令人毛骨悚然。

老严头熬好了粥，扶着秋梅靠在自己怀中，缓慢地转着碗，首先让秋梅喝了两碗。

李豁唇接着喝了两碗后，就蹲在炕洞前，烘烤秋梅的棉裤。炭火的红光映在他脸上，他的脸呈现着一种少见的圣洁的神情。

老严头困倦极了，不想喝粥，吸起烟来。

一张折叠得四四方方的纸从秋梅的裤兜掉在地上，李豁唇捡起，展开一看，是买鹿的字据。他看了一会儿，不由得眉开眼笑，抬头望着秋梅说："这下好了，这下好了，字据上写得明明白白嘛，鹿进入买主的鹿圈之前，如发生任何意外，责任概由卖主所负……幸亏有这字据在啊！就是那头鹿果真追不到了，受损失的也不会是你买主！你快把字据揣起，千万可别弄丢了！"

秋梅接过字据，看了一遍，也稍感宽释地微笑了。但那笑容很快就从她脸上消失，她望着老严头说："严大爷，那头鹿，您明天一定还得帮着追到啊！要不，卖主不但受了那么大损失，还被鹿撞伤了，人家就太吃亏了！人家也是要倾家荡产的呀！……"

老严头默默地点了一下头，站起身，走出小木屋，不知干什么去了。

李豁唇的头却低下，许久未抬起……

第二天早晨，当秋梅醒来后，发现她的棉裤烘烤得暖暖和和、松松软软的放在身边。李豁唇蜷在炕洞旁，睡得像只猫似的。老严头却不在屋里。

她将李豁唇叫醒后，老严头才从外走进，说："我做好了一个爬犁。秋梅，让你李大哥护送你回鹿场吧！"说罢，从墙上取下套鹿索，又将一柄小砍斧别在腰中，转身跨了出去。

李豁唇托抱着流产后的秋梅迈出屋门，见爬犁停在门口，两匹马都套好了，老严头不知从什么地方割来了许多干草，正往爬犁上铺。

"这老家伙，一夜没睡啊！"李豁唇在年轻女人的面前，不免觉得多少有些羞惭起来。

他轻轻将秋梅放到爬犁上后，对老严头说："你护送她回去，我追鹿！"

女人望了他一会儿，又望了老严头一会儿，却低声说："还是……严大爷去追好……"

李豁唇怔了一下，固执地说："我去，我去！"老严头平静地说："你怎么去追呀？你那匹马的后腿都瘸了！"

"骑你的马去追！"李豁唇回答了老严头，又转对女人说："秋梅，我路上那些话，是跟你开玩笑呢！你可千万别当真哪！你李大哥哪是那号人呢！"说罢，就跨上了老严头的"白鼻梁"。

"白鼻梁"一尥蹶子，将他从鞍上掀了下来。他爬起来，又跨上鞍，又被掀了下来。他还想再跨上鞍去，被老严头止住了。

老严头从他手中夺过马缰，依然用那么一种平平静静的语调说："别逞能了，我这匹马，除了我谁也别想骑住它。"

李豁唇不得不让步了，见老严头已跨上了马，他摘下自己的皮帽子，递给老严头，讷讷地说："你戴上吧，谁知你会追到哪儿去呀……"

老严头默默注视了他一阵，接过帽子，朝头上一扣，说了声："秋梅全靠你了！"抖缰纵马而去。

李豁唇久久望着他骑在马上的背影，他赶起爬犁后，仍几番回头。那林中小木屋，仿佛遗留下了他的什么重要东西似的，使他的目光难以收回……

不知那头鹿昨夜在什么地方，是怎样度过的？老严头寻找到它的蹄印，牵着马，跟踪着走出了大森林。在大森林边缘的雪地上，他吃惊地发现了三只狼的爪印。狼爪印分两侧夹着鹿蹄印，消失在一座山岗后面。

老严头眯起眼向山岗望去，山岗后面一片死寂。一只鹰盘旋高空，影子在白雪上游移。他思忖一会儿，连连猛踢马腹，斜刺里策马朝山岗疾驰而去。

"白鼻梁"翻上山岗，他看到了那头鹿正向一处断崖逃奔。在它之后，追剿着三只灰狼。老严头来不及多想，大吼一声，放马奔下山岗。

那头鹿，逃奔到崖畔，他拨转马头，迎住了三只狼。

他的突然出现，使追剿的三只狼迟迟疑疑地站住了，靠拢在一起，不进不退，毫不惧怕地盯着他。

那头鹿，像雕塑，一动不动地屹立崖畔。

人与狼僵持了一会儿，三只狼分开，从三面开始向老严头逼近，盘旋在高空有所期待的鹰，不耐烦地扇动了一下翅膀。

老严头缓缓地下了鞍，从腰间拔出砍斧，紧紧握在手中。他那种老而丑的脸，这时变得极其凶狠，极其可怕。他一把从头上扯下皮帽子，扔在雪地上。从他那眯着的两眼中，投射出獒犬般恶猛的目光。

朝晖在峡谷中静静地燃烧着，绚丽的霞光辐射在山崖上，将白雪映耀了一层橘红。那头屹立在崖畔的鹿，披霞裹彩，宛如神异的灵物，美妙极了……

腊　月

林和平

这是一个无头无尾、杂乱无章的故事。

一

二秀做姑娘时，算得上漂亮，也算得上温和出奇了，绝少听到她高声笑，或高声吵嚷。目光柔软多情，每个人接触上，心便会愉快温暖得要融。成良就是在她那样的目光下，不仅融了心，也融了浑身的强壮，踩着棉花包一样把二秀抱进了苞米地。那是五年前的秋天。如今，成良的儿子虎头都已经四岁了。二秀却又怀上了，腆着肚子，整日拖着沉重。

"成良，今儿个都腊月十三了……"

"我知道！"

成良趴在被窝里抽烟，将一口痰射在庭院的地方。厨房里二秀正在做饭，艰难地走动着，经过灶口时，通亮的火光将她身子鲜明了一下。母猫拖着无数个紫胀的乳房，跳上炕，猫崽立刻吵叫着滚成一团。虎头从被窝伸出手拽小猫的尾巴，拽得一只小猫大声嚷。

"老实点！"

成良蹬了儿子一脚，怒气铺了满脸，冲厨房喊："那些个猫崽子该送谁送谁，再不送，明儿个我把它们全塞冰窟窿里去！"

"知道了呀。"厨房里那个人应道。

成良又射了口痰，比先前的还要远几尺。厨房里白色的蒸气压低了头，从门槛下欢腾地窜进了这屋。成良郁郁地望着。

"成良，还有十天，就过小年了……"

"知道！"

厨房里短时间内沉默了，于是那孱弱哀楚的叹息就清晰了。

"唉！……"

成良翻了下身，把一只胳膊做了枕，望屋顶。嘴上的烟依旧吱啦啦亮着红色。……偏偏赶上这时候月子，豆腐没做，黏火烧没烙，年货没置办，全都等我！成良这样想着。近来成良一见二秀那副样子就烦：软绵绵的，有气无力，心里像永远贮藏着悲哀。摊上这样的女人，男人也跟着受传染，没了主意。去年要不是二秀拦挡，成良就和广贺那伙人一起去了赛马集下窑，少说也能砸个千八百块钱回来，还愁过年手头这样紧巴！明年，说什么也得干点什么了……

"起来吃饭吧。"

二秀不敢催促成良，去拽虎头的被子。她比婚前还温柔，可对她来说这已经不再是优点。她的头发有些蓬乱，脸在清晨中显得更苍白，鸟屎一样印着许多斑。

成良穿戴利索了，就往外走。二秀问："你不吃饭了？"

"你们先吃吧。我上老倔二叔家看看。"

"吃了饭再去……"

砰的一声出了房门。

原野一片白，刺得成良眼睛疼。空气冰一样寒冷。日头昏红的光线，懒散地从高空忧郁下来，在雪地上反出闪闪耀耀的光。

屯子里各处响着猪挨刀子的号叫声。这声音喜庆着冬日的清晨。

二

老倔家的炕沿上，一溜坐了五人，闲唠。炕上的火盆刚刚扒的火，丝丝缕缕冒着青烟。

人们的嘴上也都冒着烟。屋子里迷腾着蓝色。二婶在厨房烙黏火烧，吱吱啦啦的声音，和窗外雪擦着窗纸的声音，混杂在一起了。满屋喷香的焦味儿，还有淡淡的猪食味儿。

老倔歪着头，在努力地编筐，一下一下，像掐什么。里间，广贺和几个年轻人，正歪着屁股学城里人跳迪斯科。

"二叔，下力吧，攒足了钱，好给广贺说媳妇儿。"

老倔瞪了一眼他的儿子广贺，喷着唾沫星子："去他的，有本事自己说去！"

"现在的年轻人，都不缺这本事。"

"嗯，来不来的，俩人就拉嘎上了，拱哪旮旯就把那件事办了。"

广贺从里间探出头，做了个鬼脸儿说："哎，不干白不干。"

"混账！"

老倔一脸的庄重。

人们哧哧笑得邪行。

"年轻人哪，没尝着那滋味儿时，不知道是怎么回事呢，其实，那玩意儿不是件好事。"

"得了吧，嘴这么硬，哪晚上你也没闲着。"

每个人受了言辞的诱惑，都在幻想着自己，都感到兴奋，于是每个人就都获得了一种物质般的满足。老倔没有插嘴，他在怒视自己的儿子。

广贺一伙把地皮跺得咚咚颤。

成良唑唑哈哈进了屋，脸冻得红光光的。立刻有人说："成良保证行，不信问问。"成良一向对人们唠这个话题表示反感，不耐烦回答，问道："二叔，不是说叫我帮杀猪吗？"

"不杀了。淑贤捎信，大后儿个他们两口来了再杀。"

"那我回去了。"

"坐会儿呗。"

"不了。"

满屋子客气的眼睛，把成良送了出去。二婶在厨房里大声嚷气地喊："叫二秀来串门啊！"

"这小子，侍候两个女人，够他那体格呛！"

"他跟华子搞，二秀不知道吗？"

"能不知道！"

二婶用笸箩端着黏火烧进来，拉下了脸说："可不兴这么瞎编巴，谁抓着了？来，尝尝。"

立刻满屋子很响的吧嗒声，却堵不住嘴。

"光说那事痛快，可如今娶媳妇儿是越来越贵了，没有三千四千的下不来。"

"如今的年轻人，自己都能挣。广贺他们去年下煤窑，不是没少挣吗？"

"屁！"老倔把筐往地上一蹾，气哼哼擤了把鼻涕，"远挣钱不如在家闲！不够他路上花的。"

"也是。广贺，明年你们还去吗？"

"得了，我还没活够呢。钻地底下，成天跟鬼打交道。"

"总得干点什么呀！"

"干什么也肥不了！"

"人家老轴怎么发了?！"

"去他娘的，发的尽是黑心财！"老倔勃然，仿佛提起了仇恨，"他家要是死了人，抬杠子的人都找不着！"

"对对！……"

"就是……"

"那不假……"

"要饭也不沾他家的光……"

众人点头，一脸确定的神情。于是全体同心协力地骂了一通老轴。骂乏了，就又转到明年到底能干点什么的讨论上去。讨论到最后，谁也没说出个子午卯西，但有一个结论是肯定的：如今的钱越来越难挣。这样的例子不少：关老大养康拜尔鸭，到头，拉了一屁股饥荒；明忱出去跑买卖，蹲了大狱。这样一思量，一个个就泄了气。这时老倔来总结："唉，庄户人，够吃够喝就行。如今又不兴买房子买地，钱多了顶啥用？弄不好，早晚出事。比起头些年，咱们就该知足了，是不是？"

众人又都点头，承认老倔说得是理。

三

二秀咬着嘴唇，拎着猪食桶吃力地跨出了门槛，到猪圈旁喂猪。站在猪圈边，眼睛不瞅猪圈里的猪，望着茫茫苍苍的山岭，唤："唠唠唠唠唠……"

街上有人匆匆路过，问："二秀，什么时候月子啊？"

"就这几天吧。"

"那还干活啊，真够刚强的！"

二秀一脸无心思的笑。

目光慵慵的。

老轴拎着几包中药从街上走过。二秀看见了他，他也看见了二秀，俩人都没说话。这两年，老轴和屯子里人很少说话。大伙儿都恨他，说他办了个汽酒厂，招工挑三拣四，发了财，连祖宗都不认得了。

老轴阴着脸，走进了他讷（满族人对母亲的称呼）那屋，立刻皱了眉。他嗅到一般难闻的强烈刺激人的气味。屋里光线很暗。他讷被四丫和敏子扶着，颤颤靠着行李坐着。腿像两根白色的木杠平行地伸直，骨架做成了直角，疼人。白眼球完全变绿，稀疏的牙齿也绿了，嘴里不停地淌涎水。四丫打开她的被子时，看见排泄物淹浸了她整个臀部。敏子用旧报纸团成了团擦。

老太太八十多岁了，屯里有人背后叫她："老东西。"

"讷，强点了吗？"

"……给我扎咕扎咕吧，管怎么，熬过这个年去……"

"药我抓来了。"

"药太苦……"

"要不，请医生来吊两瓶葡萄糖？"

"那管住么用哟……"

"那怎么扎咕？你不吃药也不打针。"

"请个大神来跳跳。"

"这……"

"……去吧。"

老轴摇头出了屋，对正在厨房做黏豆包的老伴说："我去跟沟里的佟大神说说，叫她抽空来跳一场。"

走在大街里，冷丁想起什么事，转身朝关老大的家走去。阴沉着脸，背着手，站在了关老大的大门外。

关老大的家，仿佛感受到了威胁，顶着雪的房盖，裸露出苫草的部位，乱发似的竖了起来，抖着黑黢黢的胆怯。门窗的塑料布在窟窿处，被风吹得响起飘旗般的哗啦声。关老大在院里劈柴火，每一下都凝集着艰辛。冷丁发现了老轴，慌慌放下斧子，站起来，双手在衣襟上局促地蹭："他大姨夫，屋里坐啊！……"

这种邀请透着恐惧和空虚。老轴双腿像钉在了原地，沉思了半晌，才开了口："老大，你该我的钱……"

关老大苍灰色的脸用力做出的笑，比哭还难受。

"他大姨夫，你瞧我这家境……再宽限我一段日子吧。"

"打去年秋，一直宽限到今儿个，还不够说？"

"我领情，我领情啊。可你知道，我花一千六百块钱买的康拜尔鸭子，现在连一百六也不值了啊！"

"我巴望你卖一万六！赔了你怪谁。当初借钱的时候，我劝过你。"

"他大姨夫啊！……"

关老大瘪着嘴，下巴颤抖出可怜的悲哀，泪水在眼睛里迷茫，蔫蔫地蹲下去："他姨夫啊，管怎么着叫我过去这个年吧。钱，我还。等过了这个年……"

"不是我老轴不讲情义，问题是，当初你借钱的时候说好的。一拖再拖……"

关老大干号起来，像山谷里的狼叫，恐怖着屯子。附近家家的门开了，暴露出一张张黑的、黄的脸，和一双双惊惧的眼睛。关老大的老婆和几个孩子瑟缩在房门边。

老倔走过来，脸上表现着义愤："杀人不过头点地，真的让人过不去年？哼！……"

这一声"哼"，老倔觉得哼出了无比的威力，围观的人们也听出了力量，于是陡增了好大的精神。岁月轮回，怎么能预料出前面的事情在等着！

老轴觑眯着眼睛，困难地打量着老倔，阴冷地笑笑，于是老倔的"哼"，就显得有些苍白无力了。

"哼什么？俺们俩的事，与你有什么相干？"随后，老轴猛地转过身，目光直视关老大："你不是在背后到处说我放高利债吗？不是骂我比地主老财还损吗？好吧，那我就损到底了！"

"我没说，我没说呀！……"

关老大双手痛绝地拍着大腿，把头荡得一塌糊涂，一脸的憨愚遮盖不住懊悔，扑通跪下。

老倔瞅着，恼了，上前一脚踹在关老大的膝盖头上，暴跳地骂道："老大，你个熊包！这两条腿除了给祖亲跪，给别人也能跪吗？起来！给我起来！不就是欠他五百块钱嘛，砸锅卖铁还他就是！懒蛋子他妈，去，把咱家的五百块钱拿来！"

在众人感动的目光下，老倔洋溢出一脸的豪气。

人群中的二婶，脸灰白了，嘴唇哆嗦着想说，却说不出来。老倔的话对她，历来是圣旨。

"还不快去！"

老倔显出了煞人的寒威。

二婶把钱拿来，颤着绝望的手递给了老倔。老倔把钱扔在老轴的脚下。

老轴瞅瞅，笑笑，哈腰捡起来："哼，我佩服你的英雄气！"

转身走了。

身后荡起关老大冲天的悲声："二哥，叫我怎么感谢你呀？啊嗬嗬……"

老轴皱了皱冻紧了皮的脸，耳边响起料峭的风声，他下意识地将钱往腰里掖了掖。

他冷笑笑，气概地"哼"了声。

四

傍黑的时候，起风了。风雪权威着一切。远处的山岭上像奔腾着一群野马，疾驰着翻卷的迷茫。

284

华子挑着一担疙瘩头，喘吁吁进了屯。两个球一样的奶子在胸前欢颤。脸冻得红紫了，嘴里像喷着烟，一团团白色。吱嘎吱嘎踩出了一趟深深的脚印，旋被风雪填得浅浅。

成良不知从哪冒出来，去夺华子肩上的担子："打疙瘩头去也不告诉我一声，叫我好找。"

"自个儿有老婆孩子，找我干什么！"

华子把拖下来的围巾甩了上去，包半边脸，黑溜溜的眼睛喷射着勾人魂魄的嗔怒。成良猥亵地笑笑，挑起担子颠颠前面走了。华子离开成良，从屯子后面的小道抄过去。

成良把疙瘩头倒在院里，抄起手就往屋里钻，被华子喝住："急什么，屋里也不分金子。去，把疙瘩头给我垛上。"

成良进屋的时候，手冻得猫咬般疼，伸在嘴里哈着。冷不防将华子搂住，按倒在炕上，压着，嘴在华子的脸上啃，手在华子胸前动作着。华子撕打一般地说："去去去，我烦你！"

成良呜呜地说："我可是稀罕你！"

一阵激烈的努力、挣扎，成良终于像倒地的口袋，躺倒在炕上，胸脯起伏着疲惫。外面的风雪声把屋子刮得格外温暖。

华子直起腰，驯服地坐在成良的身旁："胆子真大，也不怕我婆婆看见。"

"你婆婆不是领大牛上她姑娘家去了吗？"

"哼，不要脸，侦察人家倒挺有本事！"

"成天惦记着你呢。"

"明忱回来，我告诉他，叫他宰了你！"

"他谢我还谢不过来呢。一去四年，把老婆扔在家里，我不替他侍弄，还不荒了。"

"滚你个蛋！"

华子的男人明忱，春天的时候出去了，临走告诉华子，说出去做买卖。一去无音信，上秋的时候，县里法院来了通知：明忱犯了法，判四年的徒刑。明忱在外里办了个什么"公司"，诈骗两万多元人民币，还嫖了两个女人。屯里的人以为这下华子能和明忱离了，可华子却使乡亲愕然，不仅不离，还夸明忱是好样的。去法院告诉明忱好生改造，她领珍子在家等。

"好马在腿上，好汉在嘴上，我就佩服明忱，有股闯劲，不像你，一天就知道在家守老婆。"

"我要有你这么一个泼实老婆在家支门户，我也早出去闯了。"

"得了吧，你就会耍嘴。二秀不能干？"

"那人没有主意。"

"你别不知足了，咱屯里的女人，论长相，论品性，谁能比上二秀？"

成良一骨碌翻起身，压住华子胸脯："我就是稀罕你这样抗造的女人！"

风雪在外面闹，刮得院里的苞米秸子哗哗响。屯里很静，没有别的声音。一只狗在远处叫得模糊。

"……说起来，你也不比老轴差什么，怎么就整不过他……"

"老轴算个屁！"

"你能赶上人家？"

"等着瞧吧！"

五

广贺无精打采地蹲在一堆筐的后面，不时站起身来，无聊地四下张望。逢这时，便要遭到老偏一声喝："看什么！"

集设在一条河套里，沿着落满白霜的滩涂拖出半里之余。人多得像淌了一道的羊粪，只差没摞起来。买的人不多，卖的人也不多，不买不卖的人多得叫人奇怪，圈在栏子里的牛一样拥挤出一片嘈杂。从一大清早到现在——头已经顶在了电线杆子上，筐，却一只没能卖出去。老偏叨着烟袋，眯着一双眼，蹲得胸有成竹。看样不等到买主是绝不肯罢休的，并一再严厉地训导儿子："等，有货不愁客！"

广贺早就不耐烦了，可他畏惧父亲的雷霆，只好怨恨地委屈自己，一眼一眼地骂着父亲：老豆包！忽然站起来，冲着广阔的集市大叫道："买筐啊，买筐啊，快来买筐啊！……"

"号什么！"

一声吼，喝断了广贺的戏谑。于是小伙子皱起一副难受相，捂了肚子："爸，我去拉泡屎。"

集的北头有个城里的小贩卖棉袄，防雨绸的，拼命地喊："来吧来吧，快来吧，便宜美观又大方！"

喊来一群人。广贺看那小贩和自己岁数差不多，身上穿着天蓝色防雨绸羽绒袄，脚蹬黑亮的高筒靴，全身的神气。旁边放着一台崭新的摩托车。他忍不住就去摸。

"干什么？"

"看看。哥们儿，多少钱？"

"多少钱你也买不起！"

广贺讪讪笑着，走了。老远了，跳着高，从一片人头上面看了那小伙子一眼，恨恨地骂："横什么!"

成良蹲在卖猪崽的一溜人中，看见广贺，大声问："广贺，骂谁呀?"

广贺快快走过来，看了眼许多半大的猪崽："没骂谁。你搁这蹲着干什么?"

"瞅瞅。"

"这有什么好瞅的?"

"你不知道吗? 我对猪可是挺有研究的。"

"那玩意儿有什么好研究?"

成良笑笑，突然想起什么："哎，我刚才看见四丫头了。"

"在哪?"

"刚才过去，好像往桥那边去了。"

"不唬我?"

"唬你我是狗下的!"

广贺眼睛一亮，向人群中挤进去，在卖布匹的摊子前看见了四丫，还有敏子。老轴养了六个姑娘，数四丫有模样。广贺撮起嘴唇，吱吱地吹起了口哨。四丫一愣，回头看见他，脸腾地红了，眼睛四处闪了闪，偷偷朝大桥墩的方向翘了翘下巴。

"你来干什么?"

四丫慌里慌张地跑过来，脸红得鲜艳。

"我和我爸来卖筐。"

"真是的，什么年月了，谁买你们家那样的破筐使唤哪!"

"你不知道我爸，死倔!"

俩人转到了桥墩的那侧，顿时眼前呈现一片整洁、空旷的雪野。在太阳下，远远近近闪烁着无数个刺儿般的光芒，晃得人眼晕。远处，一辆牛车慢悠悠晃荡着，沿着黑黝黝的乡道，朝沟里弯去……

"四丫，这两天怎么没看见你?"

"我爸说，靠近年根了，市场上的酒销量大，成天逼着我们干活。"

"你爸老财迷!"

"广贺。"

"嗯?"

"……咱们俩的事，怎么办哪?"

"你没跟你家里说吗?"

"没。"

"我也没。你爸和我爸，俩人谁也看不上谁。咱俩的事，够呛。"

"……广贺，我老觉得，这几天肚子不大得劲，早该来事了，也不来……"

四丫按着肚子给广贺看，广贺要摸，四丫躲开："叫人看见！"

"你说你肚子怎么了？"

"怎么了?! 上回在成良家的秫秸堆里……"

"能吗？"

"……广贺，咱俩的事，要是让我爸知道了，得打死我。"

"他敢！我宰了他。你就回去告诉他，你肚子里的种，是我的，看他同不同意！"

"那……你爸呢？能同意吗？"

"不同意拉倒，咱俩自个儿过！"

桥墩那边传来尖尖的喊叫，一声声唤着四丫的名儿。四丫慌忙整整头发，转过桥墩跑了。

广贺贴在桥墩上，一脸的懊恼和怨愤，回头回脑查望着，鬼祟地转过去身，慌张了好一会儿，才离开那里，一边走一边回头看。

散集的路上，广贺背着一串筐，走在父亲的后面，说："四丫的肚子大了！"

"她的肚子大，和你有什么关系？"

"是我干的。"

老倔一愣，狠狠将雪地唾出一个深坑。

"你就能干这缺德事！"

一路上再没说什么。脚踩着雪地发出咯吱咯吱的声音……

六

二秀捧着磨杆，吃力地向前挺进，地上刻出了无数个周而复始的圆圈。她就那样往前走，走得很慢。时而她停下，痴柔地思索一会儿，叹息一声，又继续向前挺进，拖着身体的沉重。磨扇沉重地旋转出嗡嗡的呻吟，稀稀的黏米面，泪一样从磨缝中流出，滴落着希望。

华子去井沿挑水，朝院里瞅见了推磨的二秀。水筲撞得柴门叮当响，华子气冲冲进了院："二秀，怎么你推磨，成良死哪去了？"

二秀停下，用手指把垂落的头发挑到耳后，淡淡地笑了："谁知道。他这两天总在外跑。"

"太不像话了，眼瞅着就要过年了，就叫你挺着大肚子干活，他怎么下得过眼！"

"他心里边有事呢。"

"有什么事？总设想干点什么，干点什么，光想、光说，什么也没看他干！"

"这年头，干点什么也不容易呀。"

"要是容易，不都成万元户了！"

华子叮当放下水筲，推开了二秀，捧起磨杆呼呼走出了一阵风。原来磨缝里的泪，变成了急速的溪流，哗哗流得愉快。

"华子！……"

"你歇着吧。我家那点活都干完了。这两天我就帮你干，你这点活，有两个头晌就利索了。"

二秀难过地点点头，抬起眼，真挚地做出感激的笑。华子赶紧转身，把一勺黏高粱填进了磨眼。

屋檐下的冰溜子，被正午的日光感动了，悭吝地滴着黄浊的水珠，吧——嗒，吧——嗒，与磨的嗡嗡声和成节奏，伴着冬日漫漫的光阴。二秀用伤感的目光久久盯视着华子，忽然意识到什么，慌忙跳开了，轻轻叹息一声："唉，命里三升，难求一斗，成良他光心要强有什么用……"

华子用力地点点头："嗯，你说这话我信，什么人什么命。像咱们这样的人，一辈子也就是个张罗命。可话说回来，也不能全信那命，像人老轴，就张罗出福气了，屯里谁有他抖？"

"可大伙儿背地里都骂他。"

"哪个背后没人骂！我要是能像老轴那样抖，任着叫大伙骂。"

"那该多难受哇。"

"耳不听心不烦，听见也当没听见！"

"前儿个，东头的倔二叔，就给老轴个难看。"

"我也听说了。"

"倔二叔真是好样的，去年老轴雇他打更，一个月给二百块钱，他都不干。人穷志不穷，也真了不起呀。"

"哼，我就不佩服！打肿脸充胖子，我才不干呢！"

"华子。"

"嗯？"

"我也挺佩服你的。"

"佩服我什么？"

"你摊的那件事，搁在我身上，我就得愁死。"

"愁有什么用？死，死个痛快，活，活个像样，死不死活不活算怎么回事！你说是不？"

"倒也是……"

华子咚咚迈着步子，磨的声音风一样刮起来，回荡在屯子的半面街。二秀不时偷眼地瞟着华子，怯怯地往冻红的手上哈着热气。

一只大公鸡站在墙头上，莫名其妙地往这边望。

七

广贺缩着脖子，两手抄在袖筒里，脚在地上跺出一阵焦躁。不时探出头，朝四丫家的方向张望。傍晚的街上冷冷清清。

成良家的秫秸垛，被风刮出沙啦啦的声响。广贺拧着眉头，将身子往秫秸垛的窝兜里隐了隐，冻得哧溜着鼻涕。

一阵急促的脚步声。四丫红扑扑的脸冒着热气，睁大了眼睛，转着圈在秫秸垛四周寻找。

广贺快快地从窝兜里拱出来，不满地斜了四丫一眼，埋怨道："怎么才来！"

四丫一怔，愧疚地笑笑："我妈叫我攥汤子，我哪敢出来。"

"等你一个多钟头了，脚指头快冻掉了。"

"对不起了。"

"光说对不起就行了？"

"那你还要怎么样？"

"罚！亲我一下。"

"我不嘛……"

"亲不亲？"

广贺一下搂住了四丫，用足了力量，将四丫的胸往自己的胸前箍，箍得四丫娇嗔地直叫："我亲我亲……"

哑的一声，撩拨起广贺心底的情热，骤然蹿出一股蛮劲，冷丁豹子似的将四丫扑倒在秫秸垛上，滚着、扭着，肆意地疯狂了好一阵。

四丫好不容易将广贺推开，惊惶地朝四外张望了下，嗔怒地在广贺的胸上擂了一拳："真是头驴，也不看什么地方！"

"怕什么，全屯的人都看见才好呢！"

"你小子的良心眼儿才歪呢！"

"那你还和我好？"

"唉，也真是邪门了！"

"哎，你跟家里说了吗？"

"说了。"

"怎么样？"

"别提了，我爸我妈骂了我半宿，差点没揍我。可到后尾，知道我已经有了，他们也只好同意了。"

"哎呀。棒！"

"可他们提了个条件。"

"什么条件？"

"叫你倒插门，改姓我们老关家的姓。我爸说，你们家要是能答应，这门亲事就成，将来还叫你当我们家酒厂的供销员。要是不答应，就拉倒。"

"……这条件够损的。"

"你不同意？……"

"我倒没说的，就怕我爸。"

"我也担心你爸……"

广贺抬起头，眯着眼凝望远处灰蒙蒙的群山，沉思了许久，忽然横了心："这是我一辈子的事，我不管他了。他同意更好，不同意拉倒！"

四丫一下亲昵地扑在广贺的胸上，感动得两手紧紧揪着广贺的双肩，抬起头，一下一下亲着广贺的脸。

两个人沉醉地闭上了眼睛……

屯子渐渐昏沉在暮色与炊烟中。

八

家里就自己，华子懒得做复杂的饭菜。她掀开大锅的盖，一下揭起腾蹿的雾气，刹那迷茫了屋子。

烀地瓜，熬的小楂子粥。伴着满屋子的热气，华子呼噜呼噜吃得舒服。仰起头，碗快扣在了脸上。

门吱扭响了声，老轴夹带着股浓烟般的寒气，出现在门口。

华子怔住，端着的碗在嘴边不动了。

"才吃晚饭，华子？"

"……啊，大舅来了。快进屋里坐！"

屯里人都能连上亲。从华子婆婆的两姨姐姐那边论，华子叫老轴舅舅。可华子平素和这个舅舅很少交往，话说得也不多。老轴总阴着脸，华子有点怕他。

华子慌忙收拾饭桌。

"你吃吧。吃吧。"

"我吃得差不多了。"

老轴陌生地打量着华子的家。旧报纸糊的墙，老式的炕琴。炕琴上摆着行李，行李上蒙了块紫红色带穗的台布。地下摆着口棺材似的漆红大米柜。屯里几乎家家这样。

窗外黑沉沉。院里灯光照得见的地方，薄雪地上有污水泼出的痕迹，并附着黄黄的菜叶和黑黝黝杂乱的脚印。

老轴点了根烟，呛得眼睛费劲地觑睐着，瞅着华子。

"大舅，你坐……"

老轴吹吹炕沿，坐下去。

"你婆婆呢？"

"上明忱他二姐家去了。"

华子擦了手，给老轴倒了杯水，放在炕沿上。规矩地站在旁边。

"大舅，喝水。"

"啊啊。自个在家，孤单吧？"

"还行……"

"过年的东西都预备妥了？"

"有什么可预备的。"

"猪什么时候杀？"

"等我婆婆回来再说。"

"华子。"

"嗯？"

"按说，我早就应该来看你。"

"……"

老轴端水喝，瞟着华子。

华子开始别扭。身子不由得贴在了米柜上。

老轴放下水杯，吐了口痰在地上："我办汽酒厂，开头的时候，明忱没少帮忙，这人情我不能忘。如今明忱蹲了大狱，别的忙我帮不上，你们家的困难，我该照顾。从明儿起，你就上我厂里干活吧。这五百块钱，你先拿着过年用。"

华子连连摆手，往后退："大舅，不不……"

"拿着！"

老轴拽过华子的手，将钱严厉地拍在了上面。慈善的目光，使华子更加不安："大舅，明忱的人情……等明忱回来你再还。你叫我上你厂里干活，情我领了，可我不能去。"

"怎么的？"

"我去了，不好看。"

老轴惘然地瞅着华子，脸上的慈善渐渐隐没，恢复了原来的阴沉，突然笑笑，把钱揣进口袋，转身愤愤离去。

"大舅！……"

房门吱扭响得凶狠，院子里立刻踏起沉重的脚步声。开始渐渐弱，后来又渐渐强，突然房门复又吱扭响得凶狠：老轴怒冲冲返了回来。

"你寻思我是冲着你来的吗？不看明忱的面子，我往这屋里进什么！……都说我损，我损过谁？自个没本事，天天念着我赔本，巴望我倒霉，恨不能叫我今晚就咔吧咽了气！损?! 我怎么你们了？屯子里那些吊儿郎当的货，我就是一个不用，有本事叫他们骂去！我告诉你，这五百块钱，我是拿给明忱老婆花的，不是给你华子的！"

啪地一摔，钱在炕上跌出沉重的声响。

华子怔怔地瞪着眼睛，一下恍然，难为情地笑笑，拽住老轴的袖子："大舅，我可从来没说过你，真的，我要是撒谎，下雨叫雷击死，出门叫车撞死，咔吧咔吧的！"

老轴满脸的不悦："得了得了！"

走了几步，又停下，严肃了面孔："华子，我可告诉你，你和成良，可别闹出什么事来，外面风不小！明忱蹲了大狱，你可要走正道啊！"

说完转身走去。

华子怔怔坐在炕沿上，愣了好一会儿，突然笑道："滚蛋去吧！"

捡起炕上的钱，瞅瞅，吹吹，闻闻。塞进了被垛里；想想，又掏出来，用手绢仔细地包好，掀起米柜的盖，连手带头栽进去半截身子，努力了好一会儿。抬起来的时候，脸上蹭上了面粉的白色。

九

成良屁股在炕沿上一磨，把冻得生疼的双脚塞进了二秀的被窝里。被窝里像放了盆火一样热，成良立刻觉得身子暖和了不少。

二秀醒了，身子蠕动了下，肚子碰了成良的脚。成良烫着似的往后一缩。

"才回来？"

"嗯。"

"你这脚像冰似的，不能冻坏了？"

"你睡吧。"

没点灯，屋里洞一样黑。成良哧地划着根火柴点烟。神经质的火焰一跳就灭了，墙上成良的影子跳跃着随之消逝。黑暗中只留下一闪一闪的红色，把成良的脸映得一明一暗。二秀伸出滚烫的手，替成良焐脚。

"你又去后沟了?"

"嗯。"

这几天成良总往后沟跑。那里原先是生产队的养猪场,如今一片废墟。成良就在那废墟上蹲着,像只兀鹰,一根烟接一根地抽,烟头红红的像兀鹰闪着血色的独眼。

"你真要干?"

"……"

"万一亏了本儿……"

"……"

半空中的红色仍然一闪一闪,映着成良脸上的冷峻。黑暗分外沉重了。

"成良。"

"嗯?"

"听我一句话吧,安安稳稳过咱们的日子,别去冒那份风险……"

"都是一个肚子顶颗头,我就不信我比老轴熊!"

"谁熊?谁不熊?关老大和明忱可都栽了跟头。"

"他们是他们,我是我!"

黑暗中划出一条红色的弧形抛线,烟头落到了地上,溅起零散的火星,立刻灭了。黑暗复又统治一切。成良开始脱衣服,弄出窸窸窣窣的声响。二秀往边上挪了挪身子。

"成良。"

"嗯?"

"……你少干点活我不怪你,你跟华子好,我也不怪,管怎么,你别去干那种事……成天到晚的,我就在这上面愁……"

"你还有完没完了!"

成良忽地拱进被窝,后背触着了二秀暗软的胸和鼓胀的肚子。他粗粗叹了口气。

二秀哧哧溜溜哭了,泪水濡湿了成良的后背。

"你哭什么,我又不是想杀人放火。"

二秀使劲憋,肩头一抖一抖。夜被二秀哭得凄静了,沉沉的,像到了世界的末日。成良疲惫得很,很快就在二秀的悲哀中朦胧了。脑子却清晰着,想着他要办的猪场。窗上的月光渐渐白昼一样明亮。槽头的牛,闭着眼静静地倒嚼着忧郁。成良觉得他的猪场一定能办成,行情都摸熟了。他当了四年兵,喂了三年猪,经验是足够的。饲料也不愁,老轴酒厂的酒糟是很好的饲料来源。眼下就差本钱。本钱!……上哪去弄呢?少说得三千块。他是绝对不会向老轴去借的。他有个想法，想写信跟一个战友借。秋天时，那个战友来信说，在海边养虾，赚了几万块，说有困难尽管去信讲。他一直磨不开面子。可如今逼到了这份儿上，只好豁出这张脸了！决心一下，成良再也躺不住，翻身起来，打着了灯，披着棉袄找来了纸和笔，在炕上趴着，思索了好一会儿，重重写下了这样的字："亲爱的战友……"

这几个字一下激荡了他的心，唤起了许多遥远的、亲切的记忆。他鼻子一酸，赶紧努力控制着，泪水顺着嗓子眼儿，流进了肚子里……

二秀一旁泪眼汪汪地瞅着。

屋子外面，隐隐传来一阵腰铃声和喝喝咧咧的号唱声，将夜渲染得更加凄静。

老轴家请的大神，正在制造着令人迷惘的神秘。

十

老倔大发雷霆！

他万万没有料到，老轴会思谋那样的计算。他只有广贺一个儿子，这不是要断他香火吗？没容广贺把话说完，他就凶残地扇了儿子一个耳光。

"混账东西！"

广贺捂着脸，一阵耳鸣，眼前冒出无数灿灿的金星。他仇恨地瞅着父亲。

二婶慌了手脚，用身子死命地阻截着公牛般发怒的老倔，恐惧得快要哭出声来："有话慢慢说，来什么劲哪……"

老倔努力向前冲撞，手指触到了广贺的鼻尖上："我们赫家怎么出了你这么个败类，什么不要脸的事都能干出来！"

广贺木桩般坚定地立着，一动不动，冷冷地问父亲："我怎么了？我干什么不要脸的事了？"

"你自个不明白吗？竟和老轴那种人拧到一块去了！"

"老轴怎么了？他有什么对不住你的地方，你总那么仇恨人家？"

"混账，屯里谁不骂那老东西损！"

"哼，还不是看人家有钱，眼气！再早他穷的时候，怎么没有人骂他？噢，穷光蛋都是好人，富贵人家都是浑蛋王八蛋，这是什么道理？"

"你……你小子少跟我耍贫嘴！我告诉你，这倒插门的婚事，我就是不同意。我们赫家就是穷死，也不扒他关老轴的门槛！"

"得了，如今不是要穷志气的年头了。"

"王八蛋！"

广贺的一句话，刀子似的扎在父亲的肝肺上。老倔的脸一下铁青得吓人，他抖瑟着身子，满屋转，到处寻找应手的家什，准备在儿子的身上行凶。

二婶吓得脸没有了一点的血色，拼命地往外推搡着儿子："你快跑，快跑哇！"

广贺却依然挺挺地站着。

老倔终于捡起了地上的板凳，在老伴的推挡下，恶狠狠冲向儿子。

"你姓关去吧！今儿个我非砸死你不可，全当我们赫家没有你这个败类！"

在距离广贺两步远的地方，父亲将板凳撇向了儿子的头部。立刻，殷红的血，黏稠地在广贺的脸上淌下来，一滴一滴落在地上……

老倔惊呆了。

二婶也惊呆了。一下扑在儿子的身上，痛绝地号啕起来。

院里院外围了许多人，朝屋里看。一张张木然的面孔。谁都敬畏倔二叔的权威，谁也就都不敢进屋劝解。

广贺漠然地推开母亲，转身去厨房里拿出一把菜刀，冷酷地递给父亲："我的主意拿定了！你要是还不解恨，就劈了我吧！"

老倔怔怔地瞅着儿子，突然双手举向空中乱抓着。

扑通倒地，两眼紧闭，口中吐出了白沫，抖抖地抽得凄惨。

屋外的人这才慌忙拥了进来，将老倔抬到炕上。呼唤着，掐捏着，乱成一团。

广贺冷冷地盯视着躺在炕上的父亲，忽然一转身，走了。

日头刚冒出来，在东方洇出沉重的血色。

十一

头晌的日光挺暖，融融地在小学校的东墙上照出温热。学生们早已放了假，空旷的操场上只有几个孩子在清冷地游戏。拍着手唱：

> 打一打，摇一摇，
> 问问老爷饶不饶？
> …………

关老大和屯里的几个老哥们儿，聚在墙根下，手插在袖筒里，晒日阳。身上热烘烘地舒服了，藏在衣缝里那些小动物就活跃起来，于是一个个把手伸进棉袄里，一缩，马上就掏出来，称心如意地屠宰着。

一头小猪停在他们跟前，眨巴着两只美丽的大眼，静静思索了会儿，忽然明白过来似的，一晃，一溜烟跑掉了。

一头驴子在屯里叫得欢喜。

"老大，你讷的坟，什么时候叫人扒开的？"关老大抬起困倦的眼睛，费劲地朝屯子对面的山坡望去。那里有一块地方，雪被扒开了，土也被扒开了，翻在一边堆着，黄得阴森，像有鬼魂在游荡。

"大前儿个吧。"

"说你讷死的时候，戴个镯子，有吗？"

"瞎扯！"

"屯里都那么叨咕，不价，怎么能有人去扒那坟？"

"扒呗，不嫌费事他就扒。扒也是白扒。"关老大咧歪着嘴，一只手从后脖领费劲地伸进去，搜查着。手放下的时候，已经有了收获。两个手指拈着个圆滚滚的东西。惬意地看了一眼，又看一眼，嘴角竟垂出了涎水。

"老大，你没访访，是谁干的这缺八辈子德的事？也不怕遭雷击！"

"访那事有什么用……哎，听说，如今这金子，价又高了？"

"嗯，高得邪乎呢。哎，老大，你倒是把你讷那坟埋起来呀。"

"嗯，是该埋起来。"

关老大又朝山上望。

几个人一齐跟着望。白茫茫的山坡上，那堆土黄得清楚，像一颗凸起的眼球，静静地望着下面的屯子，像在寻找什么，辨认什么。既不失望也不惊奇，更没有喜悦和愤怒。

孩子们在操场边上唱得蓬勃：

> 打一打，摇一摇，
> 问问老爷饶不饶？

关老大几个漠然地朝那边望。

十二

成良去供销社门口邮信回来，二秀告诉他，四丫刚才来过，说她爸叫成良去一趟，有事。老轴的家，在一进屯子的头上。一溜八间大瓦房，气派得很。红砖砌的院墙。铁栅栏的大门刷着苹果绿色，在灰叽叽的屯子里，十分扎眼。

论辈，老轴是成良的叔。成良的太爷和老轴的爷是姑舅兄弟。成良很少来老轴的家。不知为什么，自从老轴发家之后，他打怵进这座院子。成良纳闷，老轴找他会有什么事呢？

"来了？"

成良进屋的时候，老轴正戴着花镜，扒拉着算盘算什么。见成良进屋，立刻站起来，摘下花镜，客气地打着招呼。

"老叔，找我有事？"

"啊，有点事。四丫她妈，给成良沏杯茶。"

老轴坐在椅子上，目光深邃而又颇有含义地审视着成良。可当成良与他对视时，他却迅即躲闪开。成良故意装作满不在乎地瞅着他，心里却暗暗地用劲。

老轴呷了口茶，问成良："二秀趴下了？"

"快了，就这几天。"

"坐月子的东西，都预备妥了？"

"差不多。"

"你找个好媳妇儿呀，二秀那丫头，又贤惠又能干，难挑。"

成良谦虚地笑笑。迅速地在老轴的脸上溜了眼，赶紧低下头，规矩地喝着茶。

"成良。"

"嗯？"

老轴阴鸷的目光直盯着成良的脸，突然问："听说，你要办个猪场？"

成良一愣："……谁说的？瞎传！"

老轴抠了下鼻子，严厉了起来："这事也不犯法，瞒着藏着干什么！"

"噢，只是刚有点想法，能不能办成，还是两句话说着。"

老轴突然把茶杯蹾在桌上，竟有些愠怒了："想办，就一定得办成！"

成良怔怔地瞅着老轴，忽然有点感激，认真地点点头。

老轴宽善地笑了。

"成良，论起来，咱们不远。办猪场有什么困难，你就跟我说，能帮上忙的地方，我不会干瞅着。"

成良抬起头，瞅了老轴一眼，笑笑："老叔的关心我领了，以后有什么困难，免不了麻烦老叔。"

"哎，这才像亲戚说的话。别总是躲我大老远的，我又不吃人。这样吧成良，本钱我先借给你。至于利息……可以商量，还有，往后，我那酒厂的酒糟，专门供应你。"

成良吃惊地看着老轴，急忙伸出一只手，止住了老轴："老叔，猪场要是能办起来，您厂里的酒糟我要了，可本钱，我就不搁您这借了。谢谢老叔的好意。"

老轴一怔，困惑地打量着成良。

"你办猪场的钱，有了？哪来的？"

成良惭愧地笑笑："嘿嘿，反正，不是偷的也不是抢的。"

老轴笑笑，有些不悦："噢。好哇好哇，你成良是个有心计的年轻人，将来会有出息的！"

"老叔夸奖了。"

两个人都意味深长地笑笑，互相镇定自若地迎着对方的目光，但互相都感到不自然……

从老轴家出来，成良被华子叫到了家里。

"老轴找你有什么事？"

成良乐了下："他说要借给我钱办猪场。"

"真的啊！我寻思……"华子松了口气，又问："你怎么说的？"

"我没理他的茬！"

华子恼了："你个死样，跟老倔学上了，耍什么穷骨气！"

成良斜了华子一眼："你懂得什么。借了他的钱，就被他控制住了，成了他手里的算盘珠。哼！我不上他的圈套。"

华子听着，明白了，乐了："成良，你可真精啊！哎？不和老轴借钱，你上哪借？"

"我写信跟我一个战友借。"

"能借给你吗？"

"能。"

成良坚定地点点头。

华子轻轻叹口气："你这么一整，就怕老轴的酒糟以后不卖给你。"

成良轻蔑地笑笑："绝对不可能。以前他的酒糟，除了自己留点喂猪，大部分都送人了。一天两三吨，卖了不是一笔好钱？"

"他要是就不卖给你呢？"

"放心吧。老轴不是老倔，他绝不会拿钱赌气。他支持我办猪场，有他自己的算盘。"

华子信服地点点头，崇敬地望着成良："怪不得老轴说过不敢小看你，还说，屯里的人，他就佩服你。将来你就是屯里第二个老轴！"

"他算老几！"

"得了，牛什么！"

华子突然想起什么，转身掀开了米柜的盖，身子栽进去，很快抬起来。

“成良，我这有五百块钱，你先拿去用吧。”

“你哪来的钱？”

“别管了，你用就是了！”

“好好，我不能白用，算你一股。”

“滚你的蛋吧，谁图稀沾你的光！”

一大清早，屯里到处传着一个消息：老东西不行了。说是头天晚上，佟大神正在跳着，老东西嗓子眼儿堵上一口痰，就呼噜开了。佟大神给号了号脉，对老轴说：“不行了，赶紧穿衣裳吧！”于是消息传出来。

“是吗？”

“可不！”

“哎呀！……”

这一声哎呀，不是震惊，也不是惋惜，好像恍然记起了什么。于是人们胳膊下夹着包，凄静地断续地走进了老轴家的大院。借着悲伤，借着一个生命的腐朽，来完成许多个皆大欢喜：想还人情的来还人情，想拉关系的来拉关系，想消除芥蒂的来消除……花三五块钱买摞烧纸送去，经济实惠。

老倔站在街上，看着人们一帮帮地往老轴家大门里进，气得跺脚骂：“一群败类，没有骨头的狗！”

人们远远躲着他。关老大吓得从后河套绕了过去。

老倔被冷落了。他是觉得很不公平的。

老轴家的大门口，高高挑起了一串纸幡，在苍灰的天空悬浮，郑重其事地宣布着哀痛。院里的哭声像一团杂乱无章的合唱，震荡着屯子。

四丫打酒回来，院里已经聚满了乱哄哄的人。扎灵棚的扎灵棚，搬桌凳的搬桌凳，房山头有几个人正在手忙脚乱地收拾刚杀的猪，煺净了毛的猪身透出瘆人的惨白。院里每个人都可以支使别人，又都可以接受支使，一团和气。上岁数的人则站在一旁，指示着各种规矩。杂乱中有所遵循，有所参照，于是人们讨论着，商量着，计划着，竟制造出令人兴奋的喜庆。然而每个人又都努力地在脸上做着悲哀。

老轴威严地站在房门口的台阶上。

关老大正在刨灵棚木桩的坑，看见四丫过来，赶紧扔了手里的镐，跑过去，拽住四丫的胳膊：“四丫，别忘了告诉你爸，你奶灵前的那只公鸡啊！”

“知道了啊！”

四丫有些不耐烦。老东西“上床”那阵，需要一只“倒头鸡”（灵前祭品），老轴家没有公鸡，关老大把他家的鸡抓来了。关老大已经提醒四丫两次了。

见四丫过去和老轴说着什么，关老大嘿嘿乐了，冲手心唾口唾沫，更加起劲地去刨那个坑。

关老大哪里知道，四丫进屋是告诉她爸，沟里的彩匠说了，一会儿就把纸活送来。

这一切都是为了老东西。

老东西僵直地躺在堂屋地上的"床"上，脸蒙着烧纸，身上盖了块白布。头前灵案摆置了茶碗、蜡烛、馒头，还有关老大送来的那只公鸡。灵案前的纸盒火苗跳跃，纸灰黑蝴蝶般飞舞着，满堂屋迷腾着灰色的烟雾。老轴身穿重孝，陪着一拨又一拨前来吊丧的亲戚，一次又一次地号啕。跪在老东西的灵前，恭听亲戚们念文章似的数数落落念叨着老东西生前的功德。而他耳边转悠的，却总是老东西临"上床"前说的那番话："那年腊月间，天好冷啊，河套冻得嘎巴嘎巴响……"

那时她的眼睛绿亮绿亮的。

女儿们问父亲："我奶这话什么意思？"

做父亲的沉吟了许久，冷冷地说："土改那年的腊月间，你爷叫人砸死扔进冰窟窿里去了……"

女儿们听了，觉得没有一点意思。

那个老头离她们太遥远了。

巳时许，二秀临产了，华子和二婶都来帮忙。这时二秀的疼痛到了顶峰，眼睛惊惧地睁大，两手按着隆起的蠕动着的腹部，挣扎。脸像窗纸一样白，浑身早已大汗淋漓。她却坚忍地咬着嘴唇，只吭吭着，不肯大叫出声。华子在她后面拖抱着她，急切地开导："二秀，你叫，大声叫，叫出声疼得就轻了。"

二婶的手不停地在二秀的肚子上揉搓，一脸的平淡。

"刚强点，站起走走，破浆了，快了。"

二秀赤着的下身碾盘一样重，抬也抬不动。屁股下的苞米绒子已经被羊水浸湿了大半。

"再换点！"

二婶吩咐成良。成良将湿的搂走，又拿些干的苞米绒子铺在了二秀的屁股底下。

厨房大锅里的水，吱儿吱儿响，满屋热气。地上的火盆，炭火正红。门窗严严实实挡了帘子。

二秀突然放下手，在炕上乱抓起来，像溺水的人渴望抓到漂浮物。她终于

301

抓住了华子的裤脚，拼命地拽，身子往上一挺一挺，由原来的"吭吭"变成了"呀呀"的吟叫，头发被汗水黏黏地粘在了脸上。

成良蹲在灶口，不忍目睹。

"刚强点，刚强点！"

二婶鼓励着，仍是一脸的平淡。二婶一辈子生过七个孩子。

华子有些愤怒了，呵斥二秀："你别忍，越忍越疼，你叫，大声叫，叫出来就好了！"

二秀晃着头，眼睛瞪得可怕了，脸惨痛地扭曲，像集中了一生的仇恨，咬着嘴唇，硬是把疼痛吞咽了。二婶低头看了看，突然惊喜地叫起来："开全了！二秀，快使劲，使劲！"

"使劲，使劲！"

"啊……"

二秀终于喊了。因为到了她必须喊的时刻。那不是喊，是惨叫，一声带血的信念与期冀！

成良抱着二秀的头，痛切地晃着，流下了男人的泪。

可是小生命仍然不肯降落。

母亲的血，汹涌着，流淌着，顽强地运载着卡在死亡暗礁上的黑顶的小舟……

沟里的彩匠把纸活送来了，用两辆马车拉来的。人们立刻围上前，欣赏。

老轴给母亲订的"全纸活"。

沟里的赫彩匠，在这一带名字是很辉煌的，他扎的"全纸活"无人能比：聚宝盆，大金盆，小银山，车马牛骡马童，车夫。青砖红色的四合院，院里活跃着鸡鸭鹅狗，屋里肃立着丫鬟、仆人、做饭的厨子和算账的先生，皆栩栩如生，一叫会答应似的。且都有自己的名字，车夫称"长鞭"，马童称"快腿"，丫鬟称"德顺"，算账先生称"妙算"。名字写在纸笺上，郑重地贴在胸前了。

然而，那些都已成为往事了。赫彩匠如今已经作古。可他的技艺却延续着。老轴订的"全纸活"，就是赫彩匠的儿子小彩匠的技术，可是，他与父亲迥然不同了。

四合院变化成了高楼大厦，车马牛骡变化成了现代化的交通工具——客车、摩托、轿车。楼里豪华着彩电、冰箱、电扇、空调等等，比北京饭店的设备不差多少。服务人员的队伍也够庞大的：经理、会计、司机、厨师、理发师、漂亮的青年男女服务员，连烧锅炉的都有编制。那经理可比真正的经理气派得多，西装革履是必然的了，且戴着金戒指、金壳表、金丝眼镜，能金的地方都金了。油亮的头发被风一吹，竟潇洒地蓬了起来，胸前写着名字的纸笺呼啦啦响。

这样一个美妙的宅所，住着会怎样的幸福啊！人们看了，就觉得活着不如死去了好。

老东西生前绝想不出，世上会有这等好的去处！

她应该满足地去了。

"带劲！……"

人们夸着。他们对羡慕至极的事，才舍得用上这样两个字。

一个个呆痴痴地瞅，不知是被艺术感染了，还是被物质诱惑了。这时堂屋里却突然骚乱起来，一群人尖叫着蜂拥而出，将门房的玻璃挤得粉碎，个个大惊失色。院子里的人一愣，立刻也惊慌起来，本能地感到了一种恐怖。

"诈尸了——"

有人喊。

全体人的头发立刻竖了起来，恐怖轰地在头脑中炸响，"啊！"四散奔逃，腿快的已经跑出了大门外。人们都懂得，死尸起来要抱人的，抱住谁谁死！

院里顿时乱了营。

广贺一怔，竟逆着人流冲向了堂屋。

广贺胆大，和人打仗，敢用刀在人的屁股上捅出淌血的豁。他只怕城里的痞子。

堂屋里只剩下了老轴自家几个人，惶悚地哆嗦在门旁，个个面色如土，惊惧地盯着尸体。

那尸体果然在动。手用力地按着"床"，像要坐起来的努力。

"快，快用锅盖压！"

老轴大喊着。双手在空中抓，像对尸体进行抗议。广贺勇猛地抓起木头锅盖，抢着，压在了尸体的胸上，用着因恐惧而迸发出的巨大力量，牢牢按着。

关老大竟也英雄起来，不知从哪里找出了装猪血的桶子，拎着冲进屋，用笤帚甩得满屋血淋淋的鲜红。

他是懂得猪血能够避邪的。

广贺英武的脸上也被甩上了一片，黏稠地往下滴。

经过一番奋斗，尸体总算被镇压住。

木头锅盖下的老东西，觉得什么东西在胸膛轰地炸了，脑箱一片黑……她是想过要喊的。

另一个世界尽管万分美妙，她还是不愿意去；生不容易，死亦不容易！

人们将恐怖长长叹了出去，一阵的轻松，仿佛刚刚对一项了不起的功业做了贡献。

303

老轴一家人，这时才像猛然醒悟：他们的先辈真正地死了，彻底地死了。永远。

"啊！……"

顿时暴起惊天动地的号啕。

可能是受了号啕的感动，那小生命终于跨越了死亡的暗礁，一抖，活泼泼地落在了世界上，嘹亮地叫着，仿佛要与那号啕比赛骄傲。

长长的两行泪，在二秀的脸上流下来，缓缓地……

死的死了，生的生了，人们并不怎样惊奇，怎样悲伤，怎样感奋。他们只记着：年快到了。

于是，那不绝于耳的杀猪声，整日喜庆着屯子。

这天下晌，邮递员给成良送来两千块钱的汇票。屯里人惊讶了。

他们闹不清成良一下从哪弄了这么多钱。

故 事 法

陆文夫

我上了点年岁以后，自知有一点不大对头：肚皮里的故事太多。这些故事有从书上看来的，有从戏里瞧来的，有亲身经历的、道听途说的，等等不一。所谓故事也不全是有头有尾，有起有伏，惊险，曲折。有的只是三言两语，一个掌故，一句俗语，一句格言，以至零星小事，鸡毛蒜皮，总之都是大家十分熟悉，惯于承认的事体。故者旧也，旧者往也，凡属过去的事我把它统统称作故事，统统记在老账本儿里，有意无意地作为立身处世、判断是非的参照系。不管碰到什么新鲜的事，我便以超过电子计算机的速度去翻老账本儿，一切都有账可依，照章办理。

老邻居对我说："伙计，告诉你一件新鲜的事，姚晓明当官了，还当得不小呢！"

"噢！那孩子也当大官啦，好哇……"我立即把账本儿翻到1950年。这一页不能算是太陈旧吧，纸张没有发黄，字迹清清楚楚，似乎还散发着油墨的香味。

姚晓明嘛就是小明，他是巷子中间姚德明的独养儿子。不是摆老，他爸爸妈妈结婚还是我当的媒人。先从老的说起，姚德明这人年轻时便有点懒散随便，年龄比我大两岁，婚事却不着急。我倒替他着急了，便把一位纱厂的女工介绍给他。他也不挑拣，一看就中意。他说人都有好有歹，好歹凑合着点。1950年结婚，隔年生了个儿子。姚德明懒得对儿子的名字也漫不经心，老子叫德明，儿子便叫小明。直到入学以后才由老师把小明改成晓明，拂晓、光明，

305

充满了生机。那时候小学教师经常干这种事，居然能把小猫改成晓矛，小狗改成晓戈，改字不改音，把可爱的动物都改成锋利的武器，长大了杀他个片甲不留。

如今，那姚德明在家种花养鸟，他的夫人金惠芬……对了，金惠芬这个名字在巷子里也只有我知道，她退休以后便用不着名字了。阿婆、老嫂，间或有人喊她一声金师傅，总算还道她是做过工的……

"伙计，你啰唆的啥呀，姚晓明当官了，你听见了没有呢？"

听见啦，还不是正在翻着老账本儿吗。老实说，我这是为了表演给人看的，若不然，我听了以后只是淡淡地一笑，微微地点头，头脑里簌簌地翻账本儿，嘴巴却不吐一点信息，你根本不知道我在转些什么念头，不知道我赞成还是反对，酸的还是甜的，嘿嘿，深着呢……喏，这里，这就更近了，仿佛就是昨天。姚晓明十岁了，生得文文静静，讨人欢喜，闹皮却是一等好手。我们这条半瓣巷是条水巷，一面临河，家家的门前有块空地，有一架石码头深插到河底。姚晓明经常躲在石驳岸下的码头边，捞瓦片，摸砖头，供给那个喜欢开仗的陈小刚当武器，掷破屋面上的小瓦，打碎窗户上的玻璃。姚晓明从来不参加战斗，文明的人不打仗，武器却是他们供应。姚晓明供应武器十分卖力，金惠芬喊他吃饭，他听见只当不听见，反而向码头的角落里一蜷缩，像一堆没有洗完的衣服摆在那里。

金惠芬找不到孩子便拉开嗓门在巷子里叫喊："小明，你在哪里……"纱厂女工的嗓门是练过的，她们在车间里讲话，要和轰鸣的机器声比高低，心急火燎地唤孩子，那声音也会使人心惊肉跳的。

我坐在临巷的小楼上伏案书写，居高临下，对姚晓明的诡计了如指掌，有时候被金惠芬喊得实在坐不住了，便从小楼上跑下来，到水码头边拎起那堆"衣服"的小耳朵送到金惠芬的面前。姚晓明对我倒也佩服："怪了，你怎么知道我躲在那里？"

"伙计，你啰唆完了吧？"

等等，你别性急，我也急着哩，这老账本儿上有关姚晓明的记载怎么成了糊涂一片，好像浸过水的。对了，他下乡插队去了，一去就是十多年，这十年的一本烂毛账要翻三天三夜哩！算了，翻了你也不想看，看了你也不欢喜，酷爱清洁的人都不愿意看到腐烂的东西。一笔勾销吧，下转第三千六百五十页：姚晓明回来了，考上大学了，考分是第一。巷子里的人引以为荣，纷纷到姚德明家去贺喜，害得姚德明散掉两条香烟，泡掉半斤茶叶。事隔不久却又听得议论纷纷，说姚晓明不是个东西，进了大学就忘本，抛弃了乡下的未婚妻，成了现代的陈世美。糟了，陈世美不认前妻是个古老而又家喻户晓的故事，是一部不成文的道德法典，谁犯了它谁倒霉，要想摘帽平反哪，可不那么容易！

朋友，你领教了吧，姚晓明当官了，我这老账本儿里的故事便跳了出来；别嫌啰唆，说时迟那时快，只是脑子里打了个忽闪。

这些故事算个什么东西？有的老掉牙，有的鸡毛蒜皮，鸡零狗碎，放到书报摊上去卖不值一文钱，作为一个人的简历可以只字不提。可你千万别小看了这些东西，别以为老账本儿是我个人独有的。

"嘿嘿，我算定姚晓明会当官，他从小就是捡了砖头给人掷，自己装出一副老实的样子讨人欢喜。现在的领导都喜欢老实听话的人，太老实听话的人却又办不成事体，最好是表面老实，骨子里却有一肚子的鬼！"

听见啦，姚晓明倒霉了，一根鸡毛就给抹出了一个白鼻头。你知道什么叫白鼻头吗，在京戏的脸谱中，奸臣的鼻子都是白的，小丑的鼻梁也是白的，白鼻头非奸即猾，奸猾兼备。

"这家伙肯定会一阔脸就变。他进了大学就当陈世美，当了大官儿还瞧得起你，眼睛会长到额头上去的！"陈世美的故事又扩大了应用范围。

"罢了，官总是要有人当的。姚晓明当得越大越好，邻里乡党都可以沾沾光。想那朱元璋当了皇帝，明朝的沛县人就不交赋税。吴王阖闾不葬在虎丘山，谁还愿意爬到那个土墩墩上去？你看那虎丘山下，如今设了多少摊，开了多少店，多少人靠它发财，多少是靠它养活的！"

"对了，伙计们，我们去向姚晓明建议，请他想想办法，把我们这条巷里的路铺铺平，把石驳岸和水码头修理修理，哪个当大官的人不为家乡做点好事体。"

"喂，陈大奎，这下子该你走运了，姚晓明小时候差不多是养在你家的，如今他当大官了，哪能忘记你，快去找他买几条好香烟，我们也好分一点。"

陈大奎摸摸他那光秃的脑门："是，那时候他妈逢到做夜班，便把他寄在我家里，和我家小刚一起吃，一起睡，我那去世的老伴把他当作亲生的儿子似的，我也天天抱他，三分钱一根的棒棒糖给他吃掉一箩呢！"

"快去找哇！"

"做啥，买香烟？大人不办小事，我要请他帮我家小刚解决房子哩！俗话说有恩不报非君子，有仇不报枉为人，这就要看他当官以后还像不像个人……"

你看，各人都把老账本儿翻出来了，杂七杂八的故事都起作用了。这些故事先把姚晓明损那么一气，然后就看你姚晓明还像不像个人，是否把这些故事放在眼里。

姚晓明根本就没有意识到这些，没有想到他当官和巷子里的熟人有什么关系。他记不清小时候曾经到河浜里摸过砖头，还吃掉陈大奎一箩棒棒糖什么的。年轻人喜欢朝前看，只看到未来的工作中也有许多故事，即所谓某种超稳定性的东西。

年轻的知识分子当上官以后，开始的时候都有点锐气，都想打破点老章法，革除点陈规陋习。不过，姚晓明是个明白人，虽然有点雄心壮志，却不准备去拼他个鱼死网破。他知道，只有大鱼才能破网，差不多的中鱼、小鱼只能从大网眼里钻出去，而且还得注意那条尾巴，不能大摇大摆，以免把尾巴挂在丝网上面。所以他不敢大肆声张，也不发表什么就职宣言，只想悄悄地做到三点。

第一点是治标，即上任以后不要秘书写发言稿，有话要讲便自己写，无话可谈便免开尊口，免得浪费别人的时间和精力，也带来一些新的作风和气息。第二点是治本，对于各种请示报告以及需要解决的问题，该谁负责的都要有决断，有处理意见，不搞那种无休止的研究研究和不负责任的酌情办理，要把太极拳改成扑格星，引进西洋拳击。外国人要学太极拳，中国人要学扑格星，调剂调剂。第三点是纯属律己，即不利用职权办私人的事体。如此的约法三章，说起来也不惊天动地，即使全部做到也进不了改革家的行列，没有什么新招，就事论事而已。

姚晓明倒也不管这些，开始向外钻啦，一钻就钻到会议里！

短命的会议也是一口网，而且是用尼龙丝织成的，不仅网眼小，而且会缠人，缠得你死死的。姚晓明上任以后，每天最少有三个会议，上午一个，下午一个，晚上一般不开会，可那宴会大多是在晚上举行的，弄得不好是此会套着彼会，赶会像驴子牵磨，团团转，不断头。姚晓明开始的时候也不想参加这么多的会议，可是架不住下面请，上面催："姚×长，我们这个会议很重要，代表都来自全国各地，某要人都出席了，你不去嘛，可就有点……更重要的是会挫伤大家的积极性，说明领导对我们的工作重视不够。"

"去一下吧，你刚上任，也应当对各方面的情况熟悉熟悉，至少也得露露面，让大家知道你是什么样子，讲话不讲话嘛，都可以。"

"对对，到会就表示支持，不讲话也没有关系。"姚晓明拉不下脸来，再说，那尾巴也不能大摇大摆的，只得去了。

说好了只到会，不讲话，可是会议一开始便宣布："领导对我们的会议十分重视，姚×长亲自到会，而且是在百忙之中抽身出来的，现在请姚×长讲话。"这不是个骗局吗，怎么能出尔反尔呢？事情也没有那么严重，主持会议的人也有苦衷，因为有些领导嘴说不讲不讲，实际上还是想讲那么几点，如果你不请他讲，他会坐在那里憋得慌，认为你是把他请来摆摆样的，特别是某些新当领导的人，你不请他讲，他会认为你是对他瞧不起，拿个老爷子不当官，事情倒是有点严重的。

姚晓明真的不想讲，谁信呢。到会的主要领导人不讲话，好像总有些不正常似的，尽管姚晓明双手直摇："不讲，不讲，没有什么可讲的。"没用。"哎呀，不必客气，多少讲一点。"话筒已经移到他的面前。

姚晓明虽然是大学毕业，可他读的是历史系，讲讲三皇五帝犹可说也，哪里对付得了什么技术鉴定、工业财贸、时装表演！不开口能行吗，话筒已经放在面前了，强光灯已经亮起来了，录像机、照相机都举起来了，镜头都对准着他的嘴，台下的几百双眼睛在暗处睁得亮晶晶的。姚晓明吓得只好张嘴了："同志们，我代表×××向大会致以热烈的祝贺，祝大会胜利召开，并预祝大会获得圆满成功，祝同志们身体健康，工作顺利，谢谢大家。"

台下一片掌声，好！这位新×长爽气，不说废话。其实这几句话也属废话之列，只不过比长篇废话节约点，节约总是好事体。

好不了几天就坏了，人们替姚晓明取了个绰号，叫姚祝贺。筹备会议的人在商量该请哪位领导出席的时候，便会有人出主意："还是请姚祝贺来吧，他反正祝贺几声便完了，耽误不了下面的宴会。"人们嘻嘻哈哈地一致同意，然后再恭恭敬敬、煞有其事地去请姚晓明出席会议："姚×长，这个会议很重要……"

姚晓明被人家私下里嘲弄一番倒也罢了，糟糕的是因此而引起了人们的怀疑："这人到底是不说废话呢，还是说不出什么东西，祝贺几声，混一顿吃的。"

"嗯，差不多，大概是个白肚皮。听人说他进了大学便闹离婚，谈恋爱，一张文凭是混来的。"老故事到处扩散，它也能横向联系。

也有人提出相反的意见："不一定吧，听说他在某些场合也讲得头头是道的。"

"哪，老一套，是秘书写讲稿，我念起来比他口齿还要清楚些。"

反对的人也点头了，秘书写讲稿，领导读一气，这已成了故事，成了惯例，只要不读白字，不读破句，就算是不错的。

姚晓明的耳朵也不短，听到风声以后很不服气。什么，一定要讲点内容，可以，历史系虽非无所不包，查书翻资料还是受过训练的，只不过多花点精力。

姚晓明憋着一股气，自己动手写讲稿了。不管什么会议，他都能发表几点意见，有些意见还十分新鲜而精辟，报纸上不常见。可是那些老听众并未因此而改变对他的看法，还是循着老故事推论过去："看见啦，姚×长找到个好秘书了，发言稿写得不错，字迹也清清楚楚，拿去排版都可以。"

新听众不了解过去的情况，可那赞誉之词也有点不伦不类："唷，这发言稿不知是谁写的，有点水平呢！"

姚晓明还不服："管它是谁写的，只要有一条管用，也产生了效益。"他坚持不懈，苦苦地思索和收集各种精辟的意见。每日下班回来都掖着个公事包，里面装着书籍和资料以及报告和文件。一路走着一路想，明天上午的会议，首先要讲一点……有人和他擦肩过，谁曾站在路边迟疑，好像要和他招呼似的，他都没有注意。回到家便向房间里一钻，总要他的妈妈高门大嗓地叫几遍："吃饭吧，小明……吃饭了，我的老爷！"叫得我坐在小楼上也听见，以为姚晓明又蜷缩在码头边。

姚晓明吃完晚饭又回到房间里，那么个大热天，也不出来乘乘风凉透口气。在门外乘凉的老伙计们还说风凉话："你看，当官的人就是不怕热。"

姚晓明热得满头汗，气温高，心里急，心定自然凉，心里烦躁就控制不了汗水。发言稿写完了，那些棘手的事情怎么处理？人从哪里出，钱从哪里出，不开杠子解决不了问题，开了杠子又会引起类比。该谁负责谁负责嘛，谈何容易，谁都应该负责。谁都负不了责。他负责！可以，你出钱！只能研究研究，等待时机，等一个政策下来，便能迎刃而解。打太极拳也不都是向外推，双手摹模的时候也像是捧了个大圆球，只不过那圆球暂且是无形的。姚晓明拿起笔来要批酌情办理，想起那约法三章又放下笔，直到夜半的凉风吹得门外的香梅树簌簌作响，这才想起明天还得开会……

半瓣巷里的光景一如既往，也看不出有什么生活节奏加快的痕迹。退休的老人领着孙儿孙女，乘上午天凉的时候在门外的空地上憩息，孩子们相聚游戏，老人们便坐在小板凳上抽烟，一个老羊倌牧着一只可爱的小羔羊，不时地叫喊一声，当心点！算是牧羊人的响鞭。当小羔羊们相安无事的时候，老羊倌们便相聚聊天，闲聊各种话题。西瓜上市时候便谈论西瓜，总觉得现在的西瓜不如过去的甜；杨梅上市时候便谈论杨梅，只有杨梅还和过去一样，因为最好的杨梅也不能出口创汇，要烂掉的。

眼下，西瓜和杨梅都已下市了，那话题多是有关姚晓明的，人们把他当官以后的一举一动都看在眼里，记在心里。

"我说得不错吧，那家伙果然是一阔脸就变，眼睛倒没有上到额头上去，可那眼光只看皮不看你。我前些时和他擦肩过，对他点点头，可他连头也不抬，眼睛看着脚尖，好像脚下有个水塘似的。当大官的人我们这条巷子也有哇，东头的老沈，西头的老方，人家都是抗日战争扛过枪，解放战争渡过江的老干部，也没有像他抖得这种样子！"

"谁叫你自讨没趣呀，他的眼睛看在脚下，你就应当把眼睛看着天，反正你的退休工资一个也少不了，他没办法给你增减一分钱。"

"神气哪，进出都捧着个大皮包，好像捧着颗官印的，官印要装黄绫匣，那人造革的包包算个什么东西！"

"算不上神气，真正的大官都是甩着两条膀子，不拎任何东西。"

"喂，陈大奎，你有没有和他谈房子的事呀，他对你应该是另眼相看的。"

陈大奎不那么信心十足了："其实嘛，我也不是要他开后门的，只是想他说几句公道话。我家陈小刚在建新机械厂开模子，算得上是一把好手，结婚已经六年了……小华，别到河边上去……你们看，孩子都这么大了，房子还不知道在哪里，祖孙三代挤在一只螺蛳壳里。撇开私人关系不谈，他当官的人也应该关心群众的疾苦。"

"别说漂亮话啦，弄房子不比买菜，拖拖拉拉地要等好几年，现在的干部都不是终身制，要办事情得抓紧点。"

陈大奎急出话来了："怎么不抓呀，就是抓不住。他每天从我门前走过，我都要和他招呼，他也对我笑笑，点点头，就是那脚上的刹车失灵，不肯停留。前些时我特地拦住他请他到我家坐坐，只要他肯坐下来，就会看到我家的拥挤，就能搭上话……"

"唷，你倒也有一手。"

"……有两手也没用，他就是不沾边，话倒也说得蛮好听：'大伯，有空的时候我一定来，一定来……'滑脚了，你知道他什么时候有空呢！"

"从小一看，到老一半。这家伙本来就不讲情义。听说他乡下的那个老婆（未婚妻升级了）曾经哭哭啼啼地来找他，他也是来这一手，说是没空，不见。一日夫妻百日恩哪，难道就忘得干干净净的？你只不过给他吃了点棒棒糖罢了，而且是小时候，睬你？"

陈大奎倒有点不信了，从鼻子里冲出气："哼，他会忘记，他娘老子总不会忘记的。"

"对了，找他娘去！"

"叫你家陈小刚去骂山门，他们是光屁股的小兄弟，怕什么呢！"

我也经常和老羊倌们坐在一起，主要是看孩子们玩耍，或者是参加他们的游戏。和孩子们在一起的时候你可以变得单纯而欢乐，兴致勃勃，想不起世界上还有那么多麻烦得使人疲惫的事体。可我的老伙计们不肯放我过门，动不动便要把我拉回这个现实的世界里。

"你怎么不讲话呀，姚晓明对你不错，你去提醒他几句。"

我笑笑，没有什么可说的。这些事情都是老故事，我的老账本儿里已经重复记载过千百遍，不新鲜，所以也想来点意识流：不会是这样的吧，他也许是太忙了，要不然的话，他为什么夜夜都钻在房间里？那室外的凉风，河边的蛙声，树枝间高空的繁星，屋面上月光如水，难道对他就没有一点吸引力？手里还拎着个大皮包，那又碍着谁，如果他不当官儿而拎皮包的话，谁也不会介意，拎只皮箱都可以。见人不理睬，眼睛看脚尖，这也需要仔细分析。有人见人就点头，其实并没有把人放在眼里。有人用微笑代点头，可那微笑往往会被人忽略的；最容易被人忽略的是眼睑，有人用眼睑与人招呼，轻轻地扑闪一下，表示稔熟、亲昵、心照不宣等的意味，老眼昏花的人看不出，还以为他是不睬你。真不想睬你的人是见而不视，不视必有视处，故意把眼光落在远处或斜在一边。见而不视和视而不见有区别，一种是眼神有所专注，另一种的眼神是散的，走路看脚尖的人也许连脚尖都没有看见。如此复杂而微妙的事情我不能轻信，必须亲自去试验试验。

姚晓明来了，果然是掖着皮包，眼睛看着脚尖。我和他来个正面迎撞，不偏不倚，如果他想见而不视的话，会远远地让到一边。他没有让，我没有避，待到快要撞个正着的时候，我才大叫一声："小明！"

姚晓明吓了一跳，停步发愣，瞬间苏醒过来："是你呀……"

"是我，我想提醒你，走路不能想事，现在的车辆、行人太多，地球上十分拥挤，得小心点。"

姚晓明无可奈何地摇摇头："谢谢你的关照，可我不得不思考一个问题，也是要向你请教的一个问题。你经常写写画画，我整天到会讲话，我们两个人都把语言当作常规武器，可我怀疑这语言到底有多少能量，能解决多少实际问题。"

"这……这……这就很难说了，有时候一言兴邦，有时候等于放屁，这要看你指哪个方面。"

姚晓明拍拍手里的皮包："喏，这个方面……少陪，我还要准备明天的发言。"

"请便。"我闪到路旁，让姚晓明回去，也不想提醒他什么了。每个活着的人都是醒着的，只是处于某种态势之中，势所必然，旁观者不明就里，以为他在昏睡，其实他比你还清醒些。

老伙计们见我不肯对姚晓明说什么，心里痒痒的，但又不敢直截了当地对他提意见。老人们还有老脾气，总是背后骂昏君，当面呼万岁，结果却使姚德明倒了霉。

姚德明是个大闲人，而且天生一副好脾气，他除掉对种花养鸟比较认真之外，其余的事情都有点无所谓。无为使他活得十分自在，从来不被别人说长道短；不争使他显得超脱而公正，差不多的小纠纷都来请他评理。姚德明的理也很有民族特色，着重于息事宁人，不去明辨是非，总是承认事实，用算了二字了结，"算了，算了，事情已经发生了，有什么办法呢，下次注意点。""算了，只不过踏瘪了你家的一只洋铁畚箕，我替你敲敲平，或者把我家的那只新的换给你。我就喜欢用旧的，晚上放在门外也没人偷。"你别以为姚德明有点荒唐，对维护安定团结还十分灵验。

老伙计们对姚德明就不大在乎了，当他把鸟笼子向香樟树上一挂，两个手指叉着下巴，正要入迷的时候，几位代言人便挨过来了，合伙发起攻击。

"老姚啊，你的画眉近来为啥不叫哇？"

"没有的事，这不是叫得很好吗。"

"见了你当然会叫了，是你养的。见了我们就搭架子了，头一缩，眼一闭，差点儿没把头颈夹到翅膀里。"

"你……你们是说我的鸟儿吗？"姚德明也不傻到哪里。

"说你家的那只大鸟，大鹏金翅鸟，官当大了，不睬人，不开口。"

"哦……算了，他不睬你你也别睬他，不讲话可以养元气，话多的人是活不长的。"

"长话可以短说，三言两语，开导开导我们这些不识时务的老头。"

"有空也可以到我们家坐坐，包公还微服私访，他怎么能和群众不沾边！"说话的是陈大奎，他的目标是很明确的。

姚德明在摇头："算了算了，什么开导开导哇，你们没见过'文化大革命'吗，谁和走资派有过接触，都要到专政组去检举揭发。瞎检举得昧着良心，不检举又过不了门，结果是多多少少都要瞎说几声。作孽，那刘少奇没有深入群众吗，还到人家炕头上坐过哩，结果是谁被坐过谁倒霉，不死也被打断腿！"

"别吓唬人啦，再来一次'文化大革命'我们也不怕，倒是要叫你家晓明当心点，那时候当官的都没有架子了，叫他站就站，叫他跪就跪！"

姚德明愣住了，一块乌云遮了天，他倒不是担心再来一次"文化大革命"，而是因为"文化大革命"给处世为人留下了宝贵的经验，鲜明的事例：

巷子的东头住着一位"文革"前的部长，姓沈，因为他戴着一副深度的近视眼镜，人家都叫他沈眼镜。沈眼镜不知道是生性特殊呢，还是眼睛不便，走路不看人，面无表情。话少得使人怀疑他的发音能力。谁登门求他办什么事情，他默默地倒杯茶给你，然后便像泥菩萨似的坐在那，默默地听你陈述，不点头也不摇头，直坐得任何人再也坐不住了，他便把人送到门口，连再见也不说一声，生怕说了以后人家还要再去找他似的。没有听说过沈眼镜伤害过什么人，也没有听说他在工作中有什么严重的官僚主义，可是巷子里的人都骂他，骂他比死人多口气。只有孩子们对他还不错，因为他见了孩子便满脸笑，有时候还蹲下来，让孩子们轮流去摸他那厚墩墩的眼镜片。

巷子的西头住着一位老方，曾经当过一家大工厂的党委书记，听说老方打过游击，能在很短的时间里把一个村庄上的人都弄熟，而且知道哪个孩子是哪家的。他和巷子里的人个个熟，老的老叫，小的小喊，拍拍青年人的肩膀，和妇女们说几句笑话什么的。不管什么人去求他办事，他都笑哈哈地点头："行，只要我能办到，一定尽力而为！"他办到的事情并不多，但也总能办一两件，比如替妇女们买点零头布，为谁买点边角料之类。

此二人在"文化大革命"中都免不了挨斗，这是在劫难逃的。可这斗轻斗重，真斗假斗，伤皮伤骨丧命等等却因人而异，一般都和各自的处世为人大有关系。沈眼镜被打断了脊梁骨，真的丧失了说话的能力，张开嘴巴没有声音，滴滴答答地流口水。如今由他的老伴揽着，弓腹、瘸腿，每天在巷子里走个来回，算是锻炼。他见了孩子还停下来看看，歪头，斜眼，白眼珠子直翻，吓得孩子们连逃也来不及。那老方虽然也离休了，可他还能贡献余热，担任着什么顾问和理事，经常收到请帖，吃得胖乎乎的，忙得乐哈哈的。

姚德明东张西望，左思右想，总觉得儿子的处世为人有问题，内中潜伏着某种祸患与危机，即使没有"文化大革命"，可这祸兮福兮，种刺的总不如栽花的。姚德明对儿子的事从不过问，这件事却不得敲敲他的木鱼头，乘着吃饭的机会发话了："晓明，我想问问你，你这个芝麻绿豆官准备当到哪一天？"

"啊，当了半年多啦。"姚晓明心不在焉。

"我是问你能当多久？"

"绝不会天长地久，一任是四年，连一任是八年，但愿不被撤职不连任。"

"噢，最多也只是八年抗战，看得见的，战争结束后你是准备进京呢还是出国留洋去？"

"都不可能，最后还得向你学习，种花养鸟，每天早晨吃碗焖肉面。"

姚德明把酒杯一放，"呔，你少了点火候，学不会。我看你是在向沈眼镜学习，到头来是瘸腿瘸脚，由老婆揽着在巷子里锻炼！"

"没有那么严重吧。"姚晓明还是笑嘻嘻的。

"不要嬉皮笑脸！为官是一时，为人是一世。你上了台就不睬人，下了台谁睬你，不当官不要紧，要紧的是不要被人家说长道短，到时候你可以平安自在地坐在树下听鸟叫，那些不咸不淡的话就不会飘到你的耳朵里，顺风得意的时候不要把篷扯足，否则要翻船，船翻了还没人救你！"

金惠芬也担心了："是呀，我也听人家说，说你是一阔脸就变，晓明，你变了没有呢？"她总觉得儿子没有变，外间的闲言全是嫉妒。

姚晓明却满口承认："妈，是变啦，我发现人一阔脸就黑，所以那戏台上的包公是黑脸，可惜我黑得还不够深，不够硬，索性黑得像块铁，人家倒也没有什么可说的，还称赞你是铁面无私哩!"

金惠芬听得出，儿子好像在和谁怄气，她在厂里当过工会小组长，能把生气的女工说得笑起来，而且自成一理:"晓明，别生气，这些事情不能怪你，你干的工作是露天作业是爬电线杆子的，戴上凉帽也没用，脸总是要黑的。现在的化妆品很多的，你可以搽点增白粉蜜，使得黑脸变白脸。巷子里人的也只是要你关照，修修路，修修石驳岸和水码头，隔壁的陈大伯也来过了，要你帮小刚解决房子问题，你若能把这两件事办好，连增白粉蜜也用不着买，人家会替你涂脂抹粉的。那老方办过什么大事呀，只不过买买零头布和边角料，说起来就是两样的。"

"那不行，我早就拿定主意了，绝不利用职权办私人的事情。"

"什么私人的事情呀，是我们家要房子吗? 你当了官不要房子，已经十分大公无私了，还要怎么的。不要把话说绝呀，放在心上，考虑考虑。"金惠芬把儿子当作工会会员似的。

姚晓明只向老头子让步:"爸爸的意见我可以接受，前些时候实在是忙昏了，进进出出想问题，人家还以为我是拿架子，轻骨头，这事情一定放在心上，一定注意。"

姚德明也满意了:"算了，以后注意点。"

姚晓明果然开始转变了，我首先发现他不再拎那只大皮包，走路也比较从容点，只是对巷子里的事还是漠不关心，精神也有点萎靡。人们见他没有了那副雄抖抖的样子，看上去好像也舒服些。

终于有一天，陈大奎向老伙计们报告好消息:"怪了，姚晓明今天主动和我打招呼，喊了一声早，我开始不敢答应，以为有什么大人物站在我的背后，回头一看没有人，转过身来见姚晓明笑嘻嘻地站我的面前，问我的身体可好，还劝我戒香烟。"

"对他谈过房子的事吗?"

"急啥呀，只要他像个人，总归会讲交情的，今天突如其来，没准备。"

"我看是未可乐观，他首先劝你戒香烟，这就是封住你的嘴。如果你请他买烟的话，他会说:'戒掉算了，那玩意儿是有毒的。'如果你请他弄房子，他会说:'克服克服吧，缺房的人多着哩。'这小子鬼得很，油缸里的西瓜，抓不住的。"

陈大奎又犯愁了:"嗯……这话倒也可能，看来还得盯住他的娘老子，上回刺了一下姚德明，还是有效果的。"

其实，姚晓明的转变和他娘老子的教导并无太多的关系，主要是他终于认清了一点，那语言的力量是有限的。他花了那么多的力量去准备发言稿，干什么呢，回过头来看看，那些讲话只不过是一种气氛，一种礼仪。人们都热衷于开大会，那是造声势的，大会的本身并不解决多少问题，也不准备解决多少问题，问题的解决是在会前或会后，在私下的商量和范围内的统一，大会发言讲得再好，那也只是喇叭筒，不是定音器，管你讲得天花乱坠，什么热烈欢迎，大力支持，等到人家把手一伸：批钱！这个嘛……完结，漂亮的言辞等于向墙头刷白水。

姚晓明也弄不明白，还有点愤世嫉俗，那些并非日理万机的人为什么自己不写发言稿，而要秘书代劳。现在懂了，就是那么回事，不必在此多费精力，算了，所有礼节性的发言全交给秘书起草去。

秘书小黄也是个大学生，刚从秘书班分配来的，接受任务后十分高兴，要大显身手："请放心，你的发言稿我都研究过了，知道你喜欢讲些什么内容，也知道材料是从哪里来的，我保证写得合乎你的思路，而且保持你的风格和语气。"

姚晓明愣了一下，危险，好好的一个人才，差点儿无用武之地。

发言稿不写了，那西洋拳击也收回。拳击比赛不适合中国的国情，太残忍，太刺激，更主要的是目标不明确，拎着两只皮拳不知道该打谁，远的打不着，近的打不碎，打谁谁都叫唤："哎啊啊，这事和我没关系。"只能运用太极拳的硬功，转圈子，瞅空子，等时机，顺水推舟地办那么一两件。姚晓明也在报告上批"已阅"二字了，每当写上这两个字的时候便会想起历史上有几位聪明的皇帝，他们常在奏章上批三个字"知道了"，已阅和知道是同义词，古代用的是白话，当今却用的是文言。

老路到底好走啊，千百万人已经走了多少年，陡弯拉直了，路面碾平了，桥梁都是钢骨水泥的，有路标，有红绿灯，有加油站，有停车场，设施十分齐备，只是因为车辆太多，限速十五公里，想超车可有点危险。

姚晓明暂时也不想车，只是想办法把方向盘抓到自己的手里，他已经摸准了关键所在，憋气去写发言稿是干了一件吃力不讨好的傻事，根本的问题是要把人事和经费抓在手里。这一抓果然非同小可，人们对他立即肃然起敬，敬而生畏。再也没有人敢嘻嘻哈哈地请姚祝贺到会讲话了，生怕到了现场后会发脾气："你们这会议的预算是怎么造的，说是三百人，实际上只有一百几，横也钱不够，竖也钱不够，可哪来这么多的钱搞旅游，摆宴席！"人们还摸不透姚晓明的脾气，新官上任之后要检查防火设备。

姚晓明轻松多了，生活也正常了些，回来时和张三说说话，和李四点点头，晚上也到门外的空地上坐坐，和人们谈谈天气。有一次居然还跑到我的小楼上来。

"你好哇，还在写吗?"

"是呀，多少写一点。"

"这就对了，不写也不行，多写了伤身体，多少写一点最为适宜。"

我以为他来找我说什么事，说了片刻却全是礼节性的。"怎么样，你最近好像不那么心事重重了。工作顺手了一点?"我把话题转换，想听他谈谈当官的体会。

姚晓明笑笑:"也谈不上顺手，只是摸了一点规律。干什么事都一样，开始的时候都是想象大于实际。世界上的事情存在的不一定都是合理的，可是存在的却都是有理的，有历史的渊源，有连带的关系，复杂得很呢!"姚晓明没有讲什么具体的内容，却也透露了一些内心的奥秘。

我听了以后也说不清是忧是喜，总觉得这些话十分熟悉，我那老账本儿里处处都有记载，包括我自己的经历。

老伙计们对姚晓明的此种举动表示欢迎，说他已经有了个人样子，而且变得平易近人。这种平易近人有些装饰意味，总比搭架子要好点，相互之间可以有机会直接对话，用不着唱隔壁戏。

"姚×长，你为官一场总要留下点什么东西，让巷子里的人永远记住你。你和老方、沈眼镜不同，他们是外来户，你是土生土长的，你的根在这里。往年间，我们这条巷子铺的石板，沿河有长条石做栏杆，孩子们不会掉下河，老人们可以坐在上面休息。后来深挖洞，把石板撬去砌洞壁，马马虎虎地铺了些碎砖头，石栏杆也没了，巷子里的路坑坑洼洼的。你应该做做好事，把巷子恢复到原来的样子，虽然不会刻块石碑纪念你，那口碑也会世代相传的。"

姚晓明连连摇手:"不敢当，我个人不能决定问题，这种事城建部门有计划，要分期分批修理，欠的账太多，经费又是有限的。"

"完了，你这么一说我们就没有指望了，一条河岸要修两三年，而且先修在风景旅游点，等到修到我们这里呀，我们这些老哥们儿早就困上铁板啦!"

"不会不会，大家多多保重，长命百岁，再见……"姚晓明赶紧脱身，不敢纠缠，他要守住最后一道防线，绝不做任何承诺，去办与己有关的事体。

那陈大奎可就很难摆脱了，姚晓明下班回来的时候，常常发现陈大奎已经坐在家里。关于替陈小刚弄房子的事情几次都被姚晓明回绝了，所以陈大奎再也不讲话，三日两头来坐坐，坐在门边的那张方凳子上，闷头抽烟，那光秃的脑门上汗珠儿冒冒的，烟雾在堂屋里弥漫，弄得家里的气氛像沉闷的黄梅天。

姚德明见到陈大奎来就不知如何是好，这事情不能用"算了"二字了结，只好拎起水壶浇花去。

金惠芬见到陈大奎心就皱起来，好像欠了人家的债还不出，害得人家一趟趟地跑，像坐班房似的坐在那里。这老头儿可不是放印子钱的，他一生一世只帮人，不求人，如今却为了儿孙活受罪，可怜。金惠芬生怕陈大奎受冷落，一面做晚饭，一面替陈大奎泡茶，递烟。

陈大奎不喝茶，烟也只抽自己的，不抬头，不看谁，静坐示威。

姚晓明回来以后也只好陪坐，避开陈大奎是于心不忍的，他虽然记不清曾经吃掉他的一箩棒棒糖，但也没有完全忘记自己的青少年。那时候天天在陈家玩，和陈小刚一起滚铜板、搬砖头，妈妈做夜班的时候，他便和陈小刚睡在一张床上。那已经去世的陈大妈对他像亲生的儿子似的，他和陈小刚一起闯祸，挨屁股的总是陈小刚，从来没有责怪过自己，自己吓得哭起来了，陈大妈还要替他擦眼泪："别哭，都是小刚不好，不怪你。"这些姚晓明都忘记不了，也不敢忘记。不计前仇是中国人的美德，忘恩负义是大逆不道的。如果是为了买香烟的话，他绝不会让陈大奎跑第二回，可这弄房子的事情实在无能为力。不能以权谋私的道理已经讲过几遍了，那陈大奎就是不信，他能举出许多事例。某某人为儿子弄了一套房子，某某人为孙子也做好了准备，某某人为了老部下，某某人为了小兄弟，人家都有办法，你为啥无能为力？姚晓明也无法否认这些事实，只好来硬的："是的，我就是不想干这种事体！"你来硬的，陈大奎就来软的，静坐而不绝食，坐到金惠芬把饭菜端上桌子才起身告辞："我回去吃饭了，明天见！"

金惠芬挽留了："就在这里陪德明喝两杯吧。"

"免了，没有这点情趣。"

金惠芬拿着一把筷子直发愣，散开筷子直叹气："晓明，你想想办法吧，再这样下去我就要生癌了，心里老像有个块似的。"

"无法可想啊，妈。现在的房子都是单位所有，小刚的房子要靠他厂里解决。他那片机械厂是无本单位，别说造职工宿舍了，连发工资都有问题，我不能利用职权胡搞一气。"

"是呀，妈也知道你为难，你想当个好官，好官要大家当，一个人是当不成的。"

姚德明火了："算了，孬官也不能当，干脆，辞了，辞了算，不当官的时候大家和睦相处，当了官倒反而生长嫌隙，那陈小刚还没有来骂山门哩，他可没有耐性坐冷板凳的！"

果然，陈小刚熬不住了，乘着姚晓明上班的时候拦在大门口："姚晓明，你还认识我吗？"

姚晓明知道不妙，笑笑："小刚，这是什么话。"

"什么话？大老粗的话，小工人的话。你小子抖起来了，只顾自己往上爬，忘了光屁股的小兄弟，哥儿们哪一点搭不够，小时候替你挨屁股，'文化大革命'又为你当打手，肩膀上挨了一刀，差点把耳朵砍掉……"

"哎呀，现在还提这些做啥。"

"别装样了，做啥你还不知道？兄弟没出息，没有文凭，没有职称，没有办法才求你拉一把，安顿个狗窝什么的。可你架子十足，官话连篇，装得倒像呢，装给别人看看也就算了，装给我看大可不必，你身上有几根肋骨我都摸过的。"

"小刚，这事情并非我不肯帮忙，实在是……"

"实在是有困难，对不对？怪了，没有困难还找你干什么呢，肯帮忙为朋友两肋插刀，不肯帮忙连拍只苍蝇也害怕传染。算了，我活到三十多岁总算认识了一个人，去吧，当你的官去……"

姚晓明气得腿都发软，大清早，劈头盖脸地被骂了一顿，而且不容分辩，这官实在不是人当的；人人都反对利用职权，不利用职权又被骂得狗血喷头。姚晓明反躬自问，当官到底有什么好处呢？不错，当了官有汽车坐，三日两头去参加宴会，那工资也增加了一点。可是坐汽车是为了陪客人，赶会议，那天晚上老婆发高烧，还得自己用自行车把她推到医院里。宴会也是个负担，多吃了没滋味，还不如晚上回家吃碗菠菜肉丝面。增加的那点工资嘛，还不如摆一天小摊头。还有什么呢？对了，还有点名气，那电视台的地方新闻里经常有自己的镜头，讲话，剪彩，握手，干杯。可那看电视的知识分子也真缺德，说自己是"功勋演员"，够挖苦的。

姚晓明窝着一肚皮的气，慢拖拖地跑到机关的大门口，见那辆桑塔纳已经放到大门口，秘书小黄正急不可耐地看手表哩。

"姚×长，快点，八点半塑料制品厂开工剪彩，中午便饭，上车吧。"

"不去！"姚晓明火了，"又是剪彩，宴会，不剪彩就不能开工吗，白白地浪费金钱！"

小黄不明白这内行人怎么说出外行话来的，"不不，一点也不浪费，开工剪彩开大会，电视台要播新闻，报纸上要发消息，这比做广告的效果好，拉拉关系还省了钱。"

姚晓明只好翻眼睛："嗯……高见，那就请你走一趟吧，代表我参加会议。"

"那不行，你不去就降低了新闻的价值，到时候电视台不播，报纸上不发，没有做成，白花了三五千，那才是真正的浪费呢。"小黄拉开车门，"为了增产节约，快上去！"

姚晓明钻进了汽车，无可奈何地摇摇头："我这不是成了广告人啦！"

"嗯，有那么一点意味，可是这种味道很美，有人吃不够，有人想尝还尝不到呢！"

姚晓明叹了口气，又去尝那不知道会不会够的滋味。

厂长站在门口欢迎，两旁有人拍手，进休息室，登主席台，念讲稿，拍电视，行礼如仪，足足搞了两个钟头，然后全场出动，拥到车间门口。门口有两个漂亮的姑娘拉着一匹红绸，四五斤重的大彩球悬在中间，拉平了也很费力，两个更漂亮的姑娘托着两把剪刀走到剪彩人的旁边。姚晓明已经明白此举对反浪费的意义，特别把动作放慢点，照顾一下摄影的和录像的。不料旁边的那位剪彩的朋友却有点不明大义，拉起来就是一剪刀，使那只彩球半边悬空，晃晃荡荡的。人们已经哗哗地鼓掌了，姚晓明的剪刀才张开口，他想加快速度使劲铰，食指根儿上磨破了一块皮，虽然没有出血，却也有些火辣辣的。姚晓明觉得今天太晦气，出门挨了一顿骂，剪彩又磨破了手上的皮。

塑料制品厂的张厂长感到姚×长今天有点不如意，脸上的肌肉绷得紧紧的，他想不出有什么怠慢之处，只能格外小心点。他知道姚晓明已经不是当初的姚祝贺了，批钱批物是说了算的，所以在陪姚晓明参观车间的时候先挑好的说，把困难和要求放在后面，领导心情不好的时候千万不能提要求，提十个要求至少有九个会泡汤的。

"姚×长，请从这边走。你看这厂房，宽敞、明亮，温度也可以调节，外商见了也很惊讶。你看这两条流水线，我们只花了很少一点外汇引进关键设备，其余都是国内制造的，在设计上也很有特点，我们能在十二小时内把机械调整好，生产新规格的东西。塑料制品最大的特点便是多变，差不多要每月翻花样。别看我们不出什么名牌产品，可是名牌产品少了我们就不行，我们甘当配角，可这配角的收入比主角的收入还要高一点，而且不担风险。张三的牌子倒了，我们便替李四当配角去，两年之内可以收回投资，而且可以上缴一亿元的利税。"张厂长也不乱吹，这些都是经过测算的。

姚晓明对张厂长的比喻有点不满意："这么说起来当主角的反而不如当配角的，你不觉得这事有点不合理？"

"合理，完全合理。当主角的有名声，由名而得利，名利是可以互换的。当配角的没名声，应该多拿几个呆头钱，一个活的，一个是死的，算下来还是公平交易。"

姚晓明笑起来了："不简单，倒给你发现了一条名利互换的价值规律。"

"哪里哪里，这条规律也是被你迈出来的……请从这里走……喏，这是我们厂的心脏，模具车间。"

模具车间显得不那么整齐，几台机床横七竖八地放着，钳作台上也是乱糟糟的。四五个工人站的站，坐的坐，有个小胡子还坐在高脚凳上抽香烟，也不把个厂长放在眼里。

张厂长在模具间的门口迟疑着，不知道那准备好了的要求该不该提。照理说，提要求的最好场合是在宴会上，是在那种闹嚷嚷称兄道弟的时候，可他知道姚晓明从来不喝酒，只喝橘子水，倒不如趁他脸色泛活，目睹现状的时候把要求提一提。

"姚×长，你都看见了，这模具车间是我们工厂的心脏，可我们的心脏不健全，影响到产品的更换和竞争的能力，如果不追加一些贷款的话……"

"你们早干什么的，怎么能让心脏不健全的人去参加运动会！"姚晓明不假思索地便顶回去了，现在的领导有句格言：要命有一条，要钱是没有的。

"是呀是呀，当初有钱的时候国内没有合适的设备，现在设备有了却又没有钱。预算内的钱也不是瞎花掉的，税，原材料涨价，等等，各种爪子都来掏你口袋里的钱，没有一只不是魔爪，都是抓不住的，只能抓住你。我也知道你有难处，我的难处比你还多呢，钱也不是万能啊，有了钱还得有人，这熟练的模具工到哪里去找呢……"

"模具工！"姚晓明的脑子里忽地一亮，气势汹汹的陈小刚又出现在眼前。

"对了，模具工。现在要找个能干的模具工，比要找个不能干的工程师困难十倍。你看见那个小胡子了吧，二级工的水平，八级工的派头，没有办法，就算他还懂一点。"

姚晓明脱口而出："我向你推荐一个模具工，一把好手。"

"谁，叫什么名字，在哪里？"张厂长表现出极大的兴趣，好像比贷款还重要似的。

"叫陈小刚，在建新机械厂，那里的产品是定型的，英雄无用武之地。"

"好极了，建新厂的厂长和我很熟，没问题。"

"有问题呢，那陈小刚要一套房子。"

"房子……有，我们的新工房保留了几套，就是为了招贤的，给！"

姚晓明没有想到这么顺利："你倒很爽气。"

"并不是我爽气，实在是你帮我解决了一大难题，姚×长，那钱……"张厂长直视着姚晓明。

姚晓明也很爽气："有什么可说呢，既然得了心脏病，总得想办法医。"

"哦，谢谢，你一下子为我们解决了两大难题。请，先从这边走……"张厂长陪着姚晓明向餐厅走去。

姚晓明浑身轻松，歪打正着，无意之间掏出了喉咙里的一根鱼骨头，要不然陈大奎静坐示威，陈小刚骂骂咧咧，那日子也是不好过的。他又反躬自问，这算不算以权谋私呢？不算。塑料制品厂的困难总得解决，最多的是时间长短和利息的高低；陈小刚的调动是人尽其才，调动中解决住房，更是两全其美。这一次打破惯例，竟然在宴会上喝了两杯。

姚晓明回家以后，首先向妈妈通报了消息，使老人家得到宽慰。

金惠芬合掌念佛："阿弥陀佛，我马上去告诉陈小刚，关照这个憨大，人家要调立刻同意，不要挑三挑四地再生枝节。"

"妈，你还要关照他，目前不要到处乱讲，事情虽这么说了。成不成还是另外一个问题。至于房子，那是要拿到钥匙才能算数的。"姚晓明对于诸如此类的事情知道很多，只要哪个环节上出点差池，或者是半腰里杀出个程咬金等等，事情就会吹掉，或者是无限期地拖下去。当今谋事的人，说话都得留有余地。

也许是姚晓明过于谨慎了吧，也许是他还没有意识到自己的权力。对于权力他只是从外部看到一些弊端，而未能内中领略到它的微妙与神奇；他只知道简单粗糙的以权谋私，还不懂得精致巧妙的以权示意。

二十天以后，也是在快要吃晚饭的时候，陈大奎领着陈小刚到姚晓明家来了。他左手拎着两瓶酒，右手拎着两盒人参蜂王浆，进得门来便高声喊："金师傅，还没有吃晚饭吗？"声音响亮，喜气洋洋，不像以前那样愁眉苦脸，沿墙摸壁。

金惠芬从厨房里迎出来，一看就明白了："哎呀，成啦！"

"成了，房门的钥匙也拿到了！"陈小刚说着便从裤腰的皮带上摘下一根长链条，使劲一拉，哗啦一响，四把明晃晃的钥匙从右边的裤袋里跳到空中，他乘势把手一拳，捏着链条的末端，把钥匙舞得似长夜后的晨光，峨眉上的佛光，梦幻般的极乐之光。陈大奎张开嘴巴看着，眼睛里含着泪水。

陈小刚把手一顿，簌的一声，链条和钥匙全部收进了掌心，像耍把戏的人收回链镖似的。他掂着钥匙向姚晓明深深地鞠了一躬："兄弟，我不知道怎么才能感谢你，如果……如果……"他实在想不出什么够朋友的词儿了，"如果再发生什么事，兄弟还得为你卖命！"

"瞎说八道，你什么时候才能忘掉这些梦话呢，好好干吧，那工厂的条件是不错的。"

"没话说，我们模具间是计件工资，上不封顶，下不保底，我甩开膀子干，收入能增加一倍。晓明啊，这回我可对你服了，你稳稳当当，不声不响，嘴上拒绝，心里帮忙，够意思的！"

姚晓明知道这些都是恭维话而且与实际情况不符，可是恭维总比谩骂好听些，这事情办得确实很漂亮。一箭射下双雕，那老雕的嘴里还有一只老母鸡："怎么样，以后不要骂人了吧。"

陈小刚打躬作揖："算了，别揭兄弟的疮疤了，我这人的脾气你还不知道吗，没有坏心，却有臭嘴。"

陈大奎听不懂他们的话，小刚骂山门的事情他不知道，倒是觉得双手沉甸甸的，唉，礼物还没有亮出来呢。他把酒和蜂王浆放到桌子上："实在不好意思，只能表表心意。"

姚晓明嚷起来了："哎呀，大伯，你这是干啥呀，我怎么能收你的东西！"

陈大奎明白过来了："别嚷嚷，这事和你没有关系，我不会叫你犯错误的，这酒给你爸爸喝，蜂王浆给你妈妈补身体，怎么样，谁能禁止老百姓相互送东西。"

金惠芬笑哈哈的："大哥，这蜂王浆我不能吃，吃了嘴唇边上会起泡的。"

"德明，这酒你总能喝吧，你每天都得弄几杯。"

姚德明望着陈大奎，不冷不热地点点头："嗯，酒是天天要喝的，可我怕喝你的酒，也怕你天天坐在我家抽香烟。"

陈大奎连忙转身："好好，以后再也不来了，再来你就把我轰出去！走吧，小刚。"陈大奎拉着儿子，急忙往外溜。

姚晓明跟着叫喊："大伯，你回来……唉。"他看着桌子上的礼物说："妈，等会儿你把它送过去。"

金惠芬摇摇头："不行，送回去会叫人难堪，还以为你嫌礼轻呢。放着，等小刚搬家的时候我们送他一块玻璃匾，礼尚往来嘛，到处都是送来送去的。"

姚德明戴上眼镜，把玩酒瓶："看样子我以后不愁没酒……咦，这酒的招牌有点不对，现在的冒牌酒多得很，不知道是不是有毒的。"

金惠芬还没有来得及去买玻璃匾，陈小刚已经开始搬家了，那急吼吼的样子好像害怕有人抢房似的。可是想快也快不起来，半瓣巷的路不好，不能走卡车，只能在下班以后借辆黄鱼车，一趟趟地走来回，像蚂蚁搬家似的。

下班时候巷子里的行人多，自行车的铃响成一片。陈小刚推着黄鱼车，车上装着箱笼、被头，还有那摇摇晃晃的落地电风扇。菜篮子、柳条筐、纸板箱都是泡货，便用绳子吊在车子的两旁和那后面的铁栅栏上面，小小的一辆黄鱼车膨胀成一堆庞然大物，陈小刚的老婆坐在大物的中间，一手稳住电风扇，一手抚住洗衣机，眼睛看着车后，防止丢东西，嘴里还得吆喝："喂喂，让开点，让开点，让开点！"车轮有时陷入凹塘，过路的邻居便来帮推，放学的孩子瞎起哄，站在路边当啦啦队："一、二，加油，噢，走喽！"使得这个小小的搬家运动搞得热热闹闹，轰轰烈烈，等于是向巷子里的人发布消息："陈小刚弄到房子了，是姚×长帮忙的。"这事非同小可，弄到房子和中了头奖是一样的，中头奖还得买奖券，弄到房子却不花一分钱，那点礼物不能算，人家还得回送一块玻璃匾。

陈大奎坐在树荫底下看热闹，不帮忙，不动手，只是一个劲儿地向老伙计们派香烟，好像他的儿子又结婚似的。老头们和他开玩笑："大奎，你不去帮推一把吗，不心疼儿子也心疼媳妇呢。"

陈大奎一本正经，发表宣言："嘿嘿，我早就声明过了，我为儿女操心只忙三件事：结了婚，生了孩子，有了房子，结束。从此以后万事不管，早上一碗面，下午一档书，晚上坐在电视机前打瞌睡。"他抄起双手，翘起大腿，脚尖儿在地上踮几踮，一副功成名就、死而无憾的派头，使得老伙计们十分羡慕，有点眼热。

"是啊，我们这些人忙碌了一世，还求个什么呢，能完成三大任务就是上上大吉。"

"那也得碰运气，你陈大奎如果不碰上姚晓明，只好投河上吊去。"

陈大奎连忙放下大腿，好像是提到某个伟大人物便要立正似的："那当然，那当然，没有说的。看样子我们以前错看了姚晓明。这人表面冷淡，心却是热的，知恩图报不放在嘴上，而是记在心里，过头话不说，空头支票是不开的。"

"他比巷子西头的老方好，那人表面热情，样样事情都答应，其实是个滑头，像这种弄房子的事情他绝不会干，除非是为他自己。"

"我早就说过啦，官总是要有人当的，当得越大越好。如果姚晓明将来成了大人物，这里就是他的故居，就是个旅游点，我们后人可以在故居的旁边开小店，卖卖旅游品和橘子水，世世代代都受益。"

"哪百年的事呀，我们要讲理的。陈大奎，你也不能自私自利，不顾公益，再去找姚晓明说说，快把我们这条巷子修修好，修好石驳岸和水码头。你说比我们管用，还可以在那一箩棒棒糖里再榨点油水，杨柳枝上的仙水大家洒洒呗。"

"不行不行，我不能再去了，再去说事姚德明会我轰出来的，"陈大奎当然记得，那闷头抽烟的日子也不是人过的，欢乐的后面总有痛苦的回味，"你们去说嘛，你们哪个和姚家没有关系，大家的事情大家出力。"

老伙计们一起出力了，不把功劳全让给陈大奎。乘着姚晓明在门外纳凉的时候，便搭讪着凑了过去。不知道是什么缘故，人们对姚晓明突然起了敬畏，态度和言谈都不像以前那么随便。

"姚×长，吃过晚饭了吗？"官衔正式启用了，姚晓明、小明、小姚等再也叫不出口。

"吃过了，等着洗澡呢。"

"今天有点闷热。"

"是呀，温度高，气压低。"

"预报今晚有雷阵雨。"

"那好，下一场大雨也可以凉快点。"姚晓明是问一答一，问的都是废话，答得也很随便。他轻松自若地看着几位拘谨的老人，等着他们亮底。

"雨下大了可不好哇，这巷子里坑坑洼洼，到处积水，小孩子上学，老太太买菜，行走都不方便，上次下大雨的时候，有三个小孩滚得像泥猴。"

姚晓明笑笑，果然不出所料。自从无意之间解决了陈小刚的房子以后，他便有意识地去查问过这件事体，如果把权力当作流体力学来研究的话，那还是有门儿的，液压传动比齿轮传动平稳而又减少摩擦力。他虽然还没有什么明确的打算，可这一次却不想脱身溜走，反而主动进击。

"怎么啦，你们的意思是要叫我说说话？"

"是呀是呀，你说一声不就解决了吗。"

"没有这么容易吧，我早就对你们说过了，这件事情城建部门有计划，不是哪个人说了算数的。"

"哪……你不说我们也就看不见了！"

"看得见，会看得见的呀，不要性急。"姚晓明不做明确的答复，可也没说希望大家长命百岁，话音中有某种确信，包含着某种契机。

别以为老头们不识时务，他们都是饱经世故的，当官的人只能把话说到这一步，怎么样，还能叫他写个字据给你？一个个说了些恭维话之后，又把话题转向了天气。

当天晚上果然下了一场透雨，那呼呼的风声整夜没有停息，秋天乘着风雨，也就悄悄地到了人间。

这年的秋天雨水特多，太阳成了稀罕的东西，巷子里经常积水，那水塘是很难干涸的。我躲进小楼成一统，不出大门边，可那窗外的风声雨声和行人的怨言却是关不住的。深夜常听见有女人的急叫，哇！一脚踏在水塘里。接着便是一阵咯咯的笑声和骂声，那是下班的女工们。

"这条阎王路什么时候才能修哇！"

"姚×长已经忘记了吧，他反正是坐汽车的。"

"不对，他每天也得走进走出，汽车开不到大门口。"

"好，那还是有希望的。"

希望总是在等待之中，只有等到几乎是无望或已经淡忘了的时候，她才突然来到身边。

第二年春暖花开的时候，巷子里突然翻了天。小板车像一条长龙，运来了黄沙、石子和水泥；机帆船啪啪作响，从小河里运来石板、石条和六角形的水泥砖。树底下和码头边，物料堆得像小山似的。

施工队开进来了，每人推着一辆自行车，自行车的后面拖着元宝车，元宝车上放着绳索、钢钎、铁耙、畚箕之类。

巷子里的站在门口看，像欢迎一支英雄的部队，围着领队的施工员问这问那的："什么时候能修好哇？"

"快得很，六十个晴天。"施工员把手一举，伸出大小两个指头。

"骗人，前年大新街上修驳岸，拖拖拉拉地修了一年！"

"那是什么时候哇，现在是包工、包料、包工期，拖一天要一百块钱！"施工员是老门槛，到哪里施工都得搞好群众关系，"往后要靠大家多多关照，我们这里都是农民工，早出晚归，元宝车可以用链条锁起来，零星的工具要存放在哪位的家里。"

"没问题，放在我家门堂里。"

"还得麻烦大家，供应点开水，我们付钱。"

"算了，你那两分钱丢在地上也没人捡。"

老人们关心后事："这石驳岸怎么修哇？""河边上有没有石栏杆？"

施工员眨眨眼睛："老伯伯，这些事情你就别问了，我祝贺你们有福气，能和姚×长居住在一条巷子里。老实告诉你们吧，这条小河全长八公里，沿河的驳岸和巷子都要修，全部修好也不知道是哪一年。你们这里是先行，是样板，是典型，做出个典型来再要钱，你们想想看，这工程的质量还能差到哪里，我们能在×长的门前拆烂污吗？不要面子也要皮，什么石栏杆木栏杆哪，你们没有见过现代化，小打小闹的。"施工员的话很多，人也风趣，乐得老头们轮流请他抽香烟，每天供应四瓶开水。

半瓣巷兜底翻了，先埋污水管，再用六角水泥砖铺路面，路面向河边拓宽了一米，小轿车、面包车、搬家的卡车都能开到各家的大门口。先看路，再修石驳岸和水码头，可以使来往的行人少受罪。施工的程序很合理，不像某些市政工程，先扒了再说，立个项目，然后等材料，等经费，弄得行人叫苦连天。

老伙计们有事消遣了，天天坐在门口，看着这项典型渐渐地显出魅力，他们原来的希望只是想恢复旧貌，眼前的景观却令人瞠目结舌，哪个园林的一角，突然飞来门前！

水码头修得宽阔平整，贴水的平台可以站十几个人，石驳岸上还嵌进了石雕的虎头，这是仿古之作，是准备给游艇和船只系缆绳的。沿着石驳岸修起了长长的藤架，种着紫藤和十姐妹，这玩意儿有点现代化，像什么高级宾馆里的绿色长廊似的。设计得倒也巧妙，T字形，水泥结构。一根柱子浇筑在石驳岸边，柱子之间有水泥栏杆相连，栏杆的上半部向外弯曲，下半部像条长椅，可以坐人的。这就使得藤架的半边是架在小河上，面向各家半边是悬空的，借用了河上的空间，使各家的门前不感到窄逼。

各家门前的空地上都铺着小块花岗石，在那棵香樟树的两边造了两个花坛，花坛造得好看，椭圆形，白水泥里加了颜料，呈紫砂色，简直是两个巨型的花盆。盆内种着夹竹桃和罗汉松，还插着几块狭长的青石片，完全是仿照某种并不高明却可点缀的盆景制成的。

附近的人都来参观，过往的人也多了一点，夜晚还有小青年跑来谈恋爱，不是坐着谈，而是一对对地伏在栏杆上面，城市里的鸳鸯也很可怜，哪里有空当便向哪里飞。麻烦的倒是那些小汽车，大街上无处可停，便拐进巷子里来停一会，因此也有人提议，要派个惹不起的老太太戴上红袖章，去收他们的停车费。

夏天又来了，夹竹桃开花，紫藤蔓延，树叶青青一片。夕阳西沉以后，各家都把小桌子、小凳子、藤椅子搬到门前花园里，吃饭、饮茶、乘凉、聊天。年轻人喜欢造气氛，拉出临时电线，把那种一长串的红绿灯系在藤架下面，一亮一熄，放流行歌曲，喝雀巢咖啡，好像坐在酒吧间里。孩子们玩疯了，你叫他喊，东奔西跑，捉迷藏，抢龙尾，大人们很放心，随他们去，反正那河边上有栏杆，掉不下去。夜晚变得十分迷人了，花影扶疏，凉风习习，红绿灯此起彼灭，孩子们的欢声笑语使人心醉。

我在小楼上坐不住了，每天都参加乘凉晚会，徜徉在这露天俱乐部里，和几位老伙计围着一张小桌子，把浓茶喝成白开水，把那些古老的故事，当今的故事再重复几遍。

姚晓明也与民同乐，不再闷在家里写发言稿什么的，有时候也踱到我们的桌子边来，像来了解民情似的。

"各位都好吗，都在谈些什么呢？"

老伙计们忙不迭地站起来，我也不敢老三老四地坐在那里。

"姚×长，今年的夏天都在谈你！"

"哦，我有什么可谈的？"

"巷子里的人都说啦，要不是你帮忙的话，看，这露天花园怎么能造到大门口！"

"啊……话可不能这么说呀，这是按计划办事，我只是在讨论计划的时候反映了你们的意见，希望他们不要做表面文章，不要把工程都放在风景旅游点，要从群众意见最多的地方着手。"

"对呀，只要你说这句话就行了，那些人都是拎得清的。"

姚晓明笑笑："我不是早就对你们说过吗，不要性急，会看得见的，大家请坐，健康长寿。"他没有坐下来，向年轻人聚集的地方走去。

老伙计们对姚晓明佩服得五体投地，认为挑他当大官的人实在有眼力。谁说他是陈世美呀，不对！他在插队的时候是有个未婚妻，长得很美，可那女人等不及，看看姚晓明还没有出息，便去嫁给一位有权有势的。有权有势的倒霉了，姚晓明却进了城，考进了大学。那女人反悔了，哭哭啼啼地来找姚晓明，要求恢复关系，姚晓明当然不予理睬，给她来了个马前泼水……

根据故事法的规定，陈世美不认前妻得判无期徒刑；朱买臣马前泼水当然无罪，披红戴花，扬眉吐气！

姚晓明彻底平反了，好不容易！

1987年12月2日于苏州

幌 儿 红

谢友鄞

　　马和人冒出峦顶后，强悍的山风迎面扑啦啦响，山脚下河水粼粼闪闪。王丰收紧缰绳，马举起前腿，鬃毛唰唰抖立，马和人像被掀得竖立起来，蔚蓝的天往后仰。就在这一瞬间，前方四五公里远处，村庄黑黢黢的房顶似波涛翻涌，村街前火红的酒幌烧热了他的眼睛。

　　马儿撂下前蹄，王丰轻抖缰绳，驱马下山，坡上山石人立，很像兵马俑。人立的山石带着山洪的蚀迹哩哩啦啦走到河套边，蹄铁踏得滩石咯棱棱响。半人多深的河水在阳光下静静地向前流去。

　　河对面，割秋草的娘儿们纷纷直起身，砸着酸溜溜的腰眼，抬起拿着弯刀的手，揩摸额上晶莹的汗粒。王丰发现了秋爽，她那鹅黄色头巾在碧青青的草地上耀眼地燃烧。酒店没养大牲畜，秋爽也跑出来了，她是给他的马预备过冬的草，王丰心里头一热。

　　娘儿们手搭凉棚，遮住半边天，注视着王丰。山乡汉子大多是在马背上度过一生的。四五岁时，被爹娘抱上马背；七八岁时，在鞍后搂住大人的腰，随马颠簸；小小少年，便单人独骑，翻山涉水，驰骋草场，直至用精致的马鞭挑开新娘的面纱。

　　任何一个汉子，都会被这些热烈的目光骚扰得血液沸腾。王丰轻磕马肚，一抖缰绳，高大的蒙古马扑入河里，激起雪雾般水花，阳光飞溅，天空蔚成五彩斑斓。深秋了，冰凉的河水扎人、咬人，他冷不防浑身打战。河声喧哗，水瀑如雷，生出说不出的刺激，娘儿们兴奋得噢噢尖叫。王丰抱着马颈漂浮似的冲过河去，大半个身子湿透了。

秋爽呼哧呼哧撵上来，扯下头巾，递给王丰。

"不用。"

"啊唷，快给我擦干了吧。"

王丰拈起头巾的一角，揩去眉棱、眼睛上的水珠。秋爽仰脸盯住他，笑道："哥，让我嫂子绊住了吧。"

王丰家在城里，一百三四十里路，十天半月回去一趟。这次市农科所连续开了几天会，会都开炸锅了。王丰哈哈笑了，挽缰绳的手一紧，马儿昂首踅身，向秋爽一靠。秋爽惊叫道："疯了！差点让马踩着我。"一闪身，躲开了。瞟王丰一眼，"你等等，我把草捆背来。"

王丰笑了。她不愿让王丰过那边，像鸟儿一样飞去了。

秋爽把两大捆鲜绿的青草搭在马背上，反手扯住缰绳，替他牵着马在前面走。草捆窸窸窣窣响，散发出清馨的谷香。

记得，他第一次走进酒店，冷丁从明晃晃的外面进屋，眼睛发黑，扑通一下，差点跪倒。为挡猪，乡间门槛高，地脚深，店堂里扬起一片笑声。

王丰脸颊发热，眨巴几下眼睛后，才适应了屋子里的光线。靠门、窗一溜大炕，直抵里面灶间隔墙。炕上摆着三张矮趴趴的炕桌，坐满了人。灶房门敞开着，光线经过长长的店堂扑到那里，豁然明朗，似一幅长方形剪影：掌柜的，就是秋爽的爹，驼背，腰间扎着围裙，手里颠飞了炒勺，油烟吱啦啦蹿，他边炒菜，边大声咳嗽。

王丰扭过脸去。大热天骑了小半天马，胯间瘙痒，心里一跳，一双水绿色软底缎面拖鞋跃入眼帘，两只脚尖趿在高脚圆凳底部横掌木上，露出粉红圆嫩的后脚跟。眼光漫上去，秋爽双膝弯曲，身子斜倚在身后的柜台上，一只手托着腮，脸略仰着，宽松的长袖滑落肘弯，露出浑圆的胳膊，腕上手镯闪着淡金色的光。柜面上，端坐着圆口大肚酱色酒坛，搪瓷方盘里斜躺着老式木质酒提勺。她瀑布似的黑发拂散在柜面上，笑得身子轻轻地颤。

秋爽把头一甩，像鲤鱼打挺一样从高凳上滑下来。她二十九岁，儿子小柱六岁了，你无论如何也看不出来。白里泛红的腮上，一双酒窝浮漾，嘴唇湿润，眼角细长，眼睫毛墨黑纤密，一对水汪汪的眼睛顾盼忙人。一双拖鞋扑踏扑踏响过来了，几步路被她走得袅袅娜娜，摇人心旌。

秋爽冲王丰笑道："上炕，都等你呢。"

里头两张桌旁，围坐着一些陌生面孔，准是从北边内蒙古来辽西兜售黄油、奶茶的贩子，吃喝得满脸冒油。靠进门的这张炕桌上，摆着笔墨纸砚，围坐着村里几个畜牧、家禽养殖户主，等候王丰来签订合同的。他们恍然大悟似的，齐对王丰道："上炕，快把腿拿上炕。"

山里汉子习惯盘腿卧脚。夏天芦席凉沁沁的，冬天烟火走炕洞，酒盅捏着，吱儿哑地喝着，一坐半天不挪窝。王丰不行，盘腿工夫长了，一下地，脚板发麻，腿肚转筋，像踩在棉花包上，不赶紧扶住炕沿，准会坐倒。一晃下来四年了，王丰还是不习惯。对这一带酒店家庭味的格局，他仍感到新鲜，犹豫一下，想脱下鞋。包五笑道："哎呀，得了吧你。"王丰一瞥，炕桌底下塞满穿鞋的大脚，一笑，两条腿盘收上来，屁股一拧，便蹭到了炕桌前。

晚上，炕桌撤下去后，王丰倚着被垛看书。他常在酒店下榻。这一带是风力发电，灯光昏昏黄黄。灶房门吱呀一响，秋爽进来了，褪下鞋，爬上炕。都说山里汉子骑在马上，女人跪坐在炕上的姿势好看。年轻的汉子，手挽缰绳，仄身马上，腰身挺括，英俊潇洒。女人们哪，都是这么个坐法，双腿跪着，屁股朝后压在脚上，上身挺得水葱似的，胸乳隆起，又密又长的眼睫毛映下颤颤脸影，面对着你，浅笑低眸，能不让人怦然心动？窗外月色如水。秋爽和那爷孙俩住在酒店后院。后面别有洞天：两间正房，马厩，仓棚，菜园，碎石甬路长长。她就是这么穿着拖鞋扑踏扑踏一路响过来的吗？

"你爹呢？"王丰问。

"哄柱子躺下了。"

夜风拂卷，窗外酒幌的布条儿扑啦啦响。

"忙了一大天，也不歇下？"

秋爽嘴角含笑，撩起密纤纤的眼帘，望着他。王丰宽肩蜂腰，皮肤清秀，脸廓柔和，额头开阔，比实际年龄年轻得多，从辽西山乡女子习惯的眼光看，真是别有一种风韵。不像本地汉子，脸色黧黑，皮肤粗糙，面部线条生硬，脑门却又低又窄，灰突突的，让人感到压抑。当王丰第一次走进酒店时，秋爽眼睛豁地亮了，心头瞬时泛起欣喜的春波。后来，独个儿回想起，连她自己也觉得奇怪，好像早就跟他熟悉，早就知道他准会从另一个世界被自己火红的幌儿招唤来似的。

土炕温馨的气息从炕席密致致的缝花里渗出来，蒸熏得身上燥热。关于边界地域，关于山村野店，王丰听说过很多故事，让人大胆、心跳，充满了诱惑。这个方圆二三百里内出挑俏丽的女人，幽蓝的血管里，混涌着两个民族的血。在这一带，牧民是蒙古族，农业户是汉族；挑幌儿，开小卖店，走乡串村做木匠活，倒腾买卖的多是蒙、汉两族联姻户。许多风流故事里的人物，大都是他们。秋爽垂下眼睛，说不出的温柔、顺从；抬起眼睛，目光灼灼勾人。两双眼睛热烈地胶着在一起，王丰不由得心神荡漾。天生容易骚动的血液使秋爽昏迷，身子瘫软，发酥。她早就藏下心机。他们眉目传情彼此热盼多少个夜晚了！空落落回去后一回回懊悔，咬痛了被头。这一夜，圆月满潮，再也按捺不住。秋爽微微的娇喘飘向四周。夜太静，她猛然发觉，鲜血轰地涌满脸颊。回手一摸，瞅都没瞅，准确地抓住了身后纤细的灯绳，她早就窥探好了那个位置，咔嗒，无数光晕悠悠逝灭，心里一松，眼睛烁亮。黑暗把一切都解脱，把原始的一切恣意释放出来，他们像磁石一样自然地吸合在一起，毫无顾忌地拥抱、喘息，什么话也没有，一句话没有说，用、不、着……

从西伯利亚袭来的寒流，掠过内蒙古草原，越过辽西群山，在倚山面河的旷野里又落下厚厚一场雪。

炕烧得太热，身子都有汗意了。秋爽仰躺着，头枕在王丰的臂弯里，静静地睁大着眼睛，雪白的月光透过玻璃窗洒满一炕，她忽然想起来："哟，面盆忘记拿屋来了。"

王丰说："算了。"

"扯！没搁面肥，能发？"

"没事。"

秋爽咬了咬舌尖，笑道："让你揣着能打狗的面疙瘩上路，嫂子会恨死我的。"王丰明儿要去内蒙古的一个畜牧点。

秋爽一下子从被窝里爬出来，土炕和她身体热乎乎的气息从王丰脸上拂过。王丰慌忙道："穿上衣裳。"要搜亮灯。她把棉袄往身上一披，说："看得见。一屋的大月亮。"冬天，乡下人家不生炉子。白天，褥子卷起，靠大炕取暖。夜晚可就遭罪了。秋爽从灶间端进面盆，放在热炕头上，扯过一只棉垫，捂严面盆盖。然后，哧溜钻回了被窝，冷得牙齿咯咯响。王丰忙把她簌颠颠的身子搂进怀里，低声埋怨："若把你冻着个好歹，我会难过一路的。"

…………

"当、当、当……"掌柜的心里默默地数着，箱柜上跟了他多半辈子的老挂钟，敲响了充满霉锈味的十二下。一切又寂静下来。月亮隐入乌云，鹅毛大雪扑打着窗户，扑簌簌的声音分外清晰。窗外世界披孝似的雪白。掌柜的气管炎犯了，喉咙里嘶嘶啸叫，一下一下拔气，盘腿坐在炕上，人躺不下来。小柱子双手抱着头，蜷缩着身子，偎在他的身边，香甜地打着鼾。圈棚里，王丰的马咳咳地叫起来，饿了，该去上料。他心里发急，呛着风雪，这一宿就甭合眼了。想到上不来气的受罪劲，死的心都有啊，恐惧得浑身打战，马又嘶叫起来，急得啃槽帮，乱踢乱刨墙根了吧。他怕惊吓着前院里的人。他怕小柱子一下挺醒过来。柱子爹下河捞浮柴，太贪，被一场山洪卷走了。爷仁相依为命，撑起这爿酒店，不易呀，全仗秋爽挑红了幌儿。村庄虽小，却是辽西和内蒙古间的往来之地，秋爽经见的人多了，眼眶、心气高了，难得她有一个称心如意的人。他心疼闺女呀。掌柜的给小柱子披严实被脚，咬着牙，爬下炕，拐出灶间，一只手捂住嘴巴，一只手推门，门被厚雪堵住了，无声地勉强挪动开，掌柜的一头扎进风雪里，立刻觉得被当胸打了一拳，气闷，眼黑，像要窒息。他挣扎着，跌跌撞撞地钻进仓房，取出饲料簸箕，扑到马棚前，添撒饲料。马儿感激地喷响鼻，嚓嚓嚓埋头吃起来。披一身白回到屋里后，费好大劲才爬上炕，马上拼命咳嗽起来，身子抽搐成一团，脸红筋暴，眼珠凸冒。他吓坏了！一时觉得气再也上不来，心里明明白白，这就完了吗?! 过了会儿，终于又拔上一口气，人渐渐回缓过来，他要坐到天亮了，一口气一口气地挨吧，这病，挨到春天就好了。

王丰忽然听到后院一声惊叫，醒过来。秋爽过去了，她总是天要透亮就悄没声儿地过去。王丰觉得不对头，赶到后院东厢房，见掌柜的脸色惨白，死人似的坐着，身子底下洇出一摊水，袖子上沾着草料碎屑。王丰一切都明白了。举起双手，嘿地擂了一下自己的头。秋爽扯过大被，给爹裹住身子，低声呜咽……

王丰感到揪心的负疚，对父女俩产生了亲人般的依恋之情。城里那次会议，让畜牧技术员们停薪留职，同农牧民签订合同，从中直接提取收益。谁愿冒那份风险。把人逼上梁山了。王丰是瞒着家里的。要不然，妻小一关就过不去。回到乡下，秋爽喜出望外，双手一拍："对了，你怕啥！我们给你兜着。"俨然是家里人的口气了。

掌柜的说："这回，你把肝脏肺隔墙扔进院，跟咱们死心塌地了。大伙准能信得过你。"

秋爽盯盯地望着王丰，毫不掩饰地笑道："嚯，把你们拉下来，和咱们在一个等线儿上了，看还牛气啥。"

王丰笑道："能让咱混上碗粥喝就烧高香了。"

"瞧说得可怜见儿的。"秋爽哧哧笑。

可是，万没想到，第一个寻上门同王丰签订合同的，竟是村里的新败落户包五。

去年春天牲畜交配时，附近几个村的养马户主们集中在草场上，看畜牧技术员王丰做示范。都是被乡长轰来的。汉子们或蹲或站，或抱膀吸烟，松垮垮懒洋洋围了一大圈。王丰牵着他的蒙古公马，围着母马缓缓地绕圈儿。公马身躯高大，枣红色皮毛闪亮，四肢关节明显，蹄扣如铜，肥硕的后臀一颠一耸，潇洒的长尾轻轻拂扫，公马和母马彼此昵视，亲近。培养起感情后，公马接近母马的后臀，急不可耐地从后面爬跨上去。王丰迅速、灵活，用手把公马的阴茎导入母马阴门内。汉子们哗地笑了。蹲在地上的包五乐得一蹦老高。马儿交配，他们从来是任其自然的，用得着你去帮忙、掺和吗。公马尾根颤动，臀肉抖索，一次成功了。王丰扭转身，凶狠狠地叫道："笑什么！任其自然，阴茎长久不能插入失去性欲，或误入肛门，造成肠破裂的事故还少吗。"

都老实了。

包五一怔，又斜眼歪嘴，余味无穷地笑起来。见再没人响应，一捂嘴巴，乐颠颠地跑回家，把什么都抖搂给了屋里的，激起了他女人的兴致和遐想。那个骑着高头大马，整日行色匆匆的城里汉子，还真有两把刷子呢。在家里，包五的女人是说了算的。王丰做梦也没有想到，这竟是使他获得第一份快速育猪合同的妙不可言的动因。

掌柜的和秋爽坚决反对，包家两口子人性不好。包五早些年曾做过生产队会计，喝馋了嘴。如今，他玩活计落套，使唤力气舍不得，眼瞅着别人家一年年兴旺，包家倒显得衰落了。人比人死，货比货扔，包五变得赖乎乎的了。酒店刚开张时，包五三天两头踱过来，赊两盅酒，一碟小菜："秋后一总算。"酒店小本经济，也真够呛，秋后交了公粮，又迟迟不来清账。掌柜的找上门去，包五的老婆恼了，对男人一顿昏天黑地的浑骂，连讨账的也被卷进她恶毒的舌头里去了。把掌柜的气了个半死。从此，酒店对包五封了门。

王丰好说歹说，劝服了父女俩。许多人家还没见动静，这第一份合同不能不签。王丰负责劁猪，打各类防疫针，按照他提供的饲料配方，一头猪崽六个月后保证长到二百五十斤以上，每头猪他提取十三元钱报酬。在酒店炕桌上签字画押后，秋爽对包五道："店里的泔水，给你吧。"

残汤剩菜，都是上好的干货呀。包家过去是连缸沿都摸不着的。包五喜出望外："真的？大妹子！"

秋爽瞟王丰一眼，咬住嘴唇笑了。

给鼻子上脸。到后院大缸挑泔水时，把桶一放，包五又顺脚踱到前院酒店里来了，讪巴搭的："赊一壶吧，这回咱爷们儿有保证了。"

掌柜的叹口气，掀开柜台上圆口大肚酒坛盖。包五捏着酒盅，等下文似的眼巴巴盯住橱架。掌柜的笑了，扭身取下碟拼盘，一推。包五仰脖，把酒扔进嘴里，吱儿哑的，嘻嘻笑道："这合同好啊。"

掌柜的道："借好人光了。"

三盅酒下肚，包五就微醺醺了："掌柜的，你待我不薄，咱给秋爽保份媒吧。"

"操心！灌完猫尿走你的吧。"

"咦，肉不能烂在锅里呀。"包五夹起一片熟牛肉，津津有味地嚼，"他是我的合同户，他挣着我的钱，我雇下了他，养活着他呢。他不听我的听谁的。掌柜的，你放心……"包五嘴角泛起白沫，越说越放肆，"咱不能让他白捡了……"

掌柜的脸色变了。

秋爽走进来，一跺脚，嚷道："要死了！你胡嘞嘞些啥！"

包五一缩脖，笑了。

秋爽变脸作色，扑上去，要抢他的酒盅。包五把酒吱溜灌进肚里，急了，呛红了脸，咳嗽着，赶紧从前门溜掉了。

父女俩默默对视一眼，秋爽扭过头去，暗暗叹口气。真是个懒人赖汉，泔水缸常满了，也不来挑，还是打发邻里孩子去叫唤。来了，倒像有功了。包五这一溜，明后天就难露面了。到傍晚，秋爽轻声道："爹，我把泔水挑子给他送去吧。"

黄昏，村子里弥漫起浓郁的烟柴气息。庄户人家改吃三顿饭了。街道两旁，一扇扇柴扉院门敞开着，有狗颠儿颠儿走出来，冲秋爽摇摇尾巴。谁家的院子里，爷们儿抡起尖镐劈柴，震得山摇地动；娘儿们在灶间煮饭，乳白色雾气大团大团涌出来。

包五家在后街，要走一截路呢。秋爽换了双浅灰色带襻家做布鞋，两只裤脚不时摩擦着，窸窸窣窣响。扁担压弯了，泔水桶死沉，她一只手向前扶着挂链，一只手微微摆动，脸涨红，轻轻喘息，脚步随桶悠悠起落。若冷丁快了、慢了，都会像突然启动和刹车一样，把泔水泼洒出去，脏兮兮漫洒在桶壁上，那是会叫人笑话的。乡间许多苦重活、粗拉活，也都讲究着呢。有汉子走出来，站在院门口，招唤："好稀罕哪！大妹子，你这是到哪儿去？"

虽然都是一个村子，可几百户人家前街、腰街、后街地分着，哩哩啦啦也有二三里长。没事，难得到后街转一趟。

"给合同户送去。"

"谁的合同户哇？"声音里藏着笑。

秋爽不瞅人家的脸，笑模悠悠地往前走。

几头半大的猪摇晃着，在她前面横穿过街，扑哧扑哧抢屎吃。包五的老婆从胡同里拐出来，走上街面，扬脖大嗓地叫唤："噜噜噜……撒野半天了，回来。天噜噜噜……天要黑了，别叫狼叼去。"

秋爽一怔，不由得停住脚步，把桶撂下，抹一把额上晶莹的汗粒："咋，嫂子，你把猪放出圈了？"声音里带着气。

包五的女人长得又高又大，椭圆脸，眼睛略略有点斜，冷丁一瞅，倒有几分习俏。她也视着秋爽："咋？"

"合同里不是规定，务必圈养，不能把猪放出去吗。"

"吃小孩屄屄长得快。"包五女人扔给秋爽一句，扭身又要去唤猪。

"瞎扯！吃肥了，跑瘦了。这理儿你不是不知道。"

包五女人一下子恼住了，站住："我跟你签的合同吗？狗拿耗子，你算老几？"

秋爽被噎了一脖子，说："你、你咋不知好赖话。"

不知什么时候，围上许多人，男人们扒在矮墙头上，蹲在废石磙上，女人们呢，倚着院栅门，一边瞧景，一边手不闲地剥大葱。以前，酒店的泔水是任人随便挑的。如今都给了包家，送上门去还不讨好，有人暗暗解气。

也有人看不下眼了，说："包五家的，官还不打送礼的呢。人家好心好意给你挑来……"

"咋，心疼了你们？"

包五女人一律混杂，不分青红皂白地糟蹋人，引起了公愤，有人斥责道："你把猪放瘦了，王畜牧师指望啥？"

包五女人把胳膊一扔，嚷道："我都傻透腔了。弄好了，让他赚一把；若是闹猪瘟，死了十口八口，找谁去？"

秋爽气得嘴唇哆嗦，"赔你，不是有赔偿条款吗？"

包五女人呸地啐了一口，"他一没房子，二没地，提起裤子就不认账了。"

这女人，太损！人群骚动了。

那些年，公社、大队、城里干部，一下来就扑奔包家。家里人客不断。包五脾气好，包五女人还算年轻，打情骂俏的，虽说跟谁也没动过真招，可热闹得让人喘不过气来。如今，这些人死光了，连个兔子大影儿都不见。酒幌把世面招摇过去，包五女人感到失落、冷寂。女人的心受不了啊！她嫉恨得要杀人。

包五赶来了。三天两回去酒店，赊人家吃喝，他不好意思，劝女人道："孩他妈，算了，回家去。"

"放屁！"

包五吓得一激灵，几口猪不知什么时候绕回来了。它们并不在乎这硝烟弥漫的场面，竟围着泔水桶呼噜噜抢起来。包五来了气，一脚端在猪腚上，一只泔水桶撞翻了，五彩斑斓的汤汁泼洒一地，猪号叫着跑开。包五连蹦带蹿地骂，借口撵猪，脚底抹油溜了。

这孬货！人们哄笑起来。

包五女人仍气汹汹骂："也不撒泡尿照照自个儿。当谁不知道……"

秋爽戳立着，肩膀耷拉，脸儿气白了，竟一句话也说不出来。

就在这时，掌柜的抢救水火般赶来了，有人去酒店报了信。他呼哧呼哧，离老远便发出了战斗的质询："你知道啥?"

包五女人双手叉腰,冷笑道:"嗬,老的少的一堆儿上了。回去把你家那盘大炕收拾干净吧。"

掌柜的撕心裂肺般尖叫一声,抄起斜搭在泔水桶沿上的扁担。人们兴奋起来,这女人太蛮横,是该收拾收拾她了。男人们跳下石磙,在矮墙头押长脖子,使劲咳嗽,鼓励掌柜的;女人们眼睛发亮,像麻雀一样不安地跃动双脚,紧张得哼哼起来。秋爽忙拦住爹。掌柜的跳着脚,怒吼道:"还留着她干啥!"

掌柜的举起扁担冲过去。包五女人岿然不动,以逸待劳,抓住扁担头,乜斜着蹽过来讨伐者,把扁担往怀里一带,掌柜的便踉踉跄跄,扑哧来了个嘴啃泥。

秋爽哭叫着扑过去。众人才慌了手脚,把她们硬拉扯开了。

夜雾漫洒下来,"这,这咋说的……"乡邻们嘴里不是味地咂摸着,感叹着。人散尽,平时难得骚乱的村庄,又恢复了平静。

第二天,两骑飞驰进村,在街道上卷起滚滚尘埃。王丰和乡民政助理闯进包家,拿着具有法律威严的合同,痛斥包五女人。民政助理原是包家的老熟客,那些年清查账目时,他没少庇护包五,是包家感恩戴德的人;喝醉了酒,也喜欢在包五女人身上掏摸、掐捏,数他的手最有劲,逗得包五女人肉颤,浪声笑,至今记忆犹新。久违的人,铁青着脸,像不认识她了,全没了情义,恶狠狠地训斥她,比王丰还凶。完了!啥都变了。包五女人拍着大腿,伤心地惨号起来。助理脸上的肉抽搐了一下,目光闪烁颤抖。王丰似乎听说过什么,倒是他有些不忍了……

包五溜进酒店,进门就扇自己的嘴巴,扑通给掌柜的跪下,折腾得乌烟瘴气。半天,才把他拉扯起来。直到秋爽递过去一盅酒后,他才镇静下来,红眼巴巴地望着秋爽:"大妹子,我,我还有脸喝吗?"

这一回,给秋爽刺激不小,也提醒了她。特别是大牲畜,一头就几百块,庄户人不放心哪。王丰在这儿没有根基产业,谁信得过你。爹听秋爽的,父女俩把酒店全部财产替王丰做了担保。王丰默默地接受了,心里涌满难言的滋味,他承担了什么呢?夜晚,秋爽抚慰地紧紧搂住王丰,用她光洁、丰满、充满弹性的胸乳偎贴住他,雪白的手臂露出被头,滑过王丰的肩膀,抚摸着他宽阔的脊背,喃喃地说:"够了,这就够了!"她知足了。太贪,反而什么都失去了。她热烈、勇敢地追求、捕获,却又小心翼翼极有分寸。她冷静地看待差异,天生懂得不能要得太多,逼得太过。王丰孩子似的把脸埋在秋爽的胸前,泪水洇湿了她的颈窝……

王丰声誉鹊起。远乡近村,跟王丰签订快速养猪、大牲畜高效优质繁殖合同的户头越来越多。

秋爽袅袅婷婷走过来，歪身坐在炕沿上，几位养殖户主把合同推到秋爽面前，包五站在地上，躬身研墨，秋爽替双方誊写蒙古文合同。胳膊肘挂在桌沿上，衣袖滑落肘弯，黄澄澄手镯轻颤。

遂后，秋爽冲灶间喊道："爹，好喽——"

掌柜的忙活起来。天气转暖，他就跟好人一样了。锅台上，摆着十几样切洗好的材料：肉丝、青菜、木耳、蘑菇、干豆腐丝……十几只菜篓，被他的手一一掠过，犹如燕子点水，迅速轻捷。锅吱啦啦爆响着，抓起大勺一颠，菜被他抛起足有二尺多高，火舌忽地吸溜上来，围舐锅底，手接勺响，菜落如卷帘泻玉。掌柜的把菜一一码进盘子里，炒勺在锅沿上叮当一磕，加了声："上菜。"

众人看得眼晕，"绝了！"

辽西的民歌和蒙古诗、蒙古经里，有许多在马背上东倒西歪的醉汉。王丰从店里摇晃出来，在包五的殷勤扶持下，翻身上马。酒幌映红王丰的脸。王丰扯直缰绳，马和人竖立的剪彩涂抹在小店粉白的墙壁上。他要马不停蹄地去巡视草场、膘情、圈情。一股旋风猛地扑过来，酒幌呼啦啦响。王丰"啊呀"一声，两只眼睛被眯住了。马头挣扎旋转，包五连忙替他扯住缰绳。

秋爽跑出来，掌柜的跑出来，汉子们东倒西歪在炕上，动弹不得。

秋爽道："把头低下。"王丰在马背上俯下身，他闻到了秋爽颈窝里熟悉的馨香的气息。秋爽用手指灵活地翻开眼皮，呀，眼窝里尽是草屑、土末。秋爽努起嘴，噗噗吹，沾实了，不行。掌柜的急三火四返回屋，端出一盅酒。秋爽一下倒进嘴里，咕嘟嘟漱口，然后噗地把酒吐出来，跷起脚，伸出嫩红的舌尖，温柔地、热辣辣地舐去了眼窝里的灰尘、屑粒。

王丰猛地睁开眼睛，热泪哗哗流。秋爽仰着艳若桃花的脸，瞅着他笑；包五瞅着他笑。掌柜的却不见，回屋去了。王丰心一抖，拨转马头，对面大山汹汹地压迫过来。他觉得，那一双苍老的充满难言之隐的眼睛在背后盯着他。他苦笑，浑身火烧火燎。猛地一扬马鞭，马儿疾驰向前，嘚嘚嘚的蹄声溅洒在脐带般让人牵肠挂肚的乡道上。马和人越去越远，越去越小，渐渐凝聚成铅字般墨黑一点，溶入民歌里：

你看哪一个汉子，

不是摇摇晃晃……

害　羞

陈忠实

一

轮到王老师卖冰棍。

小学校大门门口的四方水泥门柱内侧，并排支着两只长凳，白色的冰棍箱子架在长凳上，王老师在另一边的门柱下悠悠踱步。他习惯了在讲台上一边讲课一边踱步，抑扬顿挫的讲授使他的踱步显得自信而又优雅。他现在不是面对男女学生的眼睛，而是面对一只装满白糖豆沙冰棍的木箱，踱步的姿势怎么也优雅不起来自信不起来。

王老师是位老教师，今年五十九岁，明年满六十就可以光荣退休。王老师站了一辈子讲台，却没有陪着冰棍箱子站过。他在讲台上连续站三个课时不觉得累，在冰棍箱子旁边站了不足半点钟就腰酸腿疼了。他站讲台时从容自若有条不紊心地踏实，他站在冰棍箱子旁边可就觉得心乱意纷左顾右盼拘前紧后了。他不住地在心里嘲笑自己，真是莫名其妙其妙莫名，教了一辈子书，眼看该告老还乡，却卖起冰棍来了！

临近校门也临近公路的头一排教室是低年级学生，从一边的教室里骤然暴起合读拼音文字的声浪，朗朗的嫩声稚气的童音听起来十分悦耳。听到这声音使人会联想到雨后空谷的草地，青日蓝天上悠悠飘浮的白云；听到这声音使人会化释积郁的心菽，变得宽宏仁慈心地和善。每个男女都曾经发出过这样优美

339

这样纯净这样动人的声音，后来永远发不出这样动人这样优美这样纯净的声音了。年岁递增使他们的嗓音一律变化了，有的变得粗暴狂放了，有的变得颐指气使了，有的变得深沉忧郁了，有的变得油腔滑调了，有的变得奴性十足酸味十足了。王老师天天都能听到这种嫩声稚气的童音合读或合唱，几十年来的每一天都在这种纯净的声音里滋养。他面色柔和，纹路和善，明眸皓齿，鹤发银亮，全是稚气童音长期滋润的结果。直到今天轮他卖冰棍，王老师就有点惶惶不可终日似的踱起步来。

"王老师好运气！今日轮到你卖冰棍，天公也凑趣儿！预报37℃，该当发财！"

历史科任老师刘伟正从大门进来，手里摆弄着几盒烟，穿一件罗筛眼儿背心，两颗男性的黑色乳头隐约可见，脚尖上挑着厚底儿泡沫拖鞋，一副悠然自在的神气，瞧着王老师说话。

王老师嘿嘿嘿笑着，表示领受了慕雅，明知刘伟从外边买烟回来，也明知历史课排不到头一节，还是要搭讪着问："噢噢！刘老师，你出去买烟了？你这节没课？"问完了立即就意识到全部是废话。

刘伟大约也知道这是废话，可以根本不回答，只顾瞧着他的冰棍箱子，然后摇摇头，哧地笑了："啊呀我说王老师呀！你把冰棍箱子藏在大门柱里头，外边过路人瞅不见，学生又没下课，你的冰棍儿卖给鬼呀？"

王老师说："没关系没关系。学生下课了就来买哩。"

"把冰棍箱子摆到大门外头，学生下课了卖给学生，学生上课了卖给过路的人。你把箱子摆在大门里头损失太大了。"刘伟瞅着他，端详着，忽儿一笑，"噢呀！王老师，你是害羞呀？"

王老师一下子红了脸，有点窘迫，却装出根本不是害羞的样子说："我老脸老皮了还害什么羞！"

"不害羞就好！"刘伟说，"而今可不兴害羞。你要害羞啥事也弄不成。不害羞才能挣钱升官发洋财。凡要成大事发大财者必须先接受一项心理素质训练：排除羞怯。"

王老师已经品出刘伟话里是含沙射影，机锋毕露，这种谈话已经超出他的素有的习惯，就哑了口，不去迎合。他的职能范围是六年级甲班班主任，教授语文课，外兼六乙班语文，扩大到头他的职责只有两个毕业班的103名学生。他搪塞说："啊呀！刘老师，今日轮我卖冰棍，班里的事你多照应一下。"刘伟是他的助手，六甲班的副班主任。

"班里没事，你放心卖你的冰棍。"刘伟说，"我倒是担心你的冰棍卖不完，化成水，你赚不了钱还得把老本贴进去。我来帮你把箱子挪到大门外头去，躲在门里不行啊!"说着,他把纸烟放到箱盖上,腾出手来背起箱子,又招呼王老师挪凳子。王老师一手提一个长凳,挪到大门外头,并排放好。刘伟搁稳箱子,给王老师做起卖冰棍的规范动作来:"王老师你瞅着,一只手搭在箱子盖上,这一只手防护住钱袋,钱袋要挂在脖子上。一只脚站着另一只脚歇着,这只脚站累了再换那只脚。眼睛要瞅住过往的人,老远就吆唤一声'冰——棍——'弄啥就得像啥,教书你得像个先生,卖冰棍就得像个卖冰棍的架势……"

王老师被逗笑了:"好好好!刘老师,我多谢你启蒙开导,我会了。"

刘伟滑稽地笑笑,摇摇摆摆走进门去了。

刘伟走了,他还是没有勇气按刘伟示范的架势去做,还是在离冰棍箱子一二米远的路边踱步,却不由得在心里品评起刘伟来了。

三十几岁的刘伟是恢复考试制度头二年考中师范学校的,七八年来在本乡所属的几所小学校转来转去,最后算是在本校扎住了脚。他有一颗聪明透顶的脑瓜,唯独缺少了一点毅力,他多才多艺学啥会啥,结果却是样样精通样样稀松。他教高年级语文嫌其浅显无味,教数学又讨厌其枯燥,最终他选择了历史科目,主要是可以不负太多的责任,升学考试或本乡统考不考历史他就没有任何压力。他已经放弃了写小说弹电子琴而对围棋兴趣正浓。他的性格有时可爱有时又执拗得不近人情。他走过的学校没有一个领导喜欢他,但事后却说那小伙子其实不错。他读过不少古今中外的野史,对一切人和事都用历史典故来佐证他的看法属天经地义。他不巴结谁也不故意伤害谁,谁要是惹下他,他会把中外历史上一切奸党逆臣引来证明你与他们属一丘之貉。领导害怕他又藐视他。他在本校唯一没有犯过交葛的人就是王老师,所以让他做王老师的副手当六甲班副班主任。王老师有时觉得这人正直得可爱聪明得可爱,有时候又觉得这人不成景致!穿那样裸身露肉的衣服满镇子上跑,教师总得注意点仪容仪表嘛!然而他只顾结紧自己的风纪扣,而绝不会去指责刘伟的涣散。

一个牵着孩子的女人买了一根冰棍走了,留下一枚五分硬币。王老师接过那五分硬币时手掌里竟有一种异样的感觉,无论如何,第一个买主已经光顾了,冰棍生意开张了。

二

入夏之前,学校买回来一套冰棍生产机器,这是春节后开始新学期一直吵吵嚷嚷的结果。开学后,教师们议论最多的是春节期间的见闻,见闻中共同强烈的感觉是在本校教书最可怜了。张老师说他弟弟所在的工厂除了发年终奖金还发了过年所需的一切,鸡鱼油菜粉丝黄花木耳猪牛羊肉以及烹调所需的大料

341

都每人一份发齐了，连卫生纸也发了一大捆。胡老师说他姐所在的公司除了发上述吃食外还发了电热毯电热杯气压热水瓶。大家觉得学校毕竟比不得企业，于是就与本乡的学校横向比较，这个学校办个皮鞋加工厂给每个老师发了一双毛皮鞋价值三十多块，那个学校买了豆芽机卖豆芽老师们分了说不清多少钱，唯独本校什么也给老师发不出……议论从私下发展到公开，终于进入本校校务会议议事日程，冰棍机器买回来了。

原先勤工俭学让学生"学工"的两间房子彻底进行了清除，墙壁刷新了，冰棍机器安装好了。因为一开始就明确是利润性生产，自然不能指靠学生来担承，于是就得雇农民工，于是就有几位以至大部分老师向校长成斌申述自己的种种艰难，要求把自己的儿子或闲在农村的妻子招来做冰棍工人。成斌校长的爱人也在农村，春闲无事，他想把身强力壮的中年爱人弄来挣一点收入，面对好多老师的申求而终于没说出口。他对所有申求者都一律说"好好好，统一研究之后再说"。成校长和吴主任研究出一个最公道的办法，让所有申求者抓阄。抓阄的结果自然是抓中的高兴抓空的也对校长没有意见，因为校长自己也抓空了。没有后门。王老师没有参加抓阄，他的三个女儿早已出嫁，一个独生儿子正在交通大学读书，令好多老师羡慕。

冰棍生产顺利而且质量不错，招来了附近村镇一些男女青年卖冰棍。没过几天，几个教师向校长成斌提出建议，咱们生产冰棍却让旁人把钱赚了，倒不如让老师们自己赚。在成校长和吴主任进一步研究的时候，体育教员杨小光已经等待不及勇敢地闯过禁区，率先在冰棍厂批了一箱冰棍，放在操场上的树底下，让学生们在炎炎烈日下打篮球踢足球跳绳翻杠子，然后宣布休息五分钟："每人至少一根冰棍，有现钱的交现钱，没现钱的跟同村同学借下，借不下的先欠着后响来校时带上就是了。"他每天有四五节体育课，销售的冰棍可以赚七八块钱。有人立即向校长成斌反映了杨小光向学生兜售冰棍的问题。成校长找杨小光谈话，想不到杨小光比校长更理直气壮："你生产冰棍是不是给人吃的？是不是只许外人吃而不许本校学生吃？你看不见那些小贩趸了冰棍就在学校门口卖给学生？这样热的天学生上体育课热得要命渴得要死，纷纷奔大门口去买冰棍，我这体育课还能不能上下去？我为学生服务关心学生健康给学生供应冰棍有什么不对？我赚了几个烟钱你就有意见了是不是？你没意见谁有意见叫谁当面给我提出来，让他来教体育课好了！我三伏能热死三九能冻死教体育算是倒八辈子霉了，你们当领导的谁说一句公道话来？"

校长成斌在连珠炮下首先乱了阵脚，立即转了笑脸换了口气对杨小光解释起来，要正确对待群众意见，有则改之无则加勉云云。好像他不是找杨小光谈问题而是做劝慰安抚工作来了。不是成斌校长软弱无能，而是杨小光的一技之长叫他硬不起来。他已经预感到杨小光接下来就要说出那句半是高傲半是骂人的话来："此处不养爷自有养爷处。"体育教师奇缺。过去的老体育教师因为上了年纪大都搞了后勤事务，年轻的体育教师多年来连一个也分配不到本乡的学校来。杨小光原也不是体育专业教师，他在本县参加市里的农民运动会上夺了跳高金牌，县体委珍爱这个为本县夺得荣誉的小伙，推荐到本校来做民办体育教师，而且因一技之长优先转为吃皇粮的公办教师，比那些教政治教语文教数学的教师牛一百倍。成校长说："你教体育辛苦这一点，我表扬过多次了，问题在于卖冰棍得由学校统一研究。你该晓得一句古话，'天下不患寡而患不均。'你卖冰棍别人要不要卖？所以你不必动肝火，而应该心平气和地考虑一下……"

"我根本不考虑，也没法心平气和。"杨小光根本不认账，态度更硬了，"你……干脆给我的申调报告上签个字，让我走好了。你签了字我立马就走。县体委早就要我去哩……"

成斌校长连下台的余地都没有，只好尴尬地摊开手，不知所云地说："你看你，说到哪儿去了！我说的是卖冰棍的问题，你却扯起调动工作……"

王老师的宿舍与杨小光是一墙之隔，苇席顶棚不隔音响，他全部聆听了成校长和杨小光的谈话。他尚未听完就气得双手抖索不得不中止备课。他想象校长成斌大概都要气死了。他想象如果自己是校长就会说："杨小光你想上天你想入地你想去县体委，哪怕去奥林匹克运动会，你要去你就快点滚吧！本校哪怕取消体育课也不要你这号缺德的东西！"他想指着那个满头乱发牛烘烘不知深浅的家伙呵斥一声："你这样说话这样做事根本不像个人民教师……"然而他什么也没有说，只是实在听不下去了，走出门来，在操场上转了一圈，又自嘲自笑了："我教了一辈子书，啥时候也没在人前说过两句厉害话，老都老了，倒肝火盛起来了，还想训人哩！没这个必要啰。"

当晚召开全体教师会，专题研究如何卖冰棍的问题。王老师又吃惊了，没一个人反对杨小光卖冰棍，连校长主任也不是反对的意思，而是要大家讨论怎么卖的问题，既可以使大家都能"赚几个烟钱"，又不致出现"不患寡而患不均"的问题。讨论之场面异常活跃，直到子夜一时，终于讨论出一个皆大欢喜的方案来：教师轮流卖冰棍。

三

大门离公路不过十米远，载重汽车和手扶拖拉机不断开过去，留下旋起的灰尘和令人心烦的噪响。骑自行车的男女一溜带串驶过去，驶过来，铃儿叮当当响。王老师低了头或者偏转了头，想招呼行人来买冰棍又怕熟人认出自己来。"王老师卖冰棍！"不断地有人和他打招呼。打招呼的人认识他而他却一时认不出人家，看去面熟听来耳熟偏偏想不出人家的名字，凭感觉他们都是他的学生，或者是学生的父亲抑或是爷爷。他教过的学生有的已经抱上孙子当了外公，他教了他们又教他们的儿子甚至他们的孙子。他们匆匆忙忙喊一句"王老师卖冰棍"就不见身影了。似乎从话音里听不出讽刺讥笑的意思，也听不出惊奇的意思。王老师卖冰棍其实平平常常，不必大惊小怪。外界人对王老师卖冰棍的反应并不强烈，起码不像王老师自己心里想的那么沉重。他开始感到一缕轻松，一丝寂寞。

"王老师卖冰棍？"

又一个人打招呼。王老师眯了眼聚了光，还是没有认出来。这人眼睛上扣着一副大陀子墨镜，身上穿一件暗紫色的花格衫子，牛仔裤，屁股下的摩托车虽然停了却还在咚咚咚响着。王老师还是认不出这人是谁。来人从摩托上慢腾腾下来，摘下墨镜，挂在胸前的纽扣上，腰里叉着一只手，有点奇怪地问："王老师你怎么卖起冰棍来了？"

王老师看着中年人黑森森的串腮胡须，浓眉下一双深窝眼睛，好面熟，却想不起名字："嗯！学校搞勤工俭学……"说了愈觉心里别扭，明明是为了自个赚钱，却不好说出口。

"勤工俭学……也不该让你来卖冰棍。这样的年龄了。学校领导真浑！"中年人说着，又反问，"是派给每个老师的任务吗？"

"不是不是。"王老师狠狠心，再不能说谎，让人骂领导，"是老师们自己要卖的。"

中年人张了张嘴，把要说的话或者是要问的问题咽了下去，继而笑笑："王老师你大概不认识我了，我是何社仓，何家营的。"

"噢噢噢，你是何社仓。"王老师记起来了。他教他的时候，他还是个细条条的小白脸哩，一双睫毛很长的眼睛总是现出羞怯的样子。他的学习和品行都是班里挑梢儿的，连年评为"三好"，而上台领奖时却羞怯得不敢朝台子底下去看。站在面前的中年人的睫毛依然很长，眼睛更深陷了，没有了羞怯，却有一股咄咄逼人的直往人心里钻的力量。他随意问："社仓你而今做什么工作？"

"我在家办了个鞋厂。"何社仓说，"王老师你不晓得，我把出外工作的机会耽搁了。那年给大学推荐学生，社员推荐了我，支书却把他侄儿报到公社，人家上了大学现在在西安工作哩！当时社员们咄咄我到公社去闹，我鼓足勇气在公社门口转了三匝又回来了。咱自个首先羞得开不了口啰！"王老师不无诧异："还有这码事？"

何社仓把话又转到冰棍箱子上来："王老师，我刚才一看见你卖冰棍，心里不知怎么就不自在，凭您老这一头白发，怎么能站在学校门口卖冰棍呢？失了体统嘛！这样吧，你这一箱冰棍全卖给我了，我给工人降降温。我去打个电话，让家里来个人把冰棍带回去。你也甭站在学校门口受罪了。"说着，不管王老师分辩，径自走进学校大门打电话去了，旋即又出来，说："说好了，人马上来。"何社仓蹲下来，掏出印有三个5字的香烟。

王老师谢了烟，仍然咕哝着："你要给工人降温也好，你到学校冰棍厂去趸货，便宜。我还是在这儿慢慢卖。"

"王老师你甭不好意思。"何社仓说，"我在你跟前念书时，老是怕人笑话自己。而今我练得胆子大了哩！不瞒王老师说，我这鞋厂，要是按我过去那性子一万年也办不起来。我听说原先在俺村下放的那个老吕而今是鞋厂厂长，我找他去了，想办个为他们加工的鞋厂。他答应了。二回我去他又说不好弄了。回来后旁人给我说：'那是要货哩！'我咬了咬牙给老吕送了一千块，而且答应鞋厂办起来三七分红，就是说老吕屁事不管只拿钱。三年来我给老吕的钱数你听了能吓得跌一跤！"

王老师噢噢噢地惊叹着。此类事他虽听到不少，仍是由不得惊叹。

"王老师，而今……哎！"何社仓摇摇头，"我而今常常想到你给我们讲的那些做人的道理，人的品行，现在还觉得对对的，没有错。可是……行不通了！"

王老师心里一沉，说不出话。对对的道理却行不通用不上了。可他现在仍然对他执教的六年级甲班学生进行着那样的道德和品行的教育，这种教育对学生是有益的还是有妨碍？

又一辆摩托车驰来，一个急转弯就拐上了学校门前的水泥路，在何社仓跟前停住。何社仓吩咐说："把王老师的冰棍箱子带走。把冰棍分给大家吃，然后把钱和箱子一起送过来。"

来人是位长得壮实而精悍的青年，对何社仓说的每一句话都要点两下头，一副俯首帖耳唯命是从的神气。他把冰棍箱子抱起来往摩托车的后架上捆绑，连连应着："厂长你放心，这点小事我还能办差错了？"

何社仓转而对王老师说："王老师你回去休息，我该进城办事去了。我过几天请你到家里坐坐，我有好多话想跟你说哩！你是个好人，好老师。"

那位带着冰棍箱子的小伙驱车走了。

何社仓重新架上大陀子墨镜，朝西驱车驰去了，留下一股刺鼻的油烟气味。

王老师望望消失了的人和车，竟有点怅然，心里似乎空荡荡的，脑子也有点木了。

中午放学以后，王老师卖了半箱冰棍。

四

　　学生们出校门的时候早已摸出五分币，吵吵闹闹围过来。"王老师卖给我一根冰棍"的叫声像刚刚出壳的小鸡一样熙攘不休。他忙不迭地收钱付货，弄得应接不暇。往日里放学时他站在校门口，检查出门学生的衣装风纪，歪戴帽儿的，敞着衣服挽着裤脚的，一一被纠正过来，他往往有一种神圣的感觉，自幼培育孩子养成文明的生活习惯是小学教师重大的社会责任。现在。他无暇顾及这些了，收钱付货已经搞得他脑子里乱哄哄的，而且从每一个小手里接过硬币时心里总有点不受活："我在挣我的学生的钱！"因为心里不专，往往找错钱或付错了货。这时候，他的六甲班班长何小毛跑过来："王老师，你收钱，我取冰棍。"王老师忙说："放学了你快回家吃饭吧。"何小毛执意不走，帮他卖起冰棍来。放学后的洪峰很快就要流过去，何小毛突然抓住一个男孩的肩膀，搜到王老师面前："你怎么偷冰棍？"

　　王老师猛然一惊，被抓住的男孩不是他六甲班的学生，他叫不上名字。男孩强辩说："我交过钱了，交给王老师了。"小毛不松不饶："你根本没交！我看着王老师收谁的钱，我就给谁冰棍，你根本没交。王老师，他交了没？"

　　王老师瞅着那个男孩眼底透出一缕畏怯的羞色，就证明这男孩交没交钱了。他说："交了。"那男孩的眼里透出一缕亮光，深深地又是慌匆地鞠了一躬，反身跑走了，刚跑上公路，就把冰棍扔到路下的荒草丛中去了。何小毛却努嘟起嘴，脸色气得紫红："王老师，他没交钱。"王老师说："我知道没交。"何小毛激烈地问："那你为什么要放走他？你不是说自小要养成诚实的品行吗？你怎么也说谎？"王老师说："是的。有时候……需要宽容别人。你还不懂。"

　　何小毛怏怏不乐地走了。

　　杨小光背着冰棍箱子来了，笑嘻嘻地说："王老师，换地方了，该我站前门了。"

　　王老师点点头，背了箱子进校门去了。回头一看，杨小光把板凳已经挪到公路边上，而且响亮地吆喝起来："冰棍——白糖豆沙冰——棍——"他才意识到，自己在整整一个上午的时间里，连一声也未吆喝过。他匆匆回到宿舍，放下箱子，肚里空空慌慌却不想进食。他喝了一杯冷茶，躺倒就睡了。

　　王老师在恍惚迷离中被人摇醒，睁开眼睛，原来是何小毛站在床前。何小毛急嘟嘟地说："王老师快起来，同学们都上学来了，趁着没上课正好卖一茬冰棍！"王老师听了却有点反感，这么小年纪的学生热衷于冰棍买卖之道，叫人反感。他又不好伤了学生的热情，只好说："噢……好……我这就去。"

何小毛更加来劲："王老师你要是累了，我去替你卖一会儿，赶上课时你再来。"

王老师摇摇头："你去做课前准备吧。我这就去卖。我不累。"

何小毛走到正在脸盆架前洗脸的王老师跟前，说："王老师，我爸叫我后晌回去时再带一箱冰棍，你取来，我带走，你又可以多卖一箱。"

王老师似乎此时才把何小毛与何社仓联系到一起，他说："你爸要买就到学校冰棍厂去买好了，又便宜。"

何小毛说："俺爸说要从你手里买，让你多赚钱。"

王老师听了皱皱眉，闭了口，心里泛起一股甚为强烈的反感。这个自己执教的六甲班班长热情帮忙的举动恰恰激起的是他反感的情绪，这个年仅十二岁的孩子对于经营以及人际关系的热衷反而使他觉得讨厌，然而他又不忍心挫伤孩子，于是装出若无其事的口气再次劝说："你去做课前准备吧。"

何小毛的热情没有得到发挥，有点扫兴地走出房子去了。临出房门的时候，何小毛又不甘心地回过头来："人家体育杨老师已经卖掉三箱了。王老师……你太……"

王老师冷冷地说："你去备课吧。小孩子管这些事干什么？"

何小毛走了。王老师背着箱子朝后门口走去。后门口有一排粗大的洋槐树，浓密的叶子罩住了一片阴凉，清爽凉快。王老师坐在石凳上，用手帕扇着凉，脑子里却浮着何小毛父子的影像。这何小毛活脱就是多年前的何社仓，细条条的个头，白嫩嫩的脸儿，比一般孩子长得多的睫毛和深一点的眼睛，显得聪慧乖觉而又漂亮。他与他父亲一样聪明，反应迅速，接受能力强，在班里一直挑梢儿，老师们一直看好他将来会有大发展。现在，王老师才明显地感觉到何小毛和他父亲何社仓的显著差异来，他父亲何社仓眼里那种总是害羞的神光在何小毛眼里已经荡然无存了，反倒是有一缕比一般孩子精明也与他的年龄不大合拍的通晓世事的庸俗之气色……

"王老师，给我买冰棍！"

四五个小女孩已经围在跟前，伸向他的手里捏着钱。王老师中断了思想立即收钱付货。他从后门朝校园里一瞅，一串一溜的男女学生朝后门拥来，他的生意顿时红火起来。骤然升起高温的午休时分，正是冰棍以及冷饮走俏的黄金时间，孩子们趁着课前的自由活动时间来消费一只冰棍，是很惬意的。王老师忙不迭地收钱付货，头上脸上冒出豆大的汗珠来，也顾不得擦擦，眼看一箱冰棍就要卖完了。

"王老师生意好红火！"

王老师仰起汗津津的脸，看见杨小光站在一边。体育教员结实柔韧的身体有一种天然美感，然而王老师听着那话里带有一股馊味儿，透过那眼里强装的笑容，王老师看到了底蕴的敌意。他无法猜测来意，只是应答说："嗯！这会儿天气热，孩子们……"

杨小光却神秘地眨眨眼："王老师，我引你看场西洋景儿——"说着就来拉王老师的手。

王老师莫名其妙："有什么好看的！别开玩笑。"

杨小光执意拉住他的手："你去看看就明白了，可有趣儿了！"

王老师已不能拒绝，那双体育教师的有劲的胳膊拉着拽着他，朝校园里走去。

当王老师站在一个教室窗外，看到教室里的一幕时，几乎气得羞得昏厥过去——

五

三年级丙班教室里的讲台上，站着六年级甲班班长何小毛，正在给三年级小学生做动员："同学们要买冰棍快到后门去！后门那儿是我们班主任王老师卖冰棍。王老师有教学经验，年年都带毕业班，你们将来上六年级还是王老师给你们当班主任，教语文。现在王老师卖冰棍，大家都帮帮忙，行行好，让王老师多卖冰棍多赚钱……"

王老师吃惊地瞅着何小毛，眼前忽然一黑，几乎栽倒，这个学生的拙劣表演使他陷入一种卑污的境地。杨小光现在变了脸，露出本色本意："王老师，你要是有兴趣，到各班教室都去看看，你们六甲班的班干部现在都给你当推销员广告员了……"

王老师手打哆嗦，嘴里说不清话："杨老师……我不知……这些娃娃……竟这样……"

杨小光撇撇嘴："王老师，我可想不到你有这一手哩！往日里我很尊敬你，你德高望重，修养高雅，想不到你竟是个……巧伪人！"

王老师立时煞白了脸，说不出话来。这时候何小毛已经跑出来，站在两个老师面前，毫不胆怯地说："我当推销员有什么不好不对？你上体育课硬把冰棍摊派给我们，一人一根不吃不行。你昨日上体育课给同学们说今日轮你卖冰棍，要大家都一律买你的……"王老师听着就扬起了手，啪的一声响，打了何小毛一记耳光。何小毛冤枉委屈地瞪他一眼，捂着脸跑了。

杨小光愈加恼怒，大声吵嚷起来："太虚伪了嘛！王老师！学校开会讨论卖冰棍问题时，你说教师卖冰棍影响不好啦，不能向钱看啦，我以为你真是品格高尚！想不到你比我更爱钱，而且不择手段，发动学生搞阴谋活动……"

王老师看见已经有不少学生和教师围观，窘迫地张口结舌，有口难辩，恨不得一头碰到砖墙上去。杨小光更加得意地向围观的学生和教师羞辱他："我杨小光爱钱，可我赚钱光明正大。我心里想赚钱嘴里就说想赚钱，不像有些人心里想赚钱嘴里可说的是这影响不好那影响不佳，虚——伪！"

王老师再也支持不住，从人窝里出来，干脆回屋子里去。历史课教师刘伟一手摇着竹扇，脚尖上仍然挑着拖鞋走来，挡住王老师不让他退场，然后懒洋洋仰起脸对杨小光说："杨小光你骂谁哩？六甲班的学生干部是我组织起来行动起来的，你有什么意见朝我提好了。"

杨小光忽然一愣："我……关你什么事？"

"我说过了是我组织六甲班干部动员学生买王老师的冰棍。"刘伟说，"你骂错了人，先向被你错骂的王老师赔礼道歉，然后你再来骂我。"杨小光反而被制住了。

刘伟不紧不慢地重复："你先向王老师道歉，然后再跟我说你有什么想不通的。"

杨小光终于从突然打击里恢复过来："你刘伟甭充什么硬汉！谁使的花招谁做的手脚我完全清楚，你甭在这儿胡搅和……"

刘伟眼睛一翻也上了硬的："我是不是充得上硬汉搁一边儿。我倒是真想搅和搅和。你杨小光牛什么？不就是蹦了一下得了一块没有金子的金牌才混上个体育教师。你整日里骂这个训那个你凭什么耍厉害？领导怕你我也怕你不成？"

杨小光被讽刺嘲笑得急了，拳头自然就攥紧了，朝刘伟走过去："就这我还不想当这破教师哩！你不怕我我什么时候怕过你？甭说这小小学校，就是本县我还没怕过谁哩！"

校长成斌正在睡午觉，最后被叫醒来到现场，先拉走了刘伟，再推走了杨小光，学生和教师们也各自散了。成斌只是嘟哝着："刘老师快回房子里去，让学生围观像什么话！杨老师快去大门口卖你的冰棍，在学生面前吵架总是影响不好嘛！再有理也不该在学生面前吵嘛！"

王老师早在成斌到来之前已经逃回房子。

王老师坐在办公桌前，脑子里乱成一窝麻，那总是梳理得很好的银白头发有点散乱了。他没有料到卖冰棍会卖出这种不堪收拾的局面。他想到校务会讨论卖冰棍时自己说过影响不好的话，但没有坚持而放弃了，他随着教师们一样参加了轮流卖冰棍。他怕别的教师骂他不合群，清高，僵化，都什么时候了还拉不下面子……明年满六十本可以光荣退休了，最后一个毕业班毕业了他就该告老还乡了，临走却被一个年轻的体育教师骂成"巧伪人"。他已灰心至极，再三思虑，终于拔笔摊纸写下了"退休申请"几个字，心里铁定：提早退休！

放晚学的自由活动时间，校长成斌来了。成斌说问题全部调查清楚，何小毛和六甲班学生干部到各班动员学生买王老师冰棍的举动，完全属于何小毛的个人行为，既不是王老师策划的，也不是刘伟策划的。所以杨小光辱骂王老师是错误的。如果仅仅是这件事就简单极了，由杨小光向王老师赔礼道歉。问题复杂在王老师失手打了何小毛一个耳光，打骂体罚学生是绝对不允许的。成斌说他和吴主任研究过了，做出两条决定，王老师向被打学生家长赔情，争取何小毛的乡村企业家的父亲的谅解，然后再在本校教师会上检讨一下。如果上级不查则罢，要是查问起来，咱们也好交代，王老师也好解脱了。为此，成斌征求王老师的意见。

王老师把抽屉拉了两次又关上，终于没有把"申请退休"的报告呈给成斌校长，担心会造成要挟的错觉。对于成校长研究下的两条措施，他都接受了，而且说："你和吴主任处理及时，本来我自己打算今晚去何小毛家，向家长赔情哩！"

六

成斌校长不放心，执意要陪着王老师一起去何小毛家，向那位在本乡颇具影响的企业家赔情，听说那人财大气粗，一个老夫子样儿的王老师单人去了下不来台怎么办？刘伟也执意要去，理由是与自己有关，六甲班他任副班主任，责无旁贷，另外也怀着为王老师当保镖的义勇之气。王老师再三说不必去那么多人，何小毛的父亲何社仓其实还是他的学生，难道会打他骂他不成！结果仍然是三个人一起去了。

这是乡村里依然并不常见的大庄户院。一家占了普通农家按规定划拨的三倍大的庄基，盖起了一座二层楼房，院子里停着一辆客货两用小汽车，散发着一股汽油味儿，院里堆积的杂物和废物已不具一般庄稼院的色彩，全是些废旧轮胎、汽油桶子、大堆的块煤以及裁剪无用的各色布头堆在墙角。何社仓闻声迎出来，大声喧哗着"欢迎欢迎"的话，把三位老师引进底层东头套间会客室，质地不错的沙发，已经适应时令的变化铺上了编织的透风垫子，落地扇呜呜呜转着。何社仓打开冷藏柜，取出几瓶汽水，揭了盖儿，送给三位老师一人一瓶。

成斌校长摇着瓶子没有喝，刚开口说了句"何厂长我们来……"就被何社仓挥手打断了，何社仓豪气爽朗："成校长王老师刘老师，你们来不说我也知道为啥事。此事不提了，我已经知道了。我那个小毛不是东西。我刚刚训过他。咱们'只叙友情，不谈其他'。"他最后恰当不恰当地引用了《红灯记》里鸠山的一句台词，随后就吩咐刚刚走进门来的女人说："咱们小毛的老师也是我的老师来了，难得遇合，你弄几样菜，我跟我老师喝一点。"女人大约不放心孩子的事，只是开不了口，转身走出去了。

成校长企图再次引入致歉的话题，何社仓反而有点烦："总之小毛不是东西。这小子太胆大，宠得什么事也敢做什么话也敢说。我像他那么大的时候，胆小得很，一到人多的地方就吓得像个小老鼠，一见生人就害羞——王老师一概尽知。这小子根本不知道害怕害羞……咱们不提他了，好好……"王老师愈觉心里憋得慌，终于把自己要说的话说出来："社仓，我打了小毛一个耳光，我来……"

何社仓腾地红了脸："王老师，打了就打了嘛！我也常是赏他耳光吃。这孩子令人讨厌我知道。我在你的班上念了两年书，你可是没有重气呵过我……好了好了不提此事了。大家要么去参观参观我的鞋厂。"

何社仓领着三位教师去一楼的生产车间参观，房子里安着一排排专用裁纫机，轧制鞋帮，另一间屋子里是裁剪鞋帮的。夜班已经开始，雇来的农村姑娘一人一台机子，专心地轧着鞋帮，头也不抬。

何小毛的母亲已弄好了菜，何社仓把三位老师重新领进会客室里，斟了酒，全是五星牌啤酒，而且再三说谦让的话，然后把筷子一一送到三位老师手里，敦促他们吃呀喝呀。

王老师喝了两杯啤酒，不大会儿就红了脸，头也晕了，脚也轻了，他今天只是吃了一顿早餐，空荡荡的肚子经不住优质名牌啤酒的刺激，有点失控了。

何社仓大杯大杯饮着酒，发着慨叹："我只有跟三位老师喝酒心里是坦诚的，哎哎哎！"

刘伟听不出其中的隐意，傻愣愣眨着眼。

何社仓说："王老师，我现在有时还梦见在你跟前念书的情景……怪不怪？多少年了还是梦见！我小时候那么怕羞！我而今不怕羞了胆子大了。我那个小子小毛根本不知道害怕害羞！我倒是觉得小孩子害点羞更可爱……"

王老师似乎被电火花击中，猛地饮干杯中黄澄澄的啤酒，扔下筷子，大声响应附和着说："对对对！何社仓，小孩子有点害羞更可爱！我讨厌小小年纪变得油头滑脑的小油条。"说着竟站了起来，左手拍了校长成斌一巴掌，右手在刘伟肩上重重拍了一下，然后瞅瞅这个，又瞅瞅那个，忽然鼻子一抽，两行老泪潸然而下，伸出哆哆嗦嗦的手，像是发表演说一样："其实何止小孩子，难道在我，在你们，在我们学校，在我们整个社会生活里，不是应该保存一点可爱的害羞心理吗？"

三个人都有点愣，怀疑王老师可能醉了。

1988年6月27日于白鹿园

罗索河瘟疫

迟子建

接生婆把埋葬死狗的任务交给领条是想试探一下他是否还记得去河边的路。

领条用一条绳子拖着死狗，在母亲的嘱咐下出了家门。他觉得这条狗很重，他就像拉着一块石头似的，他一边走一边回头看自家的烟囱是否冒烟了，母亲若此时还不生火，那么他埋完狗回来肯定就吃不上晚饭。不到傍晚时他就饿了，现在太阳还没落山他就觉得肚子瘪瘪的，仿佛胃被蝗虫掏空了似的。他想今晚要吃五碗饭，他家的饭碗太小了。为了这，他不明白母亲让他用小碗是想让他勤快些还是不想让他长胖。

去河边的路始终明朗地横在领条的脚下。其实那是河边的一条长堤，堤坎两侧平缓的坡上长满了青草，坎下的沙地上还簇生着河柳、艾蒿、荆棘以及密密地缠住这些植物的藤蔓，矢车菊和绒线花被高于它们的野草所覆盖，就像被缝在棉衣中的宝石一样。领条拖了一会就累得气短了，他停下来抹抹头上的汗，感受着罗索河的湿润，大河那边的山峦和原野显得十分广阔，因广阔而又呈现出缥缈。"这就是河边的路。"领条自言自语，"我就把你埋在河边。"他把目光放在死狗身上，看着它僵硬的像木棍一样的四肢。几小时前，它的身体还是热的，虽然那时它已是奄奄一息。它死时领条难过得躲在鸡舍后面哭了一场，等他哭够了，那个退休后做了接生婆的母亲让他把死狗拖出去埋了。"你能把它弄到河边埋掉吗？"说话的老女人的嘴里散发出一股劣质的烟草味，那种怀疑的口气令领条不满。自从一场意外的病使他无法去学校上课以来，领条一直没有走出离家门稍远的地方，可憎的老女人只让他在菜园、猪栏和狗窝旁边蹦跳，而且这个老女人的大儿子，那个年轻的、满脸长满粉刺的酒鬼常常在游手好闲回来之后醉醺醺地骂领条："傻子，你过来脱掉我的鞋！"领条觉得这话格外刺耳，但他病后的确眼神恍惚，脑子里总是出现空白，许多事情他都给忘记了。但是去河边的路他没有忘记，他想只要一走出家门，朝最潮湿的地方走去，就一定会到达河池。只是病后第一次被允许去河边就与一条死狗同行，他有些心酸。

堤坎上很少见到行人，偶尔碰见一两个散步的，见一个泪涟涟的男孩子拖着一条死狗朝河边走，便都明白那是瘟狗，就捂着鼻子远远地走开。领条知道人们惧怕瘟疫，虽然现在这瘟疫只对动物产生攻击性，但在罗索镇这个夏天里，多数的人都因为动物家禽大批死去而感到惶恐。先是鸡瘟之后是猪瘟和狗瘟，这些瘟疫仿佛把人变成了孕妇，不断地给人带来阵阵恶心。河边因为掩埋了太多的死猪死狗，而招来了众多的乌鸦和鹰，腐肉的气味在大河两岸横冲直撞。

领条下了堤坎，想穿过荆棘走向沙滩。沙滩上没有人影，但是并不见乌鸦和鹰的影子，可能沙滩的寂静是虚假的。领条得出这个结论后就停下脚步，观察着沙滩的情况。夕阳像刚蒸好的一锅玉米饭一样，金光闪闪热气腾腾地将它的余晖折射到河水和两岸的林地上，使得眼前的景色有声有色的。领条再一次回头看了看死狗，现在它身上的毛皮已有被拖烂的地方了，这一段俯首帖耳的路途使它面目皆非。领条想，它若活着，怎会这么受人摆布呢。他的眼前浮现出狗活着时的种种可人的姿态，他心里叹息着它的寿命太短了。"我再也帮不了你什么了。"领条对死狗说，"我马上就要把你埋掉了。"

罗索河的水声只有在汛期时才大一些。在这个夏天里因为持续干旱，所以并不存在往年都有的汛期。也正因为少雨，各种瘟疫才十分活跃。河水很清澈，但十分寒冷，水下生长着水草，由于年代太久，已经呈现出古铜色了。领条很小的时候到这条河游过水，他曾被凉得抽了筋儿，差点被卷到旋涡里送命。居民们都认为这条河水太缠人，所以都告诫孩子们不要到河边去玩。

领条在荆棘中站了一刻，觉得腿有些麻木，而沙滩上又没有什么动静，就打算着去埋葬它了。他拉好绳头，运足一口气，准备着一鼓作气走到沙滩上。然而，就在此时，他听到了一阵脚步声从河的上游传来，脚步声慌慌张张的，好像玻璃被车轮碾碎的那种声音。声音非常杂乱，最后领条听出那不只是单纯的脚步声，还有别的声音掺杂其中。他胆战心惊地等待着什么场面在他眼前出现，因为声音是像滚雪球一样隆隆地朝他在的方向传来的。他放下绳头，做着随时应变危险的准备。他发现有一个人正气喘吁吁地推着辆破旧的自行车沿河岸跑来，跑到领条所注视的正前方时他停下来，把车子扔在沙滩上，然后又扔下一件上衣，就匆匆忙忙地离开现场，顺着河滩上了堤坎。领条吃惊地发现那人竟是自己的酒鬼哥哥！他不明白哥哥为什么要把自行车和衣服扔在沙滩上，这个酾蔷鬼不知是在作践谁的东西呢。领条觉得十分好奇，他发现哥哥走远以后，就默不作声地沉着气将死狗拉到沙滩上，他看着那辆破旧的自行车和那件浅灰色的上衣，就像看着一堆遗物一样心中充满哀伤。这些不是哥哥的东西，这混账是偷了谁的东西被人发现了跑到这里来销赃？领条叹息了一声对死狗说："他越来越不像话了，接生婆把他惯坏了。"说完，领条吐了一下舌头，他左右四顾，发现真的就他一个人在这里，才放下心来，他不能让母亲听见他唤她为"接生婆"，虽然他心里天天这么叫她。

领条为自己没有带铁锹而心生懊悔。"我只能给你用手扒个坑了。"领条用手拍了拍死狗的脑袋，然后蹲下身，选择了一块地方，先把鹅卵石拣干净，然后才伸出十指去挖沙子。沙子虽然很柔软，但由于要用手指坚持不懈地挖下去，所以他很快就觉得十指生疼，指甲里塞满了沙子，胀乎乎地肿着。若在往年，尤其是在沙滩上，哪怕是一匹马走过，蹄窝里很快就会渗出水来，成为纯粹的水洼，可现在，沙子已经被掏了许多，面前的坑足有脸盆那么大了，却还不见一滴水渗出。但的确是越往下挖湿度就越大，而且凉意也变得浓厚起来，等到他把沙坑扩展到澡盆那样大时，他的手指已经被抠破了，血同沙子粘在一起，有一股特殊的咸腥味道，仿佛再挖下去就可以看到一块鱼塘。"这么大的地方够你用了。"领条说着，把死狗抱起，慢慢地放在坑里，"这里很凉快，你待在里面吧。"领条望着狗，心想这是最后一次看它，眼泪就落了下来。他一边把沙子往坑里扬，一边低声哭泣。等到他把狗平安地埋葬完时，天色已经晚了。"夏天的晚上怎么来得这么早？"领条有些糊涂，他不知自己在沙滩上逗留了多久，他看看天，夕阳早已不见了，罗索河上那层被夕阳镀成金色的光晕幻灭了。这么说，晚饭的时刻已经过去了。领条觉得很累，他从沙滩步上堤坎，沿着来路回去，脑子里一片混沌。

接生婆为领条顺利回到家里而感到满意，她原以为他是无法走到河边的，但从他手上沾满的沙子来看他是到达了河边的，他把狗埋葬了，说明他并不傻得厉害。"也许他的智力正在恢复。"接生婆想着，便很舒心地把饭桌放好，将一盆汤和一锅饭摆上去，领条洗过手后磁铁似的吸在饭桌旁，足足吃了一刻钟的时间，直吃得舌头发麻，无法再塞进一颗米为止。接生婆无言地收捡碗筷，在厨房里叮叮当当地清洗餐具。领条坐在椅子上，觉得身上太热，汗水把衣裳都粘住了，尤其是脊梁那，粘得痒乎乎的，他便把衣裳脱下来，光着上身。窗外的景色灰暗了，风却没有起来，领条觉得睡觉还为时过早，所以就到院子里乘凉。院子的墙根下面还蜷着一只狗，它同样染上了瘟疫，对于食物它已没有任何兴趣，任何生人的来访也使它无动于衷。它瘦了许多，而且正在脱落毛发，这使它的身体看上去破烂不堪的。领条俯下身用手碰了碰它的脑袋："你不打算活了？你得吃点什么才是。"

酒鬼别利踉踉跄跄地回家了，领条闻到了一股刺鼻的酒精味，他便躲到鸡舍旁边。别利迈着忽短忽长、歪歪扭扭的步子晃到屋门前，他舌头僵硬地咕噜着："领条，你、给我、出、出来，脱、脱掉、我、的鞋……""王八别利！"领条在暗处骂着，但没敢把声音放大。这时领条听见接生婆出来迎接她的大儿子了："别利，你怎么又喝得迤逦歪斜的？""我是、是个、不倒翁，没、没事。"别利说，"我、去了、狗肉馆，喝了半斤、八两……""我的儿，你非要学你那死鬼的爹，活活地喝死不可吗？"接生婆声音暗哑地说，"妈就你这么一个中用的儿子，你要体恤我呀。"

"你、别、老是、嘟嘟、囔囔的……"

别利大概推了一把自己的母亲，领条听见接生婆"哎哟"一声叫唤，跟着便是被刺痛的一句："混账！"领条听了十分解气。可恨的接生婆，总是喋喋不休地说别利是她唯一中用的儿子，这不明明是在指领条是个无用的孩子吗？可自己今天已经独自去河边埋葬了一条死狗，如果瘟疫在入秋前猖狂不减以往，那么，他也许有第二次机会去河边埋葬死狗，因为墙根下的这只也日薄西山了。

领条在黑夜中站了许久，猛然间意识到该是睡觉的时候了，便抬头看了看天。满天的繁星把他吓了一跳，他慌得手足无措，"星星出了这么多，一定是夜深了。"领条对自己说着，觉得自己的觉在今夜不会够睡了，就急得头脑发涨，鼻子痒痒的，里面仿佛有虫子在手舞足蹈，他知道自己又要流鼻血了。接生婆曾经说他流鼻血是因为长大了，这并不是什么毛病，高温的天气和热性食物也可诱发鼻血，没什么可怕的，可领条仍然觉得恐怖。"也许我就要死了。"领条想着，"酒鬼别利会像拖死狗一样把我弄到河边埋了。"领条忧戚地想着，心事重重地擦着鼻血回屋了。接生婆的屋子黑着灯，看来她已经熟睡了，"她为什么不喊我回来？她是个魔鬼妖婆。"领条用手指点了一下自己母亲的屋门，然后回到他和别利共住的屋子里。屋子里灯还未熄，十五瓦的灯泡发出黄肝病患者的那种灰黄光晕，屋子的空气坏透了。别利的臭脚搭在炕沿上，紫的，好像酒都喝到脚心上了，此时他已把呼噜打到了高潮。领条非常不情愿和别利睡在一铺炕上，但现在他别无选择，因为家里的房屋还不够宽绰。领条放下自己的被子，把灯拉灭，黑暗中搓了搓脚丫就钻进被窝睡了。

早晨对于领条来说是最没精神的时辰，他醒来时别利的铺位已经空了，这个懒虫很少起这么早。接生婆正在她的屋子里给一个孕妇检查胎儿发育的情况。领条觑了一下屋里，见一张白生生的肚子像一大块面团似的隆在炕上，他的心里隐隐觉得恶心。母亲从医院妇产科退休后，就一直忙于接生，只要在街上碰见了大肚子的女人，她就像找到了什么宝贝似的把人家领回家中，用她的医学知识和多年的临床经验跟孕妇交朋友，结果她总能赢得别人的信任，分娩时孕妇不去医院，而打发自家的男人来请她去接生，因为她态度温和，又从未出过差错，所以她的生意一直不错。

领条在院子中看了一会狗，然后就回屋喝了一碗米汤，早餐他总是没有胃口。这时母亲已经给那个孕妇检查完毕，孕妇正当着领条的面大模大样地系裤带。几乎所有的女人当了孕妇后都掩埋了羞涩，这使领条觉得男人真是作恶多端，因为他们在弄大了女人肚子的同时，也弄大了她们的心。大胆的女人越来越多了，所以女人也就越来越不像女人了。

接生婆送走孕妇后对领条说："昨天中午公路管理站的站长被人杀了，是被堵在自家的屋里杀掉的，有人说这是仇杀，也有人说是图财害命。"接生婆觉得这些话领条不一定能听懂，后面的话才是至关重要的，所以她加强语气说："白天时你一个人在家也要闩起大门。""不会有人杀我的。"领条比画着说，"我没得罪过谁，也没有钱，不会有人要杀我的。""领条——"接生婆大喜过望地叫道，"你的脑筋好使起来了，老天！""他还能好起来？看他那副傻样吧。"别利面色红润地走进院子，大言不惭地接上了话茬。"别利，你怎么一天三顿都要喝？"接生婆痛心疾首地说，"这样下去哪个女人会跟了你？""爱跟不跟，女人都是贱种！"别利脸上的粉刺疙疙瘩瘩地动着，倒八字眉显出一种刁蛮和狠毒。"听说昨天杀了人。"接生婆说，"你在外可不要闯祸。""我知道了，我不会去杀人。"别利不自然地说着，心情显得很烦躁，他一路踢着什么东西回屋睡觉了。

临近傍晚的时候接生婆从外面带回了两条消息：罗索镇所有的狗肉馆全部被封了，因为许多人吃了狗肉后都中毒了，医院里躺了不少滴盐水瓶的人，据说这些狗肉馆的主人夜半时到河边去挖死狗，稍加处理后就把它们熬成肉汤卖出去，食品卫生监督部门的人因为受贿而听之任之；那个杀人的罪犯已经基本认定是阿里，因为在杀人现场发现了阿里的指纹和头发，而且重要的是罗索河岸边扔着阿里的自行车和衣裳。他一定是杀人后畏罪自尽了。目前，公安局的人正划船在罗索河上打捞阿里的尸体。接生婆絮絮叨叨地说完这两条消息后，就以前所未有的语重心长的语气对别利说："你和阿里是酒肉朋友，整天厮守在一起，公安局的人肯定向你调查出事的那天你看没看见阿里，你得有个准备。""我已经有一周没有见到阿里了。"别利慢吞吞地说。"那就好。"接生婆放心地说。

"四天以前阿里来过，别利和他在一起抽烟来着，别利还对阿里说'得弄点钱花花'。"领条说。别利恼羞成怒地拧着领条的耳朵说："你怎么能胡说八道?""我说的是真话，阿里那天来过，他还别着一把刀，我蹲在地上时抬头望见了他的裤腰，刀就别在裤腰上，我看见了刀尖，非常亮的刀尖。""傻子！"别利踢了领条一脚，"你是个傻子！"

领条被别利重重地踢了以后惯性地朝后面趔趄了两步，但他很快平衡住了自己，他握紧拳头，咬牙切齿地扑到别利面前，当胸就是一拳，别利像被雷电劈了一样痉挛了一下，但他很快反应过来，拳脚相加地与领条扭打在一起，直打得两败俱伤：别利擦伤了脸，而领条的鼻子出了血，他们才气喘吁吁地住手。在两兄弟斗架的时候，接生婆一直袖手旁观，她很吃惊领条竟有这么大的力气，以致把别利脸上的粉刺都抓破了，联想起领条独自去河边埋葬了死狗，接生婆觉得智慧又要在领条身上回归了，所以她很满意地对领条说："你打得不孬。"

天持续地热着，没有一星半点的雨降临，道路上尘土飞扬，罗索镇旱得口干舌燥，屋檐和场院泛着疲倦的青光，菜园中的辣椒和柿子被晒得提早红了，呈现出一副浓厚的醉态。接生婆站在热气腾腾的厨房里汗水淋淋地煮胎盘，尽管她说他吃了对身体有好处，可领条依然毫不动心，因为他觉得就是人肉，和吃人没什么两样。所以他一闻到煮胎盘的气味就觉得恶心，他情愿和院子中的病狗在一起。瘟疫在入秋前不可能止息了，狗有气无力地苟延残喘，耳朵和尾巴霜打一般地耷拉着。领条只能每隔几小时用勺子喂它一些米汤。

打捞阿里尸体的人员在罗索河上一无所获。除了岸上遗弃的阿里的东西外，现在不能断定阿里真的投河死了。公安局对作案现场进行了进一步勘查，又发现了其他人的脚印，所以他们怀疑是两人作案，而绝非一人。据死者家属介绍，家里高低柜的钱盒里有一万一千元现金，是刚从银行里取出来用来购买摩托车的，现在钱不见了，显而易见这是图财害命。也许受害者从银行出来后被凶手盯了梢，他们打探好钱的主人住在哪一座房屋后，就下毒手了。如果罗索河中有阿里的尸体，那一定是因为分赃不均，一方害死了另一方，造成了自杀的假象。所以，更大的凶手现在还逍遥法外呢。

别利整天早出晚归，他逛遍了罗索镇所有的酒馆，吃喝得脸上的粉刺快有他的眼睛大了，那张脸看上去就更显坎坷。接生婆大概已对别利失去了信心，所以她不再教诲他。别利幼时就是个好吃懒做的，十九岁时因为恋爱不成功便沾上了烟酒，从那时起他难得有几天清醒的时刻，领条这些年受够了别利酒后对他的漫骂和污辱。

领条的饭量减轻了，他总是想起那天去河边埋葬死狗的情景。别利把一辆自行车和一件衣裳丢在了沙滩上，而这些是阿里的东西，这意味着什么呢？是别利杀害了阿里？领条越想越恐怖，他与别利同室时几乎很难入睡了。他想象着别利用手把阿里的脖子扼住，然后用力将他窒息，再将阿里像扔死狗一样抛进河水的情景。别利为了什么？他缺钱用吗？他饿了肚子吗？

接生婆发现领条食欲不振后担忧地问他："你是不是肚里长虫子了？"领条听后摇摇头，问她："阿里若是活着，会判他死罪吗？""如果他杀了人，当然要死罪。"接生婆回答。"如果别人又杀了人，比如说杀死了阿里，这个人也会判死罪吗？""杀人偿命，当然是判死罪。"接生婆大惑不解地问，"你怎么琢磨杀人的事？""因为阿里还没捞出来。"领条说。"天太旱，罗索河水很静，尸体卡在哪一处就很难出来，等到打雷的时候，尸体就会被击出来浮在水面上。"接生婆温和地揉搓着领条的头发说，"你不要去想了。"

领条彻夜难眠。他躺在炕上，想到阿里就对别利产生刻骨的憎恨，他恨不能起来把睡得四仰八叉的别利掀到地上去喂蟑螂，但一想到别利被抓去杀头，又莫名地忧伤和同情起来，所以他一会火冒三丈，一会又泪水涟涟，他的头脑因为思虑过度而阵发性疼痛。"为什么要我看见这些？"领条反复地对自己说这句话。

案情在天气持续干燥的单调情况下变得复杂起来。最重要的破案线索像一条眼镜蛇一样锐利地爬到领条家。那是正午才过的时候，领条和接生婆正守着已经很难呼吸的狗进行最后的拯救。猛然听见大门外一阵骚乱，有一辆车停了下来，车上走下三个人，两男一女，全都穿戴着佩有领章和帽徽的制服，领条明白他们是为了寻求正义来的。他们一进院子后就找别利，接生婆战战兢兢地把别利从炕上摇醒，别利睡眼惺忪地光着脚出来先入为主地说："是找我了解阿里的情况吗？""是的，希望你能给我们提供一些线索。"其中一个矮胖的男人说，"出事的那天你见到阿里了吗？""没有，那天我一直在狗肉馆喝酒。"别利说。"是一个人吗？""是。""哪一家狗肉馆？""好再来。""那么，出事的前几天你见到他了吗？""见到了，阿里正要……""等等，什么时间？""大约五天前的晚上，六点多钟吧……我见到他时他正要来我家找我。""他找你有事吗？""他说他想复婚。""他是征求你的意见？""我想是吧，因为我被女人骗过，所以阿里说要复婚，我就没有心思和他说话，后来他就走了，再后来就出了杀人案。"别利沉着地叙说完一个故事，直听得领条目瞪口呆，他想：别利比河对岸的狐狸还要狡猾啊。公安局的人又问了关于阿里平时的一些日常琐事，然后就像急着要去打扫战场一样合上记录本起身要走了。当他们走到大门的时候，领条忽然喊住他们，出人意料地说："有人在河边扔了阿里的自行车和衣裳，我看见了。""是吗？"他们像看月食一样专注地打量着领条，问："你是怎么看见的？""我去河边埋死狗。"领条说。"他是个傻子，千万别听他胡说。"接生婆说，"他十一岁时得了一场肺炎，一场高烧使他丧失了智力。""对，他是个白痴，从未说过真话，他已经好几年不上学了，平常连门都不出。"别利也跟着添油加醋。领条听后急得不知所措，他只是干瞪着眼睛，半句半句地说着："可是……可是……"公安局的人无奈地笑笑，拍着领条的脑壳说："你还很关心罗索镇呢。"说完，他们走出了领条家的大门，领条在后面低低地骂着："吃屎的货，猪脑袋。"

公安局的人走后，接生婆放心地回屋了，晚上她要给一个产妇去接生，所以要睡上几个小时养足精神。别利把领条拉到鸡舍旁边恶狠狠地问："那天你究竟看见什么了？""我看见你把自行车和衣裳扔在了河边。""你胡说，你什么也没看见！""可我看见了，扔东西的人就是你！""记住，你什么也没看见，否则我会杀了你！"别利把领条的头示威性地塞进鸡窝，"你什么也没看见！"

领条费力地把脑袋从鸡窝拔出来后别利已经不见了。领条发现狗已经死了，他难过了好一阵，就到仓房里把上次拖死狗用的那条绳子找来，拴在狗的脖子上，拴后拉着绳子朝河边走。他出了家门后不久就上了堤坎，土腥味在空中弥漫。领条觉得死去的动物格外沉重，他累得头昏脑涨的。路上他只遇见一个老头，前方的景色显得十分空旷。当他到达河边时，不觉又是傍晚的时光了，夕照辉映在水面上，罗索河看上去就像淤着一河床黏稠的黄油似的。领条依然像上次一样用十指为死狗挖坑，这并不是因为他又忘记带铁锹了，而是觉得这条狗应该跟上一条的待遇一样。他挖好坑后小心翼翼地把死狗放进去，颤抖着声音说："这里很凉快，你待在里面吧。"他像上次一样一边往坑里培土一边流泪，最后他看不见狗的形容了，他知道他已经埋葬了它。

葬完狗后领条没有马上离开河边，他想起了别利，一种永生的耻辱感压抑得使他喘不过气来。"我什么也没看见！"领条自言自语，"我什么也没看见！"他接近了罗索河。

罗索河很静，他没有看见打捞尸体的小船，对岸的山影像笤帚一样散露着这个季节的缕缕绿色，领条十分惶惑。他哭泣着走进河水："我看见了，可我什么也没看见！"他朝河水中央走去，他的头渐渐地被河水吞没，这时河面上的夕照已经变得浊黄，有几片云半掩着夕阳。

领条在晚饭时没有回来，接生婆便和别利到河边去找，因为他们发现死狗不见了。他们寻到河边时已是黑夜的时候，罗索河盛开着平板而柔和的月光，两岸寂静无声，全无人影，他们便认为领条并不在河边，就反身回家。下半夜的时候，天忽然阴起来，乌云浓重，一阵狂风过后，雷声隆隆响起，窗根被震得哗啦啦地怪叫，暴雨愤怒地鞭打着罗索镇，雨一直下到天将明时才止息。接生婆从产妇家拿着血淋淋的胎盘回来时，路上布满了水洼，她的鞋子湿透了，她疲惫地推开屋门，发现领条的铺仍是空的，就叹息了一声，心中有一种不祥的感觉。天亮时，有人在暴涨的急流喧哗的罗索河岸边发现了阿里肿胀的尸体，跟着，一个打鱼人在罗索河下游也发现了一具尸体，那是领条。

事情过去一段时光了，罗索河水已经在初冬时结上了一层银色的白冰。别利与接生婆相安无事地过了一段平静时光，可是有一天傍晚，接生婆忽然来到别利的房间，她把别利弄醒后声嘶力竭地说："我想透亮了，是你杀了阿里和领条，领条是因为你死的。"瞌睡浓重的别利根本没在意她说些什么，只是迷迷糊糊地要求接生婆："屋子太凉了，明天给炉子生起火来。""领条一定是因为你才死的，我可怜的孩子。"接生婆忽然揪住别利的头发说，"你得为他偿命。"别利睁大眼睛，他看见了昏黄的灯光下母亲绝望的眼神，他还看见了她手里握着一把匕首，仿佛要为他动大手术似的母亲的身上除了眼睛和匕首明亮外，其他部分都显得黯淡。"我没杀领条。"别利说，"他是我弟。""可他是为你死的，我想得透透亮亮的了。"接生婆一字一顿地对别利说，"我能生你，也能灭你。"别利点点头，匕首就贪婪地从他的胸间深入到心脏部位了，她的医学经验帮助她找到了最恰当的位置。事情干利索后，接生婆把别利的尸体背到罗索河边，一路上她歇了好几次，儿子毕竟是成人了，他的确很重。到河边后她用石头敲开一方冰面，就像扔一只青蛙一样把别利塞进去，她舒了口长气。

别利死后的第二天，接生婆用了一天时间典当了房屋和家具，她将得到的钱和多年的积蓄寄给老家年迈的母亲。从邮局出来后，她觉得一点负担都没有了，她空空荡荡、轻轻盈盈、飘飘洒洒，她一生从未有过这种轻松和愉悦。她一个人慢慢地朝罗索河方向走，一路上她遇见不少故人，大家都夸她气色很好，她神情怡然。她走到河边后将那把束缚房屋多年的钥匙扔在岸上，然后用石头敲开一方冰面，一头栽进去。

第二年开春时人们在融化的罗索河中发现了别利和他母亲的尸体，大家议论纷纷。医院的产房空前地热闹起来，忍受着分娩痛苦的孕妇看着刑场一样的产房和医生冷漠的脸庞，全都想起那个给予无数孕妇以温情帮助的接生婆，见过她的人回忆她的音容笑貌，没见过她的就回味那些故事，她们怀念她。

1990年11月

言 午

方 方

  言午从监狱里放出来便接过了他老婆手里的垃圾车。垃圾车是用大红漆涂抹过的，很是鲜亮。言午第一眼见它时猛然一阵心惊肉跳，第二眼他就使自己习惯了。言午在大狱里待了十三年。在那里头他也不知悟出了什么东西，以至于他走出那蓝铮铮的大铁门时竟不觉出他脸上有晦气。游移不定的眼神倒仿佛比谁都轻松，比谁都满不在乎。

  言午的老婆说："看你这神气好像在里头有了相好似的。"

  言午笑了笑，没说话。他老婆等了他十三年等出这么一个落拓的他，却还像十三年前一样的"醋"。

  言午已从大楼里搬到了沿宿舍围墙加盖的一间平房里。这是他入狱后的第一年，机关专为安置他老婆给盖的。单砖薄顶，阴暗潮湿，但毕竟可以居住。言午的老婆就是在这里添了垃圾车和一系列清扫卫生的工具。

  言午的老婆在言午出狱前就告诉言午，将来她养活他，他尽可以在家看书写文章什么的。

  言午冷冷一笑，说："我这辈子什么时候要你养过？"

  一句话使言午的老婆无言以对。言午的老婆自打从她娘家的小书店嫁出来后，就没有挣过一分钱，直到言午入狱。言午是个强悍的男人，至少言午老婆一直这么想。

  言午到家后差不多只吃了一顿饭，便拉着那辆大红色的板车沿门挨栋地去清垃圾了。

言午的形象使很多人吓了一跳，也使很多人感到尴尬，而更多的人则羞愧不已。

言午第一次在宿舍区露面就感觉到了这一点。那之后，他便每天上下班时将垃圾车停在路口，好似迎接和欢送那些步履匆匆的上班族。

言午永远穿着件深褐色的中山装。言午这件深褐色的中山装已经很破旧了，尤其衣袖口，布丝筋筋扯扯地缠了一大堆，风一吹，在太阳光下飘飘然煞是瞩目。言午的老婆每次说为他缝补，言午总是淡说一句："你懂个屁！"

言午想，我要的就是这个效果。

但凡人多热闹时，言午在路口便极其夸大了自己的猥琐、卑微和下贱。他有时伏在车帮上贪婪地翻扒垃圾中可以卖钱的废纸酒瓶系列，又有时走入路中，在来去匆匆的行人脚下拾取烟头之类。言午一次拾烟头竟拾到研究室主任脚下了，那是主任刚扔下的一截，还燃着。言午捡起来放到嘴里使劲地吸了几口，而后追赶上去，带着极浓的讨好之意连声地说："谢谢主任，谢谢主任！"主任先是吓了一跳，定睛看言午几秒，两颊立即赤红赤红，逃也似的离开了，倒颇有落荒之举。

言午那天很愉快，晚餐时还喝了一点酒。

言午的老婆是个很贤惠也很能干的人。她在言午回来前夕，将那小平房精心地隔成了两间。分割房间的材料是布。言午的老婆自然没有经济能力去添置如墙那么大面积的布，但她能创造。她将她从垃圾里拾来的布洗干净后，一块块地拼缝。想来言午的老婆也是个颇有艺术气质的人。她竟将那千百块布拼成了图案，扯开后，竟如一幅现代感极强的装饰帘布。宿舍里一个学美术的大学生听闻之后曾专门去看了一下，看后说言午的老婆色彩感好极了。

其实很少有人知道，言午的老婆在嫁给言午前正是学艺术的。只是婚后言午不愿叫她再继续深造，她才一条心做了家庭妇女。

言午的老婆在布帘之后为言午准备了一个尽可能考究的书房。书和书架是言午以前的。皮椅的皮已被人弄破了，言午的老婆又很精心地用皮革重新包了起来，包好后仿佛是市面上根本买不到的流行款式。笔筒里，言午的老婆照老习惯插上了削得尖尖的各式铅笔。细心至微的言午老婆估计言午的钢笔一定没有了，又将言午当初送给她的那支金笔也插在笔筒里。言午的老婆外表已粗糙衰老成一个倒垃圾的婆子，内心依然娟秀细腻如故。言午的老婆有病，没能生下一男半女，这使她对言午有一种深刻的内疚，这内疚随时间而演变成一种坚定不渝的忠诚和死心塌地的爱。

但言午的老婆觉得自己一辈子都理解不了言午。

言午对自己能有如此书房还是感到很惬意的。言午倒完垃圾回来便待在书房里，却从来不看一本书，甚至连立在他的书架前重新翻阅或浏览之意都没有。言午永远是靠在他的皮椅上，两眼直直地望着天花板，跷着的二郎腿时而晃上几晃。

言午的老婆初始以为言午如此这般是痛苦至极又若没了痛苦的表现，后又觉得不是。言午的眼睛有时会在突然间炯炯地放出光来。那时候言午的神情给人一种可怕之感。

言午的老婆好长时间里预感着会发生什么事，心里惴惴的，无一日安神。但事实证明她多虑了。言午或她的家庭，什么事也没发生。言午每日极其有规律地出门，又极其守时地返回，如一架机器，甚至不辞辛苦地为她拾回很多可以换钱的垃圾。

只是关上家门后，言午则一如往昔地饭来张口，衣来伸手，晚间洗脚也一如往昔地由言午的老婆蹲下去干。

言午的老婆只要言午没有外遇，替他做牛做马都行。言午每天拉车出门时，她总忘不了叮嘱一句曾叮嘱过多年的话："在外面不要盯着女人看！"此外还增补了一句新的："现在的女人比以前的浪多了，你没经验，要小心她们勾引你呀。"

言午每听此语都觉得好笑。来勾引他这个倒垃圾老头儿的除非是个精神病患者。言午同时又从老婆的话里感到一点惊讶，他在这世界上居然还有人喜欢。

言午的日子就这么过了下去，仿佛静如死水。无论是见了他吓一跳的人还是见他尴尬或羞愧的人自然都在他背后议论他。有说他可惜了，也有说他沉沦了，更有说他自我糟践。无论议论是怎样的，这些议论者大多不敢直视他，更不敢上前搭话，吁长叹短。见了言午，或绕行或加快步子或佯装未见，个个脸上皆挂副不自在的神情。

没有人为言午提出申诉。言午自己也没去。

研究室主任的儿子有一天在家里翻阅旧照相簿时，一张照片飘在了地上。他拾起随意看了一下，见到后面龙飞凤舞写着一行字："这就是言午大博士。""大博士"三字写得极其花哨。

研究室主任的儿子说："这人好狂。"

他妈说："再狂再能不也是个倒垃圾的。"

儿子有些吃惊又有些不明白："你说什么？"研究室主任夺过照片嚓嚓地撕了，铁青着脸斥他的老婆："提他干什么？"然后又铁青着脸踱到了窗口，下意识地朝外看。

言午那一刻正在楼梯口的垃圾箱里撮铲垃圾。

儿子立即跳了起来，惊叫道："是他！是他！"

研究室主任的儿子从那天起便试图接近言午，这个年轻人是学历史的，刚从大学研究生院里毕业。

研究室主任的儿子给言午第一张笑脸时，言午就感觉到了什么。他起先不知道这个年轻人是谁，后来听年轻人自己报了家门后，言午便有了几分热情。当得知年轻人并非受其父亲旨意而是自己想认识言午时，言午的热情更加高涨了。

言午和研究室主任的儿子交往愈来愈密，有时，言午还邀请他到家里喝酒。这个年轻人对言午的谈吐和言午雅致的书房着了迷，为此更加在心里疑惑言午这个人如何这般地生存。在家里的饭桌上，他谈到言午的次数越来越多了，仿佛言午成了他家的一盘菜。

研究室主任和他老婆对言午此番做法心惊肉跳，他们实在想象不出言午到底打算干什么。

老婆问："那家伙会不会用毒药害死儿子？"

研究室主任说："不会吧……"可他心里想起一些事，又一阵阵犯怵，心想怕也难说。

研究室主任叫儿子不要理言午，儿子却不吃他那一套，反诘口相问："你那么怕他干吗？难道他能吃掉我？"

父亲哑口无言。但他想告诉儿子或许他真能吃掉你，却终于没说出口。

研究室主任开始失眠。

言午每天在路口见到研究室主任日夜神经紧张得有些变形的面孔，总感到几分宽慰。

年轻人有一天在同言午聊得投机时，忽而问："你跟我父亲有什么关系？我总觉得你们俩之间有种微妙的东西。"

言午从未有故弄玄虚的习惯，他淡淡地说："你父亲原先是我的助手，是我的下级，他崇拜过我。后来又把我送进了监狱。"

研究室主任的儿子惊讶得张大了嘴。他说："这中间发生了什么事？可不可以告诉我？"

言午说："没什么不可以。"

言午的老婆插嘴说："过去的事就别提了。"然后，她用温酒壶为他们温了温酒，这酒是研究室主任的儿子带来的。

言午说："他是学历史的。"

女人便没说什么。

言午说："1967年，你几岁？"

研究室主任的儿子说："三岁。"

言午叹说："太小了。"然后便节省了些言语将一个故事说了个大概。

言午的声音很舒缓很从容，仿佛叙述一个别人的经历。

年轻人在故事的发展中脸色变得苍白如纸。他过去同言午说话时多少带有的一点居高临下感消失殆尽。他有些胆怯地说："这么说打死柳子悦的是我父亲，他却诬陷了你？"言午说："我没看见你父亲打死他。你父亲只是用一个热水瓶砸柳子悦的脑袋。柳子悦死没死我没仔细看。后来他不见了。"

年轻人说："我父亲为什么要诬陷你呢？他照直说不行吗？"

言午说："柳子悦那一派的人硬说是我们这派打死了他，又将他的尸体扔进了长江。他们扬言要打死我们这派五个来抵一个柳子悦。"

研究室主任的儿子说："我父亲是五个之一？"

言午点点头。

"你呢？"

"也是。"

"于是我父亲便站出来指明你是凶手？"

言午说："我不知道他是怎么表述的，只知道一天晚上，有人来抓我。后来便天天批判我这个杀人凶手。我怎么辩解也没用，因为你父亲亲眼看见我动的手。据说他当时很害怕，立即告诉了其他几个人。那几个人是我一派的，居然也都做了证。"

"你不会反过来指责我父亲吗？"

言午说："我和柳子悦在学术上是死对头，多少年不和。抓住他后，我在言辞上狠狠地刺伤过他，却没动手。"

研究室主任的儿子停了好一会儿，才说："这是不是你在狱中十几年没事干臆想出来的？以为自己是邓蒂斯？"

言午冷冷一笑："你这样以为？"

年轻人说："我不会这么轻易相信你的。"

言午说："我也没打算让你相信我。我对信任这东西早就无所谓了。"

年轻人很尴尬地站起来，缓缓转身意欲离去。

言午在他的身后说："你很像你的父亲。"

研究室主任的儿子以后就再也没找过言午。但言午知道，在一个清早，他离开了他自己的家，很久很久都没回来。

言午现在才认识到劳动人民为什么总是那么乐观那么豁达，因为整日劳作使他们不被思想所困扰。他们从不苦思苦想，也没力气在劳作之余钻牛角尖。言午原先觉得干体力活的人可怜，而这会儿，却悟出他们才是真正活得如神仙。觉得他们可怜的人倒更可怜。

言午倒了好几年垃圾，面色愈加红润起来。在路口的猥琐、卑微和下贱已成了一种日不可少的习惯。

仍然有步履匆匆的人从他身边来来去去，仍然没人搭理他。在小孩眼里，言午已是一个固定的风景。

有一天刮起了大风。这是深秋时节的大风，刮得满地树叶，也刮下了厚重的寒气。

言午仍穿着那件深褐色的中山服。出门时没料想会起大风，故而老婆没帮助他添加一件衣服。

于是言午在呼呼的风中紧缩着脖子。

一个人穿着铁灰色马裤呢风衣出现在言午面前。这个人上前打听一个叫言午的先生住在哪里。

言午最先看见的是这个人的皮鞋。这是一双式样漂亮、质量极优的意大利皮鞋。言午很奇怪居然而今也有人像他过去那样喜欢这种款式的鞋，他于是由鞋及裤又及衣，最后看清了那张脸。

言午和那个人几乎同时惊讶地叫了起来。言午叫道："柳……子悦?"

"言……午?"

言午那天破例提前回家了。

当研究室主任愁锁眉头回家时，言午和柳子悦已端坐在言午的小书房里喝起了酒。这回的酒是言午的老婆专门兴冲冲跑到商店买的。言午自研究室主任的儿子走后几乎滴酒未沾。

言午说："你没死? 你怎么没死? 我是公认的打死你的凶手哇。"

柳子悦说："你没打死我，可你把我也骂了个半死。我听见你说：'打人不好，不要打他。'我总记得这个声音。"

言午说："是吗? 我说过吗?"柳子悦说："你难道不记得了?"言午摇摇头。

"幸亏你给了我那笔钱和那张纸条我才能活到今大。言午兄，你是我的恩人啦。"言午有些发蒙，眼睛睁得大大地望着柳子悦。言午出狱后头一次这么把眼皮张得大开。

柳子悦不解地说："这你也忘了? 你掏手绢时不是扔给我一个纸包吗? 里头有三百块钱和一个叫刘小湖的人的地址? 我就是刘小湖暗中送出境的。我现在是美国公民。"

言午的老婆盈盈地送上几片水果。她听到"刘小湖"三个字时不觉愣了一愣。

言午的老婆说："刘小湖是我的表兄啊，你怎么认识他?"

言午忽然想起什么，转向他的老婆说："是了是了，那年丢的三百块钱原来是掉到他手上了。"

言午的老婆也恍然道："哦，原来是这么回事。"

这倒使柳子悦也糊涂上了。言午自己想想不觉大笑，笑完又长叹。

柳子悦说："如何？"

言午说："我太太让我寄三百元钱给她的表兄，也就是请刘小湖帮我买一块进口表。钱包在写有地址的纸条里，也不知道怎么给弄丢了。不料想倒帮了你，也还值得。"

柳子悦听罢连声说："奇奇奇。"而后也叹说，"不管怎么，你是我的大恩人哪。"

言午说："万不可如此讲。我的罪名就是杀害你的凶手。为这个，我蹲了十三年大牢。"

柳子悦吓了一跳说："这就是你拖垃圾车的缘故？"

言午说："也不全是。"

柳子悦第二日到机关去了。柳子悦在研究室一露脸，过去的同事都以为是在梦里或是见了鬼，以至于柳子悦连续说了三遍："我是柳子悦。"

终于有人欢叫起来，欢叫声中夹杂着一串串询问。

"你跑出去了？"

"你没死呀？"

"你这些年在哪里？"

研究室主任那天去得很晚，他最后一个见到柳子悦，当时他的眼睛惊慌和恐惧得几乎哭了出来。

人们在看见研究室主任的同时，想起了言午。

当年，言午的同事们为柳子悦之死差不多都狠狠地斗过言午，至少有一半以上的人对言午动过手。

这天那一半以上的人都不由自主地将手在自己的长裤上擦了又擦。而所有狠狠批斗过言午的人心里都有些隐隐作痛。

柳子悦将自己如何出走的过程和自己现在的情况认真地说了一遍。柳子悦将言午无意中弄掉钱包说成了有意。柳子悦叙述时，他看见研究室主任和那几个做假证的人额上都冒出了大汗。

柳子悦下午便将研究室主任和几个证人一起约到他下榻的饭店。柳子悦在酒吧间请他们喝咖啡。饭店的咖啡煮得分外香，客人们却紧张得丝毫不辨咖啡之味。

柳子悦说："相逢一笑泯恩仇，过去的就算了。"

客人们一起松了口气。

柳子悦说："但是，言午的事你们要帮助安排一下。你们不能让言午背这样的黑锅，过这样的日子。"

客人们差不多异口同声说："那是，那是。"

柳子悦又同他的客人说了些别的什么，最后又说："言午这个人当年太出色、太狂傲、太恃高明了。我也想好好狠狠整治他的，却不想他现在成了这样。"

柳子悦的客人这回都以沉默做了回答。

研究室主任好长一段时间没做研究。他集中全部力量为言午平反改正，重新安排职务，重新调整住房，甚至言午的高级职称也都弄到了手。那一阵子，研究室主任一天也没失眠。

这一天，言午出车的时间还未到，正在他的小书房里仰头望天花板。

研究室主任兴奋地闯进言午屋里，以他最简洁的语言结结巴巴地告诉言午这一系列好消息。

言午的眼睛没有离开天花板，听罢后说道："这些东西本来就是我的，我想要不必你帮忙也要得到，只是，"言午顿了顿又说，"现在，我不想要了。"

研究室主任张了张口要说什么没说出来。他有些难堪，傻瓜似的站了几秒钟，才退了出来。

他听见言午在身后自语了一句："莫名其妙。"他想，你才莫名其妙呢。

第二天，研究室主任在上班的必经路口，很醒目地看见了言午。他的心惊跳了一下，手上的烟头在正欲脱手那一瞬又掐灭装入了口袋。研究室主任夜里又开始失眠了。

过了一段日子，言午收到柳子悦从美国寄来的信。柳子悦说："你这种反常举动别人不明白，难道我还不明白吗？你把自己搞成一堆垃圾，粘在每个人的眼珠上。眼珠上有污秽垃圾的人，心里头能舒服吗？你就是要让他们不舒服。但是你错了，人的脸皮和良心的适应力都很强，当他们从心态到脸皮都习惯了你之后，你对他们只是一个司空见惯的景致……"

言午看了信，笑了笑。言午想，原先我倒的确想成一堆垃圾，粘在那些人眼珠上。而现在呢？现在只是一种习惯，一种不由自主。他现在就想这么过完一生，平平静静，稳稳当当。他每天都不由自主地想要重复昨天的经历。他十三年不见天日，这辆红色的垃圾车使他感到快乐。

再说，再说……

言午想，我还能同那些人为伍吗？

言午没给柳子悦回信，一则他懒得再说什么，二则言午那只粗糙僵硬的手也握不住言午的老婆视为珍宝的金笔了。言午从出狱那天签了个名起，就再也没有写过一个字。

果不出柳子悦所料，来去匆匆的人们不再为言午的过去和现在折磨自己，不再有什么羞愧什么脸红什么绕道而行。言午也只是很多倒垃圾的老头儿中的一个。研究室主任连自己都不知道他从什么时候起又不失眠了。

而言午也浑然不觉什么。他从里到外都是一个地道的靠倒垃圾捡垃圾为生的劳动者。

时间可以塑造一切。

只是言午的老婆虽然对言午忠心耿耿，但自己男人如此这般毕竟不是她之所愿。于是心情抑郁。过了一些年，竟抑郁成疾，终于在一个夜里连句告别的话都没对言午说就撒手而去。

言午没为她办丧事。言午只是静静地坐在他的小书房中的皮椅上，仰头望着天花板，仿佛等他老婆来叫他吃饭，给他洗脚。

言午等了三天，竟把自己也等得没了气。

人们一连几天不见垃圾车和言午，很是不习惯。言午的不存在使人们又感到了言午的存在。

研究室主任居然又莫名地失眠了。

也不知是谁第一个发现这墙边平房里的老两口双双而逝的。

言午夫妇无子女，研究室主任只好领了些人为他们办了丧事，而且还开了个追悼会。开始还觉得悼词不好写，写起来后觉得没什么难的。

遗像是研究室主任提供的，就是背面签有"这就是言午大博士"的那张。照片上的言午很年轻很神气也很帅。新到研究室的大学生们看后竟一个个都惊奇得咂舌头。他们都见过言午拾烟头。

言午的老同事们从这相片上恍惚想起二十世纪五十年代末刚刚留洋回来的言午。那个言午好狂傲，好大派，好暴躁，英姿勃发，锋芒毕露，恃才傲物，才气袭人。是整个机关最年轻的博士，最不可一世的人。

研究室主任的儿子闻讯而去了。整个追悼会上就他一个人为言午流了眼泪。

言午的房间因无人继承财产而贴上了封条。那房子一直封到现在。机关里住房虽然紧张，却无人申请要那一间。

很多人嫌那里晦气太重。

也有人打过主意，伸头探脑地从门缝和窗孔朝里张望过。说里面的东西都发霉了，只是书桌上一小盆文竹还极为葱绿茂盛。看过后也说那里住不得人了。

言午用的那辆大红色的垃圾车停了一些日子后，便不翼而飞。

饯 水

阿 成

江一封，雪一下，沿江一域的冬景才透出几分远古的野色了。

苍苍莽莽，白黑的浓淡，随意且幽远。几只涉江的客轮或渔船，都在乳灰色的江冰上冻牢了。人去船空了，几分的凄戚也自不待说。船身的颜色，淡成灰色的雾了。站在高高江堤的雪岸上，向凹下去的冰的江面俯望开去，几点死黑死黑的人影，像断断续续的羊粪，在冰封的江面上小小地蠕动着——不通船了。

江天乃至四野，寒风清洌，旋即，大雪密密麻麻，胡马狂奔一样，疾落纷纷，天地也瞬时狭小起来。

即便是早冬的江面，冰封的一层也并没有全部冻牢。这一凹，或那边远远的一凹，还像活的眼睛，溢着嫩水呢，总会有人，在那样的附近，很脆地踏了进去。

行江的人，见惯不惊了，依旧在冻住的江面上走路——几乎是江刚刚一封，就有接续不断的侥幸行走了。适才陷人的水面，立刻又响响地封上了一层极薄的亮冰。旋即，便被不歇的落雪覆住了。

年迈的老尤站在雪岸上看着。老人与自然的冬界，融成了一景。天人合一，大约这也是一种造化吧。

老尤几乎天天站在这里，看着。

其实，江边，及江岸的远处，常有"流浪"的老人在那里。天地间倾吐与宽容的一切，都是那样的和谐。

老尤依旧很瘦，便是穿着厚厚的棉袄棉裤，也仍然伶仃不富。他揣着手，黑黄的脸，永恒着老实，并老实地笑着脸。皱纹满满于面颊了——他在跟自己说着话呢。

才是几日的工夫，江就冰封了。说变就变，成另一种风景了。前几日，阳光明明灿灿的江面上，还是冰排满江、百冰争流的气魄与欢腾，辉辉煌煌，夜以继日——是冬神浩荡的依仗之旅啊。

夜色四合之下的冬江，及江之上载浮走冰的去势，则另是一番景观：幽玄神秘，无声地展示着宇宙原始的端庄。银色的浮冰，茫茫烁闪在黑色的旋涡之中。软硬混流的江面，啊啊不停地颠覆着那轮浓艳艳的金黄碎月。这天地的伟力，这幽寂中的瑰丽，真是教人感慨万端啊。

偶有夜航的小舢板，正载接放学的小学生回对岸的家去呢。小孩子稚声的说话，满宇宙脆脆地响着。生命的天真，宇宙的豁达，从来是灵魂的港湾吧。

老尤一生没有儿女——那脆美的稚声，吮吸到老人的心里，是一域柔柔幻来的好梦。

像一天必做的功课，老人每天都要等那稚声在夜的江心淡了去，才反身回了。

大雪从容了。洁白漫向无极。

站在雪岸上的老尤想哭。

单是这哭的欲望，稍一理性地迟疑，便破灭了。破灭之后的心府，一时空得没了底。老尤觉着自己正透过雪，透过冰，扎凉扎凉地沉向江底，整个的灵魂像一页迎风欲去的纸，呐喊与活跳着绝望。

老尤的脸上，依旧那样哭哭地笑着。

每逢月初，去工厂领退休金的日子。老尤觉得自己是从冥府中冒出的一具老朽的鬼魂，战战兢兢，向每一个人咧开嘴笑，鞠躬似的行礼，眼睛里羞怯地传达着自己的卑微与献媚。工厂办公大楼的人们，终于对此不再有郑重的理会了——工厂里新一茬人，都在干伟大且辉煌的事业。工厂已经转产，不再生产民用炉和炉筒了。新的产品，五花八门，一律弃汉字印洋文。工厂里新的生命，正杀气腾腾，精力亢奋，骂骂咧咧，为了像海外洋富人那样活着——干！

这新一茬人的语言也完全变了：机警，随意，荒唐，实际，目空一切，随机应变。

"尤师傅——是姓尤吧？这些医药费还是报不了。工厂没钱，正在千方百计找外商输血呢。您老就再饶我几天吧。"

"党中央……"

老尤觉得自己已经不会说话了，说不完整了，竟冒出这三个字。

对方就笑了，说："那也不行。我看你就回去吧。啊？天都黑了。"

老尤就回了。

由新一茬人改造、扒建、修饰的城市，从灵魂到外貌，全变了。华灯齐放，霓虹灯上天铺地。大酒家，大舞厅，大饭店，一幢幢破天高的"大大大"，像一簇簇熊熊燃烧的大火了。老尤正夹在铺天盖地的人流、车流、灯流中，像白痴，像梦游患者那样横过马路。他清楚地听到一个司机骂他"老不死的"。

过了马路，甫定惊魂。老尤靠在路边的一棵树干上歇气。仰望眼前的城市，虽然陌生，但也有几分熟悉。只是在记忆中太遥远，一时说不清楚了。老尤知道自己活着的老身，已不属于这个新的世界了。他觉得自己像一双穿旧了的鞋子，很旧很旧的鞋子。生命的火焰，在即将熄灭之前，小小的火头，竟燃得那样小心，那样尴尬，那样不好意思——

老尤想不透亮了，自己的一生都干了些什么呢？是否有一点意义？（人活着，是要讲一点意义的。）是不是自己骗了自己一生呢？

大片的雪花，软软地扑到老尤的脸上，瞬间便融化了，如泪般，顺着多皱的老皮，迟迟疑疑，彷徨着出路。

适才的老尤，是想到这一切，才想哭的。

可哭有怎样的用处呢？

如同去凭吊一位过世的老工友：一掬泪、一份情——一切毕竟都结束了呀。

老尤想，自己已经是活着的死人了——

这个时代，已经没自己什么事了。

该下世了噢——

大雪落得紧了。雪岸上的老尤成了一尊雪人。

一群花花绿绿、来自港台的游客，见到这一天然落成的"雪的雕像"，惊喜且欢呼起来："呀，真棒耶！"便开始纷纷拍照，与"雪人"合影，叮嘱道："老人家，千万千万不要动，不要动噢。一动，雪就落下了哎。对的，你懂吗？我的话你听得懂吗？"

老尤一动不动。

眼前那条凹下去的冻江，像一条僵死的银带鱼。不知怎样的道理，天上的落雪，在冰冻的江面上是留不住的——恐怕，是江风太强硬了吧。

老尤的老伴已经过世了。冥冥之龄，也有五载了。老尤为老伴看病的药费单据，一直存在手里——合几千元。这些钱，是两位老人一生的积蓄呢。

虽说在活得很平静的时代，一直享受公费医疗，但这两位老人一直在提防着万一的变化。攒的钱，叫"过河钱"——果然，老伴是用积攒的钱过的"河"。

老尤是一位鳏夫了。

老尤他已无去当代饭店就餐的胆量了。也曾在那样的门前踟蹰过，但终还是不敢。饭店无论大小，已与过去的"顾客之家"不可同日而语了。进到那里，面对豪华，或面对冷漠，你对自身的贫寒，自有一番掂量了，不仗义了，以至无地自容。便说："老了，走错门了。"

家里的三餐，煮面，然后煮面，然后煮面。点一点醋吧，提提味儿。不小心"点"多了。老手抖得厉害喽。煮面极酸，酸得忍也忍不住，就化成老泪滚了下来。

世道变了。在科学的意义上，它或许是极有道理的。但是，与之俱来的辛酸，大约也一定很自然的吧。

老尤老伴的骨灰盒，就葬在江心小岛的丛林里——当年，他与她都是先进生产者、标兵。他们恋爱的第一次约会，就幸福与憧憬在那里。冬去春来，就老了。老尤的脚总冰冰凉。老伴就把这冰凉的一双脚搂在怀里，焐着，责备着。老尤就老实着脸出鬼脸儿。

老尤天天隔着江，看着她。他清楚地记得，当年她见了他的面儿，羞着眼睛，第一句话是："你，早来啦……"

江面，冰封的一层，其实也并没有完全冻牢。这一凹，或那边远远的一凹，还像活的眼睛，溢着嫩水呢。总会有人，在那样的附近，很脆地踏了进去——行江的人，见惯不惊了，依旧在冻住的江面上走路。

1992年11月29日于哈尔滨

龟　殇

滕贞甫

　　哲学教授司汉科退休后终于如愿以偿。

　　司汉科自幼擅画，本来铁了心地要考美专，谁料想，中学时因读了一本黑格尔的《精神现象学》，竟被这位哲学老人鬼使神差地引进了大学的哲学系。从此，他开始同那些用画笔和油彩永远无法表现的抽象概念打了整整四十年的交道。四十年，他积淀不薄，在市委党校里，他被尊为"哲学泰斗"，他的许多论文甚至被编成高等院校的教材。

　　但他最终还是改弦易辙了，用他自己的话说，是想圆圆幼时学画的梦。所以，在起草退休报告的同时，他又起草了一份要求入老年大学国画班的申请。

　　退下来的第二天，司汉科便叫了辆三轮，把四千册私人藏书一股脑拉到了校图书馆。他指着十大纸箱藏书对图书馆主任说，青年人也许比我更需要它们。说完，递上厚厚一沓藏书目录，这目录是他亲自誊写的，用中英两种文字。图书馆主任很惶惑地说，您等等，我去找领导来。图书馆主任原是校伙食科长，肥胖的体态里有一副古道热肠。他爬了三层楼梯，气喘吁吁地来到校长室，对校长说司老教授捐书来了。年轻干练的校长正聚精会神地在读一本印刷质量很差的杂志，听完图书馆主任的报告他翻了一页杂志说，这事你去找李副校长。李副校长分管行政，图书馆主任是知道的，他认为司老教授捐书是件大事，才冒冒失失地来请示校长。图书馆主任敲开李副校长的门，李副校长正在接待一位推销电脑的小姐，对图书馆主任不是时机的打扰李副校长面露不快，他说你把书收下来不就行了，我这里哪来的时间。图书馆主任说，这样的事总

374

该有个领导出面才好，司老教授不是一般的老师，再说，校长的意见也是让您来出面。李副校长站起来给推销电脑的小姐续了一杯茶，声音很轻地说道：请等一下，我去去就来。

李副校长随图书馆主任下楼来到操场，见司汉科和一个打着赤膊的三轮车夫正在中午的日头下站着。李副校长疾走几步，上前同司汉科握了握手，说老教授都退了还这么关心学校，这实在令人感动。他又围着十纸箱藏书转了一圈儿，对图书馆主任说，给司老打张收条，对了，再跟省报联系一下，一定要发条消息。司汉科摆摆手道，算了吧，我不是为发消息才捐书。图书馆主任一旁说，司老教授这是义举，理当大力宣传。李副校长又同司汉科握握手道，老教授，我办公室还有客人在等我，我就失陪了，您放心，您捐这么多书，校方会有个说法的。图书馆主任补充道，对对对，咱图书馆三年未进新书了，司老教授这正是雪中送炭呢。

李副校长走后，图书馆主任对赤膊的三轮车夫说，师傅，麻烦你把这些书给搬到库房里去。见小伙子有些不情愿，又道，给你五块钱怎样？就几十步远。司汉科不想再在烈日里站下去，扭头离开了图书馆，快到校门了，听到身后图书馆主任天津味儿极浓的喊声："老教授，您的收条。"

司汉科没有回去拿收条，他的额角有一层冷汗渗出来。对于他来说，这个捐书的决定已经酝酿很久了，正是一种舍生取义的使命感，使他把自己的一切拱手献出。治学四十载，这四千册藏书便是他精神家园的全部财富，这家园中的许多学说、许多主义，都是他惨淡经营和精心培植的。捐书的前一天，他在书房里整整坐了一天，一遍又一遍地检阅着这些融注了他大半生心血和追求的藏书，其中，有近百册是他译著或参与译著的。以往，每当他置身这弥漫着幽幽墨香的书房之中时，他便会感到一种殷实，一种富有，一种勃勃的生机。但最近几年，这种感觉越来越淡漠了，他开始意识到这精神的家园正在日趋没落。尤其令他伤心的是，他耗费了毕生心血论证过的一个个命题，几乎是在一个晚上，就像街心花园那一尊尊雕塑一样，被无声无息地推倒了，建筑时，曾是那么轰轰烈烈，而坍塌时竟然毫无声息，四十年的人生跋涉，不过是走了一个巨大的圆圈儿，到头来又回到了起点，这使他感到一种沉重的悲哀，他想起了钱锺书的那句名言：科学像女人，老了便不值钱了。但悲哀中的司汉科并没有绝望，他相信黑格尔老人那双根雕般的哲学之手，会给嗷嗷待哺的莘莘学子指点迷津，他甚至希望会有年轻人像自己当年一样，仅仅因为一本《精神现象学》就误入这块精神的家园。所以，在重新审视自己的藏书之后，他决心不做精神上的守财奴，他要把这四千册中外哲学上的精华之作还给年轻人。刚才李副校长的敷衍之举他并不在意，令他酸楚的是图书馆门前的冷落，以至于连个

375

帮忙搬书的学员都没有。

　　老年大学国画班在司汉科加入之前已有张、王、李、赵、刘五位学员，张、王二人退休前各是监察局和林业局的局长，赵是市讲师团的团长，李是市报总编，唯有刘职务低了些，退前是市人事局的一个处长。这样五位学员在老年大学形成了一个贵族班，在司汉科入盟之前，国画班已是小有名气了。五位学员对司汉科的到来都很欢迎，因为一来干部轮训时他们都当过司汉科的学生，二来司汉科乃是国内外有名望的哲学家，所以，司汉科到校的第一天，五位学员便一致推选他为国画班班长。国画班的人虽然都退了休，但彼此相互间仍以曾任的职务相称，司汉科因没有官职，学员之间又不便称司老师或司教授，大家就干脆叫他司班长。

　　国画这种东西很怪，它不像西洋画那样费工费力，对于弄国画的人来说，主要靠感觉，感觉好，寥寥几笔便是一幅意境空灵的佳作；感觉差，纵然费墨千斛，画出来的东西却一文不值。司汉科和张王李赵刘都是洞察世故的老人，加之对国画早就有些兴趣或基础，所以，他们不仅入门快，而且很快都找到了自己的艺术感觉。

　　人高马大的张局长偏爱岁寒三友，苍松、绿竹、梅花他是百画不厌。画如其人，张局长在监察局执政八年间，颇具松竹之气，查了几桩案子，结果桩桩案子是拔出萝卜带出一筐泥，弄得许多在干校时同滚一张铺的朋友，见了面总是一副冷脸色，仿佛淤了一肚子杀父夺妻之仇。本来他还差半年才退，却因力查一起走私案出了闪失，把一个能查他的人带了出来，结果，案子尚未了结，他便被宣布退居二线。二线二线，说了不算，他一气之下辞去那个非驴非马的二线顾问，提着文房四宝，哼着一路小调，来到了老年大学。顶谢须重的王局长喜画山水，这或许与他当了多年的林业局局长有关。当局长时，他就愿意带着一班人马到森林去跋涉，脑子里攒了许许多多的素材。退下来之后，他唯一伤心的是，在他任职期间，主持规划栽植的几万亩獐子松，如今已被腰斩殆尽。因此，他笔下的山水多是秃岭荒崖，外加一条瘦河细水，总让人联想起马致远的那曲悲天悯人的《天净沙》。李总编虽高度近视，却醉心于工笔花鸟，他作画颇为专注，瓶底似的一对镜片儿几乎贴在纸上，一只鹦鹉的眼睛足足可以画上两个钟头。镶了一口假牙但很有些学者风度的赵团长专攻仿古临摹，他主持讲师团工作时，因东拼西凑炮制质量低劣的学习资料而口碑不佳，退休后，经过好一番反思，他选择了临摹古画的路子，刚搁笔的一幅《清明上河图》，连内行人都一时难辨真假。刘处长搞了一辈子人事，人熬得挺瘦，两眼却出奇的亮，他迷恋仕女美人，什么貂蝉、西施、杨贵妃，凡是古代的名媛淑女，都免不了他的笔墨关注。刘处长在画中敢于创新，总爱渗透些个人的喜好，把人家本来苗条的身段，画出些丰乳肥臀，在他笔下，连以瘦见美的赵飞燕都长着咄咄逼人的胸。王局长取笑他说，刘处长的肉都长到女人身上去了。刘处长闻后倒不气恼，自我解嘲道，能长到这般女子身上也不枉此一生呢。

作画选材最令人不敢苟同的是司汉科。他专门画龟，半年下来，几百张宣纸上爬满了大大小小成百上千只各种各样的龟。司汉科对龟情有独钟这是在他退休那天大家才晓得的事，学校为了他退休，特意安排了一次宴会，酒至半酣，服务员上来一道叫作"霸王别姬"的名菜，司汉科开始并不知此菜的内容，当李副校长把一块肢解的甲鱼夹到他的餐盘里时，他刚刚咽下的一口白酒一下子又涌了上来，结果，宴会进行了一半他便离席而去，着着实实做了一回霸王。

画多了自然就想到办画展。在司汉科入盟国画班之前五个人曾小规模办过几次，因为在位时都是些呼风唤雨的要人，各种老关系尚有余温，所以几个人办个像样的画展还不算为难。老年大学紧靠市政府，市府大礼堂便被刘处长借来做展厅；李总编打电话找来一个路路通的记者，拉来一笔赞助，把近百幅画裱了；司汉科与张、王两位亲自布置展厅，在每张画的右下角都别上一张写着画名、作者名、作者年龄的标签；赵团长是说客出身，便发挥这一优势，说服一位副市长给画展写了前言。

画展很轰动，正如副市长在前言中所写的：晚霞红似火，余热生金辉。六位老干部的余热果然生出些灿若晚霞的金辉，连省报都为此发了一则篇幅不短的消息，省电视台还专门来录了像，使几个人退休后第一次上了电视。

画展结束后，老年大学专门为国画班举办了一次作品研讨会。会议很隆重，邀请了市美协的专家。会场的四壁挂着这次画展的作品。南面，在靠窗的两个墙垛上，是张局长的松竹梅和王局长的荒山枯水；东墙，李总编挂了幅富贵荣华的牡丹，赵团长挂了张以假乱真的《步辇图》；刘处长在美女群里挑了又挑，最后挑中了陈圆圆，郑重地吊在西墙；会场正北墙，悬着一幅司汉科的龟游图，画面上水光潋滟，群龟嬉戏，一派勃勃的生机。会上，与会者对国画班的成绩给予了很高的评价，张王李赵刘也都谈了许多体会，轮到司汉科发言了，他指了指墙上的龟游图问大家："知道我为何画龟吗？"

一个年轻人回答说："名人都有名人的风格，悲鸿大师画马，白石老人画虾，您老画龟当然是追求一种与众不同的脱俗之美了。"

司汉科笑了笑道："你只说出了现象，还没有揭示本质。我画龟，乃是哲学情愫的进一步深化。"众人都抬起了头，仔细听他的下文。

"用我国古代的哲学思想来观照拙作，其实并不难看出我的用心。我所画之龟虽有百种，但不逾五色，即青赤黄白黑。这五色，于五方则是东南中西北；于八卦，则是震离艮兑坎；于五德，则是仁礼信义智；于情态，则是怒喜忧思恐；于五脏，则是肝心脾肺肾。五色，最终归于五行，即木火土金水，故画之本质，乃天地变化之大道，它回归了中国古代哲学天人合一这个最高的生存境界。这里的天，就是五行相生相克的自然之道。当今自然界中，没有任何一种生灵能像龟这样形象地体现出自然之道。人类自有文字以来，与龟的关系就密不可分，伏羲靠神龟知八卦，殷商灼龟甲卜凶吉，可见，龟乃是神灵之物。一只龟简直就是一个宇宙的缩影，它隆起的背部就像天空，它平展的腹部就像大地，它身上二十四块甲板块与农历二十四节气相一致，它的长寿则恰恰象征着自然之道的久远。但今天，人们却不谙此道，视龟如污秽之物，使之由神灵变成了王八，这种变化说明了什么呢？尤其可笑的是，人们一边亵渎龟，一边高价买来吃龟，如此以污秽之物来强体健身，人还何谈清白呢？强身不能行道，天人便不能合一，既然违背天地之道，所强之身岂不是行尸走肉？”

众人都睁大了眼，想不到这小小的乌龟身上竟有如此哲理，再看北墙上的龟游图，那一只只龟分明是活了，似要从墙壁上爬下来一样，令人感到一股凉气。司汉科的发言并没有结束，他调整了一下过于激动的情绪接着说：“《史记·龟策列传》中有这样的记载：说南方有一老叟用龟支床足，过了二十多年，老叟死了，人们移动床时，发现那龟还是活的。人之半生，不过是龟在床足下的一觉，由此可见，自古至今，龟还是龟，所变化的只是人而已。”

研讨会开后第二天，有人在老年大学的垃圾箱里捡到了许多尚未食用的“鳖精”“鳖膏”之类的滋补品。张局长开玩笑说，司班长你再大侃龟学，人家产鳖精的公司该和你打官司了。司汉科摇摇头道，在他们眼里，我的龟学理论正是求之不得的广告。

喜和忧就像一对孪生兄弟一样总是结伴而至。张王李赵刘还没从画展盛况的激动中平静下来，恼人的画债便把他们包围了。因为画展出了名气，一连几天，登门索画的老同事、老部下、老相识纷纷不约而至，只要敢于登门的，哪一位的面子都驳不得。这可苦了五位老干部，毕竟都是上了年纪的人，十天磨一剑尚可，若是一天磨十剑岂不是磨惨了筋骨。五个人不论画技如何，但在作画上却是从不敷衍，尤其是李总编，他认识的文人多，求画的自然也多，可他的花鸟工笔偏偏需要慢功夫，画案前站了几天，一双外凸的近视眼都爬满了红蛛网，常常调错了颜色。

司汉科倒格外清闲，尽管他的画造诣独到，但上门求画的却寥寥无几。也难怪，哪个有身份的人愿意在自己的客厅里挂一张栩栩如生的乌龟呢？清静之中，司汉科开始构思一幅长卷，一幅集世界诸龟种于大成的《百龟图》。他很为自己的这一构思激动，因为在这样一幅前无古人的长卷中，他将注入自己所有的思想、情感和追求。司汉科画龟是极认真的，为了画好这种颇有争议的生灵，达到起笔时能胸有成龟，他跑动物园、跑图书馆、跑生物研究所，积累的参考资料几乎与他四十年来所有的哲学著作等高并重。

在司汉科潜心创作《百龟图》时，他五位同学仍没有从求画者的包围中解脱出来，还不完的丹青债，把赵团长的乙肝累出了一个加号，把王局长的神经官能症逼犯了两次。一天中午，李总编不知不觉伏在教室的画案上打起了鼾声，张局长推了他两把，不见醒，大家顿时吓坏了，以为他哪根脑血管出了问题，待刘处长一路小跑请来校医，见醒来后的李总编正弓着背一笔一笔画黄鹂呢。此事一出，大家都不得不进行反思：这样拼命地画，究竟是为了什么呢？难道就是免费送人做摆设？由此，张局长还联想到了其他问题，他说，和我们同时退下来的几个局长，在一些什么狗屁公司挂了个名，现在比过去还阔。王局长深有同感地说，就是嘛，过去站起来一边高，现在却好像比人家矮了一截。李总编插话说，有什么了不起，不就是腰里多了几把票子？赵团长眨了眨眼，建议道：提到钱我倒是有个主意，既然来求画的这么多，说明我们的画有一定的收藏价值，在市场经济中，价值是通过价格来体现的，所以我们干脆实行有偿作画，当然，收入是次要的，关键是体现我们的创作价值。大家都认为赵团长的话有道理，可是这有偿作画怎么搞？李总编很为难地说，总不能让我们这些人都去当画贩子吧？大家想不出良策，张局长建议来请司班长拿主意。

司汉科的《百龟图》已画到第九十九只龟，资料亦都用完，最后一只龟画成什么样，他心里也没谱，《百龟图》正搁浅在那里。听过大家的建议，司汉科表示赞同，至于有偿作画怎么搞，他主张由个体行为变为集体行为，也就是大家把画集中起来，以画展的形式标价直销。

销售形式虽已敲定，但在画的标价问题上大家却莫衷一是。张王两位主张定价要高，说唯有高价格才能反映出高价值。赵团长主张定价要低，因为不能忽视国情，刚刚温饱的工薪族谁肯拿出一大笔钱来买张国画？再说薄利多销也是经商之道。李总编不高不低搞折中，认为定价适合小康人家的购买力即可。刘处长说自己随大流，司班长怎么定他就怎么执行。这样一来，问题又抛给了司汉科。司汉科不愧是班长，思考问题就是高别人一个层次，他说：个体行为变为集体行为并不是不给个人权利，价格问题不必统一制定，这个权利完全放给作者本人。众人一听，都觉得这样合理，艺术品本来就是仁者见仁智者见智的东西，何必非要统一标准呢？众人如上次画展那样各自分了工，司汉科因《百龟图》尚在搁浅，他分的活儿便被刘处长揽了去。

众人走后，司汉科猛然想起党校图书馆里似有一本关于江汉地区养鳖的书，便骑上自行车直奔校图书馆。因司汉科想不起书名，无法在卡片上检索，正在打毛衣的女管理员便破例让他自己到书架上去找。司汉科翻遍了实用技术类的几大排书架，仍然一无所获。女管理员说，地下室有一些下架的书，会不会在那里。说完，递过一串带着锈迹的钥匙。地下室无灯，管理员又找来一把手电，并对司汉科嘱咐道，小心点，别崴了脚。

司汉科深一脚浅一脚地来到地下室，手电筒橘黄色的光束首先套住的是一把生满红锈的铁牛牌大锁，司汉科扭了好一阵钥匙，总算叫这铁牛张开了嘴。门一开，一股霉烂的气味令他下意识地捂住了鼻子。书这种东西也怪，一旦霉烂了气味格外难闻，司汉科想起一个哲学同人说过的话，质量越好的肉，腐烂后毒菌越多。借助手电的光束，司汉科发现了地中央一堆残缺不全的旧书，与此同时，他还发现了书堆边一些熟悉的纸箱。司汉科不敢相信自己的眼睛，想疾走两步看个究竟，脚下却不知被什么绊了一下，失去重心的身体一下子扑在潮乎乎的纸箱上。一只猫一般大的老鼠从纸箱里惊窜而去，带出许多啃碎的纸屑，像一阵被污染的雪片从手电筒的光线里纷纷飘落。司汉科站起身，仔细看了看，堆放在这里已变成鼠窝的果然是自己视若至宝的那十箱藏书。

司汉科没有再找那本养鳖的书，他带着一身灰垢回到家中，那辆半新的自行车忘在了图书馆空旷的门前。回家的路上，他已经想好了结尾的龟应该怎么画，那将是一只最普通的土鳖。

标价画展的工作如期进行。尽管司汉科将定价的权利放给了大家，但每个人在标价上是谨慎复谨慎，标的价大都在一二百块之间。刘处长一幅《秦淮名妓》标了个二百五，后又觉得不妥，遂把五改成四，这张美女图便是五个人中标价最高的了。当他们来到司汉科的画室，《百龟图》的标价如同一枚原子弹抛向他们：一百万！而且是美元！老天爷，这简直是国画拍卖的纪录了。面对司汉科的《百龟图》，五个人谁也未做评价，他们都感到一种相形之下的自卑，且不说画的质量，单就哲学家这气吞山河的魄力，足以使自己自叹不如。回去后，刘处长狠了狠心，在《秦淮名妓》的定价后面，又加了一个"0"。

标价画展出乎意料的冷清。尽管老年大学为此在报纸电视做了广告，又在全市张贴了不少海报，结果光顾的人还是少得可怜。平日里那些登门苦苦索画的同事、下属、故友，这一天连个面也难得一现。两天下来，画没售出一张。

大家都闷闷不乐，第三天，除留下刘处长照顾展厅外，其余人都回到了教室。众人神情黯淡地商议了一番，正要决定息鼓收兵，展厅里的刘处长忽然打来电话：天大喜讯，一百万美元标价的《百龟图》被人买走了！众人惊呆了，接着便是一片欢呼。李总编颇有感慨地说，伯牙终遇钟子期，高山流水有人知呀。司汉科的眼角有些湿润，他感到周身的血液一下子都涌入了心脏，把一颗咚咚作响的心浮上了喉咙。忽然，他似乎想起了什么，说诸位请稍等，我去展厅看看便回。

过了一会儿，司汉科脸色阴郁地回来了。众人以为出了什么岔头，都围上来追问。司汉科在椅子上深深地叹了一口气，很无奈地说："买画的，是个日商。"

众人都面面相觑，因为谁都晓得，在那个扶桑岛国，龟，并没有变成王八。

后记：文学的胜利

熟悉中国革命历史的朋友们都知道，1945年8月15日日本宣布无条件投降之后，中国共产党做出了一个极具战略眼光的决策：挺进东北！于是，宝塔山下，清凉河畔，中华民族的一批批优秀子孙走进了风雪交加的东北黑土地。由此，中国革命拉开了辉煌灿烂的一幕。此后的决战平津、逐鹿淮海乃至新中国成立，都源自这一奠定胜局的重大决策。回顾这一段历史，一些人往往沉浸在辽沈战役的无数战场传奇之中。军迷们更是津津乐道战四平、长春和锦州的战火硝烟。似乎我们的胜利仅仅来自军事。

毛泽东主席曾经指出："没有文化的军队，是愚蠢的军队，而愚蠢的军队是不能战胜敌人的。"人类历史的一切发展与进步都离不开文化，当然也离不开文化中最为活跃的文学。回望历史，我们可以肯定地说，东北战场的胜利，是军事的胜利，同样也是文学的胜利。

毛泽东主席看到了这一点。共产党看到了这一点。随着大军进入东北的也有无数怀揣钢笔、稿纸的文人与作家。与军事斗争同步展开的，就是我们党对文化艺术工作的高度重视与部署。大军立足未稳，我党就在东北办报纸、开书店、建剧团。在这轰轰烈烈的文化艺术活动中，创刊于1946年冬季的《东北文艺》无疑是黑土地上最为耀眼的篇章。

创刊时的杂志编委是萧军、舒群、罗烽、金人、白朗等。草明是首任主编，其后周立波、蔡天心、思基、白朗、马加等人先后出任过主编。他们与无数著名作家、诗人一道，随着这本散发着硝烟的《东北文艺》进入人们的视野与心灵。文学不能左右战局，但是文学却能够改变心灵。谁说辽沈战役及其后的新中国成立没有他们的贡献，不是他们的胜利呢？

《东北文艺》之后，杂志社几经辗转，也几易刊名，从《文学战线》《东北文学》《文学旬刊》《文学月刊》《处女地》《文艺红旗》《辽宁文艺》直至今日的《鸭绿江》，如同一条弯曲的河流，与人民共和国同悲同喜，为巩固东北根据地、创建新中国和社会主义革命建设发挥了重要的文化促进作用，成为全国文学的一面闪亮的旗帜。

这是一份沉甸甸的红色遗产，她属于文学又不限于文学，她属于过去更属于未来。我们这些后辈传人理应呵护、挖掘与整理这些遗产并且把她呈现给这个时代。有鉴于此，我们以无比虔诚的心情，从浩如烟海的篇章里筛选、整理出36篇小说，结集《〈鸭绿江〉小说精品选（1946—1996）》一书，作为典藏。

在中华人民共和国成立70周年的这一光辉时刻，我们推出此本选集，初衷是为了祭奠与怀念，而非谋利与发行。本选集此次所选用的36篇小说，时间跨度从1946年到1996年，一些作家已经仙去，我们难以联系到版权所有人，而因为办刊经费紧张，此次出版无法支付作者稿费，在此我们真诚地向您表示我们的歉意。作者或版权所有人如有收藏本选集的需求，可联系我们为您邮寄。您从前的支持与现在的理解，都会化作我们前进的温暖的动力。

传承红色传统，捍卫文学尊严，一直是我们的信念。73年来，《鸭绿江》一贯追寻社会公益性，一直以传递文化正能量、注重社会效益为己任，即便在步履维艰的当下，我们依然不忘初心、坚守阵地。